EL CICLO DE LA
LUNA ROJA

EL CICLO DE LA

LUNA ROJA

LIBRO DOS
LOS HIJOS DE LAS

TINIEBLAS

JOSÉ ANTONIO COTRINA

DARK HORSE BOOKS
Milwaukie, OR

Diseño de libro: Sarah Terry
Ilustración de cubierta: Fiona Hsieh

Publicado por Dark Horse Books
Una división de Dark Horse Comics LLC
10956 SE Main Street
Milwaukie, OR 97222

DarkHorse.com
SAFComics.com

Agradecimiento especial a Gabriella Campbell,
Ervin Rustemagić, Jemiah Jefferson y Annie Gullion.

Primera edición: Febrero 2021
ISBN 978-1-50671-946-7

Impreso en los Estados Unidos de América

1 3 5 7 9 10 8 6 4 2

Library of Congress Cataloging-in-Publication Data

Names: Cotrina, José Antonio, 1972- writer.
Title: El ciclo de la luna roja / written by Jose Antonio Cotrina.
Description: Milwaukie, OR : Dark Horse Books, 2020-2021. | Libro 1: El
    ciclo de la luna roja -- Libro 2: Los hijos de las tinieblas -- Libro 3:
    La sombra de la luna | Summary: Twelve teenagers from Earth fall under
    the spell of a demigod and are transported to a dangerous and mystical
    realm where they must survive until the Red Moon returns.
Identifiers: LCCN 2020038478 | ISBN 9781506717982 (v. 1 ; paperback) | ISBN
    9781506719467 (v. 2 ; paperback) | ISBN 9788492939626 (v. 3 ; paperback)

Subjects: CYAC: Fantasy. | Spanish language materials.
Classification: LCC PZ73 .C676 2021 | DDC [Fic]--dc23
LC record available at https://lccn.loc.gov/2020038478

ÍNDICE

Este sigue siendo para mi hermana.

Y pronto no habrá otra cosa que el abismo.

EL ESPEJO EN EL ESPEJO, MICHAEL ENDE

PRÓLOGO
LA HISTORIA HASTA AQUÍ

Como cada año, la noche de Samhein, el portal que une la Tierra con Rocavarancolia se abre permitiendo a Denéstor Tul pasar al mundo humano y buscar jóvenes útiles para el reino. En esta ocasión regresa con doce, la cosecha más prometedora de los últimos tiempos. Además, uno de ellos, Hector, sorprende a todos con su potencial: «esencia de reyes», murmura el anciano Belisario al contemplar la energía que despide.

Dos miembros del Consejo Real quebrantan la ley de no interferir el mismo día en que la cosecha llega a Rocavarancolia. No quieren arriesgarse a dejarlo todo en manos del destino y que el reino perezca, y eso es lo que ocurrirá si no queda vivo ni un solo joven cuando salga la Luna Roja. Dama Desgarro hechiza a Hector para que sea capaz de percibir las zonas peligrosas de la ciudad y poder así esquivarlas. Mistral, el cambiante, es más expeditivo: asesina a uno de los chicos y se infiltra en el grupo para ayudarlos desde dentro. Si cualquiera de los dos es descubierto, todo estará perdido. La cosecha se considerará contaminada y los matarán a todos. Y ese será el fin de Rocavarancolia.

La mayoría de los muchachos se une para afrontar en grupo los riesgos que puedan correr en la ciudad. Solo uno decide ir por su cuenta, un joven de São Paulo cuya esencia, según los análisis, es, tras la de Hector, la segunda mayor de la cosecha.

Pronto las incógnitas que rodean tanto a la ciudad como a su situación cobran forma. ¿Por qué los necesitan en Rocavarancolia? ¿Qué tienen ellos de especial? Son solo un puñado de muchachos normales y corrientes. Pero eso es mera apariencia. Hay mucho más en ellos de lo que se percibe a simple vista. Hector descubre que Natalia, una joven rusa, ve seres que los demás no pueden ver. Y hay algo extraño en Marina, otra cosechada: los relatos que escribía en la Tierra se parecen demasiado a Rocavarancolia. Y ¿qué decir de Bruno, el italiano, inexpresivo y frío como un robot?

El grupo consigue sobrevivir a su primer día en la ciudad en ruinas y se refugia en el torreón Margalar, un edificio bien protegido. Por supuesto, ha sido Mistral quien los ha conducido allí.

Los días transcurren. El clima es tenso y de no ser por el sentido del humor y la personalidad llamativa de Alexander, un joven australiano, la situación sería todavía más angustiosa. Y aun así, Adrian, el más pequeño del grupo, está tan atemorizado que ni siquiera sale del torreón. Tiene motivos. El día en el que por fin se anima a ir con el resto en busca de alimentos sufre un encontronazo con el chico solitario, quien, sin motivo aparente, lo hiere de gravedad con su espada. Lo llevan al torreón Margalar, agonizante. Y poco después es Natalia la que cae herida, envenenada por una de las muchas criaturas que vagan por las ruinas.

Mistral ve como todo se derrumba. No ha podido evitar que Rocavarancolia los vaya masacrando. Si no hace nada, los heridos morirán y luego le llegará el turno a los otros. Y toma una decisión: sacrificar a Alexander para que el grupo tenga más posibilidades de sobrevivir. Conduce al muchacho a una de las torres de hechicería de la ciudad y Alex cae atrapado en la maldición mortal que protege su entrada. Sus amigos no pueden hacer nada para salvarlo, solo acompañarlo en sus momentos finales. Pero su muerte no es en vano: una vez conocida la existencia de la maldición, Bruno es capaz de desactivarla con la ayuda de Rachel, una joven a la que no afecta la magia.

Esa misma noche, el grupo entra en la torre. Rocavarancolia es una ciudad cruel y ya ha demostrado estar dispuesta a todo por destruirlos. Si quieren sobrevivir, van a necesitar un milagro. Y de eso se supone que está repleta la torre: de magia.

Alex no es el único en morir en la ciudad ese día. En el castillo de las montañas encuentran el cadáver de Belisario. ¿Tendrá su muerte algo que ver con las intrigas de dama Desgarro y Esmael, el Señor de los

Asesinos de Rocavarancolia, por conseguir el cargo de regente? Denéstor Tul visita a dama Sueño, una anciana hechicera, que le muestra una visión funesta:

«No puedes oírlo, ¿verdad? El rugido, la muerte, la batalla. La sangre, el fuego y los dragones. ¿No los oyes? Oh, mi maravilloso demiurgo. Aún no sabes lo que nos has traído desde el reino humano...

»Nos has traído el final.

CINCO SEMANAS DESPUÉS

La hiena cerró las fauces apenas a dos centímetros de su brazo. El bocado al aire resonó como un cepo enorme al cerrarse. Hector rodó por el suelo para escapar de la acometida, tomó impulso y saltó al frente, espada en mano. No fue un ataque preciso ni elegante, pero la hiena recibió un golpe soberbio con la hoja plana del arma en el hocico y retrocedió, sin dejar de gruñir. Hilachas largas de baba caían entre sus colmillos retorcidos.

Una segunda hiena lo atacó desde la izquierda. Marco se interpuso en su trayectoria y la detuvo con un golpe de escudo tan violento que la hizo volar a varios metros de distancia. El alemán resopló y lo miró, jadeante.

—¿Todo bien? —preguntó.

Él asintió y se lanzó hacia la primera hiena justo cuando esta cargaba otra vez. La espada se hundió en el costado derecho del animal. No fue un tajo muy profundo, pero sirvió para que la fiera volviera grupas y huyera, llevándose entre los dientes una larga tira del blusón de Hector. Hector resopló al verla, bajó la vista y comprobó que le había desgarrado la blusa a la altura del vientre. Debía de haberlo alcanzado en su última embestida. Había estado tan pendiente de atacar que había descuidado la defensa. Tenía suerte de que solo le hubiera rasgado la ropa.

Miró a su alrededor, preparado para repeler otro ataque, aunque en aquel instante estaba en una zona de calma. Ricardo, Marco y Natalia eran quienes llevaban el peso de la refriega unos metros más adelante, justo frente a las puertas del corral de donde surgían la mayor parte de las hienas. Por el momento, los tres se bastaban y sobraban para contenerlas. Natalia y Ricardo habían mejorado mucho en las últimas semanas; el manejo de la alabarda del que hacía gala la rusa era impresionante, y Ricardo no se quedaba atrás con la espada. Pero Marco los superaba a todos con creces. Sus movimientos eran tan fluidos y ágiles que en comparación el resto parecía congelado. Con cada uno de sus golpes, un animal caía. Y eran pocos los que volvían a levantarse.

Estaban luchando en los sótanos de un pequeño anfiteatro situado a medio camino entre el torreón Margalar y los acantilados del este. Llevaban una semana explorando aquella zona y en todo ese tiempo no había pasado un solo día sin que las hienas los hostigaran. Lo habían hecho siempre en grupos reducidos y, a decir verdad, no habían tenido problemas para repelerlas, pero la persistencia de sus ataques había sido tal que en esta última ocasión habían decidido ir tras ellas. Lo que no esperaban era encontrar tantas. El anfiteatro hasta donde las habían perseguido estaba infestado de ellas. A Hector no le extrañó la densa niebla negra que rodeaba la zona.

Marina estaba ahora a su espalda. Rotaba despacio sobre sí misma, intentando cubrir todos los flancos a un tiempo. En el suelo yacían cinco animales abatidos por sus flechas. De pronto, tras un bloque de piedra desgajado del muro emergió otra hiena. Enfiló directa hacia ellos, con la cabeza gacha y gruñendo bajo. La chica tuvo que disparar dos veces para derribarla. La primera flecha se perdió alta, pero la segunda le atravesó con limpieza la garganta; el animal dio un vuelco en plena carrera, cayó de costado y quedó inmóvil tras deslizarse unos metros por el suelo. Marina puso un nuevo proyectil en el arco y retrocedió dos pasos para subirse a la base de una columna truncada.

Un poco más retrasados se encontraban Bruno, Rachel y Lizbeth. Esta última apartaba la mirada cada dos por tres, horrorizada por la lucha; Rachel, en cambio, no hacía otra cosa que reír y jalear a sus compañeros. Hector sabía que de haber podido se habría sumado de buen grado a la pelea. Bruno estaba un paso por delante de ellas. En la mano derecha enarbolaba un báculo de madera verde rematado en una especie de pajarera diminuta, mientras mantenía la izquierda dentro del hatillo que le colgaba al costado; el italiano debía de haber gastado toda la energía de los colgantes y anillos que llevaba puestos y no le quedaba más remedio que recurrir a los talismanes de reserva. Había siete hienas paralizadas en el camino que iba desde la puerta hasta donde se encontraban, rodeadas todas de una fina película viscosa. Una estaba congelada en pleno salto; flotaba en el aire con las fauces abiertas y la pata izquierda estirada hacia delante.

Bruno jadeaba y Hector, al comprender que estaba al límite de sus fuerzas, hizo una señal a Marina para que se acercara al grupo de retaguardia, más necesitado de protección que los otros.

En ese momento se escuchó un silbido penetrante en el sótano. Las hienas levantaron la cabeza al unísono y retrocedieron. El silbido se repitió otra vez. Y una tercera. A continuación llegó a sus oídos una voz frenética que parecía proceder del subsuelo.

—¡No! ¡No! ¡Piedad! ¡Por favor! ¡No! —Una trampilla se abrió entre dos corrales y de ella emergió un hombre esquelético, de melena rubia y barba enmarañada, agitando los brazos sin cesar sobre la cabeza. Iba vestido con una pelliza larga y negra y unos calzones de piel. De una cadena alrededor de su cuello colgaba un silbato de madera—. ¡Parad! ¡Parad! ¡No! ¡No más daño! ¡No! ¡Por favor! ¡No!

Marina apuntó al desconocido con su arco.

—¡Quietos! —exclamó Marco. Un grupo nutrido de hienas se había interpuesto entre el recién llegado y ellos.

El hombre se arrodilló a los pies de una hiena muerta, llorando desesperado. Era imposible adivinar su edad.

—¡Asesinos! ¡Asesinos! —gritaba. Tomó la faz desencajada de la criatura y la acunó entre sus manos plagadas de cicatrices y mordiscos mal curados—. ¡Niños crueles y asesinos! ¡Monstruos!

—¿Son tuyos? ¿Estos bichos son tuyos? —le preguntó Ricardo. Se aproximó hacia él, blandiendo amenazador la espada. Hector pudo ver que su amigo tenía una manga desgarrada y bañada en sangre. Estaba herido, pero o no se había dado cuenta o no le importaba.

El hombre abrió los ojos de par en par al verlo aproximarse. Las hienas permanecieron firmes en torno a él, gruñendo y mordiendo el aire, decididas a atacar si Ricardo daba un paso más. Mistral se apresuró a detenerlo. Lo tomó del brazo y tiró sin contemplaciones de él hacia atrás. El cambiante conocía al hombrecillo que sollozaba con la hiena muerta en brazos y no quería que le hicieran daño. Era Caleb, el hijo del difunto cuidador del anfiteatro. Había nacido poco después del final de la guerra y siempre había estado loco. Para él aquellas criaturas lo eran todo.

—Tranquilo, Ricardo —dijo—. El tipo parece inofensivo.

—¿Qué? —lo miró perplejo—. ¿Inofensivo? ¿No lo has visto? ¡Esas cosas lo obedecen! ¡Él ha debido de azuzarlas contra nosotros!

—¿Y qué vas a hacer? ¿Matarlo?

La expresión de perplejidad de Ricardo aumentó aún más. Bajó la vista hacia la espada ensangrentada que empuñaba y sacudió la cabeza.

—¡No! ¡Caleb no orden! ¡No atacar! —aseguró el hombre postrado. Miró a Marco con lágrimas en los ojos, casi suplicando—. Las más jóvenes salen, cazan, vuelven… ¡No atacar! ¡Juegan fuera! ¡Solo juegan! —Dejó caer el cuerpo sin vida para abrazarse al lomo encrespado de una de las criaturas que lo protegían.

Hector se estremeció. Era cierto que la mayor parte de las hienas que los habían atacado no eran tan grandes como las que les habían hecho frente en el sótano. ¿Acaso habían cometido un error?

—¿Puedes controlarlas? —preguntó Marco—. ¿Puedes evitar que nos ataquen?

Caleb asintió como un poseso. Sus enormes ojos azules eran la única parte del rostro que quedaba a la vista entre la maraña confusa de pelo que formaban su melena y su barba.

—Si ellas salen, yo salgo con ellas. Caleb promete y jura. No más ataques —aseguró—. Caleb cuidará bien. Caleb cuidará. Por favor, por favor… No maten a Caleb… No maten a sus niños…

—Dejadme hablar con él —pidió Bruno.

—Es solo un idiota —le advirtió Ricardo—. No le sacarás nada.

Los gruñidos de las hienas se redoblaron cuando el italiano se acercó a Caleb. Estaban por todas partes. Cerca de medio centenar se dispersaba por el lugar. Bruno se inclinó hacia el hombrecillo, que no dejaba de llorar. Las hienas gruñían a escasos centímetros de su rostro, pero él ni se inmutó.

—¿Sabes quiénes somos? —preguntó. Caleb asintió. Le temblaba el labio inferior.

—La cosecha, los cachorros de Samhein. Buenos cachorros, buenos cachorros… No matan a Caleb. No hacen daño a sus niños. Piedad. Por favor. Piedad…

—Si no contestas a mis preguntas, mataremos hasta al último de tus engendros. No dejaremos ninguno con vida. ¿Me comprendes? —La falta de expresividad de Bruno hacía aún más imponente su amenaza—. ¿Lo has entendido?

El rostro aterrorizado de Caleb fue respuesta suficiente.

—¿Sabes para qué nos han traído aquí? —preguntó entonces el italiano.

—Caleb no sabe nada —gimoteó—. Caleb solo cuida a sus niños. Nadie habla con Caleb y Caleb no habla con nadie.

—Si me mientes…

—¡No es mentira! ¡Caleb dice verdad! ¡Promete y jura! Los cachorros de Samhein vienen y mueren rápido. Casi nunca los vemos. ¡No sabemos qué hacen, ni qué quieren! Solo queremos que nos dejen en paz y que no nos hagan daño… – Volvió la vista hacia Marco, desesperado—. No nos hagan daño… Por favor… No nos hagan daño.

—¿Qué ocurre cuando sale la Luna Roja?

Aquel astro se había convertido en una obsesión para ellos. Si ver avanzar día a día la estrella de diez puntas rumbo al punto rojo de la esfera no les producía bastante ansiedad, a lo largo de sus idas y venidas por Rocavarancolia no habían hecho otra cosa que toparse con representaciones de esa luna. La encontraban en grabados y tapices, en escudos de armas, bordada en las alfombras… La Luna Roja estaba en todas partes. Un cuadro en particular en una mansión semiderruida le había puesto a Hector los pelos de punta; en él se apreciaba una multitud de criaturas extrañas postradas en terreno yermo, adorando a la inmensa luna escarlata que se alzaba sobre una ciudad que solo podía ser Rocavarancolia.

Caleb negó con la cabeza, sin parar de sollozar.

—No sé. No sé. No sé… Me escondo cuando sale la gran luna. Bajo a las catacumbas y me encierro durante días. La gran luna no es buena. No es buena. La ciudad tiembla. Los animales gritan. Y yo grito con ellos y tengo tanto miedo…

—Es inútil, Bruno —dijo Marina—. Déjalo en paz. No sabe nada. Lo único que haces es asustarlo.

El italiano asintió, se giró y retrocedió un paso.

—Enciérralas —ordenó a Caleb.

El hombre se levantó a trompicones, sin dejar de asentir una y otra vez. Se llevó el silbato a los labios y lo hizo sonar varias veces. Las hienas fueron entrando en el corral, sin apartar la vista de ellos.

El olor a bestia encerrada y a humedad era sofocante. Tres corrales ocupaban la curva interna del sótano, cada uno con cercas de madera de distinta altura y grosor, y un sinfín de jaulas apiladas contra las paredes. Entre las columnas se veían los restos de lo que parecían ser unos ascensores primitivos y varias trampillas, idénticas a la que había usado el tal Caleb. Las paredes estaban cubiertas de mosaicos; la mayoría de sus piezas había desaparecido, pero uno de ellos se conservaba en buenas condiciones; en él se podía ver a un guerrero impresionante de armadura oscura, escoltado por varias hienas cubiertas por corazas y yelmos puntiagudos. El guerrero empuñaba en la mano izquierda una cimitarra y en la derecha el extremo del ramillete de cadenas que sujetaban a las bestias.

—¿Estáis todos bien? —preguntó Marco una vez las hienas estuvieron encerradas en los corrales.

Asintieron todos excepto Ricardo, que dio un paso al frente mientras se llevaba una mano al brazo herido sin llegar a tocarlo.

—Una de ellas me lanzó un buen zarpazo. No lo vi venir.

Poco quedaba en Ricardo de la seguridad de antaño. Tras la muerte de Alexander, se había desentendido por completo del liderazgo del grupo, cediéndoselo en exclusiva a Marco. Aunque no lo había comentado abiertamente, Hector sabía que se sentía culpable por lo sucedido.

Bruno hizo que Ricardo se sentara y luego se acuclilló junto a él, con la mochila abierta a sus pies. Le retiró con cuidado la manga desgarrada para que la herida quedara al descubierto. Era bastante aparatosa: un arañazo profundo que iba desde el hombro hasta el codo. La sangre bañaba por completo el brazo. Ricardo resopló y miró hacia otro lado, lívido.

—¿Quieres que lo haga yo? —le preguntó Natalia a Bruno, apoyada en su alabarda.

El italiano negó con la cabeza y hurgó en la bolsa hasta dar con un talismán cargado. Sacó una larga cadena de hierro de la que pendía una figura de león labrada en bronce. La enroscó en su muñeca, echó hacia atrás la cabeza y comenzó a canturrear aquella salmodia lenta que tan bien empezaba a conocer Hector.

No había olvidado el escalofrío que le recorrió al ver a Bruno ejecutar ese hechizo por vez primera. Adrian yacía inmóvil en la cama, más muerto que vivo, con los ojos entrecerrados y aquella herida espantosa a la vista. Apenas respiraba. El italiano había recolectado todos los cristales mágicos cargados con los que contaban y, mientras los sujetaba en la mano izquierda, había comenzado a canturrear la misma letanía que cantaba ahora sin dejar de agitar la mano derecha. El hechizo surtió efecto al tercer intento. Una luz ambarina bañó ambas manos de Bruno antes de extenderse por el cuerpo del herido. Todos observaron asombrados como la herida del vientre se cerraba poco a poco, y como la carne púrpura y ennegrecida a su alrededor se sonrosaba por momentos. Aquel proceso había durado varios minutos hasta que, de pronto, Adrian se incorporó en la cama con tal vigor y de manera tan repentina que los sobresaltó. Tenía los ojos desorbitados.

—¡Los caballos! ¡Sacad los caballos! ¿No los oís? ¡¿No lo veis?! ¡Se queman! ¡Se están quemando! —gritó. Acto seguido se desplomó otra vez y la luz que lo rodeaba se disipó.

Curar a Adrian agotó considerablemente a Bruno. El joven respiraba con dificultad y estaba empapado de sudor. Cuando se puso en pie tuvieron que sujetarlo para que no cayera. Marina y Ricardo intentaron lanzar ese mismo sortilegio sobre Natalia, pero, a pesar de seguir al pie de la letra las instrucciones del libro, no lo consiguieron. Luego llegó el turno de Hector. Entonó lo mejor que pudo la salmodia mágica mientras realizaba los movimientos pertinentes, con un ojo puesto en el libro y el otro en Natalia. A mitad del sortilegio notó bullir algo en su interior, una corriente inexplicable que trataba de alcanzar las puntas de sus dedos. No lo logró; aquel fuego era débil y se extinguió a medio camino.

Al final no les quedó otro remedio que esperar a que Bruno se recuperara para lanzar el hechizo. Y nada más hacerlo, con aquella bruma ámbar bañando todavía el cuerpo de Natalia, el italiano cayó inconsciente. Tardó tanto en despertar que pensaron que algo malo le había sucedido. Solo más tarde quedó claro que aquella debilidad extrema era un efecto secundario del uso de la magia. La hechicería resultaba más exigente y agotadora de lo que habían supuesto. Y como se demostró a lo largo de los días siguientes, estaba fuera del alcance de la mayoría. De todos los que intentaron algún hechizo, solo lo logró Natalia.

La herida de Ricardo se fue cerrando también a ojos vista. En unos instantes, el único rastro que quedó fue la sangre de su ropa. Bruno jadeó y se levantó, débil, pero entero.

—¿Estás bien? —le preguntó Natalia.

—Unos minutos, dadme unos minutos para recuperar el aliento… —Se quitó el amuleto de la mano y lo dejó caer en el saco.

—Cachorros de Samhein buenos. Buenos cachorros. —Caleb se había acuclillado junto a una hiena paralizada. Palmeó su lomo y miró a Hector con aire suplicante—. No dejarlas así, ¿verdad?

—No te preocupes, en un rato se recuperarán —le dijo. El hombrecillo seguía desolado—. Nos atacaron, ¿vale? Llevaban días haciéndolo, no puedes echarnos la culpa por defendernos.

Caleb se encogió de hombros y miró hacia el suelo.

—¿Puedo curar a las que están heridas? —le preguntó Natalia a Marco. Miraba a una hiena que gemía a las puertas de un corral, con los cuartos traseros empapados en sangre.

—¡Oh! —El rostro de Caleb se iluminó—. ¡Niña buena! ¡Preciosa niña! ¡Corazón y alma grande! —Se incorporó a medias y se acercó casi de rodillas a Natalia. La tomó de una mano y se la llevó a la mejilla. La rusa hizo una mueca y la apartó de un tirón antes de que se la besara.

—Tú preocúpate de que no me muerdan —le advirtió.

—Unos minutos… —murmuró Bruno, sentado en el suelo todavía sin aliento—. Unos minutos y te ayudaré…

—Está bien —concedió Marco—. Pero curad solo a las más graves. No vamos a arriesgarnos a que os agotéis. Mañana podemos regresar para curar a las demás.

—¡Cachorros benditos! —Caleb se arrastró ahora hasta Marco, que retrocedió para evitar que lo tocara—. ¡Cachorros buenos y santos!

—Si alguna me muerde… —dijo Natalia mientras agitaba la alabarda ante ella.

—No, Caleb promete y jura, no, no… —insistió—. No morderán, no, no…

Hector contempló con el ceño fruncido al hombrecillo extravagante que se arrodillaba una y otra vez en el suelo. No era el primer habitante con que se topaban en sus exploraciones. Solo unos días antes se habían cruzado con un hombre enjuto de pelo rubio y lacio; llevaba un par de arpones cruzados a la espalda y un barril de buen tamaño en brazos y, tras limitarse a observarlos sin demasiada curiosidad, había continuado su camino. Tenían claro que Rocavarancolia no estaba tan deshabitada como podía parecer a simple vista.

Natalia pudo curar a dos hienas antes de agotar la energía de los talismanes y la suya propia. Quedaban otras cuatro heridas, aunque solo una parecía estarlo de gravedad, con un tajo considerable en el vientre. Bruno se encargó de ella una vez se recuperó. Mientras tanto, el resto se dedicaba a vagabundear por los sótanos, poniendo cuidado en no acercarse a los corrales y sus ocupantes.

—Chicos —llamó Marina. Estaba junto a la hilera de jaulas y señalaba dentro de ellas—. Esto está lleno de trastos. Venid a echar un vistazo.

—Son mis cosas —se apresuró a decir Caleb aproximándose a grandes zancadas—. Cosas que encuentro y guardo. Nada valioso. Nada que pueda interesar a los cachorros de Samhein, seguro. Solo cosas tontas.

El grupo se acercó a las jaulas. Eran doce, todas ellas repletas de los objetos más diversos: piezas de armadura, pedazos de muebles policromados, esculturas pequeñas, marcos de cuadros y ventanas, cristales de vidrieras… Hasta vieron un arpa de plata con las cuerdas rotas. El único elemento común en todas aquellas cosas era su colorido. El tono predominante en Rocavarancolia era el gris de la piedra, pero en aquellos objetos quedaba claro que en el pasado en la ciudad hubo sitio para la luz y el color.

—Qué bonito —dijo Marina, acariciando entre los barrotes el cuello de un cisne de jade jaspeado.

—¿Bonito? ¡No! Cosas tontas y brillantes, nada más —aseguró Caleb mientras se retorcía las manos con ansiedad—. Solo eso. Tontas cosas tontas para el tonto Caleb. Nada que interese a los buenos cachorros de Samhein…

—No te las vamos a quitar —le aseguró Hector. Había cogido un espejo de mano de marco dorado y lo contemplaba aturdido. El cristal estaba resquebrajado y le devolvía su imagen multiplicada y fraccionada. En el torreón Margalar no había espejos y hacía semanas que no se veía la cara. Le sorprendió ver que su rostro no era tan redondeado como lo recordaba. Además, le había crecido bastante el pelo y, para su sorpresa, le había comenzado a salir un bigote casi imperceptible sobre el labio superior, más pelusa que vello auténtico.

«¿Y tú quién diablos eres? —preguntó para sí al extraño del espejo—. No te conozco. ¿Quién eres?».

—¿Qué es esto? —oyó preguntar a Ricardo.

Había sacado de una de las jaulas dos objetos cilíndricos y alargados que a Hector le recordaron vagamente a telescopios. Eran tubos de madera policromada de metro y medio de largo, con tapones dorados a rosca en los extremos. Ricardo desenroscó uno de ellos y al instante varios pergaminos enrollados se deslizaron fuera sin llegar a salir del todo. En cuanto los vio, Bruno se acercó, alerta siempre a la aparición de cualquier documento o libro que pudiera añadir a su creciente biblioteca mágica.

Ricardo intentó extender una de las enormes hojas ante él, pero era tan poco manejable que solo logró mantener abierta la parte superior. El pergamino estaba escrito a tres columnas, con caracteres en tinta roja y varias ilustraciones repartidas por su superficie. En una de ellas se veían varios hombres a caballo ante las murallas de una ciudad de muros negros. En otra, un grupo de seres demoníacos se despeñaba por un acantilado y por la expresión risueña de sus caras parecían felices de hacerlo. No eran dibujos muy afortunados.

—No está escrito en el idioma que conocemos —dijo Ricardo—. Espera... Sí... —Entrecerró los ojos—. Es parecido, muy parecido. Algunas palabras las comprendo pero hay muchas que no.

—Es algún tipo de dialecto derivado o tal vez una forma primitiva del mismo lenguaje —dijo Bruno con otro pergamino mal desplegado entre las manos—. En la torre de hechicería encontré varios libros escritos en esta lengua y de uno de ellos al menos existía una copia en el idioma que aprendimos en la fuente. Si no recuerdo mal, llevé ambos ejemplares al torreón.

—Si es así, podría intentar traducirlos —comentó Ricardo—. La cuestión es si merecería la pena hacerlo.

Marina y Natalia habían abierto el otro cartucho y sacado varios pergaminos de su interior. Uno de ellos, de un tono rojo tétrico, parecía haberles llamado tanto la atención que estaban desenrollándolo entre ambas. Buena parte del grupo se dispuso a su alrededor conforme lo abrían.

En la parte superior del pergamino, retratada con el mismo grado de detalle con el que ya la habían visto en tantas y tantas ocasiones, estaba la Luna Roja, con la línea del Ecuador quebrada y agrietada. El resto de la página lo ocupaba un dibujo espectacular de la catedral oxidada. Sus pináculos y contrafuertes erizados se elevaban en el papel como una visión de pesadilla que a punto estuviera de traspasarlo. Todo el edificio parecía despedir un brillo extraño, un resplandor mezcla de sangre y fuego. Pero lo más espantoso de aquel dibujo no era la catedral en sí misma; lo más terrible era lo que surgía de ella.

De los muros y altas torres emergía un sinfín de siluetas oscuras. Eran formas difusas, fantasmales, que se filtraban a través de las paredes, ansiosas de libertad. Había pocas iguales. De la catedral surgían espectros contrahechos que se retorcían de un modo espantoso mientras se liberaban de la piedra, sanguijuelas hechas de oscuridad, monstruos informes y pesadillas aladas. De una de las torres centrales estaba escapando una criatura horrible, de cabeza gigantesca y brazos peludos terminados en largas garras. Hector reconoció sin dificultad al espanto que tanto lo había impresionado en la plaza de la batalla petrificada.

Todas las criaturas que emergían de la catedral elevaban los brazos al cielo en actitud reverencial hacia la luna que flotaba sobre ellos.

—¿Eso pasa cuando sale la Luna Roja? —preguntó Natalia—. ¿La catedral se pone a escupir monstruos? ¿Eso es lo que va a ocurrir?

Nadie contestó.

Decidieron regresar al torreón Margalar nada más salir del anfiteatro a pesar de que todavía contaban con un par de horas de luz. La lucha contra las hienas, la aparición de Caleb y el descubrimiento de los pergaminos habían sido suficientes para un día de exploración. Además, Bruno estaba agotado y no se veía capaz de lanzar un solo hechizo más. Era tal su cansancio que hizo lo que nunca antes había hecho: ceder su báculo y el hatillo de talismanes de reserva a Natalia.

Pusieron rumbo al torreón por la misma avenida que los había traído hasta allí. Hector, con uno de los grandes rollos de pergamino bajo el brazo, contempló el cielo de Rocavarancolia, casi blanco y limpio de nubes. Cada vez le costaba más trabajo recordar cómo era el cielo de la Tierra y, lo que más le dolía, cada vez le costaba más recordar los rostros de su familia. Tan solo su hermana Sarah permanecía indeleble en su memoria, el resto comenzaba a desdibujarse poco a poco. Hector temía que todos los recuerdos de su vida anterior a aquella aciaga noche de Halloween fueran a desaparecer.

Llevaban mes y medio en Rocavarancolia, y en los últimos diez días, al fin, se habían dedicado a explorar la ciudad. Fue Bruno quien terminó convenciéndolos de la necesidad de hacerlo. No dejaba de repetir que era absurdo permanecer encerrados en el torreón cuando lo que debían hacer era intentar desentrañar los misterios de Rocavarancolia cuanto antes.

Su supervivencia, aseguraba, podía depender de ello. Hector no tuvo más remedio que darle la razón. Cada día que pasaba estaba más convencido de que la sensación de seguridad que les proporcionaba la torre era falsa.

En sus exploraciones avanzaban en dirección este, rumbo a los acantilados y el mar, eligiendo siempre las calles despejadas y esquivando en la medida de lo posible los pasos más tortuosos. Su avance era lento, ya que no había día que no registraran de arriba abajo dos o tres edificios. Escogían con sumo cuidado los lugares donde entraban, ignoraban las casuchas humildes, igual que las construcciones tan dañadas que solo poner un pie dentro ya entrañaba riesgo; lo que les interesaba eran los palacetes y las grandes mansiones, los torreones y los edificios singulares. Cuando la luz comenzaba a declinar regresaban al torreón Margalar.

Rachel siempre marchaba al frente. La joven era una pieza tan importante en sus planes de explorar la ciudad que no les había quedado más remedio que esperar a que su tobillo sanara por completo para ponerse a ello. Ella era siempre la primera en traspasar umbrales y abrir puertas, armarios o los pocos cofres que hallaban en su camino. Sin su inmunidad a la magia habría sido demasiado arriesgado explorar Rocavarancolia. Habían perdido ya la cuenta de las veces que su amiga había sentido aquel picor intenso que anunciaba la presencia de la magia; en la mayoría de los casos la encontraban en las entradas de los edificios o las puertas de las habitaciones, pero a veces aguardaba en lugares tan insospechados como en mitad de una calle, en el peldaño de una escalera o en el ojo de un puente. Cuando la joven detectaba la presencia de un hechizo, Bruno buscaba el modo de desactivarlo, aunque pocas veces lo conseguía.

Y si Rachel era importante para el grupo, lo mismo se podía decir del italiano y de Natalia. Saber que contaban con alguien capaz de curar sus heridas casi al instante les daba confianza. Natalia no podía lanzar más de cuatro o cinco hechizos sin quedar agotada, pero Bruno ya era capaz de emplear hasta una docena sin dar muestras de fatiga.

—De todas formas, recordad que hay heridas que no se pueden curar —les advertía una y otra vez Marco—. Si algo os corta la cabeza, no creo que exista magia alguna capaz de pegárosla de nuevo al cuello. No seáis menos precavidos porque Bruno y Natalia puedan curarnos, ¿vale?

Rachel caminaba justo delante de Hector. La joven se apartó el pelo de la cara con una mano, se percató de que la miraba y le sonrió.

—Te portaste bien allí dentro. Buenos golpes, rápidos, fuertes.

—Pero me distraje. —Hector se encogió de hombros, tomó entre sus dedos el bajo destrozado de su casaca y lo hizo aletear al aire—. Faltó poco para que uno de esos bichos me destripara.

—Aprenderás. Todos aprendemos.

Lo que resultaba sorprendente era lo rápido que ella había aprendido la lengua de Rocavarancolia. Ricardo se había revelado como un profesor excelente y con una paciencia fuera de toda medida. Cada noche se apartaban del resto para enseñarse el uno al otro sus respectivos lenguajes. Marina se les unió en las primeras lecciones, ya que Rachel hablaba francés y ella pensó que sería buena idea intentar recuperar su idioma natal, pero desistió al poco tiempo. Le entristecía tener que aprender de nuevo una lengua que había sido la suya.

Mientras Ricardo y Rachel se dedicaban a aprender idiomas, Bruno y Natalia seguían profundizando en los misterios de la magia. Casi habían vaciado la torre de hechicería, al menos las tres plantas a las que habían podido entrar. No habían encontrado modo alguno de acceder a la cuarta y última, la que era diferente por completo al resto del edificio; no había puerta ni escalera ni pasadizo que condujera a ella. Bruno se había pasado tardes enteras examinando el techo y recorriendo el torreón en busca de alguna pista que le revelara el modo de subir a esa última planta, pero había sido inútil. El italiano sospechaba que la única forma de conseguirlo era mediante magia.

Hector recordaba bien la primera vez que habían entrado en la torre ante cuya puerta había muerto Alexander. Rachel iba la primera y todos la seguían, muertos de miedo, empuñando con torpeza sus armas y antorchas. Lo primero que se encontraron fue una criatura espantosa de aspecto lobuno, con placas coriáceas cubriendo su lomo y la parte alta de su cabeza descomunal, observándolos con los ojos extraordinariamente abiertos desde el centro de la estancia. El animal estaba disecado, pero tardaron un tiempo en recuperarse de la impresión terrible que les causó toparse de bruces con él. Había varias habitaciones en la primera planta de la torre. Eran salas alfombradas repletas de tapices, estantes, mesas y baúles, con antorchas de fuego perenne diseminadas por doquier.

Permanecieron apiñados tras Rachel mientras ella avanzaba despacio por la planta baja, alerta a cualquier hechizo. Se topó con varios diseminados por el lugar; el más potente, entre dos armaduras impresionantes de oro y plata, colocadas a ambos lados de una arcada que conducía a una sala tapizada en verde a la que por supuesto no intentaron entrar. Era Rachel quien guiaba, nadie tocaba nada que ella no tocara antes ni daba un paso sin que ella lo hubiera dado. No se entretuvieron mucho tiempo en aquella primera visita a la torre. No llevaban más que unos minutos dentro cuando Marco descubrió en una estantería abarrotada un libro cuyo lomo, escrito en la lengua que dominaban, tenía grabado el título elocuente de *La sanación mágica y la restauración inmediata: hechizos y didáctica.*

La mayoría de los libros, amuletos y talismanes que localizaron en la torre de hechicería se repartía ahora por las habitaciones del torreón. Buena parte de los libros estaba escrita en idiomas extraños, pero había muchos perfectamente comprensibles. Ninguno de ellos hablaba de Rocavarancolia; no encontraron ni una mención a la ciudad, pero sí la suficiente información sobre los tipos de magia y sus hechizos como para mantenerlos ocupados en su estudio durante meses. De cuando en cuando, Bruno y Natalia los ponían al corriente de sus descubrimientos o les mostraban los pocos sortilegios que lograban aprender. La mayoría estaban fuera de su alcance: o exigían un poder del que carecían, ni aun recurriendo a cargas mágicas, o eran tan agotadores que corrían el riesgo de desmayarse en cuanto intentaran lanzarlos.

Pero había que reconocer que los pocos hechizos que dominaban eran bastante útiles. Un anochecer, el italiano se había filtrado como un fantasma por los muros del torreón, dándoles un susto de muerte a todos. Durante más de media hora fue completamente intangible; resultó impresionante verlo atravesar los muebles del torreón y todavía fue más perturbador para Hector sentir la frialdad viscosa de la mano de Bruno pasando a través de la suya cuando quiso demostrar que podía traspasar un cuerpo humano. Otro día, mientras combatían en el patio, Natalia, harta de ver como Ricardo la hacía retroceder una y otra vez, le había lanzado el conjuro de inmovilización, dejándolo congelado durante un buen rato para desconsuelo del chico y divertimento de la joven.

Cuanto más practicaban la magia, menos esfuerzo les costaba hacerlo.

—Es como si hubiéramos empezado a usar músculos que nunca antes hubiéramos utilizado. Es normal que al principio estén débiles, pero con la práctica los vamos fortaleciendo —les explicó Bruno.

—¿Por eso nosotros no podemos lanzar ni un solo hechizo? —quiso saber Hector. Se sentía decepcionado por su manifiesta ineptitud hacia la magia—. ¿Nuestro músculo está más atrofiado que el vuestro o qué?

—No. Esos músculos, esa capacidad de hacer magia reside en todos y cada uno de nosotros. Eso aseguran los libros al menos. Lo que falla es vuestro caudal de energía, vuestro poder... Y no creáis que el nuestro es muy superior, Natalia y yo contamos con el suficiente para hechizos de bajo nivel y solo si recurrimos a la ayuda de talismanes, pero poco más.

«¿Entonces para qué nos han traído? —se preguntaba Hector a menudo—. ¿Y qué es lo que me hace tan especial a mí?». Por lo que había creído entender tanto en las palabras de Denéstor como en las de dama Serena, su potencial era enorme, el mayor de todo el grupo si debía creer a la fantasma. Pero ¿potencial para qué? Estaba claro que no para la magia. No podía lanzar ningún hechizo, por pequeño que este fuera, ni con la ayuda de talismanes ni sin ella; cada vez que lo intentaba sentía como en su interior bullía la fuerza extraña que ya había notado al tratar de curar a Natalia; era un torbellino de energía imprecisa que se agitaba y agitaba, sin llegar a concretarse nunca.

Para lo que sí servían todos, excepto Rachel, era para cargar talismanes. En ese caso, Hector sí notaba como aquella energía perturbadora llegaba a buen puerto; la sentía caracolear por las yemas de sus dedos y transmitirse al amuleto que estuviera cargando. Se había vuelto algo cotidiano ver a cualquiera de ellos con uno de esos objetos en la mano. Por suerte, la mayoría no necesitaba sangre para cargarse y bastaba con mantenerlos en contacto con la piel. La mayor parte de esas baterías mágicas tenía muy poca capacidad, pero otras, como en el caso del báculo de Bruno, eran capaces de retener tanta energía que podían pasarse horas cargándolas sin terminar de llenarlas nunca.

De regreso al torreón Margalar pasaron junto a otra torre de hechicería, la segunda que habían descubierto en la ciudad. Estaba en el extremo de una calle curvada, de edificios cilíndricos, cuyas diferentes alturas le otorgaban el aspecto de un gigantesco órgano catedralicio que emergiera del suelo rocoso. Rachel había detectado un fuerte encantamiento en el umbral de la torre, pero en esta ocasión había resultado imposible desactivarlo. No parecía ser el mismo que había acabado con Alexander y, por la comezón que sintió Rachel, debía de ser aún más potente que aquel. Por supuesto, no se arriesgaron a entrar en la torre. Rachel se ofreció a entrar sola y, aunque Bruno pareció tentado con la idea, al final imperó el sentido común y decidieron que no era prudente dejar que lo hiciera. Si algo le ocurría allí dentro, no podrían ayudarla.

Mistral se detuvo a mitad de la calle de los edificios tubulares, un aleteo brillante entre las construcciones había llamado su atención. El pájaro de dama Desgarro revoloteaba entre las cornisas, con el ojo repulsivo de la custodia del Panteón Real en el pico. Aquella mujer seguía vigilándolos de cerca. Perdió de vista el ave en una confusión rápida de destellos metálicos y durante unos instantes contempló pensativo el lugar donde había estado el pájaro. El comportamiento de dama Desgarro no era normal, pero ¿qué podía decir él sobre comportamientos extraños? Cada día que pasaba con la cosecha el riesgo era mayor, para él y para ellos. Le resultaba sorprendente que aún no lo hubieran descubierto.

—¿Ocurre algo? —le preguntó Hector.

El cambiante negó con la cabeza y prosiguió la marcha, con las manos apoyadas en las empuñaduras de las dos espadas que llevaba al cinto, una a cada lado. Tenía que irse, eso era lo que le dictaba el sentido común, debía abandonarlos a su suerte de una vez por todas. ¿Qué más podía hacer por ellos?

Conocían lo suficiente de armas como para defenderse de las alimañas de Rocavarancolia y, además, ahora contaban con la magia. Su presencia ya no era necesaria; había acabado con lo que había venido a hacer. Pero algo impedía que los abandonara: la promesa hecha a Alexander de proteger a su hermana lo ataba más allá del deber, aquel juramento lanzado casi sin pensar ante la torre Serpentaria lo obligaba a permanecer en el torreón Margalar, a pesar de lo que tanto el sentido común como Denéstor Tul insistían en repetirle una y otra vez.

El promontorio y el torreón surgieron en la distancia. La cinta azul brillante que era el riachuelo se derramaba por la tierra agrietada, giraba en torno a la elevación como si pretendiera estrangularla y luego desaparecía engullida por el foso.

En el reloj del torreón, la estrella de diez puntas había llegado a la altura de las seis menos cuarto.

Madeleine bajó el puente levadizo, pero, como de costumbre, no salió a recibirlos. La encontraron sentada en la mesa más alejada de la puerta principal, con las piernas flexionadas y los pies descalzos apoyados en el borde. Se dedicaba a ir cargando talismanes y a dejarlos en un cestillo una vez estaban listos. La saludaron al entrar y ella correspondió a cada saludo con un cabeceo ligero, sin levantar la vista del medallón que cargaba en ese momento: un colgante con forma de cabeza de lobo. De la silla donde se sentaba colgaba la espada verde que Alexander apenas había tenido tiempo de empuñar; siempre la tenía cerca, hasta cuando dormía.

Adrian no estaba en la planta baja. Hector supuso que estaría fuera, en el patio, donde pasaba las horas dedicado de manera maniática a ejercitarse con la espada. Solo cuando la noche caía y llegaba la hora de los murciélagos flamígeros, envainaba el arma y entraba en el torreón. Pero ya no daba la impresión de hacerlo por temor, parecía tomar la aparición de esas criaturas más bien como una señal convenida entre él y su obsesión para poner fin a la jornada.

Lizbeth y Rachel se acercaron a Madeleine mientras el resto dejaba en la mesa principal los pergaminos de Caleb. Ricardo extendió uno sobre la tabla, colocando vasos y tinajas en los extremos para que no se plegara, y lo estudió con atención. Le preguntó a Bruno por los libros que había mencionado en los sótanos del anfiteatro y el italiano subió a buscarlos.

Hector se sentó en un butacón de piel gastada y se quitó las botas. Fue tan intenso el alivio que sintió al descalzarse que suspiró sonoramente. Desde hacía diez días no paraban ni un momento: por las mañanas se entrenaban en el patio bajo la supervisión de Marco, a media tarde salían a por provisiones y después exploraban la ciudad. No era extraño que al anochecer Hector siempre estuviera agotado.

Alguien pasó tras él de camino al patio y le revolvió el cabello con ternura. No se giró para ver de quién se trataba. Quizá Natalia o tal vez Marina. Toda su atención estaba puesta ahora en Maddie. La joven estaba hablando con sus dos amigas o, más bien, escuchando con desgana lo que las otras le decían. Ni Rachel ni Lizbeth parecían desanimarse ante su apatía, continuaban contándole sus andanzas de aquella tarde como si estuviera tan entusiasmada como ellas.

Madeleine seguía siendo hermosa, ni la tristeza que ahora se reflejaba en sus rasgos ni el hecho de estar siempre desarreglada habían malogrado su belleza. Más bien al contrario, su hermosura había ganado un aire de abandono salvaje que la hacía aún más atractiva.

A Hector le resultaba imposible hacerse una idea de por lo que Madeleine estaba pasando. Cada vez que intentaba ponerse en su lugar sentía vértigo. En toda su vida nadie cercano a él había fallecido. Y la sola idea de que algo malo pudiera ocurrirle a Sarah o a sus padres lo desarmaba por completo. Pero lo que no lograba entender era el comportamiento de Adrian. Se había encerrado tanto en sí mismo que todavía resultaba más inaccesible que Madeleine. Para Adrian, el mundo parecía haberse reducido a sus peleas eternas en el patio. Ni siquiera los libros de magia habían llamado su atención. Hector a veces se preguntaba contra qué luchaba allí fuera. ¿Contra su cobardía? ¿Contra algún sentimiento extraño de culpa por la muerte de Alex?

Natalia pensaba que el hechizo de curación de Bruno había llegado demasiado tarde para Adrian. El italiano había conseguido salvar su cuerpo pero no su espíritu. Al menos no del todo.

—Es como si una parte de él se hubiera muerto antes de que Bruno lo salvara —les había dicho la noche antes—. Ese chico no es Adrian, al menos no es el mismo que conocimos.

Estaban sentados a la mesa del patio, todos menos Madeleine, que ya se había ido a la cama, y el propio Adrian, que acababa de entrar en el torreón tras el primer atisbo de llamas en el aire.

—Me dan escalofríos. Es como si fueran fantasmas. —Marina suspiró, recostada sobre la mesa, con la cara ladeada y apoyada en sus brazos cruzados—. ¿Cuánto tiempo van a estar así?

Fue Ricardo quien contestó.

—No hay un tiempo. —Los ojos le brillaban. Hector comprendió que estaba pensando en su madre, fallecida dos años antes—. Simplemente mejoras sin darte cuenta. Un día de pronto duele menos… Pero no hay un tiempo, ni fechas. Es… —Tragó saliva—. Es la ausencia… Y ese frío terrible cada vez que despiertas y recuerdas que se te ha roto el mundo.

—Suena horrible —dijo Lizbeth.

—Es horrible. Pero pasa. Todo pasa —continuó el joven—. Te acostumbras a ese nuevo mundo. No te queda otro remedio si quieres seguir adelante.

—Pero ¿y si ellos no quieren seguir adelante? —quiso saber Marina—. ¿Qué ocurre entonces?

La voz de Natalia junto a él le hizo volver al momento presente. La joven le tendió un pedazo de carne guisada envuelto en un paño manchado de grasa.

—¿No tienes hambre? —le preguntó.

—Siempre tengo hambre.

Tomó el trozo de carne, intentando no pringarse las manos ni manchar el asiento. Natalia se sentó sobre el brazo del viejo sofá con las piernas cruzadas y una pieza de fruta entre las manos. De uno de los bolsillos de su faldón extrajo un pedazo de pan reseco que dejó caer en el regazo de Hector. Luego se dedicó a la fruta. Natalia era la única que había engordado desde que estaban en Rocavarancolia y le sentaba bien. La dureza de sus rasgos se había suavizado, dotando a su rostro de una dulzura que antes no tenía. Y como si se tratara de un reflejo, su carácter se había dulcificado también, aunque por supuesto no en el mismo grado: la mayor parte del tiempo seguía tan seca y agria como de costumbre.

Y seguía empeñada en no hablar a los demás de las sombras que los acechaban. Ni siquiera el hecho de que una de ellas la hubiera ayudado había logrado que cambiara de opinión.

—Tú no las ves, no tienes ni idea de cómo son —le había dicho hacía unos días, cuando él insistió por enésima vez en el tema—. No ves el odio con el que nos miran. ¿Sabes por qué creo que me ayudó aquella sombra? Porque no soportaba la idea de que me matara algo que no fuera ella.

—Pero ¿y si te equivocas?

—¿Eres tonto? ¿No me escuchas? ¡No me equivoco! ¡Son malvadas! ¿Quieres que te cuente lo que están haciendo ahora mismo?

—Se acercó con rapidez a él para susurrarle al oído—. Hay dos a tu espalda. —Hector contuvo el impulso de volverse. Y no por saber que su gesto sería inútil, sino por temor a que por una vez no lo fuera—. Se retuercen la una sobre la otra y alargan sus garras hacia nosotros, como si quisieran atraparnos o desgarrarnos o… —bufó y se apartó de él—. Son monstruos, ¿me oyes? ¡Monstruos! Y nos odian.

Esa había sido la última conversación que habían mantenido sobre las sombras de Natalia. Aun así, el hecho de que ella no quisiera hablar a los demás de esos seres no significaba que ellos no se dieran cuenta de que algo extraño le ocurría. Eran frecuentes las ocasiones en que Natalia se quedaba mirando al vacío con expresión inquieta, hasta asustada a veces. Hector sabía qué estaba contemplando en aquellos momentos, pero el resto lo único que podía ver era que, de pronto, Natalia se alteraba sin razón aparente.

Hector se dedicó a la carne y al pan, charlando de nimiedades con ella. Cuando terminó no se quedó con hambre, aunque tampoco del todo satisfecho, con gusto habría comido más. Esa sensación, la de no estar saciado por completo, era ya tan familiar para él como la del cansancio nocturno. Tras la muerte de Alex habían decidido no dividir el grupo a no ser por causas de fuerza mayor. Eso en la práctica significaba que solo recogían las provisiones de uno de los puntos de entrega. Optaron por la plaza espeluznante repleta de criaturas petrificadas, más que nada por ser el más próximo al torreón. Con la cantidad de víveres reducida a la mitad, ya no podían permitirse excesos y no les quedaba otro remedio que medir bien las raciones.

Bruno bajó finalmente trayendo los dos libros. El italiano seguía poniéndolo nervioso; en las semanas que llevaban en Rocavarancolia nada había cambiado en su modo de ser y actuar. Seguía siendo la frialdad personificada, solo cuando estaba entre sus libros o haciendo magia se adivinaba emoción en su mirada, un brillo desvaído y enfermizo que inquietaba todavía más a Hector. El italiano bajó las escaleras como un autómata y como tal le tendió los libros a Ricardo. Eran dos volúmenes de mediano tamaño, aunque bastante gruesos. Natalia y Hector se levantaron del sofá al poco tiempo y se acercaron a la mesa donde Ricardo examinaba los libros y los pergaminos bajo la mirada inexpresiva de Bruno.

—¿Cómo lo ves? —preguntó Hector mientras echaba un vistazo al caos de pergaminos extendidos que cubrían la mesa. Para él estaban escritos en una jerigonza incomprensible, aunque de cuando en cuando asomaba alguna palabra conocida en aquel galimatías.

—Puedo traducirlos —aseguró Ricardo—. No será una traducción fiel al cien por cien, pero debería bastarnos para saber qué pone. —Dio unos golpes con el puño sobre el dibujo horrible de la catedral roja—. Y aquí hay respuestas. Lo sé. Por lo que he visto, la mayoría de los textos tratan de la historia de Rocavarancolia, aunque hay dos pergaminos dedicados en exclusiva a la Luna Roja y al edificio monstruoso de las afueras. Esos serán los que traduzca primero.

—¿Cuánto tardarás?

—No lo sé, un par de días, supongo. Aunque si todo va bien, tendré respuestas antes.

Decidieron que lo mejor sería que Ricardo se centrara en la traducción de los pergaminos y los demás se quedarían mientras tanto descansando en el torreón. No querían arriesgarse a explorar la ciudad sin uno de sus principales pilares ofensivos y además el cansancio no era patrimonio exclusivo de Hector. La larga semana de correrías por la ciudad los había agotado a todos. La única desilusionada por la noticia fue Rachel: disfrutaba con esas salidas y, sobre todo, teniendo a todo el mundo pendiente de ella.

Después de charlar un rato con Ricardo y Natalia y contemplar entre fascinado y horrorizado aquellas hordas de espantos que fluían literalmente de los muros de la catedral roja, Hector decidió salir un rato al patio. Aquel dibujo lo desasosegaba sobremanera; había interrogado con la mirada a Natalia para saber si esas siluetas oscuras se parecían a sus sombras, pero ella había negado con la cabeza.

Fuera, el viento comenzaba a soplar con fuerza. El clima en Rocavarancolia era siempre idéntico, día tras día seguía la misma pauta. El viento aumentaba a medida que la temperatura descendía. Nunca había la menor variación en esa rutina, aunque Hector todavía recordaba la intensa tormenta que había sacudido la ciudad la noche de su llegada.

Adrian estaba en mitad del patio, con el torso desnudo bañado en sudor. No prestó atención a Hector cuando salió. Lanzó una estocada al vacío y luego retrocedió un paso, detuvo un ataque imaginario que venía por su izquierda y a continuación contraatacó con una rapidez fulminante. El pelo le había crecido más que a los demás y ahora una despeinada melena rubia caía sobre sus hombros. Lizbeth se había ofrecido a cortárselo, pero había rechazado su ofrecimiento. Él mismo se había cortado el flequillo con la espada, para que no le molestara al luchar.

Hector lo contempló durante unos instantes. El joven cada día era más diestro, aunque resultaba difícil juzgarlo sin un contrincante real. Adrian dio un salto lateral, hizo un quiebro a un lado y cargó por el contrario. Aquel ejercicio constante había endurecido al muchacho, lo había curtido. Adrian parecía más vivo que nunca. Y aun así Hector no pudo evitar recordar a Natalia diciendo que el hechizo de Bruno había llegado demasiado tarde y que una parte de su espíritu no había podido ser salvada.

Marina también se encontraba en el patio; estaba apoyada en el pozo, con una mano posada lánguida sobre la boca del cubo. Tenía la vista perdida más allá del muro. Tampoco ella había advertido su presencia. Hector se acercó a la chica, sorprendido como siempre al notar como su corazón se aceleraba al aproximarse a ella. Le resultaba increíble que después de tanto tiempo sus sentimientos no se hubieran calmado lo más mínimo. Cada vez que la miraba se sentía revivido, cada vez que ella lo tocaba se sentía completo.

Marina seguía mirando más allá del muro. Sus dedos acariciaban la boca del cubo, resbalando soñadores por el borde de madera. Cuando apenas los separaban unos pasos, Hector apartó la vista de su amiga para intentar descubrir qué miraba con tanto interés.

El joven que había malherido a Adrian estaba en lo alto de uno de los tejados tras la muralla, enfrascado también en un combate imaginario. Saltaba de un lado a otro lanzando golpes a izquierda y derecha y rechazando estocadas invisibles. La sorpresa de Hector al verlo fue mayúscula. Pero más le sorprendió que Marina estuviera tan ensimismada espiándolo que aún no se hubiera percatado de su presencia.

—¿Qué...? —alcanzó a decir Hector. La perplejidad le impidió seguir hablando.

La chica se volvió sobresaltada, golpeó el cubo con el codo y este se precipitó con estrépito pozo abajo. Hector la miró incrédulo, negó con la cabeza y se giró hacia el torreón, dispuesto a avisar al grupo de la presencia del muchacho. Marina le agarró la muñeca y tiró hacia ella. Hector sintió una corriente eléctrica recorriendo su cuerpo. Algo se retorció en sus entrañas, un sentimiento nuevo y amargo.

—No es lo que piensas —le susurró.

¿Y qué creía ella que estaba pensando? ¿Y por qué enrojecía de ese modo?

—Viene todas las tardes, desde hace ya algún tiempo. —Marina hablaba muy rápido. Aún lo mantenía sujeto de la muñeca y por primera vez el contacto de la joven no hacía que se sintiera completo, sino todo lo contrario. Sentía que su tacto le estaba robando algo. Con cada segundo que pasaban en contacto, un frío terrible sustituía al calor que siempre había despertado en él. Apartó la mano con violencia.

—¿Y tú lo sabías y no has dicho nada? ¿En qué estabas pensando?

—¿Y qué quieres hacer? ¿Ir allí y matarlo? ¿O prefieres que lo encerremos en las mazmorras? —Señaló con la cabeza hacia arriba y luego repitió el gesto con Adrian—. Míralos. Míralos bien a los dos.

Hector hizo lo que Marina le decía. Tardó solo un segundo en darse cuenta de a qué se refería. No, no era lo que pensaba. No eran dos combates separados los que estaba contemplando. Era un único combate. Adrian respondía a los ataques del joven del tejado del mismo modo en que él detenía los golpes que Adrian daba en el patio. A pesar de la distancia que los separaba, combatían con la misma furia y la misma concentración con la que habrían luchado de estar frente a frente, jugándose la vida en cada embestida.

Hector observó la lucha desde aquella nueva perspectiva. Vio como Adrian detenía un golpe mortal de su adversario, se revolvía tras saltar fuera de su alcance y atacaba a una velocidad de vértigo por la derecha. El otro no titubeó, detuvo el golpe y contraatacó con tal fiereza que Adrian trastabilló al esquivar el tajo que buscaba su vientre.

—No puedo creérmelo —susurró Hector. La pelea entre ambos era de una fiereza inusitada. Sin cuartel, sin pausa.

Finalmente, el muchacho del tejado encontró una falla en la defensa de Adrian, se abalanzó hacia delante y propulsó la espada en un golpe brutal que, de haber alcanzado de verdad a Adrian, lo habría abierto en canal. El rubio perdió el equilibrio, como si de verdad hubiera recibido aquel tajo mortal. Dejó caer la espada y soltó una maldición.

Hector levantó la vista hacia el tejado a tiempo de ver al adversario de Adrian desaparecer a la carrera. El joven moreno saltó de una azotea a otra y se perdió en el crepúsculo. En el patio, Adrian recogió su espada y volvió al ataque. En sus movimientos ahora no hubo ni un atisbo de técnica o control; se limitaba a asestar mandobles al aire cada vez con más·potencia y rabia hasta que sin fuerzas, sin aliento, se desplomó de rodillas sobre los adoquines. Marina y Hector corrieron hasta él y lo ayudaron a levantarse.

—¿Cuánto tiempo vas a estar así? —le preguntó Hector—. ¿Qué quieres? ¿Reventar?

Adrian lo miró jadeante. Los ojos le brillaban con una furia y una determinación rayana en la locura. El sudor salpicaba su frente y resbalaba por su rostro.

—Pronto… —murmuró entrecortado, con la vista fija en los tejados más allá del muro—. Muy pronto.

ROCAVARAGÁLAGO

Era medianoche y el consejo de Rocavarancolia se encontraba reunido en la sala del Trono Sagrado. Las sombras de los tentáculos que protegían el trono se proyectaban agigantadas contra el muro. Junto a la puerta se cuadraba uno de los imponentes guardias del castillo, con su máscara de dragón, su alabarda de punta roja y la pose adusta.

A la reunión faltaban el regente, que continuaba con su interminable agonía; Mistral, del que nadie parecía conocer su paradero; y dama Sueño, sumida en su letargo. El resto del consejo estaba dispuesto alrededor de la mesa, colmada de viandas a las que nadie prestaba atención y jarras de vino.

El puesto de Belisario había sido ocupado por Solberino, el náufrago. Era un hombre fibroso, de cabello rubio y apelmazado. Se apoyaba en la mesa de tal forma que parecía a punto de tomar impulso, saltar sobre ella y echar a correr. Solberino se sentía fuera de lugar dentro del castillo, de hecho se sentía así en cualquier sitio que estuviera en tierra firme. Vivía entre los barcos naufragados del arrecife y encontrarse tan lejos del agua y su vaivén lo alteraba lo indecible.

Dama Serena, que ocupaba el lugar que por antigüedad había correspondido al anciano asesinado, fue la encargada de iniciar la asamblea.

—Como todos sabéis, hoy hemos procedido a dar sepelio en el Panteón Real al noble Belisario —anunció la fantasma. Flotaba ante la mesa con su perpetuo traje de noche verde esmeralda, tan hermosa, radiante y fría como de costumbre—. Durante semanas hemos tratado de encontrar la forma de comunicarnos con su espíritu o con el del criado asesinado —dijo—, pero todo ha sido en vano. No ha habido arte mágica ni sortilegio capaz de lograrlo.

Dama Desgarro tomó la palabra a continuación:

—El criado y Belisario no solo están muertos. Quienquiera que los asesinó vació a ambos por completo. —La horrible mujer mantenía un ojo atento a lo que ocurría a la mesa mientras el otro, en el pico del pájaro de Denéstor, sobrevolaba el torreón Margalar—. No solo mató sus cuerpos, también aniquiló sus almas —señaló—. Es como si los hubieran borrado.

—Oh. Qué extrema crueldad —murmuró Enoch llevándose las manos a la cara.

El vampiro se sentaba junto a uno de los hermanos Lexel. Enoch seguía igual de hambriento y desesperado, pero ahora se reconfortaba con la satisfacción de no haber cedido a sus impulsos en el torreón Margalar y haber dejado vivir al niño rubio. Casi creía ser un héroe, un héroe trágico, pero héroe al fin y al cabo. Pronto la mueca de consternación que acababa de fingir se transformó en una sonrisa inmensa y ridícula de absurda complacencia.

—Yo le di a beber a Belisario la ponzoña de la resurrección acusadora —dijo el alquimista invisible. No hacía falta ser muy perspicaz para darse cuenta por el modo en que sujetaba la copa y arrastraba las palabras que Rorcual estaba borracho—. Si todo hubiera salido bien, el cadáver debería haber gritado siete veces el nombre de su asesino.

—Y de no haber estado muerto ya, a buen seguro que tú lo habrías matado con tus bebedizos inútiles —gruñó Esmael.

El alquimista dejó la copa sobre la mesa con violencia. Dama Serena sintió como se removía furioso por las palabras del Señor de los Asesinos. La fantasma sacudió la cabeza, Esmael tenía razón. El elixir de Rorcual no solo no había cumplido su objetivo, sino que además había teñido la piel de Belisario de un desagradable color pardo en cuanto lo vertió en sus labios. Hacía décadas que el alquimista no lograba que funcionara ni una sola de sus pociones. Junto con su visibilidad había perdido el toque de genio que lo había convertido en primer alquimista del reino. Esa tarea recaía ahora en dama Araña, aunque ella no pudiera ostentar oficialmente el cargo. Tras el dominio sangriento de los reyes arácnidos, aquellos seres tenían prohibido acceder a cargos relevantes en Rocavarancolia; de hecho, su papel no dejaba de ser el de meros lacayos.

—Quizá nuestro intrépido ángel negro conozca algo mejor —escupió Rorcual—. Algún sortilegio que quiera compartir con el consejo y que pueda sacar a los muertos de sus tumbas para que nos desvelen sus secretos.

Esmael dedicó una mirada rápida a dama Serena. El espíritu ni se había inmutado por el comentario del alquimista. Dama Desgarro, en cambio, sonreía divertida.

—Es cierto que conozco modos de entrar en contacto con el reino de los muertos —contestó a Rorcual con una voz tan calmada que resultaba espeluznante—. Y lo he intentado, aunque no esté entre mis atribuciones el hacerlo. Pero debo decir que yo, al igual que nuestras entrañables compañeras, he fracasado.

Era verdad. La Resurrección Breve del grimorio de Hurza Comeojos, el mismo hechizo con el que había traído a la vida al rey asesinado por dama Serena, había resultado del todo inútil. Aquel conjuro no había funcionado ni con Belisario ni con el criado. Pensar en aquel libro y en la fantasma lo enfureció. Aún rabiaba por la humillación sufrida a manos de dama Serena. Lo que más le dolía, más incluso que el serio revés que aquello representaba para sus aspiraciones, era que había sido él quien había cometido el error de no comprobar la información existente sobre el libro de Hurza; debería haber supuesto que un dato tan relevante como el hecho de que solo quien ocupara el cargo de Señor de los Asesinos podría leerlo estaría registrado en los compendios. Había sido él, en definitiva, quien se había expuesto a la humillación. Y eso lo afectaba muchísimo más que la humillación en sí misma.

—Tampoco yo he encontrado modo alguno de contactar con sus almas ni de averiguar qué ocurrió en el despacho de Belisario aquella noche trágica —apuntó Denéstor Tul mientras se pasaba una mano por la frente.

El demiurgo estaba ojeroso y cansado. Llevaba tiempo sin dormir en condiciones. Nada más cerrar los ojos venían a su mente las visiones que le había mostrado dama Sueño la noche del asesinato de Belisario. No dejaba de ver aquella batalla extraña y neblinosa que la anciana le había augurado que estaba por llegar, pero dama Sueño no solo le había profetizado una guerra, también había profetizado su propia muerte:

«¡Pobre Denéstor! —había dicho—. ¡Ojalá pudiéramos acogerte con nosotras! ¡Ojalá pudiéramos salvarte!».

—No es normal, no es normal. —Enoch se frotó las manos con afectación. Estaba ansioso por colaborar en el esclarecimiento de aquel misterio—. Oh. Algo terrible está ocurriendo en Rocavarancolia. Os lo digo. Os lo digo. Se acercan tiempos oscuros. Tal y como le pronosticó dama Sueño a nuestro demiurgo.

Denéstor había creído necesario compartir las visiones de la anciana con el resto del consejo. Durante el día se arrepentía de haberlo hecho, pero por la noche se sentía más tranquilo sabiendo que los demás conocían aquellos sueños delirantes.

—¿Ejércitos en lucha en Rocavarancolia? —Ujthan el guerrero levantó la cabeza y suspiró. Su peso enorme combaba las patas de la silla de tal forma que resultaba sorprendente que no se quebraran—. No lo verán mis ojos. —Aún recordaba con nostalgia la última guerra. Nunca había sido tan feliz. Ujthan había nacido para la batalla; el combate lo era todo para él, la única razón por la que valía la pena existir. Para Ujthan no había nada mejor que el sonido del acero al chocar contra el acero y el griterío de los ejércitos en liza. No concebía la vida sin la brutalidad de la lucha, el olor de la sangre recién derramada y la incertidumbre de no saber si el próximo enemigo sería el último, el que lo sacara una vez por todas del campo de batalla.

—¿Quién sabe? —Esmael extendió los brazos—, quizá tengas una última guerra que disfrutar después de todo, viejo amigo. —Miró a dama Desgarro. La mujer maltrecha seguía observándolo con gesto burlón y eso lo desquiciaba. Pero se negaba a darle la satisfacción de hacer evidente su rabia—. Dinos, querida comandante: ¿has perdido alguno de los ejércitos del reino que con tanto celo custodias? ¿Has echado en falta alguna legión de espantos que alguien pudiera usar en nuestra contra?

—No conviertas esto en un carnaval, Esmael —le recriminó Denéstor—. Y continuemos con la asamblea. Ujthan, fuiste designado como investigador principal del asesinato de Belisario ¿Ya tienes preparado el informe final?

—Lo tengo preparado y se resume en una sola palabra: nada. Los criados han registrado mil veces el despacho de Belisario y no han echado nada en falta ni han encontrado nada que no debiera estar allí. A excepción de la cabeza del sirviente, por supuesto, que sigue desaparecida. Las criaturas de Denéstor no han detectado más magia en la zona que las protecciones de la fortaleza y mis propias pesquisas por la ciudad han resultado infructuosas. No hay nada. Nada de nada.

—Alguien cubrió muy bien sus huellas —murmuró el Lexel de la máscara negra mientras volvía la cabeza para mirar a su hermano, sentado frente a él.

—Sin duda, alguien se tomó muchas molestias para no ser descubierto —le respondió—. ¿Dónde estabas aquella noche, hermano? No te encontrabas en nuestros aposentos...

—Te buscaba por el castillo, hermano —replicó—. Porque tú nunca abandonas nuestras habitaciones si yo estoy en ellas, y aquella noche lo hiciste.

Ambos se contemplaron a través de sus máscaras con un odio tan arrollador que hacía vibrar el espacio que los separaba.

—¿Y Mistral? —preguntó Esmael entonces, inclinándose para alcanzar una copa de vino. Poco le interesaban las locuras y la paranoia de los dos hermanos—. ¿Dónde está el cambiante? —quiso saber—. Hace tanto tiempo que no sabemos nada de él que comienzo a preocuparme.

—¿Sospechas que pueda estar relacionado con el asesinato de Belisario? —preguntó Denéstor.

—No. Mistral es un pusilánime, no asesinaría a alguien indefenso ni aunque le fuera la vida en ello. —Y de verdad estaba convencido de eso—. Es incertidumbre y preocupación, nada más y nada menos. Hace tanto tiempo que no lo vemos que temo que le haya podido suceder algo.

—¿Quieres dar por muerto a Mistral para que otro de tus seguidores ocupe su puesto en el consejo? —le espetó Rorcual—. ¿Eso pretendes?

—No te preocupes por el cambiante, Esmael —intervino Denéstor—. Yo mismo hablé con él hace apenas una semana. Está bien y pronto se dejará ver de nuevo, estoy seguro.

A dama Desgarro le costó evitar que la impresión que sentía se reflejara en su rostro. Examinó con atención al demiurgo. Ella sabía muy bien dónde se encontraba Mistral. Lo había descubierto metamorfoseado en el joven oscuro el día en que el pelirrojo murió; había sido tal su sorpresa al verlo junto al resto de los cachorros que a punto estuvo de desenmascararlo y echar así por la borda toda esperanza para Rocavarancolia. Tan sorprendente había resultado aquel descubrimiento como escuchar a Denéstor decir que había hablado hacía poco con él.

«Así que lo sabes, viejo pícaro». Aquel giro de los acontecimientos la había tomado totalmente desprevenida. Si ya era extraño que dos miembros del consejo estuvieran ayudando a la cosecha, ahora resultaba que había un tercero implicado, aunque tan solo fuera con su silencio. Pero debería haberlo supuesto. Denéstor era quien había traído al cachorro desde el mundo humano y se habría dado cuenta de la jugada de Mistral al instante. ¿O quizá estaban confabulados desde antes de la noche de Samhein? Tenía que pensarlo.

Ella había sido más sutil que Mistral. Se había limitado a ayudar a uno de los chicos, al que había considerado más importante para la pervivencia del reino; por el contrario, el metamorfo no se había andado con medias tintas: se había infiltrado en el grupo para ayudarlos desde dentro. Lo que dama Desgarro no dejaba de preguntarse era cuánto tiempo pensaba permanecer con ellos. A cada instante que pasaba, aumentaba el riesgo de ser descubierto. Quizá Denéstor conociera las intenciones del cambiante; tenía que dar con un modo de abordarlo para averiguar cuánto sabía y hasta dónde estaba implicado.

Dama Desgarro sonrió para sí, tenía que reconocer que los acontecimientos habían tomado un rumbo en verdad interesante.

Durante los dos días siguientes apenas vieron a Ricardo. Permanecía prácticamente encerrado en una habitación de la primera planta, sumergido entre pergaminos, libros y papeles; hasta dormía allí, si es que dormía. El segundo día, Hector se cruzó con él de camino a los servicios del patio. No solo no le dirigió la palabra sino que hizo todo lo posible para esquivar su mirada. Algo en su rostro lo turbó mucho más que su comportamiento; una sombra difícil de definir que oscurecía sus rasgos y que desalentaba con solo mirarla. Lo que estaba descubriendo en los pergaminos, fuera lo que fuera, no era bueno.

A medida que transcurría ese día, los nervios en el torreón Margalar fueron de mal en peor. Los únicos que parecían ajenos a la tensión creciente eran Madeleine y Adrian. El muchacho no paraba de entrenarse en el patio, mirando de cuando en cuando a los tejados más allá del muro, mientras la pelirroja simplemente dejaba pasar el tiempo sentada en la planta baja.

Los demás intuían que se aproximaban malas noticias, casi podían sentirlas ensamblarse palabra a palabra sobre sus cabezas. La puerta de la habitación donde Ricardo trabajaba había estado siempre entreabierta pero a media tarde la encontraron cerrada y eso apagó aún más los ánimos.

Mistral era el más taciturno de todos ellos. Sabía lo que iba a encontrar Ricardo y no podía dejar de preguntarse cómo iban a reaccionar al averiguarlo. Los cartuchos contenían una copia de Historiografía ilustrada, del guerrero, poeta, historiador y pintor Blatto Zenzé. Era bastante antigua, pero eso poco importaba. En esos pergaminos se recogía buena parte del origen de Rocavarancolia, así como sus tradiciones, leyendas y singularidades más reseñables. Y como no podía ser de otro modo, entre ellas se consignaba la más importante: la Luna Roja.

Fue poco después de caer la noche, con el grupo charlando en el patio a la luz de las antorchas y las idas y venidas de los murciélagos, cuando Ricardo apareció al fin. Su semblante mostraba una seriedad terrible. Todas las conversaciones cesaron al unísono. El viento y los aullidos esporádicos que llegaban desde las montañas no podían penetrar siquiera en el silencio expectante que se cernió sobre ellos. Ricardo esquivaba las miradas de todos y no podía evitar morderse el labio inferior. Contagió su nerviosismo hasta al último de los presentes. Marco lo miraba casi sin pestañear. Ricardo esperó a que Madeleine y Adrian salieran del torreón y se sentaran con el grupo antes de comenzar.

Lo primero que hizo fue arrojar un puñado de vidrios romboidales sobre la mesa, los mismos que habían encendido con su propia sangre la primera noche en el torreón. Le tembló la mano al hacerlo. Luego se dejó caer en una silla. Señaló los cristales con gesto cansado.

—Eso es lo que somos. Por eso nos han traído. Solo por eso.

—¿Qué dices? —preguntó Hector.

—Nos han traído para ser cargas mágicas. Para eso valemos. Pilas. Talismanes con forma humana. Como queráis llamarlo… Somos lo que pondrá en marcha la catedral cuando salga la Luna Roja. ¿Recordáis el dibujo? ¿Todos esos monstruos saliendo de los muros del edificio rojo? Eso es lo que va a pasar. Y será gracias a nosotros.

—¿Te importaría explicarte? —le preguntó Lizbeth—. Porque ahora mismo me siento muy perdida.

—Esa catedral… —Ricardo resopló y se pasó una mano por el pelo encrespado— es el corazón de la ciudad, el corazón de todo el reino, en realidad… Solo que no es una catedral. Ni siquiera es un edificio de verdad, no del todo al menos. Es un hechizo. Se llama Rocavaragálago —le costó pronunciar la palabra.

—Y cuando salga la Luna Roja se pondrá a soltar monstruos como en el dibujo, ¿no es eso? —preguntó Natalia—. ¿Y dices que será por culpa nuestra?

—Todavía no tengo muy claro cómo ocurre. El autor de los pergaminos lo explica todo a base de poemas, algunos muy difíciles de traducir. —Hizo un gesto en dirección a la torre a su espalda—. Tengo… tengo que seguir trabajando en ellos. Pero sí, será culpa nuestra. Eso lo tengo claro. Rocavaragálago necesita dos elementos para ponerse en marcha. El primero es la Luna Roja en el cielo; el segundo, energía de la que servirse, como se sirven Natalia y Bruno de los talismanes, y esa energía, además, tiene que ser exterior y nueva. «Esencia sin mácula no iluminada jamás por la Sagrada Luna Roja», dice el pergamino… ¿Comprendéis ahora por qué nos han traído? Necesitan nuestra energía para que Rocavaragálago se ponga en marcha. Ese es el potencial del que no paraba de hablar Denéstor Tul. La catedral es la puerta, la Luna Roja la llave y nosotros somos quienes la giraremos.

—Pero ¿cómo? —preguntó Bruno. Tenía el reloj de su abuelo en una mano y abría y cerraba su tapa una y otra vez—. ¿Es un hechizo que crea monstruos? No acabo de comprenderlo.

—Creo que tiene que ver con la naturaleza de este mundo —contestó Ricardo—. O quizá solo sea en esta ciudad, no lo sé. Es difícil de explicar… Faltan muchos pergaminos por traducir pero… —Miró directamente a Bruno—. ¿Recuerdas la esfera que invocaste al poco de llegar?

El italiano asintió.

—Creaste una puerta entre mundos. Solo permaneció abierta un instante, el tiempo suficiente para que invocaras a esa cosa. —Se acomodó mejor en la silla—. Rocavarancolia es un reino intermedio, un mundo situado en una encrucijada entre dimensiones o algo por el estilo... Sea lo que sea, esté donde esté, aquí es muy fácil abrir puertas a otros mundos. Como la que Denéstor usó para ir a la Tierra y traernos. Creo que Rocavaragálago es una de esas puertas, y conduce a un mundo diabólico poblado de engendros y monstruos. Nuestra energía y la Luna Roja la abrirán y... ellos pasarán a este lado.

Lizbeth se llevó una mano al pecho.

Hector pensó en los millares de esqueletos que se apiñaban en la cicatriz de Arax. Huesos que pertenecían a seres humanos, pero también a todo tipo de seres extraños. Y recordó las decenas de tapices y cuadros que habían descubierto en sus exploraciones por Rocavarancolia. En muchos se veían auténticos ejércitos de espantos.

—¿Cuántos? —preguntó Natalia—. ¿Cuántos monstruos saldrán de esa rocaloquesea?

—Eso dependerá de la cantidad de energía que poseamos. Por lo que he podido leer, en ocasiones eran miles las criaturas que surgían de la catedral al salir la Luna Roja. —Al ver la expresión de algunos de sus compañeros se apresuró a añadir—: Pero es imposible que sean tantas esta vez, no, no puede ser... Usaban la energía de centenares de chicos traídos desde un sinfín de mundos diferentes. Ahora solo somos once.

—De momento —señaló Marina.

—Monstruos... —Lizbeth sacudió la cabeza—. Pero ¿de qué tipo de monstruos estamos hablando? Esta ciudad ya está llena de bichos repugnantes.

—No. Eso son alimañas, bestias carroñeras que viven entre las ruinas. Las criaturas de Rocavaragálago son de otra especie, son las que pudisteis ver en el dibujo del pergamino. Trasgos, vampiros, demonios y muertos vivientes... Gigantes, licántropos... Puede que incluso dragones.

—¿Y qué será entonces de nosotros? —preguntó Marina.

—¿Tú qué crees? —Natalia gruñó y dejó caer la cabeza sobre la mesa—. La ciudad se llenará de monstruos. Y probablemente estén muertos de hambre...

—Hemos de suponer que una vez hayamos servido como baterías para Rocavaragálago, ya no resultaremos útiles. —Bruno se quitó las gafas y se frotó los ojos—. Nuestras vidas nunca han valido nada en esta ciudad. Tras la Luna Roja valdrán todavía menos.

—¡Nos dijeron que nos darían la oportunidad de regresar a la Tierra dentro de un año! —exclamó Lizbeth. Sus grandes ojos brillaban de rabia y miedo—. ¡Y Denéstor Tul no podía mentirnos!

—Tampoco nos mintió en eso. —Hector suspiró. Comenzaba a dolerle la cabeza—. En un año nos darán la oportunidad de volver a casa... pero es probable que no estemos vivos para poder aceptar.

—Eso es muy cruel. —Marina negó con la cabeza—. No pueden ser tan crueles.

—La crueldad es algo inherente a esta ciudad —sentenció Bruno—. No creo que les importe mucho sacrificar a unos críos para alcanzar sus metas.

La voz de Adrian, sentado en un extremo de la mesa, los tomó por sorpresa a todos.

—¿Críos? Te equivocas. Nosotros ya no somos críos —aseguró. Había estado recostado en la silla, pero cuando comenzó a hablar se fue incorporando despacio, hasta quedar apoyado con el antebrazo en el borde de la mesa—. ¿Y qué decís que va a pasar? ¿Monstruos en la ciudad? —Sus labios se torcieron en una mueca extraña, algo parecido a una sonrisa—. Que vengan. Que vengan todos los monstruos que quieran. —Un murciélago llameante pasó sobre sus cabezas y Adrian ni se inmutó. Miró a Bruno, con el fuego de las alas de aquella criatura brillando todavía en los ojos—. ¿Cuánto falta para que salga esa luna?

—Según los cálculos que he realizado tomando como referencia el movimiento de la estrella en el reloj de la fachada, estimo que la Luna Roja saldrá en ciento sesenta y seis días a partir de mañana.

—¡Eso es una eternidad! —exclamó Adrian—. Mirad todo lo que hemos avanzado en las semanas que llevamos aquí. Y pensad en todo lo que podemos aprender en el tiempo que falta hasta que salga esa luna... —Hacía mucho que no le oían hablar tanto. Su voz era más ronca de lo que Hector recordaba—. Que vengan, que vengan todos los monstruos que quieran. Estaremos preparados para cuando eso ocurra. Los mandaremos de regreso al infierno.

Hector sacudió la cabeza. Aquel arrebato de vehemencia lo había dejado pasmado. No sabía qué pensar.

—Marco... —Hector se giró hacia el cambiante—. ¿Tú qué opinas? Estás muy callado.

En vez de responder, el joven dirigió su atención a Ricardo.

—No te lo tomes a mal, pero ¿existe la posibilidad de que te hayas equivocado con la traducción? ¿Que no sea eso exactamente lo que sucede al salir la Luna Roja?

Ricardo negó con la cabeza.

—Voy a seguir trabajando con los pergaminos, por supuesto, pero creo que en lo esencial estoy en lo correcto.

Mistral asintió despacio, sin apartar la mirada de Ricardo. El cambiante sabía muy bien que su amigo se equivocaba. No era eso lo que ocurría cuando salía la Luna Roja: era aún peor. Lo que no podía dejar de preguntarse era si Ricardo había malinterpretado los pergaminos o si ocultaba a propósito lo que había descubierto; la verdad sobre la Luna Roja era tan terrible que Mistral comprendía que prefiriera callársela.

A pesar de lo que había dicho Adrian, nada de lo que hicieran podría prepararlos para lo que iba a ocurrir cuando aquel monstruoso astro rojo ascendiera desde el este. Absolutamente nada.

En Rocavarancolia, hasta en las noches más oscuras había espacio para la luz, aunque esta fuera enfermiza y maléfica. Al sur, el barrio en llamas resaltaba en las tinieblas como un desgarrón inmóvil, no se escuchaba el crepitar del incendio pero sí los gritos de los que ardían sin terminar de consumirse nunca; en el oeste, los muros de Rocavaragálago resplandecían al reflejo incandescente del foso de lava que los rodeaba; la luminosidad temblorosa de la cicatriz de Arax cruzaba la ciudad de este a oeste, zigzagueante y quebrada; y sobre los acantilados, de cuando en cuando, centelleaba la luz del faro que intentaba en vano atraer barcos a los arrecifes.

También había luz en el cementerio. Entre las tumbas brillaban antorchas de fuego perenne, en las puertas de los mausoleos colgaban lamparillas de aceite que derramaban su luz taciturna sobre el mármol, la piedra y el musgo. En los estanques entre los caminos flotaban fuegos fatuos y, en ocasiones, algún murciélago flamígero paseaba también su estela llameante por el cielo del cementerio.

Bajo tierra, dos mil muertos charlaban sin cesar. Su conversación esa noche no tenía ningún sentido, eran monólogos entrecortados que se pisaban unos a otros sin orden ni concierto, simples excusas para oír el sonido de sus voces. Y tan concentrados estaban en su cháchara que ni uno solo escuchó como una de las puertas del Panteón Real se abría.

Una figura envuelta en vendas hechas jirones emergió de la oscuridad. Era el anciano Belisario y por la torpeza de sus movimientos daba la impresión de que jamás en la vida hubiera caminado. Cayó al suelo a los pocos pasos. Se alzó con dificultad y miró a izquierda y derecha. Trastabilló de nuevo al intentar caminar y solo el apoyo fortuito de la pared del panteón evitó que cayera otra vez. Su boca se abrió de par en par, pero de manera extraña, como si fuera algo totalmente ajeno a la voluntad del dueño de esa boca.

El cuerpo de Belisario dio otro par de pasos torpes hacia delante mientras la mente que ahora lo ocupaba trataba de hacerse con el control de esas extremidades desmañadas. Estaba tan aturdido que le resultaba difícil distinguir dónde acababa su cuerpo y empezaba el resto de la realidad. Al salir del nicho en que aquella mujer grotesca lo había sepultado, había llegado a pensar que habitaba el cuerpo de alguna criatura tentacular, ya que tomó el revoltijo de vendas que lo rodeaban por extremidades propias.

Alzó una mano ante su rostro: era vieja, increíblemente vieja, y humana, aunque el color, de un tono pardo sucio, no era el adecuado. Echó a andar entre las tumbas. Oía voces, pero no les prestaba atención. Sus ojos resultaban tan aterradores que hasta los mismos muertos del cementerio habrían gritado de haberlo visto. Tardó unos instantes en darse cuenta de que caminaba con la boca abierta. Empujó la mandíbula inferior hacia arriba hasta que casó con la superior. Luego volvió a mirar en todas direcciones. Un picor incesante llegaba de su muñeca izquierda. Intentó rascarse aunque no lo consiguió, su mano derecha pasó de largo sin más, descoordinada por completo.

Gruñó. La resurrección era traumática, lo sabía, lo admitía, era algo inherente a aquel complicado sortilegio; pero aborrecía la debilidad extrema en que se hallaba sumido. En aquellos momentos era tan frágil que hasta una mala caída podía terminar con él.

Murmuró un hechizo de levitación y remontó el vuelo al instante; al menos el cuerpo en que había despertado tenía poder suficiente para hacerlo.

Se elevó en la noche como un siniestro proyectil harapiento, dejándose llevar por la magia. Conforme ascendía se dio cuenta de que aquella ciudad no se parecía en nada a la que él recordaba. Era mucho más grande y por el estado ruinoso en el que se encontraba resultaba evidente que no pasaba por sus mejores momentos. ¿Estaría en Rocavarancolia o lo habrían resucitado en otro lugar? Había prohibido terminantemente que aquel hechizo tuviera lugar fuera de la ciudad, pero no sabía qué podía haber ocurrido desde su muerte, quizá a sus seguidores no les había quedado otra alternativa que traerlo a la vida en un mundo vinculado.

Miró hacia el oeste y allí descubrió el resplandor rojizo de los muros de Rocavaragálago. Y más allá, abrazando a la ciudad, las montañas que tan bien conocía, oscuras como una noche de matanza. Su sonrisa se hizo tan grande que se le rasgaron las comisuras de aquellos labios que no eran suyos. Sí, había regresado. Estaba en Rocavarancolia.

El picor en su muñeca persistía. Ya coordinaba mejor sus movimientos y se rascó con tal furia para librarse de esa comezón molesta que se desgarró la piel. Frunció el ceño. Había algo enterrado en su carne. Entrecerró los ojos y alzó la mano para examinar mejor el objeto clavado en su muñeca. Era una espina diminuta que asomaba ahora manchada de sangre. El picor procedía de ahí, un picor insidioso y constante. Y mágico a todas luces. Se arrancó la espina atrapándola entre las yemas del pulgar y el índice. Nada más salir de su carne, la espina perdió consistencia y se fue desplegando hasta convertirse en un pergamino grisáceo.

La criatura que ahora ocupaba el cuerpo de Belisario extendió la hoja ante sus ojos. Estaba escrita en un antiguo dialecto de Nazara, el primer mundo vinculado; el lenguaje que había hecho aprender a todos sus seguidores. La letra era tosca, el tipo de escritura de un niño que aprende a escribir o de un anciano que ya no coordina bien sus movimientos. Detenido a kilómetros de altura, con la ciudad convertida prácticamente en un charco indistinguible de sombras entre las montañas y el mar, leyó lo que estaba escrito en el pergamino:

«Mi nombre es Belisario Donócate y soy el último de mi linaje, el último de sus seguidores, Mi Señor. Llevo siglos siendo el último. Llevo siglos alargando mi vida para permitir que usted tuviera una oportunidad de regresar, aunque fuera en un envoltorio tan frágil y caduco como este maldito cuerpo mío, tan poco digno de convertirse en vehículo de su esencia.

»Y si este cuerpo es indigno de servirle, lo mismo puedo decir de la Rocavarancolia que va a encontrar a su vuelta. No queda nada de nuestra gloria. Los mundos vinculados se aliaron contra nosotros y destruyeron lo que por derecho de conquista nos pertenecía. Pero no tengo ni el tiempo ni la paciencia necesarios para relatar aquí la historia de Rocavarancolia. Pronto la averiguará por sus propios medios, me he encargado personalmente de ello.

»Ahora debo disculparme, no por el cuerpo que le dejo, ni por el estado ruinoso de este reino que una vez fue grande. Debo disculparme porque le hemos fallado. Desde el primero de sus seguidores hasta el último, que soy yo; debo disculparme en nombre de todos los que han adorado alguna vez su Majestuoso Nombre y el Nombre de su Sagrado Hermano. Le hemos fallado: perdimos su libro, Mi Señor... Nos lo robaron. No quedó rastro de él, ni en este mundo ni en los mundos vinculados. Lo buscamos de manera incesante pero, perdónenos, Mi Señor, no pudimos encontrarlo.

»Ahora su libro está en Rocavarancolia, aunque desconozco su paradero exacto. La magia que yace entre sus páginas despertó la noche siguiente a la cosecha. Y en esa cosecha, Mi Señor, llegó un recipiente adecuado para sus planes: un niño cuyo poder sobrepasa con creces a todo lo que mis ojos han contemplado jamás. Y yo sé que no existen las casualidades. Yo sé que si su libro y ese niño han aparecido en Rocavarancolia a un mismo tiempo es por un motivo: ha llegado la hora.

La cosa que flotaba en el vacío usó su voz por primera vez. Sonó como si un trueno lento brotara de su garganta:

—Un niño... —Miró hacia lo alto, a la oscuridad que pendía sobre el mundo, en busca de algo que no estaba allí.

Luego echó a volar hacia las alturas. Las líneas del horizonte se curvaron hacia abajo a medida que ascendía. La perspectiva varió, el mundo a sus pies se volvió esférico y cada vez más y más pequeño. Sobre el cuerpo de Belisario se fueron formando placas de hielo mientras aceleraba, dejando atrás la troposfera del planeta y penetrando como un estilete en las capas altas de la atmósfera. Murmuró un hechizo de protección y al momento un campo de energía rodeó su cuerpo. La oscuridad de la noche dio paso a la negrura profunda del espacio. Giró la cabeza con dificultad. La parte exterior de la bruma mágica que lo separaba del vacío estaba congelada por completo. Elevó su temperatura para poder mirar a su alrededor. El hielo se desintegró al instante.

La Luna Roja estaba aún lejos del planeta. Flotaba en el espacio a miles de kilómetros de distancia, envuelta en aquel intenso velo escarlata que provocaban las tormentas perpetuas de su hemisferio norte. Sonrió al verla, como quien sonríe al contemplar una vieja amiga.

Todavía faltaba un tiempo considerable para que la influencia de aquel astro se notara en el planeta. Tenía tiempo para prepararse, recuperar fuerzas y trazar un plan de acción.

La mano que una vez perteneció a Belisario volvió a alzar el pergamino. Continuó leyendo. Su último seguidor no decía mucho más en su carta. Solo señalaba que había una criatura en Rocavarancolia que conocía el paradero del libro perdido. Curiosamente se trataba del Señor de los Asesinos del reino, un ángel negro llamado Esmael. El ceño de la criatura que flotaba en la nada se frunció. No estaba preparado para enfrentarse a un ser como aquel. Al menos todavía no.

«Mi tiempo es corto, Mi Señor —proseguía el pergamino—, y mi cerebro no es tan rápido ni tan agudo como una vez lo fue. Pero me he permitido preparar un presente que a buen seguro será de su agrado. Está oculto en la última línea de esta carta, junto al utensilio que usé para conseguirlo. Sé que ambos le serán de utilidad. Y ahora me despido. No hay palabras que expresen el honor que significa para mí dar mi vida por su Causa. No hay palabras en este u otro idioma que puedan expresar lo que siento en este momento. Lo único que lamento es no estar presente para ver su Plan cumplido».

El ser que ocupaba el cuerpo de Belisario se fijó en la última línea de la carta. Había un guion y un punto, escritos con la misma tinta que el resto del documento pero, aun así, diferentes. Parecían sobresalir ligeramente del papel. Sonrió de nuevo. Tomó el guion entre su dedo índice y el pulgar y lo extrajo al momento. Aquella línea negra se transformó en su mano en una espada corta manchada de sangre. La hoja y la empuñadura eran de cristal y en su interior se veían centenares de siluetas diminutas. Eran almas presas dentro de la espada, en tal cantidad que daba la impresión de que el arma estaba repleta de humo. Los espíritus atrapados daban vueltas y más vueltas, se deslizaban por el filo para regresar aullando desesperados a la guarda del arma; entre ellos estaba el espíritu del criado asesinado por Belisario. Lo que aquella criatura sostenía en su mano era una espada de Kalora, que robaba las almas de los seres que asesinaba para mantenerlas aprisionadas durante toda la eternidad.

A continuación extrajo el punto negro del pergamino. No le sorprendió ver que se trataba de una cabeza humana.

Hurza Comeojos hizo honor a su sobrenombre antes de soltar la cabeza decapitada. El hielo la cubrió por completo nada más salir del campo protector. Allí se quedó, girando en el vacío como un gran diamante punteado de rojo. El primer Señor de los Asesinos guardó entre sus vendajes la espada en la que voceaban las almas condenadas. Luego puso rumbo a Rocavarancolia.

CUENTOS DE DELIRIO

A los pies del acantilado se apilaban los restos de decenas de embarcaciones, unas encalladas en los arrecifes y otras sumergidas por completo.
Eran de todo tipo y diseño, desde barcas primitivas de pescadores hasta
gigantescas galeras de guerra. Había tal cantidad de barcos que los
muchachos tenían la impresión de estar asomándose a una ciudad construida a base de cubiertas, quillas y cordajes. Los mástiles se elevaban
aquí y allá como árboles centenarios; algunos todavía con las velas enredadas en su tronco, otros quebrados y caídos sobre los puentes de mando
y con las cubiertas inclinadas. Las algas pintaban de verde los cascos, y
unas aves grises y siniestras volaban entre los restos, a la pesca de crustáceos y peces. Todo aquel conglomerado de madera podrida, velas,
cuerdas y acero se bamboleaba despacio, al compás del mar que lo
sostenía. Hasta el último de los barcos estaba recubierto con la bruma
negra de advertencia. Más allá se extendía el océano, repleto de reflejos
y ondulaciones.

El faro se encontraba a unos doscientos metros al norte, elevándose
majestuoso en un saliente del acantilado; la plataforma era enorme en la
superficie, pero tan estrecha que resultaba imposible que pudiera
sostener toda la mole del edificio sin ayuda mágica. El faro superaba los
cincuenta metros de altura y estaba construido en una sola pieza de piedra blanca, picada por la erosión y el salitre.

—Los atrae a las rocas y los hace naufragar —murmuró Marina.
Contemplaba horrorizada aquel caos de barcos, como si ese desastre

fuera culpa suya—. Es mi cuento... —negó con la cabeza, incrédula—. Es mi cuento. La historia de la farera y el náufrago: La luz que me guía.

Hector lo recordaba. Marina lo había contado al poco de llegar a Rocavarancolia. Era otra historia de amores trágicos ambientada en aquella ciudad llamada Delirio que había inventado para sus relatos; trataba de la relación extraña que surgía entre la encargada del faro y el último superviviente de uno de los naufragios provocados por este. Él sobrevivía entre los restos de los barcos como podía, alimentándose de pescado y algas, y luchando a brazo partido contra las sirenas carnívoras que acechaban bajo el agua. Ella se pasaba los días y las noches en la cúspide del faro, velando para que la luz nunca se apagara.

—Algo se mueve entre los barcos —señaló Natalia. Era la que estaba más cerca del borde del acantilado, tanto que Hector evitaba mirarla para no sentir el escalofrío del vértigo—. Parecen peces enormes. —Miró de reojo a Marina antes de añadir en tono malintencionado—: O sirenas.

Hector se arriesgó a dar un paso hacia delante para ver mejor. Aún era temprano para que el viento de Rocavarancolia hiciera acto de presencia, pero la brisa del mar bastó para retirarle el cabello de la frente y llenarle los pulmones del olor a algas y sal. Natalia tenía razón. Varias sombras se deslizaban veloces entre los barcos hundidos. Una de ellas emergió para volver a hundirse con rapidez, aunque tuvieron tiempo de sobra para verla. Se trataba de un ser humanoide, tan esquelético que aun desde la altura a la que se encontraban lograron distinguir el dibujo de sus costillas; su cabeza en forma de bala era calva por completo y de su cintura brotaba una larga cola de pez, descamada y cenicienta. Estaba dotada también de una gran aleta dorsal de aspecto filoso. Otras dos criaturas se dejaron ver al poco tiempo; nadaban con parsimonia entre los restos hundidos, idénticas a la primera. Al verlas, Hector pensó más en depredadores marinos que en criaturas fabulosas.

—Es mi cuento —repitió Marina—. Mi cuento...

Bruno se acercó hasta el mismísimo borde del acantilado.

El italiano ya no llevaba gafas. Hacía unos días que había descubierto un hechizo para arreglar problemas de visión y lo había usado para curarse la miopía. Sus ojos se veían más grandes sin los cristales, pero tan inexpresivos como siempre.

—Esos barcos no pertenecen a una sola civilización —señaló—. Hay demasiadas diferencias en cuanto a forma y tecnología como para que lo sean. Me arriesgaría a decir que ni siquiera pertenecen a un solo mundo.

—El mar de Delirio estaba encantado —dijo Marina. Le temblaba la voz al hablar. Hector sintió el impulso de abrazarla, pero no se movió de donde estaba—. Las corrientes submarinas discurrían por diferentes dimensiones, por diferentes tierras. En Delirio acababan todos los barcos que se extraviaban en esos otros mundos.

Mistral miró a la joven morena. A veces algunos de los niños que acababan en Rocavarancolia manifestaban antes de dar ese salto cierta sintonía con el mundo al que iban a ir a parar, como si ese cambio dimensional fuera tan traumático que los afectara aun antes de producirse; era algo raro, pero podía suceder. Las corrientes a las que se refería habían sido las famosas Uncidas y habían circulado por más de veinte mundos, extraviando cientos de navíos a lo largo de los siglos.

—Algunos barcos parecen llevar aquí una eternidad —dijo Natalia—. Mirad ese, el que está más cerca del arrecife con forma de cangrejo... Casi ni se le ve. Es como una montaña inmensa de coral.

—Quizá encontremos algo de utilidad en esas embarcaciones—aventuró Bruno. No dejaba pasar la oportunidad de intentar que aumentaran sus existencias mágicas.

—Olvídalo. No vamos a bajar hasta allí —le advirtió Marco—. Ni se te ocu...

—No es necesario que me acompañéis —le cortó el italiano—. Puedo perfectamente ir solo.

Dio un paso fuera del acantilado tras murmurar el hechizo que le permitía desafiar la ley de la gravedad y caminar por el aire. Los colgantes y amuletos que llevaba puestos relucieron un segundo al unir su energía a la suya propia para mantenerlo a flote en el vacío.

—¡Bruno! —Marco avanzó también hasta el borde del acantilado. Por un instante pareció dispuesto a caminar tras él en el aire—. ¡No puedes bajar solo! ¿Te has vuelto loco? ¡Vuelve ahora mismo!

El italiano se giró despacio para mirarlo. Un escalofrío recorrió la espalda de Hector al verlo allí, flotando en la nada, con la brisa meciendo los faldones de su camisola. No era solo por su aprensión a las alturas. Hector tenía muy presente lo ocurrido en la torre de hechicería la semana anterior, cuando Bruno trató de llegar caminando por los aires a la última planta del edificio, aquella a la que todavía no habían encontrado forma de acceder. Fue el día después de que Ricardo les contara lo que había averiguado en los pergaminos de Caleb, como si saber lo que los aguardaba al salir la Luna Roja hubiera animado a Bruno a intentar por enésima vez entrar allí. Pero en cuanto se acercó a una de las ventanas de la torre, el hechizo de levitación se disipó de pronto y el italiano cayó a plomo al pavimento. De no haber sido por la rapidez con la que Natalia le lanzó el hechizo de curación, Bruno habría muerto a centímetros escasos del lugar donde había fallecido Alexander.

Y ahora parecía dispuesto a emprender otro nuevo vuelo en solitario. Sin embargo, si caía esta vez, no habría nadie abajo para recomponer sus huesos rotos.

—Mi única pretensión es echar un vistazo —aseguró—. Si intuyo el menor peligro, volveré a subir.

—No vas a bajar ahí —insistió Marco.

Durante unos segundos el italiano permaneció flotando en el aire, sin apartar su mirada fría del joven negro. Al final, asintió con la cabeza y en dos pasos regresó a la seguridad del acantilado.

—Tú mandas —se limitó a decir.

Habían perdido ya la cuenta de la cantidad de hechizos que Bruno manejaba. Era capaz de invocar nubes, de hacer levitar pequeños objetos, de inducir al sueño a cualquiera con solo acariciar su frente. Podía esculpir las llamas de las velas y antorchas, iluminar una estancia con una palmada, grabar su voz en las piedras o proyectarla a metros de distancia… Y no había día que no aprendiera un nuevo sortilegio. Pero a pesar de todos esos portentos, Bruno aseguraba que todavía estaba lejos de practicar verdadera magia. Todo lo que había aprendido, decía, no eran más que hechizos de bajo nivel, conjuros para principiantes. La magia de verdad estaba tan fuera de su alcance como la última planta del torreón de hechicería.

Natalia se había quedado muy atrás con respecto al italiano. Era incapaz de seguir su ritmo. Mientras que con cada hechizo que Bruno aprendía parecía resultarle más sencillo aprender el siguiente, a la rusa le pasaba lo contrario: cada nuevo sortilegio se le hacía más y más cuesta arriba que el anterior. Aquello la frustraba de tal manera que ya hablaba de abandonar la magia.

«Por lo visto ya no puedo hacer mucho más de lo que hago», les dijo malhumorada un día, tras pasar varias horas intentando aprender un hechizo que Bruno había aprendido en solo unos minutos.

Tras contemplar durante un rato aquel caos de arrecifes y barcos superpuestos, decidieron investigar el faro. Los siete muchachos se apartaron del borde del acantilado y emprendieron la ligera subida que llevaba a la plataforma rocosa. Como siempre, Rachel iba en primer lugar, con Marco y Ricardo un poco más retrasados. La joven llevaba una vara con la que se entretenía lanzando piedras acantilado abajo. Las sirenas ni se inmutaban, Hector supuso que debían de estar más que acostumbradas a los desprendimientos. Tras los dos chicos y Rachel iban Natalia y Marina y, cerrando el grupo, Bruno y él. Lizbeth se había quedado en el torreón cuidando a Madeleine, que llevaba un par de días con problemas de estómago. La pelirroja se había negado a que Bruno o Natalia la ayudaran mediante magia; después de lo ocurrido con Alexander no quería saber nada de ella.

La única señal de deterioro del faro era la puerta. Estaba desgajada de su gozne superior y colgaba inclinada hacia la derecha como una mueca burlona. Rachel traspasó el umbral mientras el resto aguardaba al pie de las escaleras que conducían a la entrada. Una vez que la joven anunció que todo estaba despejado, entraron en el faro.

Era un edificio robusto y sencillo, oscuro, sin resultar sombrío. Una gran escalera de madera se enroscaba sobre sí misma de camino hacia la cúpula, con una barandilla oxidada a la izquierda que infundía muy poca confianza. En la parte baja del faro encontraron una trampilla que daba a una bodega repleta de maromas, herramientas y barriles. También había unos curiosos rollos de fino papel granuloso, apilados en el suelo; cada rollo medía cerca de dos metros y sus extremos estaban ceñidos por dos arandelas metálicas.

Mientras subían las escaleras, Hector recordó el cuento de Marina y a sus trágicos protagonistas: la farera y el único superviviente de uno de los naufragios. Al principio, ambos se habían comunicado a través de destellos; ella usaba la luz del faro por la noche y él, espejos durante el día. Hasta que la farera, harta de ese diálogo lento y cansino, lanzó un cabo desde la plataforma del faro y descolgó un barrilito por él. En su interior había comida, pergaminos, pluma, tinta y la primera de las cientos de cartas que a lo largo de siete años iban a bajar y a subir por la pared del acantilado. Durante ese tiempo hablaron de lo humano y lo divino, se contaron sus vidas y sus sueños, sus pesadillas, sus anhelos, y, como no podía ser de otro modo, acabaron enamorados. Él le pidió mil veces que mantuviera sujeta la soga para que pudiera trepar hasta ella, pero la farera siempre se negó, temerosa, decía, de que los descubrieran y le dieran muerte. Una noche del séptimo año, el náufrago, cansado de la espera y la soledad, decidió trepar a pulso por el acantilado. Estuvo a punto de despeñarse en infinidad de ocasiones, pero se mantuvo firme y logró salvar los más de trescientos metros que lo separaban de la plataforma. Sin pararse siquiera a recuperar aliento entró en el faro, ansioso por dar con su amada, llamándola a gritos mientras subía las escaleras.

Una criatura espantosa salió a su encuentro en la cúpula del edificio. Marina la había descrito como un híbrido entre humano y pulpo, con el torso recubierto de tentáculos, la cabeza de un calamar gigantesco y como piernas un racimo de temblorosos seudópodos. El náufrago atravesó a aquel horror con su arpón sin pensárselo dos veces. Luego siguió su camino en busca de su amada. No tardó mucho en comprender que el ser que había matado era en realidad la mujer que buscaba. Esa revelación lo enloquecía por completo y, fuera de sí, se arrojaba al vacío desde lo alto del acantilado.

Lo que de verdad sorprendió a Hector al encontrar el arpón clavado en la pared, a la izquierda de la arcada que conducía a la cúpula del faro y a su linterna, fue el hecho de que ninguno de ellos se sorprendiera al verlo. Comprendió que todos habían estado a la espera de encontrar una prueba definitiva de que la historia de Marina era cierta. De hecho, los habría defraudado no hallarla.

—Rocavarancolia es Delirio —dijo Marina, observando con los ojos muy abiertos el arpón y la mancha de humedad vieja sobre la que estaba clavado. No pestañeaba—. Es la ciudad de mis cuentos… —Echó un brazo hacia atrás, aferró a Hector de la cintura y lo atrajo hacia ella, sin mirarlo siquiera—. ¿Cómo puede ser? ¿Cómo puedo haber escrito algo que ha pasado de verdad?

Hector le pasó un brazo sobre los hombros y ella se volvió para enterrar el rostro en su pecho. Temblaba. Él se sintió tan incómodo al abrazarla allí, a la vista de todos, que desvió la mirada más allá de la arcada, hacia la linterna de la cúpula, un ingenio enorme que colgaba del techo con uno de aquellos rollos gruesos de papel insertado en el interior. Tuvo tiempo de ver el rostro ceñudo y sombrío de Natalia. La ignoró. Ignoró todo lo que no fuera el abrazo de Marina y la visión del mar más allá de la cúpula del faro.

La joven dejó de temblar de pronto y dijo algo que nadie llegó a entender. Se separó de Hector y lo repitió:

—Tenemos que buscar el cementerio de Rocavarancolia —dijo, decidida. Ya no le temblaba la voz. Asintió con fuerza, como si estuviera reafirmándose en su idea—. Debemos encontrarlo.

—¿El cementerio? —Mistral enarcó una ceja. No le gustaba la idea de acercarse al territorio de dama Desgarro—. Es uno de los lugares prohibidos, ¿recuerdas? ¿Por qué quieres ir allí?

—Bastará con que nos acerquemos. Quiero comprobar una cosa, ¿vale? Solo eso…

—Tiene que ver con los cuentos que no nos has contado, ¿verdad? —le preguntó Ricardo—. El que tenías a medias o el que ni siquiera habías comenzado.

Marina asintió. Se acarició el brazo derecho mientras miraba de nuevo el arpón clavado en la pared.

—Solo tenía unas cuantas notas apuntadas en una libreta y un par de páginas acabadas. Las voces de los muertos, iba a titularlo. —Apartó la mirada del arpón—. La historia era… Iba de… —Resopló y frunció el ceño antes de continuar hablando—: En el cementerio de Delirio habitaba un monstruo, un ser horrible que tenía aterrada a toda la ciudad y que había prohibido que nadie entrara allí. El cementerio era su dominio, aseguraba, y mataría a cualquiera que se atreviese a traspasar sus puertas. —Tragó saliva. Por algún motivo le costaba trabajo explicarse, como si la emoción desordenara sus pensamientos—. Entonces… , en mi historia, alguien moría en la ciudad, alguien importante para el protagonista, un chico de nuestra edad. Y a pesar del monstruo, a pesar de la prohibición y el peligro, decidía llevar el cuerpo al cementerio. Porque ese era el sitio donde debía estar. —Sacudió la cabeza—. Solo había escrito un par de páginas, ya os digo… Pero había cosas que tenía muy claras. Los muertos del cementerio, por ejemplo, no iban a parar de hablar ni un solo momento, de ahí el título. Y al final, el protagonista, aunque todavía no había decidido cómo, iba a conseguir enterrar el cadáver allí. No solo eso, su tumba sería increíble, una tumba como no había otra igual en todo el lugar. —Guardó silencio unos instantes—.

Eso es lo que quiero ver. Quiero averiguar si esa tumba existe. Si existe, la reconoceré. Estoy segura.

—Pero ¿por qué? —preguntó Rachel.

Fue Bruno quien contestó:

—Es evidente que Marina piensa que así como la historia de la farera se ha revelado como cierta, la que nos cuenta ahora también lo es. O mejor dicho: lo será. Sospecha que el protagonista de su relato es uno de nosotros. Y por lo tanto el cuerpo que lleva al cementerio ha de ser, por fuerza, el de otro miembro del grupo. ¿Me equivoco?

—No, no te equivocas.

—No podías haber pensado en alguna historia más alegre, no... —murmuró Natalia, malhumorada—. ¿Por qué siempre has de ser tan siniestra?

—Era solo un cuento —se justificó ella—. Al menos creía que era solo eso. —Miró a Marco—. Tengo que ver ese cementerio —insistió—. Si reconozco la tumba de mi cuento, entonces esa historia también pertenece al pasado, como la del faro. Pero si no es así... —Dejó la frase inconclusa. La mirada se le fue de nuevo al arpón clavado en la pared.

Darío descubrió un fallo en la defensa de su rival y lo aprovechó al instante; moviéndose con una celeridad asombrosa descargó un golpe horizontal con su espada, que de haber tenido a Adrian delante lo habría decapitado. Pero su adversario estaba a muchos metros de distancia, en el patio del torreón. El brasileño vio como arrojaba la espada con rabia al suelo y echaba a andar a grandes zancadas hacia la puerta, sin dedicarle siquiera una mirada. Darío suspiró, envainó su arma y se enjuagó el sudor de la frente con el borde de la capa. Cada día le costaba más vencer a Adrian. Hoy se había visto perdido en más de una ocasión, pero su adversario no había sabido aprovechar la ventaja. A Adrian solo le faltaba un ápice más de malicia y picardía para superarlo.

Dejó transcurrir unos minutos antes de descender por la fachada del edificio. Lo hizo con una agilidad espectacular, con esa destreza innata que tantas veces le había salvado la vida tanto en Rocavarancolia como en sus días de ladrón en São Paulo. Cuando aún le faltaban tres metros para llegar al suelo se dejó caer. Aterrizó en cuclillas. Se cercioró de que su cinto y su espada estuvieran en su sitio antes de levantarse y echar a correr pegado a la pared, repasando los detalles del duelo que acababa de tener lugar, como si en verdad le importara el resultado de este, como si todo aquello no fuera una pantomima ridícula en la que participaba sin entender muy bien por qué.

En São Paulo se había visto metido en muchas peleas, aunque por supuesto nunca a espada: palos y navajas a lo sumo, a puñetazos la mayoría. Contempló la empuñadura azul del arma. La guarda era fina y estilizada, con dos piedras preciosas engastadas en cada extremo que parecían mirarlo como ojos ansiosos. Darío no sabía mucho de espadas, pero una de las pocas cosas que había dado por seguras era que no actuaban por cuenta propia, que era la voluntad del que la empuñaba quien la dominaba y no al contrario. Sin embargo, con el arma que llevaba al cinto no ocurría así. Había veces, como aquel día en la escalera, en que la espada actuaba por su cuenta. Él no había querido herir a aquel chaval ridículo, solo quería que lo dejaran en paz, solo eso; su única intención había sido apartarlos de su camino. Pero el arma había querido sangre y había saltado hacia delante sin que él pudiera evitarlo.

La había encontrado en la grieta que recorría la ciudad de parte a parte. Darío había descendido a ella nada más ver la cantidad de armas esparcidas entre los esqueletos. Había cogido la primera que quedó a su alcance, sin ni siquiera tener que poner el pie en aquel osario espeluznante. Un brazo esquelético, en el que todavía quedaban prendidas algunas tiras de tela, se alzaba entre una montaña de restos muy cerca de la pared, con la espada empuñada firmemente en su mano descarnada; casi parecía haber estado ofreciéndosela. Nada más cogerla, un traqueteo violento sacudió la grieta y varias estelas de hueso aceleraron en su dirección. Darío trepó por la pared a toda velocidad, pero a medio camino se detuvo, consciente de que no iba a poder ponerse a salvo a tiempo. Tuvo un atisbo fugaz de una boca plagada de cuchillas que saltaba a su encuentro entre una nube de esquirlas. Fue la primera vez que la espada actuó por su cuenta. El muchacho sintió como tiraba de su brazo en un violento arco descendente. El golpe partió en dos la cabeza de aquella bestia con una limpieza sobrecogedora, el engendro dio una sacudida en el aire y cayó de regreso al osario de donde había salido. El resto de las estelas saltaron sobre el cadáver de su congénere, olvidándose por completo de Darío.

Esa había sido la primera de las muchas pruebas a las que lo había sometido Rocavarancolia. La mujer remendada había asegurado que importaba poco si buscaban su destino en grupo o en solitario, que las dificultades iban a ser idénticas, tanto para unos como para otros, pero Darío había comprobado que eso no era cierto. Había criaturas que no se habrían atrevido a enfrentarse a un grupo tan nutrido como el del torreón, pero en cambio no tenían reparo alguno en vérselas con él. Sin aquella espada tan peculiar, habría muerto en su primera semana en Rocavarancolia, estaba convencido de ello. Pero esa arma mágica y su propia destreza lo habían mantenido con vida. Y el hecho de no haber tardado mucho en aprender que resultaba más seguro viajar por los tejados y azoteas que hacerlo a ras del suelo.

Trepó por la pared ruinosa de un edificio de tres plantas, de pilares esbeltos y ladrillo rojo. Había ocultado su saco entre la nidada de gárgolas que se apiñaba en el centro de la fachada, todas con las fauces abiertas y mirando hacia abajo con los rostros desencajados de pura rabia.

El brasileño echó un vistazo alrededor. El viento le revolvió el cabello negro, que aleteó en torno a su cabeza como una nube inquieta. La ciudad en ruinas se extendía en todas direcciones, un caos de edificios maltrechos, callejas destrozadas y escombros.

Denéstor Tul le había asegurado que iba a llevarlo al lugar al que pertenecía y Darío no podía estar más de acuerdo. Hasta sentía que todos sus años en São Paulo no habían sido más que la preparación para lo que lo aguardaba en Rocavarancolia, para aquella vida de vértigo, carreras y sobresaltos continuos. Había perdido la cuenta de todas las criaturas que lo habían atacado en el tiempo que llevaba allí. A la mayoría había logrado esquivarlas, pero en algunos casos no le había quedado otro remedio que enfrentarse a ellas.

Todavía tenía la espalda dolorida por los golpes que le había propinado una enloquecida criatura simiesca que le saltó encima desde el tejado de una pagoda semiderruida. Aquel simio vestía una túnica sucia y raída y, mientras lo golpeaba una y otra vez, no dejaba de gritarle: «¡Dame tu nombre! ¡Tu nombre! ¡Dámelo! ¡Dámelo!».

La espada había dado buena cuenta de él.

Pero los monstruos que habitaban la ciudad en ruinas no eran su mayor preocupación, esas criaturas tenían carne que cortar y él una espada ansiosa por hacerlo. Lo que le daba miedo era aquello a lo que no podía hacer frente con su acero. Eran las casas que susurraban, las presencias extrañas que intuía algunas noches o esas voces que no llegaban de ninguna parte. No sabía cómo enfrentarse a aquello.

Durante un tiempo, un espectro lo había perseguido por la ciudad. Había aparecido de repente. Era una mujer pálida, de cabello negro enmarañado por el que corrían arañas, moscas y escarabajos, y que no hacía más que señalarlo con sus largos dedos mientras le hablaba en un idioma incomprensible. No importaba lo mucho que corriera, ella siempre se deslizaba por el aire para perseguirlo, acelerando cuando él aceleraba o frenándose si él hacía lo propio, sin parar de hablar y gesticular en ningún momento. Darío no había podido dormir en todo ese tiempo. En cuanto el agotamiento le cerraba los ojos, aquella mujer horrible lo despertaba dando gritos y llevándose las manos a la cabeza. Dos días después de su primer encuentro, la mujer se desvaneció.

Del modo que fuera, había conseguido mantenerse vivo, mostrándose digno de aquel lugar monstruoso; había superado, una a una, todas las pruebas que encontró en su camino, endureciéndose en el proceso. Y no había necesitado más ayuda que la que le proporcionaba aquella espada mágica. No necesitaba nada más. Tampoco necesitaba a nadie más.

Comenzó a moverse de tejado en tejado, a buen ritmo, pero sin llegar a correr, siempre rumbo al sureste. Bajo sus pies pasaban las azoteas, los tejados y pináculos de la ciudad, en sucesión rápida. Sabía muy bien qué zonas evitar y qué tejados en aparente buen estado no eran más que una trampa traicionera. Los pájaros carcajeantes lo sobrevolaban de cuando en cuando, volando erráticos. Una serpiente emplumada que dormía enroscada a una chimenea le siseó furiosa cuando la despertó al pasar, aunque no hizo ademán de ir tras él. En más de una ocasión tuvo que descender para salvar una zona de ruinas o cruzar una calle.

Fue cuando trepaba de nuevo a los tejados por una pared de loza agrietada, cuando vio al resto del grupo del torreón. Avanzaban por la mitad de la calzada, con la niña flacucha delante. Sus ojos se fijaron al instante en Marina, caminaba como ausente entre Hector y aquel negro inmenso que hacía las veces de líder del grupo. Le costó un gran esfuerzo apartar la mirada de ella. Apretó los dientes con furia, maldijo su propia estupidez y, con cuidado de no ser visto, prosiguió su marcha entre tejas y gárgolas, repitiéndose sin descanso que no necesitaba a nadie. Absolutamente a nadie. Y menos a aquella niña insípida de aire lánguido.

Descendió de los tejados al llegar a una avenida arrasada por completo. La mayor parte de los edificios no eran más que ruinas, montoneras de escombros que marcaban de manera difusa los límites de la avenida. Había zonas donde el suelo parecía haberse licuado para volver a solidificarse casi al instante, dando lugar a unas formaciones curiosas de torbellinos rocosos que se levantaban varios metros en el aire. En algunos puntos del terreno se divisaban huellas de zarpas gigantescas, hundidas con firmeza en la piedra. En lo primero que pensó al verlas fue en dragones, aunque aquel lugar más que haber sido víctima del fuego parecía bombardeado. Entre dos de los pocos edificios supervivientes se situaba la entrada al callejón al que se dirigía.

Se trataba de una calleja húmeda y oscura, uno de los lugares escasos de Rocavarancolia cuyo suelo era de tierra en vez de roca. Los muros de los edificios que formaban el callejón estaban empapados y cubiertos de un moho rojizo maloliente. De los aleros y salientes fluía agua, un goteo constante que convertía el suelo en un lodazal inmundo. Darío miró hacia arriba al entrar en el callejón. Dos gárgolas lo espiaban desde las alturas, una de ellas tenía las garras plantadas en las mejillas y una expresión de horror absoluto dibujada en el rostro, como si la visión del joven la moviera al espanto.

El callejón iba a morir a un muro de ladrillo. Su parte baja se abría en una arcada de medio metro de altura y dos de ancho, con barrotes gruesos de hierro negro. No se había adentrado un paso en el callejón cuando un brazo gigantesco surgió disparado de entre los barrotes. Una mano grotesca de siete dedos largos y robustos arañó ansiosa el suelo embarrado.

Darío se detuvo a un metro escaso de la mano que se estiraba hacia él, cada vez más frenética, cada vez más rabiosa. Los dedos se abrían y cerraban desesperados en el aire, como si la criatura encerrada intuyera su proximidad. Cada dedo tenía cuatro articulaciones y estaba terminado en una uña destrozada.

El brasileño se acuclilló, a solo unos centímetros de la mano desesperada. Despedía un fuerte hedor a podredumbre. Tanto ella como el antebrazo estaban cubiertos de escamas negras, bordeadas de cerdas pardas. Tras el arco enrejado se escuchaba una respiración jadeante. Siempre aparecía el mismo brazo tras la abertura, en una postura forzada. Darío suponía que aquel ser estaba encadenado a la pared, pero no pensaba acercarse a averiguarlo.

Esa mano había estado a punto de atraparlo hacía más de un mes, cuando buscó refugio en el callejón después de escuchar pasos que se aproximaban a la carrera desde el otro lado de la avenida. El motivo de su alarma no se mostró al final, los pasos se habían perdido rumbo al norte, pero aquella zarpa oscura se había abalanzado sobre él, cerrándose apenas a unos centímetros de su tobillo derecho.

Darío dejó caer el saco a sus pies, lo abrió y extrajo varios pedazos de carne cruda de su interior. Arrojó uno cerca de la mano, esta se revolvió en el barro hasta dar con él, lo cogió y desapareció a toda velocidad tras los barrotes. El brasileño no tardó mucho en escuchar el sonido de algo masticando con ansia. Poco tiempo después la mano volvió a emerger de la oscuridad, con la palma vuelta hacia arriba. Casi parecía suplicar. Le lanzó otro pedazo de carne, la garra lo atrapó y desapareció de nuevo tras el muro.

Darío escuchó masticar al monstruo encerrado. Aquel ruido, de alguna manera, lo reconfortaba. No entendía por qué, como no entendía el motivo que lo llevaba al torreón Margalar día tras día para batirse en duelo con aquel niñato rubio o espiar a los demás en su trajín diario. Se apartó el pelo de la frente. Cuando la garra oscura emergió de las sombras tras el muro y tanteó en el suelo embarrado en busca de más comida, casi sonrió.

Lizbeth se dio cuenta al instante de que en la salida de aquel día había ocurrido algo.

—Vale, ¿qué ha pasado? —preguntó, con las manos en las caderas. La pregunta iba dirigida a todos, pero sus grandes ojos no se apartaban de Marina. A Hector le sorprendía el modo en que Lizbeth había acabado conociéndolos a todos en los casi dos meses que llevaban en Rocavarancolia. Solo por un gesto o por el tono de la voz era capaz de adivinar si a alguien le ocurría algo, ya fuera un ataque de nostalgia, un enfado o cualquier otra cosa. La joven estaba dotada de una empatía y una intuición admirables.

—La señorita tragedias dice que uno de nosotros va a morir—contestó Natalia—. Eso pasa.

Adrian estaba sentado con los pies en la mesa, tallando un pedazo de madera con una navaja. Por su aspecto malhumorado estaba claro que ya había recibido la visita del joven de los tejados y que el resultado del combate había sido el habitual.

—No hay que ser muy listo para saber eso —gruñó.

Marina se encargó de explicarlo todo. Cuando contaba el hallazgo del arpón en lo alto del faro, apareció Madeleine por la escalera de caracol, tan sombría y desaliñada como de costumbre. Se quedó a escuchar el resto de la historia, inmóvil en el último peldaño de la escalera, con una mano apoyada en la pared y otra en el vientre. Hector la contempló de reojo mientras su amiga terminaba de relatar la historia. Sus ojos brillaban de un modo extraño al escucharla. Y la mano en su estómago se crispaba de cuando en cuando. Hector no sabía si era por el dolor o porque el relato de Marina la impresionaba.

—¿Y alguien tiene idea de dónde se encuentra el cementerio en cuestión? —quiso saber Lizbeth.

Bruno asintió.

—No conozco la ubicación exacta, pero puedo señalarla de manera aproximada. En el plano del atlas que encontramos al poco de llegar viene señalado un gran cementerio en la zona nordeste de Rocavarancolia. Hacia allí deberíamos encaminarnos.

Hector no prestaba atención a las palabras del italiano. Madeleine estaba cada vez más pálida. El temblor de su mano se había transmitido a todo su cuerpo. Se acercó hasta ella, preocupado.

—¿Te encuentras bien? —le preguntó.

La pelirroja se sobresaltó. Lo miró directamente a los ojos.

—No lo enterramos —dijo. Su expresión era de perplejidad absoluta y no cambió ni siquiera cuando las lágrimas comenzaron a rodar por sus mejillas—. No quedó nada que enterrar... Nada. Se deshizo en pedazos.

—¿Maddie? —Lizbeth echó a andar hacia ella.

—Mi hermano, mi hermano, mi hermano... —miró a su alrededor. Parecía enloquecida, perdida. Las rodillas le fallaron y tuvo que sentarse en las escaleras—. Alex está muerto —lo dijo como si acabara de recibir la noticia en ese preciso instante. Lo repitió una y otra vez, incrédula, sin apartar la mirada de los ojos de Hector, acuclillado frente a ella—. Está muerto.

Mistral se deslizó fuera de su lecho intentando no hacer ruido. Las tinieblas se esparcían por la última planta del torreón Margalar, como una prolongación de la medianoche que campaba tras las troneras; había una docena de velas encendidas, pero su luz no bastaba para disipar la oscuridad. Lo único que se oía era el aullido desconsolado del viento entre las ruinas y la respiración tranquila de los durmientes.

El cambiante avanzó despacio en dirección a las escaleras. Seguían durmiendo juntos, aunque el caos que había reinado en aquella habitación común en los primeros días hacía tiempo que había quedado atrás. Ahora tanto las camas como los colchones y mantas estaban en bastante buen estado; había cómodas y sillas repartidas por doquier y hasta dos grandes armarios que Ricardo y él se habían encargado de trasladar por piezas desde una mansión cercana. En un principio, aquel lugar había parecido un campamento improvisado, pero ahora era, sin lugar a dudas, un hogar.

Alguien se removió en sueños sin llegar a despertarse. Mistral supuso que se trataba de Adrian, que hasta dormido seguía luchando tozudo contra sus miedos y fantasmas, a veces de manera tan violenta que daba con sus huesos en el suelo. Cuando ya llegaba a las escaleras se dio cuenta de que se equivocaba: por una vez no era Adrian quien se revolvía nervioso en el lecho, sino Madeleine. La joven sacudía la cabeza de izquierda a derecha en una negativa constante, con el ceño fruncido y los labios temblando. Su pelo rojo se agitaba sobre la almohada como un mar picado. El cambiante se reclinó sobre ella y le acarició la frente con ternura. Ella se sosegó en el acto. La observó durante unos instantes; el acceso de llanto de aquella tarde había tardado tanto en remitir que Bruno se había ofrecido a dormirla con un hechizo, ofrecimiento que todos habían rechazado, escandalizados.

«A veces —pensó Mistral—, hay que tocar fondo para poder tomar impulso y regresar a la superficie».

Estaba convencido de que a partir de ese momento, Maddie iba a ir recuperándose. Había necesitado semanas para asumir la tragedia, anestesiada por su propio dolor. Ahora la burbuja había estallado y todo, si no mejor, debería resultarle más suave.

Mistral se apartó de la cama de la pelirroja y bajó por las escaleras. Al llegar a la segunda planta vio luz filtrándose por la puerta entreabierta de una de las habitaciones. Ricardo seguía trabajando en la traducción de los pergaminos que habían encontrado en el anfiteatro.

Llamó a la puerta antes de empujarla y pasar dentro.

El español estaba sentado a la mesa, rodeado de velas y candelabros. Tenía una pluma en la mano y manchas de tinta en todos y cada uno de sus dedos. Sonrió al verlo entrar.

—¿No piensas dormir esta noche? —le preguntó Mistral—. Se te van a derretir los ojos si sigues así.

Una de las bestias de la manada aulló en la montaña, pero ninguno de los dos se inmutó.

—Quiero terminar la parte en la que estoy ahora antes de irme a la cama —dijo Ricardo—. No tardaré mucho.

En la semana transcurrida desde el hallazgo de los pergaminos, Mistral aún no había logrado averiguar si el joven mentía o si de verdad creía haberlos traducido correctamente. Y todavía le quedaban más dudas después de haber leído a escondidas los textos de Blatto Zenzé. Debía reconocer que los poemas que hablaban sobre Rocavaragálago y la Luna Roja estaban tan cargados de lirismo y metáforas complicadas que era posible malinterpretarlos.

—¿Y has encontrado algo que pueda ser útil? —preguntó.

Ricardo se encogió de hombros.

—Depende de lo que llames útil. Está claro que nada de lo que encontremos aquí nos va a llevar a casa, de eso olvídate... Pero al menos sabremos más sobre este sitio y su historia, y eso puede que nos sirva de ayuda. —Se echó hacia atrás en la silla y se frotó los ojos. Parecía agotado—. Estoy acabando los poemas que hablan de la fundación del reino. No me extraña que esta ciudad sea un horror si tenemos en cuenta quiénes la fundaron.

Ricardo se refería a Harex, el primer rey de Rocavarancolia y a su cruel hermano Hurza Comeojos. Ya les había hablado de ellos sin sospechar que Marco sabía más sobre esos personajes siniestros que todo lo que podían enseñarle los pergaminos de Blatto Zenzé.

Los dos hermanos habían llegado en una goleta maltrecha a la deriva, la primera de las cientos de naves que las Uncidas, las corrientes hechizadas, iban a traer hasta aquel mundo.

El barco desarbolado encalló cerca de una pequeña villa de pescadores. Los lugareños, a pesar del temor que les causaba aquel bajel impresionante, cien veces mayor que la más grande de sus barcazas, se apresuraron a ir en auxilio de la tripulación antes de que el barco se hundiera. En cubierta encontraron decenas de cadáveres. Eran seres casi idénticos a ellos, aunque mucho más pálidos y con un curioso cuerno color ceniza en sus frentes. Los cadáveres no mostraban signos de violencia, solo las huellas que acarrean la sed, el hambre y la penuria prolongada. Por desgracia para ellos, hallaron a dos supervivientes agonizando en el castillo de proa: Harex y Hurza. Los llevaron consigo al pueblo y cometieron el terrible error de salvar sus vidas. En pago, aquellas criaturas asesinaron a la mitad de la población y esclavizaron al resto. Aquel fue el origen de Rocavarancolia.

¿Y qué se podía esperar de un reino que hundía sus raíces en el asesinato y el terror? Aquella tierra fundada por monstruos solo podía engendrar monstruos. Y él era uno de ellos, aunque a veces se dejara llevar por su capacidad para cambiar de forma y lo olvidara. Pero no podía engañarse durante mucho tiempo. Sus manos no le permitían olvidar la presión que habían ejercido sobre el cuello del niño al que había estrangulado mientras dormía. Y en sueños todavía oía el alarido de Alexander al caer bajo el sortilegio de la puerta que él le había animado a traspasar. Por mucho que viviera no dejaría de oírlo nunca. Aquel grito se había convertido en parte de su esencia.

Mistral charló unos minutos más con Ricardo antes de disculparse y seguir su camino. Bajó taciturno las escaleras, atento a los sonidos que llegaban de arriba. Salió al patio llevando una antorcha, más por las apariencias que por verdadera necesidad. Sus ojos eran capaces de ver en la oscuridad con la misma facilidad que durante el día.

Entró en el retrete que quedaba justo frente al portón del torreón. Cerró la puerta a su espalda y dejó la antorcha en un saledizo de la pared mientras buscaba a Denéstor Tul con la mirada. Lo encontró revoloteando en el techo, embutida de nuevo su conciencia en la mariposa azul de costumbre. Era la primera vez que Mistral usaba el sistema ideado por el demiurgo para ponerse en contacto con él. No era muy complicado. Una de las arañas del torreón era creación de Denéstor y le bastaba con acariciarla para que esta diera aviso en Altabajatorre. El demiurgo lo tenía más fácil, cada vez que quería hablar con él solo tenía que enviar su mariposa a revolotear por el patio.

—Dame una alegría: dime que me has llamado porque te vas a marchar del torreón de una vez —le susurró la mariposa, volando alrededor de su cabeza.

—Aún no es el momento —gruñó él. Empezaba a estar harto de aquella cantinela—. No, no lo es… Y no te he llamado para que me marees con lo mismo de siempre. Escucha: mañana iremos al cementerio y no quiero toparme con dama Desgarro. He pensado que sería bueno que la distrajeras de algún modo… Mándala llamar para hablar de cualquier tontería del consejo. Saldremos tras la comida, como siempre.

—Tienes que marcharte —insistió la mariposa—. Ya has hecho por ellos todo lo que podías. Lo único que estás consiguiendo ahora es ponernos en peligro. A los niños, a ti, a mí y a todo el reino.

—Mayor razón entonces para que apartes a dama Desgarro de mi camino.

—Sabía que eras testarudo, pero me sorprende descubrir hasta qué punto.

—¿Lo harás?

—¿Qué alternativa me queda? —dijo la mariposa.

En la montaña, en Altabajatorre, Denéstor Tul frunció el ceño. No tenía más remedio que ceder y Mistral lo sabía. El demiurgo sintió en el pecho el peso de la fatalidad, del destino inevitable que se aproxima veloz y voraz. «Nos has traído el final», había vaticinado dama Sueño. Y él, en aquellos momentos, incapaz de poner freno a la locura del cambiante, no podía evitar pensar que rodaba directo hacia el abismo, sin que nada de lo que hiciera o dijera pudiese desviarlo un ápice de aquella trayectoria fatal.

LAS VOCES DE LOS MUERTOS

Al poco de levantarse, Bruno les informó, con su habitual tono desapasionado, de que aquel día era Navidad. De todos, era el único que se esforzaba en llevar al día la fecha de la Tierra. Los demás se habían rendido al transcurrir anodino del tiempo de Rocavarancolia.

—Navidad. Qué felicidad —canturreó Natalia, contemplando con expresión sombría las viandas escasas que habían dispuesto sobre la mesa para desayunar—. ¿Haremos una fiesta para celebrarlo?

—Podemos colgar adornos de la araña del patio —dijo Rachel después de ahogar un bostezo en el dorso de su mano. Ricardo le revolvió el cabello y ella se dejó caer sobre la mesa, apoyó la cara en sus brazos entrelazados y fingió dormir.

—Navidad… —gruñó Hector, y hasta sintió que la palabra en su boca tenía un sabor amargo. Le parecía imposible que en alguna parte del universo alguien pudiera estar celebrando esa fiesta. Se recostó en la silla, con un pedazo de queso mohoso en una mano, y suspiró antes de empezar a raspar la capa verdosa del queso con un cuchillo. En su casa, los adornos de Navidad ya llevarían días colocados y su hermana habría cumplido con la tradición de encender el árbol del salón. Su madre serviría lo que daba en llamar sus exquisiteces navideñas: una colección extensa de entremeses que mantenían a Sarah y a Hector encandilados durante horas, primero observando como su madre los preparaba y luego deleitándose con ellos en la mesa. Pocas veces llegaban a probar el plato principal por la sencilla razón de que acababan demasiado llenos de canapés. El año pasado, su hermana y él habían organizado una competición para ver quién podía comer más entremeses. Había ganado él, por supuesto.

Pero eso había sido en otra vida.

Era por la noche, justo antes de dormirse, cuando más hablaban de la Tierra, de sus familias, de las tantísimas cosas que echaban en falta. Tampoco eran conversaciones muy frecuentes, recordar lo perdido los entristecía. Recordar no era bueno, no sabiendo que era probable que nunca más pudieran regresar a su mundo. Y más, si cabía, al pensar que allí, al otro lado, nadie los recordaba.

—Echo de menos tantas cosas... —dijo Marina mientras sostenían una de esas charlas—: la música, las flores, el atardecer en el Sena. La luz de las estrellas... —Suspiró—. Es algo que no entiendo. Debería haber estrellas, ¿verdad? El universo está lleno de ellas, ¿no?, entonces ¿por qué no se ven desde aquí?

—Yo me muero por una buena comida —aseguró Rachel. Era la que mejor apetito tenía de todos, lo que resultaba curioso dado su aspecto escuálido—. Comida de verdad. Un buen asado, con patatitas y salsa para untar pan...

—Un vaso de leche con cacao —dijo Lizbeth—. Y galletas... con eso me conformaría. Y magdalenas. Vale, y quizá algo de chocolate... Espolvoreado con caramelo por encima.

—Y lo que daría yo por tener aquí mis libros —señaló Ricardo—. Mi padre me regalaba uno todas las semanas.

—Un televisor —murmuró Rachel—. Para perder las horas viendo dibujos animados y películas de terror. ¿Puedes invocar un televisor para mí, Bruno?

—Dudo que exista un conjuro semejante —contestó el italiano—. Pero aunque existiera y estuviera a mi alcance, sospecho que tendríamos graves dificultades para sintonizarlo. No sé qué señal podría llegar hasta...

—Bruno, Bruno —terció Hector—. Es una broma, no es más que una broma. No le des más vueltas, por favor.

—Oh.

—Yo lo que más añoro es a mis padres —dijo Natalia—. Y es raro, porque en la Tierra no los aguantaba; siempre encima de mí, siempre controlándome... Pero ahora los echo de menos. —Parecía sorprendida—. Y también echo de menos la lluvia. Me podía pasar horas escuchando llover.

Hector sabía que Natalia añoraba de la Tierra otra cosa: sus duendes; aquellas criaturas que solo ella podía ver y que en nada se asemejaban a las que los acechaban en Rocavarancolia.

—Yo no echo nada de menos —aseguró Bruno—. Aunque probablemente sea porque mi vida en la Tierra se ha alejado bastante de lo que se consideraría una vida normal.

—Y porque eres raro —le dijo Natalia.

—Tú también serías rara si te hubieras pasado años sin salir apenas de casa, sin nadie que te dijera una sola palabra cariñosa o amable—lo defendió Marina—. Bueno, tú ya eres bastante rara de por sí.

—¡Mira quién habla! —dijo la otra.

—Lo que yo echo más de menos es el silencio —suspiró Adrian—. Sí. El silencio por la noche. Añoro meterme en la cama y dormirme sin escuchar a nadie discutir por tonterías.

—Pues vete a dormir abajo —le dijo Natalia—. Tienes un torreón entero para ti.

—¿Y dejaros solos y desvalidos? —quiso saber él—. ¿Por qué criatura desalmada me tomas?

A Hector no le resultaba difícil decidir qué era lo que más extrañaba de la Tierra; lo tenía muy claro: era la risa de su hermana. Sarah tenía un modo de reír explosivo, una de esas risas contagiosas a las que era imposible resistirse. Recordaba una tarde en particular, cuando asistieron junto a sus padres a la tradicional función de fin de curso del colegio; él le había susurrado algo al oído mientras veían la aburrida representación de teatro que cerraba el acto. No recordaba qué le había dicho, pero la niña había sufrido uno de los peores ataques de risa de los que tenía memoria. Y ese ataque se había ido contagiando poco a poco a todos los espectadores, avanzando por las filas de butacas, como una marejada de carcajadas atronadoras. A los desastrosos actores no les quedó otro remedio que detener la representación y aguardar a que las risas se apagaran para proseguir con la obra. A la salida todos estuvieron de acuerdo en que la risa de Sarah había sido lo mejor de toda la función.

—Y tú, Marco, ¿qué es lo que echas de menos? —le preguntó Hector una vez que contó la anécdota del teatro.

El cambiante se dio la vuelta en la cama y quedó boca arriba, con la vista fija en el techo del torreón Margalar. ¿Qué podía contestar a eso? «Echo de menos los tiempos en que Rocavarancolia era grande y temible —podía decir—. Los tiempos en que la ciudad era bella y caminar por las calles era un placer, un deleite; cuando no sabías qué maravilla o qué milagro ibas a encontrar al doblar la esquina. Echo de menos la sombra cantarina de la torre Insólita, derruida por los gigantes del mundo de Kalamadara. Echo de menos las canciones de los bardos en la plaza de la Quijada del Demonio, el fulgor de los vórtices abiertos centelleando en el crepúsculo, el batir recio de las alas de los dragones en las torres dragoneras y sus bramidos furiosos a medio sueño… Añoro tantas cosas y me da tanto miedo mirar atrás y darme cuenta del precio que he tenido que pagar por ellas».

—Todo. Lo echo de menos absolutamente todo —dijo, y la voz se le quebró de tal manera en la garganta que la conversación finalizó ahí mismo.

Hector pensó en lo paradójico que resultaba que el lugar más espléndido y lleno de vida que habían encontrado en Rocavarancolia fuera el cementerio. Estaba a una hora de marcha del torreón, en una hondonada más allá de la cicatriz de Arax. Y era tan hermoso que arrebataba el aliento. Además estaba en perfecto estado, no se veía la menor traza de ruina ni abandono. La batalla que había reducido a escombros la mayor parte de la ciudad había respetado aquel lugar.

El grupo se hallaba congregado en lo alto de una de las ocho rampas de tierra que descendían al gran complejo de tumbas. En el centro del mismo se elevaba un panteón negro de una belleza sobrecogedora. Estaba formado por un gran edificio de planta pentagonal, coronado por una cúpula negra, y cuatro pirámides impresionantes. La fachada principal del pentágono mostraba un gran portón de doble hoja, labrado con complicados arabescos dorados y plateados.

En torno al panteón gigantesco se desplegaba el resto de tumbas. Las había de todo tipo, tamaño y forma; desde enterramientos que eran poco más que tierra apiñada sin ningún tipo de indicación, hasta mausoleos tan recargados que daba igual el tiempo que uno los mirara, siempre se descubría una arquivolta nueva, una talla oculta hasta el momento u otra criatura diminuta esculpida en piedra. No solo había tumbas, también se podían ver obeliscos cubiertos de inscripciones, postes indicadores de madera, columnas conmemorativas, fuentes y estatuas.

Sin embargo, lo más llamativo era la vegetación exuberante que salpicaba el cementerio, y eso los sorprendió todavía más que el hecho de que los muertos enterrados allí no dejaran de hablar. El cuento de Marina los había preparado para sus voces de ultratumba, pero nada les había advertido que, tras semanas viviendo entre piedra, roca y granito, iban a toparse de nuevo con la naturaleza. Por todas partes se veían jardines, estanques y árboles de todo tipo, la mayoría de especies desconocidas para ellos, aunque también había altos cipreses, pinos y sauces. El verdor de los jardines, la hiedra y el musgo se derramaba por los senderos y trepaba por tumbas y mausoleos.

Hector quedó tan absorto contemplando aquel hermoso lugar que no prestó atención a los muertos hasta pasado un rato. La mayoría parloteaba de cosas sin sentido, al menos para el grupo, otros charlaban en susurros apenas audibles y solo unos pocos hablaban de ellos.

—Niños vivos con sangre caliente en sus venas —canturreaba una voz procedente de una tumba de piedra blanca situada al pie de la rampa en la que se encontraban—. ¿Cuánto tiempo hacía que no nos visitaban los vivos?

—¡Décadas!

—Os equivocáis. Ayer por la tarde tuve una linda visita —dijo otro con elegancia afectada, bajo una losa gris cubierta a medias por el musgo—. Una niña vestida de ángel que tarareaba una canción mientras bailaba a mi alrededor, ¿no la recordáis?

—Eso fue hace doscientos veintitrés años, estúpido hediondo—le replicó su vecino—. Y no cantaba: estaba gritando porque la perseguía un trasgo. Acabó devorándola, si no recuerdo mal.

—Qué disgusto.

Natalia miró a Marina con el ceño fruncido.

—¿Está tu tumba aquí o no? —le preguntó con sequedad. La joven morena negó con la cabeza. Si el tono de Natalia la había molestado, no dio muestras de ello.

—No, no lo está. La reconocería si la viera. Creo.

—Entonces ¿podemos irnos ya? Este sitio me da escalofríos.

—¿Escalofríos? —Rachel la miró extrañada—. Pero ¿qué dices? Es un lugar precioso.

—No me gustan los cementerios, ¿vale? Son siniestros.

—No son siniestros y este menos que ninguno —dijo Marina—. No son lugares de muerte, aunque muchos piensen eso. Son lugares para homenajear a los que han vivido y recordarlos como se merecen.

—A ti te gustan los cementerios porque eres siniestra.

—¡Qué pesada eres! —Marina fulminó a Natalia con la mirada. A continuación resopló y miró a Marco—. Deberíamos bajar a echar un vistazo, quizá desde aquí no pueda ver la tumba.

El cambiante asintió e hizo una señal para que Rachel se pusiera en cabeza del grupo. Sabía que no había magia malévola en el cementerio, pero debía guardar las apariencias. Ricardo se colocó tras ella. Hector retrocedió unos pasos para cerrar el grupo. No había ni rastro de niebla de advertencia en el lugar. Natalia, a cada momento más sombría, hundió la alabarda con violencia en el suelo terroso.

—¿Y el monstruo? —preguntó—. ¡Marina dijo que había un monstruo! ¿No os acordáis?

Marco desenvainó su espada y la agitó teatralmente en el aire.

—¡Que salga si quiere! —gritó. Sintió un ramalazo de euforia al comportarse como un chiquillo—. ¡Le daré lo que se merece!

Sabía que el monstruo del cuento de Marina era dama Desgarro y gracias a Denéstor Tul no debían preocuparse por ella. Además, la mujer no había sido del todo sincera durante el discurso de bienvenida al hablar de la prohibición de entrar en el cementerio. Lo que de verdad estaba vedado por ley era que la cosecha entrara en el Panteón Real; si dama Desgarro había hecho extensible la prohibición al resto del cementerio era por la sencilla razón de que no quería tener a los niños dando vueltas por su territorio.

—¡Bajad! ¡Bajad! —les gritó una voz desde una tumba rodeada de coronas de rosas petrificadas—. ¡Yo, el fenecido conde de Bratalante, vencedor del sitio de Mascarada, os invito oficialmente a pasearos por nuestro santo lugar de reposo! ¡Sois bienvenidos!

—¡Y yo, duque de Malvaraburno, retiro la invitación al instante! ¡Llevaos vuestra respiración ponzoñosa y el latido sucio de vuestro corazón a otra parte!

—¡Por favor! ¡Venid! ¡Venid! —gritaban unos.

—¡No! ¡Sacad de aquí vuestra maldita vida y vuestro maldito calor! ¡Fuera! ¡Fuera! —aullaban otros.

Bajaron la cuesta y echaron a andar entre los jardines del cementerio, embelesados ante tumbas y mausoleos. Natalia los seguía a cierta distancia, arrastrando la alabarda tras ella, con aspecto de estar disgustada con todo y con todos. Los muertos no paraban de hablar:

—Me resultó sorprendente verla en el castillo, te lo aseguro, mi buen amigo. Nos habíamos separado en términos tan poco amistosos que…

—Me aburres. Me aburres tanto.

—Morí en la batalla de Aguaembarrada, el quinto día del quinto mes del año de la primera araña… Encabezaba una cohorte de gigantes lanceros y muertos a caballo. No los vimos llegar, no, no los vimos. De pronto las alas de los dragones de la reina Efigia oscurecieron el día, sus llamas acabaron hasta con el último de…

—Me gustaba tanto el queso untado en miel. Y el crujir del maíz en la boca, aunque haya olvidado su sabor. Pero lo que más recuerdo son las últimas fresas de la temporada. Oh. Me estremezco al…

Bruno trató de comunicarse con ellos, pero todos sus intentos fueron en vano. O lo ignoraban o sus respuestas en nada tenían que ver con lo que les preguntaba. Pronto se habituaron al murmullo constante de su parloteo. Las voces de los muertos no eran el único sonido en el cementerio; el viento vespertino soplaba entre las hojas de los árboles. Y también se escuchaba el trino de unos pajarillos verdes y grises que volaban de aquí para allá como diminutas centellas emplumadas.

Los caminos y senderos se abrían paso entre las tumbas siguiendo una pauta en espiral que iba descendiendo hasta el panteón negro que ocupaba el fondo de la hondonada. Había un sinfín de estatuas: guerreros de guardia ante las puertas de los panteones; poetas que escribían sus pergaminos sentados en pedestales de roca blanca; músicos que tocaban sus instrumentos de piedra sobre las lápidas; ángeles y demonios, y otros seres inidentificables, tan hermosos unos como horripilantes otros.

Llegaron a un parque ajardinado en forma de media luna, con un pequeño estanque repleto de nenúfares en una esquina, y decidieron hacer un alto en la exploración. Sobre una columnata junto al estanque se alzaba la estatua de bronce y plata de una mujer guerrera, vestida con una cota de mallas y armada de una lanza gigantesca; miraba hacia el cielo con expresión alerta, como si aguardara a que algo se abalanzase sobre ella en cualquier momento.

Lizbeth, como siempre, llevaba en su mochila carne, pan y fruta, alimentos que repartió entre el grupo. Algunos se sentaron a comer en los bancos esparcidos en torno al estanque mientras otros vagabundeaban por el parque. Bruno se aproximó a una tumba y estudió ensimismado las inscripciones que la cubrían, ignorando la voz que surgía bajo la sepultura y que le rogaba, si no era mucha molestia, que se apartara porque le tapaba la luz.

Marina estaba inmóvil ante la puerta enrejada de un mausoleo que parecía hecho de hielo y cristal. Las rejas de la verja eran de vidrio hueco y en su interior fluían largas hilachas de agua que se enredaban unas en otras a medida que descendían. El efecto era hipnótico. Una gárgola anfibia, también de cristal, se sentaba a horcajadas sobre el pórtico piramidal del edificio; la expresión de su rostro era de una severidad impresionante.

—Es extraño... —dijo la joven.

—¿Qué ocurre? —Hector se acercó a ella. La puerta de cristal bruñido del panteón reflejaba sus siluetas, pero de una manera fantasmagórica; se veían reducidos a simples sombras movedizas, sin ningún tipo de rasgos que los identificaran.

—Este cementerio es cálido y amable, y no tiene sentido. —Marina hizo un gesto que abarcaba todo el lugar—. Vale, los muertos hablan y eso es raro, lo concedo, pero el resto... Es tan hermoso. —Bajó la voz—: Mi padre decía que para conocer bien una ciudad tienes que visitar su cementerio, porque ese lugar en concreto dice mucho de ella, de su alma. En las grandes ciudades suelen ser fríos y anónimos. Más que enterrar a los muertos parece que los almacenan. Este en cambio... —resopló—. Va a sonar raro, pero... Este es el cementerio de un lugar con buen corazón.

—Si esta ciudad tiene buen corazón es porque se lo ha arrancado a alguien —dijo Hector.

Marina sonrió. Se giró hacia él y le enderezó el cuello del blusón, que llevaba retorcido.

—Es que no me cuadra —dijo—. Es eso... No me cuadra que un lugar tan horrible honre a sus muertos de esta manera. —Se encogió de

hombros. Posó la vista en Lizbeth. Había arrancado unas flores amari-
llas de un seto y se las iba colocando a Rachel en el pelo—. No encaja
con lo que yo pensaba sobre esta ciudad.

—Por si acaso, no te confíes.

—No lo hago. Ni por un instante. ¿Cómo podría hacerlo? Sé que
no vamos a encontrar aquí la tumba de mi cuento. Lo sé. Y sé que
alguien va a morir y que uno de nosotros lo traerá hasta aquí. ¿No te
parece terrible?

—Mucho. Y me da miedo. Pero puede que tu cuento no ocurra,
puede que solo sea eso: un cuento. O ¿quién sabe?, a lo mejor ya ha
ocurrido, y hace tantísimo tiempo que tú no puedes reconocer la
tumba... Es...

—¿Puedo pedirte algo? —le interrumpió ella.

—Lo que sea —se apresuró a contestar.

—Es una tontería, pero... Si me pasase algo, enterradme aquí, ¿vale?
Y no por mi cuento. Este sitio es hermoso. Me gustaría estar...

—Tienes razón —ahora fue él quien la interrumpió con brusquedad.
Intentó que su voz sonara firme—. Es una tontería. Eso no va a pasar
porque no vas a morir —y luego se apresuró a añadir, por temor a que
pudiera pensar que su vida le importaba más que la vida de los demás,
como en definitiva así era—: Nadie va a morir. —En cuanto lo dijo,
una corriente fría de fatalidad recorrió todo su ser. La certeza de que se
equivocaba fue tan fuerte que le costó gran esfuerzo evitar que la
angustia se reflejara en su rostro.

Marina lo tomó de la mano, se la estrechó con fuerza y le sonrió.
Hector le devolvió la sonrisa. Luego miró alrededor; la desazón que
sentía era tan terrible que necesitaba comprobar con urgencia que todos
estaban bien. Vio a Natalia sentada en un banco junto al estanque,
comiendo con desgana un pedazo de pan y fingiendo que no los miraba.
Ricardo se había unido a Bruno en el estudio de las inscripciones de las
lápidas y ambos conversaban en voz baja. Rachel y Lizbeth charlaban
junto a un seto, con las manos entrelazadas y el pelo lleno de flores.
Más allá estaba Marco, mirando con expresión ausente el gigantesco
panteón negro.

Y bajo los pies de todos ellos, los muertos no dejaban de hablar:

—No lo vi venir. ¿Te lo puedes creer? ¡Veneno en la comida!
¡Esperaba algo más de imaginación por parte de alguien que vivía bajo

mi techo! ¡Lo peor no fue que me asesinara, lo peor fue que me defraudara de tal modo!

—Creía que iba a vivir para siempre. Qué iluso, qué estúpido fui. Creí que tenía todo el tiempo del mundo…

—Niños de sangre caliente y aliento fresco. Niños perdidos, niños robados… Esquivad la oscuridad, ¿me oís?, cuidaos de las sombras, jamás podréis imaginar lo que os espera en ellas. ¿Me oís? Jamás.

Cuando a través del ojo que portaba el pájaro metálico, dama Desgarro vio como los niños se acercaban al cementerio, comprendió el motivo por el que Denéstor Tul la había citado con tanta urgencia. Tuvo que hacer un gran esfuerzo para no echarse a reír mientras seguía escuchando la retahíla de explicaciones vacías que desde hacía un buen rato le estaba ofreciendo el demiurgo. Le hablaba del destino del reino, sin terminar de hablarle de nada en concreto; le ofrecía listados interminables de mejoras que iban desde la demolición total de buena parte de la periferia de Rocavarancolia hasta el exterminio de las alimañas que pululaban por la ciudad, y que no eran más que propuestas antiguas rechazadas por el consejo.

Dama Desgarro, cansada ya de toda esa pantomima, no tuvo el menor reparo en interrumpir al demiurgo cuando estaba a mitad de una frase.

—Ya sé que no tienes intención de desvelarme el paradero de Mistral —dijo con un tono tan inocente que los ojos del demiurgo se entrecerraron al instante—, aunque sería bueno que le hicieras llegar un mensaje de mi parte: dile que siempre será bienvenido al Panteón Real. —Dama Desgarro sonrió; las cicatrices que rodeaban sus labios parecieron sonreír a su vez dando a su cara un aspecto más monstruoso aún—. Y adviértele de otra cosa, por favor: como bien sabrás, paso buena parte de mi tiempo en el cementerio, pero no estaría de más que me anunciara su visita con antelación. Cualquiera sabe qué distracción inoportuna y sin sentido podría apartarme de allí.

La mirada final que dedicó a Denéstor resultó totalmente reveladora. Las mejillas del hombrecillo gris enrojecieron con violencia. El demiurgo se recompuso con rapidez, miró a su alrededor con el ceño fruncido y luego procedió a tabalear sobre la mesa en la que se encontraban. Casi al instante, una lámpara de largas alas de terciopelo, con patas de tortuga en la base, planeó hasta ellos y se posó en la mesa. Denéstor alargó la mano y tiró del cordón de bolitas plateadas que la encendía. Una luz tenue y difusa los rodeó a ambos. El silencio se hizo en torno a ellos, un silencio mágico e impenetrable que emergía de la misma lámpara que los iluminaba. Bajo aquella luz nadie que no fueran ellos podría escuchar sus palabras.

—Así que lo sabes. —Dama Desgarró asintió con solemnidad divertida y él se inclinó hacia ella, con los ojos tan entrecerrados que apenas se veían en la telaraña de arrugas que era su rostro—. Creo que no está de más que te informe de las consecuencias que puede acarrear, es…

—Denéstor, Denéstor… soy culpable de los mismos crímenes que habéis cometido —dijo la custodia del Panteón Real—. Hay algo que debo contarte: yo también he sido mala, mi querido demiurgo. Muy mala…

Acuclillado en el almenar del castillo, Esmael vigilaba Altabajatorre con inquietud creciente. No sabía qué asuntos se traían entre manos Denéstor Tul y dama Desgarro, pero no podía tratarse de nada bueno para sus intereses. Si el demiurgo decidía apoyar a la custodia del Panteón Real como regente, ya nada le quedaría por hacer. La posibilidad, cada vez más real, de que dama Desgarro tomara las riendas del reino hizo que se estremeciera. Aquella mujer lo repugnaba; era una mojigata sin seso, una criatura blanda y deleznable incapaz de comprender que la crueldad era una herramienta necesaria para el buen gobierno de Rocavarancolia y no un defecto que fuera preciso perseguir.

Creyó verla asomarse a una de las troneras de la torre, pero no era más que uno de los cachivaches de Denéstor saliendo al exterior, una cometa de papel llena de antenas y cintas coloreadas que trepó por la fachada de Altabajatorre antes de echar a volar. El edificio entero era un hervidero de creaciones del demiurgo; bandadas de pájaros multicolores, naves diminutas e insectos de todo tipo revoloteaban alrededor de sus muros como abejas en torno a un panal. Ni siquiera él habría logrado aproximarse sin ser detectado por ellas, así que no le había quedado más remedio que espiar desde el castillo, cada vez más tenso y malhumorado.

Harto de esperar remontó el vuelo, se deslizó como una sombra entre las quebradas de la montaña y puso rumbo a la ciudad, batiendo sus alas con energía, como si intentara desprenderse así de la rabia y la frustración. Pero solo había un modo de dar rienda suelta a la furia que lo embargaba: tenía que matar algo.

El atardecer cuajaba las montañas con su resplandor rojizo y violeta. En el patio del castillo, la manada ya deambulaba de un lado a otro, conscientes de la proximidad de la noche. Una de aquellas bestias, el gran macho gris, alzó su hocico al verlo pasar, desnudó sus hileras e hileras de colmillos y gruñó, como si fuera consciente de su sed de sangre y le avisara de que él no resultaría una presa fácil.

El ángel negro pronto dejó atrás Rocavaragálago, la catedral roja parecía respirar tan inquieta como él en el centro del foso de magma que la rodeaba, y se adentró en la ciudad en ruinas. En la distancia, alcanzó a ver a los cachorros de Denéstor, atravesando la cicatriz de Arax de regreso al torreón. Miró hacia allí. Darío se enfrentaba con Adrian; uno sobre un tejado cercano al promontorio y el otro desde el patio del torreón. Esmael casi creyó escuchar el sonido de sus armas entrechocando.

A pesar de la distancia que los separaba, el combate tenía tal intensidad que el Señor de los Asesinos no pudo dejar de admirarse. El ardor de aquellos niños era el de dos guerreros que se enfrentan en el campo de batalla y no solo con sus vidas en juego, sino con el destino de reinos pendiendo en el filo de sus armas.

Contempló aquel duelo extravagante hasta que un movimiento en la base del edificio en el que se encontraba el brasileño llamó su atención: una criatura esperpéntica, todo brazos, garras y membranas trepaba silenciosa por la fachada. Sus dos cabezas penduleaban al final de un cuello único, largo y sinuoso. Darío estaba demasiado ensimismado en su duelo con Adrian como para percatarse del peligro que lo acechaba.

Esmael voló a toda velocidad entre edificios y callejuelas, rumbo al torreón Margalar y la criatura que trepaba. Justo antes de chocar contra ella, hundió una mano en su estómago y otra en su cuello, haciendo pedazos su garganta. El grito de la bestia fue un simple quejido que apenas llegó a oírse. Sin frenar un ápice su vuelo, el ángel negro arrastró al monstruo consigo, en un silencio espantoso, cargado de violencia.

Los dos pares de ojos del monstruo giraron enloquecidos en un intento de localizar a quienquiera que lo arrastrara con tal brutalidad.

El ángel negro entró como una exhalación en una calle de edificios altos, ajeno a los golpes desesperados de la criatura. Tomó altura, soltó al monstruo y antes de que la gravedad lo pudiera reclamar, endureció el filo de sus alas y lo despedazó con ellas. Una lluvia violenta de carne y sangre se precipitó sobre la callejuela.

Esmael, el Señor de los Asesinos, resopló en las alturas. Ya se encontraba mejor.

La noche había vertido su cargamento de sombras y tinieblas en el mar de Rocavarancolia.

Solberino, el náufrago, caminaba sobre los maderos tambaleantes que unían el barco donde vivía, un pequeño velero clavado en lo alto de un arrecife con forma de colmillo, con la balsa alrededor de la cual disponía sus aparejos de pesca. Estaba tan acostumbrado al movimiento perpetuo del mar que ni siquiera notaba el vaivén de las tablas que pisaba.

A medio camino se detuvo. Alzó la vista hacia el acantilado solo unos segundos antes de que la luz del faro destellara, fulminante y cegadora. La luz parpadeó tres veces y luego una cuarta tras una pausa prolongada. El resplandor no tenía falla alguna, era tan luminoso como debía ser. Solberino calculó que todavía faltaban unas dos semanas antes de que tuviera que cambiar la lamparilla. No se le escapaba la paradoja que entrañaba que fuera él, la última víctima viva de aquel faro, quien lo mantuviera en funcionamiento. Pero alguien debía hacerlo, aunque en casi treinta años ni un solo barco hubiera ido a zozobrar allí, alguien debía mantener viva esa luz.

Solberino comprobó los cebos uno por uno. Hacía tiempo que no necesitaba pescar para sobrevivir, pero el pescado fresco era un plato del que se negaba a prescindir; el resto de los alimentos, en comparación, le resultaban insípidos. Quizá fuera porque la pesca había sido lo que lo había mantenido vivo en sus primeros tiempos en Rocavarancolia. Frunció el ceño al ver que solo había un pez en los anzuelos, y ni siquiera era una pieza entera: se trataba de la cabeza de una enorme trucha moteada. El resto del cuerpo había desaparecido.

¿Sería obra de las sirenas? Lanzó el despojo de regreso al mar.

Resultaba extraño que las sirenas se dedicaran a robarle sus capturas, aquellas criaturas estúpidas eran voraces, pero preferían las presas vivas a las muertas. Y no era la única rareza que Solberino había observado en ellas en los últimos tiempos. Desde hacía días era frecuente contemplarlas encaramadas en las rocas, nadando sin rumbo entre los barcos naufragados o trepando a estos. Era raro verlas durante tanto tiempo y en tal número en la superficie; solían preferir el fondo marino, allí donde la luz del sol apenas llegaba y reinaban siempre las tinieblas. Solo las mareas brutales que provocaba la Luna Roja las alteraban tanto, pero aún faltaban semanas para que la influencia de aquel astro se hiciera notar en Rocavarancolia.

Solberino regresó de nuevo al velero clavado en el arrecife, mirando de reojo las sombras negras y grasientas de las sirenas inquietas. No pudo reprimir el impulso de mirar hacia el este para comprobar que, efectivamente, la Luna Roja no había aparecido de pronto. Y no, no lo había hecho. No había nada, tan solo la oscuridad quieta de la noche y la oscuridad movediza del mar, unidas la una a la otra alrededor de la línea del horizonte.

Hurza Comeojos, la primera criatura viva que habían traído las Uncidas hasta Rocavarancolia, soñaba entre maderos podridos, no demasiado lejos del velero de Solberino, la última víctima del faro. Se encontraba envuelto en un capullo de luz pulsátil, adherido a una esquina de un camarote desvencijado, pasto de algas y cangrejos. La estancia estaba inclinada hacia la derecha y llena en una tercera parte de agua. A veces los vaivenes del mar sumergían por completo la crisálida pero a Hurza no le importaba en lo más mínimo. En aquel estado letárgico ni siquiera respiraba.

Un súbito impulso nostálgico le había hecho buscar los restos de la goleta en la que su hermano Harex y él habían llegado a Rocavarancolia hacía tantísimo tiempo, pero no fue capaz de hallarla. De no haberse sentido tan cansado, habría continuado la búsqueda hasta dar con ella, pero al final, rendido por la fatiga, no tuvo más remedio que buscar otro escondrijo: se había colado por la vía de agua que hizo naufragar a un carguero y se había aovillado en el primer compartimento que había encontrado.

Llevaba una semana dentro de aquel cascarón iridiscente, fortaleciéndose, preparándose para lo que aguardaba una vez se mostrara al mundo. Si había una virtud que señalar en la especie de Hurza Comeojos era la de su paciencia: para ellos la espera no significaba nada y el tiempo no era más que una bagatela insustancial. Habían pasado más de dos mil años desde su asesinato, pero aquel lapso de tiempo no era nada para él. Solo un paréntesis, un respiro antes de proseguir con el plan que su hermano y él habían puesto en marcha hacía tanto tiempo, cuando fueron conscientes del error que habían cometido al subestimar a las criaturas de las que se rodeaban.

Por el momento todo marchaba según lo previsto, mejor todavía, ya que Hurza no había esperado encontrarse a su regreso una Rocavarancolia agonizante. Belisario podía haberle expresado su pesar por el triste legado que iba a hallar a su vuelta, pero ni en sus mejores sueños se habría atrevido a imaginar un escenario tan favorable a sus objetivos. Prefería una Rocavarancolia rota y agonizante a una Rocavarancolia fuerte. Así le costaría mucho menos esfuerzo doblegarla a su voluntad. Lo que de verdad le molestaba era el estado de debilidad extrema del cuerpo que se veía forzado a habitar. Antes de dar su siguiente paso debía fortalecerlo, convertirlo en un vehículo digno de su esencia, o lo destruirían a las primeras de cambio.

Mientras tanto, Hurza aprendía. Y vigilaba. Podía tener los ojos cerrados dentro del capullo, pero, aun así, veía. Su mirada se asomaba a la mirada de los veinticuatro sirvientes que en aquellos momentos se afanaban en el castillo de Rocavarancolia, del mismo modo en que su mente compartía todos sus pensamientos, aun cuando ellos ignoraban su presencia dentro de sus cabezas, por supuesto.

Muchos creían que la costumbre de devorar los ojos de sus víctimas solo era una muestra más de la crueldad que le había dado fama, pero no era así: gracias a los ojos de sus víctimas, Hurza se hacía con su esencia mágica, su memoria y sus habilidades. El primer Señor de los Asesinos no se contentaba solo con robarles la vida, les arrebataba todo lo que eran y todo lo que habían sido capaces de hacer. La esencia del sirviente asesinado por Belisario se había unido a la del propio anciano, pero era una esencia tan mínima y ridícula que apenas suponía mejora alguna. Lo que de verdad importaba era que gracias a él ahora tenía acceso a la mente múltiple que formaba la servidumbre del castillo con todo lo que eso significaba: veía lo que ellos veían, leía sus pensamientos como si fueran un libro abierto y, además, podía acceder a todos sus recuerdos. Así había podido reconstruir la mayor parte de la historia reciente del reino.

Entre todos los recuerdos a los que había llegado a acceder, había uno en concreto que a Hurza le gustaba invocar en la soledad de su crisálida. Se trataba del momento en que Denéstor Tul, en la reunión del consejo celebrada tras la noche de Samhein, activaba aquella esfera recién sacada de la manga y la luz de su interior se derramaba por la sala del trono. Ya conocía el nombre del muchacho poseedor de aquella fuerza tremenda. Se llamaba Hector. Y aunque no tenía ninguna referencia visual de él, ya que ni un solo criado lo había visto, no lo mantenía nunca muy lejos de sus pensamientos. Ese niño era una pieza primordial en sus planes.

Hurza trajo a su mente por enésima vez aquel recuerdo robado a la memoria colectiva de la servidumbre del castillo. En esta ocasión se dedicó a observar a los miembros del consejo, sorprendidos por la impresionante burbuja de energía que bañaba de luz sus rostros. Gracias a los recuerdos de los criados, ya los conocía a todos. Y no solo a los que estaban allí, Hurza Comeojos conocía a la mayor parte de los seres que habitaban la ciudad.

Solo había dos a los que temía enfrentarse. Uno de ellos era Denéstor Tul, el demiurgo del reino; aquel hombrecillo gris podía parecer consumido y frágil, pero Hurza sabía muy bien que el poder de los hechiceros dadores de vida era siempre considerable. La segunda criatura era, por supuesto, Esmael, el ángel negro que ocupaba el cargo que él había ostentado hacía tantísimo tiempo. Había pocos seres tan terribles como esos ángeles; eran mortíferos, magníficos en la magia y en la lucha, feroces y temibles. Y si algo tenía claro Hurza era que el enfrentamiento tanto con uno como con el otro era del todo inevitable.

Si quería tener una posibilidad de triunfo, necesitaba recuperar su grimorio. Ese debía ser su principal objetivo una vez que terminara de remodelar el cuerpo de Belisario. Los grimorios no eran simples compendios mágicos. Sus creadores depositaban en sus páginas buena parte de su esencia. Cuando se ejecutaba un hechizo de un grimorio no solo se estaba usando el conocimiento del mago, se hacía uso del propio poder de aquel hechicero. De ahí que fueran objetos tan codiciados. Hurza Comeojos había puesto la mayor parte de su energía vital dentro de ese libro y hacerse con él significaría recuperarla. Aunque ignoraba su paradero, sabía que el libro estaba en posesión de Esmael. Y que muy probablemente otra criatura compartía ese conocimiento, el secuaz más cercano al ángel negro.

En esos mismos momentos, Hurza podía verlo, a través de los ojos de un criado de la torre norte del castillo.

Enoch avanzaba por el pasillo, agazapado a ras de suelo, con su nariz apenas a un palmo de las baldosas. Caminaba en completo silencio, ajeno al sirviente que se aproximaba a su espalda. Una rata asomó por un agujero del muro, descubrió a Enoch al acecho e intentó regresar a la seguridad de la pared. El vampiro fue más rápido, saltó hacia delante y la atrapó. El animal se debatió en sus garras. Enoch soltó una risotada infantil. Parecía a punto de ponerse a bailar. De pronto se detuvo, consciente de que no estaba solo en el pasillo. Se volvió y descubrió al criado.

—¿Qué miras? ¿Eh? ¿Eh? —siseó el vampiro, medio agazapado en la penumbra con la rata sacudiéndose y dando chillidos en sus manos—. ¿Qué estás mirando?

El sirviente inclinó la cabeza en señal de disculpa y se desvió por el pasillo de la derecha. Lo último que alcanzó a ver la criatura que ocupaba el cuerpo de Belisario fue como aquel triste vampiro hundía sus colmillos en el animal. Hurza apartó su mente de los sirvientes y dejó que el sopor se cerniera sobre él. Antes de sumirse de nuevo en su sueño revitalizador, jugó a adivinar el sabor de los ojos de Enoch. ¿A sequedad? ¿A amargura? ¿A polvo y penuria? ¿Cuál era el sabor del hambre y la desesperación?

Pronto lo averiguaría.

LOS JARDINES DE LA MEMORIA

En Rocavarancolia siempre era otoño, un otoño polvoriento y seco que se prolongaba sin que se percibiera el menor atisbo de su final. En los tres meses que llevaban allí, el clima no había variado en lo más mínimo; cada día resultaba un calco exacto del anterior. El hoy, el ayer y el mañana se mezclaban de tal manera que eran casi indistinguibles. Hector no olvidaba la tormenta con la que había despertado en su primera noche en Rocavarancolia, pero sospechaba que aquel fenómeno no había sido natural, sino precisamente una consecuencia de su llegada.

Y esos días iguales transcurrían cada vez más y más rápido, notaba esa aceleración hasta en los mismos huesos; era una especie de corriente invisible que lo arrastraba por aquel otoño interminable sin que pudiera hacer nada por evitarlo. Bruno le aseguraba una y otra vez que solo era una percepción subjetiva que no tenía nada que ver con la realidad. El italiano había usado relojes de arena, clepsidras y hasta un reloj de sol rudimentario que él mismo construyó para medir el paso del tiempo y demostrárselo. Los días no se habían acortado, el viento seguía haciendo su aparición a media tarde y el crepúsculo y el amanecer llegaban, invariablemente, a la misma hora cada día. Y aun así, a pesar de las frías pruebas que Bruno le presentaba, Hector sentía el transcurso del tiempo de un modo desconocido hasta entonces. Solo tenía que mirar el reloj de la fachada para sentir como el futuro y la Luna Roja aceleraban veloces y terribles a su encuentro.

—Tu tiempo y el suyo son diferentes, nada más —le dijo Marco mientras caminaban de regreso al torreón con los cestos de provisiones al hombro—. Cada uno de nosotros lleva a cuestas su propio tiempo y su propia manera de percibirlo.

—¿Eso también lo aprendiste en el gimnasio de tu padre? —le preguntó Natalia.

—No —contestó Marco—. Eso lo he aprendido en Rocavarancolia. —Se encogió de hombros—. A veces tengo la sensación de llevar aquí siglos.

Hector miró de reojo a su amigo. Algo en sus palabras le había producido un escalofrío. No pensó mucho en ello, llegaban ya al torreón y, como siempre, la visión del reloj hizo que se olvidara momentáneamente de todo y de todos. La estrella de diez puntas ya había superado la altura de las siete y media. Según sus cálculos apenas quedaban cuatro meses para que saliera la Luna Roja y Rocavaragálago, aquella catedral horrible situada a las afueras, se pusiera a vomitar espantos.

—No tenemos por qué estar aquí cuando eso ocurra —había dicho Lizbeth una de las muchas tardes dedicadas a hablar sobre el asunto—. Hay pasos en la montaña que llevan al desierto, ¿no es así? Lo dijo la mujer espantosa de la plaza. Podríamos abandonar la ciudad antes de que salga la luna. Sería cuestión de planearlo bien y llevar provisiones suficientes para aguantar el tiempo que sea necesario.

—Es arriesgado —comenzó Ricardo.

—¿Más arriesgado que quedarnos a ver qué ocurre? —quiso saber Natalia—. Además, se supone que esa cosa se pondrá en marcha solo si nosotros estamos cerca. ¡Alejémonos entonces! ¡Escapemos! La vieja del saco dijo que el desierto era peligroso, pero no tenemos por qué quedarnos mucho tiempo allí. ¡Solo debemos esperar a que la luna se ponga de nuevo, luego podremos regresar a la ciudad!

—La vieja del saco también dijo que huir al desierto era una muerte más que segura —intervino Mistral. No podía decirles la verdad, no podía decirles que no había modo alguno de escapar de la Luna Roja y de Rocavaragálago.

—¿Escapar? ¿Eso es lo que queréis hacer? —preguntó entonces Adrian. En el tono quedaba claro lo que opinaba sobre ese plan—. Pero ¿qué clase de idea es esa?

—¿Por qué lo preguntas? ¿Tienes algún problema con ella? —le soltó Natalia de malos modos. Adrian se echó hacia atrás en la silla, con los ojos azules muy abiertos. Natalia se llevó las manos al pecho e hizo un gesto de fingida inocencia—. Oh, perdona. Claro que lo tienes. Para escapar de la ciudad deberías salir primero de tu adorado torreón y ¿cómo vas a hacer tú eso? ¡Qué locura!

—Saldré de aquí cuando llegue el momento —le aseguró Adrian con voz gélida.

Natalia se disponía a replicarle otra vez, pero una rápida mirada de advertencia por parte de Hector la disuadió. La joven se encogió de hombros, como si el asunto ya no fuera con ella. El aislamiento de Adrian era cada vez mayor. Aunque viviesen bajo el mismo techo, hacía tiempo que no formaba parte realmente del grupo. Se pasaba días y días sin hablar con nadie, atrapado en su rutina de lucha a espada o perdido en sus pensamientos.

Hector recordaba una tarde en concreto en que se lo había encontrado en una de las habitaciones del segundo piso. Estaba inmóvil, en completo silencio, de pie y mirando con expresión de total extrañeza lo que parecía ser un paño azul y blanco que sujetaba entre sus manos. Hector tardó unos segundos en reconocer aquella prenda como el pijama de borreguitos que había llevado a su llegada a Rocavarancolia. Se había quedado parado en la puerta, sin saber qué decir. De pronto, Adrian lo había mirado fijamente. No supo distinguir si lo que brillaba en sus ojos eran lágrimas a punto de caer o rabia contenida.

—Me prometió llevarme a casa —murmuró. Luego hizo una bola con el pijama, lo arrojó con desprecio al suelo y salió de la habitación a grandes pasos, sin mirarlo siquiera.

Todos estaban ya al tanto de sus duelos con el chico de los tejados. Natalia había insistido en hacer algo al respecto, pero, para su disgusto, habían decidido que lo mejor era permanecer al margen, al menos mientras aquella rivalidad extravagante se mantuviera en los mismos términos que hasta entonces, es decir, con uno en el tejado y el otro en el patio. En ocasiones Hector se los imaginaba a todos como si fueran planetas en órbita unos en torno a otros: la mayoría se encontraban agrupados, girando juntos al cobijo de su propia cercanía; Bruno giraba en la distancia, siempre la misma, inmutable, lejano y frío, pero en cierto modo accesible; Adrian se había ido alejando cada vez más y más, hasta tal punto que su órbita parecía estar más próxima ahora a la del joven que lo visitaba cada tarde que a la del resto. La trayectoria de Madeleine era la más excéntrica de todas, después de un tiempo de girar tan lejos que era imposible divisarla, había regresado poco a poco hasta situarse en una órbita próxima.

La joven que había vuelto a ellos en poco se parecía a la de los primeros días en Rocavarancolia. Buena parte de su prepotencia y de su frivolidad habían desaparecido, aunque Hector tenía la impresión de que su carácter, más que suavizado, estaba adormilado. A veces, en un gesto o en una mueca, se veía un atisbo de la antigua Madeleine. La muchacha se había reintegrado totalmente a la dinámica del grupo, compartía las tareas cotidianas y salía junto a los demás en busca de provisiones o a explorar la ciudad.

Había sido tras la primera de esas salidas cuando Madeleine dejó la espada verde que tanto le había gustado a su hermano en la armería. La colocó en un lugar de privilegio, acarició su vaina y se fue.

—Se la estaba guardando —les dijo—. Pero ahora sé que ya no va a volver a por ella.

Luego le pidió a Lizbeth que le cortara el pelo. La hermosa melena con la que había llegado a ese mundo se había convertido en una maraña indomable que le daba aspecto de fiera inquieta. Los chicos no habían podido evitar mirar mientras la escocesa le cortaba el pelo en el patio. Los mechones caían sobre el adoquinado y eran arrastrados por el viento. Largos cabellos escarlata volaban por el aire, presos en los remolinos del viento de Rocavarancolia.

—¿Así te parece bien? —le preguntó después de recortar y ordenar un poco aquel caos.

Madeleine había negado con la cabeza.

—No. Córtalo todo.

Hubo un instante en que fue tal la multitud de hebras pelirrojas que revolotearon en torno a ellas, que dio la impresión de que el aire se había incendiado. Hector no pudo evitar recordar a Alexander, convertido en cenizas ante la torre de hechicería.

No había sido el único en pensar en el hermano de Madeleine.

—Todavía se parece más a él con el cabello corto —había dicho Marco, con los brazos cruzados y apoyado en el pedestal del rey arácnido. Tenía razón. Los rasgos de la joven eran más suaves y redondeados que los de su hermano, pero con el pelo casi al cero esa diferencia apenas se apreciaba. Las pocas veces que Maddie sonreía, era calcada a Alexander.

La pelirroja iba con ellos cuando, después de varias semanas de retrasar el momento, se decidieron al fin a explorar la zona oeste de la ciudad. La geografía de Rocavarancolia no variaba excesivamente en esa parte, seguía siendo el mismo compendio de ruinas y edificios maltrechos, pero allí la presencia de Rocavaragálago flotaba sobre el mundo como una sombra infecciosa. Y a la vista de Hector aquel lugar todavía resultaba más terrible, bañado por completo por la niebla negra de advertencia.

Desde la distancia, la piedra roja de Rocavaragálago parecía pulsar como un organismo vivo. Sus muros rugosos e irregulares se disparaban hacia lo alto, rodeados de un foso de lava ardiente. Un verdadero bosque de torres afiladas, pináculos, contrafuertes y minaretes puntiagudos se arremolinaba en torno al cuerpo central de aquella catedral grotesca, unido a ella por arbotantes delgados y asimétricos. En toda la superficie del edificio no había el menor indicio de puerta o ventana alguna. Era una mole de roca oxidada que se alzaba como un grito de piedra entre la última línea de edificios de la ciudad y las estribaciones de las montañas.

Según contaban los pergaminos, Rocavaragálago era obra de Harex, la más poderosa de las dos criaturas que habían llegado en la goleta a la deriva. Todo lo que envolvía la historia de su construcción resultaba tan sorprendente que Hector estaba convencido de que se trataba de exageraciones de lo ocurrido realmente.

Ricardo les había contado que los dos hermanos, tras hacerse con el control de la villa donde las corrientes mágicas los habían arrastrado, iniciaron una campaña de conquista por todo el país. Poco pudieron hacer las poblaciones que encontraban a su paso para resistirse a ellos: aquel mundo no estaba preparado para enfrentarse a unas criaturas como Harex y Hurza: los dos eran magos en un lugar donde hasta entonces la magia no había existido y eso los hacía prácticamente invencibles. Nada ni nadie podía hacerles frente.

La fuerza principal de su ejército la formaban sus mismas víctimas, resucitadas gracias a la nigromancia de Hurza. Hechizos aterradores los precedían en su marcha. Los lugares que iban a ser atacados recibían la noche anterior la visita de espectros que anunciaban a gritos la llegada inminente de su final mientras señalaban hacia las columnas de fuego que marcaban el avance del ejército de cadáveres.

—A su paso las cosechas se agostaban, los ríos se secaban y las hembras preñadas daban a luz monstruos —les leyó Ricardo—. A su paso se acababa el mundo.

De este modo, los dos hechiceros se fueron abriendo camino a través del continente, adueñándose de él a una velocidad de vértigo, la misma con la que crecía su armada de esclavos y muertos vivientes. Solo a los hombres de peor catadura moral se les permitía unirse a ellos libremente; y de estos, solo a los más depravados y crueles se les daban puestos de mando en su ejército creciente.

La fama de Harex y Hurza no tardó en extenderse por todo el planeta. Hasta el último reino de aquel mundo se alió con su vecino, conscientes del peligro; enemigos hasta entonces irreconciliables hicieron causa común contra los dos hermanos. Todos mandaron a sus huestes a la guerra, miles y miles de hombres unidos bajo un mismo estandarte en un intento de acabar con Hurza, Harex y su legión de muertos. Lo único que podían hacer contra la magia perversa del enemigo era oponerle el mayor número de efectivos posible y rezar para que fuera suficiente. Y quizá lo habrían conseguido, pero días antes de que la gran batalla que se preparaba tuviera lugar, ocurrió algo que cambió por completo el destino no solo de esa tierra, sino de decenas de mundos: como cada año, salió la Luna Roja. Y con aquel astro en el cielo, de pronto, de manera sorpresiva hasta para ellos mismos, los poderes de los dos hermanos, ya de por sí abrumadores, se multiplicaron hasta más allá de lo imaginable.

—Según el pergamino, la Luna Roja está hecha de magia sólida, de magia pura —les explicó Ricardo—. Puede que sea una manera poética de expresarlo, no lo sé… Da igual. Sea como sea la amplifica y la dispara. Los hermanos se bastaron y sobraron para aniquilar ellos solos a más de trescientos mil hombres. Y lo hicieron en una sola noche.

Cuando la Luna Roja se ocultó, ya dominaban el planeta entero. Instalaron la capital del reino en el poblado de pescadores que había tenido la desgracia de recogerlos y lo convirtieron en una ciudad tan monstruosa como ellos mismos. Y una vez coronado Harex, con su hermano Hurza como segundo, se dedicaron a esperar la llegada de la Luna Roja.

Su salida al año siguiente y los efectos que iba a tener en ellos no los tomaron por sorpresa esta vez. Estaban preparados para lo que iba a ocurrir. En cuanto la luna asomó por el horizonte, Harex voló hasta ella, se posó sobre su superficie y arrancó con sus manos desnudas una porción inmensa. Luego regresó con su carga a la ciudad. Tal y como lo relataba el pergamino, fue como si una montaña roja gigantesca descendiera desde los cielos.

Según el relato de Blatto Zenzé, los efectos de la terrible mutilación de la Luna Roja se dejaron sentir en el planeta al instante. Los terremotos y erupciones se sucedieron por doquier, como si el mundo entero se sacudiera espantado ante lo sucedido en el cielo. La superficie del planeta cambió por completo: las placas tectónicas se alzaron para crear nuevas cadenas montañosas, los océanos anegaron las tierras y el perfil de las costas se alteró para siempre.

Ajeno a aquel caos, Harex prosiguió con su labor: erigir Rocavaragálago. La levantó con sus propias manos, haciendo tal uso de la magia que hasta la misma piedra ardía. Aunque la Luna Roja había desaparecido del cielo, sus poderes se veían amplificados gracias a la misma materia sobre la que trabajaba.

En cierto modo, Harex había bajado la Luna Roja del cielo. A medida que la construcción crecía, el mago fue ejecutando sobre su superficie complicados hechizos, uniendo su propia magia a la magia de la piedra. Algunos de esos sortilegios se pusieron en marcha al instante, otros necesitaban tal cantidad de energía que solo podían activarse cuando saliera de nuevo la Luna Roja.

El rey hechicero tardó todo un año en concluir su obra, un híbrido entre arquitectura y magia como nunca se había visto antes. Justo cuando la luna volvió a emerger, todo se consumó: Rocavaragálago se puso en marcha por primera vez; las puertas del infierno se abrieron y los monstruos se hicieron dueños de Rocavarancolia.

Hector ignoraba qué partes de aquella historia eran reales y cuáles mera leyenda, lo único que sabía era que la sola proximidad de aquel lugar le daba ganas de gritar. Caminar cerca de ella asfixiaba, quitaba el aliento. Por eso, a pesar de la insistencia de Bruno por hacer lo contrario, nunca se habían aproximado demasiado a ella. No osaban ni siquiera caminar por la explanada que la rodeaba, ni entrar en los pocos edificios que se levantaban en sus cercanías. Y aun así, era difícil ignorarla. Su presencia pesaba en el ánimo, arañaba la mente de una manera insidiosa aunque no se la mirara, como si reclamara la atención que se merecía. Los pocos días que exploraron esa zona, acabaron agotados, pero era un cansancio mental más que físico.

—Es como si te absorbiera el alma —dijo un día Rachel. Y Hector no pudo más que estar de acuerdo. Nadie podía tener pensamientos alegres o positivos en la proximidad de aquella mole.

Bruno estaba convencido de que la Luna Roja amplificaría los poderes de todo el grupo del mismo modo en que lo había hecho con los dos hermanos, pero a Hector la perspectiva de ser capaz de realizar embrujos cuando saliera la luna no lo emocionaba demasiado.

—Me gustaría hacer experimentos en las proximidades de Rocavaragálago —dijo Bruno mientras regresaban al torreón Margalar. Después de ocho largos días, habían decidido dar por finalizada la exploración en esa zona y al italiano no le había sentado bien la noticia—. Nada complicado ni peligroso. Solo quiero comprobar si ya de por sí la cercanía de esa construcción aumenta nuestras capacidades. Quizá alguno de vosotros pueda realizar magia cerca de ella. Y existe la posibilidad de que pueda lanzar allí hechizos que habitualmente escapan a mis habilidades.

—Ya hemos hablado de ello —le dijo Marco—, nada de magia cerca de esa cosa, no si lo podemos evitar.

—No es un buen sitio, Bruno —dijo Lizbeth—. Olvídalo, por favor.

Y con eso finalizó la discusión.

Llegaron al torreón agotados, con el crepúsculo pisándoles los talones. Adrian, como siempre, ni siquiera les preguntó qué tal les había ido, se limitó a bajar el puente levadizo y a escabullirse al patio, sin hablar con nadie. La expresión de su rostro no era la habitual, parecía preocupado por algo, pero, por supuesto, nadie le preguntó nada al respecto. A Hector le incomodaba hablar con él. Cada vez que lo hacía, no podía evitar recordar al niño vivaracho e ingenuo que había conocido en los primeros días en Rocavarancolia.

Las chicas subieron al cuarto de baño a refrescarse mientras los chicos hacían lo propio en el riachuelo que rodeaba el promontorio. La temperatura del agua era agradable, y la corriente no demasiado fuerte. Luego regresaron al torreón, a medio vestir todavía, tiritando envueltos en viejas toallas, y se desperdigaron por el lugar a la espera de que bajaran las chicas.

La sombra de Rocavaragálago aún pesaba sobre ellos.

Hector salió al patio, secándose el pelo con una toalla rasposa. Necesitaba aire. Se encontró con Adrian sentado en la mesa de la entrada, con la barbilla apoyada en las palmas de las manos y la vista fija en el tejado. Comprendió al instante qué le preocupaba.

—¿Hoy no ha venido? —le preguntó.

Adrian negó con la cabeza, sin apartar la mirada de las alturas.

Darío todavía se preguntaba qué impulso estúpido lo había llevado a tratar de tocar la garra del monstruo encerrado. No la había rozado siquiera cuando se cerró como un cepo en torno a su muñeca, con tal fuerza que no pudo reprimir un grito. Lo siguiente que supo fue que volaba literalmente hacia el muro. El choque contra la pared fue brutal. Cayó al suelo aturdido, pero no llegó a desmayarse y eso le había salvado la vida. Pateó desesperado la mano, obligándola a soltarlo cuando aplastó con el talón uno de sus nudillos. Darío rodó entonces fuera de su alcance y del interior del edificio llegó un bramido desesperado. Permaneció largo rato tirado en el barro, semiinconsciente, con la mirada perdida en el poco cielo que se dejaba ver en el callejón y maldiciendo su estupidez. Tras él escuchaba removerse a la garra, palmeando y arañando el suelo, frenética. Se levantó, aturdido todavía, desenvainó su espada mágica y dio un paso hacia la mano que seguía buscándolo ansiosa. Sintió como la empuñadura tiraba de él, como la hoja temblaba ansiosa de probar la sangre de aquel monstruo traicionero. Pero finalmente enfundó el arma y salió cojeando del callejón.

Una hora después la cabeza todavía le palpitaba. Tenía la mejilla hinchada y amoratada, una oreja en carne viva, el hombro izquierdo entumecido por completo y una pierna dolorida. Cojeaba por una zona de la ciudad en la que nunca había puesto el pie: un laberinto de callejuelas y edificios altos de piedra color pizarra. La luz del día apenas llegaba a aquel caos de calles retorcidas. Era consciente del riesgo que corría, pero no le importaba lo más mínimo. Estaba furioso. Casi deseaba que algo le saliera al paso para poder matarlo.

Ascendió por la curva suave de un puente de granito abarandillado que salvaba una brecha de terreno, una grieta profunda que partía en dos la calle. Cuando llegó a su punto más alto, una voz le habló:

—Pobre niño. Pobre niño triste y solitario.

Desenvainó la espada al instante y miró alrededor, intentando localizar a quien hablaba. Era una voz seca y desangelada, una voz que parecía tan ajena a lo vivo que era como si fuera el propio silencio quien se dirigía a él.

—¿Quién?

No había nadie a la vista, ni en las ventanas de los edificios ni en los portales ni en los dos callejones que se abrían a su derecha. Y por supuesto no había nadie junto a él en el puente. Aquella voz volvió a interpelarlo:

—¿No te cansas de batallar contra lo imposible? —se escuchó un siseo prolongado—. Niño solitario, aquí no hay nada para ti. Denéstor te engañó. No perteneces a Rocavarancolia. No perteneces a ninguna parte. Más te valdría acabar con todo de una vez y saltar ahora mismo.

—¿Dónde estás? ¡No te veo! —Darío giró sobre sí mismo. El corazón le latía con fuerza.

—¿Y qué ocurriría si me vieras? Deja que adivine. —La voz guardó un instante de silencio. El viento ululó en las profundidades del abismo que salvaba el puente—. Me matarías, ¿verdad? Me clavarías esa espada ridícula tuya y luego le echarías la culpa a la magia que la encanta. ¿En este mundo te vale esa excusa? En la Tierra no era así, ¿verdad? ¿La navaja con la que apuñalaste a aquel hombre también estaba encantada?

Darío sintió una corriente helada en la nuca. La inquietud que sentía se convirtió en miedo. Se mordió el labio inferior y, caminando despacio, se dirigió a la barandilla izquierda del puente, de barrotes de metal azul retorcido. La voz llegaba de la grieta.

—¿Cómo sabes eso? —preguntó. Cambió la espada de mano para limpiarse el sudor que bañaba su palma contra la capa.

—Yo lo sé todo, niño perdido. Desde aquí el mundo se ve mucho mejor. Desde la oscuridad, la perspectiva es más clara. —De nuevo se escuchó un siseo prolongado. Darío tuvo que resistir el impulso de dar un paso atrás. No había sentido tanto miedo en toda su vida. Pero no pensaba ceder a él—. Le robaste su maletín y él te persiguió. No esperabas que fuera tan rápido, ¿verdad? Mi querido niño, deja que te cuente un secreto: siempre hay alguien más rápido, fuerte y terrible que tú. Te volviste en el callejón al verte atrapado y le clavaste la navaja en el vientre. ¿Fue la magia la que guio de nuevo tu mano? ¿Fue el miedo? ¿El hambre? ¿La rabia?

Darío miró hacia abajo. El vacío era insondable. Entrecerró los ojos, intentando dar con la fuente de aquella voz. Al cabo de unos instantes fue consciente de la terrible verdad: era el mismo vacío quien le hablaba.

—Pobre niño perdido... —murmuró la nada—. ¿De verdad creías haber encontrado un hogar en esta ciudad maldita? Qué ridículo, qué patético... Estoy seguro de que hasta tú puedes ver lo burlesco de la situación. Además, oye, espero que no te moleste lo que voy a decirte, pero es que me parece algo tan, pero tan divertido... —El abismo soltó una risita antes de continuar hablando—: La mano que sale de la pared ha intentado matarte, chico, ¿no te parece gracioso? ¡La mano que sale de la pared! ¡Tu único amigo en la ciudad ha querido acabar contigo! —Se escuchó una carcajada, una risa brutal que se desplegó bajo el puente como las alas de un murciélago gigantesco en una caverna—. Y tampoco habría sido tan malo, ¿verdad?

—Cállate. —Darío retrocedió un paso. Cada palabra resonaba en su interior de un modo terrible, como un puñal que se hundiera en su ser y le retorciera el alma.

—Lo siento, eso te ha dolido. Cuánto lo lamento —dijo el abismo—. Ya va siendo hora de que abras los ojos. Es lamentable que te engañes y que sigas queriendo lo que no puedes tener. Eso es lo que te ha llevado a buscar la compañía del monstruo del callejón, ¿es que no lo ves? Eso es lo que te arrastra día tras día hasta el torreón. Por eso los espías, por eso juegas a ese juego estúpido con el crío al que intentaste matar... —Se escuchó un suspiro. La voz se dulcificó, pero debajo de esa dulzura se entreveía una crueldad extrema—: Por eso no puedes dejar de mirarla: tan preciosa, tan perfecta, tan dulce... Ansías el calor, niño perdido, pero el calor no es para ti. Déjalo, déjalo ya. Estás solo, siempre estarás solo. Hazme caso, Darío. Ambos sabemos qué es lo que te conviene. Salta ahora mismo. Acaba con esto. Aquí, en la oscuridad, serás feliz.

El muchacho negó con la cabeza. Parte de su ser deseaba esa salida, parte de su ser lo empujaba a trepar a la barandilla y dejarse caer. Sería tan sencillo, tan consolador… Consiguió sobreponerse a ese impulso y retrocedió otro paso. Negaba una y otra vez con la cabeza, a pesar de que el dolor de su mejilla y de sus sienes se redoblaba con cada movimiento.

—No —murmuró Darío. Echó a andar de espaldas puente abajo.

—Niño perdido, niño estúpido… —El puente gruñó—. Está bien. Vete. Vete. Pero volverás, te lo aseguro. Tarde o temprano, volverás. Ambos sabemos que tu destino es el abismo.

Darío se apoyó en la pared, apretando los dientes y respirando de forma entrecortada. Se preguntó cuántos habrían saltado desde aquel puente para acabar con sus vidas, espoleados por las palabras de la nada.

—Darío… —llamó la voz mientras se alejaba, cojeando, todo lo rápido que podía, espada en mano.

No se detuvo. No quería oír lo que aquel lugar quisiera decirle, pero cuando intentó taparse los oídos con las manos, el dolor de la oreja despellejada hizo que las apartara.

—Si alguna vez te sientes solo, por favor… Ven a hablar conmigo, ¿de acuerdo? —continuó aquella voz horripilante—. Estaré aquí, esperándote. ¿Quién sabe? Quizá podamos ser amigos.

El abismo soltó entonces una carcajada tan grotesca que, a pesar del dolor intenso, Darío aceleró el paso. Tardó unos instantes en darse cuenta de que había echado a correr.

Mistral intentaba dirigirlos en sus correrías por Rocavarancolia sin que su guía se hiciera demasiado evidente. Por eso solía dejar que fueran otros quienes escogieran qué dirección tomar, aunque siempre fuera él quien decidía cuando se topaban con alguna encrucijada en la que una mala elección pudiera conducirlos a zonas conflictivas. En el único que confiaba a veces en esos casos era en Hector, y solo desde que sabía que dama Desgarro lo había hechizado para hacerlo sensible a los peligros de la ciudad.

Para él había sido una gran sorpresa averiguar que la custodia del Panteón Real también estaba quebrantando las leyes sagradas de Rocavarancolia. Resultaba curioso que lo que en un principio había sido una aventura arriesgada en solitario se hubiera terminado convirtiendo en una verdadera conspiración.

Aquella tarde Natalia escogió el rumbo. Durante días había llamado su atención un minarete de madera rojiza que destacaba al sudeste de la ciudad y esa fue la dirección que los hizo seguir. En todo el trayecto, Mistral solo tuvo que desviarlos una vez de la ruta, y no lo hizo para evitar zonas peligrosas, sino para no pasar cerca de algo que no quería que vieran. Se trataba de la torre leprosa, un edificio construido con carne enferma. Era un lugar repugnante, habitado en el pasado por necrófagos y ahora territorio de carroñeros. Cuando el viento soplaba desde esa dirección llegaba cargado de una peste nauseabunda difícil de aguantar. Marina y Maddie arrugaron la nariz, aunque nadie dijo nada.

Al final, el minarete resultó una decepción tremenda. Exteriormente era hermoso, lleno de cenefas y arabescos que se enredaban unos sobre otros, pero el interior era una ruina completa. Daba la impresión de que una bomba de gran potencia había estallado dentro. Todo estaba tan destrozado que no les quedó más remedio que preguntarse cómo era posible que el edificio aguantara en pie. Mistral conocía la razón. Aquel lugar había sido la sede de la hermandad de los Taumaturgos de la Llama, magos dedicados a la elaboración de explosivos. Los muros del minarete estaban asegurados con fuertes hechizos de protección para evitar que un accidente ocasional provocara su derrumbe sobre los edificios colindantes.

Caminaron durante más de una hora sin rumbo fijo bajo el cielo blanco de Rocavarancolia, mientras la tarde caía. El viento pronto hizo acto de presencia y fue ganando fuerza a medida que la temperatura bajaba, agitando los faldones de sus túnicas, blusas y camisolas. Mistral miró a izquierda y derecha al llegar a un cruce de calles. Eligió aparentemente al azar la larga cuesta que descendía hacia el este, se limitó a apoyar la palma de su mano en la espalda de Rachel y a empujarla con suavidad hacia allá. Había algo cerca que quería que vieran, algo que quizá compensara en parte el desasosiego de los días pasados explorando a la sombra de Rocavaragálago. Una vez que enfilaron en esa dirección, no hizo falta más guía por su parte. Los muros que rodeaban los Jardines de la Memoria pronto resaltaron entre el resto de los edificios. Eran paredes altas de diminutos ladrillos hexagonales, de un color violeta claro, con arcadas ojivales en el lado norte.

Entraron en silencio, con los ojos muy abiertos, asombrados. Aquel solar amurallado era uno de los recintos más grandes que habían encontrado hasta entonces: en extensión igualaba a la superficie que cubría el torreón Margalar y su patio. Varias estatuas se repartían por el lugar, grandiosas y magníficas. Por un momento, Hector pensó que se trataba de nuevo de criaturas convertidas en piedra, pero en este caso eran verdaderas obras de arte, no la siniestra aberración de la plaza de las torres.

Mistral paseó la vista entre las estatuas, observando de reojo la admiración que causaban en el grupo. Algunas, labradas en piedra ingrávida, flotaban a varios metros de altura, inmóviles en el aire. El cambiante deseó que hubieran podido ver aquel lugar cuando era una de las maravillas del reino y no otra muestra de su declive. De los cincuenta conjuntos escultóricos que habían contenido los jardines, solo quedaban diez completos y fragmentos de una docena más. Y ya no había ni rastro de los vergeles espectaculares que habían adornado el lugar, algunos flotando también sobre extensas capas de tierra volante.

Pero, aunque fuera un pálido reflejo de antaño, los Jardines de la Memoria seguían siendo impresionantes. La maravilla de antaño aún se asomaba entre la desolación y las ruinas. Y eso era lo que el cambiante quería mostrarles.

Sonrió, satisfecho y complacido, al verlos desplegarse boquiabiertos por los jardines. Ver a Marina y Rachel, señalando extasiadas la maravillosa estatua de piedra azul de dama Escalofrío, envuelta en su extenso chal de seda y pedrería, postrada como si pidiera clemencia, lo llenó de alegría. O contemplar a Bruno flotando junto a Maronet el hechicero, mientras este se enfrentaba con su cayado y su hacha de doble hoja al rey gigante de Esfronax. La estatua del mago, esculpida en piedra ingrávida, estaba suspendida a más de quince metros de altura, justo frente al rostro del gigante monstruoso, con el cayado adelantado en la mano izquierda y el hacha en la derecha, disparada en horizontal hacia la cara de su adversario que ya mostraba en varios puntos el mordisco del arma. El rey de Esfronax, vestido con una armadura que parecía fabricada con conchas de galápago, tenía los brazos extendidos y parecía a punto de desplomarse.

La historia de Rocavarancolia los rodeaba, fragmentaria e incompleta. Cada acontecimiento histórico de relevancia había encontrado su hueco en los Jardines de la Memoria. Molor, el rey artista, había mandado levantar aquel lugar hacía más de un milenio. Se decía que el mismísimo rey había pasado sus últimos años de vida más preocupado por construir aquel conjunto gigantesco que por el gobierno del reino.

Mistral sintió que una calidez intensa se extendía por su cuerpo.

«Esto es Rocavarancolia —le habría gustado decirles—. Miradla, miradla bien. No es terror ni crueldad. Es grandeza y honor. Es superación. Es la majestuosidad de lo imposible. Abrid los ojos, niños. No os dejéis cegar por la oscuridad y mirad la luz que hay en ella. No os fijéis en las tinieblas y contemplad el milagro».

La mayor de las estatuas supervivientes era la de dama Irhina, la reina sangrienta y su espectacular montura, el dragón vampiro Balderlalosa. Medía treinta metros de largo y ocho de alzada. El dragón negro estaba representado en vuelo rasante, con sus cuatro alas extendidas. Sus colmillos, grandes como cimitarras, relucían oscuros en la penumbra de sus mandíbulas entreabiertas. Montada sobre su lomo estaba ella, la primera reina vampira de Rocavarancolia. El autor de aquella maravilla había conseguido que aquella montura prodigiosa no eclipsara a su jinete. Había esculpido a dama Irhina de tal forma que era el centro de atención en la pieza. Tenía la mano izquierda apoyada en el lomo de la bestia en un ademán tan vigoroso que parecía decir: «No tengas miedo del dragón que monto. Témeme a mí que soy quien lo domina».

Ricardo alargó la mano y acarició las fauces abiertas del dragón.

—No me lo puedo creer —se limitó a decir. Le temblaba la voz.

—¡Ricardo! ¡Esto nos lo has contado tú! —gritó Rachel. Estaba junto a Lizbeth ante un conjunto de estatuas situadas en el mismo centro de los jardines. Allí, sobre un pedestal en forma de media luna, una docena de encapuchados rodeaba a un hombre escuálido que levantaba una mano en señal de invitación mientras su rostro expresaba tal desprecio que daban ganas de apartar la mirada. Llevaba puesto lo que en un principio se podía tomar por un collar de perlas, hacía falta un segundo vistazo para comprender que era un macabro collar de ojos. Del centro exacto de su frente surgía un cuerno afilado de unos veinte centímetros de longitud.

—Es Hurza —dijo Ricardo, y luego añadió en un susurro—: El Comeojos.

El cambiante asintió. No sabía qué artista había esculpido ese momento crucial en la historia de Rocavarancolia, pero había logrado que Hurza pareciera mucho más peligroso que los hechiceros que se disponían a darle muerte.

—La ejecución del primer Señor de los Asesinos —dijo Mistral.

Enfrentada a la media luna en la que se veía aquella escena había existido otra plataforma idéntica, sobre la que se escenificaba la muerte del primer rey de Rocavarancolia. A Harex lo habían matado mientras dormía. Icaria, su amante, había sido la encargada de verter en su oído un chorro de Penuria, el veneno más letal conocido, hechizado además de tal modo que atravesó todas las protecciones mágicas del rey como si no existieran. Habían tardado diez años en encantar la pequeña redoma de veneno que entregaron a Icaria; el mismo tiempo que había necesitado ella para ganarse la confianza del soberano, pero el esfuerzo había merecido la pena. La muerte de Harex fue inmediata.

Con la construcción de Rocavaragálago y la salida de la Luna Roja, Harex no solo llenó la ciudad de monstruos, también puso en marcha otra magia todavía más turbulenta: la que desgarraba el tejido mismo de la realidad y creaba portales a otros mundos. Eran pasillos que se abrían al azar en los puntos más dispares de la ciudad: en el cielo, en las montañas o sumergidos bajo el mar; algunos conducían a planetas desolados, sin rastro de vida ni esperanza de albergarla, no obstante otros comunicaban con tierras florecientes pobladas por civilizaciones en distinto grado de desarrollo. Esos vórtices entre mundos nunca permanecían mucho tiempo abiertos, todos acababan cerrándose al cabo de unas horas. Harex no podía controlar la magia que los creaba, pero sí era capaz de fijar de forma permanente los pasajes que llevaban a los lugares más prometedores, vinculándolos así de manera continua al reino.

Los habitantes de Rocavarancolia asistieron extasiados a ese nuevo prodigio. Estaban convencidos de que Hurza y Harex se proponían conquistar esos mundos para mayor gloria del reino. Esa suposición cobró fuerza cuando a lo largo de los años siguientes se pusieron en marcha varias expediciones a lo que ya se conocía como mundos vinculados. Se trataba de grupos pequeños que exploraban y cartografiaban el terreno, hacían balance de las distintas civilizaciones que habitaban esos planetas y, sobre todo, intentaban averiguar de qué tecnología disponían y si eran capaces o no de realizar magia. Llevaban a cabo sus operaciones con la mayor de las cautelas, evitando siempre ser descubiertos por los nativos del mundo que estudiaban. Hasta el último habitante de Rocavarancolia estaba seguro de que esas expediciones eran el preludio a la tan esperada invasión, aunque ni Harex ni Hurza hablaran abiertamente de ello.

Comprendieron su error cuando Harex anunció que las expediciones a los mundos vinculados habían tocado a su fin y que a partir de entonces ellos y solo ellos serían los únicos que podían traspasar los vórtices. El resto de los habitantes del reino tenía prohibido bajo pena de tortura y muerte hacer uso de los portales. El Consejo Real, formado por los doce hechiceros más poderosos del reino, intentó averiguar la razón de esa ley sin sentido pero, como era su costumbre, ni Hurza ni Harex explicaron sus motivos.

Los dos hermanos pasaban largas temporadas en los mundos vinculados. La mayoría de las veces viajaban juntos, dejando el dominio del reino al consejo, aunque tampoco era extraño que uno de los dos se adentrara solo a través de un portal mientras el otro permanecía en Rocavarancolia. Era rara la vez en la que los hermanos regresaban de sus viajes con las manos vacías. Traían objetos de toda índole, en su mayoría mágicos y, de nuevo para estupefacción del consejo y el reino entero, en lugar de servirse de ellos, lo que hacían era arrojarlos de inmediato al foso de lava que rodeaba Rocavaragálago.

De cuando en cuando regresaban también con algún habitante aterrado de esos mundos, en su mayor parte niños que eran encerrados sin contemplaciones en las mazmorras de la ciudad. Y no eran pocas las ocasiones en las que llegaban apestando a sangre y matanza, risueños como muchachos que acabaran de realizar una travesura magnífica. No explicaban a nadie el porqué de sus acciones, ni a qué tareas se dedicaban en los mundos vinculados.

A lo largo de los años, el consejo de Rocavarancolia intentó convencerlos en múltiples ocasiones de la locura de sus actos: tenían en sus manos las herramientas necesarias para dominar un sinfín de mundos, pero ellos se limitaban a usar esas tierras como simples patios de recreo donde jugar a sus estúpidos juegos sangrientos. Ni Hurza ni Harex prestaban atención a sus argumentos.

Hasta que casi un siglo después de que el primer portal se abriera, la paciencia del Consejo Real por fin se agotó. La locura del rey de Rocavarancolia y del Señor de los Asesinos se había terminado convirtiendo, en su opinión, en un lastre para el reino. Y decidieron librarse

de ellos de una vez por todas. Se planeó todo con cuidado sumo, conocían el poder de los dos hermanos y sabían que solo dispondrían de una
oportunidad para acabar con ellos.

Después de mucho esperar vieron su oportunidad cuando Hurza se
decidió a preparar su grimorio. La elaboración de ese tipo de libros
debilitaba notablemente al hechicero que lo realizaba, ya que durante el
proceso debía ceder buena parte de su energía al libro. El mago no tardaba mucho en recuperar de nuevo poder, pero durante un corto lapso
de tiempo era más vulnerable que de ordinario. Y fue entonces cuando
el consejo en pleno de Rocavarancolia atacó al Señor de los Asesinos. Y
a pesar de su debilidad extrema, Hurza fue capaz de matar a cuatro de
los doce hechiceros antes de que terminaran con él. Mientras el consejo
acababa con Hurza, Icaria envenenaba a Harex.

—Monstruos asesinando a monstruos —dijo Lizbeth al tiempo que
contemplaba la estatua sombría de Hurza Comeojos—. Eso fue lo que
pasó. En el fondo no cambió nada.

—Sí que cambió —dijo Ricardo—. Pero a peor. Cuando Harex
gobernaba, solo su hermano y él tenían acceso a los mundos vinculados.
Después de su muerte, los monstruos de Rocavarancolia camparon a sus
anchas por esas tierras.

—Es espantoso —murmuró Marina.

Siguieron deambulando por los Jardines de la Memoria hasta que la
luz del cielo les indicó que el anochecer estaba próximo y emprendieron el regreso al torreón Margalar. Mistral fue el último en salir, se
detuvo unos instantes bajo uno de los arcos y dedicó una última mirada
atrás antes de seguir al resto. La calidez que había sentido al ver el
asombro de los niños se había disipado ya; de nuevo el frío, las dudas y
la angustia se apoderaron de él.

El silencio no tardó en hacerse amo y señor de los Jardines de la
Memoria. Los rayos del sol al declinar fueron tallando una capa de
tinieblas sobre las estatuas de hombres, monstruos y reyes, convirtiéndolas a todas en inmensas sombras sin voz perdidas en la oscuridad.

EN LAS TINIEBLAS

Bruno abordó la bañera cuando entraba en la plaza de la torre de hechicería. Caminó por el aire hasta ella, con el vuelo de la capa aleteando alrededor, y se dejó caer dentro sin que el piloto espantapájaros se inmutara. A continuación, hizo descender la comida hasta los que aguardaban abajo. Desafiar la gravedad era un hechizo exigente y cuando se unió a ellos se le notaba cansado. Dejaron las provisiones a cargo de Lizbeth, en el torreón, y se dirigieron hacia el otro punto de aprovisionamiento, el situado en la plaza de la batalla petrificada.

Llevaban poco más de una semana haciendo acopio de víveres pero ya contaban con unas reservas más que aceptables; querían estar preparados para cualquier contingencia, no solo con vistas a una posible marcha al desierto. Bruno había hechizado las mazmorras, convirtiéndolas en verdaderas cámaras frigoríficas. Ahora la escarcha cubría por completo las paredes y el suelo, y los barrotes congelados habían adquirido un aire de cristal quebradizo que en nada tenía que ver con su fortaleza real. Todos los días, el contenido de una bañera iba a parar allí. Su primera intención había sido la de hacerse con las provisiones de las tres, pero al final decidieron que con dos bastaba para cubrir sus necesidades y almacenar comida a buen ritmo.

—Y de ese modo el tipejo de los tejados no pasará hambre —dijo Rachel mientras conversaban acerca de este asunto en el torreón.

—Hace tanto tiempo que no se le ve que es probable que esté muerto —comentó Hector, sin apartar la mirada de Marina, interesado en ver cómo reaccionaba a sus palabras.

La joven le había dirigido una mirada extraña, difícil de interpretar, algo a medio camino entre la culpabilidad y el disgusto, aunque no dijo absolutamente nada. A quien sí le afectaron sus palabras fue a Adrian:

—No ha muerto —aseguró con vehemencia—. No puede haber muerto. No así.

Desde que su adversario faltaba a la cita, el chico estaba más malhumorado que nunca. Se pasaba las horas en el patio, entrenando con desgana y lanzando miradas furtivas más allá de la muralla.

Mistral sabía que Darío se encontraba con vida. Denéstor le había dicho que el joven había sufrido un percance del que había salido malparado, aunque sus heridas no revestían gravedad. Según Denéstor, el potencial del brasileño era enorme, solo por detrás del de Hector, pero aun así resultaba sorprendente que hubiera logrado sobrevivir solo durante tanto tiempo. Se preguntaba si no habría alguien ayudándolo, del mismo modo en que dama Desgarro y él ayudaban a los demás.

Mientras caminaban por una de las calles que desembocaban en la plaza de las tres torres, Mistral vio al pájaro metálico que portaba el ojo de dama Desgarro. Estaba posado en el quicio de una ventana observándolos pasar con la cabeza inclinada. Casi estuvo a punto de saludar. Una voz a su espalda lo sobresaltó.

—Esa ave nos vigila desde hace un tiempo considerable. —Era Bruno quien hablaba. Los rizos le habían crecido hasta el cuello, eran largos tirabuzones de pelo negro que le otorgaban un aspecto de abandono bohemio—. Lleva algo en el pico, ¿os habéis percatado? La distancia impide precisarlo convenientemente, pero yo aseguraría que se trata de un ojo humano. ¿Qué opináis?

—Opino que tal vez pueda acertarle desde aquí. —Marina colocó una flecha en el arco y dio un paso lateral. Aún no había terminado de alzar el arma cuando el pájaro batió sus alas y echó a volar, llevándose su carga tétrica con él.

—De alguna manera nos tienen que vigilar los del castillo, ¿no? —dijo Natalia. Se había recogido el pelo en una coleta que le rozaba el hombro izquierdo, pero no había hecho nada por peinarse bien y por todas partes se le escapaban mechones revueltos.

—Acordaos de la mujer del saco. —Rachel agitó las manos teatralmente ante su cara, como si pretendiera separarlas de sus muñecas—. Puede que sea su ojo, o el ojo de algo como ella…

—Qué asco. —Marina fingió un escalofrío mientras se colocaba el arco al hombro y devolvía la flecha a su aljaba.

Hacía semanas que no sufrían ningún percance en la ciudad. Nada los acechaba ni les salía al paso. Lo último que Hector recordaba que se hubiera salido de lo normal fue un grupo de espectros de aspecto aterciopelado que sobrevolaba el tejado de un caserón y que les había gritado toda clase de insultos al verlos pasar. La fachada de aquel edificio se hallaba cubierta por una red intricada de venas y arterias azuladas, y de su interior llegaba el sonido del latir lento de un corazón enorme. Por supuesto, todo el lugar estaba rodeado por la niebla negra que Hector creía obra del sortilegio de dama Serena.

La bañera con su piloto estrafalario al timón apareció entre la torre de madera y la de vidrio, reflejándose en la telaraña de grietas que cubría la estructura del edificio. Aceleraron el paso para ir a su encuentro. Hector pronto se vio caminando otra vez entre los combatientes petrificados que se desperdigaban por la plaza. Aquel lugar seguía impresionándolo; era un monumento a la violencia, al sinsentido y la crueldad de la guerra. Los monstruos luchaban unos contra otros en un combate tan feroz como inmóvil. Espadas transformadas en piedra herían carne hecha roca. Las lanzas se cruzaban con garras y espolones, y los colmillos se medían contra escudos y armaduras. Como complemento horrible a ese espectáculo, el viento traía consigo los gritos de los que ardían en el barrio en llamas. No, aquella plaza no tenía nada que ver con las colosales estatuas que habían descubierto hacía apenas diez días.

Recogieron los víveres y regresaron al torreón. Lizbeth, con su diligencia habitual, ya había preparado la comida y dispuesto la mesa. Desde un principio la joven había asumido la responsabilidad de las tareas domésticas y las llevaba a cabo con una rapidez y eficacia asombrosas. Natalia la había definido como «un huracán al revés»: en vez de destrozarlo todo a su paso, lo dejaba más brillante y ordenado.

Después de comer salieron de nuevo a explorar la ciudad. Lizbeth fue con ellos esta vez. En el torreón solo quedó Adrian, lanzando estocadas al aire en el patio mientras la mirada se le iba a la línea de tejados tras la muralla.

En el reloj de la fachada del torreón Margalar, la estrella de diez puntas estaba a punto de llegar a las ocho.

***

Hector contempló la calle en la que se habían adentrado con el ceño fruncido; era una avenida zigzagueante, no muy ancha, con edificios maltrechos a ambos lados, todos medio hundidos en el pavimento, como si sus cimientos no hubieran podido soportar más su peso o como si el propio terreno estuviera devorándolos. No había señal de la niebla de advertencia, pero aun así el lugar le ponía los pelos de punta. Se detuvo al llegar a la altura de una casona de la que solo asomaba ya la azotea del suelo, torcida y quebrada, y la parte superior de la última planta; el arco de un gran ventanal se abría a ras de calle en su fachada, como una mueca triste, como si la casa gritara mientras se hundía en la acera.

Marco se giró hacia él en cuanto se detuvo, pero los demás continuaron caminando, sin prestarle atención.

—¿Qué ocurre? —preguntó, preocupado.

—Este sitio me da mala espina —contestó Hector—. Será mejor que busquemos otro camino.

Marco asintió y ordenó retroceder a los demás. Todas las conversaciones cesaron en el acto y la intranquilidad los sumió en un silencio tenso. Hector entrecerró los ojos y estudió la casona hundida, que ahora quedaba a su derecha, mientras se alejaban. De pronto, lo vio. En el ventanal se daban cita dos oscuridades diferentes: una era la oscuridad propia y natural del lugar y el momento del día, pero la otra era una silueta viva, una silueta viva e inmóvil que los acechaba agazapada entre las sombras. «Va a atacarnos en cuanto le demos la espalda», comprendió. Por un instante, su mirada y la mirada del ser al acecho se cruzaron. La cosa en la ventana se movió al verse descubierta. Una garra oscura salió a la luz y se apoyó en el alféizar para darse impulso fuera.

Hector se llevó la mano a la espada y dio la voz de alarma justo cuando la criatura desplegaba unas alas membranosas espeluznantes y se lanzaba hacia ellos. Profería un chillido ensordecedor que se clavaba en el cerebro como un estilete candente.

Se trataba de un murciélago inmenso de alas negras y cuarteadas, de casi dos metros de alto. La cabeza era monstruosa, deforme e hinchada, con una mandíbula abultada y una nariz chata que parecía hundida en su rostro a puñetazos. Sus ojos eran enormes y estaban recubiertos por una capa de piel blancuzca. De su torso velludo surgían tres pares de brazos, largos y escuálidos. «Un vlakai, un demonio de las profundidades», se dijo Mistral al verlo aparecer; uno de los muchos engendros que poblaban las galerías y pasadizos subterráneos de la ciudad. Desenvainó sus dos espadas y se adelantó un paso.

—¡Dejádmelo a mí! —gritó. Por suerte se trataba de un ejemplar solitario; por lo general los vlakai atacaban en manadas y eso sí habría supuesto dificultades.

Una fuerte pestilencia a excrementos y sudor los envolvió cuando la criatura llegó hasta ellos. Su chillido era ensordecedor. Mistral saltó a su encuentro, y justo cuando se iba a producir el choque, el vlakai dio un golpe vigoroso de alas y cambió de dirección. Las espadas del cambiante hendieron el vacío, lejos de su blanco. Se revolvió con rabia y trató de ir en su busca, pero Ricardo le estorbó el paso y perdió unos valiosos instantes en esquivarlo.

El monstruo se arrojó sobre Marina y la envolvió entre sus alas. Hector gritó y detuvo la estocada que ya lanzaba por miedo a atravesarla también a ella. El vlakai abrió la boca, enseñó sus colmillos ennegrecidos y echó a volar de nuevo, llevándose a Marina sujeta entre sus seis brazos.

—¡Bruno! —aulló Hector, señalando con su espada a la criatura que huía.

El italiano se alzó en el aire, aferrado con ambas manos a su báculo; la pajarera del extremo fulguraba; una potente llamarada cian nació en torno a ella y se hizo más y más brillante a medida que Bruno recitaba su hechizo. En el punto álgido del mismo, apuntó con el báculo al monstruo y gritó una sola palabra; una sílaba corta que sonó entre sus labios como una verdadera explosión. Al momento, una esfera de luz plateada salió despedida del extremo de la pajarera. El trallazo de luz impactó contra la espalda del murciélago, que culebreó en el aire aullando de dolor. Cuando parecía a punto de chocar contra el suelo, zigzagueó a ras de pavimento, se rehízo y enfiló a toda velocidad hacia la casona de la que había salido. De una de sus alas surgían volutas de humo grasiento. Hector echó a correr hacia la casa hundida en el momento preciso en que el monstruo y Marina desaparecían por el ventanal.

—¡No! —gritó.

—Qué contrariedad —murmuró Bruno desde el aire antes de echar a volar él también en dirección a la ventana—. Estaba convencido de que lo derribaría.

Hector y el italiano saltaron casi al unísono al reborde del ventanal, uno desde tierra y el otro desde el aire. Bruno proyectó el báculo hacia delante, dijo dos palabras y la pajarera se iluminó. La luz se esparció por el interior arruinado de la casa. El suelo, apenas a metro y medio de la ventana, estaba destrozado; una gran resquebrajadura se abría en la parte central, enmarcada por tablones a medio levantar, vigas truncadas y cascotes.

Los dos jóvenes saltaron desde el saliente al interior de la habitación y se aproximaron con cuidado al boquete inmenso que se abría en su centro. La pajarera iluminó la vasta galería subterránea a la que iba a parar. El suelo bajo sus pies crujía amenazador, pero al único sonido al que Hector podía prestar atención era a los gritos de Marina, cada vez más lejanos.

—¡Volved aquí los dos! ¡Volved ahora mismo! —les ordenó Marco desde fuera.

Ninguno hizo caso. Bruno repitió las palabras mágicas, añadió una nueva, y la intensidad de la luz de su báculo se multiplicó por tres.

No lograron descubrir el final de la galería, pero sí vieron al monstruo que arrastraba a Marina a las profundidades con un batir lento de alas. Aún parecía aturdido por el disparo de Bruno y su vuelos era inseguro. Había llegado ya a la mitad de la zona iluminada del pasaje y avanzaba hacia la oscuridad a la que no llegaba la luz del báculo, con Marina pataleando desesperada entre sus brazos.

—¿Puedes derribarlo? —le preguntó a Bruno.

El italiano negó con la cabeza.

—No sin correr el riesgo de herir a Marina —dijo.

Hector comprendió que solo quedaba una alternativa. Se asomó a la hendidura. Había unos cuatro metros de distancia hasta el suelo de la galería, pero el camino hacia allí estaba sembrado de cascotes y escombros. Casi sin pensarlo saltó a la piedra más próxima, y luego a otra, que tembló peligrosamente al aterrizar sobre ella. Sin aguardar a que el terreno se asentara bajo sus pies, saltó a otra montonera de escombros. Tras él fue Bruno, caminando por el aire, con la misma

LOS HIJOS DE LAS TINIEBLAS

calma con la que descendería por una escalera. La luz de su báculo se desplazaba con él.

—¡No podéis bajar ahí! —les gritó Mistral desde arriba. Si lo hacían, morirían. Si bajaban a la oscuridad, solo encontrarían la muerte. Rocavarancolia estaba exigiendo un nuevo sacrificio y resistirse a él solo podía terminar en un baño de sangre—. ¡No sabéis qué puede haber ahí abajo!

Él sí lo sabía. Cientos de aberraciones se daban cita en las entrañas de la ciudad, algunas tan desconocidas para él como la fauna alienígena que podía poblar el planeta más lejano. Allí merodeaban los cadáveres pálidos que se alimentaban del tuétano de sus víctimas; los espectros errantes a la caza siempre de cuerpos que poseer... En las profundidades de Rocavarancolia todavía era posible encontrar a los descendientes de los seres humanos a los que Eradianalavela había injertado almas de bestias; o a los vampiros de Rádix, capaces de succionar la sangre, las vísceras y los huesos de sus víctimas con solo tocarlas; y a criaturas aún más terroríficas que aquellas. Y los peligros no se reducían solo a monstruos: bajo la ciudad había escapes de magia asesina, nubes turbulentas de humo venenoso procedentes de la combustión de residuos mágicos... Descender a las entrañas de Rocavarancolia era buscar una muerte segura.

Pero Mistral solo necesitó contemplar la resolución con la que Hector avanzaba entre los escombros para entender que nada de lo que pudiera decir lo disuadiría. Hector seguiría adelante, aunque todos los demonios de todos los infiernos lo aguardaran a los pies de la montaña de escombros.

—Marina está ahí abajo —le dijo Hector y ese, para él, era el argumento definitivo; la frase capaz de hacerlo marchar hacia la muerte sin dudarlo un solo instante. El monstruo y la joven todavía quedaban a la vista, aunque sus siluetas se difuminaban ya en la oscuridad.

El cambiante se aferró a los bordes de la grieta, desesperado. Marina pronto estaría muerta, y cualquiera que fuera tras ella no tardaría en correr la misma suerte. Y aunque era una lástima que Hector, en el que había depositadas tantas esperanzas, muriera, se trataba de una pérdida que Mistral era capaz de aceptar. Pero no la de Bruno, no la del único que había demostrado verdadera valía hasta el momento. Con él se esfumaría la principal baza con la que contaba el grupo de sobrevivir

hasta la Luna Roja. Si lograba convencer al italiano para que no cometiera esa locura, quizá todavía tuvieran una oportunidad.

—¡Bruno! ¡Vuelve ahora mismo! ¡Es un suicidio bajar ahí! ¡No sabes
qué te puedes encontrar! ¡No sabes con qué puedes enfrentarte!

Bruno lo miró de reojo, pero la única respuesta que Mistral obtuvo
de su llamada vino de los muchachos a su espalda.

—Y nosotros no podemos permitir que vayan solos —dijo Natalia,
apoyando la palma de la mano en su hombro. Si lo que la joven pretendía con ese gesto era infundirle ánimos, no funcionó. Mistral sintió la
presión de su mano como una puñalada. Pero era cierto. No podía
dejarlos solos por el simple motivo de que los demás no se lo permiti-
rían. Y tampoco podía dividir el grupo. Estaban demasiado lejos del
torreón y era una locura abandonar a alguien allí arriba, no con el
revuelo que habían causado. No le quedaba más alternativa que hacer
que todos bajaran a aquel infierno de tinieblas y espantos.

«A la oscuridad entonces», se dijo el cambiante, y se volvió hacia los
que quedaban a su espalda para organizar el descenso. Se preguntó
cuántos de ellos volverían a ver la luz del día.

Avanzaban veloces por la galería. Esta descendía en una pendiente irregular, tan pronunciada a veces que se las veían y deseaban para no
resbalar. Pronto el techo quedó fuera del alcance de la luz del báculo de
Bruno y tuvo que amplificarla para evitar dejar tras ellos la más mínima
sombra donde el murciélago pudiera ocultarse.

La gruta inmensa era de origen natural, un lugar húmedo y rebosante de ecos que avanzaba en dirección oeste. No había más
aportación visible de los moradores de Rocavarancolia que las columnas que aseguraban el techo. Las había a decenas, esparcidas sin pauta
ni orden alguno, apiñadas en manadas compactas o velando solitarias
por la integridad de la galería; eran de piedra negra, extraordinariamente finas. Se trataba a todas luces de columnas mágicas. A pesar de
su número, su aspecto era demasiado frágil como para poder sostener
por sí mismas el techo de la caverna y el peso de los edificios que se
levantaban sobre esta. Resultaba difícil concebir que Rocavarancolia
quedara sobre sus cabezas.

El suelo estaba encharcado y chapoteaban a la carrera, salpicándose unos a otros. No iban todo lo rápido que Hector habría querido. Madeleine y Lizbeth eran incapaces de seguir el ritmo de los demás y no podían dejar a nadie atrás, no en aquel lugar espantoso. Era tal su desesperación que Hector en ocasiones adelantaba a Rachel en la marcha. Dejó de hacerlo cuando la joven se frenó en seco al llegar a una zona mágica. Tuvieron que detenerse allí mientras ella caminaba de un lado a otro, rascándose sin cesar los antebrazos y el cuello, hasta dar con un paso seguro entre dos columnas. Luego reanudaron la marcha.

Mientras corría, Hector no dejaba de recordar a Marina en el cementerio, pidiéndole que la enterraran allí si algo malo le sucedía. Y no podía olvidar su cuento profético. Mientras corría, se veía ya llevándola en brazos al cementerio. Casi era capaz de sentir su peso y la frialdad de su cuerpo allí donde rozaba el suyo, casi podía ver sus labios violáceos y la palidez cadavérica de su rostro muerto. «No vas a morir», le había prometido a las puertas del mausoleo de cristal, y ahora esa promesa le parecía tan vana y estúpida que le daban ganas de dejar de correr y abrirse el cráneo a golpes contra las paredes.

Bruno avanzaba sobre ellos; corría más que volaba, como si el aire fuera sólido para él, con el báculo extendido hacia delante. Sombras tenebrosas se desprendían de las paredes de la galería al llegar la luz de la pajarera. Apenas se dejaban ver: o echaban a correr despavoridas o se escurrían por las paredes rumbo a la oscuridad que el grupo dejaba detrás. A cada paso que daban, el nerviosismo de Mistral era mayor. Corrían hacia la muerte. Nadie saldría vivo de allí, estaba convencido. El destino del reino quedaría en manos de Adrian y Darío. Y probablemente se matarían el uno al otro.

Tras diez minutos de avance encontraron el arco de Marina, roto en el suelo. Fue Mistral quien lo descubrió, en mitad de un charco.

—Tenemos que marcharnos, tenemos que salir de aquí —dijo. Había cogido el arco roto y lo esgrimía ante el grupo como si fuera la prueba irrefutable del sinsentido de aquella aventura—. Es demasiado tarde. Fue demasiado tarde en cuanto esa cosa la arrastró al túnel.

—Notaba un escozor extraño en los ojos; una humedad amarga y pesada a la que se negaba a ceder—. La hemos perdido, ¿me oís? La hemos perdido… Y todos moriremos si no salimos de aquí cuanto…

En ese instante preciso, escucharon el chillido penetrante del murciélago, no muy lejos. Hector miró a Mistral con todo el desprecio del mundo y luego echó a correr hacia allí. Pasó por delante de Rachel, a la que no le quedó más remedio que agarrarlo del brazo para frenarlo en seco y reconquistar la cabeza de la marcha.

—Detrás, detrás, detrás —le advirtió con rabia mientras aceleraba el paso—. O te quedas detrás o te ato a una columna.

—¡Escuchadme, maldita sea! —aulló Mistral. Nadie le hizo caso.

Mientras corrían hacia los chillidos se toparon con una bifurcación en la galería, un segundo pasadizo que se unía al primero desde la izquierda. No dudaron ni un instante qué camino seguir. Los gritos se oían delante, cada vez más cerca, cada vez más frenéticos. No tenían nada que ver con los que la criatura había proferido al atacarlos, eran de naturaleza bien distinta, aunque surgieran de la misma garganta. En estos había dolor, dolor y angustia. Cesaron con brusquedad. Lo siguiente que oyeron fue un ruido blando y repugnante: el sonido de algo que chocaba contra el suelo tras caer de gran altura.

Apenas dos minutos después, descubrieron un bulto informe en la oscuridad, tirado en mitad de la caverna; luego la luz del báculo llegó hasta él, dotándolo de un contorno cada vez más claro y definido. Era el murciélago, caído de costado en un charco de agua sucia. Hector jadeó al verlo. De pie ante el cadáver, visiblemente aturdida, se encontraba Marina, mirándolos con los ojos entornados, deslumbrada por la luz del báculo tras su travesía en la oscuridad.

—¿Chi… chicos? —dio un paso vacilante en su dirección. Luego pareció reconocerlos y echó a correr hacia ellos, de forma insegura pero veloz.

Hector la observó aproximarse aturdido por el asombro, incapaz de creer que aquella chica fuera de verdad Marina. Estaba empapada de sangre y empuñaba en la mano una flecha partida por la mitad.

La joven se lanzó a sus brazos y a él no le quedó más remedio que abrazarla.

—¡Gracias al cielo que estáis aquí! —dijo ella unos instantes después, apartándose de él tras estamparle un beso sonoro en la mejilla—. ¡Creí que no lo contaba! ¡Qué miedo he pasado!

Lo soltó para abrazar a Madeleine con todas sus fuerzas. Luego hizo lo mismo con Lizbeth, que jadeaba sin aliento tras la carrera.

—Respirar... —acertó a decir—... jame respirar...

—¿Miedo? —Marco contempló el cadáver del monstruo, tenía una multitud de heridas en el pecho y la garganta. De todos los posibles finales que podía haber imaginado para aquel rescate, el que tenía ante sí era el que hubiera creído menos probable—. No se nota. Por lo que parece te has bastado muy bien para rescatarte tú sola.

—Estaba desesperada. Y perdí el arco —les explicó—, así que no me quedó otro remedio que apuñalarle con las flechas. —Tomó aliento—. Cuando le clavé la primera quiso soltarme, pero no le dejé. Trepé a su espalda y... y... —Miró a su alrededor, como si quisiera comprobar dónde estaba—. El túnel estaba oscuro y cuando caímos no sabía la altura a la que estábamos. Me aferré a esa cosa y ella amortiguó la caída, y aun así debí de perder la conciencia, aunque solo fuera un momento... Cuando abrí los ojos todo era oscuridad.

Bruno la examinó a la luz de su báculo.

—A simple vista no pareces haber sufrido daño alguno, de todos modos me gustaría lanzarte un hechizo de curación general.

—Espera, espera —dijo ella y se contorsionó para librarse de la túnica manchada de sangre—. Estoy hecha un asco —volvió la cabeza para mirar acusadora a la criatura muerta—. Esto es culpa tuya, ¿me oyes? Si me hubieras dejado en paz, tú no estarías muerto ni yo pringosa...

Se acuclilló junto a un charco y metió las manos dentro. Luego las restregó con fuerza en su túnica, embadurnando tanto la prenda como su piel.

—Quiero quitarme de encima esta sangre, quiero quitármela de encima... —Se mordió con fuerza el labio inferior. Parecía a punto de romper a llorar.

—Lo mejor será que salgamos de aquí cuanto antes —dijo Marco. Habían tenido suerte de encontrar a la chica con vida, pero permanecer más tiempo allí era llamar al desastre.

—Sí, por favor, sí, sí —dijo Lizbeth. Tenía una mano en el pecho y seguía respirando de manera agitada—. Mientras corríamos vi cosas escurrirse por las paredes... Cosas horribles...

—Todos las vimos —señaló Natalia—. Y parecían tenernos bastante miedo, por cierto.

—No huían de nosotros, Natalia —le advirtió Marco—. Huían de la luz.

—Dado el entorno en que viven, es relativamente normal que sean fotofóbicas —señaló Bruno—, pero ahora que tenemos lo que vinimos a buscar es un riesgo innecesario permanecer más tiempo aquí. —Contempló el monstruo muerto—. Porque no todas las criaturas que habitan este lugar temen la luz.

A continuación se acercó a Marina, que seguía empeñada en limpiarse la sangre con el agua encharcada, y le lanzó un conjuro rápido de curación. La joven ni se inmutó, continuó frotándose las manos y la ropa, ensuciándose más que limpiándose, mientras la luz ambarina sanaba sus magulladuras.

Lizbeth la ayudó a levantarse del suelo.

—Vamos, vamos —le dijo—. Ya has oído a Bruno, tenemos que salir de aquí, cariño. Tenemos que marcharnos. En casa podrás darte un baño.

Ella asintió y se dejó llevar.

La luz del báculo de Bruno se reflejaba en ondas lentas en el piso encharcado. Emprendieron el regreso a buen ritmo. Hector no podía dejar de mirar a Marina, que caminaba junto a él, frotándose las manos de manera compulsiva. Solo entonces, con ella a salvo, alcanzó a comprender la magnitud de la locura que acababa de cometer. Los había arrastrado a todos al peligro. Luego negó con la cabeza. Él no había arrastrado a nadie. Si por él hubiera sido, se habría internado en aquel túnel solo. «Y es probable que a estas alturas estuviera muerto», se dijo.

—¿Estás bien? —le preguntó a Marina en un susurro—. ¿De verdad estás bien?

Ella asintió.

—Lo estoy, sí. Pero tendré pesadillas durante el resto de mi vida. Oídme, gente, gracias por venir a por mí —dijo. Alargó la mano para acariciar el hombro de Marco, que la precedía en la marcha.

—Dánoslas cuando hayamos salido de aquí —le replicó este, incómodo.

Las tinieblas los acompañaban en su regreso.

Bruno había reducido la luz de la pajarera. Ahora el círculo lumínico que los rodeaba, aunque amplio, no alcanzaba a iluminar ni las paredes ni el techo. Más allá del resplandor, en la zona de tinieblas que precedía a la oscuridad, se vislumbraban las criaturas que habitaban el lugar. Se mantenían fuera del alcance de la luz, pero no demasiado lejos. Hector vio como un ser inmenso se dejaba caer del techo al poco de pasar ellos: una criatura jorobada que parecía caminar apoyándose en los nudillos; tuvo un atisbo de una mandíbula abultada y de unos colmillos retorcidos que brillaban como diamantes. Se preguntó qué ocurriría si la luz del báculo se extinguiera. Observó a Bruno. El italiano había comenzado a sacar todos los talismanes de reserva del zurrón y se los iba colocando al cuello y en las muñecas. No era un gesto muy tranquilizador.

—Silencio —ordenó de pronto Marco. Alzó una mano para hacer que el grupo se detuviera.

Se escuchaba un redoble de tambores, procedente de algún punto indeterminado delante de ellos. Prestaron atención. Los golpes eran irregulares y se oían cada vez más cerca. Tardaron unos instantes en identificarlo como un ruido de trote. Algo se aproximaba. Algo enorme. El sonido de su galope pronto originó ondas concéntricas en los charcos de la caverna.

—Esto no me gusta nada —dijo Madeleine y retrocedió un paso.

Aguardaron expectantes en el centro del círculo de luz que proyectaba el báculo. Ricardo puso una mano en el hombro de Rachel y la hizo retroceder para ocupar su lugar, con la espada desenvainada y el escudo que siempre llevaba a la espalda en el brazo. A su izquierda se encontraba Natalia, con la alabarda cruzada ante ella, y a la derecha Marco, con sus dos espadas dispuestas.

Hector escuchó como el italiano lanzaba un hechizo. Al instante, una niebla blanquecina cubrió los ojos de Bruno. Se quedó mirando fijamente la oscuridad y si gracias al encantamiento descubrió qué era lo que se aproximaba, su rostro no dio muestra de ello. En cualquier caso, el sonido del trote sonaba más y más cerca. La caverna retumbaba.

De pronto Bruno, para sorpresa de todos, saltó hacia Rachel, la agarró de los hombros y se la llevó casi en volandas hasta la pared más cercana, la que quedaba a su izquierda. Allí la empotró contra una grieta abierta en la roca, una brecha de medio metro de ancho y tres de alto. Ella se quejó, pero él la ignoró por completo y comenzó a levantar una pared de piedra ante ella. Cogía las rocas del suelo, las apilaba unas sobre otras y, con un pase leve de manos, las fundía entre sí.

—¿Qué haces? —protestaba ella—. ¿Qué estás haciendo? ¿Te has vuelto loco?

—Intento salvarte la vida —le dijo—. Y por desgracia tu neutralidad mágica no nos beneficia en esta ocasión.

Rachel intentó saltar el muro, pero el italiano, sin ningún tipo de delicadeza, le propinó un empujón soberbio para que se estuviera quieta. El ruido atronador se oía cada vez más cerca. Ya distinguían una sombra nueva inmersa en la oscuridad y su tamaño les quitó el aliento. Se escuchó un rugido en el túnel y luego un sonido ensordecedor: el ruido que haría un gigante al soplar por un cuerno inmenso.

«Estamos acabados —pensó el cambiante—. Rocavarancolia está acabada».

—No tiene miedo a la luz —dijo Ricardo—. Viene directo hacia ella.

—Sea lo que sea es demasiado grande —murmuró Natalia. La alabarda temblaba en sus manos—. No podremos paralizarlo.

—No, no podremos —aseguró Bruno. Se acercó a ellos después de terminar de recluir a Rachel en la pared y pedirle que permaneciera quieta y en silencio absoluto. Sus ojos seguían rodeados de un espeso nimbo blanco—. Mi magia no está preparada para enfrentarnos a eso que llega —les advirtió haciendo gala por enésima vez de su calma enfermiza. A Hector le dieron ganas de abofetearlo. Que no perdiera los nervios ni en una situación así era desquiciante—. Y dudo que vuestras armas tengan la menor oportunidad contra él. Es demasiado grande y parece demasiado fuerte. Cogeos de las manos. —Alargó la suya hacia Madeleine—. Y os rogaría que lo hicierais sin más dilación, porque ya está aquí. Ya llega.

Hector estrechó la mano de Marina mientras alguien lo tomaba de la otra mano en el instante preciso en que el monstruo irrumpía en el círculo de luz, bramando atronador. Era una criatura enorme, de más de cuatro metros de altura y cerca de quince de largo, semejante a un cocodrilo velludo, de un sucio color gris, con una larga cola prensil acabada en un aguijón. Mistral no había necesitado magia alguna para verla aproximarse en la oscuridad del túnel. La había reconocido al momento: era una quimera, un ser creado por taumaturgos a base de unir mágicamente los animales más dispares. Aquella bestia arremetió contra ellos con la potencia de un tren que descarrila. Se lanzó a por Ricardo, el más adelantado. Mistral vio la expresión de horror del joven un instante antes de que las fauces de la quimera se cerraran sobre él. La galería se llenó de gritos.

Cuando la criatura echó la cabeza hacia atrás, Ricardo seguía en su sitio, indemne, pálido y perplejo. Reculó y cayó al suelo, con los labios temblorosos. Hector jadeó. Su mano seguía unida a la de Marina y a la de Natalia, pero no sentía su contacto. Bruno los había vuelto intangibles a todos, comprendió. El monstruo, furioso, lanzó otra dentellada al joven caído, y una vez más sus colmillos lo atravesaron sin hacerle el menor daño. Aun así Ricardo gritó. La quimera bramó furiosa, incapaz de comprender qué ocurría, incapaz de entender por qué su boca no se llenaba con la carne de sus presas. Rugió de nuevo antes de lanzar otro mordisco a un blanco distinto, a Bruno en esta ocasión. El italiano ni se inmutó. Se limitó a atravesar las mandíbulas de la bestia, sin esperar siquiera a que estas se abrieran por sí mismas. Emergió entre los colmillos, impasible.

—Guardad la calma —les pidió. Por una vez levantó la voz para hacerse oír sobre el escándalo del monstruo—. Sería oportuno alejarnos del lugar donde he ocultado a Rachel, no queremos que esta bestia le cause daño por accidente.

Hicieron lo que les decía, trastabillando en el piso encharcado. Hector apenas notaba el suelo bajo sus pies y al mirar hacia abajo vio como sus botas lo traspasaban hasta la altura del tobillo; era una sensación extraña, como caminar sobre una nube. Lizbeth tropezó y cayó al suelo, blanca como el papel. Las lágrimas corrían a raudales por sus mejillas. Su cuerpo atravesó a medias las rocas. No se levantó, permaneció tumbada donde había caído, con los ojos cerrados y negando con la cabeza una y otra vez.

—¡Bruno! —gritó Natalia, que se había quedado más rezagada—. ¡Nos estamos alejando demasiado! ¡Nos alejamos demasiado! —Señalaba desesperada con su alabarda en dirección al lugar donde habían dejado a Rachel.

La zona estaba en sombras pero pudieron ver claramente, entre las embestidas del monstruo y sus mordiscos inútiles, como tres criaturas descendían veloces por la pared en dirección a su compañera. Eran una especie de polillas de cabeza picuda que reptaban hacia la grieta con brazos esqueléticos, terminados en una única uña retorcida. Sus abdómenes eran grotescos globos segmentados envueltos en un entramado pulsante de venas.

Bruno se colgó el báculo al hombro, juntó las manos y lanzó un nuevo hechizo. Una explosión de luz se extendió por todo el pasadizo como una riada de claridad incontenible. Al momento, las criaturas que acechaban a Rachel desplegaron sus alas y echaron a volar, dando gritos. Y no fueron las únicas que huyeron del resplandor repentino. Ambos extremos del túnel hervían de engendros; los había a decenas: criaturas sombrías, dantescas, seres tentaculares de rostros pálidos, insectos del tamaño de hombres, alimañas indescriptibles con el esqueleto aflorando de su cuerpo, engendros grotescos mitad reptil, mitad vegetal... Solo pudieron verlos durante un instante fugaz, el tiempo que tardaron en zambullirse otra vez en las tinieblas. La explosión de luz duró muy poco, la claridad se replegó y pronto el único resplandor que quedó en la galería fue el del báculo.

El italiano retrocedió unos pasos para que la luz iluminara el lugar donde estaba escondida Rachel. No podían alejarse más si querían protegerla y eso dificultaba la situación. Siendo intangibles como eran, no habrían tenido problemas para escapar del túnel, pero si lo hacían condenarían a Rachel; como bien había dicho Bruno, su neutralidad mágica jugaba ahora en su contra. Hector contempló al italiano. El sudor comenzaba a perlar su frente y mostraba evidencias de fatiga. Y si algo estaba claro, era que dependían de él para sobrevivir. Si algo le ocurría, si agotaba su magia o la luz de su báculo se apagaba... Hector no quiso pensar en ello.

Marco hizo gestos para que se reunieran todos junto a Lizbeth. Pero si ya resultaba complicado pensar con aquella criatura fuera de sí atacándolos una y otra vez, mucho más difícil era hablar. Formaron un círculo, juntaron sus cabezas y hablaron a gritos para poderse escuchar sobre aquel escándalo de bramidos y de golpes. Ni Lizbeth ni Madeleine participaron en la conversación. La pelirroja intentaba consolar a su amiga, que lloraba histérica en el suelo. Al menos había logrado que dejara de gritar.

—No puede hacernos daño —le decía—. Tranquila, no puede tocarnos. Respira, respira despacio... Pronto acabará todo, te lo prometo, pronto acabará todo...

—¿Cuánto durará el hechizo? —le preguntó Ricardo a Bruno.

—Unos cinco minutos, seis a lo sumo —contestó.

—¿Y crees que tendrás fuerzas suficientes para lanzar otro cuando este acabe?

Bruno asintió con la cabeza.

—Podría hacerlo, sí, pero existen complicaciones que hacen inviable ese curso de acc...

—¡Quieres hablar como una persona normal por una vez, maldita sea! —estalló Natalia.

—No sé hablar de otra forma, Natalia. Lo lamento, lo lamento sinceramente... —Volvió a mirar a Ricardo—. Podría lanzarlo, como digo, pero durante unos instantes nos hallaríamos todos desprotegidos... Necesito tener contacto físico con el blanco del hechizo para que este sea efectivo y si sois tangibles para mí también lo sois para esa aberración, con todo lo que eso acarrea. Pero es que además hay otro problema que agrava notablemente la situación. El sortilegio no se extinguirá al mismo tiempo para todos. Depende mucho de la masa corporal de cada uno de los sujetos hechizados. Hemos de suponer que Marco, al ser el más voluminoso, será el primero en solidificarse...

Tuvo que interrumpirse. La quimera había saltado sobre ellos y por un instante lo único que pudieron ver fue la oscuridad tenebrosa del interior de la bestia. Escucharon el latido acelerado de su corazón, el bullir de la sangre en sus venas y el chasquido elástico de sus músculos al moverse. Unos segundos después, el monstruo se apartó, bramando fuera de sí, y ellos parpadearon, aturdidos, de regreso de nuevo a la luz. Hector sacudió la cabeza, con el latir del corazón del engendro incrustado en las sienes.

—Marchaos todos. Marchaos ahora —dijo Ricardo. Estaba pálido—. Si os dais prisa, quizá os dé tiempo a escapar antes de que el hechizo de Bruno se disipe. Yo me quedaré con Rachel, la protegeré e intentaré salir de aquí con...

—¿Salir de aquí a oscuras? —le preguntó Natalia y señaló hacia las tinieblas y las criaturas que se ocultaban en ellas—. ¿Y cómo te librarás de esas cosas? ¡¿Te has vuelto loco?!

—¡No tenemos alternativas ni tiempo para discutir!

—¡Pues no discutas!

—¿Qué ocurriría si me volviera sólido dentro de esa cosa? —preguntó entonces Marco. Hector lo miró pasmado, la respuesta era obvia y él debía conocerla muy bien.

—Ambos moriríais —aseguró el italiano—. No podéis ocupar la misma ubicación en un mismo intervalo de tiempo, no siendo ambos sólidos. Os haríais pedazos.

Marco asintió. La expresión de su rostro dejó claro lo que estaba pensando.

—¡No! —le gritó Marina e intentó golpearlo en el hombro. Su mano, como no podía ser de otro modo, lo atravesó limpiamente—. ¡Ni se te ocurra pensar en eso! ¡Tiene que haber otra manera!

—No dejaremos a nadie atrás —dijo Hector. Le temblaba la voz. Luego acercó su rostro al del italiano para preguntarle—: ¿No puedes acabar con él de otra forma?

Bruno negó con la cabeza.

—Es demasiado grande para mí. Os lo he repetido en infinidad de ocasiones: la magia real está fuera de mi alcance. Y solo la magia real podría acabar con esa criatura.

—Y si haces intangible, no sé… una piedra, la alabarda de Natalia, lo que sea… se lo lanzamos y lo vuelves sólido cuando lo tenga dentro. ¿Eso no acabaría con ese bicho?

—Podría acabar con él, en efecto. Pero necesitaría entrar en contacto con el elemento que tuviera intención de solidificar. Y para ello yo mismo debería… —Se interrumpió de pronto. No hubo cambio alguno en su rostro, simplemente se quedó contemplando el vacío durante un largo instante. Luego asintió con su cadencia mecánica habitual antes de decir—: Es probable que haya un método más sencillo de hacer lo que pides.

Y sin más palabras echó a andar por el aire. La quimera trató de morderlo, pero sus colmillos pasaron a través del cuerpo fantasmal del italiano que, ajeno a sus embestidas, continuó su ascenso. Se detuvo a unos tres metros de altura y agitó su báculo con fuerza de izquierda a derecha mientras lanzaba un nuevo sortilegio. Luego se volvió hacia ellos.

—Acabo de fijar el hechizo de luz al báculo, debería seguir alumbrando al menos durante una hora más, sin importar lo que pueda sucederme a mí.

—Pero ¿qué vas a hacer? —le preguntó Hector.

El italiano desapareció eclipsado por las fauces de la quimera. Volvió a aparecer unos instantes después.

—Oh. Sí. Disculpad. Tal vez sea conveniente una breve explicación antes de poner en marcha mi plan —dijo—. En el fondo no es más que la idea de Hector, solo que con los factores invertidos: haré inmaterial a nuestro molesto atacante. Dado su tamaño, no debería transcurrir mucho tiempo antes de que recupere su solidez natural y es altamente probable que cuando eso ocurra parte de su cuerpo se materialice, ya sea bajo el suelo o dentro de una de las paredes de la caverna. Eso debería matarlo, o al menos dañarlo significativamente

—Guardó unos instantes de silencio mientras los miraba de uno en uno. Parecía un profesor aburrido impartiendo la lección más aburrida del mundo—. Una última advertencia: lo que acabo de contar es válido también para vosotros. Tened cuidado cuando notéis que vuestra densidad comienza a normalizarse. Un picor generalizado os pondrá sobre aviso de que eso está a punto de suceder. Procurad manteneros sobre tierra y no estar demasiado cerca unos de otros para evitar problemas.

Luego se volvió y continuó su camino. El monstruo había centrado toda su atención en él. A medida que el italiano ascendía, la quimera se iba irguiendo sobre sus cuartos traseros, lanzando bocados y rugiendo de rabia. Bruno parecía diminuto y frágil en medio de aquel torbellino violento de carne. La criatura apoyó las patas delanteras en la pared y proyectó su cabeza inmensa hacia arriba, tratando de devorarlo. Luego fueron su cola y su aguijón los que restallaron en el aire. En ese momento, mientras la criatura flexionaba la enorme espina dorsal tras el coletazo, Bruno se arrojó sobre su lomo con el báculo cruzado a la espalda. El ruido del joven al chocar contra la quimera les indicó que de nuevo era sólido. Un instante después lo vieron atravesar el cuerpo del monstruo y caer al suelo.

Se levantó aturdido, sacudió la cabeza y echó a correr hacia ellos. No había dado dos pasos cuando el aguijón de la quimera le atravesó la garganta, de nuevo sin causarle daño, pero de pronto, para sorpresa de todos, trastabilló y cayó de bruces. No se levantó. Hector y Marco se apresuraron a ir en su ayuda, aunque poco podían hacer por él en el estado fantasmal en que se hallaban. La quimera aullaba y trotaba sobre ellos. El italiano yacía de costado, pálido como un cadáver. Les costó trabajo darse cuenta de que aún respiraba. No era la primera vez que lo veían así: Bruno estaba exhausto. Para hechizar a la quimera había llegado al límite de sus fuerzas. Y había tenido éxito. La criatura enloquecida era ahora tan insustancial como lo eran ellos. Por si no les hubiera bastado ver el aguijón atravesando al italiano, ahora podían comprobar como sus zarpas se hundían por completo en el suelo a cada zancada que daba.

La atrajeron hasta el centro de la galería, lejos de Bruno y del escondrijo de Rachel. Madeleine permaneció junto a Lizbeth, que seguía empeñada en no moverse. Los demás azuzaban al monstruo, poniéndose al alcance de sus fauces, gritando para enfurecerlo todavía más. Cuando embestía hacia ellos, buena parte de su abdomen desaparecía entre las piedras del suelo. En uno de sus saltos, reculó y resbaló galería abajo, sin parar de rugir y soltar bocados. Su cola traspasó la pared de la caverna y una de las finas columnas fue a quedar en el mismo centro de su cuerpo. El monstruo se preparó para iniciar un nuevo ataque, sus zarpas hundidas varios centímetros en el suelo, su corpachón enorme en tensión, con la columna sobresaliendo del lomo. De pronto quedó inmóvil. En la galería se escuchó un crujido tremendo, un sonido repugnante y líquido. La quimera no gritó al morir, y ese silencio, ese paso de la vida a la muerte tan repentino y brutal, hizo que la escena fuera aún más horrible. Los ojos amarillos del monstruo se apagaron, sin transición alguna.

La bestia se desplomó, con las patas cercenadas, la cola mutilada y el cuerpo atravesado por la columna. Se miraron febriles, incapaces de creer que hubieran salido bien parados. Hector jadeaba como si acabara de correr una maratón.

Mistral, como él ya sabía que ocurriría y como había vaticinado Bruno, fue el primero en recuperar la solidez. Poco a poco lo siguió el resto del grupo. En poco más de un minuto todos recuperaron su densidad habitual. Hector tuvo mucho cuidado de apartarse de los demás y comprobar que sus pies se posaban en el suelo en vez de hundirse en él, cuando notó aquel hormigueo intenso en brazos y piernas. Madeleine y Marina se encargaron de que Lizbeth, todavía en estado de shock, se levantara y se colocara en un lugar seguro.

—¡Sacadme de aquí de una vez! —les pidió Rachel—. ¡Esto es asqueroso! ¡No puedo respirar! ¡Espero que Bruno haya muerto o lo voy a matar yo por dejarme aquí!

Ricardo y Hector echaban a andar hacia allí cuando una vibración súbita en la caverna hizo que se detuvieran.

—¿Qué ha sido eso? —preguntó Lizbeth, horrorizada.

—De arriba —dijo Marina—. Viene de arriba.

La columna que había acabado con la quimera vibraba. De pronto se plagó de grietas. Aparecieron todas a la vez, como si una telaraña intrincada la hubiera cubierto de repente. Un segundo después, la columna se hizo añicos. Prácticamente se desintegró ante sus ojos. La lluvia de esquirlas se precipitó sobre la quimera muerta, y eran fragmentos tan diminutos que no hicieron el menor ruido al caer. Tras un instante de silencio sepulcral se escuchó un crujido escalofriante en las alturas. Todos levantaron la vista a tiempo de ver como una brecha tremenda se abría en el techo. La luz purpúrea del anochecer se filtró desde arriba. Por un instante, Hector se quedó pasmado al contemplar aquella franja de crepúsculo abriéndose sobre sus cabezas. Luego alguien gritó. Y como si ese grito fuera una señal convenida, el mundo enloqueció. Una gran porción del techo se vino abajo y luego otra aún mayor la siguió. El chico miró a su alrededor, pero lo único que distinguió fueron sombras y escombros cayendo. El techo arrastraba en su caída los edificios ruinosos que había sostenido. Hector vislumbró una pared de ladrillos pardos viniéndose abajo. Era como si la ciudad entera se estuviese desplomando sobre ellos.

La luz del báculo de Bruno aparecía y desaparecía. Todo era caos y confusión, un mar de sombras tintadas por la luz móvil de la pajarera y el resplandor amoratado del anochecer. Alguien gritaba y su grito, como la luz, iba y venía, en mitad del estrépito de rocas. Escuchó a Marco llamarlos a voces, ordenándoles que retrocedieran, que buscaran un lugar seguro. Sin embargo era tarde, no había donde huir. Por un momento, Hector tuvo a Marina ante él; la vio, con los hombros y el cabello cubiertos de polvo blanco, pero cuando iba a echar a correr hacia ella, parte de un muro se desplomó entre ambos. Retrocedió dos pasos y una viga cayó a su lado, clavándose con firmeza en el suelo, como una lanza descomunal. Una esquirla de roca lo golpeó entonces en la frente y cayó hacia atrás.

No llegó a perder la conciencia, pero durante unos instantes, el mareo y la desorientación pudieron con él. Cuando se recuperó, el ruido había menguado y la oscuridad era total. No veía nada. Alzó una mano y la agitó ante sus ojos; distinguió su movimiento más como una vibración que como algo real. Nunca habría imaginado que pudiese existir una oscuridad tan cerrada, tan completa. Se tocó la frente y retiró la mano al instante soltando un quejido amargo. Tenía una brecha en la ceja y de ella manaba sangre abundante.

Se revolvió en el suelo hasta quedar sentado. Además de la frente, le dolían la cadera y la rodilla derecha. Se palpó la pierna y al llegar a la altura de la rótula tuvo que tragarse un nuevo grito. Dobló la pierna izquierda, aunque no se atrevió a hacer lo mismo con la derecha. Parpadeó repetidas veces. La sangre resbalaba por su cara y se le metía en los ojos. Se limpió la herida con la manga de la camisa, mordiéndose el labio inferior para no chillar.

Alguien pronunció su nombre. Pero se escuchó lejos, muy lejos, y amortiguado por algo más que la distancia. Trató de moverse y una explosión de dolor procedente de su rodilla lo obligó a detenerse. Tanteó el suelo con una mano y solo palpó escombros. Volvió a escuchar su nombre, pero no se atrevió a contestar, no en aquella oscuridad de ultra-tumba. Luego oyó una segunda voz, más cercana y, a la par, mucho más débil. Alguien llamaba a Ricardo, una voz de muchacha, aunque fue incapaz de precisar quién era. Habían quedado separados unos de otros con el derrumbe, comprendió. Todavía se oía, aquí y allá, el ruido de piedras al caer. Prestó atención. No eran los únicos sonidos que se oían. En algún punto inconcreto de aquella oscuridad densa, algo reptaba hacia él. A continuación escuchó un gruñido bajo, un gruñido bestial seguido de pasos a la carrera. Hector recordó las criaturas que los habían acechado en su camino por la galería y desenvainó la espada.

Ya no había luz que los contuviera. Las tinieblas lo copaban todo. Y la oscuridad rebosaba muerte.

Los ruidos de pasos se escucharon más cerca. Era un trotecillo irregular seguido de un sonido susurrante de arrastre. Oyó como algo olfateaba en la negrura. Otro gruñido, diferente al primero, más agudo. Más pasos, pezuñas esta vez. Y a continuación un aleteo sobre su cabeza acompañado de un zumbido intenso. De pronto una garra húmeda le aferró la pantorrilla.

Lanzó una estocada hacia la oscuridad. La espada se hundió en carne blanda. Aquello soltó un aullido y se alejó gimoteando con unos sollozos que eran casi humanos. Hector, enloquecido, comenzó a dar mandobles a izquierda y derecha, frenético, ignorando el dolor de su rodilla al agitarse. La oscuridad se llenó de siseos, de roces y pasos, de gruñidos y chillidos. Mientras continuaba dando espadazos a ciegas se llevó la mano libre a los bolsillos de su camisola. Su mano fue de uno a otro y luego a los que tenía en el pantalón, convencido de que en alguno de ellos encontraría lo que buscaba.

Un cuerpo viscoso cayó sobre él, asfixiándolo con su peso. Escuchó un cloqueo acelerado seguido de un chasquear frenético. Hector se catapultó hacia delante, clavó la espada en lo que fuera que tuviera encima y luego retorció con saña el arma dentro de aquella cosa sin dejar de gritar. El cloqueo terminó abruptamente. Pero llegaban más y más. Podía escucharlos avanzar hacia él en la oscuridad. Tomó aliento y reemprendió la búsqueda en sus bolsillos sin dejar de agitar la espada de un lado a otro.

Su mano dio con el cristal que buscaba entre el batiburrillo de amuletos enredados que contenía el bolsillo trasero de su pantalón. El corazón se le aceleró al notar la superficie del vidrio romboidal contra la piel. Como todos los demás, tenía la costumbre de llevar talismanes para cargarlos en los ratos muertos y cuando cogían a puñados los amuletos de los estantes no era raro que entre ellos se colara alguno de los cristales que habían usado para iluminarse la primera noche en el torreón. Sacó de un tirón el cristal de su bolsillo, arrastrando con él una larga cadena de la que pendía un cuervo de plata y, olvidándose por completo de la sangre de su frente, lo hundió en la palma de su mano izquierda. El resplandor del talismán cargándose iluminó la galería al momento.

Lo primero que vio fue la faz monstruosa de un ser gris, con dos racimos de ojos turbios cayéndole por la cara. La criatura se tapó el rostro con un brazo semitransparente y se escabulló siseando.

Más de una veintena de monstruos retrocedieron al ver la luz. Hector, resoplando de dolor y miedo, vio como aquellas cosas se retiraban a la carrera. Eran tantas, y tal su prisa en escapar, que le resultó complicado individualizarlas; fue como ver a una gigantesca criatura múltiple replegándose hacia las tinieblas. El resplandor del talismán era más rojizo de lo que recordaba, pero no tardó en darse cuenta de que eso se debía a que el cristal estaba empapado de sangre. En sus ansias de luz, se había desgarrado la palma de la mano. No se detuvo a comprobar los daños. Una serpiente enorme, de piel olivácea, no se había arredrado por el resplandor y reptaba hacia él entre los cascotes, con la boca abierta de par en par. Hector le cortó la cabeza de un solo tajo cuando se puso a su alcance.

Luego, sujetando el cristal en la mano derecha, procedió a vendarse la izquierda con un jirón de camisa. Solo entonces miró alrededor.

Estaba tirado entre cascotes, en una zona cegada de la galería. A su derecha se levantaba un auténtico muro de escombros, a su izquierda el pasaje se adentraba en la oscuridad; allí, a apenas unos metros de distancia se movían los monstruos, a la espera. Y entre las alimañas y él, yacía Ricardo, inmóvil, enterrado entre cascotes. Su rostro pálido estaba vuelto hacia él, sin señal alguna de vida.

—No —musitó Hector con la voz rota—. No, no, no… —comenzó a arrastrarse hacia allí, espada en mano, ignorando el dolor de su pierna derecha, con el cristal bien sujeto—. ¡Ricardo!

Su amigo abrió los ojos de pronto y tosió con fuerza. El alivio que sintió al verlo vivo fue indescriptible. Ricardo intentó hablar, pero la tos le impedía pronunciar palabra. Tenía los labios amoratados y el rostro cubierto de polvo. Una sombra se alejó de la claridad. La luz se reflejó en una cola segmentada, recubierta de espinas.

—Hector… —murmuró el chico cuando este consiguió arrastrarse hasta donde estaba. Alargó el único brazo que tenía libre hacia él—. Todo se derrumbó —dijo. Estaba conmocionado—. El mundo se hizo pedazos y se derrumbó…

—Calla, no hables —le pidió él. La rodilla le dolía a rabiar. Dejó la espada en el suelo y comenzó a retirar los escombros que cubrían a su amigo. Tenía moratones y magulladuras por todas partes. Consiguió liberar su torso, pero poco pudo hacer por sus piernas: las tenía atrapadas bajo una losa gruesa que parecía fundida contra el suelo.

—Todo se hizo pedazos… —Ricardo alzó la mano hacia el cristal que sostenía Hector—. Luz. Creí que nunca más volvería a verla. Qué hermosa es. Y qué frágil.

—Necesito tu ayuda —le pidió él—. Necesito que me ayudes a levantar la losa…

El joven negó con la cabeza.

—No puedo moverme —dijo. Tosió de nuevo. Parecía más lúcido que unos instantes antes—. Me he roto la espalda y no puedo moverme. Aquí se acaba para mí… No puedo más. Estoy agotado y solo quiero descansar… Cerrar los ojos y no volver a abrirlos nunca. Será mejor que te marches. Busca una salida y escapa.

—Aunque quisiera no llegaría muy lejos, no con la rodilla como la tengo. —Dejó la losa por imposible y se recostó en el suelo. Le dolía

todo—. Aquí no se acaba para nadie, tarado. Bruno nos sacará de esta.
Ya lo verás.

Bruno yacía inconsciente sobre una roca plana, con el báculo junto a él;
por suerte, este seguía brillando a pesar de que el italiano estuviera desmayado. El hechizo de anclaje había funcionado a la perfección. Y
aunque entraba cierta claridad por el techo destrozado, Mistral dudaba
que fuera suficiente para contener a las criaturas del subsuelo si la pajarera se apagaba. El cambiante comprobó por enésima vez el pulso de
Bruno e hizo un nuevo e inútil intento de despertarlo. Necesitaban su
magia. Y la necesitaban cuanto antes si querían rescatar con vida a los
dos desaparecidos.

—¡Ricardo! ¡Hector! ¿Me oís? —Marina gritaba desesperada ante la
pared de escombros, sujetándose con una mano el brazo lastimado—.
¡¿Estáis ahí?! ¡¿Podéis oírme?!

Como en las ocasiones precedentes, no obtuvo respuesta alguna.

—¡Heeeeeeeeeector! —repitió. Agachó la cabeza y se mordió el labio
inferior. Parecía a punto de liarse a puñetazos contra las rocas.

Marina era la única que había resultado herida en el derrumbe, el
resto de los que habían quedado a este lado del túnel se hallaban sanos y
salvos. Mistral se había tenido que emplear a fondo para mantenerlos
con vida a todos. Había acelerado sus movimientos y multiplicado sus
reflejos, confiando en que durante aquellos instantes caóticos nadie se
diera cuenta de que parecía estar en varios lugares al mismo tiempo;
había desintegrado cascotes con magia abrasiva, levantado dos campos
de fuerza alrededor del escondrijo de Rachel en la pared y el cuerpo
inconsciente de Bruno y, en un determinado momento, no le había
quedado más alternativa que teletransportar a Lizbeth a un metro de
donde se encontraba para que no la aplastara una roca. Hacía tanto
tiempo que no recurría de un modo tan continuado a la magia que se
había sentido extraño, ajeno a sí mismo.

Pero no había podido salvarlos a todos. Había perdido la pista a
Hector nada más comenzar el desplome y poco después Ricardo había
desaparecido también. El cambiante observó de reojo la pared de
escombros que bloqueaba el pasadizo. Sabía que los dos chicos estaban

al otro lado y que su situación era precaria. Podía oírlos cuchichear a la luz pobre del talismán que cargaba Hector. Cuando la carga se completara, llegaría su final.

Bruno seguía inmóvil, sumido en el desmayo profundo que le había provocado su último hechizo. Aquel chico había matado a una quimera y a punto había estado de morir por ello. Mistral sintió algo semejante al orgullo. Acarició el pelo enredado del joven. A lo largo de su vida no había conocido otra cosa que la soledad, a lo largo de toda su vida nadie había tenido una palabra amable para él, ni una caricia, ni un gesto: nada. No era un chico normal, nunca lo había sido, y no solo porque no supiera relacionarse con los demás o porque tuviera problemas de empatía. Rocavarancolia lo había marcado y esa marca, ese estigma, lo acompañaba desde el mismo momento de su nacimiento. Rocavarancolia lo había reclamado como suyo mucho tiempo antes de que Denéstor Tul entrara en su vida. Como a todos los que estaban allí.

—Despierta, Bruno —susurró—. Tienes que seguir salvando vidas. Despierta, muchacho.

Mistral habría podido traspasarle parte de su propia energía para despertarlo, pero estaba convencido de que el italiano comprendería que algo raro había sucedido. No le quedaba más alternativa que dejar que se recuperara por sí mismo.

—¡Hector! —aulló Natalia, que había tomado el relevo a Marina a la hora de dar gritos. La joven rusa estaba tiznada de polvo y mugre y no hacía otra cosa que deambular de un lado a otro de la montaña de escombros, sin salirse nunca del círculo de luz que proyectaba el báculo. Mistral había tenido que detenerla cuando se había lanzado a apartar piedras como una posesa. Aquella pared podía venirse abajo en cualquier momento—. ¡Ricaaardo! ¡No podéis haber muerto! ¡Decidme algo! ¡Decidme algo ahora mismo! —exigió. La chica prestó atención y luego se giró como una exhalación hacia los que aguardaban junto a Bruno—. ¡Los oigo! ¡Creo que los oigo! ¡Nos llaman! ¡Nos están llamando!

—Calla, calla —le pidió Marina, sombría y alerta de repente.

—¿Qué te pasa a ti ahora? —le preguntó la otra—. ¡Te digo que los oigo! ¡Hector! ¡Ricardo! ¡Os salvaremos! ¡No os preocupéis!

Marina se acercó a ella, la aferró del brazo con fuerza y después de ponerle el dedo índice en los labios para pedirle silencio miró hacia el túnel que los había conducido hasta allí.

Todos siguieron su mirada. De la oscuridad llegaba ahora un murmullo lejano, un rumor creciente. El punto por donde habían entrado todavía era visible en la distancia, apenas una coma brillante prendida entre las tinieblas. De pronto esa mínima brizna de luz quedó eclipsada durante un instante. Algo la había ocultado al pasar por el túnel, algo que se dirigía hacia ellos.

—No, por favor, más no… —murmuró Lizbeth.

El sonido crecía por momentos. Dejó de ser un susurro para convertirse en un verdadero estruendo, en un fragor de alas que se acercaban y de chillidos pisándose unos a otros.

Mistral soltó una maldición sonora, se levantó y desenvainó sus espadas. Natalia se apartó del derrumbe y se armó con la alabarda que había dejado en el suelo. El pandemonio llegaba por el túnel. Madeleine tomó el báculo y lo alzó. Al instante el círculo de luz que los rodeaba vibró y el foco reubicado iluminó las entrañas de la caverna. La quimera muerta, medio sepultada entre cascotes, salió de las sombras. Más de treinta espantos alados idénticos al que había raptado a Marina se aproximaban desde el otro extremo del corredor. Chillaban mientras sus alas restallaban en el aire como latigazos.

—No puede ser —murmuró Madeleine. El báculo temblaba entre sus manos—. No puede ser… Son demasiados, van a destrozarnos.

Lizbeth gimió aterrada. Rachel pasó un brazo sobre sus hombros y la atrajo hacia sí. Desenvainó el puñal que llevaba a la cintura y contempló como la horda de espantos se aproximaba.

—No dejaré que te hagan daño —le prometió.

Mistral resopló al contemplar a los vlakai. La luz no serviría contra ellos. ¿Qué podía hacer? ¿Delatarse ante los niños y Rocavarancolia entera para salvarles la vida? ¿Con qué sentido si el Consejo Real ordenaría su ejecución en cuanto comprendiera lo que había ocurrido? Los murciélagos llegaban ya, profiriendo alaridos terribles. Mistral sacudió la cabeza y tomó su decisión. Comenzó a cambiar. Necesitaba más músculo, más potencia. Y estaba claro que debería recurrir a la magia si quería salir con vida. Si todo estaba perdido, al menos que los niños murieran a la luz del sol y no en aquella gruta tenebrosa. Él acabaría sus días en el desierto, y quizá ese fuera el lugar que se merecía. Cuando ya se aprestaba a lanzar el primer hechizo, la horda de espantos viró el rumbo y se abalanzó sobre la quimera muerta. Cayeron sobre el cadáver inmenso y empezaron a devorarlo.

El alivio hizo que perdiera el equilibrio. Invirtió a toda prisa los cambios que estaban teniendo lugar en su cuerpo y retrocedió de nuevo, con las espadas todavía en alto. Miró de reojo a los muchachos. Ninguno se había dado cuenta de lo que acababa de ocurrir. Habían estado demasiado ocupados mirando a los monstruos como para advertir que había comenzado a cambiar. Todavía los observaban, asqueados por los ruidos repugnantes que llegaban hasta ellos.

—Prefieren la carroña —dijo.

—Al menos de momento —gruñó Natalia.

Uno de los vlakai levantó su cabeza grotesca y clavó sus ojillos en ellos. La sangre chorreaba por su mandíbula. Mistral le devolvió la mirada, esperando quizá que al verlo allí, desafiante, comprendiera que lo mejor para él era dedicarse a la carne muerta. El monstruo volvió a arrancar un pedazo de carne de la quimera, pero no apartó la vista de ellos en ningún momento mientras masticaba.

«Despierta, Bruno, despierta de una vez».

Los minutos pasaban y nadie acudía a rescatarlos. Los había llamado a gritos y, aunque había creído escuchar respuesta, no había entendido ni una palabra de lo que decían ni averiguado desde dónde hablaban. Los ecos en aquel lugar eran engañosos. Dejó de gritar pidiendo auxilio porque cada vez que lo hacía los monstruos se alborotaban. Respondían a sus gritos con una retahíla de gruñidos y gimoteos, de siseos y alaridos.

La luz del talismán cada vez se le antojaba más débil; sabía que no era cierto y que su intensidad continuaba siendo idéntica a cuando lo había encendido, aunque no podía evitar pensarlo. Tal vez fuera su ánimo el que cada vez era más oscuro. Su ánimo y sus esperanzas. Había vaciado hasta el último de sus bolsillos, pero no tenía más vidrios, solo amuletos normales que no les servían de nada a ellos. Se recostó en el suelo y observó la zona de sombras. No podía verlos, sin embargo los monstruos seguían allí. Y había cada vez más. A veces hasta podía distinguirlos: sombras tenebrosas de colores opacos, criaturas albinas de piel agrietada y ojos relucientes agazapadas entre las tinieblas y la luz. Vio una gigantesca babosa blanca sobre la que se apiñaban decenas de langostas rojas y durante un instante fugaz alcanzó a vislumbrar, incrustado en la oscuridad, el rostro púrpura de un cadáver revivido, ataviado con un yelmo en forma de cabeza de león y una cicatriz horrible partiendo en dos su cara. Al menos aquellos monstruos no eran lo bastante inteligentes para pensar en otro plan de acción que no fuera esperar a que la luz se apagara. Hector no quería ni imaginar lo que hubiera ocurrido si uno solo de esos seres hubiera comenzado, por ejemplo, a lanzarles piedras.

No recordaba cuánto tiempo se necesitaba para cargar el talismán, pero cuando lo estuviera al fin, cuando la luz se extinguiera, aquellas criaturas los destrozarían.

«Nadie nos enterrará en el cementerio —se dijo—. No quedará ni un solo pedazo nuestro que llevar allí». Luego miró hacia la montaña de escombros que le cerraba el paso y se preguntó qué entretendría a los demás. Entonces recordó que la última vez que había visto a Bruno, estaba desmayado en el suelo. Volvió a fijarse en el cristal que tenía en la mano. La luz era frágil, lo acababa de decir Ricardo y quizá no había mayor verdad. Pero la luz era también hermosa, aun aquella que surgía del cristal tiznado de sangre.

—Siempre quise ser un héroe —dijo de pronto Ricardo—. Siempre soñé con serlo… Desde pequeño…

—Todos lo hacemos cuando somos críos. —Se sintió extraño al hablar así, como si hubieran pasado siglos desde que él mismo se había imaginado protagonizando aventuras gloriosas.

—Lo sé, lo sé… Pero yo… —Suspiró—. Qué grande era en mis sueños… Allí vivía las aventuras más emocionantes que puedas imaginar. No había noche que no salvara el mundo, no había noche en que mi espada no fuera la más temible o mi bala la más certera. Un héroe. Siempre un héroe… aclamado, querido, adorado. Hasta que el sueño se hizo realidad, hasta que llegó Denéstor para proponerme vivir una aventura de verdad. —Guardó silencio, con la mirada perdida en el vacío. Los monstruos se removían más allá de la vista—. Pensé que esta era mi historia, que aquí, en esta ciudad maldita, estaba la razón de mi existencia. Que aquí podría ser un héroe. ¡Qué estúpido fui! La realidad no tiene nada que ver con los sueños. En la realidad solo soy un inútil, un estorbo. La gente como yo solo puede ser un héroe en sueños.

—Lo que eres es un tarado. ¿A qué viene esto?

—A que me rindo de una vez, a que asumo mi derrota. Al menos tengo el valor suficiente para hacer eso. ¡Lo admito, mundo! —exclamó—. Lo admito ante ti y la legión de horrores que quiere devorarnos. ¡Escuchadme todos! ¡Me rindo! ¡No soy un héroe y nunca lo seré! Lo he intentado, lo juro, pero no he hecho otra cosa que fracasar una y otra vez...

—Si no hubiera sido por ti, no habríamos resistido ni dos días.

—Te equivocas. No sabes cuánto te equivocas. Marco fue quien nos guio desde el principio. Él tomó las decisiones de verdad, las que importan. Yo... yo solo me equivocaba una y otra vez... —Lo tomó con fuerza de la mano—. No debí hacer que nos separáramos...

—La luz había vuelto a sus ojos, una luz intermitente y febril—. Aquel día no debí dividir el grupo. No debimos ir detrás de aquel loco. Me dio con la puerta en la cara, ¿te acuerdas? Me sacó de la partida antes de empezar a jugar. Vaya héroe que estoy hecho...

Varios monstruos se enzarzaron de pronto en una dura disputa en la oscuridad. La algarabía fue frenética durante unos instantes, luego se escuchó un alarido tremendo y, a continuación, el ruido de un cuerpo al ser arrastrado.

—¿Y después? ¿Qué ocurrió después? Un monstruo nos atacó cuando intentábamos dejar esas estúpidas notas en las bañeras... De nuevo me dejaron fuera de combate a la primera. Y aquella cosa hirió a Natalia. No pude hacer nada por evitarlo, nada... Solo mirar, medio desmayado en el suelo. Fracasé. Siempre fracaso. ¿Me viste antes allí arriba? ¿Cuando atacó el murciélago? No pude hacer otras cosa que estorbar.

—Las hienas... —empezó.

—¡Las hienas! Eran inofensivas, Hector. Fuimos nosotros quienes las perseguimos hasta su casa. Y aun así una consiguió herirme, ¿recuerdas? —Se llevó una mano a la frente. Hector se percató de que entre sus labios agrietados ahora fluía sangre. Y lo que era aún peor: sus ojos se vidriaban por momentos, apenas reflejaban ya el resplandor del cristal—. Fui el único al que hirieron. El único... Estaba tan furioso, tan fuera de mí que casi mato a aquel hombrecillo ridículo. —Volvió a medias la cabeza hacia él. Su voz era un susurro ronco. Recordó a Alexander, muriendo ante la torre de hechicería, y se preguntó si Ricardo también se desintegraría ante sus ojos—. ¿Qué clase de héroe soy, Hector? ¿Puedes decírmelo?

—Un héroe de verdad. De los que importan. De los que tienen miedo, de los que cometen errores y así y todo siguen adelante.

—Pero es que yo no quiero seguir adelante. Me niego. Que me lleve… que me lleve la oscuridad…

—Aprenderás. Todos lo hacemos —dijo, recordando las palabras que le había dedicado Rachel el mismo día del que hablaba Ricardo.

—Un héroe… —murmuró él. Los ojos se le cerraron—. En mis sueños era un héroe… Era un…

Se hizo el silencio, un silencio demoledor. Hector, aterrado, buscó el pulso de su amigo en el cuello. Lo encontró y suspiró con alivio. Todavía restaba vida en aquel cuerpo maltrecho. Él se quedó a solas con la luz, la oscuridad y todo lo que esta escondía. De nuevo contempló el resplandor del cristal, tiznado con su sangre. Lo miraba con asombro renovado, casi con reverencia, como si allí hubiera un misterio del que nunca antes se había percatado. El tiempo volvió a ralentizarse en la caverna en ruinas. Nunca supo cuánto estuvo allí, abandonado en tierra de monstruos, dando la mano a un amigo que moría.

Una eternidad después, un fogonazo lo deslumbró. Dos figuras fantasmales, recortadas en el resplandor, avanzaban a trompicones hacia él. Por un momento, creyó que eran dos de las criaturas que los acechaban y aferró su espada con fuerza. Luego una figura se convirtió en Natalia y sonrió, al borde de las lágrimas. La joven estaba sucia y exhausta, con el pelo revuelto y la ropa desgarrada, pero nunca le había parecido tan hermosa. Tras ella caminaba Bruno, pálido. Llevaba una mano alzada y un resplandor brillante la iluminaba desde dentro. Daba la impresión de llevar puesto un guantelete de pura luz.

Natalia se lanzó contra su pecho, ignorando el quejido que soltó el muchacho. Lo abrazó con tanto ímpetu que durante unos instantes no pudo respirar. La joven lloraba contra él.

—Creí que estabas muerto, creí que estabas muerto —repetía sin cesar, con los brazos alrededor de su cuello. Hector no podía ni hablar. Quería pedirles que curaran a Ricardo, que lo trajeran de vuelta a la luz, pero el peso de la joven contra él le quitaba el aliento y, a la vez, lo consolaba. Natalia lo besó en la mejilla, una, dos veces, tres; luego sus labios se desviaron y le dejaron un beso dulce y cálido en la comisura de los suyos. Él se lo devolvió, en medio del delirio, perdido en el alivio de verse vivo y en el calor de su cuerpo pegado al suyo. El cristal cayó de su mano y su resplandor se extinguió al instante. Pero ya no importaba. Ahora había luz de sobra.

El cambiante fue el primero en alcanzar la superficie. Avanzó por el aire con una elegancia insultante, como si llevara toda la vida desafiando a la gravedad. Llevaba a Rachel en brazos; la chica lo miraba todo con los ojos extraordinariamente abiertos y una sonrisa de oreja a oreja. Marco tuvo que reñirla para que dejara de revolverse en sus intentos de ver mejor.

—¡Estate quieta! —le dijo—. ¡Te vas a caer si no paras de moverte!

—¡Calla, aguafiestas, y sube más alto! —le replicó ella—. ¡Ve más arriba! ¡Quiero ver la ciudad desde el cielo! ¡Desde lo alto!

—Pero ¿es que no has tenido suficiente por un día?

—¡No!

En los movimientos de Hector, en cambio, no había fluidez ni elegancia alguna; caminaba por el aire a tropezones, y con cada nuevo traspié, el corazón le saltaba a la garganta. Su vértigo no ayudaba en lo más mínimo, por supuesto. Pero aun así, aquel caminar ingrávido resultaba casi placentero en comparación con las experiencias que acababan de vivir.

Bruno y Natalia no habían curado por completo a los dos heridos, se habían limitado a sanar sus heridas más graves antes de llevarlos con los demás e iniciar el ascenso a la superficie.

La noche estaba cayendo en Rocavarancolia y todavía quedaba un largo trayecto de regreso hasta el torreón como para arriesgarse a realizarlo con las energías justas. A Hector le habían recompuesto la rodilla rota, pero la herida de la frente, el corte de la mano y las magulladuras incontables de su cuerpo seguían molestándolo. Respiró hondo. Marina se dejó caer en la acera y le dedicó una sonrisa cansada mientras él ponía pie en tierra, aleteando torpe con sus brazos.

—Pareces un pato —le dijo la chica.

—No me importaría serlo, los patos saben volar —contestó él. Sintió una punzada de remordimientos por haber besado a Natalia, pero había sido algo insignificante, un impulso tras la tensión y el miedo. Ni siquiera había sido un beso de verdad. Echó un vistazo a la rusa, que acababa de tomar tierra junto a Madeleine. La chica ni lo miraba. «No —se dijo Hector—, no ha tenido importancia. Hasta ella lo ha olvidado».

Los últimos en llegar a tierra firme fueron Ricardo y Lizbeth, en brazos del muchacho. La joven era a la que más había afectado aquella aventura. Estaba pálida y temblorosa. Madeleine se acercó a ella y la tomó de la mano. Al poco tiempo llegó Rachel, que no había visto cumplido su deseo de que Marco le diera un paseo por las alturas y besó a su amiga en la frente. Emprendieron el camino con rapidez. Los murciélagos horrendos seguían dándose un festín con la quimera muerta, pero cuanta más distancia interpusieran entre esas cosas y ellos, más tranquilos se sentirían.

— Ha salido bien —dijo Marco mientras caminaba junto a Rachel. Parecía asombrado. Se giró hacia el resto y negó con la cabeza—. Todavía no entiendo cómo, pero ha salido bien.

—Hombre de poca fe —dijo Rachel—. A ver cuándo aprendes que aquí todos somos más de lo que aparentamos.

—¿Será así cuando salga la Luna Roja? —preguntó entonces Lizbeth. Caminaba agarrada a la cintura de Marina. Su rostro había recuperado algo de color, aunque seguía visiblemente nerviosa—. ¿Será así a partir de entonces, como allí abajo? ¿Defendernos con uñas y dientes de lo que quiera que salga de Rocavaragálago? Decidme que no, por favor… No, no podría soportarlo.

Bruno fue quien contestó.

—Desconocemos en gran medida qué ocurrirá cuando salga la Luna Roja, así que no puedo darte una respuesta negativa al respecto, como tampoco afirmativa. Nadie de nosotros puede hacerlo. El tiempo responderá a esa cuestión. Lo único que puedo asegurarte es que haré todo lo que esté en mi mano para protegeros.

—Estoy segura de que lo harás —dijo Madeleine—. Lo que has hecho ahí abajo ha sido impresionante. —Le puso la mano en el hombro y el italiano se detuvo en el acto, como si la joven hubiera accionado su botón de parada. La miró fijamente, sin pestañear. Parecía un pájaro deslumbrado—. Sin ti ahora mismo todos estaríamos muertos. Nos has salvado la vida. —Se inclinó hacia él y lo besó en la mejilla—. Gracias, Bruno.

—Y vosotros habéis salvado la mía —contestó él. Hablaba más acelerado que de costumbre—. De eso se trata, corregidme si me equivoco. De mantenernos vivos los unos a los otros. Ese es el plan. No nos queda otra alternativa. Ayudarnos los unos a los otros. Mantenernos vivos. Los unos a los otros. —Se detuvo y pestañeó despacio dos veces antes de añadir—: Mis disculpas, creo que me estoy repitiendo.

Hector sonrió. Ni los monstruos del subsuelo ni nada que se hubieran encontrado en Rocavarancolia habían logrado que el italiano perdiera los nervios, pero había sido suficiente con el beso de una pelirroja para que, por primera vez, Bruno diera muestras de ser humano.

—Yo no pienso besarte —escuchó que le decía Ricardo, caminando a su lado. Había sido el peor parado en la travesía subterránea y eso aún se notaba. Al menos la curación de emergencia había recompuesto su espalda rota—. Aunque gracias por lo de antes. Es agradable charlar con los amigos.

—Olvídalo —le dijo él—. Tenía que matar el rato de alguna forma hasta que vinieran a rescatarnos. Y escuchar tus tonterías era mucho más entretenido que oír gruñir a los monstruos.

—Gracias, Hector —repitió Ricardo y le dio una palmada formidable en un hombro antes de echar a andar ante él. No había dado ni dos pasos cuando se volvió a medias y le guiñó un ojo—. Una cosa más: voy a aprender, te lo aseguro. Me cueste el tiempo que me cueste: aprenderé.

ALMAS CONDENADAS

Hector pensó que si existía algún sitio que se mereciera sin lugar a dudas el nombre de «desierto», era el que tenían delante. Ante sus ojos se abría una nada monótona y cruel, una manta ondulada de blancura y destellos que se extendía en todas direcciones, hasta perderse de vista. No había rastro de vida, ni de color alguno. Solo arena blanca por doquier, el centelleo furioso del sol al reflejarse en las dunas y, aquí y allá, remolinos de arena recorriendo el desierto como fantasmas coléricos.

—Este lugar es horrible —murmuró Natalia.

Todos estuvieron de acuerdo. La perspectiva de adentrarse en aquel erial les puso los pelos de punta. A sus espaldas, la montaña parecía empujarlos hacia el interminable desierto blanco, como si los animara a dejar su abrigo y perderse en la inmensidad.

—¿Deberíamos ir muy lejos para librarnos de la catedral? —preguntó Marina.

Marco se encogió de hombros.

—Bastante, supongo… —respondió Ricardo.

Estaban en la boca del desfiladero angosto que los había conducido hasta allí. Después de una semana de reclusión en el torreón Margalar, recuperándose de las experiencias vividas bajo tierra, habían decidido, de una vez por todas, echarle un vistazo al desierto. Tardaron dos días en localizar los pasos de montaña de los que había hablado dama Desgarro y un día más en ponerse en marcha. Habían partido al amanecer, adentrándose en la penumbra fría de los desfiladeros. Aunque no era realmente necesario, Bruno, para alivio de todos, había encendido la pajarera de su báculo para disipar cualquier sombra que pudiera cruzarse en su camino. Habían avanzado durante horas por los pasajes estrechos que se abrían en la roca, impresionados por la grandeza de las montañas que circundaban Rocavarancolia.

La parte más dura del recorrido había sido la última. Primero se encontraron con la arena: granos blancos, casi transparentes, que pronto inundaron el suelo por completo dificultando su avance y señalando inequívocamente que se aproximaban al final del trayecto; después llegó el viento: rachas terribles que aullaban en el desfiladero, arrastrando torbellinos de arena que apenas permitían ver. Durante media hora avanzaron contra ese viento demoledor y la arena les arañaba la piel y se les metía en la boca y los ojos.

El viento se calmó un poco cuando descubrieron la salida, como si quisiera darles un respiro para que pudieran contemplar el desierto Malyadar en toda su magnitud nefasta. No estaban preparados para aquello. Nada los había preparado para ese vacío tremendo.

«Aquí no hay esperanza para vosotros —aullaba el viento, levantando remolinos de arena grandes como edificios—. Aquí no hay nada más que muerte y agonía. Aquí es donde habitan la sed y el hambre, donde hasta los mismos dioses vienen a morir».

No permanecieron mucho tiempo contemplando aquella desolación; desanimados por el descubrimiento, emprendieron pronto el viaje de vuelta, perdidos todos en sus pensamientos. La visión del desierto Malyadar había supuesto un mazazo a sus esperanzas.

—Ya lo habéis visto —murmuró Marco cuando ya caminaban de regreso por la ciudad en ruinas. Rocavaragálago había quedado de nuevo atrás, roja y monstruosa—. Mala idea meterse en ese desierto. Muy, muy mala idea.

—Y aun así sigue siendo nuestra única posibilidad —dijo Ricardo.

—Hay otra alternativa —señaló Bruno—. La más obvia y natural: quedarnos aquí y enfrentarnos a lo que quiera que emerja de Rocavaragálago. No desestiméis la idea a la ligera. Ese desierto sería nuestra perdición, sin duda alguna.

—Bruno tiene razón —dijo Natalia—. No sobreviviríamos ni un día en ese infierno. Ni con toda la magia del mundo de nuestra parte.

—¿Un infierno? —preguntó Lizbeth. Todavía tenía pesadillas con lo ocurrido la semana anterior bajo tierra—. Mirad dónde estamos. Pero ¿qué os pasa? ¿Os habéis acostumbrado tanto a este sitio que no veis cómo es? Si por mí fuera, me marcharía a ese desierto ahora mismo, sin esperar ni un minuto más.

—Tendremos tiempo para discutirlo. —Rachel se acercó a ella y le pasó el brazo sobre los hombros—. No hay por qué decidirlo ahora, ¿verdad?

Llegaron al torreón Margalar agotados y desanimados. Marco llamó a Adrian desde la entrada para que bajara el puente levadizo; no obtuvo respuesta. Natalia y Ricardo lo llamaron también, pero por más que insistieron Adrian siguió sin dar señales de vida y el puente continuó alzado. Marco contempló el edificio con aire hosco y se giró hacia Bruno. No tuvo que decir palabra alguna. El italiano echó a andar por el aire, caminó sobre el foso y luego atravesó como un espectro los muros verdosos del edificio. No habían transcurrido ni cinco minutos cuando el puente descendió con su estrépito habitual y las verjas del corredor se alzaron todas al unísono. Cruzaron con rapidez. Bruno aguardaba en la puerta.

—El amigo de Adrian ha regresado —se limitó a decir.

Los muchachos intercambiaron miradas inquietas, sin saber muy bien qué hacer a continuación. Hector fue el primero en decidirse a salir fuera y los demás no tardaron en seguirlo. Adrian estaba en el centro del patio, vestido con una camisola gris y un pantalón oscuro. Luchaba con la concentración de costumbre aunque en su rostro se veía un rubor nuevo: era alegría, una alegría desenfrenada, casi frenética. No dio señal alguna de haberlos visto salir.

Hector miró al tejado. Allí estaba su adversario, espada en mano, vestido con sus ropas grises de costumbre. Aunque sus movimientos parecían igual de ágiles que siempre, en ellos se entreveía, a veces, una ligera vacilación.

Darío sí se había percatado de la presencia del grupo en el patio, pero en su mente no eran más que mero ruido de fondo, tan importantes en aquel momento como las sombras del torreón o los adoquines del patio. Para él solo existían Adrian y su espada, no había nada más en el mundo. Y sabía que necesitaba de toda su concentración para ganar aquel combate. Había creído estar repuesto por completo, aunque pronto advirtió su error. Nada más iniciar la lucha, le comenzó a molestar el muslo derecho.

—¿Cómo pueden hacer eso? —preguntó Lizbeth en voz baja—. Es imposible. ¿Cómo saben que paran los ataques del otro? No lo entiendo. Os juro que no lo entiendo.

—Están locos —dijo Ricardo. No se preocupó en bajar la voz—. Eso es lo que ocurre. Los dos están locos y no hay que darle más vueltas.

En ese momento, Marina se adelantó un par de pasos al resto, como si buscara un mejor ángulo de visión para asistir a aquel duelo demencial. Hector creyó ver como el chico de los tejados desviaba la vista hacia ella. Solo fue un segundo, un gesto que no llegó a concretarse. Adrian dio un salto rápido hacia delante, consciente de la distracción de su adversario, y lanzó un golpe en diagonal hacia arriba y a la izquierda, empuñando el arma con ambas manos. A continuación envainó la espada con rabia. Su oponente se quedó inmóvil por completo, parecía a punto de soltar el acero. Se llevó la mano izquierda al pecho, como si quisiera comprobar la gravedad de la herida que le había infligido Adrian.

Los dos jóvenes se miraron directamente a los ojos, a pesar de la distancia, inmóviles, uno en el patio y el otro en el tejado. Hector fue consciente de la fuerza de aquel cruce de miradas y de la intensidad del odio de Adrian. El fuerte viento agitaba su cabello de un lado a otro, como si fuera una llama dorada. Le resultó imposible descifrar la expresión de su contrincante, la lejanía se lo impedía. De pronto, enfundó la espada, dio la espalda al patio y echó a correr. No tardó en desaparecer de la vista, oculto tras la línea irregular de azoteas. Adrian aún permaneció unos instantes inmóvil, luego se dirigió al torreón a grandes zancadas.

Se hicieron a un lado para permitirle el paso.

—¿Y ahora qué? —preguntó Rachel una vez Adrian desapareció dentro del edificio.

—No lo sé —contestó Hector.

No vieron a Adrian cuando entraron en el torreón, pero pudieron escucharlo en el sótano. Ricardo se acercó a las escaleras de caracol en el mismo instante en que el joven subía por ellas a toda velocidad, ajustándose el cinturón. Lucía dos espadas envainadas al lado izquierdo: una era la que acababa de usar en el patio; la otra, una preciosidad en metal negro de guarda plateada. Cogió una camisa que colgaba de una silla y se la puso sobre la gris que ya llevaba. Luego abrió un armario y extrajo un grueso blusón de lana de color rojo. Se enfundó en él.

—¿Dónde se supone que vas? —preguntó Marco.

—Tengo cosas que hacer fuera —contestó Adrian. Estaba intentando colocar las vainas de sus armas de tal modo que no se estorbaran entre sí y ni siquiera levantó la vista de ellas al hablar.

—De todas las malas ideas que has tenido…

—Venir aquí se lleva la palma, sí. Pero Denéstor Tul me drogó con su maldita pipa, así que en el fondo no fue culpa mía, ¿verdad? —Gruñó satisfecho cuando al fin colocó las espadas a su gusto—. Y ahora me voy. Digas lo que digas.

—Pronto anochecerá. No sabes lo peligroso que es salir ahí afuera de noche.

—Y tú tampoco —le replicó Adrian. Pasó a su lado sin mirarlo.

Marco, tras un momento de duda, fue tras él. Lo agarró por el hombro y lo obligó a detenerse sin contemplaciones.

—¡Adrian! ¡Escúchame! ¡No voy a dejar que te sui…! —no terminó la frase.

Adrian se giró y le lanzó el hechizo de inmovilidad de manera fulminante, casi ni se entendieron las palabras del conjuro. Al momento una capa de energía azulada rodeó el cuerpo de Marco, que quedó en suspenso, con la boca abierta a mitad de palabra, una mano extendida en el aire y la otra alzada y recalcando su frase inacabada.

La sorpresa fue general. Hasta Bruno parecía impresionado.

—¿Desde cuándo eres capaz de hacer magia?

—Desde siempre. No llego a tu nivel pero me basta para defenderme. —Adrian se bajó el cuello del blusón y se abrió las camisas para que todos pudieran ver que llevaba varios collares y talismanes colgados—. Estaré bien ahí fuera. —La inseguridad de antaño se reflejó de pronto en su rostro—. Oíd… no me paralicéis ni nada eso, ¿vale? Estaré bien. De verdad.

—No pienso hacerlo. —Natalia se encogió de hombros—. Allá tú con lo que haces.

—Y yo no pienso inmiscuirme en asuntos que no me incumben en lo más mínimo —señaló Bruno.

—Pero ¿qué vas a hacer? —le preguntó Marina—. ¿Quieres matarlo? ¿Eso pretendes?

Adrian retrocedió un paso, sorprendido por la pregunta. Asintió con fuerza.

—Claro que voy a matarlo —aseguró—. ¿Para qué crees que me he estado preparando? —Miraba a Marina perplejo, como si le resultara imposible entender cómo le hacía pregunta semejante—. Me mató, ¿recuerdas? Ese bastardo me mató. No me conocía, no sabía quién era yo, pero no le importó… Me clavó su espada en el vientre. Yo no le había hecho nada y él me… —Había tanta rabia en sus palabras que la voz se le estranguló en la garganta—. Me mató.

—Voy contigo —dijo Ricardo y avanzó resuelto hacia la silla donde había dejado sus armas.

Adrian negó con la cabeza.

—Tengo que hacerlo solo. Si no… ¿qué sentido tendría todo esto?

—El mismo que tiene ahora: ninguno —gruñó Lizbeth—. Piensa bien en lo que vas a hacer, muchachito.

—No he hecho otra cosa durante semanas.

Se dirigió al fin a la puerta. Por un instante, Hector pensó en detenerlo, en intentar convencerlo de que olvidara aquella locura. Le resultaba inconcebible que realmente estuviera pensando en matar al otro joven. Lo recordó eufórico en lo alto de la fuente de las serpientes o haciendo ese ruido burdo con la mano en la axila la primera noche que pasaron en el torreón. Era imposible que ese Adrian y el que tenía ahora delante fueran la misma persona. Pero entonces recordó a Marina, contemplando embobada al muchacho moreno junto al pozo, y algo oscuro y viscoso se removió en su interior, un sentimiento nauseabundo que casi lo impulsó a desear suerte a Adrian en su búsqueda. Apartó la mirada cuando pasó a su lado, avergonzado de sus propios pensamientos.

—Adrian —Madeleine lo llamó justo cuando se disponía a abrir el portón de la torre. El joven se volvió a mirarla—. Acaba con él —se limitó a decir.

Adrian asintió, abrió la puerta y, casi cuatro meses después, salió otra vez del torreón Margalar. Allí lo aguardaba el crepúsculo, bañando con su fulgor sangriento las ruinas de Rocavarancolia.

***

En esos mismos momentos, veintiocho criados deambulaban de un lado a otro por los pasillos y estancias del castillo, pálidos, consumidos, vestidos todos con idéntico uniforme negro desgastado. La mayoría había superado con creces la edad adecuada para desempeñar sus tareas, eran lentos y torpes y apenas podían luchar contra el desorden y la suciedad que poco a poco se iban adueñando de todo. La decadencia del reino también se reflejaba en la servidumbre de la fortaleza.

Pero aquellos veintiocho criados servían perfectamente a los propósitos de Hurza. El primer Señor de los Asesinos seguía envuelto en el capullo de luz brillante, fortaleciendo aquel cuerpo que le habían regalado. Mientras tanto observaba, vigilaba y aprendía, asomado a aquellas miradas vacías y cansadas.

Vio como dama Serena atravesaba uno de los muros y se deslizaba por el aire, distante y fría, sin prestar la menor atención al sirviente que en su intento de limpiar una mancha de humedad de un cuadro estaba destrozando la pintura. En uno de los pasillos, a través de los ojos de otro criado, vio a Ujthan, el guerrero tatuado, inmóvil ante una de las grandes armaduras que se alineaban contra la pared. Era de acero claveteado y por su altura y complexión debía de haber pertenecido a un trasgo. Ujthan temblaba al contemplarla, conmovido casi hasta las lágrimas. Él tampoco prestó atención al criado cuando este pasó a su lado. Hurza no podía imaginar qué ensoñaciones poblaban la mente del guerrero, pero se las imaginaba plagadas de escenas de guerra, combate y muerte.

Observó luego a Enoch, el vampiro hambriento. Estaba sentado a una de las mesas de la biblioteca del castillo, rodeado de libros tan polvorientos como él. Sus ojos enormes leían con avidez el volumen grueso que tenía ante sí. De vez en cuando se dirigía al sirviente que se encontraba de pie junto a la puerta doble de la biblioteca. Hurza sentía la repulsión intensa que el vampiro causaba en los criados como un latido constante en sus sienes. Hacía veinte años, en un ataque de desesperación, Enoch había mordido a un sirviente y a punto había estado de matarlo. Un miembro de la guardia salvó al pobre desdichado en el último momento, cuando ya apenas corría sangre por sus venas. Todos los criados recordaban con una repugnancia difícil de describir como los colmillos afilados de Enoch se habían hundido en su yugular y sorbido la sangre.

—Oh. Sí, sí, sí… —El vampiro se volvió otra vez hacia el sirviente, su sombra enjuta fue multiplicada y proyectada por las velas y antorchas a las altas estanterías atestadas de libros—. ¿Y cómo olvidar a dama Mordisco? ¿Sabes lo que hizo? ¿Lo sabes? —Sonrió desnudando su dentadura sucia—. Frenó las acometidas de la flota de Barbaespesa en la isla del Muérdago durante seis largos años. —Era tal la admiración que sentía al recordar los actos heroicos de su estirpe que le fallaba la voz—. Ella y sus hordas de vampiros resistieron lo indecible hasta que desde Rocavarancolia volvieron a abrir el vórtice que unía el reino con ese mundo maldito… Oh… Cuánto maltrato ha sufrido mi raza. ¡Qué injusta es la historia! —Volvió su atención hacia otro libro. Sus manos esqueléticas prácticamente se abalanzaron hacia él—. ¡Y qué me dices de dama Irhina y Balderlalosa, la primera soberana vampiro y su dra…!

Hurza dejó de escuchar. Una presencia invisible acababa de entrar en la biblioteca, el criado había sentido la corriente de aire y el sonido amortiguado de unos pies descalzos sobre el suelo. Era Rorcual, el alquimista inútil del reino, comprendió el Señor de los Asesinos, acechando a Enoch como era su costumbre. El vampiro olvidaba sus penurias reviviendo las glorias de su raza, ignorante de que a pocos metros de distancia alguien dejaba de lado sus propias desdichas espiándolo a él.

Poco tenía que ver aquel consejo con el que los había traicionado. La mayoría eran seres patéticos, caricaturas mal dibujadas de los portentos que habían estado destinados a ser.

«¿Por esto nos asesinaron? —se preguntó Hurza—. ¿A esto era a lo que querían llegar?».

De todos ellos, solo Esmael era digno de la Rocavarancolia magnífica que Hurza tenía en su memoria, de aquella Rocavarancolia de la que su hermano y él habían perdido el control. Hurza aún se preguntaba cómo pudo ocurrir. Cómo, sin que se percatasen de ello, habían terminado conviviendo con seres que no solo los igualaban en poder sino que, además, y eso era lo peor, no los temían. Había intentado convencer a Harex de que aún estaban a tiempo de contener la traición que se gestaba en el seno del reino, de que aún era posible devolver las aguas a su cauce. Solo debían acabar con varios conspiradores, los más poderosos, aniquilarlos para así subyugar al resto. Todavía recordaba las palabras de su hermano:

—Si hacemos eso, sabrán que nos sentimos amenazados. Sabrán que, en cierto modo, los tememos. Y eso alentaría a más traidores. No. Acabar con estas víboras solo serviría para mostrar a otras que es posible mordernos y tarde o temprano alguna lo lograría. Es hora de irnos. Es hora de dejar que nos saquen de escena.

—Yo no temo a nada —había replicado Hurza.

—Por eso yo soy el rey y tú mi siervo —contestó Harex.

Hurza se asomó a los ojos de los dos criados que en ese momento se encontraban en los aposentos del regente de Rocavarancolia. El anciano Huryel yacía medio hundido en las mantas acuosas de su lecho enorme, sumido en un duermevela agitado; un collar aparatoso rodeaba su cuello y una tiara fina de bronce coronaba su cabeza: esas piezas formaban parte de las Joyas de la Iguana, los artefactos mágicos más poderosos del reino. Al contemplarlos, Hurza sintió una punzada de rabia y odio. Denéstor Tul se hallaba con el regente, aunque Huryel no daba muestra alguna de ser consciente de su presencia. Hurza se forzó a apartar la mirada de las joyas para estudiar al demiurgo. El hechicero estaba desgastado y su declive era más que evidente, hacía tiempo que había dejado atrás la cima de su poder, pero aun así solo había que observarlo un instante para comprender que, llegado el momento, sería una presa dura de roer.

Denéstor suspiró.

—Al final nos enterrarás a todos, viejo amigo —dijo. Acercó su marchita mano gris a la frente azulada del regente y la acarició con cariño. La piel de Huryel estaba viscosa al tacto, cubierta por una fina película de agua.

Los ojos del regente se abrieron de pronto. Dos lágrimas densas descendieron por sus mejillas. Una de ellas se coló por las branquias palpitantes de su cuello.

—No es mi intención hacerlo, Denéstor —dijo Huryel. Su voz burbujeaba, pero sonó mucho más clara de lo que lo había hecho en las últimas semanas—. Son esas malditas arpías y sus malditos bebedizos. Se obstinan en no dejarme marchar. —El regente tosió con fuerza—.

Hasta en sueños me dan sus potingues asquerosos. Que se las lleven los diablos, que se las lleven… Al final tendré que ordenar a Esmael que las mate para que me dejen morir en paz.

Denéstor sonrió. Dama Desgarro sabía que ahora que contaba con su apoyo se convertiría en regente sin problemas, pero seguía desvelándose por mantener a Huryel con vida. A la custodia del Panteón Real no le interesaba el poder que conllevaba ser regente, lo único que quería era mantener apartado a Esmael de él.

—Aún no ha llegado tu hora, Huryel. No nos prives todavía de tu compañía.

—Demiurgo zalamero. Ya no hay claridad en mi mente, solo fango y putrefacción. —Tosió de nuevo. Se pasó una mano temblorosa por los labios húmedos y preguntó—: ¿Cómo está la cosecha?

—Los once siguen vivos.

—¿Seguro que esas brujas no les dan sus pociones también a ellos? —gruñó—. Tanta resistencia comienza a resultar sospechosa, ¿no crees?

—Están teniendo suerte —contestó él—. Lograron entrar pronto en la torre Serpentaria. Sin la magia la mayoría habría muerto ya.

Denéstor se preguntó qué ocurriría si Huryel se enterase de que tres miembros del consejo estaban traicionando al reino y ayudando a los niños. El demiurgo suspiró. Por mucho aprecio que sintieran el uno por el otro, Huryel seguía siendo regente de Rocavarancolia, conocía muy bien cuál era su deber y, le gustara o no, lo cumpliría sin dudarlo: los conspiradores serían desterrados al desierto y la cosecha exterminada. Y así se escribiría el final del reino. Sintió una punzada de culpabilidad al pensar que lo mejor para ellos sería que Huryel muriera. Con dama Desgarro regente no habría ya nada que temer.

Huryel ladeó la cabeza para poder mirar más allá de las ventanas. La oscuridad tremolaba tras ellas, agitada por los aullidos de la manada y el viento. Un murciélago llameante destelló a lo lejos.

—¿Cuánto queda para que salga esa luna maldita? —preguntó.

—Noventa y nueve días.

—Noventa y nueve eternidades… Hace unos meses soñé con dama Sueño. O esa vieja chalada soñó conmigo, no lo sé. Me aseguró que sobreviviría lo suficiente para ver otra vez la Luna Roja. No quise creerlo, pero ya ves, va camino de tener razón.

—¿Te mostró algo más en tu sueño?

—¿No te parece suficiente? —rezongó Huryel. Torció el gesto como si alguien le acabara de asestar una puñalada. Resopló, gimió, alzó una mano y la dejó caer sobre su pecho. En cada uno de sus dedos había, al menos, tres anillos, todos diferentes y magníficos: más piezas de las Joyas de la Iguana—. No acaba, Denéstor. Esta agonía mía no acaba. —El suspiro que exhaló sonó como si tuviera la garganta repleta de agua y de pronto se hubiese puesto a hervir—. Voy a aprovecharme vilmente de ti, demiurgo. Tengo algo que pedirte. Y como soy el maldito regente no te podrás negar o haré que Esmael te corte esa fea cabeza tuya.

—Pídeme lo que quieras.

Huryel le dedicó una mirada turbia. Toda la fatiga y toda su agonía estaban presentes en esos ojos rasgados, de un sucio color blancuzco.

—Mátame. Haz que pare. La vida me duele. Acaba conmigo y dame descanso. Libera mi alma de este cuerpo demolido…

Denéstor titubeó.

—No…, no puedo hacerlo, regente… No podéis pedirme eso… No. Yo…

—Lo sabía. Siempre serás un sentimental. Ojalá yo tuviera fuerzas para hacerlo… Pero estoy tan débil que ni siquiera puedo morirme. —Sus párpados se cerraron despacio y nuevas lágrimas fluyeron de sus ojos tristes.

Denéstor esperó a que se hubiera dormido del todo para salir de la habitación. Sentía los latidos sordos de su corazón golpeando contra el pecho y, a la par, lo notaba muy lejos, como si se encontrara en el fondo de un abismo profundo.

Saludó con la cabeza al guardia que custodiaba los aposentos del regente y echó a caminar pasillo arriba. Las articulaciones de sus rodillas escuálidas crujían con cada paso que daba. Pensar en el final de Huryel le hizo pensar en el suyo propio. Suspiró de nuevo. Llevaba demasiado tiempo vivo como para temer a la muerte, pero aun así, la incertidumbre de lo que podía aguardarlo al otro lado le hacía temer la llegada de ese momento.

Al doblar una esquina se encontró con un sirviente apoyado en la pared, con signos notables de malestar. Estaba doblado hacia delante, con las manos en las sienes. El jarrón que debía de haber estado limpiando yacía hecho añicos a su alrededor. Por un instante, Denéstor pensó en continuar su camino, pero el recuerdo todavía fresco de Huryel agonizando y la idea de su propia muerte hicieron que se detuviera ante el hombrecillo pálido.

—¿Te encuentras bien? —preguntó.

El criado se sobresaltó al oír su voz. Lo miró con sus ojos vacíos y pestañeó levemente.

—Solo es debilidad, amo Denéstor, nada más. —El labio inferior le tembló de manera incontrolada. Tragó saliva, se rehízo y siguió hablando mientras se pasaba una mano por la frente perlada de sudor—. Últimamente nos pasa a menudo, aunque nos recuperamos con rapidez. Recogeré este desastre enseguida, no se preocupe, amo.

Denéstor asintió. No era la primera vez que veía síntomas de flaqueza en el servicio del castillo, pero de un tiempo a esta parte todos parecían más enfermizos que de costumbre.

—¿Y desde cuándo dices que os aqueja esa debilidad extrema? —quiso saber. Entornó los ojos y se acercó aún más al sirviente.

—Comenzó con la muerte de nuestro compañero, pero ha empeorado en las últimas semanas.

Denéstor extrajo de su túnica un pequeño escarabajo hecho con un camafeo y las puntas de un peine. Lo apretó y una suave luz plateada emergió de su lomo. El insecto artificial saltó a su hombro. Una claridad tenue rodeó al hombre gris y al criado pálido.

—No es la primera vez que uno de vosotros muere de manera violenta. Durante la batalla final muchos moristeis en la torre norte, cuando los dragones del enemigo nos atacaron.

El criado asintió. El espanto que le causaba aquel recuerdo se dejó ver en sus ojos.

—Fue horrible, amo Denéstor. Horrible.

—Lo imagino. ¿Tardasteis tanto tiempo en recuperaros de aquello?

—No. En unos días nos encontrábamos en condiciones de llevar adelante nuestras tareas sin merma alguna de nuestras facultades.

—Pero esta vez es diferente —murmuró Denéstor. Sus dedos se prendieron del cuello de su túnica y lo recorrieron de derecha a izquierda y de izquierda a derecha. Tuvo que ponerse de puntillas para examinar el rostro del criado. Su palidez movía al espanto—. ¿Qué sientes exactamente? —le preguntó—. Qué sentís... —se corrigió.

—Es difícil de explicar, amo. Es un frío intenso, un vacío terrible y... —se llevó una mano a la altura de las sienes antes de continuar—: un peso desmedido aquí. Y a veces... —Suspiró con fuerza—. A veces tenemos la impresión de estar ahogándonos. Sentimos cómo los pulmones se nos llenan de agua, agua salada...

Denéstor frunció el ceño. El mapa de arrugas que era su rostro se plegó aún más. Miró directamente a los ojos del criado, buscando en ellos algún síntoma de enfermedad, locura o hechicería. No encontró nada, pero un escalofrío siniestro le recorrió la espina dorsal, un negro presentimiento que le atenazó las entrañas y le secó la garganta.

Al otro lado de aquella mirada, Hurza se removió inquieto en su capullo.

Adrian regresó de madrugada. Subió por la escalera, con una espada envainada en la mano, y se dejó caer en su cama, vestido con las mismas ropas con las que había salido, sin soltar el arma. Muy pocos habían logrado conciliar el sueño en su ausencia y Hector no había sido uno de ellos. Se había pasado horas dando vueltas en la cama, sin dejar de imaginarse a Adrian flotando sobre el foso y traspasando los muros del torreón Margalar, tan espectral como dama Serena.

«Me mató», había dicho antes de salir del torreón, y Hector estaba cada vez más seguro de que eso era lo que había ocurrido, o algo tan parecido que la diferencia no tenía importancia. El joven de los tejados había matado a Adrian y la magia de Bruno había hecho que algo nuevo ocupara su cuerpo vacío, algo ajeno por completo a lo que fue Adrian. O quizá aquella oscuridad tremenda ya estuviera dentro de él, aguardando el momento para hacerse con el control.

—No lo he encontrado —murmuró Adrian, aunque nadie había preguntado nada—. Pero mañana volveré a intentarlo, solo es cuestión de tiempo que dé con él.

Mistral se incorporó en su cama para observarlo. El cambiante se había pasado casi una hora inmóvil, víctima del hechizo paralizador de Adrian. Le costaba creer la facilidad con la que el chico se había librado de él. Había sido humillante. ¿Cómo podía protegerlos de Rocavarancolia si la ciudad ya estaba dentro de todos y cada uno de ellos? Asomaba en la mirada de Natalia cuando sus ojos se perdían en el vacío, en las pesadillas de Lizbeth, en el cambio de Madeleine, en la tensión con la que Hector miraba a veces a Marina...

—Marco.

Adrian había vuelto la cabeza hacia él.

—Siento mucho lo de antes —le dijo—. Pero no podía dejar que me detuvieras, ¿lo entiendes?

—No pasa nada —le aseguró.

De todos ellos era a Adrian, sin duda, al que más había afectado la ciudad. Ya pertenecía a Rocavarancolia en cuerpo y alma.

Hurza alargó una mano en la luminosidad vibrante de su crisálida. Hundió las uñas, teñidas aún de pardo, en la superficie del capullo y procedió a desgarrarlo. Lo hizo de un solo movimiento, de arriba abajo. Luego se incorporó despacio mientras las paredes de energía de la crisálida se rasgaban y caían a su alrededor como pétalos de una flor que se abriera. El cuerpo de Belisario seguía siendo reconocible, pero irradiaba una energía y un vigor que antes no tenía.

El primer Señor de los Asesinos extendió la palma de la mano ante sus ojos y la cerró con fuerza. La energía mágica chisporroteó en torno a su puño. La observó satisfecho. Era un resplandor sucio de plata y relámpagos negros, no se acercaba ni de lejos a la que había podido convocar en el pasado, aunque era un buen comienzo. Echó a andar sobre las tablas húmedas del barco hundido. Aún había partes de su cuerpo envueltas en las vendas de Belisario, sucios retales de tela podrida que le daban el aspecto de algo recién desenterrado.

El plan que había trazado era muy sencillo: primero el libro, después el niño.

NO HACER DAÑO

Hector salió a la superficie tosiendo y escupiendo agua. No sabía si le dolía más el orgullo o el golpe que se acababa de llevar; era la tercera vez en lo que iba de mañana que terminaba en el riachuelo. En aquel tramo, el agua le llegaba hasta el pecho y bajaba mansa y en calma. Miró a su alrededor en busca de su vara. La vio unos metros adelante, arrastrada por la corriente. Nadó hasta ella, la recogió y se dirigió a la orilla, intentando ignorar las risas de Ricardo.

—¡Has caído como un saco! —le gritaba desde lo alto del murete del puente—. Una puntuación de nueve sobre diez. ¡Te superas con cada zambullida!

—Venganza —gruñó él.

Dejó sus huellas húmedas en el adoquinado mientras subía hasta el puente con la vara en la mano derecha. Sabían que entraba dentro de lo posible que dieran con sus huesos en el agua, así que tanto Ricardo como él llevaban puestos tan solo unos calzones cortos. Ricardo se puso en guardia al verlo llegar, levantó su vara y la cruzó ante su rostro, insultantemente seco.

—Vienes a por más, por lo que veo —comentó con una sonrisa—. ¿No has tenido bastante?

—Venganza —repitió Hector. Subió de un salto al muro, hizo un molinete con la vara y se aproximó amenazador a Ricardo.

Sobre sus cabezas destellaba el sol de Rocavarancolia. No había nadie a la vista y la calma era total. En el torreón estaban los demás, solo faltaba Adrian, que de nuevo había salido a la caza del chico de los tejados; hasta el momento todos sus intentos habían sido en vano, pero no se rendía. Un pájaro negro soltó su retahíla de carcajadas posado en la azotea del torreón y echó a volar. Las salamandras diminutas que habitaban en el río nadaban junto a la orilla, en busca de los repugnantes insectos acuáticos de los que se alimentaban.

Los dos amigos se saludaron teatralmente sobre el murete del puente, se colocaron en poses de esgrima a cada cual más forzada y ridícula y, soltando un grito al unísono, reanudaron el combate. El muro era tan estrecho que resultaba complicado moverse y conservar el equilibrio a la vez. Durante unos minutos cruzaron sus armas despacio, lanzando golpes sencillos que paraban sin problema alguno. Poco a poco fue aumentando la velocidad de los ataques. Se miraban a los ojos, concentrados y sonrientes, hasta que la intensidad de la lucha hizo que sus sonrisas desaparecieran.

Ricardo atacó por la izquierda, veloz, lanzando un golpe tras otro. Hector los iba deteniendo a medida que llegaban, sin fallar uno, pero cada vez con menor precisión. Además de parar los ataques tenía que corregir constantemente su posición en el muro para no caer de nuevo. Ricardo amagó un golpe a la derecha, Hector cayó en la trampa y recibió un golpe en el costado que lo desequilibró por completo. Pero antes de caer tuvo tiempo de aferrar a Ricardo del brazo.

—¡Venganza! —exclamó feliz mientras arrastraba a su amigo al rio.

—¡Tramposo! —aulló Ricardo cuando emergió del agua. Sacudió la cabeza, lanzando un tropel de gotas en todas direcciones.

—Lo siento, lo siento… —dijo Hector, sin sentirlo en lo más mínimo—. Compréndelo: era la única forma de hacer que te dieras un baño. No es excusa, pero estoy avergonzado por mi comportamiento.

Hector alcanzó la orilla antes de que su amigo se recuperara del todo. Se aupó y se sentó, dejando las piernas sumergidas. Ricardo se le unió al cabo de unos instantes.

—Rata traicionera —gruñó, frotándose un ojo—. Ahora entiendo por qué te estás quedando tan delgado: es la maldad, la maldad te consume.

—Ser malo adelgaza y estiliza —dijo él con media sonrisa en los labios—. Y es mucho más divertido.

Hector tenía que reconocer que «la dieta Rocavarancolia», como a veces daba en llamarla Rachel, había surtido un efecto milagroso en él; no tenía ni idea de cuántos kilos había perdido en los últimos meses, pero ya debía de estar cerca de su peso ideal. Contempló de reojo su reflejo en el agua. Su rostro era mucho menos carnoso, y todavía parecía más consumido debido a su pelo, aquella melena negra desordenada que le llegaba hasta los hombros y que Lizbeth siempre insistía en cortarle. Su reflejo tenía el aire de un vagabundo melancólico en el que en ocasiones le costaba reconocerse. Natalia le había dicho que cada vez se parecía más a un músico callejero.

Los cambios no se limitaban solo al aspecto físico, también había cambiado mentalmente. Se notaba más decidido y seguro de sí mismo. Y aunque fuera un sinsentido, todos esos cambios le daban miedo. Era como si de alguna manera estuviese desterrando al antiguo Hector de su cuerpo, como si su propio ser lo estuviese olvidando, tal y como habían hecho los que lo habían conocido en la Tierra. Esa pérdida de identidad, ese ir dejando atrás de un modo tan rotundo todo lo que había sido hasta entonces, era algo que le producía vértigo. Trataba de pensar lo menos posible en ello, pero a veces resultaba inevitable hacerlo.

Ricardo miró hacia atrás, hacia lo alto del torreón Margalar. La estrella de la esfera ya había llegado a las nueve menos cuarto. Suspiró y se dejó caer de espaldas sobre la orilla.

—¿Sabes? —dijo—. Creo que ayer fue mi cumpleaños... O puede que sea hoy, es difícil saberlo en este sitio. Nací el cuatro de marzo, hace diecisiete años...

—Oh. —Hector no supo qué decir.

Se tumbó también, con los brazos doblados bajo la cabeza, y dejó vagar su mirada por el cielo. No recordaba la última vez que había pensado en términos del tiempo de la Tierra. En Rocavarancolia siempre se sucedía el mismo día en un ciclo constante. Los nombres no tenían significado allí. ¿Por qué llamarlo martes si no había diferencia alguna con el día anterior ni con el que seguiría? ¿Qué más daba que fuera diciembre o marzo si siempre era otoño? No había estaciones, ni marcas naturales que delimitaran el paso del tiempo, ni siquiera estrellas con las que guiarse. Era como vivir en suspenso.

—Felicidades, supongo —dijo finalmente.

—Gracias, supongo. —Se puso a silbar muy bajito—. ¿Y sabes quién cumple años la semana que viene? —Dio a su pregunta un tono entre enigmático y cantarín.

—Yo no. Nací el diez de julio.

—No, idiota. Ya sé que tú no. Marina. Marina cumple quince.

—Oh —dijo Hector y cerró los ojos. Cada vez que escuchaba su nombre sentía una agradable calidez derramándose por su interior.

—No sé... —dijo Ricardo. Y volvió a silbar unos segundos antes de continuar hablando—: He pensado que sería buena idea pasar ese día en el cementerio. Ese lugar le gusta, ya sabes. Y quizá tú, en un ataque de caballerosidad, podrías hacerle un bonito ramo con las flores que hay por allí. Tener un detalle con ella, ya me entiendes.

—¿Cortar flores? Me miraría de arriba abajo y se pondría de morros, seguro. No, las flores le gustan vivas, no cor... —Hector se incorporó de pronto. Aquella conversación se había adentrado de pronto en terrenos pantanosos—. ¿De qué hablas? —preguntó con sequedad exagerada—. ¿Por qué tengo yo que regalarle flores?

—Hector, Hector, Hector —canturreó Ricardo—. Ya va siendo hora de que te enteres: todo el mundo sabe que estás loco por ella.

—¡¿Qué dices?! —Se tapó la boca, consciente de que había subido el tono de voz. Negó con la cabeza con la misma rotundidad con la que habría negado que en aquel instante era de día si la vida le hubiera ido en ello—: Eso es una tontería, una estupidez. No sé de dónde has sacado esa idea, pero olvídala. No me gusta ni un poco esa chica. Nada de nada. Menos que nada. Debes de estar... —Se quedó sin aliento a medida que hablaba. La mirada risueña de Ricardo le dejó claro que se estaba poniendo en evidencia—. Oh... —alcanzó a decir—. ¿Todos? —preguntó con un hilo de voz—. ¿Lo saben todos?

—Por supuesto. En ocasiones te quedas tan embobado mirándola que entran ganas de darte de bofetadas.

—¿Lo sabe...? —El corazón se le desbocó en el pecho. Sacó las piernas del agua, como si abrasara—. ¿Lo sabe ella?

—Gracias al cielo, Marina es más lista que tú. Así que sí, supongo que lo sabe. —Se encogió de hombros—. No es que hayamos hablado del tema, claro, pero...

—¿Esto es por haberte tirado al agua? —preguntó—. ¿Así es como te vengas?

Ricardo se echó a reír.

—Quizá. Pero eso no significa que no sea cierto. —Le lanzó un puñetazo al hombro. Hector frunció el ceño—. ¿Cuándo vas a decirle algo de una vez?

—¿Decirle qué?

—No sé. Algo.

—¡Algo! —se mofó él—. Espera, espera. ¡Ya sé! ¡La invitaré a dar un paseo entre esqueletos! ¡Y luego quizá podamos ir a dar de comer a las hienas de Caleb o a escuchar los aullidos de los bicharracos de la montaña! Será delicioso. Una velada romántica perfecta.

Ricardo lo miró con los ojos abiertos como platos.

—Eres idiota —dijo.

—No, soy realista.

—En ocasiones viene a ser lo mismo —dijo, divertido. Hector sonrió a su pesar. Los ánimos de Ricardo habían mejorado mucho tras la aventura subterránea. Haber estado a punto de morir le había sentado bien.

—Lo que quiero decir es que... —Sacudió la cabeza. Le parecía absurdo estar hablando de ese tema. Aun así era importante para él que Ricardo le comprendiera—. Vale, me gusta, es verdad —admitió—. Pero mira, mira dónde estamos: Rocavarancolia, la capital del horror, la tierra de las pesadillas... —Se levantó de un salto y se paseó por la orilla señalando alternativamente de izquierda a derecha, como el jefe de pista de un circo que muestra sus atracciones—. ¡Pasen y vean! ¡Ruinas, magia negra y monstruos por doquier! ¡Y habrá más cuando salga la Luna Roja! ¡No se pierdan los hechizos desintegradores! ¡Ni las puñaladas en el estómago! —Bajó los brazos y negó con la cabeza—. Estamos en Rocavarancolia. Aquí no hay sitio para el amor ni tonterías parecidas... El amor no nos podrá salvar.

—Repito: no me puedo creer que seas tan idiota.

—Y yo no me puedo creer que no entiendas lo que te estoy diciendo.

—No oigo más que estupideces. Excusas. Pero allá tú, es tu vida, vívela como te dé la gana.

Hector se dejó caer de nuevo junto a él. Todavía se sentía acalorado. Metió las manos en el río y se refrescó la cara.

—Entonces ¿te gusta? —preguntó Ricardo.

—Uf —Hector sonrió—. Muchísimo. Yo... —Tragó saliva—. ¿Cómo no me iba a gustar? ¿Tú la has visto? —Sonrió aún más al traerla a su memoria—. Tiene los ojos más hermosos del mundo. —No quería ir más allá pero de pronto le resultó imposible detenerse. Ya no veía ruinas, ni desolación, solo la veía a ella—. Cuando la miro, todo cobra sentido —dijo—, cuando la miro sé quién soy y sé por qué gira el mundo. Es por ella, es por Marina.

—Estás enamorado.

—Lo sé. Es un fastidio.

De pronto algo hizo que se volviera. Fue una premonición tan fuerte que antes de completar el movimiento supo a quién iba a encontrar a su espalda. Natalia estaba inmóvil allí, mirándolo con los ojos muy abiertos y una expresión indescifrable en el rostro. Llevaba dos bocadillos en las manos.

—Imbécil —dijo con voz gélida.

Dejó caer los bocadillos y echó a correr de vuelta al torreón. Hector la vio cruzar el puente levadizo, aturdido, y de pronto comprendió algo tan obvio que le causó estupor no haberse dado cuenta antes. Algo se movió a su espalda, fue un retazo de oscuridad que alcanzó a distinguir por el rabillo del ojo, un relámpago negro que saltaba del puente al río. Se giró deprisa y, aunque no vio nada, comprendió que la sombra de Natalia, la que siempre lo seguía, ya no estaba con él.

—Me equivoqué —escuchó murmurar a Ricardo—. Por lo visto no lo sabían todos.

Natalia se había encerrado en una habitación del segundo piso y se negaba a hablar con nadie. Lizbeth intentó averiguar qué había ocurrido, pero ni Ricardo ni Hector dijeron nada. La joven no insistió, aunque se veía claramente que se moría de ganas de hacerlo. Hector, sombrío, subió al dormitorio común. Marina estaba en la segunda planta, hablando en voz baja con Maddie, pero ni las miró al pasar. Se sentía tan culpable que le costaba trabajo centrarse.

Se tiró encima de la cama, con un brazo doblado sobre la cara.

Pero ¿por qué exactamente debía sentirse culpable? ¿Por sentir algo por Marina o por no sentir lo mismo por Natalia? Contempló las vigas del techo del torreón, el sinsentido de la situación lo desconcertaba y enfurecía a partes iguales. Creía a pies juntillas en lo que le había dicho a Ricardo: en Rocavarancolia no había espacio para tontos amoríos, no estaban en el colegio, estaban en una ciudad que podía matarlos si le daban una mínima oportunidad. Intentó vaciar su mente de todo pensamiento. Necesitaba calmarse, detener esa pulsación insoportable que le había nacido en las sienes.

Al cabo de un rato, la cabeza de Lizbeth asomó por el hueco de la escalera.

—Natalia quiere hablar con todos —le dijo. Por una vez habló despacio. Más que mirar a Hector, parecía estudiarlo como si fuera un espécimen interesante en grado sumo.

—¿De qué? —preguntó alarmado.

La joven terminó de subir las escaleras. Rachel iba tras ella. Verlas aparecer, una tras otra, subrayó aún más la extraña pareja que formaban: delgada y alta una, toda rodillas y codos; baja y gruesa la otra, llena de una dulzura enérgica.

Rachel se sentó en el borde de la cama de Hector mientras que Lizbeth permanecía de pie, con los brazos cruzados, sin apartar la vista de él. Tardó unos instantes en contestar:

—No lo sé —dijo—. No lo ha dicho, pero sí que es importante.

Hector asintió despacio. Rachel lo miraba con una sonrisa en los labios. El joven frunció el ceño.

—Está bien. Vamos a ver qué quiere.

Lizbeth le cogió la mano antes de que pudiera levantarse de la cama. Se la estrechó con fuerza, con cariño.

—Siempre hay que intentar hacer el menor daño posible —dijo—, pero a veces es inevitable hacer daño. No es culpa tuya. No es culpa de nadie.

Él la miró sin comprender. Rachel asintió complacida, como si su amiga hubiera dicho una verdad fundamental.

—Es la vida —prosiguió Lizbeth—. Es así. No hay que darle más vueltas. En muchas situaciones no hay malos, ni buenos, ni vencedores, ni vencidos. El mundo, la mayor parte del tiempo, es gris.

El mundo era oscuro, terriblemente oscuro.

Bajo el agua, las sombras eran como gigantescos cuerpos celestes apiñados en un cielo diminuto. Ni el rayo de sol más débil llegaba de la superficie: allí abajo todo eran tinieblas, zonas de oscuridad movediza que se superponían unas a otras. Hurza caminaba por el fondo marino, hundido hasta los tobillos en el sedimento viscoso que se derramaba por el lecho del mar de Rocavarancolia. Arrastraba del antebrazo una sirena muerta, la cola descamada de la criatura ondeaba tras ella como una banderola lacia. Era la novena que asesinaba. Los ojos de aquellos seres sabían a sal y escamas y sus recuerdos estaban repletos de corrientes submarinas, de juegos entre algas y de historias turbulentas de amor. La cantidad de energía vital que le aportaban era escasa, pero mejor que nada.

Las sirenas de Rocavarancolia en poco se parecían a las del mundo vinculado de Trumaria, las únicas que Hurza había conocido hasta entonces. Aquellas eran criaturas de una belleza inaudita, de cabellos largos y sedosos y colas plateadas. Harex y él habían hecho una incursión rápida a ese mundo en sus primeros años en Rocavarancolia. Allí habían asesinado a diecisiete hechiceros y robado el Arpón Sacro del palacio real, una magnífica arma de jade, encantada de tal manera que no había superficie que no pudiera atravesar ni blanco que fallara. Recordó el placer intenso que le recorrió al arrojar aquel arpón al foso de lava de Rocavaragálago, casi creyó escuchar el alarido que profería la magia al extinguirse.

De la oscuridad submarina surgió una nueva sombra. Era una cabeza inmensa de alabastro, de más de catorce metros de altura, que reposaba inclinada en el lecho marino. Las aguas habían erosionado sus rasgos hasta borrarlos casi por completo. La boca de la cabeza estaba abierta y hacia allí arrastró el cuerpo muerto de la sirena, hacia el interior hueco de la estatua. El cadáver ascendió despacio y se unió al de sus ocho hermanas, flotando en lo alto.

Hurza alzó la vista; aunque la luz no llegara al fondo del mar, era consciente de que allí arriba aún era de día. Solo tenía que asomarse a los ojos de los criados del castillo para comprobar que la claridad desangelada del sol de Rocavarancolia seguía reinando en lo alto. Se sentó en el suelo viscoso y cerró los ojos a la oscuridad, aguardando en silencio a que la noche envolviera el mundo para ponerse, al fin, en marcha.

—Veo cosas… —comenzó Natalia. Se hallaban todos sentados a la mesa principal de la planta baja. Adrian también estaba presente, había regresado en el intervalo en que Hector había estado arriba—. No es algo que me haya pasado solo aquí. Ya las veía en la Tierra. Las veo desde siempre, desde que era pequeña. Yo los llamo duendes, aunque no son como los de los cuentos. Son sombras.

Les contó la historia tal y como se la había contado a Hector; sin mencionar que él estaba al tanto de todo. Hector tampoco lo dijo. Permaneció en silencio, sentado en una banqueta, con las manos apoyadas en el borde. Intentaba no mirar a nadie; al principio había sentido las miradas de todos orbitando a su alrededor, pero había logrado esquivar todas y cada una de ellas, luego la atención del grupo se centró en Natalia y se habían olvidado de él.

Al escucharla hablar, Hector sintió una tristeza extraña y amarga. Con cada una de sus palabras notaba que perdía algo que hasta ese momento solo les había pertenecido a ellos. Recordó el calor de la mano de ella en la suya en las primeras noches en Rocavarancolia. Recordó aquel abrazo torpe en la biblioteca y se sintió más vacío aún. Luego vino a su mente el movimiento fugaz que había intuido a su espalda junto al río y se preguntó si la sombra de Natalia lo había abandonado para siempre.

La joven dejó de hablar. Había finalizado su historia. Durante unos instantes en la mesa reinó el silencio. Ricardo fue el primero en romperlo. Antes de hablar negó con la cabeza, como si no diera crédito a lo que acababa de escuchar.

—¿Y has esperado hasta ahora para contárnoslo? —preguntó con sequedad—. ¿Llevamos más de cuatro meses aquí y lo cuentas ahora?

—Tenía mis motivos, ¿vale? —replicó Natalia, malhumorada. Intentaba sostener la mirada de Ricardo, pero no era capaz—. Os lo he dicho, ¿no? No son como mis duendes de la Tierra, son peligrosos. Si no lo entiendes, es cosa tuya, no mía.

—¿Están aquí ahora? —preguntó Rachel, echándose hacia delante en la mesa. Todos miraron a su alrededor.

—Hay una pegada al techo, sobre la puerta del patio —contestó Natalia de mala gana. Muchos alzaron la vista hacia allí y ella negó con la cabeza—. No podéis verlas. Solo yo puedo. En cuanto habéis mirado ha saltado a una mesa y luego se ha subido a un armario.

Mistral contemplaba a Natalia con el ceño fruncido. En Rocavarancolia había tal cantidad de entidades que no contaban con un cuerpo físico real o que solo podían ser vistas en circunstancias determinadas o por ciertas personas que resultaba difícil saber cuáles eran las que veía ella. Ni siquiera él estaba seguro de conocerlas todas. A los fantasmas de Rocavarancolia, la mayoría a buen recaudo en la habitación infinita del castillo, se les unían las criaturas espectrales que habitaban entre dimensiones, los terrores informes surgidos de hechizos defectuosos, los fantasmas de los fantasmas muertos... Y tantas y tantas otras. Hablaría con Denéstor, el demiurgo encontraría el modo de averiguar a qué criaturas se refería la joven.

—¿Hay alguien que quiera contarnos algo más? —preguntó Ricardo. Parecía haberse tomado el secreto de Natalia como una afrenta personal—. ¿Algo importante que se haya callado por motivos que solo él o ella conoce?

Durante unos instantes todos guardaron silencio. Varios cruzaron miradas incómodas. Hector bajó la cabeza y resopló. No podía hablarles de la niebla de advertencia; aquella voz en su mente le había dejado muy claro qué ocurriría si se averiguaba que estaba recibiendo ayuda. ¿Y si no era el único que guardaba algún secreto? ¿Y si todos tenían algo que ocultar?

De pronto Madeleine carraspeó y se echó hacia delante en su asiento.

—No sé si tiene importancia o no, pero desde hace un tiempo tengo sueños muy raros —dijo—. ¿Recordáis lo que os conté de los cuadros que pintaba en la Tierra? ¿Esos en los que dibujaba líneas quebradas para que parecieran estar cubiertos de telarañas? Pues así son mis sueños. Exactamente así. Más o menos todos son iguales: vagabundeo por Rocavarancolia y lo veo todo a través de esas grietas, esas marcas que lo enmarañan todo...

Lizbeth jadeó. Luego se llevó una mano al pecho y se puso rígida.

—¡Había olvidado lo de tus cuadros! ¡Santo cielo! —Se estiró en la mesa y alargó su brazo hacia Madeleine como si pretendiera tomarla de la mano a pesar de la distancia que las separaba—. ¡Estoy teniendo esos mismos sueños! ¡Exactamente los mismos! —Bajó la voz—: Sueño que tengo un velo en la mirada. —Agitó la mano ante sus ojos, sin dejar de hablar—. Es como si mirara a través de una ventana agrietada. Además, las cosas tienen otros colores, no los que deben, son más cálidos, más vivos. ¡Son tus sueños! ¡Tus cuadros!

Madeleine asintió.

—Es mi sueño, tienes razón.

—Esto es muy raro —dijo Rachel—. Yo no sueño. No he soñado desde que llegamos. Al menos no lo recuerdo. Y en la Tierra siempre recordaba mis sueños.

—¿Alguien ha soñado lo mismo que Lizbeth y Maddie? —preguntó Marco. Nadie contestó. Algunos negaron con la cabeza y otros se limitaron a guardar silencio—. ¿Y algún otro sueño que le parezca extraño?

—A veces sueño que escribo —dijo Marina. Hector la miró de reojo, la joven parecía más insegura de lo habitual, hasta incómoda—. Lo curioso es que cuando estoy despierta, por mucho que lo intento, no consigo escribir nada… Es como si solo tuviera inspiración cuando duermo.

—¿Recuerdas lo que escribes? —preguntó Marco.

—No, se me olvida siempre. Cuando lo sueño sé que es importante y a veces hasta me doy cuenta de que estoy dormida y me digo que tengo que recordarlo al despertar, pero nunca lo consigo. Por mucho que me esfuerce, lo olvido todo nada más abrir los ojos.

—¿Y tú, Bruno? —preguntó el cambiante mirando al italiano, sentado al otro extremo de la mesa—. ¿Has tenido algún sueño extraño últimamente?

Bruno negó con la cabeza.

—Mis sueños actuales son idénticos a los que tenía en la Tierra —y cuando parecía que esa iba a ser toda su respuesta, continuó hablando—: Sueño que estoy en un escenario vacío, sin decorado ni adorno alguno, encarado hacia un patio de butacas interminable que se extiende hasta donde abarca la vista. Solo la primera fila está ocupada. Allí se sientan los muertos. Todos los que han fallecido por mi influencia, quiero decir. Allí están mis padres, mis tíos, mi abuela… Los niños del salón de infancia, mis sirvientes y tutores… —Parecía a punto de añadir otro nombre, pero tras mirar a Madeleine lo dejó pasar—. Todos me observan sin pestañear. Parecen ansiosos. En el sueño me da la impresión de que esperan a que haga algo. Un número, un truco de magia. No lo sé. No sé qué quieren los muertos. De cuando en cuando miran hacia los cortinajes que cubren la entrada del teatro, como si aguardaran la aparición de más espectadores.

—Qué angustia —murmuró Rachel—. ¿Y qué pasa luego? ¿Llega más gente? ¿Haces lo que esperan?

—¿Pasar? —Bruno volvió a negar con la cabeza, de manera lenta, mecánica, como un artilugio de relojería preciso—. No pasa absolutamente nada. Continúo inmóvil ante los muertos hasta que despierto. Y cuando vuelvo a dormirme regreso allí, a ese mismo escenario vacío, y durante toda la noche los muertos y yo nos miramos.

—Estás loco, ¿sabes? —dijo Adrian. Estaba echado hacia atrás en la silla, con los pies apoyados en la mesa. Había invocado una bola de fuego diminuta que hacía rodar entre los dedos de su mano izquierda, primero en una dirección y luego en otra. Sus ojos seguían sin pestañear la trayectoria de la esfera—. Muy, muy loco.

Natalia y Lizbeth se quedaron en el torreón mientras los demás salían a explorar la ciudad; la primera dijo encontrarse algo cansada y la segunda comentó que «iba a aprovechar la tarde para adecentar un poco la torre», aunque era evidente que lo que de verdad pretendía era hacer compañía a Natalia. Hector agradeció la ausencia de la rusa. Lo ocurrido lo había alterado profundamente y tenerla cerca no mejoraría la situación. Con Marina era distinto. No habían cruzado ni una palabra ni una mirada en todo el día, pero había algo amable en ese esquivarse mutuo, algo consolador. A veces tenía la impresión de que ella lo estaba mirando y que solo apartaba la vista cuando él la buscaba a su vez.

Adrian los acompañó hasta que cruzaron la cicatriz de Arax, luego se despidió y echó a andar por el aire hasta el tejado plano de un edificio de cinco plantas. Lo vieron palmear la cabeza de una gárgola roja antes de perderlo por fin de vista, con la mano apoyada en la empuñadura de una de sus espadas. Los demás continuaron su camino, en silencio. Llevaban unos días explorando el noroeste de la ciudad, en concreto la zona comprendida entre el cementerio y las afueras. Lo único reseñable que habían descubierto en ese tiempo eran las ruinas de otra torre de hechicería. Mistral sabía que era casi imposible que encontraran algo útil en esa parte de la ciudad, ya que había sido la más castigada durante la batalla; la mayoría de los vórtices usados por el ejército enemigo para irrumpir en Rocavarancolia habían estado allí: aquellas calles y plazas habían sido testigos de la ferocidad de la que habían hecho gala tanto atacantes como defensores en los primeros compases de la lucha.

Tras unas horas de caminar sin rumbo, acabaron vagabundeando por una explanada amplia sembrada de escombros. Las fachadas de los edificios calcinados que bordeaban aquel desastre los vigilaban como gigantes melancólicos a punto de desplomarse. El viento campaba a sus anchas por el lugar, dibujando símbolos sin sentido entre los cascotes y el polvo, y desordenando sus ropas y cabellos.

Hector se agachó para recoger un hermoso pedazo de azulejo de color azul claro, con un ojo irisado grabado en el centro, que parecía haber formado parte de algún gran mosaico. Cuando se levantó, Marina estaba frente a él. No la había oído acercarse, daba la impresión de que el viento la acababa de depositar allí por arte de magia. La joven sonreía, aunque se le notaba algo tensa. Se retiró el cabello de la frente, agitado por el viento.

—¿Cómo te encuentras? —le preguntó.

Lo sabía, por supuesto que lo sabía. Lo había sabido desde el principio. Hector le devolvió la sonrisa y la miró a los ojos, atrapado en el torbellino de sentimientos que se le despertaba con su sola presencia.

—Bien —dijo—. Estoy bien.

Ella asintió satisfecha, como si con esa respuesta parca tuviera más que suficiente, como si, de hecho, no hubiera esperado más. Se disponía ya a irse, pero de pronto se detuvo a medio giro, se volvió hacia él y le acarició la mejilla con tal suavidad y rapidez que Hector pensó que lo había imaginado. Luego se marchó junto a Rachel, que remoloneaba hurgando con una vara entre cerámica rota mientras fingía no mirarlos.

Cuando finalmente emprendieron el regreso al torreón, Marina y él caminaban la una junto al otro, sin dirigirse la palabra ni mirarse, pero tan próximos que les habría bastado estirar los dedos para tocarse.

—No me ha dicho nada en todo el día, ¿lo puedes creer? —le dijo Lizbeth a Hector poco después de que llegaran al torreón—. Pero nada de nada. Se ha pasado todo el rato tirada en la cama mirando al techo. Cuando habéis llegado se ha ido al patio. —Le arregló el pelo con rapidez, de manera automática—. ¿Por qué no hablas con ella?

—¿Y qué le digo? —preguntó él.

—No lo sé. Pero dile algo. Así no puede estar.

—No le hagas caso —le aconsejó Maddie. Estaba pelando una pera con una pequeña navaja. Era la única que se encontraba lo bastante cerca para escucharlos—. Lo mejor es que la dejes en paz unos días. Ya se le pasará. Y no te sientas mal, es una tontería. Tú no has matado a nadie.

—Pero... —Se mordió el labio inferior.

No sabía qué hacer. Lo más cómodo era seguir el consejo de Madeleine, aunque solo por eso, por comodidad, no por convencimiento de estar tomando la decisión correcta. Ese precisamente sería el camino que seguiría el antiguo Hector: dejarlo pasar, no hacer nada y esperar que las cosas se solucionaran por sí solas.

Negó con la cabeza.

—Tengo que hablar con ella —murmuró y se encaminó hacia el patio. Lizbeth sonrió. Madeleine se encogió de hombros y dio un mordisco a la pera.

Natalia estaba en la muralla que rodeaba el patio, contemplando con expresión ausente la ciudad en ruinas. Hector la observó durante unos minutos desde la puerta. Respiró hondo y cruzó el patio. Subió las escaleras que llevaban a lo alto de la muralla y una vez allí la llamó:

—Natalia...

Ni siquiera se giró. El viento agitaba su pelo mal peinado.

—Vete.

—Esto no tiene ningún sentido, ¿vale? No sé por qué estás así...

—He dicho que te vayas.

—Eres mi amiga. No quiero que lo pases mal por algo que yo haya hecho o haya dicho. No puedes...

—¡Que te vayas! —Natalia al fin lo miró. Y había tal rabia en su mirada que para Hector fue como recibir un golpe en pleno pecho. Retrocedió un paso.

—Yo... —comenzó.

Y entonces pudo sentirlas. Las sombras de Natalia habían saltado la muralla y se agolpaban ahora a su espalda; las notó con la misma certeza con la que notaba el suelo bajo sus pies o la furia que hacía temblar a su amiga. Se retorcían allí, a decenas, a centenares quizá. Las sombras siseaban a su espalda. Era un pandemonio de susurros maléficos pronunciados por lenguas hechas de oscuridad y bruma. Lo único que logró entender, entre palabras tan ajenas a lo vivo y lo humano que le resultaba difícil reconocerlo, fue su propio nombre. Hector imaginó una montaña hecha de sombras y oscuridad, un tsunami de tinieblas dispuesto a arrollarlo. Si miraba hacia atrás, las vería. Si miraba hacia atrás, las sombras lo despedazarían.

—¡Natalia! ¡No! —Lizbeth avanzaba a la carrera por el patio hacia ellos—. ¡Detente por favor! ¡Para!

Natalia miró hacia la joven que se acercaba. Luego desvió la vista hacia la espalda de Hector, boquiabierta y temblorosa.

—Santo cielo —murmuró.

Detrás de Hector se escuchó un siseo prolongado. Se dio la vuelta, con el corazón en la garganta, a tiempo de ver como las últimas sombras se dispersaban y salían de su campo de visión. Las criaturas de Natalia eran cuajarones sombríos, retales de tinieblas de las formas y tamaños más diversos. Durante una décima de segundo pudo ver un ser oscuro, con forma de monstruosa cometa plagada de seudópodos de niebla negra.

—Las he visto. —Miró a Natalia. La joven retrocedió hacia las escaleras, pálida, temblorosa—. Tus sombras… las he visto.

—¡Déjame en paz! —aulló la chica y echó a correr. Pasó como una exhalación junto a Lizbeth, que intentó detenerla sin éxito.

Más allá del muro, Hector escuchó de nuevo como algo pronunciaba su nombre, algo que no estaba dotado de boca ni cuerdas vocales. No se giró esta vez.

La noche, poco a poco, fue tragándose el cielo de Rocavarancolia. Las sombras se derramaron entre las ruinas y borraron los bordes de los edificios, convirtiéndolos en siluetas fantasmagóricas encajadas entre tinieblas. La oscuridad fluyó como alquitrán pegajoso por las laderas de las montañas, reptó por los muros del castillo y se coló por troneras y ventanas.

Los dos guardias de la puerta principal permanecían firmes en sus puestos, sus rasgos ocultos por los cascos con forma de cabeza de dragón. Tras la verja, la manada deambulaba de un lado a otro, apática. En la fortaleza todo era calma y silencio. Enoch pasó la hoja del libro con manos temblorosas. Estaba leyendo el relato de la batalla del Desconsuelo, una de las más sangrientas que habían tenido lugar durante la guerra que Rocavarancolia había sostenido contra el mundo vinculado de Esolvilda. Aquella campaña había supuesto la primera gran derrota del reino y había frenado en seco las aspiraciones de conquista del rey Graya, el sucesor del malogrado Harex en el trono. Pero eso no significaba nada para Enoch, lo que de verdad le importaba era que durante esa batalla había tenido lugar el primer acto heroico documentado de los suyos. Ciento veinte vampiros lograron lo que todos los ejércitos de Rocavarancolia no habían conseguido en los cinco años de contienda: derrotar a las huestes del general Piedad, una legión de guerreros cuya fama de invencibles había quedado demostrada a lo largo de la campaña. Los vampiros cayeron sobre ellos con la ferocidad que da saberse derrotados. El combate duró casi un día entero y en ese tiempo los dos bandos se exterminaron el uno al otro. No hubo ni prisioneros ni supervivientes. Según contaba la leyenda, el último vampiro, atravesado por media docena de lanzas y a punto de morir, había saltado sobre Piedad y había acabado con él en medio de un mar de cadáveres.

—Esolvilda… —susurró Enoch, lleno de orgullo. Su voz apenas despertó ecos en la estancia enorme.

La biblioteca ocupaba el ala norte del edificio central y en ella se amontonaban miles de volúmenes, allí estaba recogida buena parte de la obra literaria de Rocavarancolia y una selección amplia de libros de los mundos vinculados. Había una segunda biblioteca en la fortaleza, más pequeña y selecta, donde se guardaban los compendios mágicos, los libros de hechizos y los grimorios, pero Enoch procuraba mantenerse alejado de ella; la magia de ese lugar le despertaba dolor de cabeza. El silencio en la sala era tan sepulcral que el aire daba la impresión de estar embalsamado.

De pronto un fuerte olor a sangre fresca llegó hasta él, tan repentino e inesperado que fue como recibir un golpe violento en pleno rostro. Enoch se levantó de un salto, con los ojos desorbitados, tambaleándose. Miró alrededor. El aroma era tan penetrante que todo su ser se retorció bajo su embrujo. Venía de fuera.

Tiró la silla al dirigirse a trompicones hacia la puerta. Avanzó por los pasillos acelerando el paso, apoyándose en las paredes y en los muebles que hallaba en su camino, unas veces para buscar apoyo y no caer y otras para darse impulso. Enoch era incapaz de contener el ansia. Al doblar una esquina tropezó con algo que no alcanzó a distinguir y rodó por el suelo. Durante unos instantes avanzó de rodillas. Se levantó al fin, aferrándose a un tapiz desgarrado, y continuó su carrera.

Subió las escaleras de la torre principal. En el mundo solo había espacio para el aroma que tiraba de él; el resto de la realidad se había sumido en las tinieblas, en las sombras; lo único real eran esa marca en el aire y el vacío de sus entrañas.

El olor procedía del salón principal. Se lanzó a la carrera hacia la puerta, con los brazos levantados y la boca desencajada. La empujó y se precipitó dentro, tan rápido que volvió a resbalar. El olor allí era tan denso que casi pudo sentir el sabor de la sangre en la garganta. En el suelo, sobre un charco inmenso de un rojo deslumbrante, yacían tres cadáveres decapitados. En algún punto enterrado de su mente, Enoch los identificó como las sirenas de los arrecifes, pero ni siquiera se preguntó cómo habían llegado allí, se limitó a avanzar de rodillas hacia los cuerpos, sediento.

Hasta que vio al extraño sentado a la mesa del consejo. Enoch se quedó inmóvil, atravesado por una corriente repentina de pánico. Había algo diabólicamente equivocado en aquel sujeto. Estaba sentado con las piernas cruzadas en la cabecera de la mesa, vestido tan solo con jirones de tela sucia. Era de color pardo, escuálido, con las costillas marcándosele en el pecho de tal manera que se habrían dicho a punto de salir a la superficie, los brazos eran largos y sin rastro alguno de musculatura, la cabeza calva y afilada, de mejillas chupadas y cuencas hundidas. Pero lo más llamativo de aquel ser eran sus ojos, aquella mirada era dueña de una fuerza tan inverosímil que parecía fuera de lugar en aquel cuerpo. En la mano derecha empuñaba una espada de cristal.

Alguien habló a la espalda de Enoch. No fue más que un susurro desconcertado e inquieto.

—Belisario...

Enoch se volvió pero no vio a nadie tras él. Estaba tan aturdido que tardó un instante en reconocer que la voz que acababa de oír era la de Rorcual. Miró de nuevo al extraño. Sí, el alquimista invisible tenía razón. Era Belisario, aunque al mismo tiempo no lo era. El anciano no había despedido jamás aquella energía rotunda.

—No —dijo la cosa sentada a la mesa—. Belisario está muerto. Yo soy Hurza.

Las puertas del salón del trono se cerraron con estrépito en el mismo instante en que una fuerza invisible constriñó el cuerpo de Enoch y lo inmovilizó. El vampiro intentó gritar pero su grito no fue más que un silbido patético. La magia bullía en la sala del trono, era una llamarada de plata, de ceniza. Los tentáculos del Trono Sagrado se agitaban de un lado a otro, presintiendo la muerte inminente.

El hombre abandonó la mesa y se acercó despacio al vampiro arrodillado y al alquimista invisible. En sus andares había algo de insecto, de animal carroñero, de pesadilla en movimiento. El primer Señor de los Asesinos desnudó sus dientes, mostrando al mundo los colmillos que le habían crecido mientras se reponía bajo el agua. Eran negros y afilados, y tras ellos se adivinaba una oscuridad aún más insondable que las tinieblas de la noche o las profundidades del mar.

—Si el rubio usa la magia, el otro no tendrá oportunidad alguna— comentó el gemelo Lexel de la máscara negra y los ropajes blancos.

—Pero no la usará, rata necia —le replicó su hermano con desprecio—. Eso desvirtuaría su victoria y lo sabe. Quiere enfrentarse en igualdad de condiciones a él. Y ahí entra la espada mágica, mientras el otro la conserve tiene la victoria asegurada.

Esmael bostezó. Estaba sentado entre dos almenas de la torre norte del castillo. Bajo las mismas se desplegaba una pequeña terraza que bordeaba el contorno de la estructura. Allí se encontraban los dos gemelos, junto a Ujthan, el guerrero, y uno de los criados de la fortaleza. Ninguno era consciente de la presencia del Señor de los Asesinos sobre sus cabezas. Los tres miembros del consejo estaban demasiado ocupados contemplando a Adrian y a Darío a través de los catalejos alados. Como no podía ser de otro modo, los gemelos habían cruzado apuestas sobre cuál de los muchachos saldría victorioso sobre el otro.

Ujthan rio entre dientes.

—Qué más da. Esos dos nunca se encontrarán. Si uno está en el norte, el otro lo busca en el sur. El destino no quiere que sus caminos se crucen.

Esmael sabía que no era el destino lo que impedía que ambos jóvenes se enfrentaran, sino el empeño de Darío en esquivar a su adversario. A decir verdad, el comportamiento del chico lo defraudaba. En primera instancia, de toda la cosecha, había sido Darío quien mayor interés había despertado en él.

Esmael miró al este. Sobre la prisión flotaba el cachorro de pelo rubio, alto en el cielo, escrutando la ciudad en ruinas. Darío estaba al sudeste, cerca del barrio en llamas, bien oculto en un edificio viejo. Adrian pronto descendería a los tejados y continuaría la caza a pie, incansable, tenaz. Las preferencias del Señor de los Asesinos hacía tiempo que se habían inclinado a favor del rubio. Le gustaba la locura insana que brillaba en sus ojos; le hacía sentir nostalgia de tiempos mejores.

La manada rompió a aullar y a correr en el patio. Esmael les dedicó una mirada meditabunda y al instante frunció el ceño. No era extraño que aquellos engendros enloquecieran de golpe, pero había algo en el modo en que ahora levantaban las cabezas que a Esmael no le terminaba de gustar. Casi parecían señalar a un punto en concreto de las alturas.

De pronto se puso rígido en el almenar. El viento había traído un sonido ajeno a la noche, un grito que no era un grito, sino un silbido ahogado. El Señor de los Asesinos se irguió y prestó atención a los ruidos que llegaban a él, con los ojos entrecerrados y el ceño fruncido. Ignoró el aullido del viento y la agitación de la manada. Dejó a un lado la charla insulsa que tenía lugar a sus pies y prestó atención a la noche. Permaneció unos minutos atento e inmóvil, como una gárgola más de las muchas que se aposentaban en las cornisas y salientes del castillo, hasta que un nuevo sonido llegó a él con una claridad terrible, diáfana. Un sonido que hacía más de treinta años que no escuchaba: el ruido de un cuerpo al ser despedazado por el trono de Rocavarancolia.

Esmael desplegó sus alas y saltó al vacío. Se detuvo con un aleteo potente ante la terraza, aunque hasta la última fibra de su ser le gritara que cada segundo era crucial.

—¡Al salón del trono, Ujthan! ¡Ahora! —ordenó. Luego se dirigió al criado que había retrocedido asustado ante su aparición repentina—. ¡Que la guardia y los tuyos se desplieguen en la torre y en el edificio principal! ¡Lexel, vigilad las ventanas! ¡Que no salga nadie!

Reemprendió entonces el vuelo, forzando sus alas para que le llevaran a la velocidad máxima. Giró en el aire e irrumpió por un ventanal de la fachada en el instante preciso en que alguien salía de la estancia precipitadamente, cerrando el portón tras de sí. Esmael apenas necesitó cinco segundos para atravesar la sala de parte a parte. Vio los cadáveres de las sirenas, y el montón de polvo que una vez había sido Enoch y comprendió que habían usado la sangre de esas criaturas desdichadas para atraer al vampiro.

No se detuvo a abrir la puerta, se limitó a atravesarla. En cuanto aterrizó en el pasillo, en mitad de una tormenta de astillas, varias sombras metálicas se le echaron encima. Alguien acababa de arrojarle las tres armaduras pesadas que se alineaban frente a la sala principal. Esmael endureció el filo de sus alas y de dos batidas partió en pedazos una armadura mientras esquivaba las otras dos.

El pasillo chisporroteó de magia pura viniendo a su encuentro, era una llamarada plateada que hacía temblar y retumbar las paredes a su paso. El ángel negro tejió con los dedos un hechizo de dispersión mientras se catapultaba hacia el frente. La temperatura en el pasaje se cuadriplicó. Los lienzos, tapices y muebles vibraron y se convirtieron en cenizas.

Atravesó la corriente de aire abrasador, hundió las garras de la mano derecha en la piedra del pasillo y se impulsó hacia delante, mientras mantenía la mano izquierda extendida frente a él, frenando el hechizo calórico y empujándolo de regreso a su fuente.

Dobló la esquina y vio como las cinco puertas que se disponían en la prolongación del corredor se cerraban a un tiempo. Se adentró entre ellas, alerta. A su izquierda tenía las escaleras que conducían a la planta inferior y dos de las puertas que acababan de cerrarse; al otro lado, las otras tres, una de ellas enorme, situada junto a otro tramo de escaleras. Le llegó el sonido amortiguado de pasos tras la primera puerta a la izquierda. La abrió de un tirón mágico y entró como una exhalación, preparando ya un hechizo de devastación y ruina. El criado que se encontraba dentro dio un grito y retrocedió a tal velocidad que cayó sobre la alfombra. Esmael gruñó y salió fuera. Una fuente potente de hechicería se manifestó de pronto en la habitación contigua, fue un bramido de magia que hizo vibrar la puerta de la estancia. Ni siquiera se habían molestado en camuflarla.

Esmael voló en diagonal y abrió la puerta. Daba a una sala pequeña, semivacía, en el centro de la cual flotaba un sinfín de hebras de magia enredadas, bucles de colores vivos y palpitantes que se enrollaban y morían como peces fuera del agua. Tomó una de las hilachas entre los dedos. El rastro de magia se enredó en su índice y se desvaneció al instante. El resto de residuos mágicos siguió su mismo camino. El ángel negro se llevó las yemas de los dedos a la nariz y las olfateó.

Ujthan lo halló en esa misma postura unos minutos después. El enorme guerrero había llegado corriendo desde el mirador y a pesar de su extrema corpulencia ni siquiera jadeaba. Lo único que había acelerado su corazón había sido la masacre del salón principal. Se detuvo ante la puerta, con un alfanje en la mano, una lanza en la otra y el rostro desencajado por la expectación.

—¿Qué? ¿Qué? —preguntó. Miraba a un lado y a otro, ansioso de encontrar algo que matar.

—Se ha transportado fuera —anunció el ángel negro sin mirarlo. Se frotó las puntas de los dedos con aire pensativo. Había una cantidad tal de hechizos amortiguadores en el castillo que resultaba difícil ejecutar magia de transporte entre sus muros, tan difícil como realizar magia destructora, pero aquel intruso había puesto en práctica tanto una como otra—. Convoca al consejo de inmediato, Ujthan. —Una sonrisa se dibujó en sus labios—. Estos tiempos se acaban de volver sumamente interesantes.

Hurza se tambaleaba en los pasadizos sombríos del castillo, al borde del desmayo. Su estratagema desesperada había dado resultado: Esmael había creído que el sortilegio transportador lo había llevado lejos de la fortaleza cuando todavía permanecía en ella. La breve escaramuza con el ángel negro había mermado tanto su poder que un hechizo de transporte a más distancia lo habría agotado por completo y eso, dadas las circunstancias, habría supuesto su muerte. Las pocas fuerzas que le quedaban apenas bastaban para mantenerlo vivo.

Si algo había aprendido a lo largo de su vida, era a esperar lo imprevisible, por eso era capaz de aceptar con entera naturalidad la paradoja que representaba haber tenido que asesinar al último vampiro de Rocavarancolia para averiguar que su grimorio estaba hechizado de tal modo que ahora solo un vampiro podía tocarlo sin ser destruido. Aquello no era más que un golpe del destino, algo que podía aceptar y tolerar.

Lo que jamás habría podido imaginar era que todos sus planes pudiesen estar a punto de fracasar por culpa de un alquimista estúpido. Era tan ridículo, tan esperpéntico, que a pesar del dolor que le retorcía las entrañas y le abrasaba la garganta, no podía parar de reír. Eran carcajadas mínimas, un murmullo grotesco que brotaba entre sus labios pardos.

Rorcual había tomado tantas pócimas y bebedizos en sus intentos por hacerse visible que había acabado envenenando hasta la última célula de su cuerpo. Los ojos del alquimista no solo le habían aportado sus recuerdos y su esencia vital, también habían vertido en su interior toda la ponzoña absorbida a lo largo de los años. Rorcual había conseguido sobrevivir tomando cerca de una docena de antídotos al día, mientras que a él no le quedaba otro remedio que usar la magia para mantener ese torrente de veneno a raya.

Se detuvo bajo la arcada que ponía fin al pasadizo que seguía; más allá se bifurcaba en dos ramales, uno descendía hacia las catacumbas mientras el otro llevaba a las plantas superiores. Apoyó la espalda contra la piedra y cerró los ojos. Un hechizo de localización se acercaba hacia él, ondeando en el aire como una serpiente multicolor. Hurza conjuró un sortilegio de interferencia y lo lanzó sobre el hechizo que pasó a su lado, ignorándolo por completo. Luego desnudó los dientes y se tragó un grito. No solo el veneno lo lastraba, había olvidado lo perturbador que era asimilar la esencia y la memoria de un vampiro. Había absorbido prácticamente todos los recuerdos de Enoch, pero su esencia se le había hecho jirones en pleno proceso. Todavía notaba el sabor amargo del polvo en su garganta. No, no le gustaba matar vampiros. Las almas marchitas de esas criaturas se rebelaban siempre en el momento de la muerte.

Cerró los ojos e intentó serenarse, abstraerse del dolor y analizar la situación con calma. Su mirada depredadora se asomó a los ojos de los criados que se desplegaban por el castillo. A su vista se fueron abriendo pasillos, habitaciones y terrazas; distintas perspectivas que le proporcionaban una imagen general de lo que estaba ocurriendo en la fortaleza y sus alrededores. Los pasillos estaban tomados por la Guardia Real y las criaturas de Denéstor. Toda la guarnición del castillo se hallaba en alerta, hombres sombríos embutidos en viejas cotas de malla que caminaban a grandes zancadas con las armas desenvainadas, acompañados por docenas de creaciones del demiurgo. También las había fuera, sobrevolando la fortaleza y los riscos cercanos, atentas a todo movimiento y rastro de magia. Los hermanos Lexel completaban la vigilancia en el exterior, levitando cada uno de ellos en un extremo de la fortaleza, envueltos en el caos de sus ropajes agitados al viento.

Por los pasillos marchaban también docenas de sortilegios de búsqueda y rastreo, algunos demasiado poderosos como para que Hurza pudiera burlarlos en el estado en que se encontraba. Los olía avanzar en su dirección, arrastrando tras ellos su pestilencia a plata. Aún tardarían unos minutos en llegar hasta él, pero una vez lo alcanzaran, estaría perdido.

El primer Señor de los Asesinos de Rocavarancolia entrecerró los ojos y se forzó a respirar despacio. Solo tenía un lugar donde ir.

La sala del trono apestaba a masacre y carnicería. Los sirvientes ya habían retirado los cadáveres de las sirenas y los restos invisibles del alquimista, pero aún no habían limpiado la sangre ni el montón de polvo que una vez había sido Enoch. Denéstor Tul, de pie ante el trono, se preguntó si sería él el siguiente en morir. El pesar y la melancolía lo invadieron.

El menguado Consejo Real había ido ocupando su sitio a la mesa de reuniones. El lugar de honor seguía vacante, igual que los asientos de Mistral y dama Sueño y, por supuesto, los de Enoch y Rorcual. El último en llegar había sido Solberino, el náufrago. A Denéstor no se le escapó la media sonrisa que había esbozado el hombre al ver como los criados retiraban el cuerpo de la última sirena.

—Usó la sangre para atraer a Enoch. —El hombrecillo gris caminó hacia la mesa de reuniones, alzando el bajo de su túnica para evitar que rozara el empedrado ensangrentado—. El vampiro era sin lugar a dudas su objetivo principal. La presencia del alquimista debió de resultar algo inesperado.

—O quizá no. Rorcual tenía la costumbre idiota de acechar a Enoch, quizá el asesino lo sabía. —Dama Serena flotaba cerca del Trono Sagrado con aire pensativo; los tentáculos que habían descuartizado a Rorcual la atravesaban inofensivos. La fantasma soltó un suspiro lánguido. Las muertes del vampiro y el alquimista la habían afectado profundamente, no por la pérdida de sus vidas, por supuesto, sino por pura y simple envidia: ella no podía morir.

—Por todos los cielos —gruñó Ujthan—. ¿Quién en su sano juicio querría matar a estos dos inútiles?

—Nos están exterminando —dijo Esmael. Estaba de pie tras una silla, con las manos afianzadas en el respaldo—. Eso es lo que están haciendo. Primero Belisario, y ahora Rorcual y Enoch. Si seguimos a este ritmo, pronto hasta Caleb, el loco de las hienas, tendrá la oportunidad de formar parte del consejo.

Dama Desgarro alzó la mirada y estudió al ángel negro con atención. Ni por un momento había sospechado que Esmael estuviera implicado en los asesinatos. Estaba convencida de que había algo más siniestro que él envuelto en todo aquello. Y ese era un pensamiento inquietante. Resultaba perturbador pensar que se enfrentaban a algo más oscuro que Esmael.

—Transportó tres sirenas de la bahía dentro del castillo y usó magia de combate entre nuestros muros. Y lo que me resulta más sorprendente en todo este asunto: logró esquivarte. —Al ver como se torcía el gesto del ángel negro se apresuró a añadir—. Y no, no es un insulto ni una recriminación, solo quiero hacerme una idea de a qué nos enfrentamos.

—A un gran hechicero —señaló Denéstor, ya sentado en su asiento. Un criado de manos temblorosas le sirvió una copa de vino a un gesto suyo—. Eso es obvio.

—Lo es. Lo es —continuó dama Desgarro—. Pero ¿de dónde ha salido? No puede haber aparecido en Rocavarancolia por arte de magia, por muy gran hechicero que sea.

—Dejaron a alguien atrás. —Ujthan el guerrero se enderezó en su silla y miró a todos los presentes—. El enemigo dejó a uno de los suyos en la ciudad con orden de exterminarnos si veía la más mínima posibilidad de que pudiéramos recuperarnos.

—Tonterías —dijo el demiurgo—. Si alguien quisiera echar tierra sobre nuestras esperanzas, le resultaría más sencillo acabar con los niños que venir al castillo a matarnos.

—Pero ¿qué es lo que quiere? —preguntó dama Desgarro—. ¿Qué busca? ¿Solo muerte? ¿O hay algo más?

—Ahora mismo no estamos en condiciones de saberlo —Denéstor señaló a uno de los medidores de magia que deambulaban por la sala del trono. Eran pequeñas criaturas de patas de alambre, creadas con ceniceros, tazas y cabezas de muñecas de porcelana—. Y no lo averiguaremos ni con mis cachivaches ni con magia alguna, os lo aseguro. Y tampoco lograremos contactar con los espíritus de Rorcual y Enoch, del mismo modo que no pudimos hacerlo con los del criado y Belisario.

—Y entonces ¿qué propones, demiurgo? —gruñó el Lexel vestido de negro, ganándose una mirada de odio de su hermano—. ¿Que nos quedemos mano sobre mano a la espera de que otro de nosotros muera? ¿Eso pides?

—En absoluto. Solo señalo que nos encontraremos los mismos callejones sin salida que hallamos en el caso de Belisario, pero eso no implica que no podamos buscar nuevos cursos de acción. —Miró de reojo a uno de los criados que aguardaban órdenes a la entrada de la sala, pálido y encorvado. Tenía una idea muy clara de lo que iba a hacer a continuación, aunque no pensaba compartirlo con el resto del consejo. No de momento al menos.

Esmael paseó la mirada por los asientos vacíos que habían pertenecido a Enoch y Rorcual.

—Estamos de acuerdo entonces en que nos enfrentamos a un brujo de gran calibre y que lo único que sabemos a ciencia cierta es que se está tomando muchas molestias para exterminarnos. —Se llevó una mano a la cara y acarició su mejilla despacio, pensativo, sin apartar la mirada de Denéstor Tul—. Ya han muerto tres miembros del consejo. Y yo me pregunto... algo insignificante y nimio, una tontería que quizá no tenga absolutamente nada que ver con lo que está ocurriendo, pero que creo que podría llegar a quitarme el sueño si no lo averiguo de una vez por todas. —Entrecerró los ojos. Se inclinó hacia delante, sin apartar la mirada de Denéstor Tul—. ¿Dónde está Mistral, demiurgo? ¿Dónde se esconde el cambiante mientras nos van matando?

Mistral estaba a punto de perder la paciencia y regresar al torreón cuando apareció la mariposa azul del demiurgo. Se coló por la abertura del techo del retrete del patio y revoloteó en el pequeño cubículo hasta posarse en la pared, justo frente al cambiante.

—Ya me marchaba, Denéstor —le dijo a la mariposa—. Esta vez te has tomado tu tiempo para acudir.

—Escúchame, Mistral. Tienes que abandonar el torreón Margalar cuanto antes.

—Por todos los cielos y los infiernos, otra vez no. —Era ridículo que todas las conversaciones con él comenzaran siempre de modo idéntico—. Escucha: hoy ha ocu…

—No, Mistral. No. Escúchame tú. Atiéndeme aunque solo sea por una vez en tu vida: Enoch y Rorcual están muertos. Los han asesinado esta noche en el castillo.

Aquella noticia dejó helado al cambiante. Se apoyó en la pared con la mano derecha y se inclinó hacia el frente, hasta casi rozar el cuerpo del insecto artificial con la nariz.

—¿Quién? —alcanzó a preguntar.

—Un hechicero. No sabemos más. —La voz de la mariposa no tenía inflexión alguna—. Burló las protecciones del castillo para entrar y lo hizo de nuevo para salir. No sabemos quién es ni qué busca. No sabemos nada, solo que hasta el último de nosotros puede estar en peligro.

—¿Y los niños?

—Si los niños también son su objetivo, poco podrás hacer para protegerlos. Tienes que abandonar el torreón, ¿me oyes? Tu presencia aquí hace tiempo que no es necesaria y lo único que conseguirás es ponerlos en peligro. Más todavía si ese mago pretende terminar con todo el consejo y averigua dónde estás.

—Yo… —Mistral se llevó una mano a la frente, aturdido. La mariposa revoloteó a su alrededor.

—Tienes dos días —le advirtió el demiurgo—. Si no has dejado el torreón para entonces, nos obligarás a tomar medidas. Encontraremos el modo de sacarte de ahí a la fuerza, ¿me oyes?

Ujthan subió las escaleras retorcidas que conducían a sus estancias. Habían pasado horas desde que el hechicero había asaltado la fortaleza, pero él seguía con los nervios a flor de piel. Su corazón latía a un ritmo frenético; era un golpeteo insistente que hacía que le hirviera la sangre. La muerte había visitado Rocavarancolia e impregnado con su aroma hasta la última piedra del castillo. Y eso le traía tantos recuerdos que a duras penas podía contener las lágrimas.

Nada más abrir la puerta, tuvo el presentimiento de que algo iba mal. Cruzó los brazos ante su pecho sin atravesar el umbral. La mano izquierda acarició el tatuaje del látigo que adornaba su hombro derecho mientras la otra mano rozaba la empuñadura de una cimitarra tatuada en su hombro izquierdo. Los dedos de Ujthan se hundieron en su piel, aferraron las armas pintadas y las extrajeron de su carne con un siseo. Luego dio un paso dentro de la habitación. Los latidos de su corazón se frenaron de pronto, lo que le embargaba ahora era la calma tensa del inicio de la batalla.

Atravesó el corto recibidor. La puerta de su dormitorio se encontraba abierta. Frente a ella estaba su cama, deshecha, con las mantas en el suelo. Dos armaduras pesadas flanqueaban el lecho y un sinfín de armas decoraba las paredes, también había estandartes y tapices que representaban las batallas más gloriosas del reino. Un caballo disecado a la derecha, junto a la ventana, estaba equipado con una coraza dorada y una silla de montar oscura.

El intruso se hallaba de pie, de espaldas a la puerta, contemplando un tapiz.

—Te esperaba —anunció con voz gutural y gastada antes de volverse despacio hacia él.

Ujthan tardó unos instantes en reconocerlo, y fue más por los restos de vendas que le cubrían que por sus rasgos.

—Belisario... —Se echó hacia atrás—. ¿Qué encantamiento te ha traído otra vez al mundo de los vivos?

—No soy Belisario, aunque vista su cuerpo. El anciano se dio muerte para que yo pudiera vivir de nuevo. Soy Hurza, fundador del reino del que eres defensor.

—¿Hurza? —Ujthan gruñó. Aquello no podía estar pasando—. El Comeojos murió hace siglos. No puedes ser él. No hay magia que devuelva a la vida algo que lleva cientos de años muerto.

Dio un paso hacia delante y alzó la cimitarra. La criatura que decía ser el primer Señor de los Asesinos ni siquiera se inmutó al verlo acercarse. Exhalaba tal aura de poder que el guerrero sintió como se le erizaba todo el vello del cuerpo. Nunca se había enfrentado a nada semejante. Chasqueó el látigo y se detuvo apenas a dos metros del intruso, con la espada dispuesta para descargar un golpe. Desde donde se encontraba no podía fallar.

—Con esas armas no conseguirás derrotarme. —Aquella cosa señaló lánguidamente la cimitarra—. Puedes intentarlo si es tu deseo, y compartir el destino de Rorcual y Enoch, o bien puedes enfundarlas y escuchar lo que vengo a proponerte.

La intensidad de la mirada de aquella criatura hizo que Ujthan se estremeciera de pies a cabeza. Sintió un frío mortal recorriendo el interior de su esqueleto, una ráfaga de hielo que mordía el mismo corazón de sus huesos. Esos ojos lo habían visto todo.

—Habla. Habla rápido, antes de que te corte ese cuello ridículo.

—No lo harás. Porque te conozco, Ujthan. Sé quién eres. Sé qué quieres. Y yo puedo conseguírtelo. —Hurza sonrió—. Te traigo la guerra, una guerra como nunca te has atrevido a soñar. Y solo tienes que jurarme lealtad para conseguirla.

EL PALACETE

Hector se quitó la capa de paño negro, la hizo un ovillo e intentó meterla a presión en el zurrón. La había encontrado el día anterior mientras rebuscaba en un baúl del torreón y se había encaprichado de ella al instante. Lizbeth sonrió al verlo forcejear con la capa, incapaz de acomodarla dentro de la bolsa. Le había advertido que era demasiado grande para él y que acabaría harto antes de dar dos pasos, aunque Hector no le había hecho caso. Había resistido hasta llegar a la plaza de la torre de hechicería, pero luego tuvo que rendirse y aceptar que Lizbeth tenía razón.

—Esta noche te la recortaré —le dijo ella—. Va a quedar genial, ya verás. —Sacó la capa de la mochila, la desplegó con dos sacudidas y la miró del revés y del derecho, con los ojos entornados, observando de cuando en cuando a Hector—. Sí, con un poquito aquí y otro allá estará más que perfecta. —A continuación asintió, dobló la capa con una facilidad pasmosa y la deslizó dentro del zurrón de tal forma que no sobresalía ni una esquina.

Hector sonrió y le dio las gracias.

Se dirigían hacia el oeste, más allá de la prisión donde habían despertado hacía meses. El único que faltaba era Adrian, de nuevo a la caza del muchacho por los tejados. Rachel iba delante y justo tras ella caminaba Marco, sumido en sus pensamientos. Madeleine, Marina y Ricardo ocupaban la segunda línea e inmediatamente después marchaban Bruno y Natalia, uno con su báculo y la otra con su alabarda.

Hector miró a la rusa con el ceño fruncido. No se habían dirigido la palabra en los dos días transcurridos desde el incidente del patio y por lo que a él concernía no tenía intención de hacerlo en mucho tiempo. El recuerdo de esas sombras susurrantes todavía lo espantaba. No podía evitar preguntarse qué habría sucedido de no aparecer Lizbeth. Nada más pensar en ella, sintió como la mano de su amiga se le colaba por el hueco del brazo. Se lo estrechó con fuerza.

—Quiere pedirte disculpas, pero no sabe cómo.

—No tiene por qué hacerlo, no pasó nada —dijo él con frialdad.

—Yo también tengo que pedirte perdón. Metí la pata. No tenías que haber ido a hablar con ella. Lo siento, lo siento mucho. Me equivoqué al decirte que lo hicieras... —Se encogió de hombros—. Sé muy poco de asuntos del corazón, amor y todo eso. —Soltó una risilla incómoda, algo triste. Luego suspiró—. Deberías haberle hecho caso a Maddie, las pelirrojas saben más de esas cosas.

Hector sintió una corriente profunda de cariño hacia su amiga. Estuvo tentado de abrazarla pero un vestigio de su antigua timidez se lo impidió. En cambio dijo:

—Tú no tuviste la culpa. No fui porque me aconsejaras que fuera, fui porque creí que era lo correcto. Nos equivocamos los dos.

Aceleraron el paso para reunirse con los demás, agarrados del brazo. Una bandada de pájaros negros rompió a reír desde las alturas y Hector no pudo evitar pensar que por algún motivo que desconocía se estaban burlando de él.

Se adentraron en una zona de amplias avenidas arruinadas. Los escombros se amontonaban por doquier y los edificios escasos que se mantenían en pie estaban en tan mal estado que resultaba impensable arriesgarse a entrar. De hecho fueron testigos de cómo una casucha se venía abajo muy cerca de ellos. No era el primer derrumbe que contemplaban, pero algo en la nube de polvo que se levantó desasosegó a Hector. Durante un instante en el aire pareció flotar una calavera inmensa, con una demencial sonrisa de lobo incrustada en la blancura del hueso.

En cuanto se toparon con la primera encrucijada, Mistral tomó el mando de la marcha e indicó a Rachel qué dirección tenía que seguir, intentó hacerlo de la manera más natural posible, pero su tono de voz sonó más autoritario que de costumbre. La joven lo miró extrañada.

—¿Qué te pasa? —le preguntó—. ¿Hoy eres más jefe que nunca?

Él se echó a reír y la empujó con suavidad hacia delante, tratando de disimular su turbación.

En un principio había sido el azar lo que les había hecho evitar esa parte de la ciudad, pero luego fue el propio cambiante quien la esquivó a propósito. Entre las ruinas y edificios maltrechos que se desperdigaban por la zona había un palacete soberbio, en tan buen estado que sabía que el grupo lo querría explorar en cuanto lo vieran. Mistral había decidido que ese sería el último lugar que les mostraría antes de abandonarlos a su suerte; la visita al que sin duda era el edificio más hermoso de Rocavarancolia sería su modo de decirles adiós.

El palacete se encontraba en mitad de una avenida, frente a una larga línea de casonas macizas, con tejados a dos aguas invadidos de gárgolas. Rachel fue la primera en verlo. Se detuvo en seco, impresionada, con los ojos muy abiertos. Era la única construcción situada a ese lado de la avenida, pero llenaba el espacio con más rotundidad que la treintena de edificios que se desplegaban frente a ella.

Era de piedra gris, con forma de u redondeada, y había algo en sus ángulos y en su disposición sobre el terreno que tranquilizaba, que hacía pensar que no todo en aquella ciudad era horror. Lo que más llamaba la atención era la cúpula gigantesca que coronaba su centro: una construcción maravillosa de cristales negros y esmeralda. Bajo ella, en mitad de la fachada, se abría un gran ventanal ovalado rodeado de decenas de ventanas tan estrechas que parecían arañazos en el muro.

—Es precioso. —Lizbeth se llevó las manos al pecho, admirada—. Precioso…

—Tenemos que verlo por dentro —dijo Madeleine. Los ojos le brillaban. Se volvió hacia los demás y los fulminó con la mirada—. Me habéis arrastrado por ruinas y estercoleros desde que llegamos, como se os ocurra negaros a entrar en esa maravilla no os hablaré en la vida —advirtió.

Nadie le llevó la contraria. Mistral sonrió satisfecho. No recordaba haber visto nunca a Madeleine tan emocionada y ya solo por eso merecía la pena haberlos guiado hasta allí.

Avanzaron veloces, con Hector cerrando la marcha. El palacete estaba libre de niebla de advertencia. La única zona cercana donde se divisaba aquella negrura estaba en una de las casas frente al palacete, lo bastante lejos como para no preocuparse.

El patio era un entramado sinuoso de senderos que se desplegaba entre lo que una vez debieron de ser parcelas ajardinadas, pero que ahora no eran más que solares de tierra reseca. Se dirigieron hacia la escalinata de azulejos negros y verdes que conducía al portón de entrada, observando con cautela las ventanas que salpicaban los muros del palacete. Tras el enorme ventanal que ocupaba el centro solo se veía oscuridad.

Esperaron a los pies de la escalera mientras Rachel subía, inclinada hacia delante, como si intentara escuchar la magia del lugar. La joven apoyó las manos en el portón de hierro y asintió al comprobar, como ya sabía el cambiante, que estaba libre de encantamientos. Tomó luego la barra que hacía de tirador y trató de abrirla, empujando primero y tirando después. La hoja tembló, pero no se movió.

—Está atorada —murmuró Rachel, con las manos en las caderas—. Necesitaremos algo de músculo aquí arriba si queremos entrar.

Antes de que Ricardo y Marco subieran la escalinata, Bruno agitó su báculo, dibujó un símbolo extraño en el aire con la mano izquierda y las dos hojas de la puerta se abrieron hacia dentro sin hacer ruido. Lo primero que vieron fue una zona densa de tinieblas, una cortina de oscuridad que precedía a un gran recibidor, iluminado por una luz verde delicada.

Se reunieron alrededor de Rachel en el último tramo de escaleras. El aire que se respiraba ante la puerta era de una pureza increíble, en nada se parecía a la peste rancia de los lugares cerrados que estaban acostumbrados a encontrar en sus exploraciones por la ciudad. Hector aspiró con fuerza, llenándose los pulmones de aquella frescura inesperada.

Rachel, tras cruzar una mirada con Marco, entró en el palacete. Al momento, las sombras de la entrada se ciñeron a su cuerpo como una capa fluctuante.

—Nada —anunció desde las tinieblas, y su voz se deshizo en un sinfín de ecos cantarines—. No hay rastro de magia. Entrad, pero no os separéis de mí hasta que compruebe todo el lugar.

Fueron a parar a un amplio recibidor circular, de suelo y paredes de piedra gris. El techo, en cambio, era una amalgama pesada de grandes planchas de hierro que no encajaba con el resto del palacio; la sensación que provocaba aquel entramado era de asfixia, como si en cualquier momento fuera a caer y aplastarlos.

Dos grandes escaleras se disponían a ambos lados del recibidor, del mismo azulejo negro y verde que la escalinata de la entrada. Desde donde se encontraban, esas escaleras gemelas parecían hundirse como cuchillos en el techo enrejado, en una perspectiva extraña y forzada.

No habían dado ni dos pasos fuera de la zona de sombras cuando se detuvieron todos casi al mismo tiempo, mirando hacia arriba, sorprendidos, boquiabiertos.

Lo que habían tomado como techo no era tal. Al salir de las sombras su perspectiva había cambiado y ahora podían ver el palacete tal y como realmente era. Por un alocado instante, Hector pensó que el entramado que había pendido sobre sus cabezas acababa de estallar y que esa explosión había quedado congelada en el tiempo, al igual que las llamas del barrio incendiado, dejando las planchas de forja flotando inmóviles por todo el lugar. Tuvo que pestañear varias veces para comprender lo que estaban viendo. Las planchas que en un primer momento había creído colocadas en un mismo plano estaban suspendidas en realidad a alturas distintas por todo el palacio.

Retrocedió hasta regresar a la zona de tinieblas y las planchas desordenadas volvieron a equilibrarse, formando un techo sin fisuras aparentes que no era más que una ilusión óptica: si entrecerraba los ojos podía ver que las planchas flotaban en planos diferentes.

—Las habitaciones están en el aire... —escuchó decir a Marina—. Cielo santo. ¡Flotan en el aire!

Era cierto. El palacete constaba de una sola planta, una planta vasta y asombrosa en la que flotaban decenas de estancias de todos los tamaños y formas. La única semejanza entre ellas eran sus bases, de idéntico hierro forjado. La mayor de todas ocupaba tres pisos de altura y medía más de doscientos metros de largo, mientras que las más pequeñas eran meros soportes para adornos y estatuas. La mayoría ni siquiera tenía paredes.

Las escaleras no se hundían en ese falso techo como habían creído, sino que se prolongaban curvándose en el vacío, hasta perderse en la niebla movediza esmeralda que copaba las alturas. Del tallo principal de cada escalera brotaban decenas de nuevos tramos que se dividían a su vez en más ramales de ajedrezado negro y esmeralda, retorciéndose en el aire hasta aterrizar en los bordes de las habitaciones flotantes. Aquel despliegue de estancias y escalinatas producía una sensación prodigiosa de armonía; era como si el mundo entero se hubiera vuelto liviano de pronto, como si la realidad, la propia existencia, fuera menos pesada y opresiva entre aquellas paredes.

—Es magnífico —murmuró Ricardo, tan extasiado como el resto.

Los muchachos se desplegaron por el recibidor. Mistral los veía avanzar, incrédulos, entre la cristalina luz esmeralda que se filtraba a través de la cúpula. El cambiante sonrió.

—Os mato —dijo Maddie—. Me hacéis vivir en una torre inmunda teniendo este palacio aquí… Yo os mato.

—El torreón Margalar será feo, pero es seguro —le recordó Marco—. Y si tienes la idea peregrina de que nos mudemos aquí, ya puedes olvidarla.

—Además, Hector se mataría en este sitio en menos de una semana —apuntó Rachel—. ¿No os acordáis de lo mucho que le gusta caerse por las escaleras?

—Eras más simpática cuando no entendía lo que decías —le replicó el aludido.

Rachel le sacó la lengua y dijo algo en francés que hizo que Ricardo se echara a reír. El eco de su risa trepó por las escaleras, rebotó en las plataformas y se perdió en el alto techo envuelto en niebla.

Tomaron la escalinata de la izquierda. El tramo principal no tardaba en dividirse en tres grandes ramales. Rachel escogió el de la derecha, que bajaba en una curva pronunciada antes de dividirse en otros dos tramos de escalera retorcida. A medida que avanzaban por aquella colosal montaña rusa pudieron contemplar un sinfín de habitaciones y salas. Vieron dormitorios de ensueño; salas de recreo con divanes de terciopelo, escabeles de cristal y columpios colgantes; zonas de paseo con fuentes y bancos de hierro…

Lo que más impresionó a Hector fue que, como había ocurrido con el falso techo al entrar, la perspectiva resultara engañosa allí arriba; prácticamente cambiaba a cada paso que daban, convirtiendo el palacete en un espacio en mutación constante. Una estancia vista desde arriba era diferente por completo contemplada desde abajo o desde un lateral. Todo fluctuaba, fluía. Era un juego enloquecido de perspectivas y arquitectura. Una sala observada desde una escalera parecía una selva rebosante de vegetación al quedar semioculta por los helechos que colgaban de las plataformas vecinas, para luego, desde arriba, convertirse en un dormitorio elegante. Desde otra curva de la escalera, esa misma habitación parecía vacía.

Rachel los guio hasta la estancia central del palacio, la única cerrada por completo con muros. La joven se acercó a la puerta ovalada que se abría en uno de ellos, acarició la manilla, esperó unos segundos y luego abrió la puerta. La negrura del otro lado era tan espesa que daba la impresión de que había una segunda puerta tras la primera. Rachel cruzó el umbral con Bruno siguiendo sus pasos.

—¿Puedes iluminar un poco esto? —le preguntó Ricardo.

—Espera un segundo. Quizá no resulte necesario.

En el suelo, ante ellos, había aparecido un chispazo diminuto, una salpicadura brillante que se proyectó muy despacio hacia arriba, convirtiéndose en una columna creciente de luz que no se detuvo hasta alcanzar el techo, situado a gran altura. Un poco más adelante, una nueva columna tomó forma, de igual modo que la primera. Poco a poco, aquí y allá, se formaron más y más columnas. La luz que irradiaban iluminó la gran estancia y transformó la negrura en claridad.

—Es una sala de baile —murmuró Madeleine con admiración.

Mistral asintió, aunque sabía que aquel lugar era mucho más que eso. En aquella sala se habían celebrado todo tipo de eventos: desde torneos de piromantes hasta conciertos de las fabulosas aves cantoras de Alarán, pasando por duelos de hechiceros y bodas reales. Se contaba que, en una ocasión, allí dentro se había sacrificado un dragón albino para mayor gloria del reino.

Los chicos bajaron las escaleras que llevaban al suelo espejado de la sala. En el muro que quedaba a su derecha se encontraba el ventanal gigantesco que habían visto desde fuera. El tercio inferior del mismo estaba cubierto por cortinajes negros, corridos en su mayoría, mientras que en la zona alta dos grandes cortinas verdes se abrían a izquierda y derecha.

En el extremo opuesto a la entrada se levantaba un pequeño escenario ocupado por varias estatuas metálicas. Hector y Marco se acercaron mientras el resto se desperdigaba por la sala. Se trataba de una orquesta compuesta por siete músicos tan extravagantes como los instrumentos que se disponían a tocar. Un engendro con aire de rata humanoide empuñaba entre sus zarpas dos varillas que parecían a punto de estrellar contra el tambor agujereado que tenía delante. Entre los músicos había un ser casi humano, con la piel de un negro intenso y un magnífico par de alas rojas plegadas a su espalda. Aquella criatura sujetaba en una mano un violín abombado mientras en la otra empuñaba una varilla recubierta de protuberancias. Del costado de todas las estatuas surgía una mariposa metálica: una llave con la que darles cuerda.

—Autómatas —dijo Hector.

Se giró para buscar a Rachel, que en aquellos momentos, junto a Lizbeth y Marina, espiaba entre los cortinajes del ventanal. Estaba a punto de llamarla cuando vio que Marco, adelantándose a lo que tenía en mente, se había puesto a dar cuerda a uno de los músicos, un espigado ser azul, con ojos saltones y branquias en el cuello, sin preocuparle al parecer que aquella cosa pudiera estar hechizada. A medida que le daba cuerda, la criatura se enderezaba y se llevaba a los labios una flauta retorcida. Cuando el mecanismo llegó al tope, el autómata sopló la flauta mientras sus dedos metálicos se movían veloces sobre ella. Lo primero que surgió del instrumento fue un bramido impresionante, luego una melodía dulce y suave se enredó y desenredó en el aire, con la cadencia de una canción de cuna convertida en vals.

—Música —murmuró Marina. Se llevó una mano a la boca, emocionada—. Había olvidado la música.

Después de abandonar la sala de baile, fueron de plataforma en plataforma, siempre con Rachel a la cabeza. Casi tan sorprendente como el mismo palacio era el estado en el que este se encontraba. Apenas había polvo y suciedad y aunque algunas habitaciones parecían vaciadas a conciencia, la mayor parte estaba en perfectas condiciones, como si los habitantes del lugar se hubieran marchado un instante antes de llegar ellos.

A media tarde hicieron un descanso para merendar. Se sentaron en los bancos de madera que rodeaban un pequeño estanque. Apenas hablaron. Aquel lugar inducía al silencio, a la ensoñación.

Al poco tiempo de ponerse otra vez en marcha descubrieron una gran sala repleta de estanterías vacías. El cambiante deambuló entre ellas igual que todos, aun sabiendo que no iban a encontrar nada allí. Ese lugar había sido una importante biblioteca mágica, pero hacía tiempo que los pocos libros que no se habían llevado los magos de los mundos vinculados habían sido trasladados al castillo.

Otro ramal los condujo a una plataforma de paredes listadas en las que se desplegaban más de una veintena de grandes armarios, con espejos de marco de plata en cada puerta. Rachel se apresuró a abrir el más cercano y su contenido la hizo jadear emocionada. El armario estaba repleto de vestidos, a cada cual más espléndido. Las chicas se abalanzaron al momento hacia ellos. Natalia fue la única que se quedó donde estaba, resoplando indignada ante el comportamiento de sus amigas.

—¡También hay ropa de hombre! —exclamó Marina. Se desplazó a toda prisa hasta Hector, lo tomó del antebrazo y lo arrastró hacia el armario. Antes de que pudiera reaccionar, Marina ya estaba sacando prendas del interior y extendiéndolas ante él, sopesando al parecer cuáles podían quedarle mejor.

Ricardo se echó a reír cuando Madeleine se acercó a él para llevarlo también hasta un armario. Mistral sonrió. Había un brillo nuevo en los ojos de sus amigos, un regreso a tiempos pasados, cuando rebuscar en armarios y cajones era un placer maravilloso. Solo Bruno y Natalia permanecían ajenos al revuelo y, aunque la joven tenía el ceño fruncido, los ojos se le iban hacia uno de los armarios abiertos, como si hubiera algo allí que no pudiera evitar mirar.

Rachel se abrazó con fuerza a uno de los vestidos. Era una blusa negra preciosa, con los puños ceñidos bordados en plata. Alzó la prenda ante sí, tomó con su mano el extremo de una manga y comenzó a bailar entre los espejos y armarios, tarareando la canción que había tocado el flautista en la pista de baile.

Lizbeth se hizo con un vestido blanco con una larga falda plisada e imitó a su amiga, girando la una en torno a la otra.

El cambiante observaba la escena con los brazos cruzados. Mientras veía bailar a Rachel y Lizbeth se dio cuenta de que acababa de encontrar un modo más adecuado de decirles adiós.

—Oíd… —dijo. Estaba nervioso, a su pesar—. Se me acaba de ocurrir algo. Es una tontería, lo reconozco, pero aun así… No sé, creo que nos lo merecemos. ¿Qué os parece si, para variar, nos relajamos por una vez? —Sonrió de oreja a oreja—. Olvidemos Rocavarancolia, vamos a olvidarnos de todo por un rato. ¡Hagamos una fiesta!

Hector metió dos dedos entre el cuello rígido de la camisa y su garganta e intentó abrir hueco entre ambos. El traje le picaba por todas partes; tenía la piel tan acostumbrada a las telas ásperas que aquella suavidad inesperada lo incomodaba. Examinó a sus amigos de reojo, preguntándose si se sentirían tan extraños como él embutidos en las ropas que las chicas habían elegido para ellos.

Marco y Ricardo vestían trajes semejantes al suyo: camisas y pantalones de seda, zapatos ligeros y chaquetas entalladas. El de Ricardo, como el de Hector, era de un color negro sobrio, con bordados blancos en mangas y cuello, y le quedaba tan estrecho que en algunos puntos el tejido se hinchaba como si las costuras fueran a ceder en cualquier momento. En cambio, a Marco, a pesar de su tamaño, su traje le sentaba como un guante. Las chicas habían escogido para él un conjunto blanco con ribetes grises.

Bruno llevaba puesto un sobretodo largo de color verde oscuro, chaleco y pantalones negros, y una camisa también verde cuyos puños sobresalían como pequeños remolinos de las mangas del gabán. Pero lo más llamativo de aquella vestimenta era su chistera esmeralda, con una cenefa negra en el ala. Hector tenía que admitir que aquel atuendo le sentaba bien, aunque dada su inexpresividad más parecía un muñeco de porcelana que una persona viva.

—¿De verdad pensáis que esto es buena idea? —preguntó—. Es evidente que me refiero a realizar una fiesta en este emplazamiento. No sé si, dadas las circunstancias, es lo más apropiado.

—No va a ser una verdadera fiesta, solo un rato de baile y música—le contestó Marco—. Para variar nos vendrá bien un poco de diversión. No te preocupes, nos marcharemos antes de que anochezca.

—No me gusta bailar —dijo el italiano después de uno de sus acostumbrados largos silencios.

—¿Lo has hecho alguna vez? —le preguntó Ricardo.

—No. Pero sé que una experiencia de ese tipo no me resultará gratificante en grado alguno.

Hector lo miró de arriba abajo, suspiró y sacudió la cabeza.

Aguardaban desde hacía rato en el último tramo de la escalinata que conducía a la habitación donde sus amigas se estaban preparando. A veces las oían cuchichear y reírse dentro. Hector se pasó una mano por la cabeza. Lizbeth, antes de hacerles entrar en un cuarto próximo para que se cambiaran, les había arreglado el pelo de manera rápida, recogiendo sus melenas desordenadas en unas coletas que, aunque improvisadas, tenían aspecto de ser capaces de soportar vendavales sin venirse abajo. Solo Bruno llevaba el pelo suelto, su cabello rizado fluía en largos bucles bajo la chistera.

Hector se apoyó en la barandilla y alzó la vista hacia la extensión de niebla esmeralda que se mecía bajo las cúpulas. La luz era diferente allí arriba, más cálida y amable.

—¿Estáis ahí? —escuchó decir a Lizbeth tras la puerta.

—Llevamos media vida esperando —le contestó Ricardo.

—Ya está. Hemos terminado. Ahora salimos.

—¡No nos miréis directamente u os quedaréis ciegos! —les advirtió Rachel antes de abrir la puerta de par en par.

Hector pestañeó incrédulo al verlas salir, tan sorprendido como ante cualquiera de los muchos prodigios de los que había sido testigo en Rocavarancolia. La espera había merecido la pena. Decir que estaban espléndidas era quedarse corto. Los peinados que Lizbeth había improvisado para ellas casaban a la perfección con los vestidos que lucían —maravillas de algodón ligero y seda en negro, verde y blanco— y con el brillo elegante de las joyas que las adornaban. Dentro de la habitación debían de haber encontrado también maquillaje, ya que algunas llevaban sombra de ojos y los labios pintados. Todos las contemplaron boquiabiertos. Estaban tan acostumbrados a verlas desaliñadas que aquella transformación resultaba casi mágica.

—¿Qué os pasa? —les preguntó Natalia frunciendo el ceño—. ¿Estáis todos tontos? —Su pelo, recogido en un moño alto, dejaba al descubierto sus orejas diminutas, rojas por completo.

—Tontos y deslumbrados —puntualizó Ricardo, y les dedicó una reverencia con un sombrero imaginario—. Estoy convencido de que nunca ha habido tanta belleza reunida en estos salones.

—¡Qué idiota! —exclamó Natalia e hizo un gesto de desdén en el que no pudo disimular la sombra de una sonrisa.

Rachel devolvió la reverencia a Ricardo con más gracia si cabía. Llevaba un vestido blanco con la falda del mismo suave tono verde que la chaquetilla. Dada su delgadez, el vestido le quedaba grande, pero las chicas se las habían ingeniado para estrechárselo con alfileres en los lugares apropiados. La única joya que portaba era una gargantilla ancha de plata adornada con una piedra roja en el centro.

—No es la ropa, somos nosotras. Es lo que tiene ser guapas —dijo y levantó una mano con aire presumido—. Con solo lavarnos un poco y ponernos cuatro tonterías estamos estupendas. —Luego sonrió, dio dos pasos rápidos hacia delante e hizo un mohín exagerado con los labios, pintados de rojo—. ¡¿Os lo podéis creer?! ¡No me había maquillado nunca! ¿Cómo estoy?

—Preciosa —contestó Mistral. Todas lo estaban.

A pesar de sus diferencias, casi todos los vestidos tenían un corte similar. Eran vestiduras de gala, con faldas acampanadas, de vuelo amplio. La mayoría llevaba zapatos de tacón corto.

La más cambiada sin duda era Natalia. Su vestido era de seda blanca, con bordados alrededor del escote y un lazo negro en el talle. Un collar de perlas realzaba su cuello, que parecía más fino que nunca. No podía estarse quieta, a cada segundo alzaba una mano para tocarse el cabello y comprobar que todo estaba en su sitio o tiraba de algún pliegue del vestido para acomodárselo mejor.

La más hermosa de todas, como de costumbre, era Madeleine. Su vestido era verde, de un verde idéntico al de sus ojos. Llevaba también un collar de esmeraldas que caía sobre su escote amplio. El vestido era tan ceñido que, en cuanto la vio, Hector pensó en la ocasión en que la había sorprendido desnuda en el torreón.

Aunque la pelirroja fuera la más hermosa, Marina la eclipsaba a los ojos de Hector; a Maddie y a todas las demás, de un modo tan abrumador que para él era como si en la escalinata solo estuviera ella. Fue la última en salir, peleándose con el tirante izquierdo, que insistía en resbalar por su hombro. Llevaba un vestido negro, de espalda abierta, sin mangas ni bordados. Lizbeth le había peinado el cabello hacia atrás, sujetándoselo con horquillas y una bella tiara de plata.

El vestido de Lizbeth era el más sencillo, amplio y blanco, con un gran lazo a la cintura. Estaba radiante, pero más por la expresión de su rostro que por su indumentaria. Lizbeth miraba a todos y a cada uno de ellos como si fueran obra suya, como si hubiera sido ella quien los hubiera creado y dado forma. En sus ojos castaños se veía orgullo y alegría sincera.

—Estáis todos guapísimos —dijo—. Guapísimos.

En un lateral del escenario encontraron un mecanismo de cuerda que servía para poner en marcha a todos los autómatas a un tiempo. Había un regulador junto a él y aunque las indicaciones que aparecían al lado eran bastante crípticas, supusieron que servía para elegir el número de piezas musicales que se quería escuchar.

Los siete autómatas se fueron enderezando a medida que Marco giraba la mariposa metálica del escenario, con el resto del grupo desperdigado por las cercanías. Las cabezas de los músicos adoptaron posturas de concentración firme mientras sus manos y garras policromadas se disponían sobre arpas, violines y demás instrumentos. De su interior llegaba un traqueteo nervioso, como si estuvieran impacientes por ponerse a la tarea. La criatura oscura desplegó sus alas rojas al mismo tiempo que apoyaba el curioso violín en su barbilla y colocaba la varilla sobre las cuerdas. Un autómata simiesco desenroscó las chimeneas que salpicaban el piano que tenía ante él y colocó sus manos velludas sobre las teclas.

Cuando Marco llegó al tope del mecanismo, todos los músicos, a la vez, empezaron a tocar. Un chirrido espantoso recorrió la sala, tan desagradable que todos se taparon los oídos. Hasta las cristaleras vibraron. No tuvieron tiempo de preocuparse. Dentro de aquella algarabía desafinada pronto comenzó a hacerse evidente la existencia de música. Poco a poco los compases se fueron ordenando, la armonía se hizo con el caos y aquel ruido espantoso se fue transformando en algo diferente: una melodía dulce y lenta que incitaba a moverse.

Rachel se arrojó prácticamente en brazos de Marco. Fueron los primeros en empezar a bailar, con más entusiasmo que ritmo. Luego Lizbeth tomó de la cintura a Maddie y comenzaron a danzar también, entre risas, acercándose provocadoras a Bruno. El italiano retrocedió, aferrado a su báculo, tan robótico en sus movimientos como la orquesta a su espalda.

Hector tuvo la sensación extraña de que acababa de caerse dentro de un sueño, un sueño hecho de música y de los destellos de luz de las columnas. Alguien lo tomó del brazo, sin demasiada fuerza, pero con firmeza. Se giró para encontrarse a Marina mirándolo fijamente. Se sintió como si le acabaran de retirar el suelo bajo los pies.

Marina señaló con la barbilla hacia Natalia, que charlaba nerviosa con Ricardo a unos metros de distancia, sin decidirse aún a comenzar el baile.

—Dile que está muy guapa, corre. —Marina lo empujó en dirección a la pareja.

—¿Qué? —susurró él, incrédulo. Era a ella a quien quería decírselo. A ella que estaba tan radiante que se le detenía el corazón cada vez que la miraba.

—Que se lo digas. Ve. Ve. Y deja de mirarme como si no me hubieras visto nunca.

—Es que es… —Tragó saliva. Hablaban en susurros. La música los rodeaba, los mecía. Podían estar inmóviles pero ya habían comenzado a bailar—. Es que es así como me siento siempre que te veo. Cada vez que te miro… es como si fuera la primera vez…

Marina enrojeció. Sonrió. Se llevó una mano a la tiara, la detuvo a medio camino y lo empujó otra vez hacia delante.

—Deja de decir tonterías. Dile que está muy guapa, corre o no te dejaré bailar conmigo.

Hector asintió con fuerza, consciente de lo serio de la amenaza y se acercó a Ricardo y Natalia. Al verlo aproximarse, Ricardo se apartó de la joven rusa de forma tan brusca que ella frunció el ceño.

—Te queda muy bien el vestido —le dijo Hector. Natalia se volvió hacia él, sorprendida por su aparición—. Estás guapísima. En serio.

Ella lo miró fijamente y había tal alivio en su rostro que por un instante Hector temió que fuera a echarse a llorar. Pero de pronto la muchacha sonrió, era una sonrisa franca, maravillosa y nueva, un relámpago que iluminó su cara.

—Gracias —dijo con un hilo de voz. Su sonrisa se hizo más grande—. Tú también estás muy guapo. Pero no pienso bailar contigo, así que ni se te ocurra pedírmelo. —Le sacó la lengua—. Ya tengo pareja, ¿sabes? —Y con dos pasos rápidos se acercó hasta Ricardo que, riéndose, la tomó en brazos y la elevó en una demostración de agilidad magistral.

—Dan ganas de bailar en el aire —dijo Madeleine. Alzó la mirada hacia el techo con expresión soñadora y giró sobre sí misma.

—¿Quieres hacerlo? —preguntó Bruno. Algo en su postura había cambiado, su rigidez natural había cedido, no del todo, pero sí lo bastante para ver el cambio—. Puedo hechizarte para que lo hagas.

Madeleine se lo quedó mirando unos instantes, con media sonrisa en los labios. Parecía conmovida por la invitación del italiano.

—No, no —dijo al fin—. Acabaría rompiéndome algo, seguro. Prefiero el suelo. —Y alargó los brazos hacia él, con un movimiento lleno de elegancia—. ¿Me harías el honor de ser mi pareja?

Bruno pestañeó despacio. En sus ojos, por un momento, se vio duda. Luego asintió más despacio todavía. Dejó apoyado su báculo en la pared y, con brusquedad, tomó a Madeleine de la cintura con una mano mientras con la otra estrechaba una de las suyas. Mistral detuvo su baile con Rachel solo para contemplar aquel milagro. Lizbeth, que danzaba junto a ellos, también se detuvo tan pasmada como todos.

—Deja que te lleve yo, ¿de acuerdo? —le pidió Madeleine. Bruno asintió con tal energía que la chistera dio un salto sobre su cabeza. Cuando el cambiante vio como la pareja empezaba a bailar sonrió satisfecho. Sí, aquella era la despedida que se merecían. Soltó a Rachel y, tras hacer una reverencia a Lizbeth, comenzó a bailar con ella.

Marina y Hector estaban frente a frente en un extremo de la sala mientras los demás bailaban algo alejados. Ella la miraba a los ojos, con una sonrisa pícara asomándole a los labios. Él apenas podía sostener su mirada.

Marina pasó un brazo sobre sus hombros. Hector la miró, indeciso, tan aturdido por el contacto que, aunque sabía lo que se esperaba de él, tenía miedo de hacerlo. Ella sacudió la cabeza, lo tomó de la mano y la condujo hasta su cintura. El calor que irradiaba su cuerpo bajo la seda se extendió en ondas lentas por su mano.

—No sé bailar.

—Es fácil. Sigue la música e intenta no pisarme. Entrelazó los dedos de su mano derecha con los de ella.

Sonrió, asintió decidido y se dejó llevar al son de la música de los autómatas. Ni siquiera pestañeaba, los ojos de él fijos en los de ella, los más hermosos del mundo.

—¿Eres real? —le preguntó—. ¿De verdad eres real?

—No —le contestó Marina, sin dudarlo un segundo, mirándolo con la misma intensidad con la que la miraba él—. Ninguno lo somos, ¿no lo sabías? Solo somos espejismos en una ciudad encantada. Si cierras los ojos muy fuerte, todos desapareceremos.

—Entonces no volveré a cerrar los ojos jamás.

Darío los veía bailar tras la cristalera enorme del palacete. No llegaba a distinguir la música, pero a veces el viento traía consigo alguna nota dispersa que, paradójicamente, le hacía sentirse aún más alejado de la escena que tenía lugar tras el cristal. El brasileño estaba acuclillado entre dos gárgolas contrahechas y jorobadas en el borde del tejado, tan inmóvil como ellas. Cualquiera que lo hubiera visto lo habría tomado por otra estatua de piedra. Tenía la cabeza cubierta por la capucha de su capa y a los pies su saco, repleto de comida.

Llevaba tanto tiempo espiándolos que tenía las piernas acalambradas. Cada vez que veía a Marina en brazos de Hector sentía una suerte de vacío que le estallaba en pleno estómago, un vacío voraz que succionaba de repente entrañas, pensamiento y alma. Pero no podía apartar la mirada. Nunca había visto nada tan bello: ella estaba radiante en ese traje de noche negro. Se maldijo por ser tan estúpido.

—Podría matarte ahora mismo —escuchó tras él.

El vacío de su interior se convirtió en hielo puro. Se levantó despacio, frotándose las piernas para reavivar la circulación de la sangre. Luego se volvió. A su espalda estaba Adrian, envuelto en un caos de ropajes rojos agitados por el viento, con la espada desenvainada. Apuntaba a su cuello.

—Sería tan fácil, tan sencillo... —Hizo un movimiento rápido de izquierda a derecha, como si ensayara el corte en su garganta—. Zas, zas... —murmuró mientras lo hacía. Luego dio un paso atrás y envainó el arma. Llevaba una segunda espada envainada junto a la primera.

—No tiene por qué ser así —dijo Darío. Se quitó la capucha para que el otro pudiera verle los ojos—. Escucha... No quise hacerte daño en la escalera. Lo único que quería era marcharme y que me dejarais en paz. Fue la espada la que...

—Desenvaina.

—No.

—Entonces será mucho más fácil de lo que esperaba. —Adrian empuñó de nuevo la espada. El silbido que produjo al salir de la vaina sonó como el siseo de una serpiente.

Darío entrecerró los ojos. Si algo había aprendido en la infinidad de peleas que había tenido a lo largo de su vida, era a juzgar a un adversario por su mirada. Así era capaz de averiguar si se enfrentaba a un bravucón que huiría a las primeras de cambio o si se trataba de alguien que no cejaría en su empeño, costara lo que costase. Desenvainó también. Pocas veces había visto la determinación de Adrian.

—No puedes ganar —le advirtió—. Es una espada mágica. Hace lo que le da la gana. —Como refrendo a sus palabras, Darío sintió como el arma tiraba de él hacia delante, dispuesta a tomar el gobierno de su mano a la primera oportunidad—. Da igual lo hábil que seas, encontrará el modo de matarte.

—Gracias por el aviso.

Adrian se abalanzó sobre él. Darío detuvo el ataque levantando el arma a media altura, en ese momento la espada se hizo con el control y se disparó hacia delante y en vertical, corrigiendo el ángulo en el último instante para atacar por el flanco derecho, desprotegido por completo. Adrian detuvo el golpe, pero trastabilló al hacerlo. Se apoyó con la cadera en una de las gárgolas y se recompuso justo cuando la espada de Darío saltaba a su garganta, ávida de sangre. Adrian retrocedió y contempló impresionado el arma de Darío.

—No puedes vencer.

Saltaron el uno sobre el otro en el crepúsculo ventoso. El viento se arremolinó en torno a ellos mientras los golpes y contragolpes se sucedían, rápidos, fulgurantes. De cuando en cuando llegaba alguna nota perdida del palacete, un eco de música apagada que se intercalaba con el sonido del acero contra el acero. Tras la cristalera agrietada seguían bailando y riendo, ajenos a esa otra danza que tenía lugar a escasos metros de distancia.

Adrian se agachó, evitando por centímetros que el filo de su adversario le cortara la garganta. Tuvo que impulsarse hacia la izquierda para esquivar un nuevo ataque. El brasileño aguardó a que Adrian se rehiciera antes de volver a la carga.

Era una lucha desnivelada y Darío lo sabía. Adrian no solo se enfrentaba a él, también luchaba contra la voluntad del arma que empuñaba. Le resultaba sorprendente que el combate estuviera durando tanto. Y más aún que, de vez en cuando, su adversario tuviera la oportunidad de pasar al ataque.

La pelea los llevó hasta la mitad del tejado. Luchaban en silencio absoluto, con los ojos saltando a la mirada del contrario y de ahí a sus manos y a sus pies. Darío retrocedió. Se observaron, jadeantes, sudorosos. Por un momento el brasileño estuvo tentado de pedirle a Adrian esa segunda espada que llevaba al cinto para igualar la lucha. Pero desechó la idea con rapidez. Otra de las cosas que había aprendido en las calles de São Paulo era a no desaprovechar nunca las ventajas que uno pudiera tener.

Saltó de nuevo. Adrian lo recibió con una sonrisa. Otra vez los golpes se sucedieron con rapidez despiadada. Los dos giraban y danzaban, con los dientes apretados y el corazón enloquecido. Tras un ataque demoledor de Adrian, Darío sintió como el arma se revolvía en su mano al encontrar una falla en la defensa de su contrincante. Esta vez Adrian no pudo parar el golpe ni esquivarlo. La hoja lo atravesó de parte a parte, entró por el estómago y salió por la espalda, con tal potencia que sus pies dejaron de tocar el tejado. Por unos instantes se mantuvieron inmóviles en mitad de la noche, mirándose aún a los ojos en aquella postura demencial. Luego Darío retrocedió, arrastrando la espada con él. Adrian cayó al tejado y rodó despacio hasta la hilera de gárgolas. Allí quedó, mirando al cielo y respirando de manera entrecortada.

—Te lo dije —murmuró Darío. Se acercó al saco que había dejado junto al alero, se lo echó al hombro y miró a Adrian—. Te lo dije— repitió. Le temblaba el labio inferior. Enfundó la espada y dedicó una última mirada a la fiesta tras la cristalera. No, aquel mundo no era para él, jamás podría pertenecer a un mundo en el que hubiera sitio para la música y la luz. Él pertenecía a las tinieblas, a la violencia y el frío. El único calor que le estaba destinado era el de la sangre recién derramada—. Te lo dije. Te lo dije. Te lo dije…

Se marchó tambaleándose con una mano apoyada en el costado, allí donde la espada de Adrian, en la última embestida, le había hecho un tajo profundo.

Si hubiera mirado hacia atrás, habría visto como el caído se revolvía en el tejado, comenzaba a agitar las manos y a canturrear entre dientes. El colgante con forma de cabeza de bebé de tres ojos que llevaba al cuello empezó a brillar, pero se apagó en cuanto un gemido de dolor interrumpió la canción y el sortilegio.

En el palacete, el tiempo se había desviado de su curso habitual, Hector lo notaba ahora con una cadencia nueva y mágica; lo sentía avanzar no solo al compás del latido de su corazón acelerado, sino al de la música, el baile y, sobre todo, al ritmo del cuerpo de Marina. Sentir la suavidad de la curva de su cintura y el calor de su mano en la suya le producía una cálida sensación de pertenencia y vértigo. Bailaban al son de la melodía de los autómatas, girando por la pista de baile. Sus reflejos avanzaban bajo sus pies, neblinosos como fantasmas, pero igual de radiantes y veloces que ellos.

Envuelto en aquel tiempo lento vio a Lizbeth y Rachel: habían dejado de bailar y cuchicheaban risueñas, en el centro del salón, tan cerca la una de la otra que sus frentes casi se tocaban. Hermosas y radiantes ambas en sus trajes de noche, damas perfectas en un mundo maravilloso hecho de música. La pequeña muchacha tomó el vuelo de su falda y dio dos vueltas rápidas sobre sí misma. Rachel se llevó una mano a la boca y rompió a reír, antes de repetir su misma pirueta.

Hector inició un nuevo giro con Marina y perdió de vista a sus amigas. Su pareja de baile sonrió y sus ojos, los ojos más hermosos del mundo, se fijaron en los de él. Hector sintió la necesidad de abrazarla aún más fuerte, de acercarse a ella y dejar fluir al fin aquel torrente de sentimientos que lo había inundado desde la primera vez que la vio. Su cuerpo no podía contener tantos sentimientos, era imposible, del todo imposible. De nuevo la música los hizo girar, ella se separó de él, solo un poco, para volver a aproximarse al instante, más cerca aún de lo que estaba antes. La mano de Marina se afianzó sobre su hombro y la de él resbaló de su cintura a su cadera.

Otra vez el baile lo dejó encarado a Lizbeth y Rachel. Lizbeth señaló la gargantilla que su amiga llevaba al cuello, con la lágrima roja en el centro. Rachel dijo algo, hizo un gesto de asentimiento y se llevó las manos al enganche que cerraba la joya al mismo tiempo que la otra recogía su pelo y desnudaba su garganta.

Hector danzó más rápido aún, arrastrando a Marina con él. La chica soltó una carcajada y se precipitó en sus brazos. La música hizo un requiebro y el baile se volvió lento. Ya no había separación entre ambos. Y él fue consciente de cada curva de su cuerpo, de cada pliegue de su ropa y de su respiración jadeante enredada en la suya.

Completaron otro giro y de nuevo Lizbeth y Rachel aparecieron ante él. La primera sostenía la gargantilla alrededor de su cuello, sus dedos, cortos y regordetes, a punto de cerrar el broche tras la nuca. Rachel la observaba risueña y, de manera distraída, se rascaba la garganta, justo en el punto donde su piel había estado en contacto con la joya. Hector y Marina giraron a la par y volvió a perderlas de vista. Tardó un segundo en darse cuenta de lo que acababa de ver. En su mente estalló como una bomba la imagen Rachel rascándose el cuello. En lo siguiente que pensó fue en que el rojo de la lágrima de la gargantilla era el mismo rojo de Rocavaragálago, el color de la catedral hecha de Luna Roja. Luego ya no pensó en nada más.

Soltó tan rápido a Marina que la joven casi se cayó. Hector se giró hacia Lizbeth y Rachel como una exhalación.

—¡No te lo pongas! —aulló, pero ya era tarde, los dedos de Lizbeth habían dado con el pasador.

La piedra de la gargantilla centelleó una sola vez. Como si fuera un eco de aquel fulgor, en los ojos de Lizbeth brillaron dos estrellas rojas gemelas. Su mirada, siempre viva y alegre, se nubló con un resplandor escarlata que parecía surgir del mismo infierno. La expresión de su rostro se deformó, sus rasgos se retorcieron y su cara se convirtió en una máscara bestial. La muchacha se encorvó como si todo el peso del mundo hubiera caído de pronto sobre sus hombros. Hector corría dando gritos mientras Marina luchaba para recuperar el equilibrio.

Lizbeth gruñó. No era un sonido humano. Era el inicio de un aullido. Los mismos aullidos que llegaban todas las noches desde las montañas. La Luna Roja brillaba en la mirada de la joven, escarlata y sangrienta.

De pronto saltó hacia Rachel que observaba atónita a su amiga, incapaz de reaccionar. Hector vio como el brazo de Lizbeth se catapultaba hacia ella, con la mano convertida en una garra espantosa. El impacto contra el cuello de Rachel fue brutal, el golpe la levantó del suelo y la hizo volar varios metros antes de caer y quedar inmóvil por completo.

Hector llegó hasta Lizbeth, tratando de no pensar en el chasquido horrible que acababa de oír.

—¡Lizbeth!

Intentó alcanzarla, pero ella escapó de un salto, le gruñó y se abalanzó sobre él enseñándole los dientes. Aquello no era Lizbeth, aquello no tenía nada que ver con su amiga. El fulgor rojo de su mirada lo cegó un segundo. Lanzó un ataque violento hacia la sombra que se le venía encima. Sus nudillos golpearon contra la mandíbula de Lizbeth al mismo tiempo que las uñas de la joven desgarraban su ropa y arañaban la carne bajo ella.

Lizbeth cayó al suelo, se revolvió y quedó a cuatro patas, gruñendo y babeando. Hector escuchaba gritos a su espalda, alguien lo llamaba, alguien le pedía que se apartara. Otra voz llamaba a Bruno a gritos. Y la música de los autómatas seguía desenredándose por la pista de baile, ajena al caos. Era la misma música a cuyo ritmo habían bailado Marina y él apenas unos segundos antes. Lizbeth saltó hacia él, con el rostro convertido en una mueca feroz. Hector no trató de esquivarla y fue a su encuentro. La boca de la joven se cerró a unos centímetros de su cara. Él la hizo a un lado con la mano izquierda y a continuación la golpeó con la derecha. Fue un puñetazo demoledor que dejó inconsciente a Lizbeth y a él tambaleándose.

Permaneció inmóvil durante unos instantes, en la misma postura en que se había quedado tras golpear a Lizbeth. El tiempo se había detenido definitivamente en el salón de baile; Hector cerró los ojos despacio deseando que nunca más volviera a ponerse en marcha. Con los ojos cerrados todo era calor y consuelo, en la oscuridad y con el tiempo detenido nada podría dañarlo jamás. Todo estaría bien. Tras la tiniebla cálida de unos párpados cerrados nada podía alcanzarlo.

Pero el tiempo se puso en marcha de nuevo cuando alguien a su espalda, con un hilo de voz, anunció:

—Está muerta.

—No... —murmuró y señaló a Lizbeth—. Respira, aún respira... No... —Se giró y descubrió a Madeleine de rodillas junto a Rachel.

—Está muerta —repitió la pelirroja, más alto esta vez. Se volvió hacia el italiano que permanecía inmóvil con los ojos muy abiertos y la boca entreabierta—. ¡Bruno! ¡Haz algo! ¡Está muerta, maldita sea! ¡Ven aquí! ¡Haz algo!

En ese instante, Natalia rompió a gritar.

LA REVELACIÓN

El patio del castillo era un pandemonio de criaturas que saltaban, se retorcían y aullaban. La manada había enloquecido por completo. Los guardias de la puerta cruzaron una mirada preocupada. Hacía tiempo que nada las agitaba tanto. Una de ellas golpeó con su testuz los barrotes de la verja y la puerta entera vibró.

La mayor, un grandioso ejemplar gris, saltó sobre el tocón de un árbol muerto. Alzó su cabeza y aulló de tal forma que hasta el mismo castillo pareció estremecerse. Los demás se arremolinaron a su alrededor, sin parar de bufar y gruñir. El entramado de venas negras que cubría sus ojos les daba un aspecto más salvaje todavía, como si sus miradas se asomaran a través de ventanales destrozados o intrincadas telas de araña.

Dama Serena las observaba asqueada desde una terraza de la torre sur. Los cortinajes raídos que pendían del umbral de la puerta se agitaban a su lado como criaturas fantasmales. Aquellas bestias le desagradaban profundamente. Todo en ellas le repugnaba, desde el pelaje sucio y maloliente hasta sus garras retorcidas.

—Hay muerte en la ciudad —anunció de pronto el vozarrón de Ujthan a su espalda—. La huelen.

Dama Serena se giró con rapidez al escuchar su voz. No lo había oído entrar. Resultaba perturbador que un hombre tan grande fuera tan sigiloso.

—No es solo muerte lo que huelen —aseguró ella. Lo miró de arriba abajo, sin ocultar el desprecio que sentía por él—. ¿Qué haces aquí, Ujthan? —preguntó. La zona del castillo en la que se encontraban estaba deshabitada y era raro ver a alguien vagando por allí.

—Os buscaba. —Las sombras de la habitación cayeron sobre su rostro tatuado, dándole una apariencia más siniestra si cabía.

—¿Te has convertido en emisario de Esmael? —preguntó la reina fantasma—. ¿Has sustituido al polvoriento como mensajero del ángel negro?

—No es mi intención molestaros, dama Serena —murmuró—. Y no, no vengo de parte de Esmael. Es otro asunto diferente el que me trae hasta aquí.

Una corriente mágica sacudió a dama Serena. Sintió la vibración sutil de un campo de silencio extendiéndose a su alrededor. La fantasma contempló intrigada al guerrero. Ujthan era incapaz de hacer magia, era un guerrero y un asesino despiadado, pero no había ni un ápice de magia en su cuerpo, más allá de los tatuajes de las armas que lo cubrían. En las sombras lo vio manipular algo con manos inseguras, un objeto hechizado, sin duda.

—Vengo de parte de alguien que puede cumplir vuestro deseo más ansiado —dijo—. Alguien que puede concederos el olvido y extinguir la parodia de vida que lleváis.

La fantasma se echó a reír. Su risa, en aquel campo mágico, no creaba el menor eco.

—¡Qué sinsentido es este! —Flotó hacia el interior de la habitación—. ¿Otra vez lo mismo? —Volvió a reír—. Dile a Esmael que se deje de estupideces. No tiene mi...

—No es Esmael quien me manda —insistió Ujthan. Y la voz del guerrero sonó tan brusca que dama Serena entrecerró los ojos. De pronto se percató de que había algo extraño en torno al guerrero, un aura de energía oscura que no casaba en absoluto con la esencia mágica de Ujthan.

—¿De quién hablamos entonces? —preguntó con severidad—. Y déjate de juegos.

Como única respuesta, Ujthan introdujo las yemas de dos dedos en su pómulo izquierdo, justo al lado del tatuaje de una daga. Dama Serena vio como tomaba con suavidad una sombra situada junto al filo del arma y tiraba de ella. La fantasma se puso en guardia y comenzó a dibujar un hechizo de protección con una mano. Antes de haber ejecutado tres movimientos se detuvo, asombrada.

No era un arma lo que Ujthan extraía de su carne. Era una criatura viva, un ser de color pardo que se iba desplegando ante sus ojos en una visión de pesadilla. No se sabía bien qué era brazo, torso, pierna o cabeza, todo era una misma amalgama de carne parda y vendas negras que surgía del rostro del guerrero y se iba vertiendo al suelo como una catarata de gelatina grumosa.

Una vez separada por completo de Ujthan, aquella criatura se sacudió como un perro recién salido del agua, se enderezó y dio un paso hacia dama Serena.

Lo reconoció al instante. Era Belisario. El espíritu entrecerró los ojos. «No —se corrigió—, es el cuerpo de Belisario, pero es otro el que lo habita. Algo mucho más poderoso y terrible. Algo muy antiguo». La fantasma, a su pesar, se estremeció.

—Permite que me presente —dijo aquel ser. Su voz era la voz de la devastación; su voz era el anuncio de la muerte y el dolor.

Bajaron las escalinatas que conducían al patio del palacete sumidos en un silencio tenso, casi sólido.

Ricardo iba delante, con Lizbeth en brazos. El hechizo paralizante que la envolvía emitía un débil fulgor azulado que los bañaba a ambos y se derramaba a sus pies, iluminando los escalones que pisaban. Los puños crispados de la joven parecían más garras animales que manos humanas, hasta se diría que las uñas y falanges habían crecido. Su rostro seguía contorsionado en una mueca demoníaca. No habían conseguido quitarle la gargantilla del cuello, daba la impresión de tenerla soldada a la carne.

Hector se detuvo a mitad de las escalinatas mientras los demás alcanzaban el patio. Continuaban vestidos con la ropa de la fiesta y era tal el contraste entre ese atuendo y lo que acababa de ocurrir, que todo se le antojaba más absurdo e irreal aún. Los contempló desde las escaleras y se preguntó cómo habían podido confiarse tanto. Habían olvidado dónde se encontraban y eso les había costado caro.

—Encerradla en las mazmorras de la torre y que Bruno se quede con ella —ordenó. Su voz era firme, aunque poca firmeza sentía en esos momentos. Las piernas le temblaban—. Quizá se recupere cuando despierte y vuelva a ser ella. Pero no podemos arriesgarnos. —Se giró hacia el italiano—: Si el hechizo se desvanece antes de que lleguéis al torreón, paralízala otra vez.

—Lo haré —dijo. Había algo extraño en Bruno. Su rostro mostraba la frialdad acostumbrada, pero sus ojos tan pronto estaban fijos en el cuerpo de Lizbeth como saltaban a Hector en la escalera o se alzaban hacia el ventanal de la fachada.

«Siempre hay que tratar de hacer el menor daño posible, pero a veces es inevitable hacer daño», le había dicho Lizbeth en el torreón y Rachel había asentido a su lado. El recuerdo de los ojos de la joven al nublarse con el rojo de la gargantilla le sacudió como un latigazo. Se estremeció.

—¿Y tú? —le preguntó Maddie. Se abrazaba a sí misma al pie de las escalinatas, aterida por un frío que en nada tenía que ver con el crepúsculo—. ¿Qué vas a hacer?

—Voy a ocuparme de Rachel.

—Hector... —Marina dio un paso en su dirección. Era la única que lloraba.

A duras penas logró contener el impulso de retroceder. Sentía la necesidad de alejarse de ella, de poner entre los dos la mayor distancia posible. El recuerdo del calor de su cuerpo le parecía una blasfemia tras lo ocurrido, un insulto a Rachel, a Lizbeth, al mundo entero. No, en Rocavarancolia no había sitio para la felicidad ni para el amor, ni para nada que se le asemejara. Rocavarancolia era oscuridad y muerte. No había nada más. Y él había sido un idiota por haberse dejado llevar.

«¿Cuánto tiempo tarda en enfriarse un cadáver?», se preguntó de repente.

—Regresad al torreón. Encerrad a Lizbeth allí. Yo... —La voz le flaqueó. Esquivó la mirada de Marina, esquivó todas las miradas. Quería que se fueran. Quería estar solo cuanto antes para poder buscar un lugar oscuro donde derrumbarse, un lugar donde no llegara la luz—. Marchaos. Yo me encargaré de Rachel —repitió.

—Mi cuento... —susurró Marina.

Hector asintió al cabo de unos segundos. Se encogió de hombros.

—Es lo que viene ahora, ¿no?

Se daba la vuelta para entrar de nuevo en el edificio cuando Marco lo detuvo. Se acercó a él a trompicones, con los ojos vidriosos. Por un instante, Hector pensó que se disponía a atacarle, pero lo que hizo fue más sorprendente aún: lo abrazó con fuerza. Hector se quedó inmóvil, aturdido por el arranque del alemán.

—Hagas lo que hagas no la entierres bajo tierra —le susurró al oído—. Si lo haces, el eco de su conciencia se filtrará en el subsuelo y nunca dejará de hablar. Déjala descansar. Déjala descansar de verdad.

Luego redobló su abrazo, dejándolo casi sin aliento, antes de apartarse de él. Hector lo miró desconcertado, incapaz de comprender todo lo que implicaba la frase de Marco. En aquel momento lo único importante era lo que había ocurrido en el salón de baile.

En cuanto se marcharon, Hector regresó al palacete. De nuevo el falso techo pendió sobre su cabeza. La luz que entraba a través de las bóvedas era cada vez más escasa. La belleza del lugar se enturbió en la oscuridad creciente. No había dado ni dos pasos dentro cuando las rodillas le fallaron por fin; no le quedó más remedio que sentarse en medio de la entrada para no desplomarse. Los nudillos de su mano derecha pulsaban de forma dolorosa, como si un corazón diminuto le hubiera nacido en cada uno de ellos. El recuerdo de su puño al impactar contra Lizbeth le vino a la memoria con tal claridad que le dieron arcadas.

—No hacer daño… —alcanzó a murmurar.

Se levantó al cabo de un rato, pero solo para ir a sentarse en las escaleras más cercanas. Aún no estaba preparado para subir y enfrentarse al cuerpo de Rachel.

Fuera se escuchaba el viento, ese viento de Rocavarancolia que le resultaba ya tan familiar como ajenos le eran su propio cuerpo y sus pensamientos.

La araña monstruosa de la levita estaba inclinada sobre el cuerpo de Rachel, envolviéndola con su seda. Ya la había cubierto hasta la cintura y continuaba su tarea con tal concentración que no se percató de que Hector se acercaba espada en mano. Cuando ya había salvado la mitad de la distancia que los separaba, aquel espanto se giró hacia él. Cuatro de sus ocho ojos estaban bañados en lágrimas.

—Cuánto lo siento, niño. Cuánto lo siento... —Bamboleó su cabeza con tristeza. Su voz era un desagradable regüeldo viscoso, casi parecía estar ahogándose en su propia saliva.

—Apártate de ella.

—Debo llevarla a la cicatriz de Arax, donde yacen los caídos. Ese es su lugar ahora. Los muertos deben estar con los muertos.

—No dejaré que la eches a los gusanos. —La apuntó con su espada. La voz le quemaba en la garganta—. Rachel se merece mucho más que eso. Mucho más.

La araña torció la cabeza para mirarlo, luego la bajó en un ángulo imposible y fijó sus ojos en la joven muerta. Sus quelíceros se agitaron sin emitir el menor sonido. Retrocedió despacio, fija toda su atención en la espada. Hector la bajó pero no llegó a envainarla. Los nudillos de su mano derecha continuaban pulsando.

Se acercó a uno de los cortinajes y tiró de él con fuerza. La cortina se desprendió con un chasquido de forma tan violenta que tuvo que apartarse para no quedar cubierto por ella. La tela era demasiado grande y pesada para lo que tenía en mente. No le llevó mucho cortarla con la espada; lo hizo en diagonal, de manera descuidada. Luego respiró hondo durante un largo minuto, tomando fuerzas para lo que venía a continuación.

Se limpió las lágrimas con la palma de la mano y se aproximó al cuerpo inmóvil, con la espada ya envainada y la cortina en brazos. Miró espantado a Rachel, incapaz de concebir que poco antes hubiera estado bailando y riendo y ahora yaciera inmóvil en mitad de la pista de baile, desmadejada como un muñeco roto. Se acuclilló junto a ella y la liberó de la telaraña. Luego la envolvió con la cortina cortada. Lo hizo con delicadeza, como si temiera despertarla. Acto seguido levantó el cuerpo en brazos. Apenas pesaba. Y esa liviandad lo sobrecogió aún más.

—Es como si estuviera vacía —dijo.

—Está vacía —le contestó dama Araña—. Lo que importa ya no está. Se ha ido.

Hector asintió y con el cuerpo en brazos abandonó el salón de baile. Dama Araña fue tras él, guardando una distancia prudente. Lo siguió también cuando dejó atrás el palacio y se adentró en la ciudad en ruinas. La oscuridad era una capa espesa que envolvía al mundo del mismo modo en que la cortina envolvía el cuerpo de su amiga.

Aquel minúsculo cortejo fúnebre atravesó la noche ventosa de Rocavarancolia. El joven con su amiga muerta en brazos y la araña detrás. Cruzaron por uno de los tablones que conducían al otro lado de la cicatriz de Arax. Una vez allí, Hector se detuvo para orientarse. La ciudad era diferente en la oscuridad, como si con la noche el caos de ruinas que la formaba se hubiera desordenado todavía más. Algo se movió en las tinieblas, unos ojos amarillos y feroces lo espiaron desde un callejón, pero aquello, fuera lo que fuese, no hizo ademán de acercarse. Hector miró a su alrededor, estaba perdido por completo, ni siquiera tenía muy claro desde qué dirección había llegado hasta allí. A su izquierda había un alto pedestal de mármol al que se encaramaban una docena de águilas de piedra negra con las alas alzadas. Nunca antes lo había visto.

Algo aleteó en la noche. Volvió otra vez la vista hacia el pedestal, pero las águilas permanecían inmóviles, simple piedra quieta. Al mirar de nuevo al frente, Hector entrevió una sucesión rápida de destellos metálicos aproximándose veloces. Estaba a punto de dejar a Rachel en el suelo para desenvainar su espada cuando se percató de que se trataba del pájaro metálico que solía acecharlos, con aquel ojo humano bien sujeto en el pico. Nunca lo había visto tan de cerca. Le recordó a los pájaros de trapo que había invocado Denéstor en su habitación hacía mil años; aunque los materiales de unos y otro fueran distintos, algo en su diseño los hermanaba, como si fueran obra de un mismo artista.

El pájaro se posó a dos metros escasos de él, depositó el ojo en el suelo y graznó algo que sonó como un «ven». Tomó de nuevo el ojo y echó a volar. No fue lejos. Se posó en el pórtico de una casa negra, cubierta de tejados picudos y veletas fantasmagóricas, y agitó las alas con impaciencia, a la espera de que Hector fuera tras él.

En cuanto el joven empezó a andar, el pájaro reanudó su vuelo. Hector lo siguió a través de las callejuelas laberínticas de Rocavarancolia. De cuando en cuando el pájaro metálico echaba un vistazo atrás para asegurarse de que todavía estaba ahí. Dama Araña iba tras ellos, con paso torpe y lento, frotándose sus cuatro manos como si estuviera aterida de frío.

Tardaron más de una hora en llegar y, en todo el trayecto, Hector no reconoció ni una sola calle, ni siquiera cuando al dejar atrás un muro de ladrillo rojo vio aparecer la hondonada profunda del cementerio. A

Hector le sorprendió la cantidad de luces que brillaban allí abajo. Era como asomarse a un decorado mágico, un escenario hecho de sombras, brillos y fulgores que poco tenía que ver con la ciudad que lo rodeaba. Aquel lugar parecía intentar compensar el cielo vacío de estrellas que pendía sobre Rocavarancolia. El pájaro se adentró en el cementerio y se posó en lo alto de un obelisco jaspeado.

Las voces de los muertos salieron a su encuentro en cuanto puso el pie en la rampa sur que bajaba a la hondonada.

—¡Ella no pertenece aquí! ¡Llévatela! ¡Llévatela! ¡No la queremos con nosotros! ¡Vete!

—Pobre niña rota, pobre niña muerta… Qué vacío deja a su paso. Qué silencio. Qué tristeza. Tráela, tráela. La arroparemos con nosotros en la oscuridad cálida.

—¡No! ¡Que se pudra lejos! ¡Bien lejos! ¡Saca sus huesos fríos de aquí! ¡Llévate esa carne que no siente y esa sangre que no corre!

—No los escuches. Déjala con nosotros. Cantaremos canciones de cuna para ella. Honraremos su memoria y jamás estará sola.

—¡Callaos! —aulló dama Desgarro, avanzando hacia Hector a grandes zancadas desde una plazoleta. Los muertos enmudecieron al instante.

La custodia del Panteón Real llevaba una antorcha que iluminaba un vasto círculo a su alrededor. Su carne, cuajada de cicatrices y llagas, brillaba de forma espectral bajo la luz directa, haciéndola parecer más pálida y demacrada de lo que ya era. Daba la impresión de estar a punto de desmembrarse en cualquier momento. A Hector no le sorprendió ver que le faltaba un ojo. Dama Desgarro esperó a que completara los últimos metros de descenso y luego, sin decir palabra, le dio la espalda y enfiló una cuesta que bajaba entre dos mausoleos gemelos, de piedra azul y finas columnatas verdes. El pájaro metálico dejó la punta del obelisco y planeó hasta el hombro de la mujer.

La grotesca dama lo guio a través del cementerio. Las luces arrojaban sus sombras contra panteones y tumbas, haciéndolas a veces inmensas y a veces diminutas e insignificantes. Caminaron durante algunos minutos, hasta llegar a un mausoleo a medio construir donde se detuvieron. Solo había levantadas dos de las cuatro paredes del panteón, altas y de piedra rojiza recubierta de jeroglíficos. Las dos paredes formaban una esquina sin techar sobre una plataforma de mármol en cuyo centro se levantaba un sencillo sepulcro blanco.

Dama Desgarro dejó la antorcha en un soporte metálico que surgía de una pared. Luego asió la losa que tapaba el sepulcro y la deslizó sin esfuerzo hacia un lateral, apoyándola en vertical contra la tumba. Se volvió hacia Hector.

—Los duques de Barinion ordenaron levantar este mausoleo para su hija moribunda unos días antes de que el enemigo atravesara los vórtices —le explicó—. Supongo que tanto los duques como la niñita terminaron en la cicatriz de Arax, no lo sé... Sea como sea, nadie se quejará si la dejas aquí.

Aquella tumba no era lo que Hector había esperado después de escuchar el cuento de Marina, no había nada grandioso ni memorable en ella, nada que la hiciera especial. El mausoleo a medio construir pasaba inadvertido entre el resto de las tumbas y panteones, pero no por eso dejaba de ser un buen lugar. Y era muchísimo mejor que la cicatriz de Arax.

Dama Desgarro se acercó a Hector. Una vaharada de podredumbre dulce lo rodeó al momento: un olor a vida más allá de la vida, un aroma orgánico que hablaba de lo que crecía en secreto en lo más profundo de los bosques moribundos. La mujer extendió los brazos marcados hacia él.

—Yo la llevaré —le dijo con su voz deshecha—. Esa tarea me corresponde a mí. Custodia del Panteón Real, comandante de los ejércitos del reino y sepulturera...

Hector dudó un instante pero luego le tendió el cuerpo de Rachel. Solo cuando aquella criatura espantosa lo liberó del peso del cadáver, fue consciente de todo el cansancio que se le había acumulado en los brazos. Los dejó caer e intentó ignorar las lanzadas de dolor que le llegaban desde los nudillos de la mano derecha.

Dama Desgarro llevó el cuerpo envuelto en la cortina hasta el sepulcro y lo tendió dentro, con la torpeza brusca de alguien que intenta ser delicado cuando no está acostumbrado a serlo. A continuación asió de nuevo la losa y la colocó sobre la tumba. El sonido de la piedra al chocar contra la piedra resonó de un modo extraño en el mausoleo inacabado, fue un chasquido macabro y reluctante, un ruido que a Hector le hizo apretar los dientes y le puso el vello de punta. Ese bien podría haber sido el sonido del pasador de la gargantilla de Lizbeth al cerrarse en torno a su cuello. Hector volvió a revivir en su mente el instante en que los dos fulgores sangrientos se abrían camino en los ojos castaños de su amiga.

—Eso es lo que va a pasar —dijo—. Lo que le ocurrió a Lizbeth... Eso es lo que nos va a pasar a todos.

No se dirigía a dama Desgarro, ni a la araña que aguardaba unos pasos más allá. Hablaba para hacer real aquella pesadilla, para sacarse la verdad de encima. Pero sobre todo hablaba para librarse de las espantosas estrellas rojas que habían estallado en los ojos de Lizbeth.

—La Luna Roja nos cambiará —continuó—. Nos cambiará como ha cambiado a Lizbeth.

Dama Desgarro guardó silencio, sin saber qué hacer o qué decir. Lo había visto todo. El pájaro que portaba su ojo había estado posado en uno de los tejados frente al palacete y desde allí había sido testigo del duelo de Adrian y Darío, y de la muerte de Rachel.

—Os cambiará, pero no tiene por qué ser tan traumático como el cambio de vuestra amiga —dijo al fin. Habló muy bajo, en un intento vano por conseguir que su voz no sonara tan horrible como de costumbre. Su garganta destrozada no era la más apropiada para consolar a nadie—. Hay transformaciones más amables, más...

Hector la interrumpió:

—¿Para eso nos habéis traído aquí? —Apretó los puños. Nunca había sentido tanta rabia ni tanta impotencia—. ¿Para convertirnos en monstruos?

—¿Monstruos? —preguntó dama Araña.

—Rocavaragálago y la Luna Roja aumentarán vuestra esencia mágica —dijo dama Desgarro—. En la mayoría de los casos ese aumento se verá acompañado de cambios físicos y mentales. La transformación es necesaria, niño, de no llevarse a cabo toda esa nueva energía acabaría con vosotros. Os abrasaría.

—Malditos seáis. —Hector retrocedió un paso—. Malditos seáis todos.

Negó con la cabeza. No habría espantos saliendo de las paredes rojas de Rocavaragálago. Los monstruos serían ellos, los chicos que Denéstor Tul había traído desde la Tierra: la cosecha de Samhein.

Miró con rabia a dama Desgarro.

—¿Cómo podéis hacernos esto? —le preguntó—. ¿Qué clase de seres sois vosotros? —Tenía los puños crispados y temblaba de furia—. ¡Nos lo habéis quitado todo! ¡Nos arrancasteis de nuestro mundo! ¡Hicisteis que todos nos olvidaran y ahora esto! ¡Ahora esto! No... no puede haber criaturas más despreciables que vosotras.

Dama Desgarro entrecerró su único ojo y avanzó un paso. No había esperado gratitud alguna por parte de Hector, pero tampoco estaba preparada para tanto desprecio, por justificado que estuviera.

—Maldice todo lo que se te antoje, muchachito. —Su voz se había convertido en hielo. La furia de Hector había encendido la suya propia—. Grita lo que quieras. Maldíceme a mí y al universo entero... No cambiará nada. La Luna Roja saldrá y Rocavaragálago se pondrá en marcha. Nada de lo que hagas podrá detener eso.

—Monstruo —dijo Hector. Y puso tanto odio y furia en esa palabra que fue como si la pronunciara por primera vez. Dama Desgarro le mostró la ruina rota y ennegrecida que tenía por dentadura. La mano de Hector bajó hasta la empuñadura de su espada. El aroma pútrido de la mujer aparecía ahora punteado con un olor nuevo, un olor a ponzoña y a amenaza.

—Sí —gruñó dama Desgarro, alargando la palabra en un siseo maligno mientras se inclinaba hacia él—. En eso mismo os convertiréis todos: en monstruos... Mírame, niño, y contempla tu futuro. No hay esperanza para vosotros. Vuestros cuerpos cambiarán con la Luna Roja, algunos de tal forma que os resultará imposible reconoceros. Y no solo vuestros cuerpos. Vuestra misma alma se volverá oscura. Y esa oscuridad os llevará muy lejos. Para cuando se oculte la Luna Roja no quedará nada humano en vosotros. ¿Me oyes? Nada.

Hector apartó la mano de la empuñadura del arma y contempló a la grotesca mujer, asombrado. Acababa de comprender algo tan obvio que la revelación lo dejó unos instantes sin aliento.

—A ti también... Santo cielo... ¿También te engañaron? Eras como nosotros... y la Luna Roja te convirtió en... eso.

Dama Desgarro soltó un gruñido.

—¡Apártate de mi vista! —aulló. Intentó en vano zafarse del recuerdo de otros tiempos, cuando su piel era suave y su corazón impulsaba sangre cálida por sus venas y no cieno—. ¡Vete con los tuyos! Lárgate, ¡corre, corre, corre! —Hizo un gesto brusco con la mano, una sacudida en dirección al camino—. Regresa junto a tus amigos. Y graba en tu memoria el rostro de la niña que amas, porque dentro de poco es probable que no puedas mirarla sin sentir ganas de vomitar.

La mención a Marina hizo que trastabillara. No podía apartar la vista de dama Desgarro. Aquellos miembros abotargados y marcados, las cicatrices espantosas que recubrían su cuerpo pálido, habían cobrado ahora una dimensión nueva y terrible. De pronto imaginó a Marina convertida en algo parecido y sintió vértigo.

Dio dos pasos rápidos hacia atrás. La sombra de la araña cayó sobre él un segundo mientras se apartaba de su camino.

Se giró hacia ella. Por un momento el rostro monstruoso del arácnido quedó frente al suyo; los ojos que se ocultaban tras los monóculos aparecían agigantados y negros, con una expresión de estupidez perpleja en ellos. Las dagas de sus quelíceros estaban recubiertas de baba grisácea y viscosa. ¿Acabaría alguno de sus amigos convertido en un ser tan espantoso como aquél?

—Monstruos —susurró Hector, pero ya no era un insulto, era una fría premonición—. Monstruos, monstruos, monstruos…

Dio la espalda al mausoleo y echó a correr.

No necesitó la guía del pájaro de metal para regresar al torreón. Avanzó como un espectro por las calles oscuras, una sombra entre sombras. Buena parte del trayecto la hizo llorando; eran lágrimas de rabia, dolor e impotencia. No podía dejar de pensar en Rachel, en Lizbeth, en Marco y sus palabras en la escalinata del palacete, en la Luna Roja y en lo que les iba a ocurrir cuando saliera… En su cabeza, en sus pensamientos turbulentos, no había sitio ni para el sosiego ni para la esperanza.

Cuando avistó el torreón en la distancia se detuvo y se forzó a tranquilizarse. Se limpió la cara con la manga. No quería que en su rostro quedara prueba alguna de haber llorado y, para comprobar que así era, desenfundó su espada y observó su imagen, borrosa y distorsionada, reflejada en el filo. Luego reanudó la marcha. La estrella de la fachada había llegado a la altura de las nueve menos diez.

En la planta baja del torreón esperaban Madeleine, Marina, Natalia y Bruno. La pelirroja y el italiano estaban sentados solos, uno en cada extremo de la gran sala. Marina y Natalia, en cambio, se encontraban juntas en un diván recubierto de pieles muy cerca de las escaleras. La rusa tenía las piernas flexionadas sobre el asiento y se abrazaba desolada a sus rodillas. Por la postura de Marina en el diván, Hector comprendió que había estado consolándola. Al ver a sus amigos, lo recorrió una nueva oleada de angustia. No podía dejar de imaginárselos como criaturas horribles, como monstruos plagados de cicatrices y llagas. Volvió a recordar la transformación de Lizbeth, el modo salvaje en que saltó hacia ella para asestarle aquel golpe mortal.

Madeleine fue la única que se levantó al verlo entrar. Se acercó a él y, sin mediar palabra, lo besó en la mejilla.

—¿Ya está? —preguntó.

Él la miró largo rato antes de asentir. Madeleine era la única que se había quitado el vestido de la fiesta. Se había puesto una fea túnica oscura, arrugada y vieja. Y aun así se la veía casi tan radiante y hermosa como con aquel maravilloso vestido verde y blanco. Le resultaba imposible concebir que toda aquella hermosura pudiera perderse con la llegada de la Luna Roja.

—Ya está —dijo. Para su sorpresa no le tembló la voz a pesar de la desolación y la debilidad que sentía—. ¿Dónde están los demás?

—Ricardo está abajo con ella —dijo Madeleine. La pelirroja lo miraba de modo extraño, como si no lo reconociera o como si en su rostro hubiera algo de lo que antes no se había percatado—. Adrian todavía no ha vuelto. Y no sabemos dónde está Marco. Se marchó en cuanto llegamos.

—Dijo que tenía algo importante que hacer, algo que no podía retrasar más —señaló Marina desde el diván. Hector ni siquiera la miró. Si la miraba ahora, se derrumbaría, estaba convencido de ello.

—¿Hacer algo? ¿El qué?

Madeleine se encogió de hombros y Hector frunció el ceño. Marco sabía más de la naturaleza del cementerio de lo que debía, y eso daba un nuevo significado a todo lo que aquel muchacho había hecho por ellos. Sin él, las cosas habrían sido muchísimo más duras; sin él, Hector dudaba que hubieran sobrevivido tanto.

De pronto un recuerdo vívido del día de su llegada acudió a su memoria: Alexander había querido bajar a por armas a la cicatriz de Arax y el alemán, mientras buscaba un punto donde descender, había hecho rodar algunas piedras por el borde. Había sido a propósito, comprendió Hector. Marco sabía que algo peligroso los aguardaba allá abajo y ese había sido el modo de ponerlos sobre aviso.

Pero ¿cómo sabía tanto sobre Rocavarancolia? ¿Alguien lo estaba ayudando, como dama Serena lo ayudaba a él, o había algo más? ¿Y dónde había ido? ¿Qué era eso tan importante que tenía que hacer?

Mistral marchaba por las calles de Rocavarancolia tapándose los oídos con las manos para no escuchar los aullidos que llegaban de las montañas. Había estado tentado de cegar sus pabellones auditivos, convertirlos en dos amasijos de carne inútil para que aquel sonido terrible no encontrara el modo de abrirse camino hasta él. Pero ya era tarde. Llevaba los aullidos de la manada grabados a fuego en su cerebro, igual que el grito de Alexander al quedar atrapado por la maldición de la torre Serpentaria.

Todo había sido inútil. Su presencia no había supuesto diferencia alguna, no había provocado más que muerte y sufrimiento. Una vocecilla en su mente le aseguraba que se equivocaba, que había evitado que fueran muchos más los que murieran, pero no le prestaba atención. Era una voz que llegaba de muy lejos, y tan débil que no parecía creerse a sí misma.

Primero había asesinado al alemán, estrangulándolo con las mismas manos que ahora apretaba contra sus oídos. Después había sacrificado a Alexander para salvar a Adrian y a Natalia. Y ahora había caído Rachel, víctima de la idea insensata de celebrar una fiesta en Rocavarancolia.

Y, sin embargo, ¿podía haber sido de otro modo? ¿Cómo pretendía salvarlos cuando su primer acto había sido asesinar a uno de ellos? Sacudió la cabeza. Su objetivo no era salvar a los niños. Su objetivo era salvar al reino. Al menos al principio. Pero ¿y luego? ¿Qué ocurrió luego? ¿Por qué se había quedado en el torreón Margalar durante cuatro largos meses?

—Porque se lo prometí a Alexander —murmuró Mistral—. Le prometí cuidar de su hermana.

¿Era ese el verdadero motivo? No, esa era la excusa a la que se había aferrado a lo largo de ese tiempo. El verdadero motivo era otro, no la promesa, sino a quién se la había hecho: Alexander. Ahí residía la clave. Recordó al pelirrojo enfrentándose al final con una entereza que a él lo desarmó. Pero ¿cuál era la diferencia entre ser valiente y fingirlo? ¿La misma que había entre ser un monstruo y fingir ser normal?

Y recordó de nuevo a Alexander, después de que lo sorprendiera llorando mientras Adrian agonizaba. El cambiante le había formulado una pregunta semejante en aquel momento: si el resultado era el mismo, ¿qué importaba ser un héroe o fingirlo? El pelirrojo se había mostrado tajante.

Mistral repitió su respuesta en un susurro ahogado:

—Que yo sé que miento.

Salió de una bocacalle oscura y se encontró de frente con los bordes quebrados de la cicatriz de Arax. Se acercó tambaleándose, sin despegar todavía las manos de sus oídos, y se detuvo en el mismísimo borde de la grieta que había creado el rey Sardaurlar con su espada mágica. La blancura de los esqueletos que poblaban la enorme brecha irradiaba un resplandor tétrico en las tinieblas. Decenas de cuencas vacías lo observaban desde allí, manos descarnadas lo señalaban con el descaro con el que la muerte señala a la vida. En la cicatriz de Arax se mezclaban los huesos de los monstruos y los hombres, los esqueletos de amigos y enemigos yacían juntos, hermanados en la blancura y el silencio.

Por primera vez en más de un siglo, Mistral pensó en otros tiempos, en otro mundo, una tierra con un sol cálido y brillante, con noches estrelladas, abrazos y dulzura. Intentó recordar cómo se había llamado en aquel lugar, pero le resultó imposible, Rocavarancolia le había arrebatado su nombre del mismo modo que le había arrancado su humanidad. No importaba. Era Mistral, el cambiante, el metamorfo, un monstruo más. Un monstruo patético que durante meses se había engañado fingiendo ser normal. A eso se reducía todo.

Dio un paso al frente, ante la mirada expectante de un sinfín de calaveras, y saltó a la cicatriz de Arax. El soniquete de los esqueletos al agitarse reverberó en la noche, cada vez más y más fuerte a medida que los gusanos ciegos aceleraban en su dirección, pero Mistral no podía oírlos. En su mente seguía escuchando, una y otra vez, los aullidos de la manada en la montaña y los gritos de Alexander atrapado en la puerta.

Bruno había desactivado el hechizo de frío de las mazmorras y, aunque la temperatura ya era normal, en la atmósfera se notaba una sequedad extraña, como si las moléculas del sótano aún no se hubieran recuperado del cambio repentino de ambiente. Ya no había provisiones en las celdas y Hector supuso que las habían trasladado a las habitaciones de arriba.

Ricardo estaba acuclillado ante una de las celdas, llevaba puesta todavía la ropa de la fiesta. Ni siquiera lo miró cuando entró en la estancia. Su rostro, su postura, hasta su misma sombra, reflejaban un abatimiento profundo. Hector se acercó. El suelo estaba encharcado por completo.

El estómago se le encogió al ver a Lizbeth. Se aferró a los barrotes, tragándose un sollozo. La visión de los nudillos enrojecidos de su mano derecha le hizo apartar las manos al instante, ocultarlas de su vista como si fueran algo obsceno. La chica estaba tirada en el suelo, hecha un ovillo, con el vestido empapado y revuelto.

—Bruno la durmió al poco de dejarla en la celda —le explicó Ricardo—. Se puso… Se puso muy violenta. Se lanzó contra los barrotes y temimos que se hiciera daño…

Hector asintió.

El proceso que se había iniciado cuando la gargantilla se cerró en torno al cuello de Lizbeth no había terminado todavía. La joven estaba cambiando físicamente. Las manos eran más estrechas, los dedos más largos y las uñas habían cobrado un tono cobrizo que iba virando al negro. Los pies se habían abierto camino a través de los zapatos de hebilla que se había puesto para la fiesta y al verlos Hector no pudo evitar pensar en zarpas. Su rostro también se estaba transformando: la mandíbula inferior se había proyectado hacia delante mientras la frente parecía haber retrocedido. Cada vez había más de animal en Lizbeth y menos de humano. Hector cerró los ojos y respiró hondo. Seguían oyéndose aullidos procedentes de las montañas.

—Hombres lobo —murmuró—. Eso es lo que son. Hombres lobo. Monstruos… Para eso robaban niños en los mundos vinculados. Quieren monstruos… Rocavaragálago no abrirá ninguna puerta a los infiernos. Seremos nosotros los que nos convirtamos en monstruos. Por eso estamos aquí.

Ricardo se incorporó a su lado, sobresaltado, y miró hacia la escalera, como si temiera que alguien pudiera estar escuchando.

—¿Se lo dirás a los demás? —preguntó con un hilo de voz—. ¿Les dirás lo que pasará cuando salga la Luna Roja?

—Lo sabías —comprendió Hector. Ricardo suspiró.

—No estaba seguro —dijo—. El texto era confuso y yo... Sencillamente no podía creérmelo. Me resistía, no... No quise creerlo... Elegí la explicación más sencilla, y además encajaba tan bien con el texto original que hasta llegué a creer que era la verdad... Pero no lo es... no del todo al menos.

—Monstruos...

Ricardo inclinó la cabeza y la apoyó contra los barrotes.

—No se lo digas a los demás, por favor. No les hagas eso. No les hará ningún bien saberlo.

Hector no contestó. Era incapaz de apartar la mirada de Lizbeth, aovillada en el suelo. Su pecho subía y bajaba, despacio; su respiración era un gruñido entrecortado, amenazante aun en sueños. Aquello que yacía en el suelo de la celda en nada se parecía a su amiga.

¿Habría alguna forma de invertir el proceso? ¿Existiría un modo de evitar lo que iba a ocurrir cuando la Luna Roja surgiera? ¿Huir al desierto, quizás?

No. No había esperanza alguna. Dama Desgarro se lo había dejado muy claro. No tenían escapatoria. No había salida posible. Aquello que contemplaba en la celda era su destino.

—Monstruos —volvió a repetir.

La mano del callejón estaba inmóvil, con la palma extendida hacia arriba, como la de un mendigo que pide limosna. El brazo que salía entre los barrotes parecía una prolongación de la piedra del muro más que algo que una vez estuvo vivo. Las escamas que cubrían sus siete dedos estaban manchadas con el barro del callejón, las garras sucias de porquería. Darío había dejado un pedazo de carne sobre la enorme palma abierta con la esperanza absurda de que el monstruo reviviera al sentir el alimento en su mano. Ahora estaba sentado ante el brazo, meciéndose despacio. La sangre que manaba de su costado se mezclaba con el barro que ensuciaba sus botas y su pantalón. Darío fue cayendo de costado, como si se estuviera quedando dormido, con los ojos todavía fijos en la palma inmóvil.

Esmael lo vio desplomarse en el callejón embarrado y quedar tan inerte como la mano muerta. El ángel negro estaba acuclillado en el tejado de la casa situada frente a la callejuela, con los brazos apoyados con dejadez en sus muslos.

A su alrededor, la ciudad se agazapaba entre las sombras, inmensa y oscura. Casi le parecía oírla respirar. Rocavarancolia olía a devastación. Por fin, aquella noche, se había mostrado en todo su esplendor; por fin había mostrado hasta dónde era capaz de llegar. Esmael pensó en ella como una bestia gigantesca que, después de la masacre, yacía satisfecha en su guarida.

Ante él agonizaba el niño solitario. En la cicatriz de Arax, los gusanos ya habrían dado cuenta del joven oscuro que en un rapto de locura había decidido terminar con todo entre los esqueletos de un millar de espantos; aquel gesto tan insensato y cobarde había sorprendido a Esmael, le resultaba difícil imaginar que aquel chico pudiera llegar a tal extremo, pero Rocavarancolia era experta en sacar lo peor que cada uno llevaba en su interior.

La niña regordeta lo había podido comprobar de la manera más cruel. La gargantilla con el pedazo de Luna Roja engastado había acelerado su cambio. Esmael había oído hablar de aquellas joyas hechizadas, pero era la primera vez que veía sus efectos. Habían sido artefactos muy usados en el pasado, aunque solo en momentos de crisis, cuando Rocavarancolia necesitaba una gran cantidad de efectivos y no podía esperar a la llegada de la Luna Roja para conseguirlos. Esas joyas podían acelerar la metamorfosis de la cosecha, pero las criaturas resultantes nunca llegaban a desarrollar todo su potencial. Lizbeth jamás alcanzaría el cambio pleno; estaba condenada a permanecer en un estado híbrido entre su antiguo ser y el que habría alcanzado de haber sido transformada por Rocavaragálago y la Luna Roja, por magia primordial y no por aquel sustituto burdo.

Esmael miró al este. En el cielo, tras meses de negrura, solitaria, brillaba una estrella. Se preguntó si los niños encontrarían algo de consuelo en su luz, si les aportaría un poco de esperanza descubrir aquel resplandor tenue donde antes no había más que oscuridad. Esperaba que no. Esperaba que no se dejaran engañar por las apariencias y comprendieran que esa estrella no auguraba nada bueno. Aquella estrella era conocida como la Emisaria, y era la primera de las muchas que poblarían el cielo nocturno de Rocavarancolia antes de la llegada de la Luna Roja.

Hector y Ricardo regresaron con los demás en cuanto escucharon arriba la voz agitada de Adrian. El muchacho se volvió al verlos subir las escaleras. Sus ropajes se encontraban en un estado lamentable, revueltos y empapados en sangre.

—¿Qué te ha pasado? —Hector avanzó a grandes pasos hacia él—. ¿Estás herido?

—Estoy bien. Estoy bien —contestó Adrian. Su voz sonaba cascada y la palidez de su rostro era tal que casi parecía un fantasma o un muerto resucitado. Tenía los labios cubiertos de sangre seca—. ¿Y Rachel? ¿Qué es eso de que Lizbeth la ha matado? ¿Qué...? ¿Qué diablos ha pasado aquí? ¿Qué trata de explicarme este idiota? —señaló a Bruno, que estaba de pie a su espalda, con la chistera entre las manos—. ¿Dónde está Lizbeth? —Miró a su alrededor, su cabeza parecía brincar sobre su cuello, como si no estuvieran bien conjuntados—. ¿Y Marco? ¿Dónde está Marco?

Hector no contestó a ninguna de sus preguntas. Se limitó a observar en silencio la mirada demente de Adrian: su locura había alcanzado un nuevo grado. El muchacho había cruzado un nuevo umbral esa noche. Tras él, Bruno seguía girando la chistera de un lado a otro de manera maniática. ¿Aparecería Rachel en sus sueños ahora? ¿Ocuparía un lugar entre el público que lo observaba noche tras noche? ¿Y dónde estarían ahora las sombras de Natalia? ¿Desde qué esquinas los acechaban? ¿Volvería a escribir Marina cuentos que se hicieran realidad?

«¿Qué somos?», se preguntó Hector. La única respuesta que le llegó fue la pulsación constante de los nudillos de su mano derecha. Había saltado sobre Lizbeth sin dudarlo un segundo, había actuado de manera instintiva, como si la violencia fuera algo innato en él, tan parte de su esencia como lo era su propia carne. «¿Qué somos y en qué nos vamos a convertir?».

Sacudió la cabeza, miró de reojo a Ricardo y suspiró con fuerza.

—Hay algo que debéis saber —anunció.

Dama Araña se detuvo un instante al descubrir el destello lejano de la Emisaria. Emitió un cloqueo largo y musical y, tras frotarse satisfecha las cuatro manos, prosiguió su tarea con más entrega si cabía. La aparición de la primera estrella siempre la ponía de buen humor.

Completó un nuevo giro alrededor del mausoleo, sin dejar de segregar su seda. Trepó luego por el muro de tela que construía y se dejó caer por el otro lado, reforzando la pared interna.

En poco más de tres horas había levantado ya un llamativo capullo blanco de siete metros de altura que no había tardado en despertar el interés de los muertos.

—¡Teje una almohada para mí, dama Araña! —le pidió uno—. ¡Estoy harto de que la madera del ataúd me raspe la calavera!

—¡Una funda para mi tumba! —decía otro—. ¡Por favor! ¡Por favor! ¡Que me oculte de la vista del cielo y la Luna Roja!

Dama Araña, sin prestarles atención, proseguía tenaz con su tarea, canturreando una vieja canción de cuna. Su primera intención había sido, simplemente, improvisar unas paredes y un techo para el mausoleo inacabado, pero mientras se dedicaba a esa labor, un rapto súbito de inspiración le hizo cambiar de idea y embarcarse en un proyecto más ambicioso.

Primero había construido un túnel de tela desde el sendero a la entrada del panteón y luego, tomando como apoyo ese pasadizo y las paredes del edificio, había comenzado a levantar una estructura acampanada. Una vez finalizada esta, pensaba añadirle saledizos y colgaduras, y quizá, para terminar, una corona de espinas en la parte alta. Se había propuesto hacer de aquel mausoleo el más llamativo de todo el cementerio.

La aparición de la Emisaria no era lo único que había contribuido a mejorar su humor. El estar haciendo algo por la niña muerta la llenaba de alegría y orgullo. Le habría gustado que el cachorro maleducado estuviera allí para que viera lo que estaba construyendo en honor de su amiga.

—¿Un monstruo? —soltó una risilla mientras se dejaba caer hasta el ecuador del mausoleo, se aferró con garras y zarpas y procedió a secretar seda en círculos—. ¿Haría esto un monstruo, niño ingrato? No, no, no… Un monstruo no haría esto, te lo aseguro. —Baileteó sobre los muros blancos, imaginando lo avergonzado que se sentiría el joven de estar allí presente. No le costó trabajo imaginárselo pidiéndole perdón—. Claro, claro que acepto tus disculpas; no faltaba más, mi buen muchacho. Comprendo que el momento era doloroso y que cualquiera puede perder los nervios en situaciones así…

—¿Qué se supone que estás haciendo? —escuchó decir a los pies del mausoleo.

Dama Araña se quedó inmóvil, agarrada con sus ocho extremidades a la pared de seda. Giró la cabeza y descubrió a dama Desgarro al otro lado del sendero. Tenía los brazos cruzados ante el pecho y observaba la construcción de tela blanca con una expresión entre curiosa e irritada. Las fauces de dama Araña se abrieron en una sonrisa babosa.

—No podía dejar el mausoleo así —le explicó—. La Luna Roja se aproxima y con ella vendrá el mal tiempo. Pensé que lo mejor era que la niña tuviera un techo de verdad sobre su cabeza…

—¿Un techo sobre su cabeza? —Dama Desgarro emitió un ruido extraño, estrangulado, casi una carcajada—. Allá tú. Pierde el tiempo como se te antoje.

—No pierdo el tiempo. Oh. No, no, no… Lo hago por la niña, sí, pero no solo para ella. —Apartó la mirada de dama Desgarro para mirar a la estrella que brillaba solitaria en lo alto—. El niño aprenderá. Cuando vea el hermoso mausoleo que he levantado para su amiga no le quedará otro remedio que darse cuenta de que no somos monstruos. Aprenderá. Sí. Lo hará, lo hará. —Volvió a mirar a la mujer marcada, buscando la aprobación en su rostro para no sentirse ridícula. Para su consuelo la encontró, al menos eso creyó—. No debió llamarnos esas cosas tan horribles. No, no debió hacerlo. Eso estuvo mal.

—Es lo que ve.

—No. No. Estuvo mal. Muy mal. —Dama Araña aferró una hebra de su tela con tres manos y tiró de ella para comprobar su resistencia. Dos ojos observaban ahora a dama Desgarro, cuatro estaban atentos a la operación que llevaba a cabo y los dos últimos no dejaban de vigilar a la Emisaria—. No mira. No sabe mirar. Y así no puede distinguir la verdad. No, no puede.

—¿Y cuál es esa verdad? —preguntó dama Desgarro.

—No somos monstruos —contestó la araña, sin dudarlo un instante. Sus ocho ojos se fijaron de nuevo en ella. El resplandor de una antorcha cercana hizo brillar sus monóculos—. Somos hermosos—dijo—. Somos maravillas. Como lo es todo este mundo que nos rodea, como lo es esa luna que se aproxima. ¿Monstruos? No. No somos monstruos. Somos milagros.

SECUELAS

Los días siguientes a la muerte de Rachel y la transformación de Lizbeth fueron días lentos y amargos. Una angustia pesada se extendió por todos los rincones del torreón Margalar, arrebatándoles el aliento y dejándolos exhaustos. El tiempo se llenó de horas vacías, de espacios en blanco en los que nada podía ser contenido. Deambulaban sin rumbo por el torreón o se sentaban a solas, sin mirarse y sin apenas hablar. Les abrumaba la dimensión de lo ocurrido y de lo que todavía quedaba por ocurrir. Rachel estaba muerta, Marco había desaparecido y la criatura que antes había sido Lizbeth permanecía encerrada en las mazmorras. El transcurrir del tiempo se convirtió en una maldición siniestra. Cada minuto que pasaba los acercaba más al momento fatídico en que la Luna Roja los transformaría también a ellos.

—¡Huyamos al desierto! —les rogó Marina, con lágrimas en los ojos, la noche en que Hector les contó lo que les aguardaba—. ¡No será peor de lo que nos espera aquí! —Señaló a Bruno, destemplada, temblando de pies a cabeza—. Tenemos un mago. No, ¡tenemos tres! Adrian y Natalia también podrán ayudar allí... —Hector vio como la joven rusa fruncía el ceño al oír su nombre, hacía tiempo que había dejado de aprender magia—. ¡Nos llevaremos todos los talismanes y cargas que podamos y... y...

—No se puede huir de una luna, Marina —dijo Ricardo, la viva estampa de la desolación—. La tendremos sobre nuestras cabezas aunque vayamos al desierto, aunque huyamos al fin del mundo...

—¡Pero Rocavaragálago estará lejos!

—La mujer horrible del cementerio dijo que nada de lo que hagamos evitará la transformación —les recordó entonces Madeleine. El tono de su voz hizo que todos la miraran; había resignación en sus palabras y una frialdad más propia de Bruno que de ella—. Da igual donde huyamos. Al desierto o al mar... Da igual. La Luna Roja nos cambiará. Y yo ya sé en qué me voy a convertir —señaló—. Lizbeth y yo teníamos los mismos sueños. Eran idénticos. No hace falta ser muy lista para saber qué significa eso: me transformaré en lo mismo que ella.

—No puedes saberlo —le contradijo Ricardo al cabo de un silencio largo e incómodo. Sus palabras habían supuesto un mazazo para todos—. No puedes estar segura de eso.

—¿No puedo? —Se giró hacia él con una serenidad extraordinaria—. No he estado más segura de nada en mi vida, Ricardo. Absolutamente de nada —afirmó. Hector la miró asombrado. No era la misma que había comenzado a hablar unos minutos antes. Estaba cambiando, y en cierta medida era un cambio tan asombroso como el producido en Lizbeth: Madeleine estaba madurando a ojos vista—. Me convertiré en loba —anunció.

Y cualquier duda que pudieran tener al respecto se disipó a la mañana siguiente al descubrir que ella era la única que podía acercarse a Lizbeth sin que esta enloqueciera. No había parado de arrojarse frenética contra los barrotes en cuanto cualquiera hacía ademán de aproximarse, pero con Maddie fue diferente. En cuanto la vio entrar se tranquilizó, lanzó un gruñido que casi sonó como una pregunta y echó a andar celda arriba, celda abajo, sin dejar de mirarla, esperando, quizá, que la liberara.

Madeleine se acercó a la puerta de la mazmorra. Ricardo le pidió que tuviera cuidado y ella le indicó que no debía preocuparse.

Lizbeth solo había necesitado una noche para completar su cambio. Ese tiempo había sido suficiente para que duplicara su tamaño, su espalda se encorvara y sus brazos y piernas se convirtieran en robustas patas de zarpas descomunales. Un pelaje marrón, largo y enmarañado, la cubría ahora por entero. Su faz se había proyectado hacia delante hasta convertirse en un hocico deforme y una mandíbula poderosa. La boca contaba con dos juegos de colmillos concéntricos; el segundo, a mitad del paladar, era mayor que el exterior y cada una de sus piezas se curvaba hacia dentro a modo de anzuelo. Ya no quedaba indicio alguno de que aquel ser hubiera sido humano una vez. La nueva Lizbeth irradiaba energía y fortaleza. Irradiaba bestialidad. No quedaba ni rastro de la gargantilla con la piedra roja engarzada, era como si la carne de la loba la hubiera absorbido.

—En mis sueños yo también miro a través de esos ojos —dijo Maddie, aferrada con ambas manos a los barrotes que la separaban de Lizbeth—. Y ya miraba antes, en la Tierra, cada vez que me ponía ante un lienzo y quería pintar un cuadro...

De todos los cambios producidos en Lizbeth, ese era el más perturbador. Sus ojos estaban surcados de gruesas venas, de un negro marcado, que convertían su mirada en un par de vidrieras hechas pedazos. Ya no quedaba ni rastro de su dulzura, de su humanidad y, aun así, y eso era lo estremecedor, esos ojos eran lo único que recordaba a la antigua Lizbeth.

La loba se alzó sobre sus patas traseras, apoyó las delanteras en los barrotes y metió el hocico entre ellos para olfatear a Madeleine. Los colmillos del monstruo quedaban a centímetros del rostro de la joven. Maddie, lejos de amedrentarse, acarició la pelambrera encrespada de la loba a través de los barrotes.

Lizbeth se frotó contra su mano como un animal ansioso de cariño. Hector asistió a aquella escena con un nudo en el estómago. Aquella criatura espantosa había matado a Rachel mientras él bailaba, perdido en un instante de felicidad absoluta y, ahora lo comprendía, inmerecida. Aquella criatura había sido su amiga, había reído y llorado con él, había compartido miseria, miedos y alegría, y ahora no era más que un animal embrutecido. Y Madeleine estaba destinada a convertirse en un ser semejante. La ciudad le había arrebatado a su hermano y ahora pretendía arrebatarle su belleza y su humanidad.

—Madeleine, apártate de ella —le pidió Ricardo mientras daba un paso en dirección a la mazmorra. Hector estaba convencido de que los pensamientos de su amigo discurrían paralelos a los suyos. No temía por la seguridad de Madeleine. Sabía, como sabían todos, que Lizbeth no le haría daño, solo quería que se apartara de ella para que la cercanía entre ambas no le recordara que ese era su destino, el destino que los aguardaba a todos: convertirse en algo ajeno a sí mismos, perderse en cuerpos extraños en un mundo incomprensible.

La loba se dejó caer a cuatro patas al ver que Ricardo se acercaba. Desnudó sus dientes y volvió a gruñir. Entre los resquicios de la primera hilera de colmillos podía intuirse la segunda.

—No, Lizbeth, no —le pidió Madeleine—. Ricardo, no te acerques más, por favor, se pone nerviosa. Tranquila, Lizbeth, tranquila.

—No llames Lizbeth a esa cosa —dijo Natalia con un hilo de voz. Estaba pegada a la pared, junto a la puerta, con los brazos cruzados ante el pecho y pálida como un cadáver—. Ese monstruo no es Lizbeth. Y no tendría que estar aquí. No, no... Deberíamos hacer algo con ella. Deberíamos... —Dejó de hablar. Se llevó una mano a la garganta, como si intentara evitar que la palabra que se estaba formando en ella surgiera de entre sus labios.

—¿Matarla? —terminó Marina, escandalizada—. ¿Eso pretendes hacer? ¿Quieres que la matemos?

—Nadie va a matar a nadie —aseguró Hector con firmeza. No miró a Marina. Llevaba esquivándola desde la noche anterior. Cuando la veía recordaba el calor de su cuerpo y ese recuerdo le hacía estremecerse. Si no la hubiera tenido tan cerca... Si no hubiera estado tan irremisiblemente perdido entre sus brazos, quizá se habría dado cuenta antes de que la gargantilla de Rachel llevaba un pedazo de Luna Roja incrustada. Apretó los puños con fuerza. Si no hubiera estado enamorado de Marina, sería probable que Rachel continuara viva.

—No creo que sea conveniente matar a Lizbeth —intervino Bruno—. Y no solo porque sería una medida desproporcionada y amoral. Debemos mantenerla viva para poder estudiarla y aprender de ella. Entre los libros que he conseguido hay varios que versan sobre licantropía y diversas transformaciones. Me gustaría investigar si el estado actual de Lizbeth es o no irreversible. —Miró a Madeleine. Resultaba chocante descubrir que había más emoción en los ojos de Lizbeth al mirar a la pelirroja que en los del italiano.

Bruno era el único que no se había desembarazado de la ropa de la noche pasada. Seguía llevando el gabán, el chaleco negro, la camisa verde y la chistera encasquetada en la cabeza. Hector se preguntó qué le hacía conservar una vestimenta de la que todos se habían apresurado a librarse.

—Mantenerla encerrada es una crueldad —dijo Madeleine. La loba se había tumbado en el centro de la celda y la miraba fijamente, atenta a todas y cada una de sus palabras.

—Pero es que no nos queda otra alternativa, Madeleine —dijo Hector—. No podemos soltarla. Sería peligroso. Lo comprendes, ¿verdad? —Acababa de imaginársela bajando a las mazmorras a hurtadillas en mitad de la noche y abriendo la puerta de la celda para dejar escapar a Lizbeth. Y acto seguido, la imagen que había acudido a su cabeza era la de ellos muertos en sus camas, donde la loba los había sorprendido mientras dormían—. Prométeme que no la liberarás, por favor.

Maddie se aferró a los barrotes y dedicó una larga mirada al monstruo tras ellos. Luego asintió.

—Lo... lo prometo.

—Chica lista —dijo Adrian mientras entraba en la mazmorra—. Si la sueltas, lo primero que hará será abrirte la garganta. Eso ni lo dudes.

No lo habían visto en toda la mañana. Apareció despeinado y ojeroso, con aspecto de no haber dormido absolutamente nada. Llevaba a la espalda un hatillo abultado del que sobresalía la empuñadura de una espada a dos manos, otra arma añadida a las dos que llevaba al cinto. Parecía alguien a punto de emprender un largo viaje. Se acomodó el saco al hombro y echó un vistazo a la bestia de la celda mientras se rascaba con fruición una oreja. Lizbeth se había incorporado otra vez y le gruñía, con el pelo del lomo erizado.

—Pobre Lizbeth. Qué destino más terrible —dijo él. Suspiró antes de añadir—: Si hay alguien que no se merecía acabar así, era ella. Siempre tan amable y cariñosa con todos...

—¿Dónde se supone que vas? —le preguntó Ricardo, señalando el hatillo a su espalda.

—Fuera de aquí. Me marcho del torreón. Definitivamente.

—Pero ¿qué dices? —preguntó Marina.

—Que me marcho —repitió él—. Y no hagamos una escena, ¿vale? Estaba claro que tenía que suceder tarde o temprano. Este no es mi sitio. Lo sabéis tan bien como yo.

—¿Y dónde vas a ir? —le preguntó Hector. No le sorprendió darse cuenta de que le resultaba indiferente que Adrian se quedara o no.

El muchacho se encogió de hombros.

—No lo sé. Imagino que iré de aquí para allá. En Rocavarancolia hay mucho que ver y no quiero perderme nada.

—Te venció, ¿verdad? —dijo Ricardo. Lo había estado estudiando con la intensidad que dedicaba a los textos que quería traducir—. Tanto tiempo preparándote y cuando lo encuentras te da una paliza.

—Estuve a punto de ganar —le replicó el otro.

—Pero no lo hiciste. Te sigue llevando ventaja, ¿no es así? ¿Y piensas que es porque desde el principio vive solo en la ciudad? ¿Por eso te marchas? ¿Quieres curtirte como él?

—Te equivocas y por mucho. El que me vaya no tiene nada que ver con ese tipo. Anoche cometí un error. No era el momento adecuado para enfrentarme a él. Me equivoqué y lo acepto, pero no es algo que me preocupe. Ya llegará mi hora.

—Vas a esperar a que salga la Luna Roja —dijo Marina—. Entonces lo buscarás.

Adrian sonrió. Estaba claro que la perspectiva del cambio lo emocionaba. No tenía miedo a la Luna Roja. Solo había que ver cómo brillaban los ojos con su sola mención para adivinar que estaba deseando que llegara.

—Es la ciudad la que marca los ritmos —dijo—. Todavía no podéis escucharla, pero acabaréis haciéndolo, ya lo veréis. Rocavarancolia canta y nosotros bailamos a su son.

—Quizá yo también debería marcharme —apuntó Bruno. Se había quitado la chistera y la hacía girar a toda velocidad en sus manos—. Así os libraría de mi influencia. Dados los precedentes, mi presencia aquí no hace otra cosa que poneros en grave riesgo. Quizá lo más conveniente fuera que me retirara a la torre de la plaza. Allí podría proseguir con mis investigaciones y no estaría le…

—¡¿Qué dices?! —Madeleine se volvió como un relámpago hacia él provocando un gruñido desconcertado de Lizbeth—. ¿Has olvidado lo que pasó bajo tierra? ¡Sin ti estaríamos todos muertos!

—No. Tú no te vas —dijo Hector, tajante—. Te necesitamos. A ti y a tus hechizos.

—Pero a mí no me necesitáis para nada —terció Adrian. Hizo una reverencia, inclinando exageradamente el cuerpo y agitando el brazo izquierdo. Las pulseras y colgantes que llevaba tintinearon con el movimiento—. Me voy. Rocavarancolia me llama y no es educado hacerla esperar más. Lleva mucho tiempo aguardándome. Por supuesto pasaré a visitaros de cuando en cuando… A no ser que algo me mate allí fuera, claro.

Natalia gimió y se pegó aún más a la pared.

—¿Estás seguro de lo que haces? —le preguntó Ricardo.

Adrian lo miró dubitativo, luego negó con la cabeza, soltó una carcajada desprovista de humor y salió de la mazmorra a grandes pasos.

Cuando pasaba junto a Natalia le revolvió el cabello con fuerza. La rusa lo fulminó con la mirada, pero no dijo nada. Estaba pálida y las manos le temblaban.

—Está loco —dijo Marina después de que le hubieran escuchado subir por las escaleras—. Eso es lo que le pasa: está loco.

—Pues que se lleve su locura lejos —gruñó Natalia—. No lo necesitamos aquí.

Cuando salieron de las mazmorras, Lizbeth se puso a aullar. Era un sonido lastimero y terrible, parecido al que llegaba desde las montañas, pero sin quedar atenuado por la distancia. Resultaba ensordecedor escucharlo tan cerca. Bruno se giró, enarboló su báculo y, tras agitarlo en dirección a la puerta, comenzó a canturrear un hechizo que nunca antes le habían visto lanzar. A medida que se prolongaba su canto, el aullido de Lizbeth fue disminuyendo en intensidad. Cuando se hizo el silencio, Bruno bajó el báculo, proyectó un brazo hacia delante y trenzó un arabesco extraño con los dedos.

—¿Qué le has hecho? ¿Cómo es que se ha callado? —le preguntó Marina.

Bruno negó con la cabeza a su manera robótica y precisa.

—He tejido un muro de silencio en la puerta de la mazmorra y a continuación he anclado el hechizo a ella para que no se disipe. Lizbeth sigue aullando dentro, pero nosotros no podremos escucharla.

—Gracias al cielo... —dijo Natalia.

Hector miró hacia atrás mientras subía las escaleras. No fue el único. La puerta que daba a las mazmorras estaba cerrada y gracias al hechizo de Bruno ni el menor sonido la traspasaba. Pero allí estaba Lizbeth, aullando encadenada a la pared.

«Todo es frágil y efímero —pensó Hector; se sentía algo mareado—. Todo está siempre a un solo paso de derrumbarse... ». Se fijó en Madeleine, que lo precedía en la escalera. Cada uno de sus pasos, como siempre, era de una elegancia sublime, un paso de baile al son de una música que solo ella parecía escuchar. Hector recorrió con la mirada la tersura de su brazo cuando lo apoyó en la pared. Madeleine era la belleza encarnada. «Da igual cuántas puertas cerremos o cuántos hechizos nos protejan: la Luna Roja nos hará pedazos a todos».

***

Después de tres días de esperar en vano el regreso de Marco, Hector decidió que había llegado la hora de salir a buscarlo. Desde la muerte de Rachel, el único que había abandonado el torreón Margalar, y para no volver, había sido Adrian. Los demás no parecían tener la intención de volver a salir a la ciudad y Hector comprendía muy bien sus motivos. Aquel torreón era su único oasis de seguridad en mitad de la amenaza constante de Rocavarancolia. La tentación de permanecer allí y salir solo cuando fuera realmente necesario era demasiado fuerte.

—No podemos esperar más —dijo—. Tenemos que intentar encontrar a Marco. O al menos tratar de averiguar qué le ha ocurrido.

Estaban cenando en la mesa del patio, todos excepto Madeleine, que había bajado a ver a Lizbeth y todavía no había regresado. La pelirroja se pasaba las horas en las mazmorras. Al principio, Hector había puesto reparos a que permaneciera tanto tiempo sola con la loba; aunque en su fuero interno supiera que Lizbeth no iba a hacerle daño, no podía dejar de pensar que si algo ocurría, ellos ni siquiera podrían oírlo al estar al otro lado del muro de silencio anclado a la puerta. Finalmente, dada la obstinación de Madeleine, no había tenido más remedio que ceder.

—Está muerto —dijo Marina mientras apartaba el plato del que apenas había probado bocado—. Si Marco no ha regresado es porque está muerto. No va a volver ni lo vamos a encontrar por mucho que busquemos.

A Hector hacía tiempo que había dejado de sorprenderle el ánimo oscuro del que solía hacer gala su amiga. De hecho en aquel momento compartía su pesimismo. Había muchos interrogantes con respecto al comportamiento de Marco, pero comenzaba a sospechar que no podría resolverlos jamás. Aun así, vivo o muerto, tenían que intentar dar con él. Se lo debían. Y no solo eso. Hora a hora veía como los ánimos del grupo decaían. Era difícil no ceder a la tentación de dejarse llevar, de rendirse a la angustia y permitir que el tiempo transcurriera sin hacer nada más que lamentarse. Y no podía permitirlo.

Debían salir del torreón, enfrentarse de nuevo a Rocavarancolia, no consentir que la oscuridad terminara con ellos. Buscar a Marco serviría para empujarlos de nuevo a la vida.

Curiosamente, fue Bruno quien avivó sus esperanzas de hallarlo con vida.

—Te equivocas, Marina —dijo. Había abierto el reloj de su abuelo en un extremo de la mesa y se dedicaba a hurgar en sus tripas al tiempo que cenaba—: Si estuviera muerto, yo lo sabría —señaló—. Lo vería en mis sueños, y no sucede tal cosa. Sigue vivo, os lo aseguro. Lo que debemos averiguar es qué lo mantiene lejos del torreón.

—Yo no quiero salir ahí fuera —dijo Natalia, en voz tan baja que solo la escuchó Hector, sentado a su lado. La joven lo miró de reojo y negó con la cabeza—. No, no quiero salir.

—Puedes quedarte en el torreón si quieres —le dijo él—. Nadie te dirá nada.

Natalia agachó la cabeza y soltó un bufido.

—Tampoco quiero quedarme aquí —dijo.

Salieron al día siguiente, al poco de amanecer. Un silencio opresivo se cernió sobre ellos en cuanto atravesaron la puerta del torreón. La única nota de color en el grupo era el verde de la chistera y el gabán de Bruno, los demás vestían sobrios tonos oscuros, todo negros y grises apagados. Estaba claro que el italiano había decidido llevar permanentemente aquella vestimenta. El día anterior, Maddie le había preguntado el porqué de su obstinación en continuar con la misma ropa. Él se quitó la chistera y miró en su interior como si allí dentro estuviera la respuesta.

—Me gusta. Es una mera cuestión de estética. —Hector creyó notar una pequeña vacilación en su voz, como si se guardara algo para sí, algo que no se atrevía a confesarles.

—Allá tú. Pero lávala de cuando en cuando o si no, apestarás.

Bruno dijo entonces tres palabras, sacudió la mano izquierda dos veces y sus ropas recobraron el brillo que habían perdido en los últimos días, las manchas desaparecieron sin dejar rastro y hasta la arruga más diminuta se alisó al momento.

—Eso no representará el menor problema —señaló.

Fue al verlo realizar aquel simple hechizo cuando Hector comprendió el motivo verdadero que le hacía seguir con esas ropas. Con ellas parecía un mago, pero no un hechicero de novela o de película fantástica, sino un prestidigitador de feria, de vodevil: el tipo de mago que subiría al escenario al que él subía todas las noches en sus sueños.

En cuanto dejaron atrás el puente levadizo fueron conscientes del hueco que había dejado Rachel en el grupo. Su ausencia, de algún modo, se había diluido entre las paredes del torreón, pero en el exterior se hizo dolorosamente palpable. Rachel siempre había encabezado todas las marchas y ahora ese vacío ante ellos los machacaba a cada paso que daban. Después de unos momentos de duda en los que nadie parecía querer marchar en cabeza, Hector tomó ese puesto. Por suerte para él, tanto Ricardo como Bruno recordaban con bastante fiabilidad los lugares en los que Rachel había detectado magia, y donde no llegaba su propia memoria o la de sus amigos allí estaba la niebla negra para alertarle.

Primero se centraron en el palacete y sus alrededores, pensando que quizá algo había empujado a Marco a regresar al escenario de la tragedia. Solo Bruno y Ricardo se atrevieron a entrar; los demás aguardaron afuera, sentados en las escalinatas, de espaldas al edificio, sin mirarlo siquiera. Esperaron durante más de una hora a que sus amigos salieran sin haber encontrado dentro rastro alguno de Marco. El resto del día lo dedicaron a explorar el noroeste de Rocavarancolia.

Deambularon durante horas por calles y plazas en ruinas, a la sombra de chabolas, torres retorcidas y caserones recubiertos de hiedra cristalizada; caminaron por solares cuyo suelo ennegrecido estaba marcado por huellas de dragones y gigantes y se asomaron a fosos sin fondo aparente en los que revoloteaban bandadas de luces fugaces.

Hector no tardó en ser consciente de lo inútil de aquella búsqueda. Rocavarancolia era enorme y estaba tan llena de recovecos y escondrijos que solo un milagro les permitiría encontrar a Marco. Podía estar en cualquier parte, podían pasar a centímetros de él sin llegar a verlo. Pero Hector se negaba a rendirse. Debía mantener el grupo en movimiento, aquella búsqueda inútil era mil veces mejor que permanecer sin hacer nada en el torreón Margalar.

De cuando en cuando, Bruno se elevaba sobre los edificios en ruinas y escudriñaba la ciudad desde las alturas, con los faldones del gabán verde aleteando a su alrededor y las manos en la chistera para evitar que se le volara.

—¿No hay algún hechizo que sirva para localizar personas o algo por el estilo? —le preguntó Hector cuando tomó tierra tras una de sus ascensiones.

—Existen. Tengo catalogados cinco sortilegios de búsqueda y rastreo, pero todos sin excepción sobrepasan mis capacidades.

El segundo día de batida fue tan infructuoso como el primero. Rastrearon la zona este de la ciudad, sin llegar a los acantilados ni cruzar la grieta que partía en dos Rocavarancolia. Regresaron al recinto de las estatuas gigantescas y esta vez la belleza que tanto los había deslumbrado cuando las descubrieron solo sirvió para ponerlos nerviosos. Miraban las estatuas de soslayo, como si esperaran que en cualquier momento una nueva trampa saltara sobre ellos. A media tarde entraron en el anfiteatro de Caleb y sus hienas. Las bestias comenzaron a gruñirles desde los corrales en cuanto atravesaron las puertas. Tres de ellas se aproximaban ya amenazadoras cuando apareció Caleb, con los ojos desorbitados, temeroso de que hubieran acudido allí para terminar lo que empezaron semanas atrás. Fue Marina quien le preguntó por Marco.

—El muchachote grande de piel oscura que venía con nosotros. ¿Lo has visto?

—Yo no veo nada. Yo no sé nada. Nada. —Se había abrazado al cuello de una hiena y los miraba aterrado—. No sé. No sé. Los cachorros vienen y van. Y yo nunca sé nada. No es culpa de Caleb no saber. Por favor, no hagan daño a los niños de Caleb solo porque Caleb sea estúpido, por favor, mis niños no…

Sus esperanzas de encontrar a Marco con vida recibieron un duro varapalo al tercer día, cuando decidieron peinar la zona de los acantilados y el faro. Caminaban siguiendo el borde del precipicio, escudriñando desde las alturas el caos movedizo de barcos semihundidos, cuando una voz a su espalda les hizo girarse. Se trataba del hombre de pelo rubio y lacio con el que ya se habían topado una vez. Llevaba un gran saco al hombro y marchaba con un vaivén curioso, como si le costara un gran esfuerzo caminar por tierra firme. Hector no pudo evitar fijarse en los dos arpones que llevaba cruzados a la espalda.

—No estáis buscando donde debéis —les dijo mientras se encaminaba hacia el acantilado. Su voz era amarga y desabrida, la voz de alguien que ha permanecido muchos años en silencio absoluto—. El niño negro saltó a la cicatriz de Arax para ser pasto de los gusanos. Si queréis encontrarlo, buscadlo allí, aunque os resultara complicado distinguir sus huesos entre todos los demás.

Ricardo y Natalia le cortaron el paso. La chica empuñaba la alabarda con ambas manos y el joven llevaba la espada a medio desenvainar.

—Mientes —dijo Ricardo—. Marco nunca haría eso.

El rubio enseñó sus dientes ennegrecidos en una mueca burlona.

—¿Con todo lo que os ha pasado todavía me venís con lo que puede o no puede hacer alguien? —Sacudió la cabeza—. ¿No os ha enseñado nada esta ciudad?

—Marco nunca haría eso —insistió Ricardo.

—Tu Marco saltó a la grieta la misma noche en que a tu amiga le dio por aullar. A lo mejor comprendió lo que se avecinaba y decidió poner fin a su vida. Allá él. Y ahora apartaos de mi camino u os echo de comer a las sirenas.

Por unos instantes, Ricardo y Natalia permanecieron desafiantes ante el hombre de los arpones. Hector se apresuró a interponerse entre ellos.

—Basta —dijo—. Dejad que se marche.

—Chico listo —gorjeó el rubio y siguió su camino.

Hector arrugó la nariz al percibir la peste a pescado podrido que despedía. Lo observó mientras se alejaba. No había nada monstruoso en él; estaba sucio y demacrado, pero era indudablemente humano. La Luna Roja no parecía haberle afectado, o si se habían producido cambios en él, no quedaban a la vista.

Llegó al borde del acantilado, se aseguró el saco entre los arpones de su espalda, como si estos fueran un arnés, e inició el descenso a pulso. Hector se acercó hasta el mismísimo borde para contemplar las evoluciones de aquel personaje singular. Descendía por la pared escarpada con la agilidad de un simio; de hecho daba la impresión de estar más cómodo bajando por el precipicio que caminando por terreno firme.

Cuando el hombre saltó a la cubierta reventada de un bajel envuelto en algas y moluscos, Hector desvió la mirada hacia el faro. Se preguntó si podía ser el protagonista del cuento de Marina.

—O se equivoca o miente —dijo Bruno. Se quitó la chistera y miró en su interior, un gesto que ya comenzaba a resultarles familiar a todos—. No está muerto. Si lo estuviera, lo vería en mis sueños.

—Seguiremos buscando —le aseguró Hector—. Si está vivo, lo encontraremos.

Solo cuando se alejaba del acantilado se dio cuenta de que ni por un segundo había sentido vértigo al asomarse a él.

Un zumbido penetrante despertó a Esmael.

Abrió los ojos al instante: no hubo transición alguna entre sueño y despertar, ni un solo momento de desconcierto. Pasó de un sueño profundo a estar completamente alerta. El ángel negro colgaba boca abajo de una de las plataformas exteriores de la cúpula de cristal que era su hogar en los últimos tiempos. Abrió las alas y se dejó caer. Era noche cerrada en Rocavarancolia, tan oscura que por un momento creyó estar precipitándose a un abismo sin fondo. El cielo se encontraba cubierto por una capa espesa de nubes que no dejaba pasar el brillo de las estrellas escasas que se daban cita sobre la ciudad; ni siquiera la luz de la Emisaria, la más brillante de todas, podía salvar esa barrera tupida. Esmael tomó una corriente ascendente y se dejó llevar hacia arriba. El zumbido había cesado tras cumplir su cometido: llamar su atención.

Semanas atrás había sembrado Rocavarancolia de hechizos localizadores, todos con el mismo objetivo: Mistral. Pero el maldito cambiante debía de estar bien protegido y aquellos conjuros no habían sido más que un gasto inútil de energía. Muchos se habían disipado con el paso del tiempo y otros habían sido víctimas de las criaturas sedientas de magia que merodeaban por la ciudad aunque, por lo visto, alguno había logrado mantenerse activo y continuar la búsqueda.

Y ahora alertaba a su creador de que su misión había tenido éxito. Esmael sentía la pulsación del hechizo tirando de él hacia el sur. Ante sus ojos veía desplegarse un fino hilo de luz. En el otro extremo se encontraba su objetivo.

Planeó sobre la ciudad, siguiendo el rastro sinuoso de magia. A medida que avanzaba, este se hacía más y más nítido. O los sortilegios de protección de Mistral se habían gastado o al cambiante ya no le importaba que dieran con él. Remontó la cicatriz de Arax hacia el oeste, hacia su nacimiento, hacia el punto exacto donde su majestad Sardaurlar había golpeado con su espada treinta años antes. Algo ululó a lo lejos, fue un sonido mortecino que casaba a la perfección con la noche lúgubre que se cernía sobre la ciudad. El rastro del cambiante terminaba en plena cicatriz, entre un montón de huesos apilados contra la pared norte de la grieta.

El ángel negro aterrizó en la orilla. Plegó las alas y se encaminó hacia el borde de la cicatriz. La calavera gigantesca de un mamut de guerra presidía la cima de una montaña de huesos; las cuencas de sus ojos eran como soles ciegos que lo contemplaran con desidia. Miró hacia abajo. Sí, no había ninguna duda: el rastro de Mistral conducía allí dentro.

Esmael se hizo intangible y saltó a la grieta. Los gusanos de Arax no representaban ningún peligro para él, pero no quería interrupciones en su búsqueda. Atravesar los esqueletos de la cicatriz le provocó una desagradable sensación de ahogo. Era difícil concentrarse en el rastro con tanta muerte derramada a su alrededor. Pero allí estaba, centelleando entre quijadas y calaveras, contoneándose entre tibias y costillares.

«Aquí es donde la muerte se estanca, aquí es donde tarde o temprano desembocamos todos», pensó Esmael mientras los huesos de los muertos atravesaban sus propios huesos. Sacudió la cabeza para librarse de tan sombríos pensamientos y se concentró en el tirón del hechizo.

Lo siguió hasta una brecha abierta en el fondo de la cicatriz; era lo bastante amplia como para poder atravesarla en estado sólido, pero no se solidificó hasta pasar al otro lado. La abertura conducía a la curva de una de las muchas galerías que recorrían el subsuelo de Rocavarancolia. El rastro del cambiante continuaba por el pasillo de piedra, rumbo al oeste.

Avanzó por el pasadizo tras la línea tenue de luz. Marchaba aferrado al techo como un insecto enorme. No le gustaba adentrarse en la red de túneles subterráneos de la ciudad, sus alas no estaban hechas para esos pasajes estrechos y se sentía asfixiado y constreñido, fuera de lugar. Recordó la escaramuza que había tenido lugar en túneles parecidos a aquellos durante la batalla de Rocavarancolia, cuando se enfrentó al traidor Alastor mientras este guiaba una avanzada enemiga rumbo a una de las torres de guerra. Esmael había estado a punto de morir decenas de veces en la larga defensa de la ciudad, pero en ninguna ocasión estuvo tan cerca como en aquella.

La oscuridad a su alrededor era cenicienta y desabrida, y el aire tan seco que estaba desprovisto de todo aroma. Quizá se estaba adentrando en una trampa, semejante a la que aquel hechicero desconocido había tendido a Enoch, solo que ahora usaba como cebo el rastro de Mistral y no sangre de sirena. Pero él no era un vampiro estúpido cegado por el hambre: era un ángel negro, una de las criaturas más mortíferas que había dado la creación; no, si aquello era una trampa, no caería desprevenido en ella.

Para alivio de Esmael, el pasillo de piedra fue a desembocar en una galería amplia, iluminada por una luz brumosa esmeralda. Se dejó caer del techo del pasadizo y se agazapó en la entrada, alerta. El rastro de Mistral terminaba allí dentro.

Aquella sala había sido uno de los muchos almacenes de alimentos que se encontraban diseminados por toda la ciudad. Las hileras de barriles apilados hacía tiempo que se habían venido abajo y la mayoría de los toneles estaban reventados por el suelo. A ese desorden había que añadir las telarañas rojas que infestaban las paredes y la parte alta de la arcada que conducía a la sala. La única fuente de luz provenía precisamente de los abdómenes fosforescentes de las arañas que dormitaban en sus telas. El techo no era muy alto y quedaba justo bajo la cicatriz de Arax; los huesos que habían caído a través de sus grietas formaban montoneras en el suelo de la gruta.

Mistral estaba sentado ante la mayor de ellas. Se mecía despacio de atrás hacia delante, con las piernas flexionadas de tal forma que apoyaba el mentón en las rodillas. Esmael no recordaba cuándo había sido la última vez que había visto a un cambiante en su forma original. Era raro conseguirlo: los cambiantes aborrecían su verdadero cuerpo y procuraban no dejarse ver cuando lo adoptaban. Esmael los comprendía. Había algo patético en extremo en su apariencia. Quizá era ese aire de juguete deslavazado, de muñeco hecho con prisas… Todos los cambiantes sin excepción parecían marionetas toscas fabricadas con largas cuerdas blancas, entrelazadas hasta conseguir una forma casi humanoide. Nunca medían más de metro y medio, aunque su aspecto era compacto en grado sumo, como si fueran cientos y cientos los metros de cuerda reatada que les daban forma. Mistral era más pequeño que la media, apenas alcanzaba el metro veinte y todavía parecía más pequeño agarrotado ante el montón de huesos.

Esmael se acercó despacio, observando con desaprobación aquel lugar polvoriento y abandonado. De un tonel caído surgieron varias decenas de alacranes albinos, bulleron a su alrededor frenéticos y con igual frenesí regresaron al barril en cuanto les quedó claro que Esmael no era una presa adecuada para ellos.

—¿Qué se supone que estás haciendo aquí, Mistral? —preguntó el ángel negro.

El cambiante lo miró sobresaltado. Su cara era una trama de cuerdecillas blancas que intentaban imitar rasgos humanos. La nariz estaba formada por varios nudos mal hechos; la boca no era más que un espacio vacío entre dos cuerdas tensas enlazadas en los extremos; los ojos, dos oquedades hundidas que parecían excavadas a propósito para reflejar una melancolía desesperada. Mistral, sin apartar la vista de Esmael, introdujo sus largos dedos trenzados en su pecho y hurgó allí durante unos instantes.

—Qué fatalidad. Olvidé recargar mis hechizos de escudo —murmuró apático. Había extraído de su cavidad torácica un amuleto metálico de forma hexagonal. Suspiró, lo arrojó lejos y retomó su balanceo.

Esmael dejó pasar unos segundos antes de volver a insistir.

—¿Qué estás haciendo aquí?

—Esperando a que todo se derrumbe —contestó el cambiante sin dejar de mecerse—. Este es un lugar tan bueno como cualquier otro para aguardar el fin del mundo. ¿Quieres acompañarme? Hay sitio de sobra y provisiones en abundancia, si no tienes nada en contra de las ratas y los murciélagos, claro.

—El humor no es una de tus escasas virtudes. No sigas por ese camino. Te he hecho una pregunta sencilla y quiero una respuesta clara.

—Ya te la he dado: espero el final. No hay esperanza, Esmael. Nuestro mundo se derrumba. Y aunque sea lo mínimo que nos merecemos, no quiero ver cómo ocurre. Llámame pusilánime si se te antoja. O llámame cobarde. No me importa. Me quedaré aquí. Donde no puedo hacer daño a nadie ni nadie puede hacerme daño a mí. A no ser que hayas venido precisamente a eso… ¿Has venido a matarme, Señor de los Asesinos?

—¿Matarte? Qué solemne tontería. Eres un miembro del consejo y llevas meses desaparecido. Por eso estoy aquí. Te estaba buscando.

—¿Estabas preocupado por mí? —preguntó Mistral con sorna.

—Si tu intención es irritarme, vas por buen camino —gruñó él—. No, no estaba preocupado por ti. Quería saber si estabas vivo o muerto, sí, pero no porque me interese en lo más mínimo tu salud. Deja que lo repita: eres miembro del Consejo Real de Rocavarancolia. Eso significa que tienes unas responsabilidades que cumplir. Y si no puedes hacerlo, otro deberá ocupar tu lugar. —«Alguien a quien pueda convencer de que soy mejor alternativa para la regencia que esa espantosa dama Desgarro», podía haber añadido.

—¡Responsabilidades! —exclamó el cambiante—. ¿Nuestro mundo se derrumba y me vienes con responsabilidades? No hay esperanza, Esmael. Tú más que nadie deberías saberlo. Rocavarancolia está acabada.

—Hace solo unas semanas te habría dado la razón, sí. Pero cada vez falta menos para que salga la Luna Roja y todavía quedan cachorros vivos.

—Morirán. Todos morirán. Uno tras otro, sin que quede ninguno. Y eso será lo mejor que nos pueda suceder, óyeme. Nos merecemos la extinción. Nos la hemos ganado a pulso. Somos dañinos y perversos, asesinos y depravados... Somos monstruos. ¡Monstruos! —Mistral golpeó el suelo con rabia—. Y nada de lo que hagamos cambiará nunca eso —añadió con amargura.

Fue entonces cuando Esmael descubrió las ropas. Estaban enrolladas en el suelo, muy cerca de donde se sentaba Mistral. Tardó solo un segundo en reconocerlas. Era el traje que el muchacho negro había llevado en la fiesta que tan mal había acabado para la cosecha de Denéstor, el mismo traje blanco con el que había saltado a la cicatriz de Arax. Y nada más verlo, Esmael supo dónde había estado Mistral en los últimos meses y qué había estado haciendo. La revelación le arrancó un escalofrío. Parpadeó, sacudió la cabeza, y miró al cambiante con la perplejidad dibujada claramente en el rostro. Mistral permanecía cabizbajo, sin mirarlo, ignorante aún de haber sido descubierto. La siguiente revelación lo dejó tan anonadado como la primera: Denéstor lo sabía y lo amparaba. ¿Cuántos más estaban al tanto de esa conspiración?, se preguntó Esmael. ¿Dama Desgarro? ¿Dama Serena?

Respiró hondo. Las consecuencias de todo aquello comenzaban a dibujarse con claridad diáfana en su mente. Por primera vez en treinta años, el pulso de Esmael se aceleró. Nunca había estado tan cerca de ver cumplidos sus sueños, comprendió. Solo tenía que arrastrar a aquella criatura patética ante el regente, hacer que confesara y dar así un vuelco al futuro gobierno del reino. Huryel no tendría piedad, no podía tenerla, las leyes de Rocavarancolia eran muy claras respecto a las interferencias en la cosecha. Todos los implicados serían desterrados al desierto. Aunque dama Desgarro no lo estuviera, cosa que dudaba, sus aspiraciones para alcanzar la regencia se quedarían en nada con la expulsión de Mistral y Denéstor del consejo.

Apartó la mirada del montón de ropas para observar al cambiante, que seguía meciéndose, indiferente al largo silencio del ángel negro. La regencia lo esperaba, y luego... Esmael no podía creer en su suerte. Daba vértigo solo pensarlo. La situación sería peligrosa y complicada, no lo dudaba. Huryel no se contentaría con desterrar a los culpables de interferir en la cosecha, además no le quedaría más alternativa que acabar con toda la cosecha contaminada con su influencia. Hasta el último muchacho del torreón Margalar sería ejecutado. Únicamente quedaría Darío con vida, el eterno solitario. Pero la esencia del brasileño era fuerte y sería más que suficiente para que los vórtices se abrieran otra vez. Un nuevo comienzo para el reino, con él al mando: lo que siempre había deseado.

Sería arriesgado, sin duda. Todas las esperanzas de Rocavarancolia quedarían depositadas en un único joven. Pero faltaban menos de dos meses para que saliera la Luna Roja y si Darío sobrevivía hasta entonces, todo iría bien... Y además estaría él protegiéndolo desde las sombras, como había hecho tantas veces, como había hecho la noche en que Darío estuvo a punto de morir desangrado tras su duelo con Adrian. Durante décadas había usado su sigilo y su destreza para matar, pero no tenía inconveniente alguno en usarlos ahora para preservar la vida de aquel chico.

De pronto Mistral alzó su cabeza de muñeco viejo y lo miró fijamente. Esmael sonrió con desprecio. Había llegado el momento, había llegado la hora de tomar el destino del reino en sus manos. Sin embargo, justo cuando iba a anunciar a Mistral que su necia conspiración había quedado al descubierto, el cambiante habló:

—¿Recuerdas tu nombre, ángel negro? —le preguntó. Esmael parpadeó, confuso. No había esperado una pregunta semejante—. El nombre que tenías antes de que te trajeran aquí. ¿Lo recuerdas? —Mistral movía de un lado a otro su cabeza trenzada mientras continuaba con su balanceo maniático—. Porque yo llevo días intentando recordar el mío... mi nombre verdadero, y no lo consigo...

—Yo siempre me llamé Esmael —contestó. Miró de reojo la ropa enrollada, como si temiera que se hubiera desvanecido mientras Mistral lo distraía con su pregunta extravagante—. No vi motivo para cambiarlo —añadió.

Por tradición, la mayoría de los transformados por la Luna Roja cambiaba de nombre poco tiempo después; era un modo de romper con su antigua vida. Si no recordaba mal, él fue el único de su cosecha que decidió mantener su nombre. Era demasiado orgulloso como para desechar su pasado. Podía ser insignificante en comparación con todo lo que esperaba en Rocavarancolia, pero era suyo.

—Recuerdo el día en que los cambiantes elegimos nuestros nombres. —Mistral había dejado de mecerse. Ahora permanecía inmóvil, contemplando la nada con sus ojos huecos y sombríos—. Nos reunimos ante Rocavaragálago y arrojamos a la lava hasta la última de nuestras pertenencias. Nos quedamos desnudos ante la catedral y renegamos de nuestros nombres. Éramos cuatro: Mistral, Alisios, dama Brisa y Huracán… No sé quién tuvo la idea… Vientos nuevos, dijo alguien, soplan vientos nuevos… Amoldémonos a ellos —suspiró—. Y esos malditos vientos se los acabaron llevando a todos. A Alisios lo mataron cuando intentaba infiltrarse en la corte de un mundo vinculado, transformado en chambelán. Dama Brisa y Huracán murieron en la batalla de la ciudad. Sus huesos están en la cicatriz de Arax. Yo mismo llevé a dama Brisa hasta allí… Se me deshacía en los brazos.

Esmael recordó la sensación nauseabunda que lo había embargado al atravesar los esqueletos de la cicatriz. Un escalofrío recorrió su espalda y se bifurcó al llegar al tallo de sus alas; fue un relámpago de hielo que le dejó aterido. Cabía la posibilidad, aunque fuera ínfima, remota, de que acabara de atravesar los huesos de alguno de sus amigos.

Pensó en Dionisio, el borracho gigantesco de ojos eternamente llorosos con el que había compartido tienda de campaña durante la conquista del mundo de Alfilgris. Siempre llevaba una enorme maza claveteada con él, no se apartaba de ella ni siquiera al dormir. La amaba tanto que hasta le había puesto nombre; Esmael intentó recordar cuál era, pero no lo consiguió. Dionisio había muerto en la primera carga de los ejércitos enemigos. Un ogro a caballo le arrebató la maza de las manos y le destrozó la cara con ella.

Recordó a dama Fiera, la radiante y salvaje Fiera, ángel negro como él; recordó el modo en que reía, como si con cada carcajada estuviera a punto de crear un nuevo mundo donde todo fuera perfecto. Ella lo había tomado bajo su cargo tras su transformación y le había ayudado a familiarizarse con su nuevo cuerpo. Con el tiempo la había superado, tanto en poder como en escalafón en el reino, pero eso no les había importado: el vínculo que se forjó entre ambos era demasiado fuerte como para que la ambición o la envidia lo pusiera a prueba. Dama Fiera había muerto defendiendo el sur de la ciudad del ataque de las hordas de dragones de Balgor. Cuando cayó estaba tan cubierta de sangre, que gritaba, entre carcajadas, que se había transformado en un ángel rojo.

La lista de nombres era interminable: Malazul, Bocafría, Dorna, Sandor, dama Hiena, Valaka, Drug... Todos habían muerto en la última defensa del reino. Glorin, Tajnada, dama Lenta, dama Esencia... Esmael desvió de nuevo la vista hacia el montón de ropa y de pronto le pareció sumamente arriesgado confiar el destino del reino a un solo chico. Dos meses eran mucho tiempo y más en Rocavarancolia.

—Perdimos mucho en esa batalla —afirmó con voz ronca.

Algo en el tono de su voz despertó el interés del cambiante.

—Yo ya había perdido lo más importante mucho tiempo antes, Esmael —dijo—. Perdí mi nombre, el verdadero, y con él todo lo bueno que hubo alguna vez en mí. Y ahora reniego del que tengo. No, no quiero ser Mistral. Te doy mi nombre, asesino. Haz con él lo que se te antoje. Arrójalo al foso de Rocavaragálago, si es tu deseo. Que arda. Que ardamos todos.

Esmael se quedó mirando largo rato al cambiante, sin decir palabra. Intentó recordar otra vez cómo se llamaba la maza de Dionisio, pero no lo logró. Gruñó frustrado y miró a su alrededor. Sobre su cabeza discurría un río de muerte. Y hasta el último de los esqueletos que yacía entre las paredes quebradas de la cicatriz de Arax había tenido nombre una vez, absolutamente todos. Desde la criatura más vil y despreciable hasta la más noble y valerosa, tanto los que habían dado su vida por el reino como los que lo habían hecho mientras intentaban destruirlo. Pero, en definitiva, los nombres no eran más que palabras, caracteres inertes. Lo que de verdad importaba era que todos aquellos huesos fríos habían tenido una vez carne alrededor, corazones palpitantes que habían impulsado la sangre en sus venas, ojos con los que contemplar la creación entera, manos con las que tocar... Toda aquella muerte había estado viva una vez.

La regencia podía esperar, decidió. No tenía por qué delatar al cambiante en ese preciso instante. Esperaría a que la Luna Roja estuviera a punto de salir para visitar a Huryel y desvelarle la conspiración de Mistral y Denéstor. La tentación era fuerte, pero esperaría. Se lo debía a dama Fiera, a Dionisio, a Bocafría, a Glorin... Y no solo a ellos: se lo debía a todos los muertos del reino, a todos los que habían perecido por su gloria. No podía fallarles. No podía dejar que su ambición provocara la ruina de Rocavarancolia.

Salió despacio de la galería, sin despedirse del cambiante, que continuó meciéndose en las tinieblas verdosas, indiferente a su partida. Cuando Esmael se hizo intangible para salir a la superficie puso mucho cuidado en no atravesar de nuevo la cicatriz de Arax. No quería sentir más huesos que los suyos dentro de su carne.

Adrian tardó más de una semana en volver a dejarse ver por el torreón. Se habían topado con él varias veces mientras buscaban a Marco, así que no habían tenido motivos para preocuparse. Por lo que les contó, se dedicaba simplemente a vagar de un lado a otro. Quería verlo todo, aseguraba, sin dejarse nada. Hector se preguntaba cuánto tiempo tardaría en aparecer en los sueños de Bruno.

Los estaba esperando en el torreón cuando regresaron tras otra jornada infructuosa de búsqueda, sentado a una mesa de la planta baja, con un libro abierto ante él y otros tres apilados a su lado.

—Quiero seguir aprendiendo magia —les comunicó. Los saludos que habían intercambiado no habían sido demasiado efusivos, pero a Adrian no pareció importarle—. Y por más que busco no encuentro un solo libro de magia por toda la ciudad, al menos ninguno escrito en un idioma que pueda entender. Me he tomado la libertad de escoger unos cuantos de la biblioteca. Espero que no te importe prestármelos un tiempo —dijo mirando a Bruno—. Te doy mi palabra de que los devolveré en las mismas condiciones en las que me los llevo.

—Podías habértelos llevado sin más ni más, ¿no? —le dijo Natalia.

—¿Por quién me tomas? Eso no habría sido nada educado.

—Tampoco lo es entrar en casa de alguien cuando no está y ponerte a registrar sus cosas.

—Tienes que hacer algo con tu mal humor, Natalia. Algún día te acabará estallando una vena.

—Si te has ido del torreón, te has ido. Ven de visita si quieres, pero cuando estemos nosotros.

Bruno inspeccionó con detenimiento los libros de Adrian. No solía poner trabas a que los demás tuvieran acceso a la pequeña biblioteca que había ido reuniendo a lo largo de los meses, pero le gustaba llevar un estricto control del paradero de cada uno de los libros. Durante una semana había puesto el torreón patas arriba solo para encontrar un estudio sobre gatos mágicos que había extraviado Natalia. Al final habían dado con él en el fondo de una cesta de ropa.

Hector observó al italiano con preocupación mientras examinaba los libros. Bruno estaba pálido y cada día que pasaba parecía más y más cansado, y no era para menos. No solo participaba como los demás en la búsqueda de Marco, también repasaba una y otra vez sus libros en busca de sortilegios que tal vez se le hubiesen pasado por alto y que pudieran ayudar a encontrar a su amigo. Pero es que no era solo Marco quien ocupaba su tiempo, también se dedicaba a investigar sobre licantropía y otras transformaciones para intentar dar con el modo de revertir el estado bestial de Lizbeth y, al mismo tiempo, prepararse para lo que iba a suceder cuando saliera la Luna Roja. No había día que no probara un nuevo hechizo con la loba, pero de momento todos sus experimentos se habían saldado en fracaso. Hector le obligó a tomárselo con más calma cuando una mañana lo encontró desmayado en la mazmorra.

—Vas a terminar reventado —le advirtió con severidad—. Y no nos podemos arriesgar a que te pase algo. Eres demasiado importante para nosotros.

—Por eso mismo hago lo que hago, Hector. Dadas las circunstancias soy el más capacitado para intentar encontrar una solución. ¿No estás de acuerdo conmigo?

—¿Y si no hay solución? —le preguntó él, mientras contemplaba a la bestia enjaulada.

Bruno guardó un largo silencio antes de contestar:

—La hay —dijo—. Tiene que haberla. Y os juro que la encontraré.

El italiano colocó los libros que Adrian le había pedido uno sobre otro y asintió mecánicamente con la cabeza.

—Puedes llevártelos —anunció al cabo de unos instantes—. Aunque debo advertirte que solo uno te será de verdadera utilidad. Los conjuros y sortilegios recogidos en los otros están por completo fuera de nuestro alcance. —Puso una mano sobre el volumen más grueso de la mesa, un libro encuadernado en piel roja y arrugada—. Y este no es un libro de magia —dijo—, es un tratado sobre dragones, sin nada de hechicería útil en sus páginas.

—Bueno, no todo va a ser estudiar, ¿verdad? —dijo Adrian, con una sonrisa de oreja a oreja—. Deja que me entretenga con algo.

No tardó en marcharse. Por lo visto quería pasar la noche en una torreta plagada de ruidos misteriosos que había encontrado cerca de la plaza de la fuente de las serpientes.

Poco después de que Adrian abandonara el torreón, Hector se acercó a Natalia. La visita de Adrian y el estado de franco agotamiento de Bruno le habían dado en qué pensar y necesitaba comentar algo con ella.

La rusa estaba sentada en una silla en el otro extremo del torreón, con los pies subidos al asiento y el mentón apoyado en las rodillas. Tenía los ojos entrecerrados y un pedazo de carne en una mano al que de cuando en cuando daba un mordisco apático.

—¿Tienes un momento? —le preguntó él.

—Sí, pero solo uno —respondió con aspereza—. En cuanto acabe de comer me iré a la cama. Estoy reventada de tanto ir de aquí para allá. ¿Cuándo vamos a dejar de buscar a Marco?

—Cuando lo encontremos.

—Qué pérdida de tiempo —rezongó.

—Es lo que tenemos que hacer. Él haría lo mismo por nosotros, ¿no crees?

—No, no lo haría. Haz memoria: se marchó, Hector. Marco se marchó. Nos abandonó. ¿Y sabes una cosa? Creo que el tipo de los arpones tiene razón. Creo que Marco comprendió lo que nos iba a suceder en cuanto vio lo que le pasó a Lizbeth y decidió que lo mejor que podía hacer era matarse. Y fue a ese lugar horrible y saltó.

—¿De verdad piensas eso? —le preguntó con preocupación.

Ella se encogió de hombros.

—Yo qué sé. Estoy tan cansada que no sé ni lo que pienso. Había ido a la despensa a buscar algo de fruta y mira lo que he traído sin darme cuenta. —Sacudió la carne que tenía en la mano y una leve lluvia de grasa cayó sobre la mesa—. Un trozo de vete a saber qué…

Hector sonrió y se sentó junto a ella. Marina los observaba desde el otro extremo del torreón, pero él apartó la vista al instante, sin permitir siquiera que sus miradas se cruzaran. Poco después escuchó como la joven se marchaba escaleras arriba.

—¿Qué quieres? —le preguntó Natalia, suspicaz.

—Hablar contigo. —Se frotó la barbilla antes de continuar—. Sé que la magia no te gusta, pero tal y como están las cosas sería bueno que tuviéramos otro mago. Adrian se ha ido y no podemos depender siempre de Bruno.

El resto del grupo seguía siendo inútil de cara a la magia y no era por no intentarlo. Cada vez que probaba suerte, Hector notaba en su interior aquel rebullir de extrañas energías que nunca llegaban a concretarse. Recitaba las palabras y hacía los gestos convenientes, tal y como venían explicados en los libros, pero justo cuando se aproximaba el final, cuando ya sentía la consumación del sortilegio a flor de piel, todo se venía abajo.

—Sabes que me cuesta horrores aprender un solo hechizo —dijo Natalia con el ceño fruncido.

—Lo sé, pero también sé que terminas aprendiéndolos. Mira dónde estamos y mira por todo lo que estamos pasando. Vamos a necesitar toda la ayuda posible y no nos podemos permitir ningún lujo. No te estoy pidiendo que te pongas al nivel de Bruno, solo que aprendas hechizos básicos que nos ayuden en caso de apuro.

Natalia agachó la cabeza.

—No lo sé, Hector… —dijo en voz baja. Se pasó una mano por el pelo y resopló—. No sé qué decirte. Y menos ahora, que estoy tan cansada… Te prometo pensarlo ¿vale? —Y sin decir ni una palabra más ni permitirle hablar, se levantó de la silla y se fue.

Hector la observó desaparecer por las escaleras, alzó la vista al techo y suspiró, abatido.

—No es fácil ser el jefe, ¿verdad? —le preguntó Ricardo. Estaba sentado con Bruno a una mesa cercana, él cargaba talismanes mientras el italiano, en silencio, tan concentrado que parecía estar a mundos de distancia, mantenía enterrada la cabeza en un libro.

—¿De qué estás hablando? —le preguntó, volviéndose hacia él—. Yo no soy el jefe de nada.

—Lo que tú digas —dijo Ricardo con una sonrisa en los labios.

ENGENDROS Y MARAVILLAS

Los días pasaban sin hallar el menor rastro de Marco.

Exploraron de cabo a rabo la prisión donde habían despertado hacía tanto tiempo: fueron de mazmorra en mazmorra, sin separarse unos de otros, asomándose a las grietas que se abrían en las paredes; deambularon por los alrededores del barrio en llamas, intentando no prestar atención a los alaridos de los desdichados atrapados allí; caminaron alrededor de las simas que se abrían al noroeste de la ciudad; y aunque tuvieron que recurrir a todo su valor para ello, se acercaron también a la inmensa catedral roja de Rocavaragálago. La simple visión de aquel edificio gigantesco de piedra lunar les encogía el alma: los altos muros estriados se levantaban hacia el cielo nuboso con una frialdad execrable. Tampoco allí encontraron nada.

—¿Y si algo lo ha arrastrado a las profundidades? —preguntó Marina la mañana que pasaron muy cerca del sitio donde aquel murciélago monstruoso la había atrapado a ella.

—¡No! —Natalia se giró hacia Hector, espantada—. No pensarás hacernos bajar a ese lugar horrible otra vez, ¿verdad?

—¿Qué oportunidades tendría Marco de sobrevivir por sí solo allí abajo? —quiso saber Ricardo.

—Ninguna —contestó Hector. Miró de reojo a Marina y recordó cómo había descendido tras ella sin pararse a sopesar ni una sola vez los posibles riesgos. Todo era diferente ahora. El subsuelo de la ciudad era algo que podía descartar por completo. Bajar allí era tentar a la suerte y él no estaba por la labor de permitir que eso ocurriera. Una vocecilla dentro de su cabeza osó preguntarle: «¿Y si Marina volviera a desaparecer allí abajo? ¿No los arrastrarías de nuevo a todos tras ella?».

«No, no lo haría», se contestó a sí mismo, y saber que eso era cierto lo descorazonó.

En la tarde del octavo día de búsqueda, el grupo encaminó sus pasos hacia el cementerio de Rocavarancolia. Hasta el momento habían hecho todo lo posible para esquivar aquel lugar, pero las opciones se les agotaban y a Hector no le quedó más remedio que ser consecuente y poner rumbo a esa zona. Notó que se inquietaban todos en cuanto quedó claro hacia dónde se dirigían.

Hector recordaba muy bien la expresión de sus rostros cuando les describió cómo era el mausoleo donde dama Desgarro había llevado a Rachel.

—No puede ser. —Marina negó con la cabeza al escucharlo—. ¿Un mausoleo sin terminar? No. Es imposible. Esa no es la tumba de mi cuento.

Ese fallo en el guion, ese error en el relato profético de Marina había ensombrecido más aún el ánimo del grupo. Desde entonces el cementerio se había convertido en tema tabú. Nadie había hablado de visitar la tumba de su amiga ni mencionado la posibilidad de buscar a Marco allí. En un principio, Hector pensó que el comportamiento de sus amigos se debía a que no querían enfrentarse a esa tumba a medio construir, a esa burla del destino; conocer su existencia no era lo mismo que confirmarla con sus propios ojos. Luego se dio cuenta de que la explicación era aún más sencilla: visitar por primera vez la tumba de Rachel sería aceptar que ella estaba muerta.

Una bandada de pájaros negros los siguió durante su caminar lento hacia el cementerio, acosándolos con sus carcajadas. Cuando quedaban menos de cien metros para llegar a la hondonada, Marina se detuvo, cargó su arco y sin apuntar apenas, disparó una flecha a la nube de pájaros. Uno de ellos cayó atravesado de parte a parte. El resto enmudeció al instante y cambió de rumbo. Marina volvió a colgarse el arco, se apartó el pelo de la cara de un manotazo y reemprendió la marcha. Hector nunca la había visto tan seria y sombría.

La aparición del capullo de seda los pilló a todos por sorpresa, era como un dedo blanco inmenso que señalara al cielo.

—¿Qué diablos es eso? —preguntó Ricardo.

Los ojos de Marina se habían abierto de par en par nada más descubrir aquella extraña estructura blanca. Sacudió la cabeza, incrédula, y anunció con la voz tomada por una emoción intensa:

—Es la tumba de mi cuento.

Hector contempló como aquella construcción insólita se agrandaba ante sus ojos a medida que descendían la cuesta que conducía a la hondonada. Era una verdadera torre construida con tela de araña. Tenía más de veinte metros de altura y, aunque su aspecto fuera algo deslavazado, era evidentemente sólida. De su parte alta surgían seis cuernos que se curvaban hacia lo alto, construidos también con telarañas, aunque mucho más compactas que en el resto del edificio.

Avanzaron hacia allí escoltados por las voces de los enterrados en el cementerio.

—¡Visitas desde el reino de los vivos! ¡Peinaos las calaveras y abrillantaos los costillares! ¡Que reluzcan los esqueletos!

—Los colores. No los recuerdo. Los he olvidado. ¿De qué color era el cielo? ¿Verde? ¿Era verde? ¿Alguien me haría el favor de decirme de qué color era el cielo?

—En la caverna había un dragón irisado. Nunca había visto nada tan bello. Fue lo último que vi, es cierto. Pero mereció la pena. Sí, mereció la pena vivir solo por ver a la magnífica criatura que me mató.

Se detuvieron ante la arcada de seda que llevaba al interior del mausoleo. Capas y capas de tela se precipitaban desde lo alto, finos cortinajes que unidos formaban las paredes exteriores de aquella construcción inaudita. Dos de esas cortinas caían sobre la arcada de acceso a modo de hojas de puerta. Hector desenvainó la espada y retiró una de ellas. Después de asegurarse de que la hoja del arma no se quedaba adherida a la telaraña, comprobó la consistencia de la segunda cortina con la mano. La idea de que pudieran quedarse pegados a aquella cosa para que luego la araña se diera un banquete con ellos era demasiado inquietante como para ignorarla. La tela era suave al tacto y en absoluto pegajosa. Resultaba hasta agradable acariciarla. Recordó aquel largo paseo nocturno con la araña tras él, caminando en silencio, siempre a unos metros de distancia. Agitó la cabeza. ¿Qué podía llevar a un ser como ese a construir semejante monumento? No lo entendía.

Entraron de uno en uno, en silencio absoluto. Natalia se quedó más retrasada. Se detuvo al poco de atravesar las puertas de seda, observándolo todo con los ojos muy abiertos. La luz del día apenas lograba filtrarse entre las paredes de seda y una oscuridad taciturna se derramaba por los rincones. Cuando los ojos de Hector se acomodaron a la penumbra, pudo ver que del alto techo caían estalactitas de tela enrollada. No podía decir si aquella construcción le gustaba o no. La presencia del sepulcro y de lo que contenía le impedía dar un juicio de valor en un sentido o en otro. Pero había algo indiscutible: aquel era el monumento más llamativo de todo el cementerio.

Los muchachos se dispusieron en círculo en torno a la tumba, solo Natalia permaneció en la entrada, abrazada a sí misma. Se miraron a los ojos, indecisos, sin saber qué hacer a continuación. ¿Debían improvisar algún tipo de ceremonia? ¿Decir unas palabras en honor a Rachel? Con Alexander no habían hecho nada de eso, pero él no había dejado cuerpo al que honrar.

De pronto Bruno puso la palma de la mano sobre la seda que cubría el sepulcro. Madeleine, tras un momento de duda, colocó su mano sobre la del italiano. El siguiente en imitarlos fue Hector. Luego les tocó el turno a Ricardo y Marina. Hector miró a Natalia, todavía en la puerta. La joven suspiró apesadumbrada y echó a andar despacio hacia ellos. Era evidente que cada paso le costaba un gran esfuerzo. Al fin llegó a la sepultura y puso su mano sobre las demás.

Permanecieron en silencio largo rato, sin moverse apenas, con la vista fija en la telaraña que cubría la tumba de Rachel. Ella estaba allí, a apenas unos centímetros de distancia, inmóvil y fría, muerta en la oscuridad. Hector cerró los ojos. «¿Sentirá nuestro calor? —se preguntó—, ¿sentirá que estamos aquí con ella?».

—Si me pasa algo, quiero que me incineréis —dijo Ricardo de pronto—. Y que luego arrojéis mis cenizas en el mar. —Giró la cabeza hacia Bruno—. Seguro que no te costará mucho trabajo hacerlo, ¿verdad? Caminar por el aire, me refiero, y esparcir mis cenizas más allá de los barcos naufragados... —El italiano negó con la cabeza. Ricardo sonrió y continuó hablando—: Mi madre adoraba el mar... Cuando murió arrojamos sus cenizas en una pequeña cala cerca de donde íbamos a veranear. Quién sabe, quizá las corrientes mágicas de este mundo me lleven de nuevo algún día con ella.

—Yo no tengo el menor interés en lo que ocurra con mi cuerpo una vez que haya fallecido —dijo Bruno—. Es solo un cuerpo. ¿Por qué debo preocuparme por él una vez que deje de usarlo?

—Te disecaremos y te pondremos en lo alto del torreón —dijo Marina.

—Nadie notará la diferencia —aseguró Ricardo.

Maddie soltó una risilla. Hector sonrió. Era la primera vez que oía reír a alguien desde la noche del palacete.

—¿Qué estáis haciendo? ¿Os habéis vuelto locos? —Natalia apartó la mano y los miró a todos de hito en hito—. ¡Callaos ya! ¡Nadie va a morir!

—Todos morimos. —En la penumbra, Hector no pudo ver los ojos de Bruno mientras hablaba, pero imaginó su mirada tan gélida como de costumbre—. Tarde o temprano todos morimos. Es algo inherente a la vida y al sentido común. Todo lo que tiene principio debe tener final.

—A mí enterradme aquí, en el cementerio —dijo Marina. Ya se lo había pedido a Hector hacía unas semanas, pero ahora su voz no era tan solemne como entonces: era la voz de alguien que habla de lo que quiere comer mañana o de la ropa que piensa comprarse—. ¿Creéis que habrá más mausoleos sin dueño? No me gustaría estar ahí fuera, con toda esa cháchara día y noche. Tiene que dar dolor de cabeza.

—¡No! ¡Callaos! —Natalia dio un paso hacia atrás, con los puños apretados.

—A mi hermano se lo llevó el viento —murmuró Madeleine—. Que me lleve a mí también. Sí, será un bonito final. Incineradme como a Ricardo y esparcid mis cenizas por toda la ciudad. Desde lo alto. Desde muy alto...

—¡Basta! ¡Dejad de hablar de muerte!

—Tranquila, Natalia —dijo Ricardo—. Nadie piensa morirse mañana. No te asustes. Solo estamos...

—¡Que te calles! —gritó histérica antes de salir corriendo del mausoleo. Las telarañas de la puerta se agitaron a su paso, como si estuvieran diciéndole adiós.

Hector fue el primero en reaccionar e ir tras ella. Natalia corría veloz por un sendero de tierra y tuvo que esforzarse al máximo para recortarle terreno. Los muertos no callaban.

—¡Corre, niñita, corre! ¡No dejes que te atrape! ¡Te arrancará el alma y sorberá el tuétano de tus huesos! ¡Siempre lo hacen!

—¡Qué falta de respeto! ¡Corriendo por el cementerio! ¡Malditos seáis! ¡Dejad de recordarnos el movimiento!

Hector la alcanzó cuando enfilaba ya una de las rampas que salían de la hondonada. La tomó del antebrazo y la obligó a detenerse y girarse hacia él. Las lágrimas corrían a raudales por el rostro de la joven.

—¿Qué te pasa? —le preguntó. Natalia miró horrorizada a espaldas de Hector. Él se giró veloz, aunque no vio nada—. Son tus sombras. No es por Rachel, ni por la Luna Roja... Son tus sombras.

—Aquí todo es sombra y penumbra —murmuró con tristeza un cadáver.

Natalia dio un fuerte tirón para librarse de Hector, pero en vez de echar a correr de nuevo, cerró los ojos y agachó la cabeza.

—No me dejan en paz, ¿vale? —Lloraba a lágrima viva—. Están por todas partes y quieren volverme loca.

El resto del grupo llegó hasta ellos. Madeleine y Marina se pusieron tras la joven, mientras Ricardo y Bruno permanecían más retrasados, cerca de Hector. El italiano lo observaba todo con los ojos muy abiertos y la cabeza algo ladeada.

—Me gruñen... Me amenazan —murmuró Natalia—. Aparecen de la nada y me susurran cosas terribles. Saltan sobre mí cuando menos me lo espero... y justo cuando van a caerme encima se apartan y me señalan con sus garras retorcidas. Yo... —Tragó saliva. Hector la atrajo hacia él y la abrazó con fuerza—. Están por todas partes. Y quieren hacerme daño... quieren volverme loca. Me odian. No les he hecho nada, pero ellas me odian...

Hector se conmovió al notar la fragilidad de la joven que tenía en brazos. Al principio había achacado su comportamiento a la muerte de Rachel y a la revelación de lo que iba a sucederles cuando saliera la Luna Roja. Desde lo ocurrido en el palacete, Natalia se había mostrado taciturna y silenciosa, pero todos, en mayor o menor medida, habían actuado así desde entonces.

—Te ayudaremos en lo que podamos, ¿vale? —dijo Madeleine—. Algo podremos hacer para evitar que te acosen esas cosas.

—¿Ayudarme? —Natalia se apartó de Hector y los miró a todos con el rostro descompuesto—. ¿Qué vais a hacer para ayudarme si ni siquiera las veis? ¡No podéis hacer nada! ¡Nadie puede!

—Intentaremos averiguar qué son esas criaturas —le aseguró Bruno—. En cuanto regresemos al torreón me pondré a...

—¡Pero es que yo ya sé qué son!, ¡y eso lo hace todavía peor! ¡Sé lo que son! ¡Lo sé! ¡No son duendes! ¡No son sombras! ¡Son fantasmas! ¿Me oís? ¡Son fantasmas!

—¿Fantasmas? —le preguntó Marina—. ¿Qué quieres decir?

Natalia se aferró las muñecas y comenzó a retorcérselas, visiblemente nerviosa. Miró alrededor, más allá del grupo. Le temblaba el labio inferior. Hector se preguntó qué engendros estaría viendo en aquel momento y se estremeció. La muchacha cerró los ojos.

—Lo supe la noche del palacete... —comenzó—. Cuando... Cuando ocurrió lo que ocurrió... Cuando Lizbeth mató a... Hubo algo más, algo que vosotros no visteis... En el mismo momento en que Rachel cayó al suelo, en el techo, justo encima de ella... —vacilaba tanto al hablar que era difícil seguir el hilo de lo que contaba—, se abrió un agujero en el aire, fue como si el mundo se desgarrara. Y a través de ese agujero surgió la sombra... Primero sacó los brazos, tan largos que parecía que no iban a terminar de salir nunca. Salían uno tras otro, tantos que perdí la cuenta... Luego surgió el resto del cuerpo, hinchado y negro... Era algo repugnante, viscoso y denso; era como humo, humo líquido si algo así puede existir... Cuando salió por completo, se pegó al techo, me miró con rabia y saltó fuera de mi vista. —Abrió los ojos y se encaró al grupo mientras se limpiaba prácticamente a golpes las lágrimas que bañaban su cara—. ¡Apareció al morir Rachel! ¿Qué más puede ser aparte de un fantasma? ¡Era el fantasma de Rachel! ¡Y me odiaba!

—Tu error es comprensible, Natalia, pero esas entidades no son fantasmas —dijo Bruno. Ella lo miró con el ceño fruncido—. Si me permites explicarme, creo estar en disposición de arrojar algo de luz sobre la naturaleza de esas criaturas. —Se llevó las manos al ala de su chistera y la giró ciento ochenta grados en su cabeza antes de continuar hablando—: Ya sabéis que Rocavarancolia es terreno propicio de encrucijadas entre dimensiones, aquí el tejido de la realidad es frágil y maleable, y es relativamente fácil que se rompa. Hurza y Harex, los fundadores de la ciudad, se aprovecharon de eso para abrir vórtices que comunicaran este mundo con otros, y Denéstor Tul utilizó esa misma característica para entrar en la Tierra y traernos aquí. Esas sombras tuyas, Natalia, son habitantes de otro plano, entes que moran entre los pliegues de las distintas dimensiones.

—Pero apareció cuando Rachel murió...

—A veces este tipo de criaturas se comportan como insectos. Igual que la luz atrae a las polillas, a ellos los atraen los fenómenos más dispares. Puede que a la especie en concreto que te acosa le atraiga la muerte. Quizá cada vez que alguien muere en Rocavarancolia se abra un pequeño vórtice entre este mundo y dondequiera que habiten, y se vean forzados a pasar a este lado. Esto ya son solo elucubraciones, por supuesto. Necesitaría investigar más sobre el tema para...

—¿Y por qué solo las veo yo?

—Te equivocas. Tú no eres la única que puede verlas, eres la única a la que se muestran de forma abierta, lo cual es notablemente distinto. Recuerda que Lizbeth y Hector llegaron a verlas en una ocasión. Y cuando aquella alimaña te atacó al poco de llegar a Rocavarancolia, uno de esos seres salió en tu defensa. Marina pudo verlo, aunque en aquellos momentos no distinguió de qué se trataba con exactitud.

—¿Y qué significa todo eso? ¡No lo entiendo! ¿Por qué me ayudan si me odian?

—Quizá sea exactamente por eso —aventuró Ricardo—. Quizá te odien porque algo más fuerte que ellas las empuja a ayudarte. Y a lo mejor eso no les hace mucha gracia...

—Oh. Qué chico más listo, qué gran banquete para gusanos será su cerebro —gorjeó de pronto una voz muerta desde una tumba cercana—. Niña llorosa, niña asustada, te odian porque cuando salga la Luna Roja no les quedará más remedio que obedecerte. Por eso te odian y por eso intentan volverte loca.

Todos se volvieron hacia la sepultura. Era una gran tumba de piedra blanca, con los laterales agrietados y la losa cubierta parcialmente de musgo. Bajo la lápida, un muerto hablaba:

—Te aborrecen, te detestan... —Resultaba imposible distinguir si se trataba de una voz de hombre o de mujer—. Bailarán hasta la extenuación el día en que mueras... Porque cuando salga la Luna Roja no tendrán más remedio que cumplir tu voluntad. Serás su dueña, su ama y señora. La reina de las sombras oscuras. Unos las llaman ónyces, otros sibilas... ¿Qué más da cuál sea su nombre? Son la oscuridad cuajada, la muerte que te envuelve, el beso que te asfixia... —Su voz vibraba como el zumbido de millares de insectos—. Con cada muerte violenta, una puerta se abre y se ven forzadas a entrar por ella. Pobres criaturas, las atrae la violencia pero luego no son capaces de encontrar el camino de regreso a casa. Eso las vuelve locas. Deben permanecer en un mundo que no es el suyo hasta que su esencia se extingue. —Soltó una risilla demencial—. Oh, niña, qué poderosa bruja serás cuando la luz de la Luna Roja te bañe... ¡Quién tuviera ojos para poder verte!

—¿Bruja? ¿Una bruja yo?

Bruno se aproximó a la carrera a la tumba.

—¿Sabes en qué nos vamos a convertir? —le preguntó al ocupante de la tumba—. ¿Sabes en qué nos transformará la Luna Roja?

El muerto no respondió a su pregunta.

—La oscuridad que vibra, salta y mata, —En su voz indescriptible había ahora un deje de nostalgia—. Yo lo vi, ¿sabéis, niños queridos? Estaba con ella cuando arrojó su ejército de sombras contra el bastión del hechicero demente que había osado levantarse en armas contra el reino. Qué hermosa era dama Umbría, qué hermosa... Su cabello eran culebras y sus ojos, escarabajos... sus manos, arañas retorcidas y sus muñecas, escorpiones... Con cada uno de sus gestos conjuraba legiones de tinieblas asesinas. No le guardo ningún rencor, no me malinterpretéis. Sus sombras derrotaron al hechicero y nos dieron la victoria, no fue culpa suya que acabaran también con nosotros. Una vez comenzaron a matar fue imposible detenerlas. No hicieron distinciones entre amigos y enemigos.

Nadie movió un solo músculo mientras el muerto hablaba. Permanecieron inmóviles en su sitio, con los ojos fijos en la piedra blanca de la sepultura. Respiraban despacio, aturdidos ante el discurso inconexo del ocupante de la tumba. El resto del cementerio guardaba un silencio atento.

—¿Qué seremos? ¿En qué nos convertiremos? —insistió Bruno.

—Una bruja, seré una bruja...

—Seréis silencio —anunció otro muerto. La tumba desde la que habló era de mármol negro y estaba en lo alto de un montículo adornado con la estatua de una mujer que lloraba de rodillas.

—Seréis lluvia y nieve, calor y vida. Flor y guadaña —añadió otro.

—Engendros y maravillas. Atrocidades... Milagros... —apuntó un tercero.

Poco a poco, un verdadero coro de voces muertas fue surgiendo de la tierra. Aquella amalgama de voces ponía los pelos de punta.

—Ala, hocico, garra y sed —canturreaban los muertos. Casi creían escucharlos mecerse en el interior de sus sepulturas al compás de aquel sonsonete vibrante—: Colmillo y fuego, perdición y gritos. Eso seréis. Sí, en eso os convertiréis. Nada más y nada menos. En la muerte que camina y en la noche que toma forma humana... Seréis putrefacción y carroña, olvido y crepúsculo...

—Vámonos de aquí, por favor —rogó Natalia con un hilo de voz. La tierra retumbaba bajo sus pies—. Salgamos de aquí...

Hector miró alrededor. Estaba rodeado de muertos que cantaban y sombras que no alcanzaba a ver. Asintió. Ya habían tenido suficiente.

—Vámonos... —dijo.

Echaron a andar a grandes pasos hacia la cuesta, perseguidos por las voces de los muertos que continuaban clamando bajo tierra. No callaron ni siquiera cuando los muchachos salieron del cementerio. Siguieron con la misma cantinela durante largo rato, perdidos todos en el delirio, hasta que sus conciencias se fueron adormeciendo y sus voces apagando.

—Seréis vida nueva y frenesí, locura y destrucción —dijo por fin el último muerto, el primero que se había dirigido a ellos. A medida que las fuerzas le fallaban, el volumen de su voz polvorienta fue descendiendo. Sus últimas frases no fueron más que susurros tan débiles que ni siquiera atravesaron la piedra de la lápida—. Y tiempo después, seréis nosotros: huesos, polvo y podredumbre. Seréis silencio, luego nada. Después, quizá, leyenda.

VÍSPERAS

Sarah estaba en el jardín delantero de la casa, dando los últimos toques al muñeco de nieve que construía junto a las escaleras del porche. La niña, envuelta en un plumífero rojo que le quedaba grande, retrocedió un paso y observó pensativa el muñeco. Al cabo de unos instantes, sacó una zanahoria retorcida de su bolsillo y la clavó en el centro mismo de la gran bola de nieve que coronaba su obra. Después colocó dos grandes botones negros en la parte superior y, para rematar la faena, trazó una sonrisa amplia bajo la zanahoria. Retrocedió otro paso y asintió complacida. Luego se giró hacia Hector:

—¡Ven! ¡Corre! ¡Mira qué bien queda! ¡¿No soy genial?!

El joven estaba al otro lado de la calle, con las manos en los bolsillos de su blusón. Ese día se había puesto una capa larga de color verde oscuro, con los bajos deshilachados, y el fuerte viento norte había terminado enrollándosela alrededor de la empuñadura de la espada. Deshizo el lío sin apartar la mirada de Sarah. La niña volvió a llamarlo, pero él, como en tantas otras ocasiones, la ignoró. Ni por un momento se le ocurrió acercarse a la casa. Por si no fuera suficiente con los tentáculos de oscuridad que la rodeaban, durante sus últimas visitas había empezado a vislumbrar lo que de verdad se ocultaba bajo aquel espejismo: la cabeza de una criatura gigantesca de roca negra que emergía del suelo, todo boca, colmillos de piedra y locura hambrienta. Ignoró la verdadera naturaleza del lugar y se concentró en memorizar cada detalle de la escena preparada para atraerlo: el pelo castaño de Sarah, las escaleras que tantas veces había bajado y subido, el resplandor del sol en los cristales de su cuarto… La visión que le mostraba la casa carnívora era más completa que sus propios recuerdos y eso, precisamente eso, era lo que lo hacía regresar una y otra vez allí, aun a sabiendas de que aquello no era real. Era el modo más efectivo que había encontrado de aferrarse a su pasado.

Tras las cortinas del salón alcanzó a distinguir la silueta de su madre, de camino a la cocina. En algunas ocasiones se había asomado a la ventana o salido al porche para pedirle que entrara en la casa, pero no solía ser lo habitual. Su padre, en cambio, no se había dejado ver ni una sola vez.

Sarah se acercó a la cancilla del jardín y lo llamó de nuevo, ahora con más urgencia. Cuando rompió a llorar y le preguntó si estaba enfadado con ella, Hector no pudo soportarlo más. Dio la espalda a la visión y echó a andar calle abajo, a grandes pasos, luchando contra la tentación de mirar atrás. Maddie lo esperaba a la vuelta de la esquina, sentada en el suelo con la espalda apoyada contra la pared de una casucha oscura.

—Estás mal de la cabeza, Hector —dijo mientras le tendía la mano para que la ayudara a incorporarse—. Eso que haces es enfermizo, peligroso y raro.

—Es que yo soy enfermizo, peligroso y raro.

—No me digas —dijo, fingiendo un bostezo.

Echaron a andar rumbo al torreón. Madeleine entrelazó el brazo de Hector con el suyo. El joven la miró de reojo. Estaba preciosa. El pelo le había vuelto a crecer, aunque estaba lejos de la exuberancia de los primeros tiempos. Al mirarla, no pudo evitar pensar en Lizbeth y en lo que se había convertido. Sintió una punzada en el estómago.

—Deja de mirarme así —le pidió Madeleine—. Me pone muy nerviosa, ¿sabes?

—¿Y cómo te miro?

—Ya sabes cómo. Como si fuera a ponerme a aullar de un momento a otro. Es molesto.

—Lo siento —se disculpó él—. No era mi intención, de verdad… Pero es que a veces no puedo evitar pensar en lo que va a pasar. Y si ya es horrible para todos, en tu caso, en tu caso… —No fue capaz de terminar la frase.

—En mi caso, exactamente lo mismo —dijo ella—. ¿Qué tengo yo de especial que no tenga Lizbeth? ¿O Marina? —preguntó, entornando ligeramente los ojos.

—Que tú ya has perdido más que ningún otro —contestó él—. Y prometimos a tu hermano cuidar de ti.

—Y lo estáis haciendo. Pero detener lunas queda fuera de vuestro alcance. Al menos de momento. Ya veremos de lo que termina siendo capaz Bruno.

El italiano había conseguido lo imposible: darles esperanza. Lo veían a todas horas entre libros, con su eterna chistera en la cabeza y el gabán puesto. Y aunque era una batalla perdida leer emoción alguna en su rostro, verlo tan activo los animaba, les hacía creer que existía una posibilidad de burlar al destino. Hector sabía que se engañaban. No había modo de escapar de la Luna Roja, y no era solo porque dama Desgarro así se lo hubiera dicho, era algo que sentía en los mismos huesos. Pero no pensaba ser él quien les abriera los ojos. De hecho los envidiaba. Esperar sin esperanza alguna era todavía peor.

Anochecía. El viento había cambiado de dirección, ahora barría el suelo desde el oeste y se deshacía en espirales lentas por las calles. La temperatura, aunque fría, no alcanzaba los niveles de otras tardes. Los días iguales en la ciudad en ruinas habían quedado atrás. Una nueva estación había llegado a Rocavarancolia y la monotonía a la que se habían acostumbrado ya era cosa del pasado. En el cielo, entre las manchas violáceas del crepúsculo, se veía el clarear de doce estrellas, todas situadas en el este. La mayoría se agrupaba en dos constelaciones diferentes; Marina las había bautizado como el Tridente y la Lágrima, inspirada por los dibujos que formaban. Solo una estrella, la primera que había aparecido y la más brillante de todas ellas, flotaba alejada del resto, distante y fría, como si se negara a formar parte de cualquier tipo de asociación. Más que una estrella parecía un pedazo de hielo incrustado en el cielo nocturno.

Una pareja de murciélagos flamígeros pasó volando sobre ellos. Al verlos, los dos jóvenes desviaron la vista instintivamente hacia el suroeste. En la lejanía se escuchaban los alaridos de los que ardían en el barrio en llamas, lo bastante lejos como para ignorarlos, pero no lo suficiente como para no ver el resplandor de las lenguas de fuego quietas pulsando en el crepúsculo. Aquel espectáculo resultaba tan espeluznante como el primer día. El brazo de Madeleine apretó con más fuerza el suyo. Aceleraron el paso.

No tardaron mucho en enfilar la pendiente que llevaba al puente sobre el riachuelo. Hacia el este se veía el resplandor de una aurora diminuta. Apenas medía treinta centímetros de largo y flotaba a metro y medio del suelo, iluminando con su resplandor cambiante los muros de una plaza porticada. Hector contempló su resplandor melancólico durante unos instantes. No era la única aurora que había aparecido en la ciudad a lo largo de la última semana. Había decenas desperdigadas por toda Rocavarancolia, unas a ras de suelo y otras en las alturas. Según la opinión de Bruno y Ricardo, eran los restos de los vórtices que habían unido el reino con los mundos vinculados.

Continuaron su camino. Como cada vez que se aproximaba al torreón, Hector hizo un esfuerzo supremo para no mirar el reloj que continuaba con su cuenta atrás fatídica en la fachada. Como siempre, fracasó. No había llegado a la mitad del puente levadizo cuando, sin poder evitarlo, alzó la mirada.

La estrella había superado ya la altura de las diez. Según los cálculos de Bruno faltaban menos de dos meses para que coincidiera con la luna.

Maddie tiró de su brazo para que apartara la mirada de la esfera. Él bajó la vista y sonrió como un niño pillado en falta. Entraron en el pasadizo que conducía a la puerta de la torre. Estaba cerrada, pero no fue necesario que llamaran. Bruno la había hechizado para que se abriera al percibir la cercanía de cualquiera de ellos.

El torreón se encontraba en silencio y no había nadie a la vista. Marina, Natalia y Bruno habían ido a pasar la tarde a un bosquecillo fantasma que habían descubierto hacía poco, y por lo visto no habían regresado aún. El bosque era un lugar precioso repleto de árboles y helechos translúcidos, donde se podía escuchar el trino de un sinfín de pájaros invisibles. Las chicas se habían empeñado en ir a pasear y aunque les había costado una barbaridad conseguirlo, habían terminado convenciendo al italiano para que se tomara un respiro y las acompañara.

—¡¿No hay nadie en casa?! —preguntó a voces Hector.

—¡En el patio! —escucharon gritar a Ricardo.

Hector se encaminó hacia allí mientras Madeleine se dirigía a las mazmorras. La joven se desvivía por Lizbeth, le daba de comer, la cepillaba y hasta había intentado bañarla en una ocasión. Hector, en cambio, hacía todo lo posible por evitar bajar allí.

Abrió la puerta del patio y salió. La noche comenzaba a cerrarse por completo en los cielos de Rocavarancolia. Miró hacia la puerta que acababa de atravesar. Sentía un principio de inquietud por Marina y los demás. Era extraño que tardaran tanto.

Ricardo estaba a unos metros de la entrada. Tenía el torso desnudo y las palmas de las manos envueltas en vendas. Había dispuesto a sus pies dos montones de armas, en su mayor parte lanzas de distinto corte y longitud, y colocado más de dos docenas de dianas improvisadas por todo el lugar; las más grandes apoyadas contra el muro y el resto contra sillas y tablas en puntos diferentes del patio. Ricardo ya era un joven fornido al llegar a Rocavarancolia, pero en los últimos tiempos su masa muscular se había incrementado de manera notable. Sus músculos parecían seres vivos que hubieran buscado refugio bajo su piel.

—Si pretendes exhibirte, lo siento, no hay nadie mirando —le dijo Hector cuando llegó a su lado.

—No quería sudar con la ropa puesta, por eso me la he quitado—le explicó el otro con tono lúgubre—. Aunque la verdad no es que esté sudando mucho...

—¿Qué se supone que estás haciendo?

—Ver hasta dónde soy capaz de llegar —dijo mientras escogía una lanza del montón.

El arma que enarbolaba medía más de dos metros de longitud, era de madera oscura con la punta de acero acanalada. Ricardo ni siquiera tomó impulso para lanzarla. Salió despedida de su mano a una velocidad endiablada, salvó silbando los más de cien metros que la separaban de la diana y se clavó en su centro exacto con un chasquido.

—Y lo veo y no me lo creo. —Ricardo agitó la cabeza. El mango de la lanza todavía vibraba tras el impacto—. No, no me lo creo.

Hector miró alternativamente a su amigo y a las dianas. Lo que acababa de presenciar era imposible. Y no era un hecho casual. Había otras seis lanzas clavadas en los centros de otras tantas dianas. Una de ellas había sido arrojada con tanta fuerza que había hundido un tercio de su asta en la madera.

—Marina se enfadará cuando sepa que tienes mejor puntería que ella —dijo, intentando no parecer demasiado impresionado.

Ricardo sonrió ligeramente.

—Es tiempo de cambios, Hector. Soy más fuerte, más rápido y más preciso. Y te juro que esta mañana me he levantado con más músculos de los que tenía anoche. —Empuñó otra lanza y la arrojó mientras se incorporaba. Se clavó limpia en el centro de otra diana. El tablón tembló y se vino abajo con estrépito—. Está pasando algo. Y no lo digo solo por mí. Mira a Bruno: es capaz de lanzar hechizos que hace poco lo dejaban inconsciente durante horas...

Hector asintió. Las capacidades del italiano aumentaban a ojos vista. Había sido así desde el primer día, pero en los últimos tiempos ese progreso se había acelerado. Una semana antes había descendido flotando por las escaleras del torreón, pálido como un fantasma, con los ojos inyectados en luz negra. Había logrado ejecutar uno de los hechizos de búsqueda que hasta entonces estaban fuera de su alcance y decía haber encontrado el rastro de Marco. Los había guiado hasta la orilla de la cicatriz de Arax, allí donde el hombre de los arpones les dijo que había saltado su amigo. Permanecieron largo rato ante el río de huesos, aturdidos, en silencio, incapaces de creer que Marco hubiera optado por aquella salida.

Ricardo escogió otra lanza y comenzó a jugar con ella, lanzándola hacia arriba para volver a cogerla.

—Es la Luna Roja —dijo—. Nos está afectando como afecta a toda la ciudad. Todavía faltan semanas para que salga, pero ya ha empezado a cambiarnos.

Hector se acercó al montón de armas y eligió una lanza de aspecto ligero, con la punta ancha y los bordes serrados. La levantó sobre su hombro y después de amagar un par de veces, la lanzó con todas sus fuerzas mientras saltaba hacia delante. El arma surcó el aire y fue a caer a unos veinte metros de donde se encontraban, a los pies de la diana que había escogido como blanco.

—No ha empezado ahora —dijo. No había sido un lanzamiento maravilloso, pero era mucho más de lo que esperaba conseguir—. Empezó en cuanto llegamos. Rocavaragálago nos ha estado cambiando desde el principio. Por eso el poder de Bruno aumenta día a día... O tú eres más diestro y fuerte. Y míranos a los demás. Ya has visto cómo manejamos las armas; vale, no somos expertos ni nada de eso, pero es imposible aprender tanto en tan poco tiempo, por muy buen maestro que fuera Marco. Y acuérdate de Rachel: aprendió a una velocidad asombrosa el idioma de Rocavarancolia.

—Eso no es tan raro. Hay gente que tiene un don extraordinario para los idiomas.

—Pero ¿tanto? Y no estamos hablando de un idioma de la Tierra… Es un lenguaje de otro mundo, una lengua de la que era imposible que tuviera referencias. Y échame un vistazo a mí. —Alzó los brazos y dio media vuelta para que su amigo pudiera contemplarlo bien—. Y recuerda cómo era cuando llegué aquí.

—Lo recuerdo, gordito —sonrió y arrojó la lanza, que voló recta y certera hasta el centro de una nueva diana.

—Y ahora estoy en los huesos. Y no ha sido solo por la comida de este lugar y el ejercicio, te lo aseguro. Rocavaragálago nos ha estado moldeando a todos desde que llegamos.

—Pues ahora se está acelerando.

—Al menos contigo y con Bruno —dijo él—. Yo no noto nada extraño.

—Lo notarás. Está llegando, Hector. —Puso una mano sobre su hombro—. A veces cierro los ojos y creo que estoy a punto de verme tal y como seré cuando salga esa luna. —Suspiró, con la vista fija en una diana atravesada—. ¿Qué nos va a pasar? —preguntó.

Hector se encogió de hombros.

—Madeleine se convertirá en loba y Natalia en bruja. De momento es lo único que sabemos.

Madeleine en loba y Natalia en bruja… Expresarlo en voz alta no servía para hacerlo real. Al menos el cambio de la rusa iba a ser mucho menos traumático del que esperaba a la pelirroja. Quizá ese fuera uno de los motivos por los que el ánimo de Natalia había mejorado tanto en los últimos días.

—Cuando salga la Luna Roja controlaré esas sombras —había dicho en cierta ocasión, apretando los puños con ira—. Y lo primero que haré será ordenarles que desaparezcan y me dejen en paz… O puede que haga que se maten unas a otras. Sea como sea, me libraré de ellas para siempre.

Desde lo ocurrido en el cementerio, nunca permitían que se quedara sola, siempre tenía a alguien cerca para evitar que las sombras la acosaran. Y resultaba evidente que a Natalia le encantaba tenerlos pendientes de ella, aunque no lo expresara de forma abierta o llegara incluso a quejarse amargamente de la falta de intimidad que suponía aquello.

—¡Pero si solo falta que os metáis conmigo en el baño!

—Son demasiado pequeños como para que esas sombras tuyas te den guerra allí, así que confórmate con que te esperemos fuera, que ya es bastante —le replicó Madeleine—. Si lo que quieres es que te dejemos en paz, métete en un armario y quédate ahí todo el tiempo que te venga en gana.

Bruno contaba en su biblioteca con varios libros sobre brujos y brujería y, tras saber que ese sería el destino de su amiga, todos habían querido leerlos, comenzando, por supuesto, por la propia interesada. En un principio, los dibujos que los ilustraban no habían resultado nada alentadores: mostraban a hombres y mujeres desfigurados, con los rostros rebosantes de pústulas y bubas, llenos de insectos que daban la impresión de formar parte de su propia carne. A Hector le había repugnado sobre todo el dibujo de una mujer sin ojos, con avispas en sus cuencas vacías y largas lombrices peludas como cabello. Había otras con pinzas de crustáceos en lugar de dedos, alacranes en la boca o cosas aún peores, tan repugnantes que movían a las náuseas solo con contemplar el dibujo. Natalia había palidecido al verlas, pero Bruno se apresuró a tranquilizarla, a su manera fría y robótica:

—No es real. Los brujos demacran su aspecto con la intención de causar pavor en sus enemigos. Todo lo que ves en esos dibujos son postizos, sortilegios o maquillaje. En tu caso, la Luna Roja no debería alterar tu aspecto físico.

—Entonces ¿seguiré siendo igual de fea con Luna Roja que sin ella? —Había recuperado el color con la explicación del italiano.

—No hay nada feo en ti —contestó él, incapaz de comprender que la pregunta de Natalia era una broma. La joven se sonrojó y ese rubor dulcificó sus rasgos de tal manera que a Hector le resultó difícil imaginar que pudiera llegar a parecerse a las brujas de los dibujos ni aunque se lo propusiera.

Según leyeron, los brujos eran considerados magos menores, ya que en raras ocasiones alcanzaban las cotas de poder que podían manejar aquellos, pero había algo que los hacía tremendamente especiales, una característica con la que solo contaban ellos: lo llamaban el Dominio.

—Dama Sargazo tenía el poder de controlar cualquier planta que creciera bajo las aguas —les explicó Bruno—. Cuentan que durante la guerra con Arfes fabricó un ejército de gigantes con algas y coral que acabó con la flota enemiga. Y también estaba dama Noctámbula, que dominaba las nubes de tormenta siempre y cuando fuera de noche; o Celsidro, que tenía poder sobre las águilas. Todos los brujos dominan una faceta de la realidad y, dependiendo de cuál sea esta, unos son más poderosos que otros. Es muy diferente ser capaz de controlar las hojas de alerce, por ejemplo, que hacer que los huracanes cumplan tu voluntad. O dominar ese pueblo de sombras como harás tú.

—El Dominio —murmuró Natalia, mirando fijamente un punto del torreón que en aquellos momentos quedaba oculto para los ojos de los demás—. ¿Lo has oído, pequeño monstruo? Cuando salga la Luna Roja os tendré bajo mi poder —dijo—. Seréis mías... Y ya veremos entonces quién mete miedo a quién.

Y tal vez era cosa de su imaginación, pero Hector creyó escuchar un siseo maléfico procedente de su espalda. Cuando se giró, por supuesto, no vio nada.

Hector ayudó a Ricardo a llevar las lanzas a la armería. La noche era ya cerrada y el resto del grupo aún no había regresado.

—Estarán bien —le aseguró Ricardo cuando vio la forma en que miraba la puerta principal mientras se acercaban a las escaleras—. Bruno está con ellas. No puede pasarles nada malo estando él cerca.

Después de dejar las lanzas, entraron en las mazmorras.

La criatura que una vez fue Lizbeth saltó del regazo de Madeleine en cuanto abrieron la puerta y dejaron atrás el encantamiento de silencio. La enorme loba marrón embistió contra los barrotes, desnudó sus hileras dobles de colmillos y les gruñó amenazadora. Era un espectáculo pavoroso. Y todavía más con Maddie dentro de la celda.

—¡Lizbeth! ¡No! —La joven tiró de la cadena con fuerza, pero la loba ni se inmutó. Aulló, gruñó, se dejó caer y corrió de un lado a otro de la celda, con sus ojos agrietados fijos en ellos.

Daba igual el tiempo que transcurriera, aquella bestia monstruosa parecía incapaz de acostumbrarse a su presencia. Enloquecía nada más verlos. Y con Bruno más que con cualquier otro. En cuanto el italiano asomaba por la puerta, era tal la furia que la dominaba que ni siquiera Madeleine se atrevía a acercarse a ella. Bruno la había hechizado en un sinfín de ocasiones, intentando dar con un modo de revertir su transformación y traer de vuelta a su amiga, pero lo único que había logrado era que la loba lo odiara a muerte.

Maddie los miró desde la celda, extrañada por su presencia allí. Era raro que alguien que no fuera ella o Bruno bajara a las mazmorras.

Hector resopló y dio un paso adelante. El tema que quería tratar con ella lo incomodaba, más si cabía tras la conversación que habían mantenido de camino al torreón; y la presencia de la loba gruñendo y lanzando bocados no mejoraba la situación.

—Vale —dijo ella, observándolos con suspicacia—. ¿Qué tripa se os ha roto?

—Es un asunto delicado, no sé cómo preguntarte esto... —comenzó Hector. Miró a Ricardo, solicitando ayuda, pero su amigo se encogió de hombros. La idea de hablar con los demás sobre los posibles cambios que estuvieran notando había sido suya y por tanto suya era la responsabilidad de hacerlo—. Así que seré directo y desagradable. —Tomó aliento antes de continuar—: ¿Has notado algo raro en los últimos tiempos? Creemos que la Luna Roja ya ha comenzado a afectarnos, a afectarnos de verdad y puede ser que tú...

—No me lo puedo creer. ¿Con quién he estado hablando hace un rato? —Miró con el ceño fruncido a Hector—. ¿Me estás preguntando si me sale pelo en sitios donde antes no tenía? ¿O si me está saliendo rabo?

—Eh... —alcanzó a decir él. A su pesar, las mejillas se le encendieron. Volvió a resoplar—. No sé, cualquier cosa que no te parezca normal... A simple vista eres la de siempre, pero...

—No. No me pasa nada. —Se acercó a los barrotes y los miró con sus espléndidos ojos verdes—. Todo está en su sitio y sigue como debe. Os lo enseñaría, pero no estáis preparados para ver algo así.

La joven sonrió de manera malévola y, aunque quizá fuera una ilusión óptica, Hector creyó ver que sus colmillos eran más grandes de lo que debían. Maddie bajó la mano hasta el hocico de la loba, que comenzó a frotar la cabeza contra su palma sin dejar de vigilarlos.

—¿Nos contarás cualquier cosa que te ocurra? ¿Lo que sea?

—¿Tenéis miedo de que me coma a alguien antes de que salga la luna o qué? —Cruzó los brazos bajo el pecho y los miró con fijeza—. ¿Estáis pensando en encerrarme ya con Lizbeth?

Hector no supo qué contestar. Su única intención había sido averiguar si la joven había empezado a sentir la cercanía del cambio. Hasta el momento no había pensado siquiera en qué hacer con ella cuando saliera la Luna Roja y tampoco le había dado vueltas a la posibilidad de que Maddie se volviera peligrosa antes de que eso sucediera.

—Si notaras que puedes convertirte en un riesgo para nosotros, ¿nos lo dirías? —preguntó.

—Si me diera cuenta de que puedo haceros algún daño, yo misma me encerraría en una celda —contestó ella.

La puerta de las mazmorras se abrió en ese momento y Natalia asomó su cabeza despeinada por la abertura.

—Por si os interesa saberlo, hemos tenido problemas serios, muy serios —les soltó con rostro sombrío—. Y ha sido culpa de Marina.

Ricardo y Hector intercambiaron una mirada de preocupación y salieron de la mazmorra. Fuera se encontraron con Bruno y Marina, aguardando en las escaleras, de pie él y sentada ella; la joven estaba más pálida de lo normal. Hector suspiró aliviado al ver que estaba bien.

—¿Qué ha pasado? —preguntó a Bruno, mirando de reojo a Marina. La joven se apartó el pelo de la cara y gruñó por lo bajo.

—Tuvimos un pequeño percance mientras regresábamos —contestó el italiano—. Nada grave, como podéis observar, los tres nos encontramos en perfectas condiciones.

—¡Marina activó un hechizo raro en una calle! —exclamó Natalia—. No miraba por dónde iba, pisó una estrella dibujada en el suelo y dejó suelto a un demonio. ¡Hasta un ciego se habría dado cuenta de que era un encantamiento!

—¡No lo vi, listilla! —se quejó la otra, fulminándola con la mirada—. ¡Le podía haber pasado a cualquiera!

—¡Pero te ha pasado a ti! ¡Todo te pasa a ti!

— ¡Eso es mentira!

Hector respiró hondo y le pidió a Bruno que contara lo sucedido. Madeleine salió de las mazmorras a tiempo de escuchar las explicaciones del italiano.

—Natalia lo ha resumido a la perfección. Un encantamiento se activó al paso de Marina. Era un hechizo de guardia. La losa debía de estar en la entrada de un edificio importante, aunque de este ya no quedaba más rastro que una montaña de cascotes. Hemos de suponer que el sortilegio formaba parte de su sistema de seguridad. Habían encadenado a la piedra un demonio protector y cuando Marina la pisó, el demonio quedó libre. Era un ser grotesco, un gigante jorobado sin cabeza, de color gris, con cuatro brazos y una multitud de tentáculos recubiertos de ojos que nacían de su espalda y su pecho.

—Tenía una boca enorme a la altura del estómago, llena de colmillos largos y negros —añadió Natalia y simuló un escalofrío exagerado—. ¡Y apestaba a comida rancia! ¡Qué cosa más horrible!

—Sucedió todo tan rápido que para cuando quise reaccionar ya había atrapado a Marina.

—Fue asqueroso —intervino la joven. Su voz era apenas un susurro. Había apoyado la cabeza en las palmas de las manos y mantenía la vista fija en el suelo. Madeleine se acercó hasta ella y le acarició el cabello—. Me sacudió de un lado a otro... Yo gritaba y gritaba. No podía hacer otra cosa. Me llevó a su boca y entonces... entonces...

—Intenté petrificarlos a ambos —continuó Bruno—. No quería lanzar nada más expeditivo por miedo a dañar a Marina, pero el demonio estaba protegido contra la magia directa y el hechizo solo la transformó en piedra a ella. La arrojó entonces a un lado y luego vino a por mí.

—¡Marina se rompió en pedazos cuando el monstruo la tiró!

Hector miró horrorizado hacia la joven. Marina parecía hundida. Se mordió el labio inferior y resopló.

—Yo lo único que sé es que me desmayé —dijo—. Lo último que recuerdo es que tenía frente a mí los colmillos de esa cosa y que todo se volvió negro. Luego perdí la consciencia.

—Marina se hizo añicos al chocar contra el suelo —continuó Bruno—. Pero sabía que se encontraría a salvo mientras siguiera convertida en piedra, así que me centré en el demonio. Como ya os he dicho, estaba protegido contra magia directa. Primero levanté una barrera de inercia en torno a Natalia para protegerla y luego me escabullí como pude, con el monstruo detrás, procurando mantener siempre la distancia justa para que creyera que no le costaría mucho atraparme. Picó el anzuelo y me persiguió. Una vez que consideré que estaba lo bastante lejos de Natalia y de los pedazos de Marina, me encaré con él y le arrojé un edificio encima.

—¿Que hiciste qué? —Hector se inclinó hacia delante. No podía haber oído bien.

—Un hechizo de dislocación. Le lancé encima un edificio de tres plantas. Lo arranqué de sus cimientos y lo tiré sobre él. Me pareció lo

más efectivo y lo más rápido, dadas las circunstancias. Podía haber
actuado de otro modo, por supuesto... pero no tenía tiempo de ser sutil,
no con Marina hecha pedazos... —Se quitó la chistera, miró en su interior y volvió a encasquetársela con firmeza en la cabeza—. Tuvimos que
encontrar hasta el último fragmento, ubicarlo en su lugar y recompo-
nerlo todo antes de que el hechizo revirtiera y Marina volviera a ser de
carne y hueso. Eso fue lo que nos retrasó de verdad. No podíamos permitirnos cometer el menor error. Fue un proceso laborioso.

—Un puzle... En eso me convertí. En un puzle tirado en mitad de la
calle. Qué horror. Me duele la cabeza y la boca me sabe a arena... —
Abrió la boca de par en par y sacó la lengua mientras hacía una mueca de
asco. Luego se levantó del escalón, apoyándose insegura en Madeleine—.
¿Podemos subir, por favor? Me muero por un trago de agua.

Una vez arriba, continuaron hablando sobre lo ocurrido. Natalia les
contó lo impresionante que había sido ver a Bruno perseguido por
aquel horror tentacular. El italiano les aseguró que no había corrido
riesgo alguno; su única preocupación había sido la de no agotar sus
reservas mágicas. Sabía que lo complicado de verdad vendría una vez
que acabara con el monstruo y tuviera que ensamblar a Marina. Hector
no dejaba de imaginársela despedazada en el suelo, una imagen que lo
enfurecía y aterraba a partes iguales. Cuando Natalia se puso a hablar
de lo complicado que había sido colocar las piezas en su lugar y mantenerlas sujetas mientras el italiano las fundía entre sí, no pudo soportarlo
más. Se volvió hacia ella y la miró con severidad. Tuvo que esforzarse
para no levantar la voz.

—Si Bruno no hubiera estado con vosotras, ahora estaríais las dos
muertas —dijo—. Las dos. Y si hubiera pasado eso, no habría sido por
culpa de Marina. No. Habría sido por tu culpa. —Natalia resopló desde
la silla donde se había dejado caer, estaba claro que sabía lo que venía a
continuación—: No podemos seguir corriendo riesgos teniendo un solo
mago cuando podemos tener dos. No conociendo como conocemos
esta ciudad.

—No me lo puedo creer. Ella mete la pata y tú la tomas conmigo.

—Marina ha cometido un error esta tarde, es cierto —intervino
Ricardo. Natalia lo miró con cara de pocos amigos. Por el tono de su
voz quedaba claro que no iba a ponerse de su parte—. Pero tú llevas
cometiendo uno más grave desde hace mucho más tiempo. Hector

tiene razón: tienes que volver a aprender magia y debes hacerlo cuanto antes.

—¡Pero es que no quiero! —estalló ella—. ¡Además, aunque aprendiera, nunca podría hacer lo que hace Bruno! ¿Cómo iba yo a tirarle una casa encima a esa cosa?

—Nadie te está pidiendo que aprendas a tirar casas —dijo Hector—. Solo que aprendas lo necesario para que puedas ponerte a salvo a ti y a los demás en caso de apuro.

—¿Me vais a obligar a aprender magia? —Natalia los miraba de hito en hito—. ¿Eso estáis diciendo? ¿Sin importar lo que yo opine?

—Si no nos dejas otra alternativa, sí, lo haremos —dijo Ricardo.

—¡Oh! ¿Y cómo vais a hacerlo? ¿Me ataréis a una mesa y me pondréis los libros delante?

—¿No hay ningún hechizo que pueda quitarle esa maldita testarudez de mula que tiene? —le preguntó Ricardo a Bruno.

El italiano negó con la cabeza.

—A pesar de la evidente mejoría de mis capacidades, la magia que altera el comportamiento todavía está lejos de mi alcance.

—Estáis exagerándolo todo —apuntó Madeleine, moviendo la cabeza negativamente—. Hay modos más sencillos de hacer las cosas. Dejadme a mí.

Se acercó a la rusa, que no apartaba la vista de ella, encogida en la silla. La pelirroja se arrodilló ante Natalia, la tomó de la mano y la miró a los ojos. Cuando habló lo hizo en un tono tan suave y a la par tan amenazador que Hector sintió un punto de inquietud en la boca del estómago.

—Existe la posibilidad de que un día nuestras vidas dependan de un hechizo que tú no hayas querido aprender, preciosa —dijo Madeleine—. Y si eso ocurre y morimos, la culpa de nuestra muerte será tuya y solo tuya, ¿me entiendes? ¿Podrás vivir con ese peso sobre tu conciencia? Yo no podría, te lo aseguro.

Natalia se la quedó mirando en silencio, con los ojos muy abiertos. Madeleine sonreía, era una sonrisa franca y amistosa, pero en ella se entreveía algo más que una amenaza velada. De nuevo Hector creyó ver que sus colmillos eran mayores de lo que él recordaba.

La rusa resopló, gruñó y se levantó a regañadientes.

—Está bien, está bien —concedió—. Pesados. Idiotas. Intentaré aprender lo que pueda. Pero no porque quiera. Lo haré para no tener que escucharos nunca más.

Ninguno tuvo demasiado apetito aquella noche y la charla en la mesa resultó incómoda y artificial. Marina parecía todavía afectada por lo ocurrido y comió menos aún de lo que era habitual en ella. Fue la primera en levantarse, se disculpó con el grupo y salió al patio para tomar el aire mientras los demás continuaban con la cena. Hector no tardó en ir tras ella. Su amiga lo preocupaba.

La noche era mucho más fresca de lo habitual y una suerte de vaho tembloroso rodeaba todos los objetos del patio; era una película de humedad brillante que dotaba a la realidad de una consistencia ultraterrena. La estatua del rey arácnido nunca había parecido tan real, daba la impresión de estar a punto de descender en cualquier momento de su pedestal.

Marina se había sentado con las piernas cruzadas en una silla de asiento acolchado y se había tapado de mala manera con una manta. Con cada una de sus exhalaciones brotaba ante su rostro una flor temblorosa de vaho que no tardaba en desvanecerse. Hector sacudió la cabeza.

Por mucho que le pesara, estaba enamorado de ella. Y era agotador tener que luchar día tras día contra ese sentimiento. Amaba el azul de sus ojos, su modo de caminar, la forma en que se sujetaba el pelo recién levantada. Amaba sus silencios, sus palabras, el sonido de sus pasos... Pero no pensaba rendirse. No, no sucumbiría. Había trazado entre ambos una línea que ninguno de los dos debía cruzar jamás. El amor no tenía cabida en Rocavarancolia, desde luego que no, el amor no los podría salvar en aquella ciudad horrible. No le importaba lo alto y fuerte que pudiera gritar su corazón, no pensaba escucharlo.

Caminó hacia ella, evitando mirarla directamente. Se dejó caer en la silla contigua a la suya y miró hacia el cielo, hacia las escasas estrellas de Rocavarancolia, antes de hablar.

—No estás bien —dijo.

Ella negó con la cabeza. Lo hizo de forma abrupta, una sacudida rápida a cada lado.

—No, claro que no —respondió malhumorada—. ¿Cómo iba a estarlo? Un bicho sin cabeza ha intentado devorarme por pisar la baldosa que no debía, me han convertido en piedra y luego me han roto en pedazos. Eso puede con cualquiera, ¿sabes?

—Pero no contigo. Y no son muchos los que pueden decir que los han hecho pedazos y han sobrevivido para contarlo.

La frialdad de su mirada desarmó a Hector por completo.

—Se te da muy mal consolar a la gente —le soltó en tono huraño—. ¿Y a qué viene esa preocupación por mí? —preguntó—. ¿Te has cansado ya de no hacerme caso o qué?

—No... yo... —Hector se echó hacia atrás, arrepintiéndose ya del impulso de haber ido tras ella—. Te hago caso, claro que te hago caso... ¿De dónde has sacado esa idea?

—Llevas evitándome desde la noche del palacete y lo sabes.

—Eso son imaginaciones tuyas —mintió—. Yo no evito a nadie, ¿por qué iba a hacerlo?

—Eso me pregunto yo.

—Pues te equivocas, en serio. —Se removió incómodo en el asiento—. Puede... puede que parezca más distante que antes... pero no es por ti, te lo aseguro, es porque tengo muchísimas cosas en la cabeza. Todo lo que nos está pasando... Lo que nos espera...

—Sí, claro. —Se subió la manta hasta la barbilla, sin mirarlo—. Un montón de cosas en la cabeza, por supuesto, por supuesto... Pero eso no te impide hablar con los demás, ¿no? O irte de paseo por ahí con Maddie, ¿verdad?

—Yo... —Hector se apartó el pelo de la frente y suspiró. Se sentía atenazado por una absoluta y terrible incapacidad para pensar con claridad—. Es que... —Tragó saliva—. No hago más que pensar en la noche del baile, ¿vale? —comenzó apresuradamente, sin saber muy bien adónde le iba a llevar todo aquello—. En Rachel y la gargantilla y en que tenía que haberme dado cuenta antes de que había algo raro en ella. Pero estaba distraído bailando contigo y...

—¿Me esquivas porque te sientes culpable por bailar conmigo? —le preguntó y el tono de su voz dejaba muy claro lo mucho que le ofendía esa idea.

«Te esquivo porque te quiero», pensó Hector y fue un pensamiento tan intenso que por un segundo temió que ella hubiera podido oírlo.

—Te esquivo porque no puedo esquivarme a mí mismo —dijo en cambio, y las ganas de llorar tremedas que sintió al instante le dejaron claro que aquello no estaba tan lejos de la verdad como podía suponer—. Porque no pude salvar a Rachel. No fui lo bastante rápido... —Se le quebró la voz en la garganta—. Me faltó un segundo, solo un segundo. Si hubiera reaccionado un segundo antes, habría conseguido salvarla. Estoy convencido.

Marina se le quedó mirando largo rato, con las manos aferradas con fuerza a la manta. Lo contemplaba con una expresión inescrutable, como si ni siquiera ella supiera cómo debía tomarse aquello. Sacudió la cabeza y se hundió en la silla.

—Yo... —comenzó. Suspiró de nuevo—. Un segundo, un solo segundo y el mundo entero cambia para siempre. Algo que haces, algo que no dices... y ya no hay vuelta atrás. Es sorprendente todo lo que puede ocurrir en un intervalo de tiempo tan minúsculo. —Contempló la noche cerrada más allá de la muralla—. Estuve a punto de ponerme esa gargantilla —dijo—. Madeleine tiró sobre una cama las joyas que había encontrado y nos pusimos a escoger lo que más nos gustaba. Y yo vi la gargantilla con esa piedra roja y me encantó... Pensé: «Mira, qué genial me quedará con el vestido negro». Y justo cuando alargaba la mano para cogerla, Rachel se me adelantó y la cogió. Si hubiera visto esa gargantilla un segundo antes, a lo mejor sería yo quien estuviera ahora en esa mazmorra.

Ambos se sumieron en un silencio extraño, un silencio pesado que Hector estaba deseoso de romper, pero por mucho que pensaba no encontraba una manera natural de hacerlo. Y mucho menos de dar con la forma de consolar a Marina. El silencio entre ambos se prolongó en aquella noche fría, sin visos de tener final. Hasta que Marina volvió a hablar:

—Natalia tiene razón —dijo—. No me fijé por dónde iba. Estaba pensando en las musarañas, en lo bonito que es el bosquecillo fantasma, en lo mucho que les habría gustado a Lizbeth y a Rachel, y... me distraje como una tonta y pisé esa cosa. Y es cierto: si Bruno no hubiera estado con nosotras, ese monstruo nos habría matado a las dos... y no habría sido culpa de Natalia, digáis lo que digáis, habría sido culpa mía. Solo mía. —Suspiró—. Da igual lo que hagamos. Esta ciudad nos acabará matando a todos.

—No digas eso, ni lo pienses.

—¿Y cómo no lo voy a pensar? Fíjate hoy… ¿Qué habría ocurrido si Bruno y Natalia no hubieran encontrado todas las piezas? ¿O si hubieran puesto una, solo una, un milímetro mal?

Él también se había hecho esas preguntas una y otra vez a lo largo de la noche.

—Pero las encontraron todas. Y las pusieron donde debían. Eso es lo que importa. Daremos con el modo de vencer a esta ciudad. Estoy convencido de que de alguna manera todo esto terminará bien. —Y en ese preciso instante, a pesar de las circunstancias, a pesar de todo lo ocurrido, Hector se dio cuenta de que no lo decía solo por animarla: creía firmemente en sus palabras—. No puede terminar de otro modo. No sería justo.

—¿Justicia? —Marina se echó a reír—. ¿Hablas de justicia en este lugar? ¿Te encuentras mal? —Sacó una mano de debajo de la manta y la apoyó en el brazo de la silla de Hector, luego se inclinó hacia él—. Mírame a los ojos y dime que de verdad crees que todo esto acabará bien —le pidió.

Hector parpadeó confuso. No podía sostener su mirada, pero no porque no creyera en lo que decía, sino porque si miraba a esos ojos todos sus esfuerzos para olvidar lo que sentía por ella quedarían reducidos a nada. Si la miraba a los ojos, lo único que podría decir sería que la quería. Y no podía permitir que eso ocurriera.

—¿Ves? —dijo Marina, malinterpretando su vacilación—. No puedes. —Le dio una palmada cariñosa en el brazo y se levantó de la silla—. Al menos sé que te cuesta trabajo mentirme. Algo es algo.

—No es eso, no es eso… —se apresuró a decir él cuando ella ya se marchaba hacia el torreón.

—Entonces, ¿qué es?

Hector se encogió de hombros. El frío de la noche le atería por dentro. No podía decirle lo que estaba pensando, no podía decirle que nada le gustaría más que pasarse la vida entera mirándola. La batalla en su interior recrudecía. Alzó la mirada hacia las estrellas, en busca de inspiración, en busca de alguna frase que le sirviera para salvar la situación. Pero lo único que consiguió al contemplar las estrellas frías de Rocavarancolia fue que el ramalazo de optimismo que lo acababa de embargar se hiciera pedazos. ¿Cómo podía haber pensado siquiera por un segundo que todo aquello tendría un buen final? ¿Cómo se había atrevido? Para Alexander, Rachel y Marco ya no había final feliz posible. Estaban muertos. Rocavarancolia los había matado.

No, ahora lo veía claro, aquella historia no tenía posibilidad alguna de tener un final feliz.

Marina, cansada de esperar su respuesta, sacudió la cabeza y echó a andar hacia la puerta, pero antes de llegar a ella se detuvo de nuevo, con una mano ya apoyada en el pomo.

—No todo lo que ocurrió en esa sala de baile fue horrible, ¿verdad? —preguntó con un hilo de voz.

—No —contestó él—. Durante unos segundos... —Se calló de pronto, consciente de lo que estaba a punto de decir.

—Ni se te ocurra callarte ahora. Acaba la frase. ¿Durante unos segundos qué?

—Durante unos segundos fui completa y absolutamente feliz. Y aunque no podía verla, Hector supo que Marina sonreía.

EL FUEGO

Los días transcurrían cargados de sombras y presagios. Un anochecer, varias docenas de siluetas brumosas se congregaron en las alturas y revolotearon sobre la ciudad durante horas, con ellos de testigos en las almenas del torreón. Bruno no pudo dar una explicación a aquel fenómeno. No parecían fantasmas, ni seres vivos, sino algo a medio camino entre unos y otros. Criaturas, quizá, procedentes de otra dimensión, como las sombras de Natalia. Aquellos seres, simples manchones de claridad, terminaron desvaneciéndose con la llegada de la noche.

Otro día se toparon con una manada de criaturas globulares, transparentes, enormes como elefantes, que flotaban alrededor de un caserón envuelto por completo en la niebla de dama Serena; estaban adheridas a la fachada y hundían las protuberancias largas que surgían de su parte superior en las paredes del edificio. Dentro de cada ser se veían nubes diminutas de tormenta, cuajadas de relámpagos. Hector tuvo la impresión de que se estaban alimentando de la casa, pero qué estaban ingiriendo era algo que se le escapaba. ¿Magia quizá?

Esa misma tarde, al poco de regresar al torreón, un grito de Ricardo los hizo salir a todos al patio. Más allá del foso, en un solar entre ruinas, varias criaturas estaban enzarzadas en un combate fiero. Eran casi medio centenar, todas de la misma especie, semejantes a zorrillos sin cola, de un hirsuto pelo rojo.

Era una verdadera batalla campal sin bandos aparentes, un «todos contra todos» donde ni se pedía ni se daba cuartel. La fiereza de aquellos seres los asombró. La lucha duró más de dos horas y solo terminó cuando quedó un único animal con vida. Este lanzó un aullido lastimero después de acabar con su último congénere, como si fuera justo en ese instante cuando comprendiera lo que acababa de ocurrir allí. Se alejó al trote del solar, gimoteando y lanzando miradas horrorizadas hacia atrás.

La ciudad entera estaba cambiando.

Había movimiento en sus calles, más vida y, lo que agradecieron enormemente, más color. Las enredaderas marchitas que cubrían algunas fachadas revivieron y entre sus hojas reverdecidas comenzaron a nacer pequeñas flores de pétalos azules; en los jardines arruinados de parques y patios brotaron milagrosas briznas de hierba; no demasiadas, pero suponían toda una diferencia con respecto a la desolación anterior. Y con cada nuevo crepúsculo, más y más estrellas se hacían sitio en el cielo negro de Rocavarancolia, ascuas brillantes que se esforzaban en romper en pedazos la oscuridad. Una noche en concreto, todo un sector del cielo, hasta entonces de una negrura sin mácula, quedó cubierto por decenas de estrellas diminutas y pulsantes; fue como si una mano invisible hubiera espolvoreado la bóveda celeste con ellas. Las pequeñas auroras que se repartían por la ciudad también aumentaban en número, aunque en mucha menor medida. La más grande de todas ellas estaba situada sobre los fosos donde una de las bañeras se empeñaba en bajar su carga. La aurora, un cortinaje sedoso de colores violáceos y escarlatas, tan alta como un hombre y tan ancha como tres, giraba despacio sobre sí misma repartiendo resplandores y centelleos por todo el lugar. La idea de que todos aquellos remolinos de luz hubieran sido en el pasado puertas hacia otros mundos resultaba mareante.

En la fachada del torreón Margalar, la estrella llegó a la altura de las diez y cuarto, y seis días después alcanzó las diez y media. Faltaban cuarenta días para que saliera la Luna Roja. Cuando Bruno les comentó que llevaban cerca de medio año en Rocavarancolia les costó trabajo creerlo. Natalia aseguraba que tenía que haberse equivocado en sus cálculos, era imposible que llevaran tanto tiempo allí. Marina también dijo que debía de haber algún error, pero por lo contrario: tenía la sensación de que había transcurrido mucho más tiempo desde que Denéstor Tul los había sacado de su mundo.

—No he cometido el menor error. Estoy seguro al cien por cien de que en la Tierra hoy es veintidós de abril —dijo—. Hoy hace cuatro años que mi abuelo me regaló su reloj. —Lo sacó del interior del bolsillo de su gabán y lo miró fijamente. Se había parado en el mismo momento en que habían llegado a Rocavarancolia y por ahora todos sus intentos de ponerlo en marcha habían fracasado.

—¡Es tu cumpleaños! —exclamó Marina—. ¿Por qué no nos lo habías contado?

—Porque no es relevante —se limitó a decir él.

Tomó con delicadeza la ruedecilla que se encontraba en un lateral del reloj y procedió a darle cuerda. Cuando llegó al tope no se produjo ningún movimiento en las agujas. Bruno sacudió la cabeza y volvió a guardarse el reloj en el bolsillo; la cadena quedó pendiendo fuera, meciéndose de un lado a otro. Algo en aquel balanceo pendular llamó la atención de Hector, pero no pudo precisar qué era. Se encogió de hombros y no le prestó más atención: solo era la cadena de un reloj. Pronto lo olvidó.

Hector, a veces, se tumbaba en su cama e intentaba abstraerse de todo cuanto lo rodeaba. Quería averiguar si la Luna Roja había comenzado a afectarle del mismo modo en que afectaba ya a Ricardo y a Bruno, pero no notaba nada fuera de lo normal, y no sabía si alegrarse o sentirse decepcionado.

Tanto Marina como Natalia le habían asegurado que ellas tampoco notaban nada, aunque albergaba serias dudas con respecto a la primera. Marina nunca había comido demasiado, pero en los últimos tiempos apenas probaba bocado. Cuando le preguntó acerca de ello, le aseguró que todo estaba bien, que simplemente había tomado la costumbre de picar entre horas y que por eso nunca tenía hambre cuando se sentaba a la mesa. Aquel mismo día, Marina comió con un apetito inusual; cuando terminó le enseñó el plato vacío y le preguntó en tono sarcástico si podía levantarse de la mesa ahora que se lo había comido todo. Hector no hizo comentario alguno, como tampoco lo hizo al día siguiente, cuando Marina de nuevo apartó el plato sin apenas probarlo.

En lo que resultaba evidente que no había mejora alguna era en las aptitudes mágicas del grupo, Natalia incluida. La rusa se había tomado en serio su decisión de aprender magia, pero por más horas que le dedicaba no lograba demasiados avances, le costaba un esfuerzo tremendo dominar hasta los hechizos más sencillos. Según Bruno, le faltaba concentración. Llevaba tres días intentando aprender el hechizo de intangibilidad, pero por el momento no lo había conseguido.

—Esto no es más que una pérdida de tiempo —le confesó a Hector una tarde. Acababa de darse un baño en el riachuelo y todavía tenía el cabello húmedo—. Me agoto y no avanzo nada de nada. Y eso me pone de mal humor. —Bufó—. Y me pone de mal humor estar de mal humor. Tengo la impresión de que siempre estoy enfadada.

—Es que siempre estás enfadada. Eres una gruñona insufrible.

—Te odio.

Hector pensaba que le iría mucho mejor si Bruno la ayudara, pero el italiano no parecía tener interés por hacerlo. Se había limitado a seleccionar los libros que creía más apropiados para ella y luego se había desentendido del asunto. Tenía cosas más importantes a las que prestar atención, aseguraba. Bruno no solo se iba haciendo más poderoso a medida que pasaba el tiempo, también se volvía más audaz. Como quedó demostrado la tarde en que informó a Hector de que había decidido explorar la ciudad en solitario.

—Hay lugares a los que tengo intención de entrar que considero de alto riesgo —dijo—. Hasta es probable que me adentre de nuevo en los pasajes subterráneos de la ciudad. No me veo capacitado para garantizar la seguridad de los que vengan conmigo, y por tanto es preferible que nadie lo haga.

A Hector no le preocupaba demasiado que Bruno se aventurara en solitario por Rocavarancolia, estaba claro que de todos ellos era el mejor preparado para hacerlo, lo que le preocupaba era la suerte que podían correr ellos si les ocurría algo y el italiano no se hallaba cerca.

—Nada de lo que diga hará que cambies de opinión, ¿verdad? —le preguntó.

—Entiendo tu preocupación. Sé que es arriesgado, pero por desgracia se nos agotan las alternativas. El tiempo apremia y en los libros que hemos reunido hasta ahora no hay respuestas.

—¿De verdad piensas que vas a encontrar algo que nos ayude? ¿Crees que ahí fuera hay algo que puede impedir que la Luna Roja nos transforme?

El italiano se tomó su tiempo para contestar:

—Prometí encontrar el modo de evitarlo y esa es suficiente razón para no rendirme —dijo.

Hector recordó que Alex había prometido a Adrian llevarlo de vuelta a casa. Rocavarancolia no era buen lugar para hacer promesas.

Denéstor Tul se acarició la mejilla mientras observaba como Belisario se inclinaba sobre la mesa en la que pronto sería asesinado. El demiurgo asistía a aquella escena desde la perspectiva del criado que, ignorante del final trágico que le tenía reservado el destino, aguardaba en la puerta las órdenes del anciano. Denéstor no solo veía a través de su mirada, también tenía acceso a todos sus pensamientos, a todas sus sensaciones. Notaba la alfombra mullida bajo sus sandalias desgastadas, respiraba el olor a polvo y senectud agria que despedía la sala de estudio y su ocupante, hasta era capaz de sentir el cansancio acumulado por el criado a lo largo de todo un día de trabajo en el castillo.

Belisario volvió su rostro vendado hacia él y musitó algo que Denéstor no alcanzó a entender. Tuvo que recurrir a los pensamientos del sirviente, más acostumbrado que él a las murmuraciones del anciano, para comprender sus palabras:

«Enciende todas las luces. Quiero el estudio bien iluminado esta noche», había dicho.

El sirviente, y Denéstor con él, se apresuró a cumplir la orden. Primero encendió las velas y antorchas junto a la puerta. A continuación se encaminó hacia los candelabros que quedaban al otro extremo de la sala. Cuando estaba a medio camino, a punto de llegar a la mesa de Belisario, Denéstor Tul detuvo la imagen que estaba extrayendo de los recuerdos comunes de los sirvientes. El demiurgo dejó de acariciarse la mejilla para darse golpecitos en la barbilla. Examinó con detenimiento la escena que tenía ante él. El cuerno con el que Belisario iba a ser asesinado estaba a la cabecera de la mesa, junto al montón de pergaminos sobre el que el anciano apoyaba sus manos vendadas.

Denéstor centró su atención en la mesa. Además del caos de pergaminos y el cuerno, en ella se podía ver un búho disecado; una cajita tallada que si Denéstor no recordaba mal, chillaba cuando la abrían; dos libros de historia antigua, uno dedicado a los orígenes de Rocavarancolia y el otro a los tiempos oscuros de los reyes arácnidos. Sobre ese libro habían colocado un tintero con su pluma y dos grandes velas de cera negra.

El primero en morir había sido el criado. Lo habían atacado mientras encendía el candelabro situado al fondo de la estancia, junto a la puerta que conducía al dormitorio de Belisario. Según Ujthan, el asesino debía haber estado escondido en esa habitación. Decapitó al sirviente de un solo tajo. Luego se encargó de Belisario. Al demiurgo la secuencia de acontecimientos, así como la forma de cometer los crímenes, le llamaba la atención. El asesino portaba un arma capaz de cercenar una cabeza de cuajo, pero curiosamente no había usado esa arma con la segunda víctima. Había preferido ese viejo cuerno para acabar con Belisario. Y luego se había llevado consigo la cabeza del criado. No, aquellos dos asesinatos no tenían sentido.

—Quién me iba a decir a mí que a mis años me iba a encontrar haciendo de detective —murmuró para sí.

Denéstor estaba en dos lugares al mismo tiempo. Mientras su mente vagaba por los recuerdos de los lacayos del castillo, su cuerpo se encontraba en los niveles inferiores de Altabajatorre, sentado en una silla gigantesca de patas articuladas. En el otro extremo de la sala, tumbado en una camilla de paja, descansaba uno de los criados. Entre ambos quedaba la nueva creación del demiurgo: un gran barril recubierto de pez del que surgían dos tubos vertebrados negros, unidos a los yelmos que tanto el demiurgo como el sirviente llevaban en sus cabezas. El tonel estaba relleno de plumas, relojes de arena y cáscaras de nuez pulverizadas. A Denéstor le había costado mucho tiempo preparar aquel ingenio; era una criatura viva, de inteligencia limitada, pero que cumplía a la perfección la función para la que había sido creada: conseguir que la mente del demiurgo fuera capaz de proyectarse a las mentes ajenas y acceder a los recuerdos que albergaran estas.

Tenía la sospecha de que la dolencia que aquejaba a los sirvientes del castillo, esa debilidad exagerada que los hacía ir de un sitio a otro como almas en pena, estaba algo más que relacionada con el asesinato de uno de los suyos. Y además no podía olvidar el presentimiento escalofriante que lo había asaltado al asomarse a los ojos de aquel criado. Podía equivocarse, desde luego, quizá todo aquello no fuera más que una pérdida de tiempo absurda, pero eran tan pocas las pistas que el asesino había dejado tras él que no le quedaba más alternativa que apurarlas todas.

Observó durante unos minutos la escena inmóvil. Aquel era el recuerdo del lacayo muerto, asimilado por la mente colmena que formaban los sirvientes del castillo. Si volvía a ponerlo en marcha vería como el desdichado llegaba hasta el candelabro, alzaba la mano en la que portaba el largo mechero con el que encendía las velas y moría antes de alcanzar la primera. Denéstor no quería acompañarlo en ese instante terrible; ya lo había hecho una vez y se negaba en redondo a sentir de nuevo el dolor intenso y frío con el que había terminado la vida del sirviente. Lo que hizo en cambio fue acceder a la mente del que estaba tumbado para rebuscar entre los recuerdos conjuntos de los criados el del primero en llegar a la escena del crimen.

La imagen que ahora lo rodeó mostraba dos cadáveres: el del sirviente decapitado en la esquina y el del anciano Belisario, medio tumbado en la mesa. Detuvo la imagen del recuerdo en el punto exacto en que tenía una visión más completa de la mesa. Estudió la escena cuidadosamente. Luego la sustituyó por la imagen extraída de la memoria del sirviente muerto. Además de los dos cadáveres, había diferencias sutiles entre ambas. La situación de la silla de Belisario era distinta, por ejemplo, y los pergaminos situados ante él habían sido removidos.

Pero había algo más. Apartó el recuerdo del criado muerto para entrar otra vez en el del criado vivo. En el borde de la mesa, apenas a unos centímetros de la mano extendida del cadáver, descubrió tres manchitas azules, muy cerca del lugar donde había estado el cuerno. Denéstor las examinó con atención. No podía tocarlas, aunque no le hacía falta para darse cuenta de que eran frescas. Esas manchas no estaban allí cuando el primer sirviente, el que yacía muerto en la esquina, entró en la estancia. Comprobó que la tinta era la misma que llenaba el tintero situado sobre el libro. Había una pluma en vertical en un pequeño soporte junto a él. La estudió detenidamente. Era larga, de cañón blanco hueso y de pluma negra; la punta estaba manchada de tinta, tan fresca como la que ensuciaba la mesa.

Puso en marcha el recuerdo del criado asesinado desde el instante preciso en que entraba en la estancia y lo detuvo cuando le ofrecía la mejor visión del caos de pergaminos sobre el que se apoyaba Belisario. Lo primero que comprobó fue que también había manchas de tinta fresca en las vendas que envolvían la mano izquierda del anciano. A continuación, Denéstor fijó su atención en los pergaminos. Había casi una veintena, amontonados de mala manera unos sobre otros. El extremo de uno de ellos, de un sucio color grisáceo y colocado en segundo lugar en el montón, asomaba entre los demás. Se alcanzaban a leer las tres primeras líneas del texto y la escritura era fresca. Denéstor Tul frunció el ceño. Estaban escritas en un idioma desconocido para él.

Sustituyó el recuerdo del criado muerto por los de los criados vivos que se habían encargado de ordenar y registrar el despacho de Belisario. Los observó, saltando de uno a otro, mientras ponían orden en todo aquel caos. Vio como uno de ellos recogía los pergaminos que Belisario tenía sobre la mesa. Entre ellos no estaba el gris.

El demiurgo entrecerró los ojos. Había dado con algo.

Quienquiera que hubiera asesinado a Belisario no solo se había llevado la cabeza del criado: había robado el pergamino. Denéstor estaba convencido de que el anciano había estado escribiendo en él poco antes de que llegara el criado; las manchas de tinta en las vendas y en la mesa lo evidenciaban. La vista de Belisario era casi nula y debía de haber supuesto un gran esfuerzo para él escribir con tan poca luz. ¿Por qué no había llamado a uno de los sirvientes para que lo ayudara? La respuesta le resultó obvia: para que nadie supiera qué estaba escribiendo, para que nadie pudiera hacer lo que ahora mismo estaba haciendo él: espiar lo escrito. El demiurgo examinó de nuevo el texto que se entreveía en el caos de papeles, trazado en aquella lengua extraña.

Denéstor volvió a martillear con sus dedos en el centro de su barbilla. Estaba seguro de que si averiguaba de qué idioma se trataba y lograba traducirlo, estaría más cerca de resolver el enigma de los asesinatos en el castillo.

—Puedes retirarte el casco —le ordenó al criado mientras él hacía lo propio—. Hemos terminado por hoy. Regresa a tus quehaceres.

El sirviente se incorporó despacio en la camilla y se quitó el armatoste que cubría su cabeza. Sus movimientos eran toscos, vacilantes. La palidez temblorosa de su rostro quedó a la vista. Pestañeó aturdido y miró al demiurgo.

—Espero haberle servido de ayuda, señor —murmuró con un hilo de voz.

—Lo has sido, mi buen amigo. Lo has sido —le aseguró risueño.

Pero su rapto de buen humor se disipó al contemplar la mirada vacía del criado. Sus ojos inexpresivos parecían observarlo desde una distancia infinita, desde un lugar donde ni el frío ni el calor tenían sentido. Contemplar esa mirada era contemplar la nada.

Y desde el otro lado de aquellos ojos vacíos, el primer Señor de los Asesinos acechaba.

La estrella de diez puntas llegó al punto de la esfera que habría correspondido a las once menos veinte de tratarse de un reloj de sol. El día era frío, el más frío de los que habían tenido desde que llegaron a Rocavarancolia. Los edificios y las ruinas amanecieron tiznados de escarcha y sobre el riachuelo se formó una capa fina de hielo. El tiempo en la ciudad había enloquecido por completo. A un día de calor inusitado podía seguirle una jornada del invierno más crudo.

Marina y Hector iban de camino a la plaza de las torres por una callejuela retorcida, envueltos ambos en capas gruesas. Caminaban despacio, sin prisa alguna. Del oeste llegaba la bañera voladora con su piloto cantarín a cuestas. Su voz apenas era audible en la distancia. Era la primera vez en varios días que salían a buscar alimentos. En las últimas semanas habían subsistido a base de las provisiones almacenadas, pero comenzaba a haber una escasez de fruta alarmante y habían decidido dedicar un día a proveerse de ella.

Bruno y Ricardo habían salido a interceptar las dos barcas que iban más allá de la cicatriz, mientras ellos se encargaban de la tercera. Natalia había preferido quedarse en el torreón y seguir peleándose con los libros de magia mientras Maddie hacía compañía a Lizbeth en la mazmorra.

—¡Vamos! —le apremió Marina. Tenía las mejillas enrojecidas por el frío—. ¡Dímelo! Yo te lo he contado. Dos chicos. Uno se llamaba Marcos, iba conmigo a clase de inglés… El otro era el primo de una amiga mía y fue en su fiesta de cumpleaños, en uno de esos juegos ridículos de beso, verdad o consecuencia. —Le tiró del brazo—. ¿A cuántas chicas has besado tú?

A pesar del frío intenso, era un día claro, de un azul magnífico. Las pocas nubes que se veían eran tan tenues que parecían un dibujo sin terminar.

—Esta conversación me incómoda —contestó él. Recordó el beso fugaz de Natalia en las tinieblas, pero lo apartó de su memoria con rapidez, sin siquiera tener tiempo de sentirse culpable por recordarlo—. No sé cómo ha empezado, pero quiero que se termine. —La empujó suavemente hacia delante. Marina lo miró enfurruñada.

Habían ido a parar a una de las arterias principales de la zona. Marina caminó por delante unos metros, hasta que de pronto se giró hacia él y lo señaló con un dedo, acusadora.

—¡A ninguna! ¡No has besado a ninguna chica! ¡Por eso no lo quieres decir! ¡Te da vergüenza!

—Pero ¿por qué me torturas? ¿Qué te he hecho yo?

—Lo siento, no puedo evitarlo. —Lo miró por encima del hombro y le guiñó un ojo—. Estás encantador cuando te sonrojas.

—Malvada. Sádica. —Hector sonrió con malicia—. Yo también podría hacerte enrojecer si quisiera, ¿sabes? Pero soy un caballero y no lo haré.

—Amenazas, amenazas —se burló ella—. No tienes con qué avergonzarme.

—Te he visto desnuda —le soltó de pronto.

Ella frenó en seco y se volvió para mirarlo de frente.

—¡Mentira! —Pero se llevó las manos a la cara cuando su expresión le dejó bien claro que no mentía. La sonrisa de Hector se hizo mayor al verla enrojecer—. ¡No! ¡Es cierto! ¡Oh! ¿Cuándo? ¿Cuándo?

—Al poco de llegar. Os vi a ti y a Madeleine. No cerrasteis bien la puerta mientras os bañabais.

—¿Nos espiaste? ¡Vaya caballero que estás hecho!

—Tuve mi castigo. Me caí por las escaleras…

—¡Ese día! —De pronto sonrió, enarcó una ceja, pícara, y se le acercó veloz.

—¿Te gustó lo que viste? —le preguntó mirándolo a los ojos.

Hector fue dolorosamente consciente de su proximidad, de su olor, del calor de su cuerpo apenas a un centímetro del suyo. Marina tenía el pelo enredado y una viruta minúscula de madera prendida en un mechón que caía sobre su frente. Tuvo el impulso de quitársela, pero sus manos quedaron inertes. Si intentaba tocarla, moriría, estaba seguro; si alzaba una mano para acariciarla, caería fulminado antes de poder tocarla. Rocavarancolia lo mataría o, aún peor: la mataría a ella.

Y de pronto, como para confirmar aquel augurio, el viento trajo hasta él un sonido nuevo: un cántico horrible que no tenía nada que ver con el espantapájaros del velero, era una letanía desagradable, inhumana.

Marina retrocedió al ver el cambio de expresión de su rostro. El brillo de sus ojos pasó de la picardía a la alerta. Dejó caer el arco de su hombro izquierdo a sus manos. Hector desenvainó la espada y miró a su alrededor.

—¿Qué es eso? —preguntó la joven, ya con una flecha dispuesta.

—Viene de la plaza —susurró él.

Recorrieron en silencio el último tramo de camino. Era una sola voz la que cantaba, en una lengua que no parecía hecha para una garganta humana. Llegaron hasta el gran socavón en que terminaba la calle, justo a la entrada de la plaza, y parapetados desde allí espiaron el lugar.

Los monstruos y guerreros petrificados estaban inmóviles en la plaza, con sus sombras derramándose a sus pies, inmersos en aquella batalla perpetua que ninguno ganaría jamás. Una bandada de pájaros negros reía a carcajadas en la copa de uno de los altos árboles de piedra, apretados los unos contra los otros para resguardarse del frío. El sol daba de plano en la torre de cristal y su luz, reflejada en la red de grietas de la fachada, era cegadora.

Marina fue la primera en verlo.

—Es Adrian —señaló hacia el centro de la plaza.

El joven estaba sentado en el lomo del dragón petrificado, apoyado con dejadez en el ala izquierda. Sostenía un libro abierto ante su rostro, un volumen delgado, encuadernado en una tela roja tan desgarrada que daba la impresión de estar forrado de telarañas escarlatas. Era él quien canturreaba aquella tonada horrible. Más que cantar daba la impresión de estar intentando imitar el crepitar de las llamas. Del cuello le colgaban un montón de amuletos, collares y colgantes; todos emitían un tenue fulgor sanguíneo.

Marina y Hector se acercaron a él después de cruzar una mirada de extrañeza. Adrian parecía aún más pequeño a lomos del dragón. En cuanto los vio aproximarse, dejó de cantar, cerró el libro y les dedicó una sonrisa afectuosa. Hector frunció el ceño. El cántico horrible podía haber cesado, pero él se sentía tan intranquilo como antes y no saber qué motivaba su inquietud le ponía todavía más nervioso. Había algo extraño en la plaza. Algo que antes no había estado allí.

—¿Ahora cantas a las piedras? —preguntó Marina a los pies del dragón rampante. La garra del monstruo quedaba justo encima de su cabeza. Apoyó la mano extendida en el pecho de la bestia y miró hacia arriba—. Pasas demasiado tiempo solo. Si vuelves con nosotros al torreón, te dejaremos cantar a la araña del patio.

Adrian soltó una carcajada y palmeó al dragón de piedra, como un jinete satisfecho con el rendimiento de su montura. Tenía el pelo chamuscado y manchas de hollín en la cara y la ropa; una en concreto le cubría el ojo derecho por entero, como si alguien le hubiera sacudido un buen puñetazo.

—La oferta me tienta, pero no, lo siento. Las arañas gigantes no son mi tipo.

—Allá tú. Es encantadora cuando la conoces bien. —Hizo pantalla con la mano sobre su frente para poder ver mejor a Adrian. Los reflejos de la torre de cristal de vez en cuando envolvían al muchacho como una prenda de luz—. Vale, ¿se puede saber qué estás haciendo?

Adrian se rascó la cabeza, evidentemente incómodo con la pregunta. Tardó mucho en contestar.

—La última vez que pasé por el torreón, Bruno me dejó unos cuantos libros más sobre dragones y, bueno... he descubierto cosas bastante interesantes sobre ellos —les explicó—. Por lo visto son muy resistentes. Es probable que sean los seres vivos más duros que existen. Es por su metabolismo... Son capaces de adaptarse a su entorno y sobrevivir durante años en las condiciones más extremas.

—¿Estás diciendo que este dragón está vivo? ¡Vamos! ¡No puedes hablar en serio! —exclamó Marina—. ¡Por lo que sabemos puede llevar siglos convertido en piedra!

—Treinta años. Solo lleva treinta años —dijo Adrian—. Esto que veis aquí es parte de la batalla que acabó con Rocavarancolia y cerró las puertas a otros mundos.

Adrian dejó el libro sobre el lomo del dragón y bajó de dos saltos; el primero lo llevó a la punta del ala desgarrada del monstruo y el segundo directo al suelo. Aterrizó apenas a dos metros de Hector. Despedía un fuerte olor a ceniza. Hector frunció todavía más el ceño.

—Aun así —dijo Marina—. Treinta años son muchos años.

—Lo son, sí. Y a pesar de eso te aseguro que existe la posibilidad de que esté vivo —dijo Adrian—. Vale, es pequeña, pero existe.

—Te estás burlando de mí. La araña del patio no te querrá si te burlas de mí, te lo advierto.

—No, no. Escucha: se sabe que un mago de Yeméi convirtió en cristal a Belaicadelarán, el mayor de todos los dragones de su mundo—le explicó—. El animal estuvo así más de quinientos años, hasta que otro hechicero decidió resucitarlo para que luchara en no sé qué guerra. Fue un hechizo complicado y le exigió muchísimo esfuerzo, pero al final lo consiguió: trajo de vuelta al dragón. Quinientos años, Marina... Cinco siglos transformado en cristal no acabaron con él. ¿Por qué iba a hacerlo un puñado de años convertido en piedra?

La joven contempló las fauces entreabiertas del monstruo. Los ojos del dragón eran enormes y estaban desorbitados, fijos en el grupo de jinetes que lo hostigaban con sus lanzas. Marina parecía impresionada.

—¿Y qué se supone que haces cantándole? ¿Quieres entretenerlo hasta que vuelva a ser de carne y hueso?

—No le canto. Es un hechizo de restauración. —Se acarició dubitativo el pelo quemado, como si no estuviera muy seguro de continuar. Torció el gesto y observó a Marina atento a su reacción—. Quiero despertarlo —le anunció—. Eso quiero.

—Despertar a un dragón —repitió ella al cabo de un instante, boquiabierta—. ¿De verdad te parece buena idea? —Señaló hacia la bestia inmensa con los dos brazos—. ¡Es un dragón!

—Un dragón de Transalarada, para ser más exactos... ¿No te parece hermoso?

Marina sacudió la cabeza.

—Muy bonito, sí. No me puedo creer que estés hablando en serio.

—Estoy hablando completamente en serio. Pero no te preocupes. El hechizo de restauración está fuera de mi alcance. Ni siquiera Bruno podría conseguirlo... Necesita más magia de la que tenemos, mucha más. ¿Quién sabe? Quizá cuando salga la Luna Roja seamos capaces de traerlo de vuelta. —Sonrió—. ¿Os imagináis lo que podríamos hacer con un dragón?

—¿Y tú te imaginas lo que podría hacer un dragón con nosotros? —Se volvió hacia Hector—. ¿Lo estás oyendo? ¡Intenta despertar a esa cosa! ¡Dile algo! ¡No te quedes ahí callado!

Pero él apenas prestaba atención a la conversación. No podía dejar de mirar a Adrian mientras intentaba descubrir qué andaba mal en la plaza. Entrecerró los ojos y miró despacio en torno a él. Contempló los rostros de los hombres y los monstruos que batallaban a su alrededor. Era un compendio de muecas feroces, de gestos de dolor o de simple agotamiento. Detuvo la mirada en un ser grotesco con cola de escorpión que gritaba de forma muda, atravesado de parte a parte por una lanza tan grande que tenían que enarbolarla al mismo tiempo dos criaturas acorazadas.

—¿Hector? ¿Me estás escuchando?

De pronto se dio cuenta de qué fallaba. Era el silencio. El silencio en la plaza era mayor que de costumbre. Era casi absoluto. Solo se escuchaba el sonido del viento y el graznido ocasional de algún pájaro. Y allí siempre se habían oído los gritos de los que ardían en el barrio en llamas. Era un desagradable murmullo lejano, tan propio de aquel lugar como las criaturas petrificadas. Pero ya no estaban. Los gritos habían cesado. Y el silencio y lo que implicaba era tan atroz que dolía.

Hector observó las manchas de ceniza y hollín que cubrían la cara de Adrian. Luego bajó la vista a sus manos. El dorso de la derecha estaba ennegrecido y la manga de la camisola tenía varias quemaduras. Un escalofrío recorrió su espalda, un escalofrío lento que fue mordiendo su columna vértebra a vértebra mientras ascendía.

—¿Qué has hecho? —le preguntó en un susurro, sin apenas separar los labios. Apretó los puños con fuerza.

La mirada que le dedicó Adrian fue de indiferencia total y eso le enfureció todavía más.

—¿Hector? —preguntó Marina, confusa.

—¡¿Qué es lo que has hecho?! —repitió él. Dio un paso en su dirección, pero Adrian ni se inmutó.

—No sé de qué… —comenzó. De pronto su rostro se iluminó—. Ah… Te refieres a…

—A la gente… Al incendio… —Se mordió el labio inferior.

—Los he matado —contestó Adrian con la voz henchida de orgullo y los ojos brillando—. Los he matado a todos. Entré en las llamas y acabé con ellos uno por uno. Tardé horas en hacerlo.

—Dios mío… —Marina se llevó una mano a la boca y retrocedió un paso, horrorizada.

—Te has vuelto loco —murmuró Hector. No podía creer lo que acababa de oír—. Te has vuelto completamente loco.

—¿Por qué me miráis así? Hice lo que alguien debió haber hecho hace mucho tiempo. He puesto fin a su dolor.

Hector se lo imaginó avanzando entre el caos de llamas quietas: una figura rubia diminuta inmersa en un laberinto de resplandores congelados, espada en mano, con su sombra multiplicada a sus pies, en busca de los lugares donde aquellos pobres desdichados gritaban. Lo vio flotando en el aire ante cascadas de llamas, atravesando incorpóreo paredes de fuego para poder llegar a todos y a cada uno de los que habían quedado atrapados en aquel infierno.

—¡¿A cuánta gente has matado?! —gritó, fuera de sí. Empujó a Adrian contra el dragón, retorciéndole el cuello de la capa con ambas manos.

—No era gente —le contestó él, con el tono de voz con el que se explica algo evidente a alguien a quien no se cree demasiado listo—. Eran monstruos. Cosas horribles… Deberías haberlas visto. Criaturas espantosas de ojos saltones y miembros deformes, seres grotescos de dos cabezas… —Se libró de la presa de Hector de un manotazo y se acercó aún más, para poder gritarle a la cara—. ¡Y llevaban treinta años quemándose vivos! ¡¿Me oyes?! ¡Treinta años ardiendo! ¡¿Crees que les molestará lo que he hecho?! —Señaló con furia hacia el barrio en llamas—. ¡Me estarán agradecidos! ¡He acabado con su sufrimiento! ¡Eso se llama misericordia!

Hector hizo una mueca. Adrian no podía engañarlo.

—¿Misericordia? ¿Dices que lo hiciste por misericordia? Quieres despertar a un dragón que lleva años convertido en piedra… ¿y no te paras a pensar en que quizá hubiera un modo de salvar a toda esa gente? —Golpeó al dragón con todas sus fuerzas. Varias esquirlas de roca salieron despedidas. A continuación se forzó a respirar con calma, sin apartar su mirada de Adrian. Le resultaba imposible pensar que el joven que tenía ante sí era el mismo que había encontrado hacía meses subido a una fuente y vestido con un pijama ridículo; el mismo que salía huyendo cada vez que veía un murciélago flamígero—. ¿Por qué lo hiciste? —preguntó. La calma de su voz no tenía nada que ver con la rabia que lo consumía.

—No era gente —insistió de nuevo el otro—. Eran monstruos.

—¡¿Por qué lo hiciste?! —aulló Hector. Su mano voló hacia la empuñadura de la espada. La aferró, aunque no llegó a desenvainarla. Marina dio un grito e intentó interponerse entre ambos, pero Hector solo tuvo que dar un paso lateral para impedírselo.

Por un instante, pareció que Adrian también iba a hacer ademán de desenvainar; en vez de eso, se echó hacia delante y lo miró a los ojos.

—Porque sus malditos gritos no me dejaban concentrarme en el hechizo —le susurró—. ¿Estás satisfecho? Por eso lo hice. Para que se callaran de una vez.

Nadie dijo nada durante unos instantes. Sobre el árbol de piedra, los pajarracos negros reían a carcajadas.

—Eres un monstruo... —murmuró Hector. Algo oscuro y siniestro se removió en su interior—. No has necesitado la Luna Roja para transformarte.

Dio un paso atrás. Y luego otro. Si no se alejaba, le saltaría encima. Si no se apartaba de él, se dejaría llevar por la rabia y le golpearía hasta que uno de los dos acabara tirado en el suelo.

—¿Lo sientes, verdad? —Adrian dio un paso en su dirección. El tono de su voz había cambiado. Ahora era casi amigable—. El fuego. Lo sientes. Lo veo en tus ojos.

—Cállate —siseó Hector. Quería golpearlo. Quería hundirle el cráneo a puñetazos. Quería matarlo.

—Sí. Puedo verlo. Sientes el fuego. Te está pidiendo a gritos que me hagas daño.

—¡Estás loco! —le gritó. Retrocedió un paso más, impactado a su pesar de que Adrian hubiera podido describir de manera tan precisa lo que le estaba ocurriendo. Sentía como si por sus venas corriera fuego líquido. Todavía no había soltado la empuñadura de su espada, y todo su ser clamaba porque la desenvainara y se lanzara contra Adrian.

—Siento ese fuego desde que Bruno me trajo de nuevo a la vida— dijo Adrian—. No me deja dormir, y a veces ni pensar. Ese fuego es lo que me hizo buscar a ese tipo... El fuego lo es todo. Me quema, me abrasa, me consume. Y os consumirá a vosotros.

—No le escuches. —Marina le aferró del brazo y tiró de él. Hector soltó la espada de inmediato—. No le hagas caso. Tienes razón: está loco. Esta ciudad lo ha vuelto loco.

—Esto no tiene nada que ver con la locura. —Adrian se encaró con ella—. ¡Tiene que ver con despertar! Denéstor tenía razón cuando nos dijo que nos traía al lugar donde debíamos estar. ¡En la Tierra estaba ciego y ahora veo! ¡Aquí seremos lo que debemos ser!

—¿Asesinos? —le preguntó la joven con desprecio.

—No —contestó Adrian y señaló al dragón con un ademán enérgico—. Seremos poder, ¿me oís? Sin debilidad, ni miedo. Seremos todo lo que queramos ser. ¡Es absurdo luchar contra eso! ¿No lo veis?

—Prefiero no decirte qué es lo que veo —dijo Hector. La mano de Marina todavía en su brazo le reconfortaba. Sentía como la rabia iba cediendo, pero el recuerdo de aquel fuego se mantenía candente en su memoria. No quería pensar en ello. No estaba preparado para hacerlo.

Adrian les dio la espalda y, tras lanzar un hechizo de levitación, empezó a ascender rumbo al lomo del dragón. Cuando ya llegaba se detuvo, se giró a medias hacia ellos y los contempló desde lo alto, con la capa aleteando al viento. Sus ojos centelleaban.

—Por mucho que luchéis, por mucho que os esforcéis, no podréis impedirlo. Vosotros también sucumbiréis al fuego. Y lo único que os diferenciará de mí será que yo habré recorrido ese camino antes.

—Nunca seremos como tú —le dijo Hector.

—Eso, supongo, es algo que solo el tiempo dirá.

—El demiurgo se está acercando demasiado —dijo Hurza con su voz de sepulcro hambriento—. Debo matarlo. No puedo retrasarlo mucho más.

—Sí, sí… Denéstor debe morir. Sí, sí… —canturreó la bruja que se sentaba al otro extremo de la mesa. Era una mujer grotesca, ataviada con un vestido de boda harapiento. Bajo la seda sucia y polvorienta de su vestimenta se agitaban las víboras azuladas que dominaba. Había docenas de ellas enroscadas alrededor de su cuerpo, cambiando de posición sin cesar.

Dama Serena la observó con repugnancia mal disimulada. Dama Ponzoña era el último miembro que se había unido al pequeño grupo de Hurza. La bruja, una criatura desagradable que vivía en una cueva en las montañas, también formaba parte del Consejo Real de Rocavarancolia. Había ocupado el puesto de Rorcual, asesinado por el mismo ser que anunciaba que había llegado la hora de acabar con Denéstor Tul.

La fantasma no entendía el motivo que había llevado a Hurza a incluir a aquella bruja en sus intrigas. Dama Ponzoña era estúpida hasta el paroxismo, una mujercilla desquiciada que no podía aportarles nada bueno. No, no sabía por qué Hurza la quería con ellos, pero eran tantas las cosas que ignoraba de él que ya comenzaba a dar por sentado que nunca entendería sus acciones y motivaciones. El primer Señor de los Asesinos era un enigma para dama Serena, algo incomprensible. Y el único capaz de liberarla de la condena de ser un alma errante, que era lo que importaba en realidad.

—Solo necesito mi grimorio para ello —le aseguró la primera noche que habló con ella, envueltos en la esfera de silencio—. Una vez que recupere el poder que deposité en sus páginas, podré darte el descanso que mereces.

—No podrás —dijo dama Serena—. Porque ya no es el libro que conociste. Un hechizo de sangre lo protege y solo un vampiro puede usarlo ahora sin ser destruido.

—Lo sé. El destino quiso que yo asesinara al último antes de conocer ese detalle, pero el destino también ha querido que pronto haya un nuevo vampiro en Rocavarancolia.

—¿Uno de los cachorros de Denéstor?

Hurza asintió.

—El torreón Margalar ya hiede a chupasangre —dijo—. Cuando se ponga la Luna Roja, su cambio será total y yo estaré más cerca que nunca de acceder al poder del libro. Y te prometo que lo primero que haré cuando eso ocurra será matarte.

—¿Y qué vas a pedirme a cambio?

—Tu lealtad absoluta hasta entonces, por supuesto. En Rocavarancolia hay seres que no verán con buenos ojos ni mi regreso ni mis planes. Tal vez no me quede otra alternativa que enfrentarme a ellos antes de estar realmente preparado. Si eso ocurre, necesitaré de tus habilidades para derrotarlos.

—¿Y si me niego? ¿Qué me impediría contarle a Denéstor y a Esmael lo que sé? Como bien has dicho, ahora no tienes poder para destruirme.

—No podría impedir que me delates. Cierto es. Y el demiurgo y el asesino acabarían conmigo. Sí. Me destruirían sin duda alguna. Y con mi muerte es probable que tú perdieras la última oportunidad de alcanzar el olvido. ¿Merece la pena correr semejante riesgo?

Dama Serena no contestó. La respuesta era obvia.

La fantasma paseó la mirada por la pequeña mesa a la que se sentaban. Además de la desagradable dama Ponzoña y el propio Hurza, allí estaba Ujthan, el guerrero inmenso que se había convertido en el abanderado más fiel del renacido Señor de los Asesinos, y Solberino, el náufrago. Resultaba sorprendente ver como había medrado aquel hombre en Rocavarancolia. Había pasado de ser una simple víctima del faro a sentarse en el Consejo Real y ahora, por capricho de Hurza, a formar parte de aquella conspiración. Como en el caso de la bruja, se preguntó qué utilidad podía tener Solberino en sus planes; el náufrago podía ser un superviviente nato, pero no por eso dejaba de ser un humano normal y corriente. Dama Serena también se preguntaba cómo había logrado Hurza comprar su lealtad. A Ujthan le había prometido una guerra, a ella la destrucción, ¿qué podía anhelar Solberino?

Los cinco estaban reunidos en una sala romboidal, de paredes negras, sin ventanas ni el menor adorno superfluo. Lo único reseñable era un pequeño cofre oscuro, situado en el centro de la repisa que recorría a media altura una pared, y un armario que más parecía un ataúd colocado en posición vertical. Aquella estancia se encontraba dentro del castillo, pero estaba protegida por una magia tan antigua y poderosa que ni uno de sus habitantes conocía su existencia.

Ujthan fue quien la condujo hasta ella dos semanas atrás, envueltos ambos en un conjuro de silencio y otro de tiniebla. El guerrero se detuvo ante un cortinaje ajado, en mitad de un pasillo del ala sur de la fortaleza. Dama Serena de nuevo tuvo el placer dudoso de ver emerger a Hurza de la carne del guerrero, como si no fuera más que otra arma inscrita en su cuerpo. Una vez que puso pie en tierra, el primer Señor de los Asesinos avanzó en la esfera de silencio hasta tocar un punto en concreto del cortinaje. De pronto, esa cortina raída se convirtió en una puerta de bronce labrado.

—La sala de la paradoja —le explicó Hurza mientras aferraba la manilla de la puerta—. Solo los que son guiados hasta ella por alguien que ya ha estado dentro son capaces de verla.

Nada más entrar, dama Serena se fijó en el cofre negro. Sintió de inmediato la pulsación de un poder antiguo en su interior, un caudal de energía de tal calado que le costó un gran esfuerzo resistir el impulso de acercarse y abrirlo.

Desde entonces, habían celebrado ya dos reuniones allí. Aquella era la tercera.

—El demiurgo debe morir, sí, sí, sí —repitió la bruja, meciéndose de atrás hacia delante. Una llovizna leve del polvo y la mugre de su vestido cayó al suelo de la estancia.

La muerte de Denéstor Tul. Ese era el motivo por el que Hurza los había convocado allí. Era evidente que llegaba la hora que dama Serena tanto temía: la de enfrentarse al resto de Rocavarancolia. Había abrigado la esperanza de que su traición no tuviera que hacerse efectiva jamás. Una vez que Hurza consiguiera hacerse con la energía depositada en su grimorio, podría enfrentarse tanto a Denéstor como a Esmael. Pero las investigaciones del anciano comenzaban a resultar peligrosas. Si seguía por el camino que llevaba, no tardaría en averiguar que la amenaza que se cernía sobre el reino procedía de su pasado. El idioma en que Belisario había escrito el pergamino era un dialecto antiguo de Nazara, el primer mundo vinculado, un lenguaje que usaban los seguidores de Hurza y Harex. Había pocas referencias tanto a ese dialecto como al culto de los dos hermanos, pero existían, y si alguien podía encontrarlas, era Denéstor.

—No será sencillo terminar con él —aseguró el espíritu—. Es el demiurgo más poderoso que ha tenido Rocavarancolia en siglos. En la guerra lo vi enfrentarse al cónclave de hechiceros de Faraian y solo sus hechizos conjuntos lograron vencerlo a él y a sus criaturas.

—Conozco de sobra las capacidades de Denéstor Tul —comentó Hurza. Sus rasgos seguían siendo los de Belisario, pero al mismo tiempo habían dejado de serlo. Era como si dos rostros diferentes pugnaran por dominar aquella carne parda. Los ojos se le habían agrandado un tanto; la nariz, que antes había sido bulbosa e hinchada, se había empequeñecido y en el centro de la frente comenzaba a surgir una pequeña protuberancia ósea—. No me gusta la idea de enfrentarme directamente a él. Por eso necesito un plan alternativo. —Hurza se reclinó en el asiento. Las palmas de sus manos se apoyaron en el borde de la mesa como arañas sedientas—. Y por eso os he convocado. Debemos encontrar un modo sencillo de terminar con el demiurgo.

—¿Y si una de mis niñas le hiciera una visita? —dijo dama Ponzoña mientras alargaba teatralmente un brazo. Una víbora asomó la cabeza por la manga, siseó y volvió a ocultarse—. ¿O veneno en su bebida, quizá? Conozco un bebedizo que convertirá su sangre en agua y otro que hará que estalle hasta el último de sus huesos.

Hurza ni se dignó contestar. Por la mirada que dedicó a la bruja, dama Serena comprendió que la despreciaba tanto como ella misma. Lo que la llevó de nuevo a preguntarse por qué motivo la había incluido en sus planes.

—Debo ser yo quien termine con él. Eso es algo fuera de toda discusión. He de matarlo con mis propias manos. El demiurgo de Rocavarancolia se merece ese honor.

Dama Serena se estremeció. Cerró los ojos un instante, incapaz de creer que estuviera ahí, pensando en la mejor manera de acabar con Denéstor. No se sentía particularmente unida a él, por supuesto, como no se sentía unida a nada que estuviera vivo, pero el demiurgo despertaba en ella cierta simpatía. Rechazó ese pensamiento con firmeza. No podía permitirse el lujo de sentir compasión. Debía blindarse ante ese sentimiento nauseabundo. Que muriera el demiurgo, sí, que la creación entera sucumbiera si ese era el precio a pagar por terminar con su penuria.

—Lo ideal sería que su muerte pareciera fruto de la casualidad —comentó Solberino. Dama Serena no recordaba haberle escuchado hablar en ninguna reunión del Consejo Real, pero siempre se mostraba participativo en las que tenían lugar en la sala negra—. Sí. Eso sería lo más oportuno. Otro asesinato en el consejo sería contraproducente dada la situación; en cambio, si tuviera la apariencia de una muerte accidental...

—Los magos no sufren accidentes —terció Ujthan—. Y menos los demiurgos, siempre tienen a sus criaturas cerca para salvarlos de cualquier apuro.

—Entonces no nos queda más remedio que ser sutiles —apuntó Solberino.

—¡Una emboscada! ¡Lo tomaremos por sorpresa! —La bruja golpeó la palma de su mano izquierda con su mano derecha—. ¡Saltaremos sobre él cuando menos se lo espere y lo haremos pedazos!

—Aun así. Aunque lo hallemos desprevenido, venderá cara su piel— señaló dama Serena. De nuevo recordó a Denéstor en la batalla de Rocavarancolia, a lomos de un dragón de bronce y rodeado por una miríada de sus creaciones, encarado a los diecisiete magos de Faraian.

Logró acabar con cuatro antes de que lo redujeran—. Y no podemos permitirnos el lujo de un enfrentamiento largo. Las perturbaciones que provoca un combate mágico atraerían a la ciudad entera, da igual lo potentes que sean los hechizos de interferencia y camuflaje que usemos... Debemos terminar con él con rapidez.

—De un solo golpe entonces —siseó dama Ponzoña—. Un golpe certero y preciso.

—Quizá yo pueda facilitar las cosas —murmuró Ujthan levantándose de la silla. Se llevó una mano a la espalda y hundió los dedos bajo su omoplato derecho. Por la expresión de su rostro quedaba claro que no estaba del todo convencido de lo que estaba haciendo.

Dama Serena pudo ver como los dedos del guerrero aferraban uno de los tatuajes de su espalda y lo extraían despacio de la carne. Primero salió un largo mango curvo, de hueso tallado con innumerables runas, luego siguió la hoja de un espadón de acero verde, recubierta con las mismas runas de la empuñadura.

—Conseguí esta espada en Nago —explicó Ujthan mientras empuñaba el arma ante ellos. Medía más de dos metros de larga y él la sostenía con una sola mano, con la misma facilidad con la que hubiera manejado un cubierto—. Es una de las armas míticas de ese mundo —continuó—. Su nombre es Glosada, la matamagos.

Hurza estudió la espada con interés. Era inusualmente ancha y alrededor de las runas el verde de la hoja cobraba un tono más brillante. Dama Ponzoña enseñó sus dientes ennegrecidos y se inclinó hacia delante.

—Apesta a poder... —murmuró. Se aferró al borde de la mesa y al instante la madera alrededor de sus dedos cobró un color amarillo nauseabundo—. ¿Qué es? ¿Qué es?

—En Nago hicieron una cruzada para terminar con todos los hechiceros de su mundo y esta fue el arma más poderosa que forjaron para luchar contra ellos —dijo Ujthan.

Dama Serena observaba admirada el arma que blandía el guerrero. Apenas quedaban armas mágicas en Rocavarancolia, los ejércitos de los mundos vinculados se habían llevado con ellos todas las que habían encontrado. De conocer el arsenal mágico inscrito en el cuerpo de Ujthan, habrían terminado con su vida al instante. Desvió la mirada hacia Hurza y vio en sus ojos un brillo extraño, mezcla de avaricia y ansiedad. Ujthan continuó hablando:

—Absorbe la magia de aquel a quien toca —les explicó—. Un simple arañazo basta para que el mago más poderoso quede seco, sin un ápice de energía en su cuerpo.

—Quiero esa arma —ordenó Hurza con tono autoritario. Ujthan tragó saliva e intentó que nadie se percatara de su consternación. Sintió como si de pronto hasta el último de sus tatuajes se hubiera convertido en hielo.

—Y yo se la regalaría de buen grado, mi señor —dijo. Le tembló la voz y eso le hizo sentirse todavía más inseguro—. Pero... pero solo yo puedo blandir las armas vinculadas a mi cuerpo. Si cualquier otro las empuña, se convierten en polvo...

El primer Señor de los Asesinos observó detenidamente a Ujthan. A lo largo de su vida, el guerrero se había enfrentado a las criaturas más espantosas en más de una docena de mundos, había combatido en un sinfín de batallas, encarándose cien veces a la muerte en cada una de ellas, pero nada era comparable a ser el blanco de la mirada del Comeojos. Cada vez que Hurza lo miraba era como si unos dedos largos y afilados hurgaran en su alma. De forma inconsciente empuñó con más fuerza a Glosada. Fue entonces cuando se dio cuenta del error tremendo que había cometido. Acababa de desvelar la existencia de aquella espada por impulso, en un intento de ser útil, pero lo que había hecho en realidad era revelar a Hurza que tenía en su poder un arma capaz de vencerlo. Y al hacerlo había perdido esa ventaja por completo.

—Quiero comprobarlo por mí mismo. —Hurza sonrió con frialdad. Casi eran peores sus sonrisas que sus miradas—. Déjame empuñar una de tus armas, Ujthan. Cualquiera de ellas. Asegurémonos de que lo que dices es cierto.

El guerrero vaciló de nuevo. Miró a los demás ocupantes de la mesa, buscando apoyo sin encontrarlo. Luego se dejó caer en la silla. Había exactamente ciento veintiocho armas tatuadas en su cuerpo y él las amaba a todas por igual. Todas representaban algo especial, desde la primera que había conseguido hasta la última. Aquellos tatuajes formaban parte de su ser. Lo que le estaba pidiendo Hurza era equivalente a cortarse una mano o un pie.

—Le doy mi palabra de honor más solemne de que digo la verdad —insistió. Consiguió que su voz sonara firme esta vez—. Nadie que no sea yo puede usar mis armas...

—Me han traicionado tantas veces que me prometí no confiar nunca en nadie. —Hurza tendió una mano al guerrero y lo miró fijamente. De nuevo sintió Ujthan aquellos dedos fríos hurgando dentro.

Respiró hondo y asintió. No le quedaba más remedio que ceder. Le costó gran esfuerzo decidir qué arma entregarle. Al final optó por el arco largo que había conseguido en su primera batalla. Lo habían mandado destacado para acabar con un centinela enemigo y después de hacerlo se quedó con su arco como trofeo. Dejó a Glosada en la mesa, extrajo con dedos temblorosos el arco de su muñeca y se lo tendió a Hurza.

En cuanto la mano del Comeojos se cerró alrededor del arco, este se convirtió en polvo. Hurza asintió complacido.

—Cuando todo termine, cuando ya no quede nadie que pueda hacerme frente, buscaremos el modo de desvincular esa espada de tu carne sin que se destruya —le dijo mientras se frotaba las manos para librarse de los restos del arco. Su mirada pendía de nuevo sobre el guerrero, funesta y lúgubre. Ujthan vaciló otra vez, pero terminó asintiendo. A continuación, Hurza paseó la mirada sobre todos los reunidos en aquella estancia—. Ya tenemos con qué asestar el golpe, pero aún falta decidir cómo y cuándo vamos a hacerlo.

—Si se me permite la osadía —intervino el náufrago, acomodándose en la silla—. Creo que tengo una idea al respecto que puede servirnos a la perfección.

La fantasma, la bruja, el guerrero y el monstruo renacido escucharon sus palabras con atención. Era el verdadero esbozo de un plan y, mientras lo escuchaba, dama Serena se preguntó si Solberino lo estaba improvisando sobre la marcha o si era algo que ya tenía preparado de antemano. El plan no resultaba demasiado complicado y ahí residía su virtud principal. Solo dama Ponzoña le encontraba pegas, pero a nadie le importó su opinión. A pesar de ello, la reunión se alargó durante horas. El asesinato de un demiurgo era algo en lo que nada se podía dejar al azar.

Finalmente, cuando apenas quedaban dos horas para el amanecer, Hurza dio por concluida la asamblea. Dama Ponzoña fue la primera en marcharse, se había quedado dormida durante la parte final de la reunión, pero nadie se había tomado la molestia de despertarla. Ujthan, todavía afectado por la pérdida del arco, fue el siguiente, caminaba encorvado y pesaroso, sin dejar de acariciar el lugar donde había llevado inscrita el arma. Miró de reojo a Hurza cuando pasó a su lado, pero no dijo nada; había prometido obediencia a aquel monstruo y la promesa de un guerrero era sagrada; ahora su destino y el de Hurza estaban unidos. Solberino salió después, visiblemente complacido consigo mismo; el brillo mortecino de sus ojos era el de un alma oscura y torturada que de pronto encuentra algo de alegría en su existencia. Dama Serena y Hurza fueron los últimos en salir.

El espíritu vaciló antes de traspasar el umbral. Se detuvo y miró el cofre negro de la pared; por un segundo había sentido un fuerte rebrote de magia en su interior. Dama Serena se sentía extrañamente vacía. Planear la muerte de Denéstor Tul la había afectado más de lo que esperaba. Eso no iba a detenerla, por supuesto, pero sí hacía que se planteara cuestiones que hasta entonces no le habían importado. Hasta ese mismo instante, por ejemplo, no había tenido interés alguno en saber cuáles eran los planes de Hurza. Sabía que quería controlar Rocavarancolia, pero desconocía el motivo, ignoraba si todo lo que ansiaba era el poder o si había algo detrás.

Decidió que había llegado la hora de averiguar más.

—¿Qué hay dentro del cofre? —preguntó—. Siento bullir la magia en su interior. Y es magia ansiosa, magia que quiere ser liberada.

Hurza se volvió hacia ella y la observó con su rostro inescrutable.

—Nada que deba preocuparte —contestó tras unos instantes de silencio—. Para cuando ese cofre se abra, ya no estarás con nosotros.

—Y pagaré un alto precio por ello —contestó—. Traicionaré al reino que una vez goberné. Traicionaré todo lo que fui en vida, todo en lo que creí… Por eso necesito res…

—¿Traición? —Hurza la interrumpió con brusquedad. Tenía los ojos abiertos de par en par—. ¿Te atreves a hablarme de traición? Tú y los tuyos habéis pervertido la esencia de Rocavarancolia, la habéis desviado de su cometido, de su verdadera senda. —Bajó la voz hasta convertirla en un susurro venenoso—: La habéis convertido en una burla.

Ujthan se asomó a la puerta para ver qué los entretenía, pero Hurza la cerró ante sus narices con un gesto de la mano. Luego volvió a encararse con la fantasma:

—¿Quieres saber qué contiene la hornacina? —le preguntó—. Te lo diré: dentro está lo que queda de mi hermano Harex, el fundador de este reino al que dices estar traicionando. —Dio un paso hacia ella y volvió a hablar, con la voz estrangulada por la rabia—: Nosotros levantamos esta ciudad de la nada —dijo—. Nosotros bajamos la Luna Roja del cielo, esculpimos Rocavaragálago y abrimos puertas a otros mundos. Nosotros somos los traicionados. Nos asesinaron. Les dimos la vida, les dimos poder... y ellos nos asesinaron. ¡¿Y me hablas de traición?! No, esto no es traición: es justicia.

Dama Serena contempló de nuevo el cofre. La magia que había allí dentro se hallaba lejos de estar muerta. Era una magia viva, pulsaba como el corazón de un sol dormido. Fue entonces cuando comprendió qué contenía.

—El cuerno de Harex... —murmuró.

—Sí. Así es. —Hurza asintió, más calmado—. Y dentro su alma. Aguarda desde hace siglos el momento de regresar a la vida. Y cuando lo haga, cuando de nuevo vista un envoltorio mortal, nos pondremos de nuevo a la cabeza del reino y todo será como debió ser en un principio. Oh, sí. Esta vez nos encargaremos de que así sea.

—Pero sigo sin comprender... —dijo dama Serena—. ¿Qué es lo que buscáis? ¿Cuál es ese verdadero propósito de Rocavarancolia del que hablas?

Hurza parecía dispuesto a contestar, pero de pronto la expresión de su rostro cambió. Se acarició con desgana el cuerno que estaba naciendo en su frente y sonrió.

—Basta de preguntas, dama Serena. Ya conoces todo lo que debes conocer —dijo—. Y permíteme que te recuerde algo que te dije en nuestra primera conversación: ¿quieres delatarme? ¿Quieres traicionarme? Adelante. Ni siquiera intentaré evitarlo. Ve a hablar con el ángel negro si ese es tu deseo y cuéntale qué está ocurriendo aquí. Me condenarás a mí, pero también te condenarás a ti misma. —Y sin más palabras salió fuera.

La fantasma dedicó una última mirada al cofre y lo siguió, todavía más confusa que antes. La puerta de bronce se cerró tras ellos y todo quedó en silencio.

Durante largo rato nada se movió en la estancia de las paredes negras, hasta que, de pronto, el polvo bajo el asiento que había ocupado dama Ponzoña comenzó a agitarse. Al principio fueron pequeños remolinos, olas inquietas que cesaban tan pronto nacían; luego, poco a poco, el polvo fue ganando dominio de sí mismo y sus movimientos se hicieron más fluidos y precisos. Lenta pero inexorablemente, dibujando una estela tenaz en las baldosas sucias, los restos de lo que una vez fue Enoch el Polvoriento avanzaron hacia el resquicio que quedaba entre la puerta de bronce y el suelo.

Hector se despertó de madrugada, sin aliento y envuelto en sudor. Había tenido una pesadilla horrible, pero la olvidó en cuanto abrió los ojos; solo le quedó la angustia que le había provocado. Se incorporó en la cama y miró alrededor, aturdido y, a su pesar, amedrentado por el mal sueño. Se percibía más luz de lo normal, una claridad taciturna se colaba a través de la trampilla abierta en el techo. Hector se extrañó al verla así: siempre la cerraban por la noche. Cuando sus ojos se acostumbraron a la penumbra, vio que había dos camas vacías: una era la de Bruno y otra la de Marina. El italiano le había asegurado que no saldría nunca de noche y Hector supuso que se encontraría abajo, con la nariz metida entre sus libros o intentando un nuevo hechizo con Lizbeth. Salió de la cama, se echó la capa sobre los hombros y se dirigió a la trampilla. Natalia se removió en su cama y, al mirar hacia allí, descubrió a la muchacha despierta y observándolo.

—Marina está arriba, salió hace un rato —le susurró, y antes de que él pudiera decir nada, se envolvió en la manta y le dio la espalda.

Maddie y Ricardo también estaban despiertos; ninguno de los dos se movió ni se dirigió a él, pero se adivinaba por su forma de respirar y la postura bajo las sábanas. El propio Hector había tardado horas en conciliar el sueño y solo para darse de bruces contra una pesadilla. Estaban inquietos y no era para menos. Lo que había hecho Adrian los había trastornado a todos, hasta al mismísimo Bruno. El italiano se había tenido que sentar al oír la noticia y eso había resultado todavía más perturbador.

—¿Y si hice algo mal cuando lo curé? —se preguntó—. Prácticamente fue mi primer hechizo y existe la posibilidad de que cometiera un error... —No pudo continuar hablando. Se quitó la chistera y comenzó a girarla de forma maniática mientras su mirada pasaba de uno a otro, en espera de una respuesta.

—Tienes que dejar de echarte la culpa cada vez que pasa algo malo —le dijo Madeleine. Y para aumentar aún más su turbación le quitó la chistera de las manos, volvió a colocársela en la cabeza y se sentó en su regazo. Lo miró a los ojos largo rato antes de hablar—: A pesar de lo que puedas pensar, no eres el centro del universo ni el responsable de todo lo que ocurre a tu alrededor, ¿vale?

El italiano titubeó, pero acabó asintiendo. Desde entonces había permanecido en silencio, todavía más ausente que de costumbre. Hector se preguntaba si estaría dándole vueltas a las palabras de Maddie.

Subió los escalones que habían improvisado con cajas y un barril, y luego trepó por la trampilla. Fuera esperaban el frío de la noche y un viento desapacible que no parecía decidirse sobre la dirección en la que debía soplar.

Marina estaba apoyada en el almenar, mirando al este. La chica se había puesto una capa escarlata sobre la camiseta sin mangas y los pantalones cortos que solía usar para dormir. El viento indeciso agitaba con brío su cabello, ella intentaba controlarlo con una mano, pero era una tarea condenada al fracaso. Hector la llamó en voz baja antes de auparse fuera: no quería sobresaltarla al aparecer de improviso. Ella se giró, se apartó el pelo alborotado de la cara y sonrió; no fue una gran sonrisa, era algo forzada y estaba cargada de melancolía.

—¿Tú tampoco puedes dormir? —le preguntó cuando llegó a su altura.

Marina negó con la cabeza. Parecía totalmente abatida.

—Ha sido Adrian. Me ha trastocado lo que ha hecho. —Se estremeció al recordarlo—. ¿En eso vamos a convertirnos? ¿En criaturas sin corazón?

—Yo... —¿Qué podía decirle? ¿Que todo iría bien? ¿Que ellos nunca se convertirían en nada semejante? ¿Y cómo hacerlo si desconocía por completo lo que iba a ocurrir? La seguridad con la que había plantado cara a Adrian había quedado atrás. Ahora solo tenía dudas—. Ojalá lo supiera, ojalá tuviera una respuesta... Pero no la tengo. No sé qué nos va a pasar. Y es aterrador no saberlo. Y más después de lo que ha ocurrido esta tarde, más después de haber estado a punto de... —No completó la frase. Notó que el aliento le faltaba. Había evitado pensar en ello, pero ahora el recuerdo del fuego y la furia era demasiado fuerte como para ignorarlo.

Marina lo miró sin decir nada. Hector guardó silencio y contempló la ciudad en sombras. Habían aparecido tres estrellas más y se distinguía claramente el fulgor de los vórtices cerrados que ardían aquí y allá.

Algo aulló en la distancia. Se preguntó si Lizbeth estaría haciendo lo mismo en la mazmorra.

—Si no hubieras estado conmigo en la plaza —comenzó, aún sin mirarla—, si no me hubieras tocado como lo hiciste y cuando lo hiciste... habría saltado sobre él. Lo habría hecho, sí... Porque Adrian tenía razón. —Se pasó una mano por la frente y retiró el cabello que la cubría, pero al instante el viento volvió a agitarlo ante sus ojos—. Sentía ese fuego: me quemaba. Mis venas estaban en llamas y hasta la última fibra de mi ser me pedía que lo matara.

La mano de Marina buscó la suya sobre la almena. Él la retiró antes de que llegara a rozarle, pero lo hizo de tal modo que pareció un movimiento casual, exento de brusquedad.

—Pues entonces me alegro de haber estado contigo —dijo ella, sin dar importancia a su desaire—. Más que nada porque no habrías tenido ninguna oportunidad. Adrian es mejor que tú con la espada. Y sabe magia. No le habrías durado ni dos segundos.

—Lo sé. Me habría dado una paliza... o algo peor. Pero no es eso lo que me preocupa. —Apoyó ambos brazos entrelazados en la almena—. Es el fuego. Ese fuego que me consumía, esas ganas de hacer daño. —La miró—. ¿Era yo? ¿O era la Luna Roja? Y si ese es el efecto que ya causa en mí, ¿en qué me voy a convertir cuando salga? ¿Y si Adrian también tiene razón en eso? ¿Y si al final acabo siendo como él?

—Tú no eres así. No eres como Adrian.

—No lo sé. Ya no lo sé. —Se encogió de hombros—. Creo que puedo confesar oficialmente que estoy muerto de miedo.

—Ya somos dos —dijo ella. Respiró hondo, como si estuviera tomando fuerzas para continuar hablando—. Porque yo también siento el efecto de la Luna Roja —confesó—. Algo le está pasando a mi vista. —Sonrió con tristeza al ver su mirada preocupada—. No, no es lo que piensas. No estoy perdiendo visión, es justo lo contrario: la estoy ganando. Cada vez veo mejor. A mayor distancia y más claro. Hasta de noche. —Señaló hacia uno de los nuevos puntos de luz que habían surgido en el oeste—. Mira hacia allí, hacia ese vórtice o lo que sea, ¿lo ves?

—Lo veo. —Estaba lejos, pero no demasiado. Percibía los resplandores violetas y escarlatas de la pequeña aurora girando en la noche como una fantasmal rosa de colores equivocados.

—Está rodeado de mariposas —dijo. La voz le temblaba—. Son transparentes, pero las veo perfectamente. Se llevan pedacitos de magia entre las patas, vete a saber dónde. Quizá se alimenten con ella, o hagan nidos. No lo sé. —Dos lágrimas rodaron por sus mejillas—. Solo salen de noche. Creo que son tan frágiles que la luz del sol las mataría.

Hector apartó la mirada del punto de luz vibrante para mirarla a ella. Marina sí que parecía frágil aquella noche. Siempre había sido pálida, pero ahora lo era todavía más. El tono de su piel estaba más cerca del blanco que del rosáceo.

—Eso no es todo, ¿verdad? —preguntó—. No solo es tu vista. Hay algo más. —Algo que le había impedido contarle antes que su visión estaba mejorando, porque no podía confesar eso sin que se reflejara en su rostro que no era lo único que estaba cambiando en ella.

—Sí... Yo... No es... —Se pasó una mano por el pelo y bufó. Hector comprendió el esfuerzo tremendo que estaba haciendo para contarle aquello—: Lo que me dijiste el otro día, eso de que apenas comía, ¿te acuerdas? —Él asintió—. No es lo que parece... La comida cocinada no me entra, solo con verla me siento fatal. Empezó hace unas semanas y la cosa va a peor... Pero no te mentí cuando te dije que como bien. Te lo juro, no te engaño... Lo hago cuando nadie me ve... porque es repugnante y me da miedo, pero no puedo evitarlo, es lo único que me apetece... —La voz se le quebró en la garganta. Tomó aliento y continuó hablando—: Como lo que Madeleine aparta para Lizbeth. Eso es lo que como: carne cruda. —Se tapó la boca con la palma de la mano, sorprendida de haber revelado su secreto.

Hector se agarró con fuerza a la almena, como si en vez de estar en un edificio estuviera en una embarcación a merced del temporal y en cualquier momento pudiera salir escupido por la borda. Cerró los ojos unos segundos, buscando algo que decir. Esta vez lo encontró.

—No sé lo que nos espera —repitió—. Puede que llegue la Luna Roja y nos convierta a todos en criaturas horribles... O quizá Bruno encuentre algo que nos libre de esa maldición... O tal vez mañana mismo Rocavarancolia nos mate y acabe con esta pesadilla... —Sacudió la cabeza. Por un instante había pensado que quizá eso fuera lo mejor, que quizá el camino que había elegido Marco era el más sensato. Rechazó la idea, horrorizado—. Pero si sucede, si llegamos vivos al final, si no nos queda más alternativa que ver salir esa luna...

—La miró a los ojos antes de continuar hablando—. Pase lo que pase, ocurra lo que ocurra, estaré contigo. Te lo prometo. No me apartaré de tu lado. Sé que no es mucho consuelo, pero…

Marina sonrió.

—Sirve —dijo—. Por supuesto que sirve…

Hizo ademán de acercarse a él, pero vaciló y se quedó donde estaba. Se llevó una mano al cuello y se mordió el labio inferior.

—Pero… —comenzó. Había enrojecido súbitamente.

—¿Qué? —preguntó él.

—Esta noche necesito algo más —dijo sin mirarlo—. A partir de mañana esa promesa, la de estar a mi lado, será suficiente… Pero esta noche hay algo que… Yo…

—¿Qué es lo que pasa? —quiso saber, con el corazón en un puño.

—Nada, nada… No pasa nada… —Vaciló—. Es que… Por esta noche, solo por esta noche: ¿te importaría abrazarme? Aunque solo sea un segundo. Solo un abrazo. Solo eso.

Hector se quedó congelado en el almenar, tan paralizado como las criaturas de la plaza. Asintió despacio. Podía hacerlo, claro que podía. De hecho no deseaba otra cosa que tenerla entre sus brazos: sentir su cuerpo contra el suyo y no soltarla jamás. Pasó con torpeza un brazo sobre sus hombros, ella se giró y enterró el rostro en su pecho. Los dos temblaban. Durante un segundo la mano derecha de Hector quedó muerta a un costado de Marina, le costó moverla para abrazarla y cruzar esa maldita línea que los separaba.

«Solo una vez. Será solo una vez», pensó.

Se abrazaron en la oscuridad mortecina de la noche de Rocavarancolia, con fuerza desesperada, como si no hubiera nadie más en el mundo. Como si el vacío los cercara y solo se tuvieran el uno al otro.

Sobre el torreón Margalar, más allá de las nubes, a medio camino entre las auroras y las estrellas, envuelto en jirones de tinieblas turbias, Hurza los vigilaba.

Y una nueva estrella, fría y lejana, se abrió paso en la noche. Y una nueva aurora se prendió en la ciudad en ruinas. Y la Luna Roja siguió su trayecto en la oscuridad del espacio, colosal como una gota de sangre inmensa que se desprendiera de la herida de un ser primordial.

EL TRASGO

Faltaban veintisiete días para que saliera la Luna Roja.

En el reloj, la estrella se colocó a la altura de las once, tan próxima a la esfera escarlata de la luna que casi la rozaba. Hector, a su pesar, volvió a mirarla aquella mañana en cuanto puso un pie fuera del torreón, ignorante de que aquel reloj con su fatídica cuenta atrás pronto iba a dejar de tener sentido para él.

—Por mucho que mires no conseguirás pararlo —le dijo Ricardo.

—Seguro que lo tengo más fácil que callar a esas dos —murmuró de mal humor mientras cabeceaba en dirección al torreón. Todavía se alcanzaban a oír los gritos de Marina y de Natalia, enzarzadas en la enésima discusión de la semana.

—En eso te doy la razón —dijo su amigo—. Pero ¿qué diablos les pasa?

Hector se encogió de hombros. No entendía a sus amigas. Últimamente se pasaban la mayor parte del tiempo discutiendo, casi siempre por los motivos más insignificantes y absurdos. Aquel día el grado de tirantez entre ambas había alcanzado una cota desconocida hasta entonces y habían acabado gritándose de forma tan desaforada que hasta Bruno se asomó a la escalera para ver qué pasaba. Ricardo y Hector no habían soportado durante mucho tiempo aquel clima de hostilidad y decidieron que lo mejor era desaparecer un rato. Además, resultaba imposible mediar entre ellas cuando se encontraban así, de intentarlo lo único que se conseguía era que se olvidaran de la disputa el tiempo justo para arremeter contra quien hubiera osado interrumpirlas, hasta hacerlo huir. La más inteligente de todos era Madeleine: en cuanto avistaba un nuevo enfrentamiento desaparecía a toda velocidad en la mazmorra y se ponía a salvo tras el hechizo de silencio anclado en la puerta.

—Están atravesando una nueva fase, nada más —les había comentado la pelirroja—. Cuando la pasen serán más amigas que nunca, hacedme caso.

—Pero ¿y si se matan antes de que eso ocurra? —preguntó Hector y no del todo en broma.

—Bueno... —Los labios de Maddie dibujaron una sonrisa maliciosa—. Entonces problema resuelto, ¿no?

Ricardo le apremió con la mirada cuando los gritos arreciaron en el torreón. Marina estaba llamándolos a voces para que se acercaran y dieran su opinión sobre lo que fuera que andaban discutiendo, mientras Natalia le gritaba que ni se le pasara por la cabeza mezclarlos a ellos en todo eso. Los chicos aceleraron el paso, casi cruzaron el puente levadizo a la carrera.

—¿Te has enterado de por qué discutían? —preguntó Hector.

—Creo que una ha escogido una blusa que la otra quería ponerse hoy... —Suspiró y lo empujó para que caminara más rápido mientras echaba una mirada temerosa hacia atrás—. O algo por el estilo. No me ha quedado muy claro ni he querido enterarme.

Se adentraron en las calles de Rocavarancolia sin más objetivo que dejar pasar el tiempo suficiente para que los ánimos en el torreón se calmaran. El azar acabó llevándolos al suroeste de la ciudad, cerca de un solar en ruinas al que nunca habían prestado demasiada atención. Tenía aspecto de haber albergado un gran edificio, pero de este ya no quedaba más rastro que algún vestigio de muro en torno a su perímetro y alguna que otra montaña de cascotes. En el centro de aquel solar arruinado había aparecido un nuevo vórtice. No estaba allí la última vez que pasaron cerca, hacía menos de una semana. Era un chispazo de luz brillante que apenas alcanzaba el medio metro de alto y los quince centímetros de ancho. Se aproximaron a él, avanzando con cuidado por el terreno irregular, plagado de grietas y hundimientos. La luz verdosa y ambarina del vórtice pronto los iluminó a ambos. Aquel antiguo portal flotaba a metro y medio del suelo, hermoso y cegador, como una joya hecha de energía. Hector alargó una mano hacia él, sin llegar a tocarlo. El juego de luces tintó su piel de colores brillantes. Aquello había sido la puerta a otro mundo.

—Dentro de medio año se abrirá un vórtice a la Tierra —dijo. Hacía tiempo que no pensaba en ello. La Luna Roja ocupaba tanto su pensamiento que le costaba pensar en lo que pudiera suceder después.

Ricardo no apartaba la vista de la flor de luz que giraba ante ellos.

—Eso dijo Denéstor, sí —señaló—. Se supone que será entonces cuando nos den la oportunidad de volver a casa. Lo firmamos con sangre. Está en el contrato. —La amargura en su voz era evidente.

—Cada año se me ofrecerá la oportunidad de regresar a casa o permanecer en Rocavarancolia si ese es mi deseo —murmuró Hector. No sabía si esas eran las palabras exactas, pero dudaba que se alejaran mucho—. Y lo harán. Denéstor no podía mentirnos. Nos dejarán marcharnos si queremos.

—Oh, sí. —Ricardo agitó la cabeza—. Claro que lo harán.

—Volver... —Hector sonrió con desdén—. ¿Y dónde se supone que vamos a regresar? Nadie nos recuerda en la Tierra. Nadie. Y para cuando eso ocurra, la Luna Roja ya nos habrá transformado a todos. ¿Cómo podríamos volver así? Seremos monstruos.

—Quizá así nacen las leyendas en la Tierra —murmuró el otro—. Todas esas historias de hombres lobo, vampiros y demás... Quizá solo eran como nosotros: gente que quiso regresar a casa.

Los dos contemplaron el vórtice en silencio durante largo rato, sumidos en sus pensamientos.

El mar estaba tan agitado que parecía a punto de escapar de su lecho. Las olas que golpeaban el acantilado se elevaban como columnas enloquecidas de agua furiosa y espuma sucia. Los barcos chocaban unos contra otros bajo las embestidas continuas del mar y más de uno se fue definitivamente a pique. Bajo el agua turbia se daban cita monstruos de todas partes del océano: ballenas de color plata flotaban inmóviles mientras a su alrededor nadaban serpientes marinas; medusas del tamaño de buques de guerra se propulsaban luminosas como soles desprendidos del cielo; colosos de mil tentáculos batallaban sin cesar con las huestes de tiburones que los hostigaban. Los sirénidos se habían refugiado en las fosas más profundas y observaban, entre el terror y la reverencia, el paso de las sombras inmensas que iban y venían en lo que hasta hacía poco había sido su territorio.

Desde lo alto del faro, Solberino vigilaba las aguas. Ni siquiera él se atrevía a permanecer allí abajo con el mar en aquel estado. Había tenido más que suficiente en sus primeros tiempos en Rocavarancolia, cuando no le había quedado más remedio que convivir con las tempestades y los monstruos marinos, cuando cada día era una lucha constante por sobrevivir, sin más aliento que el que le proporcionaban los mensajes que llegaban desde el faro. Aquellas cartas lo habían ayudado a mantenerse vivo durante años, sin ellas no habría tenido fuerzas para conseguirlo. Pero al final no habían resultado ser más que una broma espantosa, otra burla de aquella ciudad maldita.

—Ponte a mi servicio, náufrago, arrodíllate ante mí y yo, a cambio, haré realidad tu mayor deseo —le había asegurado Hurza Comeojos.

—¿Lo harás? —preguntó él, incrédulo de que fuera a cumplir promesa semejante—. ¿Destruirás Rocavarancolia por mí? ¿Asolarás esta ciudad hasta que no quede piedra sobre piedra? Porque eso es lo único que anhelo.

—Lo haré. Te doy mi palabra de que tarde o temprano arrasaré este lugar. Sí, Solberino, créeme cuando te digo que pocas promesas podré hacer a lo largo de mi vida tan fáciles de cumplir como esa. Y no solo me limitaré a destruir Rocavarancolia, te lo prometo. Haré pedazos este mundo y arrancaré de cuajo la Luna Roja del cielo. No quedará nada. Ni cenizas.

Solberino solo tuvo que mirar a los ojos a aquella criatura espantosa para saber que decía la verdad.

Paseó su mirada por las aguas embravecidas. Conocía el latir de las mareas y sabía que pronto llegaría un breve periodo de calma; el mar se tranquilizaría durante un tiempo antes de enloquecer de nuevo. Entonces matarían a Denéstor Tul. Solberino sonrió, feroz. Pensaba devolver con creces a Rocavarancolia todo el dolor que esta le había causado.

Por toda la ciudad se notaba la influencia del astro que se aproximaba. Criaturas que habían permanecido hibernadas durante meses despertaban de su largo sueño y se reintegraban a la vida. De uno de los muchos pozos de Rocavarancolia surgió una criatura mitad pájaro, mitad lagarto, cubierta de légamo verdoso; soltó dos gritos y echó a volar a trancas y barrancas hasta posarse en lo alto del arco del triunfo que conmemoraba el final de una guerra olvidada; allí permaneció un tiempo, limpiándose pluma a pluma y escama a escama el barro que la cubría. Los cocodrilos que dormitaban sumergidos en una galería inundada abrieron los ojos casi al unísono y echaron a andar por los pasadizos oscuros, rumbo a la superficie en busca de sustento; de camino pasaron ante la gruta donde el cambiante sin nombre continuaba con su mecer lento, rodeado de huesos, escorpiones y ratas.

Pero no eran solo animales los que revivían con la llegada de la Luna Roja. En lo más recóndito de una mansión medio derruida, algo se removió en un viejo ataúd apoyado en vertical contra una pared. La tapa cayó al suelo con estrépito y una figura envuelta en capas y capas de telarañas trastabilló fuera. Entre aquel caos de hebras enredadas emergió una mano esquelética y retorcida. Pronto, otra la siguió y se unió a su gemela en la tarea de quitarse de encima aquel capullo enmarañado. Las arañas correteaban enfurecidas mientras la criatura se desembarazaba del manto repugnante que la cubría. Después de largo batallar, salió a la luz un esqueleto humano, sin rastro alguno de piel, carne o músculos; simples huesos desnudos de los que aún pendían jirones de telaraña.

Aquel espanto abrió y cerró sus manos desencarnadas, estiró sus largos brazos y a continuación miró a su alrededor. Belgadeu, uno de los nigromantes más renombrados de la historia de Rocavarancolia, había creado aquella cosa hacía más de dos siglos; se había servido para ello de los huesos de dos centenares de magos muertos. Belgadeu había profanado sus tumbas en la isla cementerio de Echicia, un mundo vinculado, y allí mismo había pergeñado su horror, usando un hueso de cada mago, solo uno. La intención del nigromante había sido crear al hechicero más poderoso que hubiera existido jamás, pero lo único que había conseguido era una criatura furiosa, sin gota alguna de magia en todo su ser. Belgadeu murió, pero su obra le había sobrevivido.

El esqueleto descubrió un sobre lacrado en la mesilla alta colocada junto al ataúd. Se acercó a ella con caminar torpe, quitándose todavía telarañas de encima, cogió el sobre, lo rasgó sin delicadeza y procedió a leer la carta que contenía. En ella le anunciaban que acababa de convertirse en miembro del Consejo Real y, por la fecha del membrete, debía de hacer varias semanas. Sin inmutarse por la noticia, el esqueleto dejó de nuevo carta y sobre en la mesa y tomó entre sus manos la prenda que colgaba del respaldo de la silla. Era una piel humana, la piel de Belgadeu, arrancada de su cadáver por su propia creación. El esqueleto se vistió con ella no sin cierta dificultad. Cuando se disponía a echarse sobre el cráneo la máscara que una vez había sido la cara del nigromante, un movimiento súbito en las sombras de una esquina le hizo detenerse.

—¿Qué loco engendro eres tú que se atreve a presentarse en mi hogar a hurtadillas? —preguntó el esqueleto. Se giró a la vez que se encorvaba hacia la figura que lo espiaba. Su voz era un traqueteo constante: el sonido que harían cientos de huesecillos al agitarse en el interior de una bolsa—. ¿Quién desprecia tanto la vida como para acecharme?

Las sombras de la esquina no tardaron en abrirse y un hombre fibroso y pardo, con un pequeño cuerno gris en la frente, emergió de ellas, su desnudez apenas cubierta por retales de vendas tan sucias que parecían negras.

—Alguien que ya ha muerto las veces suficientes como para valorar la vida en lo que de verdad vale: absolutamente nada.

—Eso es demasiado largo para ser un nombre —escupió el esqueleto—. Que tu lengua espabile o te la cercenaré. Te repito la pregunta: ¿quién eres?

—Me llamo Hurza y me conocen como Comeojos.

El esqueleto soltó una risilla bufa.

—Pues te advierto que poco podrás sacar de mí —se mofó mientras señalaba sus cuencas vacías. De una de ellas, a modo de lágrima, una araña pendía de un hilo.

—Todo lo contrario. Una criatura como tú se ajusta a mis planes a la perfección —dijo Hurza, y su sonrisa fue todavía más aterradora que la sonrisa macabra y perpetua del ser que tenía ante él—. Escúchame, escúchame bien, hijo de Belgadeu, tengo algo que proponerte.

Denéstor Tul contempló como el libro al que acababa de dar vida volaba hacia el cielo cuajado de nubes que se dejaba ver más allá del techo inexistente de Altabajatorre. Ascendía con elegancia lenta, abriendo y cerrando sus cubiertas negras como si de verdaderas alas se trataran. Alrededor del libro pululaban otras creaciones del demiurgo, volando unas y aferradas a las paredes otras, la mayoría en movimiento constante, yendo de aquí para allá y dando a Altabajatorre el aspecto de un hormiguero frenético. Una pequeña polilla, fabricada con pedazos de vidrieras y cabos de vela, se dejó caer desde lo alto de una lámpara atornillada a un guantelete y planeó hasta posarse en el hombro del demiurgo.

Denéstor estornudó dos veces, se limpió la nariz con la manga y, tras hacer crujir las articulaciones de sus dedos, volvió a concentrarse en el trabajo. Tomó otro libro del montón que se apilaba en el suelo y lo abrió en la mesa polvorienta que tenía ante sí. Repetidas una y otra vez en sus páginas amarillentas, estaban escritas las tres líneas de texto que había descubierto en el pergamino de Belisario. Antes de que terminara el día, por los cielos de Rocavarancolia volarían una veintena de aquellas aves insólitas, a la búsqueda de cualquier cosa, ya fuera libro, pergamino, tapiz o inscripción, que contuviera una sola palabra escrita en el mismo idioma del pergamino desaparecido.

En un primer momento, intentó servirse de la magia para traducir aquel galimatías. El demiurgo sabía que en la biblioteca mágica del castillo había dos tratados esotéricos dedicados en exclusiva al arte de la logomancia, la magia especializada en el lenguaje, pero le resultó imposible dar con ellos. Ambos habían desaparecido sin dejar rastro. No era raro que los libros se extraviaran en aquella biblioteca: algunos se desintegraban sin más debido a las altas concentraciones de energías místicas del lugar, otros escapaban a dimensiones paralelas, y hasta se había dado el caso de libros que atacaban y devoraban a sus congéneres, pero aun sabiendo eso a Denéstor le resultó sospechoso que los dos únicos libros de logomancia que quedaban en el reino hubieran desaparecido al mismo tiempo. Llegó a preguntarse si no habría una mano oscura involucrada en todo ello, pero no tardó en descartar esa hipótesis absurda: en aquel momento todavía no había hablado con nadie de la existencia de un pergamino robado, así que era un sinsentido pensar en intrigas y conspiraciones.

Solo cuando le quedó claro que la magia tradicional no iba a servirle, se decidió a pedir ayuda. Tampoco tuvo suerte. Al parecer no había nadie en la ciudad que reconociera el idioma o supiera de algún hechizo para averiguarlo o traducirlo. Dama Ponzoña le había asegurado que podía elaborar una pócima a tal efecto, pero él se negaba a tomar nada preparado por aquella bruja estúpida. Para Denéstor Tul, que esa mujer y la creación perversa de Belgadeu fueran miembros del Consejo Real era la enésima prueba de la decadencia del reino.

Tampoco Esmael ni dama Desgarro le sirvieron de ayuda, aunque ambos prometieron investigar por su cuenta y mantenerlo informado si descubrían algo. El ángel negro se había mostrado extrañamente solícito: para asombro del demiurgo, le había tratado con una deferencia impropia en él. Aquel cambio de carácter le preocupaba, le hacía temer que Esmael anduviera tramando algo.

—Moveré mis hilos, consultaré libros a los que tú no puedes acceder y veré qué puedo encontrar... —dijo mientras estudiaba con los ojos entornados las frases que Denéstor había anotado para él.

Estaban en la cúpula bulbosa en la que Esmael vivía desde hacía años. Hasta entonces, en las pocas ocasiones en que Denéstor había acudido allí, el ángel negro lo había recibido en las pasarelas exteriores, pero ahora, por primera vez, le había invitado a pasar dentro.

—Te estaré profundamente agradecido si lo haces —dijo él—. Es poco lo que tenemos, lo admito. Pero quizá sea suficiente para ponernos sobre la pista del asesino.

De pronto, Esmael alzó la vista del pergamino para mirarlo fijamente.

—¿Has preguntado a Mistral? —dijo y en el tono de su voz Denéstor creyó detectar un deje burlón—. Durante años acometió labores de espionaje en un buen número de mundos vinculados. Quizá conozca el idioma de ese pergamino.

—El cambiante sigue indispuesto —contestó él—. Se lo pregunté, pero no me dio ninguna respuesta... Al menos, ninguna lógica.

«¿Es mi nombre, Denéstor? —le había preguntado Mistral emocionado mientras aferraba con manos temblorosas el pergamino donde Denéstor había escrito las palabras ininteligibles de Belisario—. ¿Me has traído mi nombre? Léemelo, por favor... —dijo, tendiéndoselo de nuevo—. Yo no logro entenderlo».

Esmael sacudió la cabeza, apenado o al menos fingiendo estarlo. El demiurgo captó un brillo de regocijo en sus ojos. Sabía que el ángel negro había visitado a Mistral en más de una ocasión y eso lo preocupaba. En el estado en que se encontraba el cambiante, cabía la posibilidad de que hablara más de la cuenta y si Esmael averiguaba que habían interferido en la cosecha, todo se iría al traste. Sería el final.

—Esos pobres metamorfos tarde o temprano acaban todos locos. —Esmael se golpeó la sien con un dedo—. Tanto cambio los trastoca y acaban olvidando hasta quiénes son —le dijo—. Puede que más tarde le haga una visita… Quizá logre convencerlo para que abandone esa gruta deprimente y se aloje en un lugar más apropiado para un miembro del consejo.

Él mismo había intentado persuadir a Mistral para que regresara al castillo, pero todos sus esfuerzos habían sido en vano. El cambiante apenas escuchaba lo que le decían, se iba hundiendo cada vez más en su locura insana, en esa obsesión estúpida por recordar el nombre que había tenido antes de que la Luna Roja lo transformara.

—Tengamos esperanza. Quizá recupere el juicio por sí mismo—dijo.

—Vana esperanza, demiurgo, vana esperanza. Más si cabe, si tenemos en cuenta que Mistral nunca se ha distinguido por su seso.

No, Denéstor no había tenido suerte interrogando a los habitantes de Rocavarancolia. Nadie sabía nada. Ni siquiera dama Serena le había servido de ayuda, y eso a pesar de que Denéstor creía recordar que tenía nociones de logomancia. La fantasma había observado el texto con expresión ausente y había negado lánguidamente con la cabeza.

—Lo siento, demiurgo, no puedo ayudarte —había dicho.

Y por eso, en último lugar, a Denéstor no le había quedado más remedio que recurrir a sus propias artes. Se trataba de un camino mucho más lento, pero tarde o temprano obtendría resultados. Centró su atención en el libro que tenía ante él.

Fue pasando una a una sus páginas, acariciando con mimo exquisito cada una de ellas, sintiendo como una parte infinitesimal de su propia esencia se traspasaba al interior del libro. Gracias a su poder, la vida comenzaba a abrirse paso en aquel objeto hasta entonces inerte; cuando eso ocurría notaba un estremecimiento en su interior, un pinchazo doloroso al que ya estaba más que acostumbrado. Las páginas que tocaba temblaban; bajo la cubierta rugosa se alcanzaba a escuchar un pulso lejano, cada vez más fuerte. El libro dio una sacudida brusca sobre la mesa y Denéstor se apresuró a apaciguarlo. Pronto lo dejaría libre para que marchara a cumplir su misión.

Y si fallaban, si los libros no encontraban nada que pudiera ayudarle, buscaría otras alternativas. Era un demiurgo, un hechicero capaz de crear todo aquello que pudiera concebir, y si había algo de lo que andaba sobrado, era de imaginación. Tarde o temprano averiguaría qué había escrito Belisario en ese pergamino. Solo era cuestión de tiempo.

El libro volvió a agitarse, levantando una nueva nube de polvo que lo hizo estornudar otra vez. El demiurgo se removió molesto en la silla e hizo un gesto hacia un perchero cercano. Las cinco criaturas que colgaban de él saltaron al instante al suelo y de allí a la mesa. Eran pequeñas escobas articuladas, con cuatro recogedores en torno al mango. Denéstor hizo que la silla se desplazara hacia atrás y contempló como sus criaturas se afanaban en la mesa y alrededores. Resultaba extraño, pero en los últimos tiempos parecía haber más polvo de lo habitual en el torreón. Por mucho que sus criaturas limpiaran, siempre había más.

—Me estaré desintegrando —dijo en voz alta—. Ya sabes, viejo: polvo eres y en polvo te convertirás.

Nada más pronunciar esas palabras, recordó que dama Sueño había profetizado que moriría pronto y el desasosiego se cernió sobre él. Se irguió en la silla y miró en derredor, como si temiera que algo lo estuviera acechando en ese preciso momento. Pero en Altabajatorre solo estaban sus creaciones, decenas de seres milagrosos que revoloteaban, corrían, saltaban o permanecían inmóviles en su sitio, a la espera de las órdenes de su amo.

Denéstor sacudió la cabeza, espantó con un gesto su inquietud y esperó a que los limpiadores acabaran el trabajo antes de proseguir con el suyo, ajeno a la frustración del polvo que gritaba, en vano, su nombre.

Los libros del demiurgo sobrevolaban Rocavarancolia. La mayor parte del tiempo se limitaban a planear, abiertos de par en par, deslizándose por las corrientes rápidas de aire; solo de cuando en cuando hacían aletear sus cubiertas para variar el rumbo. Las páginas, al frotarse unas contra otras, producían un murmullo bajo, casi inaudible. Los libros se leían a sí mismos mientras volaban por los cielos de la ciudad en ruinas.

Hector alzó la mirada hacia ellos mientras Ricardo y él regresaban al torreón. A sus ojos no eran más que puntos de oscuridad que se recortaban en la claridad del día, pero había algo en su vuelo y en su forma que dejaba claro que no eran pájaros normales. No tuvo tiempo de especular sobre aquel misterio. Ricardo, a su lado, acababa de ponerse tenso y la alarma brilló en sus ojos.

Algo se aproximaba. Hector lo sintió en sus huesos. Era un siseo, una corriente de aire que se acercaba desde atrás. Ambos muchachos se volvieron al mismo tiempo, desenvainando a la par sus espadas, para darse de bruces contra las tinieblas. Ante ellos pendía la oscuridad, una oscuridad desgarrada y rota que aleteaba rabiosa, nublando el día. Retrocedieron un paso.

—Una de las sombras de Natalia —susurró Hector.

La criatura, una cortina oscura de tres metros de alto y medio de ancho, flotaba sobre ellos contorsionándose de manera atroz. Las decenas de extremidades estrechas que cubrían su torso se sacudían en el aire como látigos furiosos. La cabeza de la sombra, un óvalo coronado por una cornamenta enredada, se estiró hacia la derecha. Un tentáculo en espiral salió despedido de lo que se podía considerar su boca para señalar en dirección oeste.

—Heeeeeeeeeeeeeeector —dijo aquella cosa.

Se estremeció al oír su nombre. Casi estuvo a punto de dejar caer la espada.

—Natalia tiene problemas. —Ricardo lo aferró del brazo y tiró de él hacia delante.

Hector avanzó unos pasos a trompicones, sin apartar la mirada de la negrura que lo llamaba. La sombra retrocedió, se hizo a un lado mientras continuaba señalando hacia el oeste.

—Heeeeeeeeeeeeeeector —repitió.

Él asintió y empuñó con fuerza su espada.

—Llévanos hasta ella —pidió.

La oscuridad replegó sus extremidades y dejó que se la llevara el viento. Fue como contemplar a una medusa impulsándose bajo el agua, la elegancia de aquella criatura espectral era inaudita. Corrieron tras ella. Hector se mordió el labio inferior, tenso. Desde que había llegado a Rocavarancolia había perseguido bañeras voladoras, gritos, pájaros de metal y ahora sombras tenebrosas. No pudo evitar pensar en el faro del acantilado, engañando con su luz nefasta a los barcos para que naufragaran en los arrecifes. Así se sentía mientras iba en persecución de aquel andrajo oscuro: corriendo por enésima vez hacia su perdición.

La sombra entró en la plaza de las tres torres. Se retorcía en las alturas como una cometa que hubiera escapado de su dueño y disfrutara eufórica de la libertad. Hector y Ricardo se parapetaron en la hondonada próxima a la torre de madera e inspeccionaron la plaza desde allí. Las sombras habían tomado el lugar. Estaban por todas partes: planeaban sobre la batalla petrificada como cuervos ansiosos de darse un festín con los restos, se aferraban con seudópodos neblinosos a las fachadas de las torres, colgaban de los árboles, se enredaban alrededor de los guerreros y monstruos petrificados... Las había de todas las formas y tamaños, todas de ese color tan oscuro que era más un desgarro en la visión que un verdadero color.

El asombro de los chicos ante reunión semejante no duró mucho; el tiempo que tardaron en darse cuenta de que hasta la última de las sombras miraba en la misma dirección: hacia los gigantescos árboles petrificados del extremo opuesto de la plaza, más allá de las ruinas de la cuarta torre. Allí, frente al mayor de todos ellos, una criatura grisácea bramaba enloquecida, lanzando golpes feroces contra el tronco del árbol. Con cada una de sus embestidas volaban esquirlas de piedra.

Aquella cosa se agazapó en la base del árbol, permaneció inmóvil unos instantes, como si tomara aliento, y luego se incorporó de un salto para asestar otro golpe brutal al árbol. Una esquirla de piedra del tamaño de su cabeza salió despedida a más de veinte metros de distancia. El monstruo aulló y retrocedió unos pasos. Entonces pudieron verlas: Natalia y Marina estaban en el interior del árbol, refugiadas en un gran hueco del tronco. El fondo de la oquedad era lo bastante ancho como para permitir que ambas se resguardaran dentro, mientras que la entrada era demasiado estrecha para que pudiera acceder la criatura que aullaba fuera. Aquel ser saltó hacia delante, se aferró a la corteza de piedra e introdujo uno de sus largos brazos por la abertura. Durante unos segundos se contorsionó pegado a la madera petrificada pero no consiguió nada. Volvió a embestir contra la piedra y de nuevo una lluvia de esquirlas salpicó el aire.

El viento de pronto convirtió el griterío del monstruo en palabras comprensibles:

—¡Escorpiones y serpientes! —aullaba—. ¡Meses comiendo gusanos y arañas! ¡No es vida para un trasgo! ¡Harto! ¡Roallen está harto! ¡Quiero carne! ¡Carne tierna!

Medía más de dos metros y medio, y aunque tenía espaldas anchas y huesudas, su cintura era casi inexistente. Las extremidades eran largas, fibrosas, y sus antebrazos estaban cubiertos por una maraña de pelo. Los dedos eran largos también, de garras afiladas. A cada golpe que daba nuevas esquirlas de roca saltaban del árbol. Se estaba abriendo camino a través de la piedra.

—Va a matarlas… —susurró Hector.

Ricardo señaló hacia delante. Adrian estaba en la entrada de la plaza, cerca de ellos, agazapado tras el cuerpo caído de un gigante. Vigilaba al trasgo que continuaba, imparable, con la destrucción del árbol.

—Vamos —dijo Ricardo. Se encaramó al borde de la depresión e hizo una señal para que Hector lo siguiera.

—¡Carne fresca y limpia! —clamaba el trasgo—. ¡Un último banquete tras el último banquete! ¡Por todas las llamas de todos los infiernos, yo os juro que Roallen comerá bien una última vez!

El alboroto del monstruo impidió que escuchara la carrera de los chicos hasta Adrian. Ricardo y Hector se dejaron caer a su lado, pero él ni los miró. El gigante caído tenía las piernas arqueadas y el joven espiaba por el hueco que quedaba entre ellas y el suelo. Hector no lo había vuelto a ver desde el encontronazo que habían tenido en aquel mismo lugar.

—¿Cómo es que no haces nada? —le preguntó Ricardo, aferrándolo del hombro—. ¿Por qué no estás con ellas? ¿Por qué no las estás ayudando?

—Porque ese monstruo me supera —contestó Adrian. Se libró de un tirón de la mano de Ricardo—. Me supera, ¿vale? Y a vosotros también. Esa cosa no es una alimaña de Rocavarancolia, es algo más.

—¿Y tus hechizos? ¿Y tu magia? —quiso saber Ricardo. Adrian negó con la cabeza.

—Estoy seco. No me queda ni una gota de energía.

—La has gastado intentando despertar al dragón —comprendió Hector.

—Si hubiera sabido que hoy tocaba ataque de trasgo, me habría reservado algo —replicó con rabia—. Estas cosas siempre suceden en el peor momento.

Hector apoyó la espalda contra el antebrazo del gigante y trató de serenarse.

—¿No te queda ningún talismán cargado? —preguntó mientras intentaba hacer oídos sordos a los ruidos que llegaban desde el árbol—. ¿Nada?

Adrian los miró por primera vez.

—Nada —contestó. Señaló hacia la torre más cercana—. Estaba allí, echando una cabezada para recuperar energías, cuando las oí gritar y salí fuera.

—¿Qué viste?

—Las dos corrían hacia el árbol y la plaza estaba llena de espantajos. Esa cosa iba tras ellas, pisándoles los talones. Natalia le plantó cara cuando vio que las iba a atrapar, pero poco pudo hacer. El trasgo le quitó la alabarda e intentó atravesarla con ella. Fue entonces cuando un puñado de sombras se le echó encima. Las hizo pedazos, pero lo entretuvieron lo bastante como para que ellas se refugiaran en el árbol.

—No se podían haber quedado discutiendo en el torreón, no... —se quejó Ricardo.

Hector arriesgó una mirada sobre el gigante de piedra. Las sombras flotaban por doquier, dando a la escena un aire de pesadilla surrealista. El árbol donde estaban las chicas era un hervidero de ellas, se enroscaban en el tronco y se mecían en las ramas, aferrándose a ellas con tentáculos y garras.

—¿Por qué esas sombras intentaron ayudarlas y estas no hacen nada? —preguntó Ricardo—. Solo miran. Si atacaran todas juntas, el trasgo no tendría ninguna oportunidad. ¿Por qué no lo hacen?

—Porque, por lo que parece, la mayoría no tiene el menor interés en salvarlas —contestó Adrian—. Por eso. Se han reunido aquí para ver morir a Natalia.

—Pero una vino a buscarnos —dijo Hector—. Nos trajo aquí para que la ayudáramos.

—No tiene sentido —señaló Adrian—. Si lo que quería de verdad es salvarla, debería haber ido a por Bruno. Es el único que tiene una oportunidad contra esa cosa. —Movió la cabeza negativamente—. Esa sombra no os ha traído para ayudar, os ha traído para que el trasgo os mate también.

Ricardo soltó una maldición y se pegó todavía más al suelo mientras espiaba bajo el gigante. La expresión de su rostro era de concentración total. Estaba evaluando al trasgo, comprendió Hector. Su amigo permaneció un largo minuto sin moverse de donde estaba, sin pestañear si siquiera.

—Tienes razón. Necesitamos a Bruno —dijo—. No podremos salir de esta sin magia.

—Iré a buscarlo —se ofreció Adrian—. Soy el más rápido de los tres y no debería tardar mucho. ¿Está en el torreón?

Ricardo y Hector asintieron a la par.

—¡Os huelo! ¡Puedo oleros! —gritó Roallen en ese momento. Hector sintió un nudo repentino en la garganta al pensar que se refería a ellos. Pero el trasgo seguía ante el árbol—. ¡Oléis a vida! ¡Y yo comiendo alacranes en el desierto! ¡Más de un año de arena y hambre! ¡Que acabe! ¡Que acabe!

Ricardo se volvió hacia Adrian.

—Hazlo —le ordenó—. Corre. Ve a por Bruno.

—Por muy rápido que vaya, el árbol no aguantará tanto —les advirtió.

—Déjanos eso a nosotros. Lo entretendremos hasta que lleguéis. Y ahora largo. Corre todo lo rápido que puedas.

El muchacho asintió con firmeza y se levantó a medias. Corrió agazapado hasta la hondonada. Unos segundos después lo vieron emerger al otro lado, erguido ya, corriendo a toda velocidad. No miró atrás ni una sola vez.

—Adrian tiene razón —dijo Hector—. Ese árbol no resistirá mucho tiempo. Va a atraparlas.

—Esperaremos hasta el último momento antes de intervenir. Eso haremos. Tenemos que arañar todo el tiempo posible. Y puede que ni siquiera nos haga falta Bruno. Quizá podamos nosotros solos con esa co... —Se calló de pronto. El monstruo se había apartado del árbol y miraba alrededor, frenético, buscando algo—. ¿Qué hace? ¿Qué es lo que está haciendo?

Durante unos instantes el trasgo quedó oculto a su vista tras una línea de lanceros. Cuando volvió a aparecer empuñaba la alabarda de Natalia.

—Se le ha agotado la paciencia —murmuró Hector. Se levantó espada en mano—. Tenemos que ir —dijo con apremio—. Tenemos que ir ya.

Saltó sobre el cuerpo del gigante y echó a correr hacia el árbol, con Ricardo pisándole los talones. No habían dado más que unos pasos cuando vieron como una luz azulada y viscosa rodeaba de pronto al trasgo. Los dos frenaron en seco. Estaban en campo abierto, en un claro de la batalla petrificada, entre un grupo de duendes y un unicornio encabritado, a menos de cien metros de Roallen. El trasgo estaba inmóvil en mitad de un paso, cubierto por una fina película azul.

—Natalia lo ha congelado —dijo Ricardo. Su voz sonaba extrañada y Hector comprendía el motivo: si podía paralizarlo, ¿por qué no lo había hecho antes? ¿Por qué se habían dejado atrapar en aquella ratonera? Tardó poco en descubrir la razón.

—No del todo. Se mueve. Mira. Lo hace más despacio, pero sigue moviéndose.

El trasgo, tras unos instantes de inmovilidad absoluta, había echado a andar de nuevo, despacio, encorvado hacia delante como si luchara contra un fuerte viento. La luz azulada del sortilegio se iba desgarrando a su alrededor; con cada paso que daba nuevas grietas y brechas se abrían en la capa de magia que lo cubría. El hechizo sucumbió al fin y Roallen, como si quisiera recuperar el tiempo perdido, salvó la distancia que lo separaba del árbol en una carrera explosiva, tan rápida que tomó por sorpresa a los dos jóvenes. El trasgo enarboló la alabarda sobre su cabeza y apuntó al hueco del tronco.

—¡No! —aulló Hector en el instante preciso en que Roallen hundía el arma en el agujero donde se refugiaban sus amigas.

El trasgo se giró como una exhalación. Extrajo de un tirón el arma del árbol mientras retrocedía. Junto a la alabarda emergió una silueta que por un momento pareció ensartada en ella. Era Natalia, pataleando en el aire, aferrada con ambas manos al mástil del arma. La punta le había desgarrado la capa, pero parecía ilesa.

Roallen arrojó la alabarda y a la chica hacia la derecha y se encaró con ellos. Las sombras de la plaza habían comenzado a murmurar con voces grotescas e inhumanas: era un murmullo creciente, el rumor de un mar que empezaba a encresparse.

—¿Héroes? —ladró Roallen—. ¿Salvadores de damiselas en apuros? ¿Valientes caballeros? ¡Llamad a los juglares! ¡Que compongan canciones en su honor! ¡Que escriban poemas para ensalzar su gloria! —La boca enorme, desproporcionada y sin labios, se abrió en la parodia de una sonrisa—. O mejor aún: traed cocineros y fogones. Porque eso es lo que vamos a necesitar aquí.

Natalia se levantó a trompicones. Asió la alabarda y dio un par de pasos en dirección al trasgo, cojeando. Roallen no le prestó atención.

Ni a ella ni a Marina, cuando salió del árbol, con el arco dispuesto y el pelo alborotado. El trasgo solo tenía ojos para Ricardo y Hector.

—Resistir hasta que venga Bruno —susurró Ricardo—. Solo tenemos que resistir hasta que venga Bruno.

Roallen gruñó. Hector y Ricardo llegaron hasta él. Se pusieron en guardia, con las armas alzadas. El trasgo se irguió en toda su estatura. Apestaba a pantano y a fiebre, a hambre y locura. El círculo de sombras vivas se estrechó en torno a ellos. El mundo entero estaba hecho de tinieblas y murmullos.

—No tenéis ninguna oportunidad, mocosos —les advirtió Roallen. Sobre su espalda se agitaban los últimos restos del hechizo de inmovilidad de Natalia—. No os engañéis. Cuando os quiera muertos, muertos os tendré.

—Vete —dijo Hector, y su voz le sonó tan extraña que no pudo reconocerla como suya—. Déjanos en paz y será como si no hubiera sucedido nada. Te olvidaremos y nos olvidarás.

El trasgo desnudó sus dientes de nuevo.

—Soy Roallen Melgar. He cabalgado manticoras y entrechocado cráneos de gigantes en mundos temibles. —Su voz estaba henchida de orgullo y rabia—. Estrangulé con mis manos a un dragón celeste y luché en la batalla de Almaviva. ¿De verdad creéis tener alguna oportunidad conmigo?

«Habla, sigue hablando», le animó mentalmente Hector.

Cada segundo que ganaban era precioso.

Las sombras sisearon. El viento aulló. El tiempo había quedado en suspenso en la plaza. El trasgo giraba sobre sí mismo, sin apartar la mirada de los muchachos. Y de pronto, sin previo aviso, Marina disparó el arco. Hector y Ricardo la miraron horrorizados. En el mismo instante, Natalia se abalanzó sobre el trasgo y ambos, sin elección ya, saltaron también hacia delante. Una décima de segundo después, algo detuvo el golpe de Hector de manera tan brusca que la vibración de la espada le acalambró el brazo. Roallen había detenido su arma al vuelo. El puño izquierdo del monstruo se cerraba alrededor de la hoja sin importarle que el filo se clavara en la palma de su mano. Hector tiró con todas sus fuerzas, pero el arma ni se movió; era como si estuviera clavada en piedra. En la otra mano el trasgo aferraba de igual modo la espada de Ricardo, tan inofensiva como la de Hector. Roallen sonreía.

La alabarda de Natalia ni siquiera lo había rozado. En cuanto a la flecha de Marina, se había mal clavado en su melena espesa, sin llegar a alcanzar el cráneo.

Roallen soltó una risita insidiosa y al momento se escucharon dos chasquidos. Hector notó como el arma que empuñaba quedaba libre. El trasgo levantó los brazos, abrió las manos y dejó caer las hojas rotas de las espadas. Ricardo maldijo. Natalia retrocedió dos pasos y alargó la mano derecha, dispuesta a lanzar un nuevo hechizo. La sonrisa del monstruo se agrandó.

—Ahora es cuando morís todos —anunció.

Lo siguiente que supo Hector fue que volaba. Chocó con violencia contra un caballo de piedra y cayó a plomo sobre el adoquinado. Meses atrás, un golpe de ese calibre habría bastado para dejarlo fuera de combate, pero ahora solo lo aturdió. Sacudió la cabeza e intentó centrarse. En la plaza se escuchó un grito estremecedor, seguido de la risotada del trasgo. Hector alzó la mirada. Roallen acababa de atravesar a Ricardo con su propia espada rota. La punta quebrada emergía por la espalda del joven, teñida de rojo. Ricardo aullaba de dolor.

Se lanzó hacia delante en un intento vano por alcanzar al monstruo que lo mataba y Roallen ni se inmutó. A sus pies yacían Natalia y Marina, inmóviles ambas. El trasgo reía, reía a carcajadas. Las manos de Ricardo se aferraron a su garganta y comenzaron a apretar, pero Roallen continuó riéndose.

—¡No! —gritó Hector. Por un momento delirante pensó que no era así como Ricardo debía morir, que no había la menor grandeza en caer atravesado por una espada rota en manos de un engendro famélico—. ¡No! —repitió, incapaz de reaccionar. No era justo. No podía suceder así.

—¡Soy Roallen! —gritó el monstruo Retorció el arma con saña en el cuerpo del joven—. ¿Me oyes, Rocavarancolia? ¡Tu hijo ha vuelto del destierro!

De pronto Ricardo quedó inmóvil, sus manos soltaron el cuello del trasgo y colgaron inertes. Luego todo fue quietud. Hasta Roallen paró de reírse. El trasgo, con gesto impávido, tiró de la espada para liberarla y Ricardo, muerto, cayó como un fardo entre las dos chicas.

Su asesino, espada en mano, se acuclilló veloz junto a Marina, la agarró del pelo y le levantó la cabeza. Al momento la joven abrió los ojos. Eso bastó para que Hector reaccionara al fin. Echó a correr, forzando sus piernas al máximo. Pero era tarde, muy tarde. Roallen alzó el arma, empapada en sangre, listo para descargarla contra una nueva víctima y Hector se vio tan lejos que aulló desesperado, consciente de que no podía llegar a tiempo. Gritó, impotente. Ricardo estaba muerto. Como Alexander. Como Rachel. Por mucho que corriera nunca lograría salvar a nadie.

En ese instante una figura oscura embistió al trasgo. Se escuchó el silbido de algo afilado cortando el aire y luego el grito de dolor y sorpresa del monstruo. Roallen se llevó una mano al costado y gruñó otra vez. El muchacho de los tejados estaba ante él, señalándolo con su espada. Jadeaba, encorvado hacia delante, envuelto en dos capas de color arena. El pelo liso, largo y sucio le cubría media cara. El único ojo al descubierto mostraba una determinación fiera.

—Magia —croó Roallen sin apartar la vista del arma que lo había herido—. Una espada de bausita… un arma de cobardes. En la última batalla maté a muchos que las llevaban. No tuve piedad de ellos.

Darío no dijo palabra alguna. Toda su atención estaba fija en la criatura que tenía delante. La espada tiraba de su mano, pero él hacía todo lo posible por frenarla. El trasgo le enseñó los dientes. Se preguntó si había sido Roallen quien había terminado con el anterior dueño del arma. ¿Sería posible tal casualidad? ¿Era por eso por lo que la espada parecía más ansiosa que nunca de entrar en acción?

Roallen lo observaba con avidez mientras el viento agitaba su melena enmarañada. Darío todavía se preguntaba qué lo había llevado a seguir a aquella criatura tras descubrirla merodeando por la ciudad. Había sido una suerte de corazonada, un impulso al que no había podido resistirse. Nada más verlo tuvo la certeza extraña de que en aquel ser residía la clave de un misterio aún por desvelar.

Marina empezó a gritar, pero Darío ni la miró. La chica había descubierto el cadáver de su amigo. Hector se arrodilló junto a ella, evitando fijarse en Ricardo y en la sangre que corría por el adoquinado. Natalia se incorporó entre toses. Vio el cuerpo a su lado y palideció.

—Ricardo —murmuró Marina—. No, no, no… Ricardo…

—Ahora no —dijo Hector mientras pasaba una mano por su cintura para ayudarla a levantarse.

El trasgo y Darío permanecían inmóviles, mirándose el uno al otro, a solo unos pasos de donde estaban ellos. Natalia se levantó también, con la vista fija en el cadáver. Su expresión no había variado desde que había recuperado la consciencia. Dos lágrimas rápidas corrieron por sus mejillas.

—Marchaos —les ordenó Darío mientras les hacía un gesto con la mano desarmada para que no se acercaran—. ¡Fuera de aquí! ¡¿Me oís?! ¡No podéis hacer nada contra él! —Un temblor casi imperceptible sacudió su espalda antes de que gritara otra vez—: ¡Marchaos!

Se abalanzó sobre Roallen con su último grito todavía en los labios. Dejó que fuera la espada quien lo guiara. El trasgo esquivó el ataque echándose hacia atrás.

Hector rodeó la cintura de Marina con su brazo y trató de hacerla avanzar. Ella asintió, se zafó de él y avanzó por sus propios medios. Natalia parecía indecisa entre huir y unirse a la lucha, pero finalmente fue tras ellos después de dirigir una mirada desolada al cuerpo de Ricardo. No frenaron la carrera ni cuando Marina recogió su arco tirado junto al árbol.

—No os vayáis muy lejos —graznó el trasgo mientras se agachaba para esquivar un nuevo mandoble.

«Está jugando con nosotros», comprendió Hector. Estaba claro que Roallen pondría punto y final a aquella lucha en cuanto se le antojara.

El trasgo no tenía problema alguno para esquivar las acometidas de su contrincante con un sinfín de piruetas a cada cual más grotesca. Más que un combate, aquello parecía una pantomima.

—Ricardo está muerto —murmuró Natalia de pronto.

—¡No pienses en ello! —insistió Hector.

—¡¿Y él?! —Marina lo aferró del antebrazo e intento frenarlo—. ¡No podemos dejarlo ahí!

—¡Claro que sí! —contestó sin pensarlo un instante—. No tenemos otra alternativa. Esperemos que resista hasta que Bru…

El día se oscureció. Todas las sombras de la plaza habían levantado el vuelo a un tiempo y los sobrevolaban, convertidas en un manto confuso de extremidades retorcidas, ojos desorbitados y alas amorfas. Hector apretó los dientes y corrió bajo aquel dosel negro y pesado. No había cielo sobre sus cabezas, tan solo oscuridad, y era tan cerrada que resultaba imposible ver por dónde avanzaban. Natalia soltó un grito y se encaró con el mar de negrura que se cernía sobre ellos.

—¡Fuera! ¡Fuera de aquí! —gritó mientras intentaba espantar a las sombras a manotazos—. ¡Desapareced de mi vista! ¡Marchaos! ¡Fuera!

Para sorpresa de todos, las sombras obedecieron. Lo hicieron de forma tan brusca que fue como si se desintegraran. Hector captó por el rabillo del ojo remolinos de tinieblas, y comprendió que eran los ecos de los espantos al salir de su campo de visión. El cielo azul apareció de nuevo sobre sus cabezas y no quedó rastro de oscuridad en la plaza. La claridad repentina los deslumbró. Hector miró por encima de su hombro.

Darío resopló y volvió a la carga.

El trasgo saltaba de un lado a otro, tan pronto se agachaba como se contorsionaba en el aire. Sus movimientos eran caóticos, sin sentido, pero lograba esquivar los ataques de Darío una y otra vez.

El joven sentía crecer la desesperación del arma en su mano a cada mandoble fallado. Dudó un segundo entre dejar que siguiera siendo ella quien llevara la iniciativa o tomar el control, y fue en ese instante mínimo de vacilación cuando Roallen le saltó encima y lo agarró de la muñeca. Se la estrujó y retorció sin piedad, con la boca abierta en una carcajada burlona y silenciosa. Darío sintió como sus huesos estallaban hechos pedazos bajo la carne.

La espada se deslizó entre sus dedos sin fuerza. Aulló de dolor. El mundo entero tembló ante sus ojos. Las piernas se le doblaron. Lo único que impedía que cayera al suelo era la mano del trasgo que aún sujetaba con firmeza su muñeca hecha añicos. Roallen se agachó y recogió la espada caída, sin aflojar su presa. El arma parecía ridículamente pequeña en aquella zarpa. Sus diminutos ojos negros recorrieron el acero de arriba abajo, luego pasaron a Darío.

—Hace falta algo más que esto para derrotarme —dijo con desprecio y arrojó la espada lejos.

El trasgo lo soltó y Darío se desplomó al fin. Por un segundo se quedó inmóvil en el suelo, con la vista fija en el cielo azul de Rocavarancolia. Las lágrimas rodaban por sus mejillas. Fue un solo segundo, pero en ese intervalo de tiempo no hubo dolor, ni temor, ni dudas. Un segundo de paz y calma. Solo el cielo y él. Luego la sombra de Roallen le cayó encima y no tuvo más remedio que regresar a la realidad. Se incorporó a medias, apoyado en los codos. A unos metros de distancia estaba el cadáver del chico del torreón Margalar.

El trasgo soltó un ruido extraño, una mezcla entre carcajada y gruñido, y se abalanzó sobre Darío. Este tuvo que tragarse otro grito cuando su muñeca destrozada chocó contra los adoquines. Tenía a Roallen montado a horcajadas sobre su vientre y su hedor lo llenaba todo. El trasgo lo aferró de la camisa, lo tumbó y se inclinó hacia él, siseando. Darío resopló aterrado. Por primera vez en la vida se sintió indefenso por completo. Los ojos negros del trasgo estaban fijos en los suyos, y era tal la locura y la furia que transmitían que supo, sin lugar a dudas, que iba a morir en los instantes siguientes.

Se maldijo por haber sido tan estúpido como para meterse en una pelea que no era la suya; se maldijo por no haber aprendido la lección, por no haber dejado de luchar contra los designios de Rocavarancolia, por buscar la luz y el calor en un mundo frío. Se maldijo por estar enamorado.

Roallen le lanzó un dentellada fiera. Darío vio las hileras gemelas de colmillos bajando veloces en busca de su cara. No cerró los ojos ni siquiera cuando las fauces se cerraron a apenas unos milímetros de su nariz.

—Mírame bien, niño —siseó el trasgo. Su saliva le salpicó la cara, caliente, viscosa—. Mírame bien —repitió—. Porque esto es lo que verás en el espejo cuando salga la Luna Roja. Tienes sangre de trasgo en las venas. La huelo. Y eso te acaba de salvar la vida. Los trasgos no se matan entre ellos.

Y de un solo golpe lo dejó inconsciente.

—¡No! —exclamó Marina cuando les llegó el primer grito de Darío. Hector se giró sin frenar la carrera. Roallen empuñaba la espada de su adversario mientras este se inclinaba ante él, aullando de dolor. El trasgo retorcía con saña su mano derecha.

Hector se tragó una maldición. Marina trastabilló delante, pero la agarró de los brazos y la obligó a seguir corriendo. Ella lo miró con lágrimas en los ojos.

—¡No tardará en venir a por nosotros! —gritó Natalia.

Roallen había saltado sobre Darío después de arrojar la espada lejos. El repiqueteo del arma al chocar contra los adoquines sonó como una burla.

—¡No! —aulló Marina, y se revolvió en sus brazos mientras intentaba hacerse con el arco. Lo miró con el rostro descompuesto—. ¿Por qué quieres que muera? ¡¿Qué te ha hecho?! ¡Tenemos que ayudarle! —suplicó entre lágrimas.

—¡No podemos hacerlo! —le gritó él—. ¡¿Es que no lo has visto?! ¡Nos ha destrozado sin pestañear!

—¡Ya viene! —gritó Natalia.

Roallen había echado a correr hacia ellos, dejando atrás el cuerpo inmóvil del muchacho y el cadáver de Ricardo. Corría a cuatro patas, a gran velocidad. Hector solo necesitó ver la potencia de su arrancada para comprender que nunca lograrían superarlo en campo abierto.

—¡Tenemos que escondernos! —gritó mientras señalaba hacia los restos de la torre destruida—. ¡Corred hacia las ruinas! ¡Nos ocultaremos allí!

Lo único que quedaba en pie de la torre era la planta baja; el resto parecía haberse desvanecido en el aire. Como si alguien armado con un hacha descomunal hubiera talado el edificio a la altura del primer piso y una vez concluida la tarea se hubiera llevado consigo el resto de la estructura, sin dejar el más mínimo cascote o escombro.

Entraron a la carrera por una grieta del muro. No era la primera vez que se adentraban en esas ruinas. Las habían explorado a conciencia al poco de iniciar sus expediciones. Rachel no había detectado rastro alguno de magia en aquel caos de habitaciones devastadas, y tampoco hallaron nada que pudiera resultarles útil.

Fueron a parar a una sala semicircular, con dos grandes mesas en el centro y varias sillas caídas. La alfombra que pisaban estaba arruinada, llena de agujeros y salpicada de humedad y excrementos animales.

Avanzaron a través del laberinto de pasillos y estancias, sin acelerar el paso, esquivando los muebles destrozados y los muros que se habían venido abajo tras años a la intemperie. Miraban en todas direcciones, sumidos en un silencio tenso, atentos a cualquier sonido. No tenían la menor duda de que Roallen los buscaba. Cada giro en una esquina o cada puerta abierta representaba una nueva posibilidad de toparse con él. Natalia se detuvo de pronto y señaló a la derecha. El trasgo estaba a unos cincuenta metros de distancia, encaramado a lo alto de un muro. Avanzaba hacia el sur, alejándose de su posición.

Verlo tan lejos les dio confianza suficiente como para detenerse a recuperar el aliento. Estaba claro que no podían abandonar el edificio sin que Roallen los descubriera, desde lo alto del muro el monstruo tenía una visión privilegiada de todo el terreno que rodeaba a la torre. Su única alternativa era esperar a Bruno. Perdieron de vista al trasgo tras un muro agrietado, pero no tardó en reaparecer. Se irguió y oteó en torno. Se pegaron a la pared más cercana, expectantes. Nadie habló. Hasta intentaban respirar lo más bajo posible.

Roallen les dio la espalda otra vez y continuó su búsqueda rumbo al sur, encaramado a los tabiques como un insecto inmenso.

—Bruno no puede tardar mucho —aseguró Marina en voz baja—. No puede tardar mucho —insistió, como si a fuerza de repetirlo fuera a acelerar la aparición del italiano.

—Ha matado a Ricardo —murmuró Natalia. Miró a sus amigos, y por la expresión de su rostro, Hector comprendió que quería que pusieran en duda esa afirmación. Que lo negaran, que le dijeran que era un error, que Ricardo estaba vivo, desmayado en la plaza.

El trasgo desapareció una vez más de su vista, simplemente se dejó caer al otro lado de la pared con un movimiento tan grácil como el de un nadador que salta despreocupado al agua. Aguardaron unos segundos, expectantes, pero Roallen no volvió a aparecer. Entre las ruinas solo se escuchaba el ruido del viento.

—Vámonos —ordenó Hector.

En ese instante preciso la pared tras él tembló y retumbó. Dos brazos largos y fibrosos atravesaron el tabique justo cuando se giraba para apartarse. Marina gritó. Las garras del trasgo se cerraron en torno a los brazos de Hector y tiraron de él hacia atrás. El impacto contra la pared fue tremendo, tanto que el tabique se vino abajo entre ambos, separándolos en la caída. Hector cayó sobre un montón de escombros. Rodó por el suelo, intentó levantarse y una garra lo aferró del tobillo. Uñas afiladas como cuchillas se hundieron en su carne. El muchacho aulló y pateó la mano que le aprisionaba con todas sus fuerzas. Roallen lo soltó al momento.

Avanzó a cuatro patas unos segundos. La nube de polvo provocada por el derrumbe flotaba por doquier. Oyó gritar a Natalia, pero fue incapaz de entender sus palabras. La cabeza le daba vueltas, los oídos le zumbaban. Resultaba inconcebible que el trasgo se hubiera movido tan rápido. Tosió una bocanada de polvo e intentó levantarse.

Roallen se alzó tras él, sucio de yeso y polvo, y le saltó encima antes de que pudiera recuperar la vertical. Hector le lanzó un puñetazo al estómago y fue como golpear una roca. Sintió como sus nudillos se resquebrajaban, pero también pudo escuchar el resoplido del trasgo y supo que le había hecho daño. Roallen rugió y le lanzó una dentellada brutal. Hector apenas tuvo tiempo de levantar los brazos para protegerse la cara. Un ramalazo de dolor intenso lo hizo chillar. Nunca habría creído que nada pudiera doler tanto.

—¡Monstruo! —escuchó gritar a Natalia, horrorizada.

Las dos chicas cargaron a un mismo tiempo contra el trasgo. Marina desenfundó la daga que llevaba al cinto y lo apuñaló con todas sus fuerzas, pero la hoja ni siquiera penetró su piel gruesa. Roallen se revolvió, Marina logró esquivar el puñetazo sesgado que le lanzó, pero Natalia recibió una patada en la cadera y cayó de rodillas. Hector aullaba de dolor. El suelo polvoriento estaba salpicado de sangre. Mientras miraba, nuevas gotas cayeron a su alrededor, rápidas como lluvia de tormenta. Toda esa sangre era suya, comprendió. Alzó las manos ante su rostro y horrorizado descubrió que ya no tenía mano derecha que alzar: había desaparecido a la altura de la muñeca, cercenada por los colmillos del trasgo.

Roallen se cernió de nuevo sobre él. Una vez más se escuchó un grito y, acto seguido, un destello azul envolvió al trasgo, que se quedó inmóvil, paralizado por el hechizo de inmovilidad que le acababa de lanzar Natalia. Los ojos del monstruo se desorbitaron. Otro hechizo de parálisis cayó sobre él. Y un tercero. Hector se arqueó contra el suelo, sin parar de gritar. El mundo se desvaneció ante sus ojos envuelto en una llamarada blanca cegadora.

Cuando recuperó la conciencia, Natalia y Marina lo llevaban casi en volandas. Corrían por un pasillo estrecho, con los tabiques destrozados a media altura. La realidad era un borrón sangriento, el mundo un continuo ir y venir de sombras y tinieblas.

«Me llevan con Rachel —pensó Hector, embarcado en el delirio—. Estoy muerto y me llevan al cementerio». Intentó pedirles que no lo enterraran bajo tierra, pero le resultó imposible pronunciar palabra.

Miró hacia atrás: esperaba ver a la araña caminando solemne a su espalda. Pero solo vio a Roallen, paralizado. Sus ojos enloquecidos estaban fijos en ellos y una sonrisa demencial desfiguraba aún más su rostro, una sonrisa que se hizo todavía mayor mientras Hector miraba. Las capas de hechizo que lo cubrían se estaban viniendo abajo. No tardaría en salir de su inmovilidad y entonces estarían perdidos. No había posibilidad de escape. Alex, Rachel, Marco, Ricardo… Rocavarancolia había ido acabando con ellos de uno en uno. Y ahora llegaba su turno. Los nombres de sus compañeros muertos resonaban en su mente mientras se desangraba.

Perdió pie y cayó al suelo. Sus amigas intentaron en vano hacer que se incorporara. No había donde huir. Nunca lo había habido.

—Levántate, Hector —le pidió Marina, con lágrimas en los ojos—. Levántate por favor.

De pronto toda la violencia contemplada en los últimos minutos se le vino encima. Fue un alud de imágenes entrelazadas que lo dejó sin aliento. Los gritos del joven de los tejados, de Ricardo al morir, los suyos, los del propio Roallen. Hector sintió algo removerse dentro de él. Algo ardiente y furioso. Había estado siempre allí, en su interior. Era el fuego del que le había hablado Adrian, pero no solo era fuego: era oscuridad, una oscuridad hambrienta y viscosa.

Y Hector se rindió a ella.

—Cúrame la mano —gruñó extendiendo el muñón sangrante a Natalia.

—No hay tiempo, Hector… —le replicó ella—. Tenemos…

—Haz lo que puedas. Solo haz lo que puedas… —insistió. Y la determinación que había en su rostro y en sus palabras hizo que ella obedeciera.

El dolor de su mano mutilada se convirtió en algo lejano. Notaba un hormigueo desagradable que iba en aumento conforme el hechizo lo sanaba. Era como si el lugar donde antes había estado su mano se hallara cubierto ahora de centenares de criaturas diminutas y todas lo estuvieran mordiendo a la vez.

Roallen rugió a su espalda y comenzó a caminar hacia ellos, a cada paso más hebras de magia se despegaban de su cuerpo y más velocidad ganaba. Se quedaban sin tiempo. Hector apartó la mano bruscamente de Natalia y al mismo tiempo le arrebató la daga a Marina.

—¿Qué haces? —le preguntó ella—. ¿Qué estás haciendo?

—Voy a matar al trasgo —contestó él.

El fuego corría por sus venas y era tan intenso que no comprendía cómo no se abrasaba. Se incorporó despacio. Los ojos le brillaban.

—¡No! —exclamó Marina.

—¡Hector! —Natalia lo miró furiosa—. ¡¿Te has vuelto loco?!

—Corred —les ordenó con voz ronca—. Salid de aquí. Roallen es mío.

Salió trastabillado, sin comprobar si las chicas obedecían sus órdenes. Chocó contra la pared y el estucado saltó por los aires, hecho pedazos. El pasillo fluctuaba ante su mirada, iba y venía en oleadas rápidas salpicadas de brillantes puntos rojos, esferas perfectas marcadas todas ellas en su ecuador. Pestañeó varias veces, las lunas rojas se desvanecieron y la imagen se centró. Roallen corría hacia él, con los brazos alzados y la boca abierta en una mueca horripilante.

El muñón curado a medias palpitaba, pero no le prestó atención. Todavía le quedaba una mano. Y el fuego. Un súbito destello verde en las alturas hizo que alzara la vista. Distinguió una esfera de luz esmeralda aproximándose desde las montañas. Y más cerca aún, alta en el cielo, planeaba una criatura sombría, con unas alas rojas impresionantes abiertas de par en par. No les prestó atención. Solo importaba una cosa:

—¡Trasgo! —gritó. Aceleró el paso hacia el enemigo que ya llegaba.

Roallen lo recibió con un potente derechazo en la mandíbula que ni siquiera intentó esquivar. Una luz cegadora estalló ante sus ojos. La cabeza le dio una sacudida, pero él se mantuvo firme, lanzó su brazo hacia delante y apuñaló al trasgo en el vientre. Y esta vez la hoja se abrió camino en la carne del monstruo. Los dos se precipitaron dentro de una habitación. El mundo, de nuevo, era rojo.

Roallen se abalanzó sobre él con la boca desencajada. Hector se echó a la izquierda y lanzó una patada baja justo cuando su oponente llegaba a su altura. Su pierna barrió el suelo y zancadilleó al trasgo, que salió despedido hacia delante, chocó contra un armario robusto y dio con sus huesos en tierra. Hector saltó sobre su pecho y lo usó como trampolín para subir a la parte alta del armario. Apoyó la espalda contra la pared, hundió los talones en el resquicio que quedaba entre el muro y el mueble y lo derribó sobre su adversario justo cuando este se incorporaba. El impacto del armario sobre la criatura fue demoledor. Hector aterrizó a trompicones a unos metros de distancia. Todo era fuego. Su corazón se deshacía en gritos en su pecho, en su cabeza pulsaban soles forjados a rabia y devastación. Se giró a tiempo de ver como la parte superior del armario estallaba hecha pedazos y Roallen emergía entre ellos, aullando desaforado, con los brazos alzados sobre su cabeza como si maldijese a la creación entera.

En el suelo, muy cerca, estaba el cuchillo de Marina. Se arrojó hacia él, pero el monstruo lo interceptó justo cuando sus dedos acariciaban la empuñadura. El choque fue brutal, una nueva andanada de violencia y furia. Rodaron el uno sobre el otro. Las garras de Roallen buscaban su cara, su cuerpo, pero él siempre tenía una finta preparada para librarse de ellas, o un golpe que desviaba su trayectoria. No pensaba. Todo en él era instinto y rabia. Su cuerpo respondía a los ataques con una resolución y una fiereza que eran más animales que humanas. Una puerta se vino abajo cuando ambos chocaron con ella. Después de atravesarla salieron despedidos en direcciones opuestas, rodando uno y dando tumbos el otro. Hector fue a dar contra un montón de maderos podridos y, por un instante, perdió de vista a Roallen. Se levantaron casi a la vez, pero Hector tuvo que quitarse de encima los restos de los tablones y eso fue suficiente para que el trasgo atacara primero. Agachó la cabeza para esquivar el zarpazo que buscaba su cara, pero no pudo hacer nada para apartarse de la trayectoria de la segunda garra. Se hundió con tanta fuerza en su estómago que el impulso lo levantó del suelo.

Ni siquiera gritó. Se echó hacia delante y golpeó a Roallen en pleno hocico; fue un golpe seco dado por puro instinto, como si hubiera sabido desde siempre que aquella nariz chata era uno de los escasos puntos débiles del trasgo. Roallen profirió un alarido y se apartó de él. Los cinco estiletes que se habían hundido en su vientre desaparecieron. Hector tropezó al intentar retroceder y a punto estuvo de caer al suelo, tuvo que dar un torpe medio giro para equilibrarse. De pronto contempló, a centímetros escasos de su cara, las fauces abiertas de un leopardo de piedra blanca. De algún modo habían regresado al exterior, a la plaza de los combatientes petrificados. Roallen y él se interponían entre cuatro lanceros a caballo y un leopardo bicéfalo de más de dos metros de altura.

Hector se giró hacia el trasgo. Roallen sacudía la cabeza de un lado a otro mientras apoyaba el dorso de su garra en el hocico lastimado. El muchacho saltó hacia uno de los jinetes, aferró con su única mano el tallo de la lanza petrificada y tiró de ella con todas sus fuerzas, ignorando el dolor brutal que le retorcía las entrañas y la sensación nauseabunda de estar respirando sangre. La piedra cedió con un crujido sonoro y él se hizo con buena parte del extremo superior de la lanza. Bajó el arma y cargó. Roallen abrió los brazos de par en par, como si estuviera deseando estrecharlo contra su pecho.

Guerreros y monstruos de piedra contemplaban aquella última acometida. En algunas de sus caras todavía se distinguía el salvajismo demente de los que quieren morir matando. Y fue al ver esas muecas de ciega ferocidad cuando Hector sintió que perdía pie. ¿Qué estaba haciendo? ¿En qué bestia irracional se había convertido? Su propio salvajismo lo desarmó. Aquello que corría hacia el trasgo no era él, no podía serlo. Dudó. Y nada más hacerlo, el fuego en sus venas se extinguió. Se detuvo al llegar hasta Roallen; la lanza de piedra se deslizó de su mano y cayó al suelo. Hector quedó inmóvil frente al monstruo, contemplándolo como si fuera la primera vez que lo veía. Roallen siseó y lo derribó de un solo golpe. Hector cayó junto a uno de los muertos petrificados. Por un segundo sus rostros quedaron frente a frente. El guerrero había muerto con los ojos abiertos y aunque uno estaba descascarillado por el paso del tiempo, en el otro todavía se podía observar una expresión vacía y fría.

«¿Así mirarán mis ojos cuando esté muerto? —se preguntó Hector Hector—. ¿Qué será lo que vea entonces?».

Roallen se acuclilló ante él, con las manos apoyadas en el suelo. Intentaba reírse pero apenas le quedaba aliento y lo único que salía de su boca eran jadeos entrecortados. Se acercó a cuatro patas y se inclinó para poder mirarle a los ojos.

—¿De verdad pensabas que podías vencerme? —preguntó con la voz tomada.

Hector tosió, sin fuerzas para levantarse. Ya no había fuego en sus venas, el relámpago había cesado. De la energía que lo había sostenido en los últimos minutos no quedaba nada. Estaba roto. Vencido.

—Maldito crío. —El trasgo lo estudió con atención—. Creías que podías vencerme. —Ya no había burla alguna ni en su voz ni en sus gestos y lo que se entreveía en sus ojos era admiración—. Lo creías. De verdad lo creías.

Roallen sacudió de un lado a otro la cabeza, como si quisiera espantar un pensamiento molesto. Alzó la garra derecha y se preparó para asestar el golpe definitivo. Hector cerró los ojos.

—¡No! ¡Apártate de él, cosa inmunda! —escuchó entonces. Era Natalia, y oír su voz le dolió tanto como la herida del vientre. Roallen bajó la zarpa, enseñó los dientes y gruñó. Hector se giró en dirección a la voz; tuvo que hacer un gran esfuerzo para enfocar la mirada pero al final vio lo que no quería ver: allí estaban las dos, Natalia y Marina.

El trasgo se levantó, no sin dificultades, y avanzó encorvado hacia ellas, sin dejar de abrir y cerrar las manos. Sus garras repicaban al entrechocar unas con otras.

—Como queráis —dijo—. Me alejaré de él... sí. Pero para acercarme a vosotras.

—No... —murmuró Hector, desolado, a punto de romper a llorar. No le habían hecho caso. Tenían que haber huido mientras él se enfrentaba al trasgo. Al menos habría muerto sabiendo que les había concedido una oportunidad. Ahora su muerte no tendría sentido. Todo habría sido en vano. No había podido salvar ni a Ricardo ni a Rachel y ahora tampoco podría salvarlas a ellas. No podía hacer nada excepto mirar. Se retorció en el suelo, buscando en vano energías para levantarse, pero ni siquiera fue capaz de flexionar las piernas.

Roallen se acercaba despacio hacia las dos jóvenes.

—¡Quieto! —ordenó Marina mientras aseguraba una flecha en su arco. —¿Quieto? —preguntó el trasgo, burlón. Su pecho bajaba y subía a espasmos.

El monstruo estaba agotado y sangraba por más de una docena de heridas. Lo habían puesto contra las cuerdas, comprendió Hector. Habían estado a punto de derrotarlo. Marina disparó una flecha. Roallen saltó hacia delante y la desvió de un manotazo, pero ya no había frescura alguna en sus movimientos.

—¿Y quién ordena que me detenga? —quiso saber—. ¿Vosotras? —Esquivó una segunda flecha e hizo una reverencia torpe mientras se aproximaba tambaleándose—. ¿Su majestad No Soy Nadie y la princesa Puntería Funesta? —Como réplica, una tercera flecha se clavó hasta media asta en su pecho. El trasgo se la arrancó de un tirón y la arrojó lejos—. Lo siento, pero el mundo no funciona así. Vosotras no sois nadie para ordenarme que me detenga. Los corderitos se limitan a temblar cuando los lobos se acercan... Eso hacen. No puedes pedirle a la tempestad que se detenga ni a la muerte que pase de largo cuando llega el momento.

—¡Pero yo sí puedo! —exclamó una voz severa a sus espaldas—. ¡Detente, trasgo! ¡Te lo ordena Denéstor Tul, demiurgo de Rocavarancolia y custodio de Altabajatorre!

Dos proyectiles surcaron la plaza, dos sombras aceradas que se abalanzaron sobre Roallen tan rápidas que el trasgo no pudo esquivarlas. Eran dos grilletes metálicos, unidos por una cadena de eslabones negros. Se cerraron alrededor de sus muñecas, lo levantaron del suelo y lo arrastraron hacia atrás, apartándolo de las jóvenes. Roallen aulló. Tiró hacia delante, pero no consiguió liberarse de los grilletes que lo remolcaban. Otro par de cepos llegaron veloces hasta él y se cerraron en torno a sus tobillos. El trasgo cayó hacia delante.

—¡Estás quebrantando la ley, Denéstor! ¡Interfieres en la cosecha! —aulló, con los ojos desorbitados—. ¡Y eso está prohibido!, ¿me oyes?: ¡prohibido!

El simple hecho de girar la cabeza para mirar a Denéstor Tul dejó a Hector sin aliento. Allí estaba, en mitad de la plaza, el hombrecillo gris que los había sacado de la Tierra hacía tanto tiempo, vestido con la misma túnica que aquella noche aciaga de Halloween, y aunque en apariencia estaba tan arrugado y marchito como en aquel entonces, tanto su porte como su voz mostraban una energía abrumadora. Tras Denéstor flotaban un gran perchero con alas de cigüeña y una cimitarra blanca a la que le habían sustituido la empuñadura por un candelabro de tres brazos, cada uno con su correspondiente vela encendida. La llama de la que ocupaba el brazo central se avivó y la espada voló en línea recta hacia Roallen, que seguía debatiéndose en el suelo.

—¡No puedes inmiscuirte! —insistía el trasgo fuera de sí; de su boca desencajada surgían espumarajos de saliva y sangre—. ¡No puedes! ¡No puedes! ¡Está prohibido!

—Tienes razón. No puedo entrometerme en lo que ocurra entre Rocavarancolia y la cosecha, es cierto —dijo Denéstor con toda la calma del mundo. Se subió al pie del perchero y este echó a volar hacia Roallen. La vela izquierda se avivó y la cimitarra giró hacia ese lado—. Pero tú ya no perteneces a esta ciudad. Te expulsamos. No deberías estar aquí.

—¡Eso es ridículo y lo sabes! ¡Estás interfiriendo, hasta un ciego lo vería!

—¡Denéstor! —La burbuja de luz verde que Hector había visto aproximarse desde las montañas había llegado a la plaza. Descendió a ras de suelo y tras deslizarse a gran velocidad hasta ellos, frenó en seco a unos metros de Roallen y el demiurgo. Dentro se encontraba dama Serena, rodeada por un sinfín de relámpagos de plata minúsculos—. ¡El trasgo tiene razón! —gritó furiosa—. ¡No puedes intervenir! ¡Libéralo! ¡Libéralo ahora mismo!

—¿Que lo libere? —Denéstor la miró, perplejo—. ¿Te has vuelto loca, mujer?

—Eres tú quien ha perdido la razón —siseó la fantasma—. Tenemos prohibido interferir. Con tu comportamiento estás infringiendo la misma ley que mandó a Roallen al desierto. Libéralo ahora mismo, libéralo antes de que sea tarde. —Los relámpagos que rodeaban su cuerpo se avivaron, por un instante quedó casi oculta tras la red de destellos—. Que los cachorros se encarguen de él, si es que pueden. Es la ciudad la que debe juzgar quién muere y quién vive, no tú.

—¡Te lo he dicho, Denéstor! —tronó Roallen—. ¡Estás interfiriendo! ¿Lo ves? ¡¿Lo ves?! ¡Dama Serena me da la razón! —De nuevo se debatió inútilmente—. ¡Suéltame!

Hector miró asombrado a la mujer de verde. Era ella quien lo había hechizado para que pudiese esquivar las zonas peligrosas de Rocavarancolia, ella quien le había asegurado que era la última esperanza para el reino. ¿Por qué quería verlo muerto ahora? Tuvo que apartar la vista, ya no le quedaban fuerzas ni para mantener la cabeza erguida. Vio como el pájaro metálico de dama Desgarro, con el ojo de la mujer espantosa bien sujeto en su pico, se posaba de manera desmañada sobre el casco de un guerrero petrificado. El dolor le impedía pensar con claridad. Se llevó la mano al destrozo que era su estómago y gimió.

—Creo que Denéstor Tul lo ha dejado bien claro, mi querida amiga —dijo una nueva voz. La criatura de alas rojas que Hector había entrevisto sobrevolando la plaza acababa de aterrizar con una elegancia exquisita ante el espíritu enfurecido—. La intención del demiurgo no era la de salvar a nadie. Lo único que pretendía era detener a Roallen, sin importarle en lo más mínimo qué tareas tenía el trasgo entre manos en ese momento. Nuestro díscolo amigo no debería haber regresado a Rocavarancolia. Ha sido muy desconsiderado por su parte no morirse en el desierto.

El recién llegado casi podría haber pasado por humano de no haber sido por sus alas rojas y el negro intenso de su piel, salpicada en algunos puntos de destellos diminutos. Como única vestimenta llevaba unos pantalones largos de color gris oscuro. Aquella criatura era de una hermosura salvaje. Al verlo, a Hector le vino a la mente una pantera que hubiera cobrado forma humana. En cada uno de sus pasos se dibujaba una amenaza; en cada movimiento, la promesa de una muerte rápida. Y de pronto recordó haber visto antes una criatura semejante: en el salón de baile del palacete, con un violín entre las manos.

—Esmael —balbució Roallen. El trasgo retrocedió en el suelo. Su voz era distinta ahora, no había en ella rastro de hostilidad, desafío ni orgullo, tan solo temor—. Por favor, por favor... Sabes cómo soy, sabes quién soy... Es el hambre, el hambre me vuelve loco...

Denéstor no salía de su asombro. Todo aquello resultaba inconcebible. ¿Esmael lo apoyaba mientras que dama Serena le ordenaba liberar al trasgo?, ¿qué estaba ocurriendo? Miró a uno y a otro, desconcertado. Dama Serena era uno de los miembros del consejo que menos atención prestaba a las leyes del reino; las acataba, por supuesto, pero no era una defensora a ultranza de las tradiciones, como era el caso de Esmael o del regente, o el suyo hasta hacía bien poco.

—Esmael, por favor, Esmael... —El trasgo, todavía de rodillas, alzó sus manos encadenadas hacia el ángel negro, implorando piedad—. Te lo ruego, amigo... Recuerda la batalla de Almaviva... Tú y yo... Nos superaban en número y allí estábamos los dos, espalda contra espalda... luchando como furias, como hermanos... Recuerda, Esmael, recuerda: tú y yo combatimos juntos en la batalla del Fin del Mundo...

—Claro que lo recuerdo. Me salvaste la vida tantas veces como te la salvé yo, o quizá más. Y te estaré siempre agradecido por eso, Roallen. Pero recuerdo que te dejamos claro qué ocurriría si regresabas a Rocavarancolia. —Esmael se giró hacia Denéstor Tul. Todos sus movimientos parecían estudiados pasos de baile—. ¿Cuál es el castigo por volver del destierro, Denéstor?

—La muerte —contestó el demiurgo. Descendió de un salto del perchero y alargó su mano hacia Esmael—. Pero espera, no nos precipi...

—¡Esmael! —gritó dama Serena al mismo tiempo, consciente como el demiurgo de lo que estaba a punto de suceder. El ángel negro desplegó las alas, endureció su filo y decapitó al trasgo de un solo tajo, con un movimiento tan prodigioso como certero. El cuerpo sin vida de Roallen se desplomó hacia delante y su cabeza rodó lejos. Hector jadeó, horrorizado. Las alas rojas de Esmael centellearon un instante al sol de la tarde, relucientes, a continuación las plegó con un estallido sonoro que dejó flotando en el aire diminutas perlas de sangre.

Hector sintió un nudo en la garganta. Nada ni nadie le había preparado para presenciar algo tan horrible y definitivo como lo que acababa de ver: un asesinato a sangre fría, la ejecución de un ser indefenso. Él había querido matar a Roallen apenas unos minutos antes, pero ahora que veía su cadáver, todo aquello le parecía lejano e irreal. La única realidad, tan rotunda y nauseabunda que sentía ganas de gritar, era que aquel ser había estado vivo un segundo antes y ahora no era nada más que materia muerta y vacía, meros despojos tirados a los pies de su asesino.

—Asunto concluido —anunció Esmael. Luego se dirigió al espectro—. Te doy mi palabra de que nadie interferirá ahora en lo que haga el trasgo… Roallen ya ha pagado el precio por volver a Rocavarancolia. Si consigue levantarse, no seré yo quien lo detenga.

Hector gimió. En su recuerdo vio a Ricardo cayendo de nuevo, a Alexander deshaciéndose en cenizas a las puertas del torreón de hechicería, a Rachel muerta en la sala de baile… La vida no era nada, la vida sucumbía siempre, frágil como el cristal. Tosió con fuerza y el dolor de su abdomen se multiplicó. Una sombra se cernió sobre él. Era Natalia. La joven se acuclilló a su lado y sacudió la cabeza. Había lágrimas en sus ojos. Hector se preguntó si eran por él, por Ricardo, por los que habían muerto antes o por los que todavía quedaban por morir.

—Estúpido. Bobo. Idiota. Más que idiota. De todos los idiotas… —Señaló hacia sus múltiples heridas, sin parar de llorar. No le quedó más remedio que dejar de insultarlo para poder concentrarse en el hechizo de curación.

—Te besé… —dijo él. Alargó la mano hacia ella, presa del delirio—. Te besé en la oscuridad. La luz… tan bella, tan frágil… No dejes que se apague… No dejes que se apague nunca…

—Os habéis ganado el destierro —susurró dama Serena, mirando alternativamente a Esmael y a Denéstor—. Los dos.

—No habrá destierro para nadie, fantasma —gruñó Esmael. Matar a Roallen lo había puesto de mal humor—. Lo único que hemos hecho aquí es cumplir la ley. Y nadie nos desterrará por ello. —Se acercó al espíritu a grandes pasos—. ¿Por qué querías libre al trasgo? ¿Tanto odias la vida que quieres ver como Rocavarancolia entera queda reducida a nada? ¿Eso pretendes?

Dama Serena fulminó al ángel negro con la mirada. Esmael no sabía lo que acababa de hacer. Aquella había sido la última oportunidad de aplazar lo inevitable. Con la futura vampira muerta, Hurza habría perdido la oportunidad de recuperar el poder de su grimorio y eso, probablemente, habría retrasado sus planes. Pero ahora ya era tarde. De pronto se sintió furiosa consigo misma. ¿Qué era lo que había intentado retrasar? ¿Qué esperanza vana la había llevado a intentar frustrar los planes de Hurza aunque fuera de aquella manera indirecta y torpe? ¿Ganar tiempo? ¿Para qué? ¿Para ver si por casualidad dama Desgarro o el propio Esmael daban con el modo de acabar con ella y librarse así de su promesa a Hurza? ¿Por qué lo había hecho? ¿Para acallar su conciencia?

—Lo que pretendo, Esmael —dijo con amargura, en un vano intento de convencerse a sí misma—, es hacer bien las cosas...

Esmael miró a dama Serena con desprecio.

—Si tanto te empeñas en hacer las cosas bien, te aconsejo que consideres cambiar de nombre, eso de «Serena» ya no te cuadra... Histeria, Insensata o Loca casan mucho mejor contigo.

La mirada que le dedicó la fantasma fue de hielo puro. No hubo más palabras entre ellos. El espíritu alzó el vuelo. La vieron perderse en el cielo azul de Rocavarancolia, dejando tras ella retazos de relámpagos y zarcillos de color esmeralda.

—Buen viaje, maldita demente —murmuró Esmael.

Hector apenas prestaba atención a lo que ocurría en la plaza. Lo único que sentía era el picor y la tirantez que le provocaban la magia al curarlo. Cerró los ojos. Pronto perdería la conciencia. Notaba como se le escapaba de entre los dedos, era como si algo lo empujara con delicadeza hacia el desmayo. Abrió los ojos de nuevo, sobresaltado, necesitaba ver a Marina antes de desmayarse, necesitaba irse del mundo con su imagen en la memoria por si nunca más volvía a despertar. La descubrió a un paso de Natalia, con el arco todavía cargado. Apuntaba de manera alternativa hacia Denéstor y el asesino de Roallen y de cuando en cuando desviaba la vista hacia él. También lloraba, pero a pesar de las lágrimas no le temblaba el pulso.

Hector se dejó caer en la inconsciencia, abrazado a su imagen, al recuerdo de sus ojos azules, los ojos más hermosos del mundo, los ojos que nunca más volvería a ver.

Denéstor percibió el ataque mágico un instante antes de que lo alcanzara. Era un sortilegio de aturdimiento potente, pero no tuvo problemas para interceptarlo. Trenzó una barrera mística con una mano, atrapó el conjuro y lo arrojó hacia el cielo. Luego se encaró a su atacante mientras se preparaba para repeler cualquier otro hechizo.

Bruno acababa de entrar en la plaza, volando a gran velocidad, en posición vertical, con los faldones de su gabán verde agitándose en el aire, el báculo en una mano y la otra apoyada en la chistera. A su lado estaba Adrian. El joven rubio no se mostraba tan seguro en el aire como su compañero y en cuanto tuvo oportunidad puso pie en tierra. Luego desenvainó las espadas que llevaba al cinto y echó a correr hacia Denéstor Tul mientras Bruno lanzaba otro hechizo, más precipitado que el anterior y, por tanto, menos poderoso.

—¡Basta! —gritó Esmael. Fue él quien desarboló el ataque mágico de Bruno mientras se interponía entre Adrian y el demiurgo—. ¡Quietos los dos! ¡Ahora mismo!

Ninguno obedeció. Adrian se lanzó sobre Esmael con una agilidad felina. El ángel negro esquivó sus mandobles, sin dar la sensación de haberse movido, y atrapó de las muñecas al chico, alzándolo en el aire.

—He dicho quieto —le dijo. Adrian se hizo intangible a una velocidad asombrosa y Esmael se encontró sosteniendo el vacío. El ángel negro reaccionó al instante. Trazó un hechizo de confusión y hundió su mano en el cuerpo etéreo de Adrian, provocándole una sacudida eléctrica que lo dejó retorciéndose de dolor en el suelo—. Aquí ya ha terminado todo, guardaos vuestra furia para cuando sea necesaria—dijo mientras se incorporaba y se volvía hacia Bruno—. Hoy ha muerto uno de los vuestros y otro no tardará en seguirlo, ¿no os parece suficiente para un solo día?

Bruno aterrizó ante ellos. No varió un ápice ni su postura ni su gesto. Se limitó a mirar al ángel negro y al demiurgo para luego pasear la vista entre sus compañeros. La pajarera de su báculo apuntaba al suelo, rodeada de un manchón turbio de energía escarlata. Denéstor se preparó para desarmar al joven si este hacía ademán de alzar el báculo. Pero el italiano parecía no tener intención de atacar. Su vista estaba fija en el cuerpo de Ricardo, muerto a los pies de los árboles de piedra.

—Ricardo ha muerto. —Aunque su voz sonaba tan distante y fría como de costumbre, se veía claramente que algo estaba a punto de ceder en él—. ¿Quién dices que no tardará en seguirlo? ¿Hector?

Denéstor asintió.

—¡No! —gritó Natalia. Se levantó de un salto, mostrándole al demiurgo las palmas de sus manos, aún tiznadas con hebras de magia—. ¡No va a morir! ¡Lo he curado! ¿No me has visto? ¡Lo he curado!

—Has curado sus heridas, pero eso no basta, niña. —Su pesar no era fingido. Había depositado muchas esperanzas en aquel chico—. El mordisco de los trasgos es tremendamente venenoso. Su saliva es mortal. Y por desgracia, la hechicería capaz de salvar su vida se encuentra muy lejos de vuestro alcance...

—¿Ni siquiera yo...? —comenzó Bruno. El demiurgo negó con la cabeza.

—Aún te queda mucho por aprender. Y tu cuerpo todavía no está preparado para según qué hechizos.

—¡Cúralo tú entonces! —le exigió Natalia—. ¡Si puedes hacerlo, hazlo! ¡No le dejes morir!

—Eso es imposible. —El demiurgo negó abatido con la cabeza. Aquella niña no sabía lo que le pedía—. No puedo hacerlo. No, no puedo...

—¿No puedes o no quieres? —le preguntó Marina, apretando los puños y temblando de pura rabia—. Es esa ley estúpida vuestra de no interferir, ¿verdad? Eso es lo que te impide curarlo.

—Has dado en el clavo, muchachita —intervino Esmael, adelantándose al demiurgo que miraba desolado a la joven—. Las leyes de Rocavarancolia son las que rigen y dan sentido a nuestra existencia. Y ni Denéstor Tul ni yo estamos dispuestos a quebrantarlas, ¿verdad, demiurgo?

Denéstor no contestó. El dolor de Marina lo desarmaba.

—Si lo salvo —explicó—, será solo para que el Consejo Real y el regente ordenen su ejecución inmediata y mi destierro al desierto. No podemos interferir en la cosecha... Es la ley.

—¡Vuestras leyes son estúpidas! —estalló Natalia—. Si no lo salváis y muere, será culpa vuestra... ¡Solo vuestra!

—Oh. Supongo que tendré que vivir con esa carga sobre mi conciencia —dijo Esmael con sorna.

Adrian gimió a sus pies, intentó incorporarse, pero al ir a apoyar la mano en el suelo, esta lo atravesó con limpieza. Bruno se acercó a él, sin dejar de prestar atención a las dos criaturas que los acompañaban en la plaza.

—Maldito seas —murmuró Marina con la voz cargada de desprecio, sin apartar la vista del demiurgo—. Todo esto es por tu culpa—le dijo—. ¡De no haber sido por ti estaríamos a salvo en nuestras casas! ¡De no haber sido por ti, Ricardo estaría vivo! ¡Y Alexander y Rachel! ¡Y Marco no se habría suicidado! ¡Nos engañaste! ¡Nos manipulaste para que creyéramos que esto era un juego!

—Cumplí mi deber con el reino —dijo Denéstor. No pensaba dejarse amilanar por aquella cría. Y menos después de haberle salvado la vida—. Como lo he hecho en tantas otras ocasiones y como espero seguir haciéndolo durante todo el tiempo que me reste de vida.

—¿Y estás orgulloso de eso?, ¿de servir a este reino? —preguntó Natalia—. Vuestro reino no vale nada. Lo habéis construido sobre una montaña de cadáveres. ¿Y qué puede valer algo así?, ¿qué puede valer algo que se levanta sobre pilas de niños muertos? Estáis enfermos. Qué pena me dais. Y qué asco... —Se había acuclillado junto a Hector y contemplaba su rostro con expresión sombría. Tocó su frente y retiró la mano nada más hacerlo, como si acabara de recibir un calambrazo. Se mordió el labio inferior. Parecía decidida a no volver a llorar—. Toda esta ciudad debería arder hasta los cimientos. Y vosotros, malditos asesinos, deberíais arder con ella... Es lo mínimo que os merecéis.

Esmael dio un paso hacia ella e inmediatamente Bruno se puso en guardia y alzó su báculo.

—Me voy a marchar antes de que decida que una cabeza cortada no es suficiente —gruñó el ángel negro—. Ya ves, niña insensata. La ley de no interferir te acaba de salvar la vida. —Desplegó sus alas y levantó el vuelo. No miró hacia atrás mientras se alejaba.

Denéstor se quedó solo junto a los muchachos y sus miradas recriminatorias.

—Arder... —se escuchó murmurar a Adrian. El joven se sentó como pudo, medio hundido en el pavimento, y trató de sujetarse la cabeza con ambas manos, pero sus dedos intangibles atravesaron su cráneo con limpieza—. Hasta los cimientos —resopló. Continuaba aturdido.

El demiurgo contempló a Hector, desmayado en el suelo. «Esencia de reyes», dijo Belisario al ver la muestra de esencia de aquel chico. Qué poco importaba ahora todo aquello. Suspiró con tristeza. Allí no quedaba nada por hacer y con su presencia lo único que lograba era crispar más los ánimos. Subió a la base del perchero, le dio la orden de despegar y al instante las enormes alas de cigüeña se desplegaron, batieron el aire y lo impulsaron hacia arriba. La cimitarra voladora fue tras él. Notó las miradas de los muchachos según ascendía, clavadas en su espalda. No se había elevado más que unos metros, cuando detuvo a su creación y se giró de nuevo hacia ellos. No podía dejarlos así. El demiurgo señaló con la cabeza a Hector.

—Dadle agua en abundancia y procurad mantenerlo frío. —Se dirigió a Bruno—: ¿Conoces los hechizos de impulso? —El italiano asintió—. Lánzale uno al día, el más pequeño que puedas generar, directo al corazón, eso debería bastar para que continúe latiendo.

—Aquella era magia peligrosa, demoledora en sus niveles superiores; un hechizo de impulso de alto nivel lanzado sobre una placa tectónica podía partir en dos un continente—. Y conjuros de curación nívea cada hora, día y noche, ¿me oyes? Día y noche... No purgarán el veneno, pero evitarán que sus órganos se colapsen y la sangre se coagule. Escuchadme bien: la única oportunidad que le queda es que lo mantengáis con vida hasta que salga la Luna Roja, ¿comprendéis? Y no quiero engañaros: aun así es una posibilidad remota. —Miraba en todo momento al italiano, prefería aquellos ojos apáticos y vidriosos a las miradas acusadoras de las muchachas—. Solo sobrevivirá si la Luna Roja lo transforma en un ser capaz de resistir el veneno del trasgo. Y son pocas, muy pocas, las criaturas capaces de hacerlo.

Denéstor volvió a mirar al joven tendido. «Vuestro reino no vale nada. Lo habéis construido sobre una montaña de cadáveres... ¿Y qué puede valer algo así?, ¿qué puede valer algo que se levanta sobre pilas de niños muertos?»; sacudió la cabeza negándose a continuar por ese camino. Si lo hacía, corría el riesgo de acabar como Mistral, meciéndose en la oscuridad y preguntándose una y otra vez cuál había sido su nombre antes de que la Luna Roja lo convirtiera en lo que ahora era.

Y Hector, tras sus párpados cerrados, se hundió sin remedio en la inconsciencia profunda, en la negrura absoluta.

LA TRAMPA

Darío estaba en el centro de una amplia sala octogonal, espada en mano. En cada pared había dispuestos seis grandes espejos, todos diferentes: los había alargados, rectangulares, de marcos de madera vieja y nueva, labrada y no labrada, con forma de fauces abiertas, adornados de escamas, pulidos, brillantes... El de São Paulo giraba despacio sobre sí mismo, horrorizado. En todos los espejos se veía reflejada la imagen de un trasgo.

Y era su reflejo, lo sabía, aunque cada uno de ellos se empeñara en ofrecerle una imagen diferente a las demás. Algunos trasgos imitaban sus movimientos; otros se limitaban a estar inmóviles, observándolo con sus miradas monstruosas; otros se reían de él y lo señalaban mientras se golpeaban el pecho. Había uno tan enorme que el espejo a duras penas lograba contenerlo: se inclinaba hacia delante como un gorila gigantesco, con los nudillos apoyados en el suelo; su vello era color púrpura y sus ojos, de un rojo centelleante, tan grandes en comparación con el resto de sus congéneres que parecían desorbitados. De todos ellos, solo había uno sentado; era pequeño y azul, y tenía las garras hundidas en la mata espesa de pelo que le cubría la cabeza y la boca abierta de par en par en un grito silencioso.

La mirada de Darío saltaba de monstruo en monstruo. Era incapaz de apartar la vista de ellos.

«Esto es lo que verás en el espejo cuando salga la Luna Roja». Al recordar las palabras de Roallen la rabia lo dominó.

Se abalanzó contra un espejo y lo reventó de un solo mandoble. Una lluvia de cristales y destellos se precipitó sobre él. Las esquirlas caían despacio, y en cada una de ellas se distinguía con claridad el reflejo de un trasgo diminuto que se burlaba a carcajadas de su gesto inútil.

Dio un grito y se lanzó contra otro espejo, uno ovalado, enorme, con un marco de hierro adornado con zarpas animales, que reflejaba un trasgo negro como el carbón, con la melena y el pelo hirsuto de las muñecas de un rojo sangriento. Lo ensartó con la espada con tal violencia que a punto estuvo de chocar contra el espejo. La hoja del arma atravesó el cristal. El monstruo se llevó las manos al estómago, rompió a reír y acto seguido el espejo estalló.

Darío saltó de un espejo a otro, frenético, rabioso, haciéndolos añicos a su paso, uno tras otro, golpe desesperado tras golpe desesperado. Pronto el suelo fue un mar de esquirlas desde las que asomaban los rostros burlones de los trasgos. No paró hasta que no quedó un espejo entero. Luego se desplomó de rodillas sobre los cristales rotos, exhausto, la cabeza agachada, los ojos cerrados, la espada caída a un lado. Las lágrimas rodaban por sus mejillas. Se las limpió con violencia, quizá ellas también albergaran en su interior los reflejos de pequeños trasgos.

Durante unos instantes reinó el silencio en la sala octogonal. A continuación, detrás de cada uno de los marcos de los espejos rotos, apareció un trasgo, ya no meros reflejos, sino criaturas reales, tan sólidas como él. Darío inclinó la cabeza y la agitó en un gesto impotente de negación. No podía luchar contra tantos monstruos, y mucho menos contra el que anidaba en su interior, el que aguardaba a la Luna Roja. Era una batalla perdida. Los trasgos se aproximaban hacia él, despacio. Las esquirlas crepitaban a su paso. Darío cerró los ojos y aceptó su destino. Las miradas gélidas lo contemplaban. Los trasgos abrían sus fauces en sonrisas tan brutales que la parte superior de sus cabezas parecía a punto de desgajarse de la inferior. El círculo de monstruos se completó a su alrededor. Darío cerró con más fuerza los ojos. Y al hacerlo, despertó.

Ahogó un gemido, con el recuerdo de la pesadilla tan cercano que se le mezclaba con la realidad. Alzó las manos ante los ojos y el alivio al verlas todavía humanas estuvo a punto de hacer que llorase.

La pesadilla lo había alterado tanto que tardó en darse cuenta de que había alguien con él en la habitación. De pie ante su cama estaba el muchacho extravagante de la chistera y el gabán verde, con su báculo mágico cruzado a la espalda, observándolo con frialdad idéntica a la de los trasgos de su sueño. La mano rota de Darío aleteó en busca de la espada que dejaba apoyada contra la cama, pero lo único que consiguió fue gritar de dolor.

—No traigo malas intenciones —le aseguró Bruno. Pero su voz era tan insustancial, tan carente de sentimiento o inflexión, que resultaba difícil creerle. Nadie cuerdo podía hablar así.

Darío se giró veloz hacia el otro lado de la cama, allí dejaba el arma desde que el trasgo le había destrozado la muñeca. Empuñó la espada y apuntó a Bruno con ella. Sintió el tirón soberbio del arma encantada y por un momento estuvo a punto de perder el control, no por desearlo, sino por la inseguridad con la que todavía usaba la mano zurda.

—¿Qué quieres? —preguntó. La voz salió quebrada de su garganta—. ¿Cómo me has encontrado?

—Magia. Conjuros de búsqueda de nivel medio, nada demasiado complejo. Al menos no ahora. —Dio un paso en dirección a la cama. Darío alzó la espada y se echó hacia delante, dispuesto a saltar sobre el italiano a la menor señal de amenaza. Bruno levantó las manos—. Permíteme incidir en el hecho de que no vengo con intención de causarte ningún mal. Todo lo contrario. Me han pedido que cure tus heridas y es a eso a lo que he venido.

Darío vaciló.

—¿Que me cures? ¿Quién… quién te lo ha pedido? —No pudo contenerse y antes de que Bruno respondiera añadió ansioso—: ¿Ha sido ella?

El rostro del joven siguió tan inexpresivo como siempre. Era perturbador tenerlo delante.

—¿Ella? No, no ha habido ninguna «ella» —señaló—. Por paradójico que resulte, es Adrian quien me envía.

—Adrian —murmuró Darío desilusionado. Por lo visto aquel demente quería que estuviera en las mejores condiciones posibles para su próximo encuentro. Estuvo tentado de rechazar la oferta, pero la muñeca le dolía demasiado como para negarse. Extendió el brazo hacia el italiano, sin bajar el arma.

Bruno se acercó a él. Tenía los ojos fijos en su mano mal vendada. Los dedos que se dejaban entrever estaban amoratados e hinchados.

Darío sentía un latido angustioso en cada uno de ellos. En esta ocasión no había ocurrido lo mismo que la mañana siguiente a su duelo en los tejados con Adrian, cuando despertó en el callejón y se dio cuenta de que la herida en su costado no era más que un rasguño superficial, ni de lejos tan grave como había creído en un primer momento. Ahora el dolor era tan intenso que había estado tentado de cortarse la mano y arrojarla muy lejos, como si así pudiera librarse de esa agonía.

El italiano, sin importarle en lo más mínimo que la hoja de la espada estuviera a centímetros de su garganta, alzó las manos en un gesto de prestidigitador y con un movimiento elegante las colocó en torno a su muñeca, sin llegar a tocarla. Darío no podía apartar la mirada del rostro del joven. Su inexpresividad era total, casi parecía una pizarra en blanco a la espera de que alguien dibujara una sonrisa, o pintara una lágrima bajo un ojo.

Cuando empezó a canturrear en voz baja, Darío sí detectó cierta emoción, pero no podía asegurar que no fuera algo inherente al hechizo. Apenas tuvo tiempo de pensar en ello. El alivio que sintió fue inmediato. El dolor menguaba al ritmo del cántico de Bruno. Bajó la espada y por segunda vez desde que había despertado estuvo a punto de llorar de alivio. El dolor se iba, lo abandonaba, sentía cómo sus huesos rotos se ensamblaban, cómo los tendones destrozados volvían a la vida y sanaba la carne magullada… Cerró los ojos.

—Ya está —anunció Bruno.

Y en efecto, ya estaba. Ni la más pequeña incomodidad o dolor. Darío abrió y cerró la mano, giró la muñeca, primero en un sentido y luego en otro. Todos los movimientos fueron perfectos, todo funcionaba como debía. Miró al joven de la chistera verde, profundamente agradecido. Estaba a punto de expresar ese agradecimiento en palabras cuando recordó quién lo había enviado.

—¿Tienes alguna herida más? —le preguntó Bruno—. ¿Cualquier otra cosa que pueda curar?

—No —le espetó con malas maneras—. Ya has terminado aquí. Puedes marcharte por donde has venido.

Bruno no se inmutó. Se limitó a asentir con la cabeza mientras miraba en derredor. Recorrió con la vista la pequeña habitación que Darío había convertido en su hogar; estaba en la segunda planta de un acuartelamiento militar situado en el norte de Rocavarancolia. Si el desorden de la estancia —con sacos, mantas y cestas de comida por doquier— llamó su atención, no hubo manera de saberlo.

—No le diré a Adrian dónde estás —dijo de pronto. Parecía no tener la menor intención de irse. Darío frunció el ceño—. No tengo nada contra ti, ni te deseo ningún mal.

—Díselo a tu amiguito. Me la tiene jurada.

—Adrian no es mi amigo. No es amigo de nadie. —Su vista dejó de vagar por el cuarto para centrarse en su espada—. Me han contado lo que dijo Roallen sobre tu arma. Es mágica. —No era una pregunta.

Bruno se lo quedó mirando con esa fijeza apática que resultaba tan inquietante. Darío se revolvió incómodo en la cama y decidió que ya era hora de salir de ella, se sentía estúpido metido entre mantas mientras el otro permanecía fuera. Se levantó sin dejar de girar la muñeca hasta entonces destrozada. El italiano retrocedió un paso, sin apartar los ojos de la espada. Darío comprendió lo que quería y se sorprendió cumpliendo su deseo. Tomó el arma por la hoja y se la ofreció por la empuñadura. Si Bruno hubiera querido matarlo, podía haberlo hecho mientras dormía.

El joven mago empuñó el arma. Lo hizo de manera desmañada, sin gracia. La espada se agitó en su mano y a Bruno no le quedó más remedio que contrarrestar el movimiento tirando de ella hacia atrás.

—Intenta atacarte —dijo.

—Sí. Eso es lo que hace, siempre intenta clavarse en quien tenga delante. Sea quien sea. —Resultaba duro reconocerlo, pero le dolía que el arma se revolviera contra él. Se sintió traicionado—. Por eso herí a Adrian aquel día. No fui yo, fue la espada.

Bruno asintió despacio. Darío escrutó su rostro, en busca de alguna emoción, en busca de alguna reacción a lo que había dicho, pero allí no había nada. Ni lástima, ni comprensión. Solo frialdad.

—Es la primera arma claramente mágica que veo —comenzó, más interesado al parecer en la espada que en sus palabras—. Sabía de su existencia, por supuesto, pero en todo el tiempo que llevamos en Rocavarancolia no había tenido la oportunidad de ver ninguna.

—La encontré en la grieta de los esqueletos… El… el trasgo dijo que era un arma de bausita, o algo por el estilo. Y por la forma en que lo dijo me dio la impresión de que existen muchas de este tipo. —«Un arma de cobardes», había señalado.

Bruno, se diría que satisfecho con su escrutinio, le devolvió la espada. Darío la tomó con su mano recién sanada, domó su intento de revolverse para atacar a Bruno, la envainó y la dejó junto a la cama.

—¿Cómo está tu amigo? —preguntó entonces. Había sido testigo de la lucha entre el trasgo y el joven, desde la seguridad de un tejado al que había trepado a duras penas tras recuperar la conciencia.

—¿Hector? Vivirá o morirá. Aún no lo sabemos. Curamos sus heridas, pero no podemos hacer nada contra el veneno del trasgo.

—Veneno… —murmuró Darío.

—Eso es. La mordedura de esas criaturas es altamente infecciosa. E inmune a las curaciones mágicas, al menos a las que nosotros conocemos. Si lo mantenemos con vida hasta que salga la Luna Roja, existe la posibilidad de que sobreviva, pero será una tarea ardua. —Dio un paso en dirección a la ventana—. Debo irme. Dadas las circunstancias, no quiero alejarme durante mucho tiempo del torreón.

Darío asintió y se sentó de nuevo en la cama. Se resistía a darle las gracias. El italiano agachaba ya la cabeza para salir por la ventana cuando algo lo detuvo. Se quedó inmóvil, con la vista perdida en el vacío. De pronto parpadeó y se giró hacia él.

—Ella no me mandó —dijo—, lo hizo Adrian. —Su voz seguía sin tener la menor inflexión, pero ahora hablaba mucho más deprisa—. Pero sí me pidió que te agradeciera lo que hiciste en la plaza. Salvaste su vida.

Darío se tensó al borde de la cama. Se aferró las rodillas con fuerza y observó al italiano, inmóvil en la ventana. Sus miradas se cruzaron.

—Hice lo que tenía que hacer, nada más —dijo.

Bruno se movió, dispuesto al fin a irse, pero de nuevo vaciló.

—También me pidió que averiguara tu nombre —añadió, esta vez sin mirarlo.

—Darío. Me llamo Darío —se apresuró a contestar. El corazón le latía con fuerza.

—Darío —repitió despacio Bruno, como si quisiera comprobar cómo sonaba aquel nombre—. Adiós, Darío. Espero que todo te vaya bien —dijo antes de desaparecer por la ventana.

El brasileño permaneció largo rato con la mirada perdida una vez que Bruno se hubo marchado. Estaba aturdido por la corta visita de aquel muchacho y, sobre todo, por sus palabras finales. Sonrió al recordar la manera en que había titubeado y se arrepintió de no haberle dado las gracias entonces. No por haberlo curado, por supuesto, no por eso. Le habría gustado darle las gracias por mentirle: Marina no le había pedido que le agradeciera nada ni preguntara su nombre. Era probable que ni siquiera supiese que Adrian lo había mandado allí. Aquella vacilación había sido la de alguien que miente sin estar acostumbrado a hacerlo.

Se preguntó qué podía haber visto Bruno en él para mentirle de esa manera torpe e ingenua. No lo sabía. Pero el mero hecho de que lo hubiera intentado demostraba que todavía quedaba esperanza para él. Luego su mirada se desvió hacia el pequeño espejo roto que colgaba torcido en la pared y su buen humor desapareció al contemplar su reflejo.

«Vuestro reino no vale nada». ¿Cómo se atrevía esa mocosa ingrata? ¿Qué sabía ella de Rocavarancolia? Denéstor Tul gruñó e hizo el enésimo intento en lo que iba de semana por apartar de su mente las palabras de Natalia, pero de nuevo, por enésima vez, fracasó. «Lo habéis construido sobre una montaña de cadáveres... ¿Y qué puede valer algo construido así?».

Para agravar más si cabía su malhumor, otro de los libros que había mandado en busca de pistas sobre el pergamino de Belisario había muerto poco antes de amanecer. Era el tercero que caía en los últimos días; los dos primeros habían sido devorados por alimañas, pero en este caso había sido la magia lo que había terminado con él. El libro exploraba la torre Serpentaria cuando Denéstor sintió su muerte; como ocurría siempre que una de sus criaturas moría, notó una lanzada repentina en el pecho. A pesar del enlace mental que mantenía con la mayoría de sus creaciones, no había podido precisar qué había ocurrido exactamente y por eso se preparaba para visitar la torre. Lo más probable era que el libro se hubiera acercado demasiado a donde no debía y un conjuro de guardia lo hubiera fulminado, pero, aunque fuera una posibilidad remota, no podía descartar que el hechizo estuviera protegiendo algo relacionado con el pergamino desaparecido. Para estar seguro no le quedaba más alternativa que investigarlo en persona, no podía arriesgarse a enviar a otra de sus creaciones y que corriera la misma suerte.

Descendió por la escalera de cuerda que caía por la cara norte de la torre, con una tarántula de cristal diminuta correteando sobre la cabeza. La araña era un eficaz detector de maleficios y pensaba usarla para dar con el hechizo asesino. Había decenas de encantamientos activos en la última planta de la torre Serpentaria y cualquiera de ellos podía ser el culpable de la destrucción del libro.

A su pesar, sus pensamientos volvieron a Natalia y lo que le había dicho en la plaza. «¿Qué puede valer algo que se levanta sobre pilas de niños muertos?», se había atrevido a preguntar aquella descarada.

¿Cómo se atrevía a juzgarlos? Precisamente ella, que tan agradecida debería estarle por traerla a Rocavarancolia. ¿Qué destino le habría aguardado en la Tierra si no? Ya estaba tocada por la magia antes incluso de que él la encontrara; era capaz de ver lo oculto para la mayoría y eso, sin duda, la habría terminado condenando. Las pastillas podían haber adormecido su don, pero solo habría sido cuestión de tiempo que dejaran de surtir efecto. Si Natalia se hubiese quedado en la Tierra, tarde o temprano habría terminado loca, como tantos otros que eran rozados por la maravilla en un mundo donde los milagros no tienen cabida.

Denéstor puso un pie en tierra y echó a andar con paso rápido hacia el portón de Altabajatorre, sintiéndose ridículo por estar todavía tan afectado por las recriminaciones de la muchacha.

«Te comportas como un idiota —se dijo—. La niña no solo no sabía lo que estaba diciendo, sino que además estaba alterada por lo ocurrido. ¿Qué te pasa, viejo loco? Has escuchado cosas infinitamente peores sobre Rocavarancolia. ¿Por qué te afecta tanto ahora?».

Denéstor gruñó. Conocía la respuesta a esa pregunta, pero le daba un miedo atroz ponerla en palabras, darle forma, aunque solo fuese en su mente. Era mucho más sencillo despotricar sobre aquella chiquilla ingrata que abrir esa puerta y enfrentarse a todas sus dudas, a todos sus miedos.

No, la niña no sabía nada. Nada de nada.

—La Luna Roja le abrirá los ojos —sentenció Denéstor. Tomó a la inquieta tarántula entre sus dedos y se la guardó en uno de los múltiples bolsillos de su túnica—. Aún no has visto nada, niña, espera y verás. Espera y verás.

Las poleas y cadenas que abrían el portón enorme de Altabajatorre se pusieron en marcha en cuanto Denéstor se aproximó a la salida; las dos hojas de la puerta se abrieron ante él con su estrépito habitual y el demiurgo salió a la claridad de la mañana.

Se encontró con Ujthan y Solberino, inmóviles a metros escasos del portón. Lo primero que pensó al verlos fue que había ocurrido otra tragedia. La tensión de ambos hombres era tan evidente que parecían a punto de echar a correr.

—¿Qué sucede —preguntó preocupado—. ¿Hay reunión del consejo? ¿Ha pasado algo malo?

—¿Qué? —Ujthan retrocedió un paso.

—No, no ha ocurrido nada malo, demiurgo —dijo Solberino. Su rostro se suavizó. Tomó del antebrazo a Ujthan y le obligó a avanzar el paso retrocedido. El gesto extrañó a Denéstor; no había creído que existiera tanta familiaridad entre ambos. De hecho, por lo que recordaba, era la primera vez que veía a Solberino tocar a alguien—. Nos tomó por sorpresa ver que la puerta se abría cuando nosotros nos aprestábamos a llamar a ella, tan solo eso —explicó con su voz ronca y arrastrada—. Pero no venimos con malas noticias. Al contrario: creemos que son buenas. En un barco de la bahía me he topado con varios libros escritos en el idioma por el que andabas preguntando. Al menos estoy casi seguro de que se trata del mismo.

—¿Varios libros?

—Eso es. Siete u ocho. Aunque todo hay que decirlo: no se encuentran en las mejores condiciones.

—¿Y dónde están? ¿Los habéis traído con vosotros?

—No, no, no. No me he atrevido a tocarlos, demiurgo —le contestó el náufrago—. No es la primera vez que un libro se me deshace en las manos y tampoco es la primera que alguno me suelta un bocado al ir a cogerlo. Cosas mágicas, ya sabes. Y yo siempre digo: deja las cosas mágicas para los que entienden del tema.

—¿Dices que son libros de magia?

Solberino se encogió de hombros.

—Huelen a magia en todo caso. No sé si serán ellos o el arcón donde se hallan.

Denéstor observó a los dos hombres, meditabundo. Había pasado por alto los barcos naufragados a la hora de impartir sus órdenes a los libros rastreadores; como era habitual en los habitantes de Rocavarancolia, no solía considerar aquel caos de buques a medio hundir como una parte real de la ciudad. Mandó una orden mental a los libros más cercanos a la bahía para que se aprestaran a investigar, luego les pidió a Ujthan y Solberino que aguardaran en la puerta y entró de nuevo en Altabajatorre. Eran buenas noticias, sin duda, aunque le preocupaba el estado en el que podían hallarse los libros. Ya había comenzado a esbozar en su cabeza una criatura capaz de traducir textos escritos en lenguajes desconocidos, pero para hacerla funcionar necesitaría introducir en ella la mayor cantidad posible de palabras en ese idioma, muchísimas más de las que ahora tenía.

Miró alrededor. Altabajatorre, como siempre, era un hervidero de vida. A un solo gesto descendieron de las alturas dos grandes libros, de cubiertas blancas, dotados de un corto tubo acanalado en la parte superior del lomo. Esos libros beberían literalmente las palabras de los que se encontraran en el arcón, se las robarían de sus páginas para anotarlas en las suyas. No tendrían que tocarlos para hacerse con su contenido. Echó un último vistazo a Altabajatorre, su vista se deslizó por la caótica fauna artificial que la poblaba. Negó con la cabeza, con la tarántula del bolsillo y los libros sería bastante.

No había dado ni un paso en dirección a la puerta cuando un remolino repentino de polvo se le echó encima. Altabajatorre, al no tener techos, era un lugar propicio a las corrientes, pero aquello era ridículo, casi daba la impresión de que aquel remolino polvoriento se había abalanzado sobre él a propósito. Denéstor estornudó varias veces, se sacudió el polvo de encima a manotazos y echó a andar para reunirse con los hombres que aguardaban fuera.

Hundida en el centro de su lecho, dama Sueño, a pesar de seguir dormida profundamente, abrió los ojos de par en par. Tras largos meses de sueño, sus pupilas se habían hecho tan pequeñas que casi habían desaparecido del iris. Sus labios agrietados se movieron despacio, murmurando palabras en voz tan baja que el criado sentado a la cabecera de la cama, al otro lado del dosel, no llegó a escucharlas:

—Perdónanos, Denéstor... De haber podido salvarte, lo habríamos hecho. De haber podido...

Era un día luminoso y claro.

Las nubes, de un blanco rutilante, se esparcían por el cielo como manadas de bestias perezosas que se hubieran detenido a descansar en las alturas. Sobre una de ellas, enorme y plana, se posaban dos pájaros de humo color turquesa, de largos picos retorcidos.

Las alas del perchero en el que montaba Denéstor batían el aire con fuerza mientras sobrevolaba Rocavarancolia rumbo a los arrecifes. Denéstor Tul se sujetaba con una mano al tronco del perchero mientras se inclinaba hacia delante. Tras él volaban los dos libros en blanco y, un poco más retrasado, un segundo perchero, bastante más voluminoso que el suyo, en el que viajaban Ujthan y Solberino. El náufrago había pretendido hacer el trayecto a pie, pero Denéstor se había negado en redondo. Como poco habrían sido dos horas largas de marcha, y él ardía en deseos de poner sus manos cuanto antes sobre los libros.

A sus pies se desplegaba la ciudad, un tapiz desordenado donde primaban las sombras y los tonos grises; era desde el cielo donde mejor se apreciaba la devastación que la guerra había causado en Rocavarancolia. Denéstor pudo ver las huellas cárdenas en la roca donde antaño se alzaron las torres dragoneras, a medio camino entre las estribaciones de la montaña y Rocavaragálago. Hasta la última de ellas había sido derribada por el enemigo. No habían tenido suficiente con los más de ochenta dragones muertos durante la batalla ni con el casi centenar que se llevaron de Rocavarancolia a sus propios mundos; también habían tenido que destruir las torres donde habían vivido aquellas bestias magníficas. Durante un tiempo, Denéstor se había preguntado qué los había impulsado a hacer algo tan drástico, tan brutal. Si ya no quedaban dragones en Rocavarancolia, ¿por qué destruir esas construcciones magníficas? ¿Qué sentido tenía eso? Las dragoneras eran hermosas torres policromadas de más de cien metros de altura, con bajorrelieves extraordinarios adornando su superficie; aquellas torres eran una de las maravillas de la ciudad y había sido un crimen destruirlas, un sinsentido. Eso fue lo que había pensado en un primer momento, hasta que Esmael le abrió los ojos.

—Las destruyeron para arrebatarnos toda esperanza —dijo—. Por si al verlas nos daba por pensar que existía la más mínima posibilidad de que los dragones regresaran. Por eso lo hicieron. Fue su manera de decirnos que todo había terminado, que nos habían vencido totalmente. Fue su manera de decirnos que los dragones jamás volverán a volar sobre Rocavarancolia.

Por eso, en los primeros tiempos tras la derrota, muchos habían intentado desencantar al único dragón que quedaba en Rocavarancolia:

el dragón de Transalarada petrificado en la plaza del Estandarte. Pero todo había sido inútil. La piedra continuaba siendo piedra y daba la impresión de que así seguiría por los siglos de los siglos. La magia capaz de deshacer el hechizo que dama Basilisco había lanzado durante la última batalla estaba fuera del alcance de los pocos que habían sobrevivido a la guerra. Denéstor suspiró al recordar a la bruja. Solo él sabía qué le había ocurrido realmente aquella noche. Solo él sabía que dama Basilisco no había sido una baja más en la batalla.

—¡No seréis vosotros quienes acabéis con Rocavarancolia! —aulló la bruja desde las alturas, montada en Cefal, su tiburón alado. La mayor parte de la armadura del escualo había desaparecido y el animal sangraba por una herida brutal en un costado. La propia hechicera mostraba claras señales de fatiga—. ¡No sois más que ratas! ¡¿Me oís?! ¡Ratas traidoras y cobardes! ¡Ratas que atacan al amparo de la oscuridad!

Llevaban más de cuarenta horas combatiendo. Denéstor estaba junto a ella, montado en su exhausto dragón de bronce. Era uno de los momentos escasos de respiro que les había concedido la batalla; los focos de lucha en el sur de la ciudad se habían desperdigado y ellos se encontraban en un claro momentáneo en la refriega. Dama Basilisco se aferró con fuerza al reborde de la coraza que protegía la cabeza de Cefal y miró trastornada a su alrededor. Las columnas de fuego, humo y magia desatada se elevaban por toda Rocavarancolia. Destellos de energía pura centelleaban en el crepúsculo como fuegos de artificio. Las sombras de los dragones y las quimeras se proyectaban sobre los edificios y los ejércitos que se enfrentaban. No importaba a cuántos mataran, el enemigo seguía entrando a raudales por los vórtices abiertos. La guerra y el horror campaban a sus anchas por la ciudad. Un edificio estalló hecho pedazos en el este. Denéstor reconoció el torreón Alborada, el torreón en el que había vivido durante sus primeros meses en Rocavarancolia, cuando no era más que un niño recién cosechado. Se sintió desfallecer.

—No, no caeremos así… —insistió dama Basilisco—. Pero hasta las ratas pueden matar a un dragón si atacan a traición y en número suficiente. —La bruja era una de las magas más poderosas del reino y fue de los primeros en darse cuenta de que todo estaba perdido—. No nos merecemos este final, Denéstor. Rocavarancolia no será arrasada por estos bárbaros, te lo juro por mi alma negra. —Le dedicó una mirada en la que la desesperación y la furia se mezclaban a partes iguales—. ¡¿Quieren una masacre?! ¿A eso han venido? ¡Está bien! ¡Yo les daré una masacre! —exclamó mientras se erguía en su tiburón—. ¡Que la muerte y la destrucción nos arrastren a todos! ¿Me oís, malditos? ¡¿Podéis oírme!? —Fue tal la energía mística que rodeó de pronto a la mujer que su cabello estalló en llamas—. ¡Nadie sobrevivirá para decir que Rocavarancolia cayó! ¡Nadie!

Y para asombro del demiurgo, la bruja comenzó a lanzar uno de los sortilegios más poderosos y destructivos de los que se tenía constancia: la Canción de la Roca. Todos los seres vivos que en aquel momento se encontraban en Rocavarancolia serían transformados en piedra, no solo en la ciudad, sino en el planeta entero. Todo sería roca y desolación. Los primeros en caer petrificados fueron los que combatían en la plaza del Estandarte, justo bajo dama Basilisco y Denéstor. El hechizo no hizo distinción alguna entre amigos y enemigos. Todo era carne que volver piedra, vida que destruir. Y fue entonces, al ver como las ondas de magia empezaban a sobrepasar los límites de la plaza, cuando el demiurgo comprendió el verdadero alcance de los planes de la mujer: la Canción de la Roca se abriría camino por todos y cada uno de los vórtices abiertos en la ciudad, extendiéndose así a los mundos vinculados y destruyéndolos también, tanto a los que estaban implicados en la batalla como a los que ni siquiera sabían que Rocavarancolia existía. Y Denéstor no podía permitir que eso ocurriera, no podía dejar que su muerte arrastrara consigo a tantos inocentes.

No tuvo tiempo de ser sutil, no con aquel hechizo amenazando con transformarlo en piedra en cualquier momento. Ordenó a una de sus creaciones que se lanzara sobre la bruja que, con los brazos alzados y los ojos en blanco, continuaba con su conjuro. La creación del demiurgo, una criatura erizada con forma de pterodáctilo hecha de flechas y garfios, se lanzó sobre dama Basilisco y su montura y los despedazó de dos golpes antes de precipitarse al vacío, convertida ella también en piedra. Durante mucho tiempo Denéstor se preguntó si dama Basilisco había sido consciente en algún momento de su traición. Esperaba que no.

Y así Rocavarancolia cayó, pero cayó sola.

«Vuestro reino no vale nada. Lo habéis construido sobre una montaña de cadáveres...», se había atrevido a decir Natalia.

¿Qué diría de saber lo que Denéstor Tul había evitado aquel día? ¿Cuántos mundos había salvado él asesinando a alguien que lo consideraba un amigo?

Denéstor, Solberino, Ujthan y los dos libros en blanco pronto sobrevolaron el torreón Margalar. Allí continuaba la lucha a vida o muerte entre Hector y el veneno del trasgo; una lucha sobre cuya resolución el demiurgo no era nada optimista. Tenía una idea bastante aproximada tanto del poder de Bruno como de la fortaleza de Hector, y ni uno ni otra eran rivales para lo que corría por sus venas. La lucha no tardaría en decantarse a favor del veneno; era extraño que no lo hubiera hecho ya. Lo mejor, pensó Denéstor, era que lo dejaran ir. El joven no lograría resistir los veintidós días que todavía faltaban para la llegada de la Luna Roja.

El demiurgo apartó la vista del torreón y se centró en su objetivo.

El océano que bañaba las costas pedregosas de Rocavarancolia era una quieta pátina azul, salpicada por los destellos inquietos del sol lánguido que colgaba del cielo. La agitación de los últimos días había remitido, pero aquella calma no engañaba al demiurgo, sabía que era solo momentánea y que lo peor estaba por llegar.

Dejaron atrás el acantilado para sobrevolar el cementerio de barcos. De cuando en cuando, las estelas de los monstruos marinos que infestaban la zona rasgaban la superficie del agua. En uno de los muchos claros que se abrían entre los buques, Denéstor distinguió el esqueleto de una bestia tan enorme que su tamaño rivalizaba con el de los mayores barcos de la bahía. Una multitud de aves se dispersaba entre los barcos y arrecifes, posadas en lo que quedaba de los mástiles, en las quillas destrozadas, en las cubiertas hechas pedazos... Su griterío era ensordecedor.

El mar apestaba a sangre y a carroña.

Denéstor Tul frenó el vuelo de su perchero y se giró hacia los hombres que marchaban a su espalda. Solberino se aferraba desesperado a su montura; su rostro mostraba un enfermizo tono violáceo. El náufrago tomó aliento y señaló al nordeste. Dijo algo que el demiurgo no alcanzó a entender pero que Ujthan le tradujo al instante:

—La goleta rojiza encallada en la barrera de arrecifes a tu izquierda —le indicó—, la que está medio aplastada por el buque de guerra. Allí están los libros.

Denéstor no tuvo problemas en localizar el barco. Era una goleta desarbolada sobre cuya popa se apoyaba la quilla de un buque gris gigantesco de forma tan brutal que casi había partido al otro barco en dos. La proa se inclinaba hacia arriba, prácticamente en ángulo recto, y solo se mantenía a flote porque la quilla estaba encajada entre los bordes afilados de la línea de arrecifes. La sensación de desastre inminente que le produjo aquel barco fue tremenda. Daba la impresión de estar a punto de hacerse pedazos en cualquier momento.

—¿Tenemos que entrar ahí? —preguntó Denéstor.

—No es tan arriesgado como parece, demiurgo —le aseguró Solberino con un hilo de voz. El perchero de los dos hombres se había situado a su altura—. El arcón se encuentra en un camarote de fácil acceso desde la cubierta de proa. —Tragó saliva y se agarró con más fuerza aún a la madera. La mayor parte del tiempo tenía los ojos cerrados—. ¿Podemos bajar de una vez, por piedad?

Denéstor frunció el ceño, con el principio de una sospecha bullendo en su interior, pero entonces vio a sus propios libros revoloteando alrededor del barco y comprendió que, en efecto, allí estaba lo que buscaban. No lo pensó más.

Hicieron descender los percheros, rumbo a la goleta y el buque. Al momento, las inmediaciones de los dos barcos y la hilera quebrada de arrecifes se convirtieron en una confusión de pájaros que huían espantados. Solberino no esperó a que su perchero se posara sobre los restos; en cuanto estuvo a una distancia prudencial saltó al casco. Se puso en cuclillas, respiró hondo y se irguió. Ujthan y Denéstor pronto estuvieron a su lado. El demiurgo no hizo ademán alguno de bajar del perchero; la quilla levantada de aquel barco no le inspiraba la menor confianza y no pensaba poner un pie en ella si no era necesario.

Frente a ellos se alzaba el buque de guerra, oscureciendo el día. A sus pies, la cubierta de la goleta caía casi en vertical hasta el agua. Solberino se acuclilló de nuevo, justo al borde de la quilla, y señaló hacia abajo.

—La escotilla está a unos treinta metros de distancia —indicó. Denéstor descubrió una larga escala de cuerda atada a la baranda de la goleta y colgando cubierta abajo—. Bajad en esas cosas diabólicas si se os antoja, pero yo ya he tenido bastante por hoy; con vuestro permiso, prefiero mis cuerdas —y nada más terminar su parlamento, saltó por la cubierta, se afianzó a las sogas entrelazadas y comenzó a bajar a buen ritmo.

Denéstor azuzó a su perchero y descendió en paralelo a la cubierta. Tras él se levantaba la quilla inmensa del buque de guerra, recubierta de mugre, algas y moluscos. A medida que el demiurgo perdía altura entre los dos barcos, las sombras fueron ganando terreno a la claridad del día.

Solberino se detuvo junto a una abertura en la cubierta y los aguardó allí, envuelto en las sombras que arrojaban la goleta y el buque. Denéstor salvó los últimos metros que lo separaban del náufrago y, tras acercar el perchero a la escotilla abierta, se asomó al interior. Era la entrada a un camarote sombrío y húmedo. El náufrago soltó las cuerdas, se aferró a la madera y entró por la escotilla.

La oscuridad era casi total dentro. De las mangas de la túnica de Denéstor salieron dos docenas de pequeñas luciérnagas de madera, con velas minúsculas adheridas a sus abdómenes que se encendieron al momento. Su luz movediza iluminó el lugar. El demiurgo entró despacio, con los ojos entornados. Era una estancia diminuta, con una cama volcada y rota en una esquina, una taquilla desvencijada y lo que parecían ser los restos de una silla. Lo que más llamaba la atención era el cofre colocado en la pared frente a la puerta. Era bastante grande, de madera negra, con los bordes reforzados con planchas de hierro.

Solberino aguardaba en mitad del camarote, observándolo con la cabeza inclinada y una extraña expresión de avidez en su rostro aguileño. Denéstor frunció el ceño. El cofre era demasiado grande para aquel lugar. O bien su dueño le había tenido tanto aprecio como para sacrificar espacio vital y comodidad por mantenerlo cerca, o alguien lo había metido allí con el barco ya encallado. Y esa era la explicación más probable, dado el perfecto estado en el que se encontraba si se comparaba con el resto de los enseres. Se volvió hacia Ujthan. El guerrero lo miraba con fijeza.

—Los libros, Denéstor —le apremió—. Los libros.

El demiurgo vaciló un momento, luego asintió y se aproximó despacio hacia el cofre, chapoteando en el agua encharcada que cubría el suelo. Solberino se apartó para permitirle el paso y Denéstor se inclinó hacia delante, todavía a una distancia prudencial del arcón, alerta. Había casi una docena de libros dentro, volúmenes enormes y gruesos encuadernados en cuero. Olían a magia, era cierto. Reconoció en sus cubiertas caracteres semejantes a los del pergamino de Belisario. Solberino tenía razón: era el mismo idioma. Denéstor dejó salir la tarántula de cristal de su bolsillo y esta saltó al interior del cofre, en busca de hechizos de guardia.

—Es extraño... —dijo el demiurgo mientras contemplaba las evoluciones de la araña sobre los libros con el entrecejo fruncido—. Este lugar apesta a antiguo, pero la magia del cofre parece nueva... —Desde dentro del arcón, la tarántula le hablaba en un idioma que solo él podía escuchar. Denéstor asintió con la cabeza—. Son hechizos recientes, en efecto, en efecto... Y no siento nada maléfico en ellos, los únicos sortilegios que detecto se han extinguido hace poco y solo sirven para ocultar el contenido del cofre a hechizos locali... —Sus ojos se abrieron de par en par cuando la tarántula descubrió, en el fondo del arcón, los dos libros de logomancia desaparecidos de la biblioteca.

De pronto, una esfera de silencio se cerró en torno a él. Los contornos del mundo se difuminaron. Denéstor se giró hacia Ujthan y se topó cara a cara con dama Serena, emergiendo etérea de la carne del guerrero. La fantasma movía las manos reforzando el hechizo que los rodeaba con una nueva capa de magia de contención; la expresión de su rostro era de una frialdad tremenda, parecía no estar realmente allí. Ujthan enarbolaba un espadón enorme de hoja verde.

El demiurgo se quedó paralizado un segundo, incapaz de encontrar sentido a aquella escena.

—¿Qué está...? —pero antes de terminar la pregunta supo cuál era la respuesta. Y supo que iba a morir.

—Lo siento mucho, Denéstor —dijo Ujthan. Y con un movimiento veloz y preciso hundió la espada en su vientre.

El dolor, como una explosión, sacudió todo su ser. Pero fue más terrible todavía la impresionante sensación de vacío que le siguió cuando Ujthan retiró el arma de un tirón. Denéstor, herido de muerte, retrocedió dos pasos y tropezó con Solberino. El náufrago lo miraba con una sonrisa desquiciada. Disfrutaba cada segundo. El demiurgo intentó llamar a sus criaturas, a cualquiera de ellas, pero ni sus palabras ni sus pensamientos lograron atravesar la barrera levantada por dama

Serena. Y no le quedaba ni un ápice de magia en su cuerpo para defenderse. Aquella espada lo había vaciado por completo.

Una segunda criatura comenzó a emerger del cuerpo de Ujthan. Un ser pardo, con las costillas marcadas penosamente en su pecho. Era Belisario, pero no, no podía serlo, Belisario no tenía un cuerno en la frente. Y además, Belisario estaba muerto. Era su asesinato lo que estaba investigando, era un pergamino escrito por él lo que lo había conducido hasta allí... No, no tenía sentido. Denéstor retrocedió otro paso, con las manos aferradas a la herida abierta en su vientre. Sintió que las rodillas se le doblaban, pero no llegó a caer. Solberino lo mantuvo erguido, sujetándolo con fuerza desde atrás, ofreciéndoselo al engendro que emergía de Ujthan. Reía. El náufrago reía a carcajadas. La nueva criatura, la que no podía ser Belisario, se desperezaba a medio salir del guerrero. Empuñaba una espada de cristal, una espada llena a rebosar de humo negro. Dama Serena había abandonado por completo el cuerpo de Ujthan y, sin mirar en ningún momento a Denéstor, con la vista perdida en la nada, seguía trenzando hechizo sobre hechizo en torno a ellos; como si lo que estaba ocurriendo allí no tuviese relación con ella. La otra criatura lo miró a la cara y, al ver la oscuridad insondable que moraba en aquellos ojos, Denéstor perdió pie. El náufrago lo empujó hacia delante.

—No... —alcanzó a decir el demiurgo.

No, no podía morir así, no en la ignorancia. No sin saber el motivo, sin conocer el porqué. No se merecía eso. El mundo no podía ser tan injusto, tan cruel. Pensó de nuevo en las palabras de Natalia mientras contemplaba la oscuridad sombría de los ojos del ser que se disponía a matarlo. No podía morir así, no ahora, no cuando tenía tantas dudas de que su vida, realmente, hubiera merecido la pena.

Belisario levantó la espada sobre su cabeza, preparado para descargar el golpe final. Denéstor se zafó de Solberino y se lanzó hacia delante en un intento desesperado por dar vida al arma y doblegarla a su voluntad, aun a sabiendas de que en su cuerpo no quedaba energía para tal cosa.

Un fogonazo tremendo de hielo y oscuridad lo sacó del mundo.

¿QUIERES VER UN MILAGRO?

Esmael alzó la vista.

Llovía muerte. La sentía. La notaba en los huesos. Salió de la cúpula de la torre y miró alrededor desde una de las plataformas exteriores. En Rocavarancolia se estaba produciendo una verdadera masacre: decenas, no, cientos de vidas llegaban a su fin. Casi era capaz de sentir cómo se extinguían. El ángel negro echó a volar.

—Altabajatorre... —murmuró, incrédulo. Giró despacio en el aire para quedar encarado a las montañas.

El cielo sobre la residencia del demiurgo hervía de actividad, pero no era la de costumbre. El ángel negro entrecerró los ojos. Los ingenios de Denéstor Tul caían en picado, uno tras otro. Muertos. Las cometas se venían abajo, convertidas en meros pedazos de papel inerte y simples cuerdas, los soldados de plomo sucumbían al dictado frío de sus cuerpos sin corazón, las barcazas chocaban contra los riscos y se hacían añicos... Esmael vio como una gran mariposa construida con vidrieras de colores y diamantes se desarmaba y caía hecha pedazos. En las montañas llovían pájaros muertos, pájaros que nunca deberían haber estado vivos, y catalejos y prismáticos por los que nadie volvería a mirar. Solo unas cuantas criaturas se mantenían en el aire, las que eran obra de otros demiurgos y aquellas a las que Denéstor había fijado el hechizo de vida. Las demás caían montaña abajo, en silencio absoluto, con la resignación de lo que nunca ha estado vivo. Esmael no podía ver el interior de Altabajatorre, pero sabía que allí dentro tenía lugar una escena semejante. El milagro desaparecía. La magia se esfumaba. Y eso solo podía significar una cosa.

Denéstor Tul había muerto.

El ángel negro volvió a mirar a su alrededor, conmocionado. Prestó toda su atención a los sonidos que llegaban a él. La ciudad respiraba en sus oídos, el pulso de su corazón inmenso resonaba en las calles, en el viento, en los susurros de los monstruos que moraban en las tinieblas. Los edificios murmuraban, las sombras contaban historias negras entre las ruinas. Esmael lo escuchaba todo, con los dientes apretados, con su propio corazón batiendo ansioso en el pecho. De pronto a sus oídos llegó el sonido del bullir violento del agua; el frenesí carnívoro de las bestias marinas removiéndose en las profundidades, furiosas; y el estruendo de lo que parecían ser decenas de barcos que embestían unos contra otros. El mar, comprendió Esmael. Lo habían matado en el mar.

Echó a volar hacia allí. Se convirtió en un proyectil de oscuridad rabiosa rumbo a la bahía de los naufragios. Alguien se había atrevido a asesinar al demiurgo de Rocavarancolia, al custodio de Altabajatorre. Eso era lo que de verdad lo enfurecía, no el hecho en sí de la muerte de Denéstor Tul. Denéstor era una criatura viva, precaria y mortal por definición, y lo que habían osado destruir allí era algo muchísimo más importante que eso: habían destruido uno de los pilares fundamentales del reino. Siempre había existido un demiurgo en Altabajatorre. Siempre.

Llegó a la bahía como una exhalación. Desde el cielo vio varios remolinos de agua que hacían estragos entre los navíos encallados. Una goleta se iba a pique y arrastraba consigo a media docena de pequeñas embarcaciones y a un gran buque de guerra. El agua era un caos de surtidores, espuma y bestias soliviantadas. Muchos barcos se hundían mientras otros emergían de nuevo a la superficie, tan recubiertos de crustáceos y algas que parecían más monstruos de las profundidades que embarcaciones. La geografía de la bahía de los naufragios cambiaba a ojos vista.

Esmael descendió en picado. Más allá de la barrera de arrecifes, una docena de tentáculos inmensos y purpúreos saltaron del agua, se cerraron en torno a una galera negra y comenzaron a arrastrarla bajo el mar. Algo había enloquecido a todas esas criaturas. Ni siquiera con la Luna Roja actuaban así. El aire no solo apestaba a sal y a sangre, también hedía a magia primordial.

El ángel negro descubrió una figura agarrada a los arrecifes junto a los que se hundía la goleta. Era Ujthan. Se aferraba con una mano a las rocas mientras con el hacha que empuñaba en la otra se defendía como podía del ataque de una horda de tiburones. Las olas provocadas por el hundimiento de la goleta y el buque de guerra amenazaban con arrancarlo de los arrecifes, pero Ujthan no cejaba en la lucha, defendía su vida con fiereza, dando gritos que quedaban ahogados en el bramido constante del mar. Esmael voló hasta él entre el caos de barcos que zozobraban y el agua revuelta. Aterrizó sobre el lomo de un tiburón y le cortó la cabeza en tres partes con un movimiento rápido de alas. Luego saltó hacia las rocas, tomó a Ujthan de la cintura y lo arrastró sin contemplaciones a la cima de los arrecifes.

—¿Qué está pasando? —le gritó en plena cara—. ¿Dónde está el demiurgo?

—¡No lo sé! ¡No lo sé! ¡Desapareció! —aulló el guerrero. Estaba chorreando. Se zafó del ángel negro, aún con el hacha ensangrentada en la mano—. ¡Fue el cofre, Esmael! ¡Un hechizo en el cofre! ¡Todo saltó hecho pedazos cuando Denéstor se acercó!

—¿De qué estás hablando? —Esmael lo zarandeó de un lado a otro. Las olas los salpicaban con violencia—. ¡Maldita sea, Ujthan! ¡Pon esa maldita cabeza vacía tuya a trabajar y explícate como es debido! ¡¿De qué cofre estás hablando?!

— Libros, contenía libros... —Ujthan jadeaba—. Escritos en ese idioma extraño por el que Denéstor no paraba de preguntar. Solberino los encontró y vinimos a investigarlos. Cuando Denéstor se acercó al cofre, un hechizo de guardia se puso en marcha y el mundo se volvió loco.

Esmael soltó a Ujthan y se giró con rabia. El guerrero se dejó caer sobre las rocas, resoplando. No podía creer que un hechizo de protección hubiera sorprendido al demiurgo. No, Denéstor nunca habría sido tan descuidado. Y todo aquel caos en la bahía no lo podía haber provocado un hechizo de guardia normal. Allí había algo más.

Alguien lo llamó desde las alturas.

—¡Esmael! —Alzó la mirada y se encontró a dama Serena, volando sobre su cabeza dentro de su esfera de luz esmeralda—. ¿Qué ha pasado? —preguntó—. ¿Qué es toda esta locura?

A los pies de la fantasma, a cuatro patas, se hallaba Solberino, el náufrago, empapado hasta los huesos, tiritando de frío.

—Denéstor Tul ha muerto —gruñó el ángel negro y se zambulló en el agua.

Hurza, con los ojos cerrados y el rostro alzado, sonreía envuelto en las tinieblas de las profundidades marinas, muy lejos del lugar donde Esmael buscaba los restos de Denéstor. El poder del demiurgo fluía por su sangre como magma hirviente; era vida pura inyectada en sus venas. Por primera vez desde que había despertado en el cuerpo decrépito de Belisario, Hurza Comeojos se sentía realmente vivo. Levantó las manos en la oscuridad. Las terminaciones nerviosas de su cuerpo vibraban en sintonía con el pulso secreto del universo, su corazón latía al compás del movimiento de las estrellas y las tormentas solares.

Lo embriagaba de tal manera la energía robada al demiurgo, que había estado tentado de salir en busca de Esmael para terminar de una vez con todo. Pero al final se había impuesto la prudencia. Esmael seguía siendo un ángel negro y no debía cometer el error de menospreciarlo.

Aguardaría. Lo único que necesitaba para enfrentarse con garantías al Señor de los Asesinos era recuperar el poder almacenado en su grimorio. Sí, necesitaba un vampiro para acceder a él, pero la Luna Roja pronto solucionaría ese problema. Y en cuanto recuperara lo que era suyo, nada ni nadie sería capaz de detenerlo. Ni siquiera la muerte del muchacho del torreón Margalar ensombrecería su triunfo. Retrasaría sus planes, eso era indudable, pero una vez que volvieran a abrirse los vórtices, solo sería cuestión de tiempo encontrar un cuerpo adecuado para albergar el alma de Harex. Y no importaba si tenía que esperar siglos para que eso ocurriera. Tardara lo que tardara, Hurza traería a su hermano de vuelta.

El primer Señor de los Asesinos sonrió. No era una criatura propensa al optimismo, pero en aquel momento, saboreando todavía el poder nuevo y magnífico que le había robado a Denéstor, no era capaz de concebir que algo pudiera salir mal.

Dama Desgarro no podía creerlo. Se resistía a admitir que el demiurgo hubiera muerto. Avanzó por el camino de piedra que rodeaba una de las plazoletas del cementerio, con las manos entrelazadas a la altura del pecho y expresión sombría. Hasta los muertos guardaban silencio.

El pájaro de metal que Denéstor le había regalado hacía tanto tiempo llevaba horas encaramado a lo alto del obelisco que ocupaba el centro de la plaza, con la vista perdida en el este, sin moverse apenas, encorvado: la viva estampa de la desolación. No había muerto junto a sus hermanos porque Denéstor había anclado en él el hechizo que le daba vida. Dama Desgarro lo llamó de nuevo y, de nuevo, el pájaro hizo caso omiso. Se limitó a girar la bala de cañón diminuta que tenía por cabeza para mirarla un momento, antes de volver a mirar en dirección al mar.

—No va a volver —le dijo dama Desgarro—. Más vale que lo aceptes. Está muerto. —Pero ni aun así, ni diciéndolo en voz alta, logró asumirlo ella.

Una corriente súbita de aire a su espalda la hizo volverse. Dama Serena aterrizó a su lado, en silencio. No la había oído llegar.

—Esmael y los Lexel siguen rastreando el mar en busca del cuerpo —le anunció. Ella también contemplaba al pájaro de Denéstor—. Pero por el momento no hay hechizo de búsqueda que valga. Quizá ya no haya nada que encontrar —añadió. Dama Desgarro pensó que parecía más fría y distante de lo habitual. ¿Le había afectado tanto la muerte del demiurgo como a la propia custodia del Panteón Real? ¿O era que le dolía ver cómo todos iban muriendo a su alrededor mientras ella seguía condenada a vivir su espejismo de vida?

—No podrán encontrarlo —gruñó la mujer marcada—. No con todas esas criaturas hambrientas bajo el agua. Alguien le ha tendido una trampa, querida. Y estoy convencida de que ha sido la misma criatura que asesinó a Rorcual, Enoch y Belisario. Solo que el muy cobarde no se ha atrevido a enfrentarse con Denéstor cara a cara.

—Esmael sospecha lo mismo.

—¿Y tú?

—No lo sé. —Se encogió de hombros—. Quizá si localizásemos restos del cofre, podríamos averiguar algo. Pero todo lo que tenemos es tan vago, tan etéreo... —No encontrarían nada. Ella lo sabía. Se habían ocupado muy bien de ocultar cualquier rastro. Solo hallarían residuos del hechizo primordial con el que Hurza había enloquecido a todos esos monstruos marinos, nada más.

—Me resulta inconcebible que ya no esté —dijo dama Desgarro. Apoyó las manos en el respaldo de uno de los bancos de forja negra que se repartían por la minúscula plazoleta—. Para mí, Denéstor Tul era tan parte de la ciudad como... no sé, como este cementerio, como la fortaleza de las montañas... Como la mismísima Rocavaragálago. —Alzó la mirada para contemplar a la fantasma—. O como tú misma... Y ahora está muerto, dama Serena. Denéstor Tul se ha ido. Han matado al demiurgo de Rocavarancolia.

Denéstor Tul abrió los ojos y se preguntó si la oscuridad densa y total que lo rodeaba sería la muerte.

Pero si así era, y por el momento no tenía motivo para dudarlo, en aquella oscuridad había algo extraño: un olor fresco y vital fuera de lugar, un aliento a vida, a plenitud. Casi creyó percibir la fragancia de un sinfín de flores. Frunció el ceño, sorprendido de contar aún con ceño que fruncir. Dio un paso al frente y el milagro asombroso del movimiento lo dejó aturdido, a punto de echarse a llorar por el alivio de sentirse vivo. En su memoria estaba grabado aquel último y fatal instante: la mirada despiadada de su asesino, el vuelo de la espada de cristal y el silbido del filo al cortar el aire, su salto desesperado e inútil... Se llevó una mano a la garganta, allí donde se había hundido el arma, pero no encontró ninguna herida.

Una voz salió a su paso en las sombras, una voz de niña, embargada por una tristeza infinita.

—No podíamos salvarte, demiurgo. —Denéstor reconoció la voz, era una de las muchas que usaba la anciana soñadora. El alivio que sentía se multiplicó por mil. Ni siquiera prestó atención a sus palabras.

—Un sueño. No ha sido más que un sueño... —Dio gracias a los dioses. Ujthan no le acababa de atravesar con aquella espada helada, ni aquella criatura parda lo había decapitado. Lo había soñado todo—. Qué locura, qué locura... ¿Cómo puede un sueño ser tan real?

—Es ahora cuando sueñas, Denéstor —le aseguró una segunda voz, más madura que la primera, pero perteneciente a la misma mujer—. Es tu último sueño —añadió—. Mientras hablamos, tus restos se hunden en las aguas negras de la bahía, entre leviatanes y serpientes de mar. Tus asesinos dirán que un hechizo de guardia te dejó indefenso y que esa misma magia enloqueció a las bestias de las profundidades. —Su voz cambió. Ahora era la voz de Ujthan, más desgarrada de lo habitual—: A docenas, Esmael. Se abatieron sobre nosotros a docenas. No pudimos hacer nada. Solo luchar por nuestra vida. Ojalá hubiera sido más diestro, ojalá hubiera sido más rápido… Ojalá hubiera muerto yo y no Denéstor… —Dama Sueño recuperó de nuevo su voz para añadir—: Esmael sospechará que todo ha sido una trampa para acabar contigo, pero por desgracia no mirará en la dirección en la que debe.

—No… —Denéstor notó como la voz le fallaba. La imagen de su propio cuerpo cayendo a las profundidades lo estremeció. No tenía sentido. Nada de lo que estaba ocurriendo tenía sentido. Aquella anciana majadera no podía venir a decirle que todo lo que había sentido en los últimos minutos no era más que un espejismo, un sueño, y que en realidad estaba muerto, hundiéndose en el mar… No podía ser tan cruel. Nadie podía ser tan cruel.

—Jamás encontrarán tu cadáver —dijo la soñadora desde la oscuridad—. Y Esmael lo buscará durante mucho tiempo, tenlo por cierto.

—No, no, no… —Denéstor subrayaba cada una de sus negativas con sacudidas bruscas de cabeza. Se tapó los oídos para no oír aquella sarta de disparates, pero el rugido de su sangre en las sienes lo enfureció. Era real. Estaba vivo—. ¡Deja de jugar conmigo, dama Sueño! ¡Deja de asustarme. ¿Qué está ocurriendo? ¡No estoy muerto! ¡Estoy aquí! ¡Hablando contigo! ¡Y no soy un fantasma!

—No lo eres —dijo otra voz, anciana y cascada—. Eres mucho más que un fantasma, mucho más. Eres conciencia. Eres sueño. Tomé tu pensamiento y tu alma entre mis manos y los traje aquí conmigo cuando exhalabas tu último aliento. Era lo único que podía hacer. ¿Me perdonas? No podía salvarte, viejo amigo…

—No podía salvarte hasta que estuvieras muerto —añadió otra voz de mujer, la misma mujer, pero en otra etapa de su existencia.

—No. —Denéstor negó de nuevo. Se tocó la cara con ambas manos. La sentía. Era capaz de notar su tibieza, las arrugas marcadas en sus mejillas, las lágrimas que corrían por ellas.

—Sí —le replicaron varias voces al unísono.

—Estás muerto, demiurgo —añadió una dama Sueño, situada a su lado—. Tu cuerpo al menos lo está. El resto está aquí, a salvo dentro del sueño.

—Muerto... —murmuró él. Alzó las manos ante sus ojos pero no fue capaz de distinguirlas. Todo estaba sumido en una oscuridad impenetrable, casi sólida. Se preguntó si sería eso lo que le aguardaba a partir de entonces.

Se sintió desfallecer. Dio un paso hacia atrás, casi tambaleándose. Había suelo bajo sus pies, un suelo blando, terroso. Pero no era el lugar donde se encontraba lo que le preocupaba ahora. Regresó a su mente la imagen de la criatura parda, emergiendo espada en mano del cuerpo del guerrero tatuado.

—¿Quién me mató? —preguntó a la oscuridad—. ¿Qué era eso que se ocultaba en Ujthan? ¡Se parecía tanto a Belisario! ¿Qué era?

—El pasado. La historia viva de Rocavarancolia hecha carne de nuevo. La criatura que orquestó tu muerte es Hurza Comeojos.

Le costó trabajo asimilar aquella información.

—¿Hurza? ¡Es imposible! ¡Murió hace siglos! Debe de haber...

—El alma de Hurza habitaba en el cuerno de Belisario —dijo una voz.

—Su más preciada posesión —añadió otra.

—El anciano asesinó al sirviente y luego se clavó el cuerno para que el alma de su señor poseyera su cuerpo —dijo una tercera—, sin importarle que su espíritu quedara destruido en el proceso.

Las voces de dama Sueño se multiplicaron. Pronto hubo docenas de ellas, todas la misma, explicándose en la oscuridad, desgranando para él misterios y secretos. No solo le hablaron de cómo Hurza había asesinado a Rorcual y dado por muerto al polvoriento Enoch. También le contaron cosas que ya sabía y muchas otras que ignoraba. A coro le narraron cómo llegaron Hurza y Harex al reino y desde qué mundo lejano y sangriento habían partido. Le contaron lo que los dos hermanos se proponían hacer y cuál era el propósito con el que habían fundado Rocavarancolia. Le contaron lo que Hurza había hecho con sus ojos y por qué. Cuando escuchó eso, estremecido, Denéstor detuvo aquel pandemonio de voces. Se llevó la mano al pecho y descubrió que allí se alojaba el espejismo de un corazón latiendo.

—Lo sabías —le recriminó a dama Sueño—. Tú lo sabías. Desde el principio... Cuando murió Belisario y entré en tu sueño... Sabías lo que estaba ocurriendo... ¡Y no me lo dijiste!

—No es un solo futuro el que se me presenta en sueños, demiurgo. Son multitud: todas las posibilidades de lo por venir, todos los posibles caminos y sendas, por retorcidos e improbables que sean, Cuanto más lejos quiero mirar, más difícil resulta concretar lo que va a suceder: los futuros se mezclan y confunden. Pero sí, lo sabía, Denéstor. Lo sabía. Supe que Hurza entraría en escena desde la noche de Samhein. Desde que trajiste al niño y todo se puso en marcha.

—Podías haberlo evitado —insistió él—. Solo tenías que habernos contado lo que se proponía hacer Belisario y nada de esto habría ocurrido... Lo habríamos detenido.

«Y yo seguiría vivo».

—No podíamos hacer más de lo que hicimos —dijo ella—. Créenos. No era el momento. No, no lo era. Cualquier movimiento inapropiado habría supuesto el fin de Rocavarancolia... Ya te lo he dicho: no solo veo un futuro, veo todos los posibles futuros, todas las alternativas... Y antes de que llegara Hurza, Rocavarancolia no tenía futuro alguno. Todos los caminos, absolutamente todos, acababan con nuestra extinción. Pero ahora, en cambio, con Hurza en juego, aunque resulte incongruente, se abren nuevas posibilidades. Algunas son horribles, pero otras... Oh, demiurgo... Otras son gloriosas.

—Perdónanos, Denéstor. Perdónanos... —dijo otra de sus voces.

—¡No! —gritó él—. ¡No puedo perdonarte porque no te entiendo! No comprendo tus motivos. No comprendo por qué me has traído aquí... ¿Qué pretendes? ¿Qué persigues con esto? ¿Quieres mi perdón? ¿Eso buscas? ¿Perdón por permitir que me maten?

—¿Quieres saber por qué estás aquí? —le preguntó a su vez una dama Sueño niña desde un lugar cercano a él—. Te hemos salvado porque te amamos. Te hemos salvado porque amamos Rocavarancolia. Porque amamos este reino. A pesar de todo.

Una nueva voz se unió a la conversación. Una voz que no pertenecía a dama Sueño pero que, como la de Ujthan poco antes, a buen seguro salía también de sus labios. Era la voz de Natalia:

—Vuestro reino no vale nada. Lo habéis construido sobre una montaña de cadáveres… ¿Y qué puede valer algo así?, ¿qué puede valer algo que se levanta sobre pilas de niños muertos?

—Dime, Denéstor —la voz de dama Sueño regresó. Ahora parecía provenir de las alturas—, ¿te atreves ya a responder a esas preguntas?

—Todo reino exige sacrificios —contestó él, sin que la voz le flaqueara. Sacudió la cabeza—: Pero no es de eso de lo que estamos hablando aquí —añadió con firmeza.

—Te equivocas, viejo amigo —replicó dama Sueño—. Precisamente es de eso de lo que estamos hablando.

Poco a poco la oscuridad que los envolvía se fue aclarando; lo hizo de forma tan gradual que los ojos del demiurgo no notaron la menor molestia; fue una transición dulce, suave. Denéstor miró a su alrededor a medida que las sombras se aclaraban y un nuevo paisaje llegaba para sustituirlas: una pradera de hierba alta mecida por el viento. A lo lejos se divisaba el contorno giboso de una cordillera nevada. El cielo era de un límpido color azul. Denéstor Tul respiró hondo y sus pulmones se llenaron de aire y de vida. Aquel paisaje era un bálsamo para el alma.

Había dos dama Sueño con él. Una era tal y como la recordaba de la última visita a sus aposentos: una anciana marchita y apagada, tan arrugada como él; la otra era una niña preciosa de pelo plateado, vestida con un camisón blanco, que llevaba en el vuelo de su falda varios ramilletes de flores. Las dos eran igual de altas.

—Trece años —dijo la dama Sueño anciana, acariciando con dulzura el pelo de su réplica—. Esa era mi edad cuando aquel duendecillo me trajo aquí. Me robaron de mi casa con falsa palabrería. Me engañaron para venir a este reino de sombra y tinieblas, a esta oscuridad salvaje que rebosa horrores. —La anciana levantó la vista y contempló embelesada el sol enorme y brillante que presidía aquella escena. Sonrió bajo su luz. La niña mantenía la falda ahuecada con una mano mientras con la otra se colocaba flores en el pelo—. Lo más sorprendente de todo fue cómo terminé amando este lugar, a pesar del lugar en sí mismo. Rocavarancolia es la tierra de los milagros, aunque estos, en su mayoría, sean perversos… —Era la primera vez en décadas que no escuchaba en la voz de dama Sueño rastro alguno de locura—. Amo esta tierra, demiurgo. La amo tanto que haría cualquier cosa por ella: hasta destruirla.

—¿Crees que eso es lo que nos merecemos? ¿La destrucción?

Dama Sueño negó con la cabeza.

—Lo que nosotros nos merezcamos o no carece de importancia. Ya no. —Suspiró antes de seguir hablando, todavía con el rostro alzado hacia el sol—: ¿Sabías que intenté prevenir a Sardaurlar para que olvidara sus locos planes de conquista? Yo sabía lo que iba a suceder si se dejaba guiar por su ambición. Lo vi en mis sueños: todos los futuros posibles nos traerían la derrota. Pero el rey no me escuchó. No tenía tiempo para los desvaríos de una soñadora loca, dijo. —Apartó la mirada del sol para mirar al demiurgo—. Fue entonces cuando aprendí que el único modo posible de cambiar el futuro es ser sutil.

—¿Quieres ver un milagro? —le preguntó entonces la dama Sueño niña, dando un paso hacia él.

—Quiero entender —contestó sin mirar a la muchacha de las flores en el pelo, con sus ojos fijos en la anciana—. Quiero saber qué estás tramando, dama Sueño. Quiero saber de una vez por todas por qué me has traído aquí.

—Para enseñarte un milagro —le contestó ella.

—¿Quieres verlo? —repitió la niña. Se había acercado a él y tiraba de su túnica con insistencia.

Denéstor, por fin, bajó los ojos hasta ella. En la falda de su camisón ya no quedaban flores, tan solo algún que otro tallo roto. Su cabello estaba coronado por una tiara espléndida de flores trenzadas. La muchacha estaba radiante y su aspecto era de tal inocencia, de tal pureza, que los ojos del demiurgo se llenaron de lágrimas. Esa era la dama Sueño del pasado. La niña que había llegado a Rocavarancolia hacía tanto, tanto tiempo.

Denéstor Tul sintió como algo cedía en su interior. Y todas sus dudas se despejaron de golpe: «Un reino que se levanta sobre niños muertos no vale nada. Da igual lo que consiga, da igual las maravillas que contenga...».

—¿Cómo te llamas? —preguntó, de nuevo con la voz rota. No podía apartar la mirada de la niña.

—Casandra —contestó ella. La sonrisa que le dedicó fue tan radiante que Denéstor Tul se sintió inundado de luz, una luz nueva que en nada tenía que ver con la del sol que colgaba del cielo.

—Casandra —repitió y comprendió al fin por qué era tan importante para Mistral recordar su verdadero nombre.

Tomó en su mano temblorosa la manita que la niña le tendía y se dejó conducir valle abajo, embriagado por esa luz nueva. Sí. Quería ver un milagro. Lo necesitaba con todo su corazón, con toda su alma herida y cansada. El mundo comenzó a cambiar de nuevo. Primero fue una vibración sutil en el aire. Luego, creyó distinguir la silueta de una multitud de edificios neblinosos que se levantaban en la distancia. Pestañeó para centrar su visión. Era cierto. A cada paso que daban un nuevo paisaje se concretaba ante ellos: una ciudad de bruma.

Entornó los ojos y siguió caminando con la niña de la mano. Una forma borrosa en lo alto de un montículo se convirtió, conforme se acercaban, en un arco colosal de piedra blanca con labrados dorados en la base y la estatua de un caballo alado en la parte alta; el arco era tan enorme que bajo él podían desfilar ejércitos enteros. El valle tras el monumento se fue poblando de siluetas fantasmales, de surtidores de humo que, poco a poco, se solidificaban y ganaban detalles: una ventana aquí, un tragaluz allá, una escalera que se abría camino entre barandillas mitad humo y mitad forja verde, una cristalera espléndida de bordes indefinidos... hasta convertirse en edificios de una solidez innegable. Y cuanto más se acercaban, más y más líneas de edificios aparecían, una tras otra, siguiendo siempre la misma tónica: primero neblina, luego humo y, por último, materia sólida.

Denéstor fue testigo de como las torretas más impresionantes que hubiera visto jamás irrumpían de la nada, tan magníficas que, en comparación, las mismísimas dragoneras palidecerían. Vio surgir de la tierra palacios exquisitos, con terrazas movedizas en sus fachadas, rodeados de estanques donde el agua se mezclaba con el fuego; contempló como dos montañas de humo se convertían en dos castillos negros de triple muralla, con infinitas torres retorcidas disparadas hacia el cielo; divisó un anfiteatro gigantesco alrededor del cual florecían cúpulas de cristal jaspeado y bruma...

Mirara donde mirara, Denéstor Tul encontraba una nueva maravilla: edificios salpicados de vidrieras que quitaban el aliento; monolitos oscuros que flotaban en el aire y giraban con lentitud en torno a minaretes blancos; puentes vivos que recorrían las calles y los cauces de los dos ríos gemelos que atravesaban la ciudad... Mirara donde mirara, Denéstor Tul veía un milagro.

Y aunque nunca había visto esa ciudad, la reconoció al instante

—Rocavarancolia —dijo, sin aliento.

—Rocavarancolia —le confirmó la dama Sueño que caminaba ante ellos—. Pero no la Rocavarancolia de nuestro pasado, la que fundaron los dos hermanos a sangre y fuego; ni la que nos legó Sardaurlar con sus sueños de conquista... Lo que ves ante ti, mi buen amigo, es la Rocavarancolia que puede llegar a ser.

La niña se echó a reír.

—Pero eso no es todo, Denéstor —le advirtió—. Espera y verás. Espera y verás.

Nuevas figuras brumosas empezaron a aparecer ante sus ojos en cuanto coronaron la colina en la que se elevaba el gigantesco arco de triunfo. Como había ocurrido con los edificios de la ciudad, las siluetas fueron concretándose a medida que se acercaban. Eran estatuas, estatuas de cristal brillante. Las primeras estaban colocadas en la misma entrada del arco. Denéstor se acercó a la más próxima. No le sorprendió comprobar que era una estatua de Ricardo, el chico muerto a manos del trasgo Roallen. Se trataba de una réplica perfecta, tallada con maestría en un material a medio camino entre el cristal y el diamante. A pocos metros de distancia se encontraba la de Rachel, la joven neutra a la magia, con los brazos cruzados bajo el pecho y una mirada maliciosa asomada a sus ojos cristalinos. Justo tras ella estaba la estatua de Alexander: el pelirrojo se apoyaba con dejadez contra la pared del arco, tenía en los labios una sonrisa leve, como si se riera de un chiste muy gracioso; a su lado, un poco más retrasado, se hallaba el joven negro al que Mistral había estrangulado para ocupar su puesto.

Tras ellos estaban los demás: todos los niños muertos a lo largo de los últimos treinta años en Rocavarancolia, todos esculpidos a la perfección, hasta el detalle más mínimo. Denéstor vio a los dos chicos devorados por Roallen en su primera noche en la ciudad; a la niña que había caído fulminada por un hechizo funesto en mitad de la calle; a tres que murieron de terror puro cuando las mandíbulas de la casa trampa se cerraron sobre ellos...

El demiurgo miró a la anciana y frunció el ceño, sin comprender.

—¿Estatuas en honor a los niños muertos? —preguntó—. ¿Por eso has construido esta Rocavarancolia? ¿Para honrar su memoria?

—Mira en el interior —le pidió ella.

Denéstor captó un brillo repentino en la estatua que tenía ante sí. Se inclinó y entornó los ojos. Había algo dentro del cristal. Parecía una mariposa hecha de luz, del tamaño de la palma de su mano. La vio revolotear en el interior hueco de la estatua, provocando un sinfín de diminutos reflejos y arco iris.

—Sus almas... —dijo, atónito, mientras se volvía de nuevo hacia dama Sueño—. Has encerrado sus almas dentro de las estatuas.

—Así es —dijo dama Sueño—. No me queda más remedio que declararme culpable de tamaña atrocidad. Pero deja que diga en mi descargo que no hay nadie aquí que no esté por su propia voluntad. —A continuación le dedicó una sonrisa cargada de satisfacción—. Tomé sus conciencias y sus almas en el preciso instante en que morían, exactamente igual que he hecho contigo, demiurgo, y los traje conmigo a lo más profundo del sueño.

Denéstor tocó la estatua de Ricardo y tuvo que apartar la mano al instante. El cristal ardía.

—Esas estatuas son la única manera con la que cuento para burlar la muerte ya consumada —le explicó la anciana—. Las almas permanecen en suspenso dentro de las réplicas de los cuerpos que habitaron. Son burbujas de tiempo lento dentro del sueño.

—Son hermosas —dijo Denéstor. El alma de Ricardo era una mariposa incandescente, dotada de múltiples alas de luz de distintos tamaños y colores. Resultaba maravilloso contemplar sus evoluciones en el interior del cristal. Sus movimientos eran tan gráciles, que en comparación era como si el resto del universo hubiera permanecido inmóvil desde el mismo instante de su creación. Miró a la estatua de Rachel y vio el reflejo del alma de la muchacha que en aquel momento recorría el brazo de cristal de la estatua—. Pero ¿por qué lo has hecho? ¿Por qué retienes aquí las almas de los niños?

La anciana se volvió hacia él y le sonrió de nuevo.

—No solo son las almas de los niños —dijo.

Señaló más allá del arco bajo en el que se encontraban. En la plaza embaldosada a la que conducía este, se agitaba un verdadero mar de niebla. Eran centenares las siluetas reunidas allí, todavía brumosas e inconcretas por la distancia, pero ya lo bastante claras como para distinguir que la mayoría eran demasiado grandes para ser muchachos. La dama Sueño niña volvió a tomarle de la mano y él se dejó guiar entre las estatuas de los muertos, con la anciana precediéndolos.

El aire de la plaza se llenó con los destellos de centenares de almas atrapadas en cristal. Luego, poco a poco, las estatuas aparecieron ante sus ojos. A los primeros que reconoció Denéstor fue a los dos hermanos Rotos, representados ambos con la misma armadura con la que habían muerto en la batalla de Rocavarancolia; luego apareció dama Sapiencia, la bruja que dominaba el curso de los ríos, envuelta en su capa hecha jirones, con una criatura de agua enroscada en el brazo izquierdo.

—Por todos los cielos y todos los infiernos… —musitó el demiurgo. Cada vez más rostros familiares surgían de la niebla.

—Empecé a recoger almas durante la batalla, cuando los nuestros caían a centenares —le explicó la anciana, divertida ante su turbación—. Entonces inicié mi propia cosecha. Supe que era necesario hacerlo. Supe que algún día, tarde o temprano, las necesitaría para intentar cambiar el rumbo del destino. —Las manos de la anciana comenzaron a agitarse en el aire, como si estuviera dirigiendo una orquesta que solo ella podía ver—. ¡Qué arduo fue todo! ¡No puedes ni imaginarlo! No tuve ni un instante de respiro durante toda la batalla, ni uno solo… Tanta muerte por todas partes, tantas almas liberándose… Y yo debía actuar deprisa, rauda como una centella. Me hice con el alma de Annais Perlaverde cuando las flechas de los duendes de Aval lo derribaron de su halcón. Tomé todas las de la familia Madariaga cuando su casa fue destruida por el autómata de Arfes. Extraje la de dama Esencia de su cuerpo destrozado en el mismo instante en que aquel tigre blanco la escupió al mar…

Los habitantes muertos de Rocavarancolia fueron apareciendo ante Denéstor, al principio al mismo tiempo que dama Sueño los nombraba, pero luego fue imposible contenerlos. Almas presas en cristal soñado. Miles de ellas. El demiurgo distinguió entre la multitud a dos de los que había llamado amigos, dos de las personas que más había apreciado en toda Rocavarancolia: el duque Desidia, con su hacha de dos hojas asomando a la espalda y, muy cerca de él, dama Korma, vestida con su túnica espolvoreada con polvo de Luna Roja y su melena espectacular rozando el suelo. Más allá vio a Balear Bal, demiurgo como él, y su rival durante mucho tiempo por el puesto de custodio de Altabajatorre. Surgían a docenas: magos y brujas, guerreros y nobles, trasgos y licántropos…

—¿Los trajiste a todos? —preguntó.

—No. Solo a las almas que merecían la pena ser salvadas. Solo a las que todavía recordaban lo que era la luz.

—Pero ¿por qué? ¿Qué es lo que…? —Denéstor calló. La respuesta a su pregunta estaba ante sus ojos, desplegada en la plaza y en las calles aledañas, y era tan obvia que le había costado verla—. Un ejército… —murmuró y retrocedió un paso, sintiendo como se aceleraba en su pecho un corazón que ya no tenía—. Estás preparando un ejército.

—Eso es, Denéstor. Un ejército. Acampa en mis sueños desde hace treinta años y llega la hora de ponerlo en marcha. El enemigo ya está en posición y pronto convocará a sus propias huestes. Llega la batalla, demiurgo. La batalla de nuestras vidas. —La anciana soñadora se acercó a él y lo tomó de ambas manos, mirándole a los ojos—. No puedo prometerte la redención ni puedo devolverte la vida, pero puedo hacer que tu muerte tenga un sentido… Quédate conmigo y podrás irte de este mundo como de verdad te mereces: luchando por Rocavarancolia, pero por una Rocavarancolia por la que valga la pena morir. Quédate conmigo. Puede que no consigamos la victoria, pero te prometo que, ocurra lo que ocurra, alcanzaremos la gloria.

EL SUEÑO Y EL DESPERTAR

Hector no sentía, no pensaba, no era nada.

El mundo había dejado de existir. La realidad se había desintegrado para transformarse en un vacío inconcreto en el que no había ni puntos de referencia ni escala alguna. El espacio y el tiempo habían quedado en suspenso, sustituidos por una sensación plácida de calor y ausencia. Hector flotaba allí, ajeno a todo, hasta a sí mismo. Era feliz. Sin identidad, sin ser, sin estar en ninguna parte. En aquel limbo quieto todo era paz.

Luego llegó el dolor. Fue una lanzada brutal que lo partió en dos, haciéndole consciente de pronto de su propia existencia. La agonía le dio forma del mismo modo en que las manos del alfarero modelan la arcilla. Y con la llegada del dolor, la tibieza cómoda en la que había estado instalado dio paso a un calor insoportable. La nada se llenó de fuego.

Era imposible medir el tiempo en aquel infierno. Cada instante era una eternidad, cada segundo un vasto océano de tiempo lento. Había periodos en los que el dolor menguaba, aunque sin llegar a desaparecer del todo. En esos paréntesis, de cuando en cuando, alcanzaba a distinguir murmullos lejanos. Llegaban del otro lado de la negrura y, aunque era incapaz de descifrar su significado, le resultaba consolador oírlos: le hablaban de un mundo donde no todo era dolor y fuego.

—Está ardiendo, pero no es una fiebre normal… Mi padre llegó una vez a los cuarenta grados y no abrasaba tanto como él.

—No se le puede poner la mano encima. Quema.

—Es el veneno del trasgo. Lo está consumiendo.

Cuando el dolor remitía prestaba toda su atención a los sonidos que llegaban de más allá de la oscuridad, ansioso por oír esas voces extrañas. Se aferraba a ellas desesperado, aunque no entendiera nada de lo que decían. Eran su única tabla de salvación, una suerte de oasis en el infierno.

—Soy Maddie, chico. Ya está bien de vaguear. Te necesitamos, ¿vale? Hace una semana que no vemos a Adrian y Natalia cada día me pone más nerviosa. —La voz tembló, perdió firmeza—. Despierta, despierta de una vez, por favor...

Y en aquel tiempo sin tiempo, en aquella interminable noche sin sueños, continuó la existencia de Hector, lanceado por el dolor y abrasado por el fuego, incapaz de hacer otra cosa que debatirse en la oscuridad y esperar la llegada de las voces cuando el sufrimiento le concedía una tregua.

—No te preocupes, Hector, estás a salvo. Mis sombras te vigilan noche y día. Recupérate con calma, ¿de acuerdo? Todo está bien aquí. Todo está bajo control... Me obedecen, ¿sabes? Me tienen miedo.

Durante una eternidad, nada varió en las tinieblas. Hasta que más allá de la barrera que lo separaba de la conciencia le llegó otra voz. No era la primera vez que la oía, pero en esta ocasión tenía un matiz diferente: sonaba más cercana, más intensa.

—No te mueras, no te mueras... Por favor, Hector, no te mueras... Prometiste estar a mi lado cuando saliera la Luna Roja. Me lo prometiste.

Intentó recordar a quién pertenecía esa voz, pero le resultó imposible. Era incapaz de ubicarla y eso lo desquiciaba casi tanto como el dolor y el fuego. En esa voz había algo, algo que... De pronto notó una caricia suave en los labios, tan sutil como el aleteo de una mariposa. Fue tal la dulzura de aquel contacto que recordó al momento el nombre de la dueña de esa voz: Marina. Y con el nombre llegó el alivio. Una corriente intensa de aire fresco recorrió la penumbra ardiente de su inconsciencia; las telarañas que lo amortajaban desaparecieron y por fin, después de mucho tiempo, Hector logró pensar con claridad. El dolor y el fuego todavía persistían, aunque lejanos y distantes. La voz había desaparecido, pero ya no le hacía falta. Su tabla de salvación era ahora otra diferente: el recuerdo de la joven que amaba. Pensó en ella, en su cabello oscuro, en sus ojos azules, en aquellos labios que acababan de besar los suyos. Con cada detalle que recordaba, se sentía revivir. Marina estaba al otro lado de la oscuridad. Y ese era motivo más que suficiente para volver.

Hizo un esfuerzo supremo por despertar, intentó abrir los ojos, pero todos sus intentos fueron inútiles; sentía los párpados fundidos a sus globos oculares. Trató de hablar y no encontró boca que abrir, ni lengua de la que servirse. Y lo mismo cuando intentó moverse. Era capaz de notar su carne, y aun así algo le impedía controlarla.

Una nueva voz llegó hasta él, una voz que procedía ahora del mundo brumoso y dolorido en el que habitaba.

—El amor es maravilloso —dijo—. Alocado e insensato, por supuesto, pero maravilloso. Una vez estuve enamorada. O quizá soñé que lo estaba. Qué importa, los sueños son reales mientras se sueñan.

Había alguien con él en el letargo. Una mujer. Trató de localizarla en el cenagal que era su conciencia, pero no lo logró. El mundo no era más que un sinfín de capas de oscuridad y dolor dispuestas unas sobre otras.

—Aturdido. Perdido. El muchacho da vueltas en un carrusel de tinieblas. Miradlo, miradlo... El violín gira y gira... Pero ni sabe que gira ni sabe que es un violín.

—¿Dama Desgarro? —preguntó dubitativo. Aquel nombre había aparecido de pronto en su cabeza, ligado a la imagen borrosa de una criatura blanca y flácida, plagada de pústulas y cicatrices.

—Ni dama Desgarro ni dama Serena. —La voz se alejaba y acercaba, cada palabra era pronunciada a una distancia diferente. Tan pronto parecía susurrarle al oído como nacía más allá del horizonte de su inconsciencia—. Soy dama Sueño. Tuve otro nombre hace décadas. Puedes usarlo si se te antoja: me llamaban Casandra. A mí tanto me da uno como otro.

Los cortinajes de oscuridad que tenía ante sí se abrieron un instante y permitieron la entrada a una silueta luminosa. Era una niña vestida con un camisón de seda blanca. No aparentaba más de doce años. Tenía el pelo claro recogido en una trenza elaborada que le caía a un lado, poblada de horquillas diminutas de cristal con forma de mariposa. Lo miró sin pestañear con unos ojos azules impresionantes. Llevaba una taza de cerámica violeta en las manos, con un motivo de sirenas entrelazadas adornando el borde.

—Bebe —le ordenó, tendiendo la copa hacia él.

—Es un sueño —comprendió Hector.

—Todo es un sueño. Siempre. Ahora bebe o morirás. El veneno te quema por dentro. Tus amigos están haciendo todo lo posible para mantenerte con vida, pero necesitarán ayuda. Bebe o me llevaré tu alma y la guardaré en una estatua de cristal.

Hector tomó la taza entre unas manos que hasta ese instante había ignorado que tenía. Contempló con atención su mano derecha; por algún motivo le llamaba poderosamente la atención, a pesar de ser idéntica a la otra. Sacudió la cabeza. No quería pensar en eso. Lo importante ahora mismo era la taza. La niña aguardaba con impaciencia evidente a que bebiera de ella. Hector miró dentro. Estaba llena de un líquido dorado y turbio. Entrecerró los ojos. En la superficie de aquel mejunje se agitaban tifones y torbellinos diminutos. Bajo aquel licor había vida, un mundo entero de prodigios sumergidos: entrevió ciudades acuáticas semiocultas entre selvas de coral, templos submarinos cubiertos de algas, sirenas recostadas en arrecifes…

Miró a la niña, impresionado. La copa que tenía entre las manos contenía mundos enteros.

—No puedo bebérmelo; si lo hago, los mataré.

—No están vivos. Son los últimos sueños de los marineros ahogados. Y es lo único que puede salvarte. —La muchachita lo dijo con tal seguridad que no le quedó más remedio que creerla.

Asintió decidido. Cerró los ojos y apuró la copa de un solo trago. Casi creyó escuchar el griterío de una multitud aterrorizada cuando el licor pasó de la copa a su boca y luego a su garganta. El efecto fue inmediato. Nada más beber, el dolor desapareció. Y lo recordó todo. Hasta el último detalle de lo que había ocurrido en los últimos meses. Una sucesión rápida de imágenes lo arrastró desde la noche de Halloween en la que había comenzado su odisea hasta el momento actual.

Dejó pasar unos segundos, aún con los ojos cerrados. Intentaba habituarse a su nueva realidad, sin saber si gritar de rabia o romper a llorar. No lo había creído posible, pero echaba de menos la ausencia y la nada. Prefería mil veces el dolor a recordar todo lo que había perdido. Respiró hondo, contó hasta diez y abrió los ojos por fin.

Un mundo nuevo se mostró a su mirada. Todo era luz y estruendo. Sobre su cabeza se extendía un cielo azul diáfano, en una perspectiva extrañamente abierta, como si él mismo estuviera suspendido a gran altura. Se encontraba en una azotea de baldosas amarillentas bordeada por un almenar que le llegaba hasta el pecho. Podía ver a kilómetros de distancia. El horizonte se curvaba a lo lejos, asediado por montañas en llamas. Hector solo tuvo un segundo para situarse. Frente a él, un dragón rugía. El aliento de la bestia lo envolvió. Apestaba a pólvora y matanza, a sangre hervida y carne recién masticada.

El dragón, de escamas negras y doradas, medía más de treinta metros de longitud y su cabeza prodigiosa estaba recubierta de pequeños cuernos oscuros. Agitaba las alas con tal potencia que a cada sacudida se escuchaba una leve explosión. A su lomo se encaramaban varios seres simiescos, de un sucio color verde, embutidos todos en armaduras oxidadas. No dejaban de agitar las armas y hacer muecas en dirección a Hector.

El dragón volvió a rugir. Sus ojos, dos soles negros, estaban fijos en él. El chico vio la doble hilera de colmillos curvos y el fulgor de las llamas que anidaban en su garganta y se preparó para morir en los segundos siguientes. Nadie podía contemplar un espectáculo semejante y sobrevivir.

De pronto, algo inmenso impactó contra el dragón y lo lanzó a más de doscientos metros de distancia. Varias de las criaturas que lo montaban cayeron al vacío, gritando desesperadas. Hector retrocedió, sobrecogido. Ante sus ojos se alzaba ahora un gigante pétreo, casi tan grande como el dragón al que acababa de golpear. Su superficie era una amalgama confusa de bloques de piedra agrietada, puertas y ventanas retorcidas, barandillas, rejas y escaleras. Se habría dicho que alguien había moldeado un gran edificio hasta darle un aspecto casi humano. No dejaba de batir las alas que surgían de la parte alta de su espalda, forjadas con tuberías y canalones retorcidos. La respiración de aquel ser sonaba como una avalancha constante, como si dentro de su garganta se derrumbara el mundo.

El dragón se contorsionó en el aire, lanzando dentelladas furiosas al vacío. La bestia enorme agitó con fuerza las alas y, tras soltar un rugido soberbio, embistió contra su adversario. Cuando apenas los separaban unos metros, proyectó la cabeza hacia delante, abrió al máximo la mandíbula y escupió un torrente de fuego sobre el gigante. Las puertas y ventanas que salpicaban su carne pétrea quedaron envueltas en llamas, la misma roca empezó a arder. El coloso de piedra, ajeno a la llamarada, saltó sobre el dragón. El choque entre ambos resonó en el aire con una potencia demoledora. Una vaharada de aire caliente y pegajoso hizo retroceder a Hector con tal violencia que casi cayó de espaldas.

Por unos instantes contempló un desorden de garras, colmillos y extremidades de roca que golpeaban y mordían envueltos en lenguas de fuego. Luego, ambos combatientes salieron de su campo de visión, arrastrándose el uno al otro. La perspectiva que se abrió entonces ante él le permitió contemplar la verdadera dimensión de lo que sucedía a su alrededor. Las piernas le fallaron. El dragón y el gigante de roca no eran los únicos contendientes: el cielo hervía de maravillas enfrentadas. Había focos incontables de lucha esparcidos en las alturas: en algunos se combatía uno contra uno, pero en otros eran auténticas hordas las que se enfrentaban entre sí. Hector vio casi una veintena de criaturas semejantes a la que había decapitado a Roallen azuzando a cuatro gigantes de piedra. Decenas de dragones negros combatían entre nubes despedazadas. La mirada de Hector saltaba de un lugar a otro, casi sin tiempo para asimilar lo que veía. Lanzadas de luz restallaban por doquier. Un tiburón alado, partido en canal, cayó del cielo perseguido por un ser indescriptible, todo cuernos y garras; más allá de su estela sangrienta, dos hombres volaban el uno frente al otro, intercambiando golpes de espada a una velocidad demoniaca entre torbellinos de luz y oscuridad tan altos que eran como columnas que sustentaran el mismo cielo.

No solo se combatía en el aire. La tierra era un hervidero de agitación. Un campo de batalla que se extendía a kilómetros a la redonda y cuyo centro era la torre donde se encontraba Hector. Mirara donde mirara, solo veía violencia y destrucción. Una horda de animales parecidos a elefantes, montados por gigantes velludos, cargaban contra las huestes de hombres armados que protegían el edificio. El aire estaba repleto de estallidos y gritos de dolor.

—¿No es una lástima? ¡Tanta belleza haciéndose pedazos! ¡Qué desperdicio!, ¿no estás de acuerdo conmigo?

Junto a Hector estaba la niña que le había dado la copa. Solo que ya no era una niña, había crecido hasta convertirse en una hermosa mujer adulta, con la misma trenza rebosante de mariposas y los mismos ojos abiertos de par en par. Ahora llevaba un vestido sin mangas, a franjas en espiral negras y verdes.

—Es un sueño —balbució Hector—. Tiene que ser un sueño.

—Oh. Sí. Por supuesto que es un sueño. Pero también es historia. Los que tienen la manía de poner nombre a todo bautizaron a esta batalla como el Fin de Varago. La he reconstruido para ti gracias a los sueños de los que combatieron en ella.

—¿Por qué? ¿Por qué quieres que vea esto? ¿Qué tiene que ver conmigo?

La única respuesta de la mujer fue girar su cabeza para mirar tras ellos. Hector la imitó.

Un sujeto alto, cubierto de pies a cabeza con una túnica color sangre, corría de un extremo a otro de la amplia azotea que coronaba la torre. Empuñaba un báculo de madera negra adornada con piedras preciosas, terminado en un poliedro irregular de cristal brillante. Había otras criaturas en la azotea, seres de piedra semejantes al que se había enzarzado con el dragón, aunque de tamaño mucho menor. Hector vio a uno al que le sobresalía un banco de respaldo metálico de la espalda, entre ladrillos agrietados y lo que parecían pedazos de césped. También había hombres de carne y hueso, la mayoría armados con arcos. Resultaba evidente que el hombre de rojo era su líder.

—Estamos en Ataxia, un antiguo mundo vinculado —le explicó dama Sueño, mientras se abanicaba con una pluma de pavo real que había aparecido de la nada—. El encapuchado que ves correr fuera de sí es Varago Tay, custodio de Altabajatorre y uno de los demiurgos más poderosos que han existido jamás. Estás contemplando su final, Hector. Siéntete privilegiado. Dio vida a la ciudad que ocupaba esta colina para enfrentarse a las huestes de Rocavarancolia.

—¿Está atacando a los suyos? —preguntó.

—¿Te sorprende? La traición es bastante común en nuestro reino.

El hombre de rojo se aproximó veloz hasta ellos, se apoyó en las almenas y contempló el curso de la batalla. Hector no pudo ver su rostro bajo la capucha, pero la postura de su cuerpo denotaba gran tensión. Se marchó con rapidez y ordenó a un grupo de arqueros que protegieran aquel flanco de la torre. Cuando llegaron hasta ellos, el chico se percató de que no eran flechas lo que cargaban en los arcos, sino unas escuálidas serpientes sin ojos, con unas bocas desproporcionadas para sus cabezas diminutas. Los arqueros dispararon los reptiles en dirección a un grupo nutrido de dragones que se aproximaba por el este. Hector vio volar las serpientes hacia ellos, rectas como flechas. Los dragones que eran alcanzados se revolvían al instante y se abalanzaban contra los de su propio bando, dominados al parecer por esas criaturas extrañas.

—Ataxia era un mundo vinculado más, un pequeño planeta habitado por seres semejantes a los humanos —le explicó la mujer, ajena por completo al caos de la batalla—. Desconocían la magia y vivían anclados en algo parecido a la Edad Media terrestre. Era un mundo pobre, sin interés para Rocavarancolia. No contaba con riquezas de ningún tipo y la esencia de sus gentes era demasiado débil para servir a Rocavaragálago. Imagino que quienquiera que tomara la decisión de vincular ese mundo lo hizo pensando en el futuro; quizá con la esperanza de que transcurridos unos siglos Ataxia o sus habitantes pudieran merecer la pena, no lo sé. Lo cierto es que tuvieron que pasar doscientos años para encontrar una utilidad a esa tierra insulsa.

»En aquel tiempo Rocavarancolia estaba inmersa en la conquista de otro mundo vinculado, un planeta llamado Mascarada, y las cosas no iban demasiado bien. Los habitantes de Mascarada resultaron ser muchísimo más duros de lo que en primera instancia se esperaba; eran magníficos en la batalla, no conocían el miedo y jamás retrocedían. Su magia era rudimentaria, pero había algo que desequilibraba la balanza a su favor: su tecnología, tan avanzada y extraña que escapaba por completo a la comprensión de Rocavarancolia. No era la primera vez que el reino mordía más de lo que podía tragar, otros mundos habían resistido con éxito la embestida de los nuestros. Cuando eso ocurría, cuando quedaba claro que no había posibilidad de victoria, nuestros ejércitos simplemente se replegaban, regresaban a Rocavarancolia y cerraban todos los vórtices que nos unían a esa tierra. Pero en esta ocasión, no iba a ser tan sencillo. Los habitantes de Mascarada habían desentrañado el misterio de los vórtices y habían ideado un artilugio capaz de abrir portales entre mundos. Y eso puso a Rocavarancolia, por primera vez en su historia, contra las cuerdas. Porque Mascarada no se iba a contentar con expulsar a los invasores, no, no eran ese tipo de civilización: no se detendrían hasta destruir por completo a quienes habían osado atacarlos.

Algo estalló de pronto en el cielo a sus espaldas. Hector se giró veloz, con el eco de aquel estruendo resonando en sus oídos, y aunque no llegó a distinguir qué había explotado, si pudo ver un rastro brutal de sangre empotrado en el azul llameante del cielo y varias estelas de humo precipitándose hacia tierra.

Cuando se giraba de nuevo, otro resplandor en las alturas le hizo alzar la vista. Por un segundo creyó que era el sol de Ataxia lo que contemplaba, pero era demasiado grande y desvaído para tratarse de eso. El corazón le dio un vuelco al reconocer lo que flotaba sobre sus cabezas: una proyección del reloj de la fachada del torreón Margalar, tan enorme que ocupaba medio cielo. En aquella imagen fantasmagórica, la estrella de diez puntas casi había completado su recorrido, y a punto estaba de llegar a la Luna Roja que coronaba la esfera. Hector se volvió hacia dama Sueño. La mujer sonrió al ver la consternación en su rostro.

—Queda poco tiempo, es cierto. Pero aún tenemos más que suficiente para que termine la historia. —Guardó silencio unos instantes, con los ojos cerrados y la sonrisa todavía en los labios—. ¿Por dónde iba? ¡Ah! Mascarada, Ataxia... La guerra. Sí. La situación, como te decía, era desesperada —continuó la mujer—. Las legiones de Mascarada pronto atacarían Rocavarancolia, y a la vista de lo que había ocurrido en su mundo, las posibilidades de derrotarlos eran casi nulas. Por eso se optó por tomar medidas drásticas. Ni misericordia ni piedad. Rocavarancolia usaría contra el enemigo uno de los hechizos más crueles y destructivos que se conocían en aquel entonces: usarían la Negrura. Un nombre ominoso y adecuado para el conjuro en cuestión. La Negrura es un sortilegio que destruye al instante y por completo el mundo sobre el que se lanza. No queda nada, absolutamente nada. Ni cenizas. Pero para que un hechizo de tal magnitud funcione, no solo se requiere del poder conjunto de un buen número de hechiceros, se necesita también un sacrificio inicial tan brutal como el propio sortilegio en sí. Para hacer funcionar la Negrura, debe ofrecerse en sacrificio el alma de un planeta. Para acabar con Mascarada, Rocavarancolia tenía que destruir antes otro mundo.

—El alma de un planeta... —repitió Hector. El concepto era abrumador. Casi tanto como hablar de la destrucción de planetas enteros.

—Sí, niño. Los mundos tienen alma. Todo lo que está vivo cuenta con una; almas pequeñas o enormes, chispazos diminutos de luz o destellos cegadores. Lo mismo da, en el fondo tanto unas como otras son idénticas en esencia. Por lo común, el alma de un mundo no está ubicada en un solo lugar: se encuentra dividida en varias partes y repartida por toda su superficie. Reunirlas es una tarea ardua y conseguirlo, en el mejor de los casos, puede llevar meses. Y Rocavarancolia no disponía de ese tiempo. Pero estaba Ataxia. El único mundo conocido cuya alma estaba concentrada en un solo punto: un bosque gigantesco en el trópico del planeta. Solo tenían que mandar una expedición allí y hacerse con ella. Nada más. Una misión sencilla en un mundo inofensivo. Le arrebatarían el alma, condenando así al planeta a una muerte lenta. Ataxia agonizaría durante décadas hasta quedar convertido en una roca estéril flotando en la nada. Un final terrible, sin duda; si te interesa mi opinión, todavía más atroz que la destrucción instantánea que tenían reservada para Mascarada.

»Una pequeña guarnición se puso en marcha rumbo a ese bosque, encabezada por el hombre que aquí ves: Varago Tay, demiurgo de Rocavarancolia y custodio de Altabajatorre. No eran muchos los que lo acompañaban. Ataxia era un mundo inofensivo y poca oposición podían encontrar a sus planes. Pero algo se torció, algo del todo inesperado. Varago no fue capaz de arrancar el alma del planeta. No tuvo valor. Porque eso habría significado destruir el bosque que la albergaba y no podía hacer eso.

—¿Era un bosque encantado?

—No. Solo era hermoso, el lugar más hermoso que los monstruos de Rocavarancolia habían contemplado jamás. Varago y sus hombres no dieron crédito a lo que veían. La mera visión de ese lugar cambió su existencia, ¿comprendes? El alma de Ataxia, de algún modo, cambió la suya. Decidieron preservar el bosque de la destrucción, aunque eso significara enfrentarse a los suyos, aunque eso significara el final de Rocavarancolia. El rey intentó hacerles entrar en razón, pero todo fue inútil. Varago se negaba a escuchar; el bosque lo había enloquecido. Juró defenderlo con su vida. A Rocavarancolia no le quedó más remedio que retirar efectivos situados en la primera línea de defensa para derrotar al demiurgo rebelde y arrebatar el alma al planeta. Y esta es la batalla que contemplas ahora. Varago y los suyos, aliados a los primitivos habitantes de Ataxia, se enfrentan a las huestes del reino comandadas por el mismísimo rey de Rocavarancolia.

—¿A ellos no les afectó el bosque?

Dama Sueño negó con la cabeza.

—El rey sabía a lo que se enfrentaban, por eso se encargó de escoger personalmente a los que irían con él a Ataxia: cohortes de no muertos, duendes y trasgos, demonios negros… Lo peor de cada casa. Criaturas que ni por asomo se verían afectadas por la belleza del lugar.

—¿Y qué ocurrió?

—El demiurgo fue derrotado, por supuesto. Por muy poderoso que fuera, se enfrentaba a una fuerza muy superior. Varago cayó.

Algo aulló de dolor muy cerca de ellos. Hector se apoyó en un hueco entre las almenas y miró hacia abajo. Una criatura trepaba por la fachada, una especie de dragón sin alas.

Tenía el lomo erizado de lanzas y flechas, y decenas de criaturas rocosas se aferraban a sus escamas y la golpeaban con saña para detener su avance. Lo que más impresionó a Hector fue la mirada de la bestia: el dolor y la agonía que se reflejaba en ella eran tan insoportables que por un segundo creyó sentirlos en su propia carne. El dragón bramó y se soltó de la torre, ya sin fuerzas para continuar, y cayó a la muerte, arrastrando consigo a los seres de piedra que seguían golpeándolo, ciegos de rabia.

Hector apartó la vista, asqueado, y se volvió hacia dama Sueño.

—No quiero ver más —dijo—. Páralo. Páralo ya.

—Está bien, niño pusilánime. Saltemos al final.

El mundo que los rodeaba se aceleró, los combatientes en el aire y en tierra se convirtieron en borrones difusos. Hector alzó la mirada hacia el cielo. La estrella de diez puntas y la Luna Roja seguían allí, firmes entre el caos de figuras brumosas y resplandores, cada vez más cerca la una de la otra. Cuando el tiempo se frenó y volvió a su cauce normal, todo había cambiado. La torre estaba ennegrecida y buena parte de sus almenas se habían venido abajo. En un extremo de la azotea, de rodillas, se encontraba Varago Tay, rodeado de una turba de criaturas simiescas y de unos seres pálidos y demacrados que no podían ser otra cosa que muertos vivientes. Había cadáveres y pedazos de criaturas de piedra esparcidos por todas partes.

Un dragón de un blanco inmaculado se acercaba desde el norte. Tenía cuatro alas; las superiores eran enormes y anchas, mientras que las que le nacían a mitad de lomo eran estrechas y alargadas. No tardó en llegar hasta ellos. Llevaba la cabeza espigada cubierta por un yelmo de plata labrada del que sobresalía un cuerno afilado y sus ojos, dos ranuras estrechas horizontales, eran de un rojo cegador. Tras trazar un círculo perfecto en el aire, aterrizó en el centro de la torre. La ventolera provocada por sus cuatro alas despeinó a Hector y arrancó un par de mariposas de cristal de la trenza de dama Sueño. La mayor parte de los engendros que habían tomado el lugar se postraron en el suelo en cuanto la bestia gigantesca tocó tierra; solo unos pocos permanecieron en pie, aunque con la cabeza inclinada en señal de reverencia. El dragón se inclinó también, pero no como atención a los presentes, sino para permitir que descendiera su jinete. Hector vio como un trasgo enorme saltaba del lomo del dragón a la azotea.

—Su majestad Castel, el octavo rey trasgo de Rocavarancolia— anunció dama Sueño—: El destructor de mundos.

Hector no pudo evitar sobrecogerse. Su aspecto era aún más feroz que el de Roallen. Era todo músculo y vigor; no tenía nada que ver con el trasgo famélico que los había atacado. Sus ojos eran diminutos, dos pequeños puntos negros que casi costaba percibir sobre el hocico chato. Ceñía su frente una corona fina de oro e iba vestido con una armadura de plata blanca y una capa roja con el borde negro y dorado.

Varago Tay suspiró al ver acercarse al trasgo. Uno de sus guardianes le retiró la capucha de la túnica, dejando al descubierto un rostro gris y apergaminado, de ojos negros y nariz ganchuda. A Hector le recordó inmediatamente a Denéstor Tul. Saltaba a la vista que aquel ser era de la misma especie que el duende.

El trasgo se detuvo ante el ser arrodillado. Su presencia empequeñecía a todos los presentes, y no solo por sus más de tres metros de altura: aquella criatura irradiaba una grandeza abrumadora.

—Varago —gruñó el trasgo e hizo un gesto brusco de saludo en dirección al hombre gris.

—Majestad… —Varago inició una reverencia que no llegó a concluir, las criaturas que lo sujetaban se lo impidieron.

Gruñó dolorido y alzó la cabeza hacia el rey trasgo. Podía estar agotado, pero aún tenía fuerzas para desafiar al monarca, al menos con la mirada—. Lamento que los acontecimientos no nos hayan dejado más alternativa que enfrentarnos en el campo de batalla —hablaba entre jadeos entrecortados—. Ninguno de los dos deseábamos que sucediera esto.

—No me insultes, demiurgo. Si no lo hubieras querido, no habría pasado. Te rebelaste contra mí, contra el reino. Traicionaste a Rocavarancolia en su momento de mayor necesidad.

—Hice lo que tenía que hacer.

—Y yo haré lo que debo hacer. —Hizo un gesto en dirección a alguien situado tras él—. Traed mi espada.

Una de las criaturas simiescas se aproximó con rapidez al dragón y tomó la espada gigantesca enganchada a la silla de montar. Se trataba de un arma de más de dos metros y medio de longitud, con la empuñadura curva, enfundada en una vaina oscura. El simio se la colocó sobre el hombro y regresó junto al monarca, encorvado por el peso de la espada. El trasgo la empuñó y la levantó sin esfuerzo, todavía dentro de la vaina.

—Ni siquiera te has detenido a mirar el bosque —gruñó Varago—. Antes de arrasarlo, míralo, por favor. Tienes que comprender por qué lo he hecho. Tienes que saberlo.

—Inclinadlo —ordenó el trasgo mientras retiraba la vaina de la espada y la dejaba caer. El mismo simio que la había traído se apresuró a recogerla. La hoja del arma era negra. Todas las criaturas reunidas en la azotea observaron expectantes.

—Por favor... Hazme caso, Castel. Contempla el bosque. Aunque solo sea una vez —insistió Varago mientras sus captores le forzaban a inclinarse. Uno de ellos tiró de su túnica hacia atrás para que el cuello quedara a la vista—. ¡Castel! —aulló, estirando la cabeza en dirección al rey—. ¡Míralo!

—Fue lo primero que hice al venir, Varago —dijo y, empuñando el arma con ambas manos, la alzó sobre su cabeza—. Y si he de serte sincero, no me ha emocionado en lo más mínimo.

Hector se giró para no ver lo que se avecinaba. El recuerdo de la decapitación de Roallen estaba fresco en su memoria. Cerró los ojos con fuerza. Ignoró el silbido del arma al cortar el aire, el desagradable chasquido carnoso que llegó después y el ruido blando de la cabeza al caer al suelo.

—Está hecho —escuchó decir al trasgo.

No se giró. Se limitó a abrir los ojos y contemplar el vuelo de los dragones y las quimeras en el cielo manchado de guerra, agotado de soñar, cansado de contemplar maravillas y milagros. El mundo entero hedía a muerte. Hector se preguntó cuándo terminaría todo, cuándo llegaría la paz, la calma...

—Majestad —dijo al cabo de unos instantes una voz gutural y pesada a sus espaldas—. Todo está dispuesto. Los hechiceros preparan ya el conjuro de extracción. En unos minutos el alma de Ataxia será nuestra y podremos emprender el regreso. Quizá le agrade ver cómo se consume el bosque, me han asegurado que será un espectáculo digno de ver.

Cuando el rey trasgo habló, su voz sonó diferente, sonó hastiada, amargada.

—Que detengan el conjuro —ordenó—. Haz que paren. Que dejen esa alma donde está.

—¿Majestad? ¿El bosque? No comprendo…

—No hay nada que comprender, necio. Hemos terminado aquí. Volvemos a Rocavarancolia. Enterrad la cabeza de Varago en ese maldito bosque y cargad el cuerpo en mi dragón. Será enterrado en el Panteón Real. Y haz reunir al consejo, querré verlos en cuanto regrese. Vamos a necesitar otro mundo al que robarle el alma.

En ese mismo instante algo cambió dentro del sueño. La atmósfera se suavizó de repente, el aire llegó a sus pulmones libre del hedor a matanza. Hector se giró despacio. Seguía en la azotea, pero en lo alto de aquella torre solo quedaban dama Sueño y él. Los monstruos y los cadáveres habían desaparecido.

—Cerraron el vórtice —dijo la mujer. Hablaba despacio, sin dejar de mirar el lugar donde habían obligado a Varago a inclinarse. La expresión de su rostro era indescifrable—. Desvincularon Ataxia y buscaron otro mundo al que robarle el alma. Tras muchas vicisitudes lo consiguieron y Rocavarancolia venció: Mascarada fue destruida. Y Varago consiguió lo que quería: el bosque sobrevivió.

Hector contempló a la mujer largo rato. De pronto, un presentimiento le hizo alzar la vista. Sobre sus cabezas, la luna y la estrella coincidían al fin. El momento tan temido había llegado. La Luna Roja estaba saliendo en Rocavarancolia. Y no era en esta ensoñación delirante donde debía estar. Debía estar despierto, junto a sus amigos, al otro lado del sueño, en la pesadilla, afrontando lo que fuera que estuviera pasando en la ciudad en ruinas. Iba a pedirle a dama Sueño que lo mandara de regreso, pero comprendió que sería inútil hacerlo; él no tenía ni voz ni voto en aquello. No podía elegir cuándo tenía que terminar ese sueño, de igual manera que no había tenido nada que ver con su comienzo.

—¿Por qué me has mostrado esta carnicería? —preguntó.

Dama Sueño no contestó, se limitó a darse la vuelta y caminar despacio hacia las almenas, con los brazos cruzados bajo el pecho y acariciándose los hombros con las manos. Hector fue tras ella.

—¿Se supone que debo aprender algo de todo esto? —quiso saber—. Déjame pensar: ¿que hasta los monstruos pueden tener su parte noble? ¿Eso es? ¿Que nada es tan terrible como parece? ¿Algo así? ¿Eso es lo que tengo que aprender?

Dama Sueño lo miró con severidad. Hector fue consciente por primera vez del poder extraordinario de la mujer que tenía ante sí. Pero eso no lo acobardó. Sostuvo su mirada sin pestañear siquiera.

—No es a mí a quien debes preguntarle qué has aprendido —respondió dama Sueño—. Tienes que preguntártelo a ti mismo. —Sonrió de manera tan repentina que Hector, tomado por sorpresa, dio un paso atrás—: Y como soy de naturaleza curiosa, por favor, apiádate de mí y respóndete en voz alta. Así podré oírte.

Hector suspiró. Luego se encogió de hombros. Si no quedaba otro remedio, le seguiría el juego a aquella mujer. Qué más daba.

—Lo único que he visto ha sido muerte y destrucción —dijo—. Nada más. Seres despedazándose unos a otros sin piedad. Me has mostrado la guerra, dama Sueño. Me has enseñado lo horrible que puede llegar a ser el mundo y lo crueles que pueden llegar a ser los que lo habitan. No, no he aprendido nada. Porque no me has enseñado nada que yo ya no supiera.

—¡Pobre tonta! —exclamó ella y se dio una palmada en la frente—. ¿Ya lo sabías? Perdóname, Hector. Y yo aquí, haciéndote perder el tiempo... —Parecía genuinamente sorprendida—. Los soñadores no estamos muy bien de la cabeza, ¿sabes? Perdemos el norte con facilidad. —Sonrió de nuevo y algo en su sonrisa le hizo comprender a Hector que eso no era todo—. Pero hay algo que... —comenzó—. No sé, quizá sea una nadería, pero me ha llamado la atención poderosamente... Es probable que no tenga importancia alguna, claro. La cuestión es que llevamos aquí, en lo alto de esta torre, un largo rato y en todo ese tiempo... —Resopló y Hector frunció el ceño—. ¿Cómo explicarlo?: cuando no estabas mirándome a mí mientras te aburría con mi historia, andabas con la vista perdida en la luna y la estrella del cielo o en los batallones de espantos que se masacraban a nuestro alrededor. ¿Y sabes una cosa, Hector? —En el brillo de sus ojos quedó claro que estaba disfrutando el momento—. En todo ese tiempo, ni siquiera has mirado el bosque.

Y señaló hacia su derecha.

Hector miró por encima de las almenas. Y lo vio. Dama Sueño tenía razón. Había estado siempre allí, pero él no se había detenido a contemplarlo ni una sola vez, más atento al caos que lo rodeaba que a aquel paisaje. Y nada más poner la vista en él, comprendió por qué Varago Tay había traicionado a Rocavarancolia. Nadie que tuviera corazón podía resistirse a la belleza rotunda y absoluta de aquel paraje y permanecer impasible. Hector solo pudo contemplar el bosque durante un instante; de pronto, mientras su mirada ansiosa intentaba abarcar de parte a parte aquella maravilla, mientras trataba de memorizar hasta el último detalle de lo que veía, el bosque desapareció envuelto en un torbellino de negrura.

—¡No! —gritó horrorizado al verlo desaparecer. La torre y el mundo que la rodeaba se desvanecieron también—. ¡No! ¡Ahora no! ¡Maldita sea! ¡No te lo lleves! ¡Déjame verlo!

—Quizá eso era lo que pretendía enseñarte —dijo dama Sueño, ya inmersa en las tinieblas—. Que lo que de verdad importa es el bosque, no lo que ocurre a su alrededor. Pero es tan fácil extraviarse en lo obvio, en el ruido… O quién sabe, quizá todo esto no sean más que delirios de una vieja loca. —Guardó silencio. Hector aún sentía el tacto de la almena donde se apoyaba, pero hasta eso se desvanecía—. No hay tiempo para más —dijo dama Sueño—. Es la hora. Hora de que abandones mi sueño para que regreses al tuyo y despiertes.

—¡Espera! —gritó él.

—Adiós, mi querido violín. —La voz se oía cada vez más lejos. No era solo la oscuridad lo que lo separaba de dama Sueño, había universos enteros entre ambos—. Con suerte no volveremos a vernos.

Y se hizo el silencio. Un silencio tan desorbitado que fue como si nunca hubiera existido sonido alguno. Por un segundo, Hector estuvo solo en la oscuridad. Fue solo un segundo. Luego llegó la luz.

Despertó de manera tan brusca que el corazón le dio un vuelco en el pecho; lo sintió removerse como si estuviera mal sujeto a la arquitectura interna de su cuerpo y pudiera desprenderse de él en cualquier momento. Se incorporó hasta sentarse en la cama. Hacía frío, un frío atroz. Sentía la piel tirante, agrietada… Todo era penumbra. Escuchó un silbido cerca, un ruido extraño que no alcanzó a situar pero sí a identificar: el de las sombras de Natalia al desplazarse. Miró a su alrededor. El mundo no era más que una mezcla confusa de siluetas informes y colores apagados.

Pestañeó varias veces y al hacerlo sintió algo desprenderse de sus párpados. No eran legañas: era hielo. No podía dejar de temblar. Intentó serenarse. Había pasado mucho tiempo inconsciente y la desorientación era normal. Tenía que habituarse a la realidad, al mero hecho de estar despierto. Sacudió la cabeza y el mundo se aclaró poco a poco ante sus ojos, las formas comenzaban a dibujarse a su alrededor. Lo primero que vio, entre tinieblas llorosas, fue el muñón vendado en que terminaba su brazo derecho. Un escalofrío recorrió su espina dorsal. De la mano cortada llegaba un latido acelerado, una suerte de golpeteo frenético de tambor. No era dolor, era otra cosa. Algo diferente.

Apretó los dientes y de nuevo miró a derecha e izquierda, tratando de no pensar en ese hueco en su propio cuerpo. Su visión cada vez era más clara. Se encontraba en una habitación del torreón Margalar, la misma que ya habían usado antes como enfermería. Tanto la cama como las paredes y el techo estaban cubiertos de hielo. En el aire flotaban cientos de estrellas rojas, un sinfín de ascuas luminosas que revoloteaban por todas partes de manera lenta, melancólica. No había ni rastro de sombras. Todo el lugar se hallaba iluminado por el suave resplandor rojizo que se colaba a través de las troneras. Fuera aullaba la tormenta, pero el sonido que llamó su atención no procedía del exterior sino del mismo cuarto en el que se encontraba: era un sollozo constante, un llanto por lo bajo casi inaudible.

Hector miró en esa dirección y descubrió a alguien sentado en una silla junto a la puerta, semioculto en las tinieblas rojizas; estaba reclinado hacia delante, con las manos en el regazo. Bajo aquella luz resultaba muy complicado distinguir quién era.

—¿Hola? —dijo después de no poco esfuerzo. Su propia voz le resultó extraña, ajena.

La figura sentada no dio visos de haberlo oído. Continuó encorvada, llorando muy bajo.

Hector retiró la sábana que lo cubría y bajó de la cama, vestido solo con un calzón negro. Llevaba días inconsciente, pero su cuerpo no daba muestra alguna de debilidad. Más bien al contrario: en cuanto se puso en marcha sintió una sensación desconcertante de fortaleza.

La piedra helada del suelo se le antojó nueva bajo los pies descalzos; la torre entera, bañada en aquella luz rojiza pulsante, daba la impresión de estar recién construida; hasta el propio aire parecía renovado. Aquel mundo no era el mismo que recordaba. O quizá no se trataba de eso, quizá era él quien había cambiado. Las pavesas rojas seguían con su danza lenta en la habitación, con la parsimonia y delicadeza con la que caen los primeros copos de nieve del invierno. Una de esas partículas revoloteó hasta Hector y se le posó en la mejilla. Se la quitó de encima de un manotazo. Desvió la mirada hacia una tronera, pero no se atrevió a acercarse. El resplandor sangriento que se colaba por ellas era la luz de la Luna Roja y aún no estaba preparado para enfrentarse a ella. En vez de eso dio un paso en dirección a la figura que lloraba.

No reconoció de inmediato a Bruno, a pesar de que vestía el gabán de siempre y tenía entre las manos la chistera esmeralda. El pelo rizado le caía en bucles desordenados, cubriéndole buena parte del rostro. Las lágrimas corrían a raudales por sus mejillas.

—¿Bruno? —llamó dubitativo.

El italiano alzó la vista despacio, lo descubrió a su lado y sonrió.

—Hector —murmuró—. ¡Hector! —Se limpió las lágrimas con el dorso de la mano. Tenía los ojos húmedos, pero la sonrisa radiante que le dedicaba desterró de un plumazo toda tristeza de su cara—. Lo siento, lo siento mucho… Ni me he enterado de que despertabas. —Dejó caer la chistera al levantarse de la silla. Sin mediar más palabra se acercó y lo envolvió en un fuerte abrazo—. Qué alegría verte despierto…

Hector fue incapaz de reaccionar. Permaneció atónito entre los brazos del italiano. Bruno debió de percatarse de su perplejidad, porque se apartó de él rápidamente. Parecía avergonzado.

—Perdona… No sé comportarme… Y supongo que me llevará un tiempo aprender. —Lo observaba con vivo interés, como si quisiera comprobar que sus rasgos seguían siendo los mismos—. Me alegra ver que estás bien y quería demostrártelo. ¿El abrazo no era oportuno? —quiso saber.

Por un instante, Hector no supo qué contestar. Que Bruno lo abrazara era una de las cosas más insólitas que le habían ocurrido en Rocavarancolia. Sacudió la cabeza.

—Olvídalo. No me lo esperaba. Solo eso. ¿Qué está ocurriendo? —le preguntó.

—Ha salido la Luna Roja y ahora todo es... Todo es... —Daba la impresión de ser incapaz de verter en palabras sus pensamientos y que eso, lejos de frustrarlo, lo fascinaba. Sorbió por la nariz y lo miró a los ojos—. Todo es diferente, ¿comprendes? —Se agachó para recoger su chistera, se la puso y echó a andar a grandes zancadas hacia la tronera más cercana—. Y todo es magnífico y a la vez... —dejó de hablar, presa de un ataque repentino de llanto. Las pavesas de fuego se agitaban a su alrededor, inquietas por su presencia.

—La Luna Roja... —murmuró Hector. Estaba ahí fuera. Solo tenía que acercarse para verla. No lo hizo. Se quedó donde estaba, inmóvil.

El italiano asintió. Se sosegó y respiró hondo.

—Rocavaragálago se ha puesto al fin en marcha. Oh. —Se llevó la mano a la boca, como si acabara de recordar algo sumamente importante—. Oh —repitió, girándose hacia Hector. De nuevo las lágrimas rodaban por sus mejillas, a raudales, tan rápidas que era como ver dos riachuelos desbordados—. ¿Puedes sentirlo? ¿El bullir de la sangre? ¿La vida a tu alrededor? El latido. Aquí y ahora. ¿Lo notas? —Volvió a mirar fuera. Sonrió y abrió los brazos en cruz—. El latido del mundo.

En ese momento el torreón Margalar se estremeció. Fue una sacudida brusca que hizo que ambos se tambalearan. En la distancia se escuchó el estruendo de lo que podía ser un edificio viniéndose abajo. Luego nuevos ruidos de derrumbe salpicaron la ciudad. Rocavarancolia entera temblaba. El temblor apenas duró unos segundos pero Hector sintió que sus ecos perduraban en su cuerpo, como si la misma onda sísmica que acababa de recorrer la ciudad se cebara ahora con él. El picor de su muñón se recrudeció, las palpitaciones se hicieron más rápidas. Apretó los dientes y a su pesar se acercó a Bruno, que continuaba mirando embelesado por la tronera. Lo aferró del hombro y lo obligó a volverse hacia él, sin mirar en ningún momento la curva roja que se intuía en el cielo más allá de la ventana.

—¿Dónde están las chicas? —preguntó con voz ronca. El picor de su brazo se había extendido a otras partes de su cuerpo. Ahora lo sentía también en su vientre y en la espalda, justo bajo los omoplatos. Eran escalofríos rápidos, corrientes eléctricas que mordían su piel a intervalos cada vez más cortos.

—Bajaron poco después de anochecer. Yo me quedé contigo. No me gusta dejarte solo con las sombras de Natalia... No me fío de ellas. —Se acarició el cuello de manera lánguida, sin parar de llorar, luego se detuvo y contempló las yemas de sus dedos como si fueran la cosa más maravillosa del mundo. Sonrió—. Y salió la luna, la inmensa luna… Y el cielo sobre Rocavaragálago se llenó de estrellas… —Casi parecía estar cantando—. Y el mundo entero cambió. Y yo me vine abajo y… —Se miró las palmas de las manos, serio de repente—. Si esto dura mucho, me volveré loco… Tengo que controlarme. Tengo que controlarlo. ¿Cómo lo hacéis vosotros? ¿Cómo resistís este torrente de sentimientos cada segundo de cada día? ¡Qué locura!

Hector negó con la cabeza. Tenía que salir de allí.

—Voy a buscarlas.

Bruno asintió distraído y se volvió otra vez hacia la ventana. Cerró los ojos mientras la luz rojiza le bañaba el rostro. La sonrisa plácida de sus labios contrastaba con el raudal de lágrimas que fluía bajo sus párpados. Hector caminó de espaldas unos instantes, sin apartar la vista del italiano, impactado todavía por su transformación. Salió deprisa.

Bajó por las escaleras más rápido todavía. Cuando llegaba al último tramo, un nuevo temblor, más fuerte que el anterior, sacudió el torreón. Hector perdió el equilibrio a mitad de un paso y rodó escaleras abajo, dando tumbos a cual más violento. Su cabeza golpeó con fuerza contra el suelo pero no sintió dolor alguno. Permaneció tumbado, conteniendo la respiración, mientras el mundo temblaba a su alrededor. Finas hilachas de polvo se desprendían desde las vigas del techo. Una estantería se vino abajo con estrépito y sembró el piso de platos y vasos rotos.

Hector apretó los dientes. Las lanzadas en su muñeca y en su espalda latían otra vez en sintonía con el terremoto. Se hizo un ovillo en el suelo, aferrándose el muñón con la mano izquierda. Le ardía como si estuviera recubierto de lava. De pronto el temblor cesó, de forma tan brusca como había comenzado, pero él continuó a merced de las corrientes eléctricas salvajes que recorrían su ser: de su espalda a su muñeca y vuelta a empezar, frenéticas y brutales. A su alrededor revoloteaban verdaderas nubes de chispas rojizas; algunas se le adherían al cabello y a la piel, pero él ya no hacía nada por quitárselas de encima. La puerta del patio estaba abierta y por ella entraba la tibia luz roja del exterior, extendiéndose por el suelo como una marea de sangre reluciente.

«Eso que sientes es la Luna Roja; la Luna Roja y Rocavaragálago transformando tu cuerpo», escuchó en su mente. Hector abrió los ojos de par en par. Era la misma voz que lo había despertado en su primer día en Rocavarancolia: la voz de dama Serena. Intentó ponerse de pie, pero a lo máximo que llegó fue a arrodillarse en el suelo, apretando el muñón contra su pecho.

En el respaldo de una silla estaba posado el pájaro metálico que lo había guiado al cementerio, con el ojo de dama Desgarro bien sujeto en el pico.

—Dama Desgarro —murmuró con un hilo de voz. Hector se mordió el labio inferior. Las imágenes temblaban ante sus ojos. No era dama Serena quien había estado hablando en su mente durante el discurso de bienvenida, comprendió, no había sido ella quien lo había hechizado para que fuera consciente de los peligros de Rocavarancolia. Había sido dama Desgarro, el monstruo, el espanto del cementerio, no la fantasma.

«Dama Desgarro, sí. Así es… Comandante de los ejércitos del reino y custodia del Panteón Real para unos, y simple y despreciable monstruo para otros. Dama Desgarro. Esa soy yo. No tengo ni la belleza ni la elegancia de dama Serena, ni inspiro la misma confianza, por supuesto… ¿Quién va a fiarse de una criatura tan horripilante como yo? Tú no, desde luego».

Hector cerró los ojos y se tragó un grito; las lanzadas en su muñón se habían vuelto insoportables. Era como si alguien le estuviera clavando con saña miles de agujas de hielo y fuego, sin parar ni un segundo. Algo empezó a agitarse bajo las vendas de su brazo, algo que pugnaba por salir al exterior, mordiendo su carne con fiereza despiadada. Cayó hacia atrás. Retrocedió tumbado estirando el brazo ante él en un intento inútil por alejarse de ese bullir siniestro de vendas, de ese dolor inhumano que lo desgarraba.

«Es la hora, niño —dijo la mujer en su mente rebosante de dolor—. Ya no hay vuelta atrás. No hay camino de regreso. Ni para ti ni para nadie».

Las vendas se hicieron pedazos. Hector gritó y trató de alejarse de la agonía de aquella extremidad cortada. Algo estalló en su muñón. Hector aulló mientras contemplaba, con los ojos desorbitados, como una nueva mano emergía de su carne herida. Era una mano de un negro intenso, con las uñas cortas y puntiagudas, y el dorso salpicado de brillos. Una mano que era suya, indudablemente suya. A través del caos de vendas que era su muñeca alcanzaba a distinguir donde la piel rosada daba paso a aquella nueva carne. Cayó otra vez de espaldas, manteniendo aquella zarpa en alto, alejada todo lo posible de él. El dolor había cesado, pero no podía sobreponerse al estupor que le causaba aquella cosa al final de su brazo.

Fuera, en el reloj de la fachada, la estrella de diez puntas y el símbolo de la Luna Roja se encontraban por fin en lo alto de la esfera, ocupando el mismo lugar, una sobre otra, la estrella al fin había alcanzado a la luna. De pronto se escuchó un chasquido en el interior del mecanismo, varios engranajes se pusieron en movimiento y, tras un temblor leve, la Luna Roja comenzó a moverse mientras la estrella permanecía inmóvil en el lugar donde durante tanto tiempo le había aguardado su compañera.

Dentro, la voz de dama Desgarro habló de nuevo en su cabeza:

«Bienvenido a Rocavarancolia, Hector —dijo—. Bienvenido a la ciudad de los monstruos. Ahora sí. Ahora ya eres uno de nosotros».

LA LUNA ROJA

La Luna Roja se elevaba inmensa sobre la ciudad, rodeada de un nimbo sangriento que la hacía parecer más grande de lo que ya era. Las nubes de tormenta que cubrían Rocavarancolia no lograban eclipsarla; la luna se dejaba ver tras ellas, oscurecida y sombría, pero tan grandiosa como se veía en una noche despejada. Flotaba en el cielo con la altivez de los dioses que se saben adorados, con la rotundidad de las profecías seguras de cumplirse. La Luna Roja lo era todo y Rocavarancolia se postraba sin remedio a sus pies. La ciudad temblaba.

La tormenta redobló su furia. Los relámpagos caían en sucesión tan rápida que la planta baja del torreón Margalar quedó iluminada de forma permanente por una luz rojiza pulsátil.

Hector, tirado todavía en el suelo, intentó serenarse, ajeno a la tormenta, al pájaro metálico y su ojo, al dolor sordo de su espalda... Ajeno a todo lo que no fuera la mano oscura que surgía de su muñeca. La abrió y cerró despacio, perplejo al comprobar que aquella cosa se doblegaba sin más ni más a su voluntad. Era su mano. Lo era. La sentía suya y a la par le resultaba tan extraña, tan aberrante a la vista, como el vacío que había contemplado hacía apenas unos instantes. Se sentó con la mano extendida ante él. Era de un negro tan brillante que casi podía distinguir el reflejo de su rostro en la palma. La giró para ver el dorso. La zona central estaba salpicada de cristales incrustados en la carne, más numerosos en torno a los nudillos. Eran como diamantes minúsculos.

Comprobó su consistencia con la mano izquierda y los notó duros y fríos al tacto. Y afilados.

«Pronto tu cuerpo entero será así —anunció dama Desgarro en su mente. Hector se giró veloz hacia el pájaro—. Mal que me pese, serás un ángel negro. La capacidad de regeneración de esos demonios es tan legendaria como su locura. No solo te ha librado del veneno de Roallen, también ha hecho que te crezca una nueva mano».

—No soy un demonio —murmuró él.

Se levantó y miró alrededor. El suelo era un caos de trastos hechos pedazos y de muebles volcados, pero aparte del desorden no parecía que el terremoto hubiera causado daños serios en el torreón. De sus amigas no había ni rastro. Allí solo estaban el pájaro con el ojo repugnante de dama Desgarro en el pico y aquellas ascuas rojas que volaban por todas partes. La puerta principal del torreón permanecía entreabierta, pero dudaba mucho que las chicas hubieran salido fuera. Miró hacia las escaleras por las que acababa de rodar. Las mazmorras. Ahí era donde estaban. Se las imaginó a las tres encerradas junto a Lizbeth, transformadas todas ya en monstruos horrendos, en criaturas aún más desagradables que la misma dama Desgarro. Recordó la historia del náufrago y la farera y por un instante se vio a sí mismo y a Marina como sus protagonistas. Apartó esa imagen de su cabeza y echó a andar hacia las escaleras.

No había dado ni dos pasos cuando un golpe de viento abrió la puerta del patio de par en par. La tormenta irrumpió en tromba en el torreón Margalar. Y no solo arrastraba agua con ella; entre las gotas oscuras y densas de lluvia caían también arañas, cientos de ellas. Pequeñas arañas de largas patas rojas y cuerpo negro que entraban en el torreón a una velocidad de vértigo. Hector se cubrió la cara con un brazo y se volvió a medias para no recibir de lleno el impacto de aquella ola siniestra. Las arañas lo golpeaban con tanta fuerza que la mayoría reventaba al hacerlo. Pronto el suelo fue un hervidero de ellas; correteaban enloquecidas de un lado a otro, en busca de grietas donde refugiarse antes de que el viento las arrastrara de nuevo. La puerta del patio batía de manera incesante, sin llegar a cerrarse nunca, y a cada golpe nuevas oleadas de agua y arañas medio ahogadas entraban en el torreón. Hector corrió hacia la puerta, en pugna contra el viento y lo que arrastraba consigo. Las arañas crujían bajo sus pies descalzos. Aferró la puerta con ambas manos y la cerró de un sonoro golpe. Retrocedió, calado hasta los huesos, con decenas de arañas agonizando sobre él. Se las sacudió a manotazos. Estaba aturdido, mareado. La irrealidad de todo lo que sucedía amenazaba con volverlo loco. Se encaminó de nuevo en dirección a las escaleras.

—Marina... —murmuró.

Necesitaba verla. Necesitaba un asidero en aquella locura, un ancla que lo mantuviera cuerdo. El pájaro había abandonado el respaldo de la silla para posarse en el asiento y desde allí lo observó tambalearse en dirección a la escalera. Hector lo fulminó con la mirada. Dama Desgarro era una de las culpables de lo que les estaba sucediendo. Ella y los demás habitantes de Rocavarancolia los habían condenado a aquella pesadilla.

Bajó las escaleras despacio, con su nueva mano encogida y pegada al estómago. La espalda le ardía. El dolor bajo sus omoplatos era tremendo; a cada paso que daba, a cada latido de su corazón, sentía que algo se desgarraba en su interior. Encontró la puerta a las mazmorras cerrada. Dos arañas corrían por la madera, una tras la otra. Respiró hondo. No quería abrir esa puerta. No quería saber qué aguardaba al otro lado. Pero no le quedaba alternativa. Se mordió el labio inferior, tomó la aldaba con la mano izquierda y abrió la puerta despacio.

Lizbeth estaba fuera de la celda.

La sorpresa al verla libre fue tan mayúscula que no se fijó en nada más, solo en la gran loba. Lizbeth alzó la cabeza y lo miró con sus ojos agrietados abiertos como ventanas al infierno. Desnudó sus colmillos y avanzó un paso. Hector no había traspasado todavía el hechizo de silencio y no pudo escuchar su gruñido, pero eso no le restó ni un ápice de amenaza y ferocidad. Iba a cerrar ya la puerta para mantener presa a Lizbeth cuando descubrió a Marina y su mundo se derrumbó. La joven estaba tirada en el suelo, inmóvil por completo tras la loba. Estaba muerta. Hector lo supo al instante. El brazo estirado, la palma vuelta hacia arriba y los dedos flexionados, apuntando en dirección a la puerta. No había pulso en esa muñeca. Ni latido alguno en su corazón. Marina estaba muerta. Lizbeth había acabado con ella. Hector gritó, abrió la puerta de un tirón y se abalanzó dentro de la mazmorra, poseído por una furia que dejaba en nada a la que sintió al enfrenarse a Roallen.

La loba saltó hacia él en cuanto puso un pie en la mazmorra. Hector fue a su encuentro, sin dudarlo. Y justo cuando su nuevo puño volaba hacia el cráneo de Lizbeth, alguien tiró con fuerza de ella hacia atrás. Su puñetazo se perdió en el vacío, igual que la dentellada rabiosa de la loba. Lizbeth cayó desmadejada, se rehízo con una sacudida y volvió a la carga, pero de nuevo tiraron de ella antes de que se produjera el encontronazo.

—¡Lizbeth! ¡No! ¡Para! —se oyó.

Por una fracción de segundo no fue capaz de reconocer a Madeleine. Estaba sentada tras Marina, con la cadena del collar de Lizbeth enroscada alrededor de la muñeca izquierda. Y era Madeleine, sin duda era Madeleine, pero al mismo tiempo no lo era. No la Maddie de su memoria, de su recuerdo. Su amiga estaba a media metamorfosis. Un entramado de venas de color cobrizo comenzaba a marcarse con nitidez en el blanco de sus ojos y el verde de sus pupilas; las orejas, antes perfectas, eran ahora puntiagudas y alargadas, con el exterior recubierto de una pelusa rojiza que se prolongaba en sus mejillas y llegaba hasta el mentón; sus pómulos se habían hundido y su mandíbula inferior se había proyectado varios centímetros hacia delante, cambiando por completo su fisonomía. Una bestia estaba emergiendo en aquel rostro en otro tiempo hermoso y contemplarla en ese momento, a medio cambio, lo hacía todavía más terrible.

—¡Para! ¡Mierda! ¡Que pares! —gritó de nuevo mientras intentaba contener las sacudidas frenéticas de Lizbeth. Tiró de la cadena con ambas manos haciendo palanca con los pies en el suelo, pero la loba seguía empeñada en abalanzarse sobre Hector—. ¡Quieta, Lizbeth! ¡Maldita sea! ¡He dicho que quieta! —Madeleine gruñó. Fue un verdadero gruñido animal, un sonido espeluznante.

La loba reculó al fin entre rugidos y mordiscos. Madeleine retrocedió en el suelo para asegurar su punto de apoyo. Resbaló al hacerlo y golpeó sin querer a Marina. Al ver moverse el cuerpo, Hector se vino abajo; fue como si un agujero negro le hubiera nacido en mitad de las entrañas. Olvidó a Lizbeth y a Madeleine, olvidó su propio dolor. Cayó de rodillas cuando sus piernas se negaron a seguir sosteniéndolo.

—No sé qué le ha pasado —dijo Madeleine—. Estaba bien y de pronto se cayó y no volvió a levantarse.

Marina no tenía ninguna herida visible, ni un solo arañazo, por pequeño que fuera. No había sido Lizbeth quien la había matado, comprendió Hector. Tardó unos instantes en percatarse de la voz que hablaba de nuevo en su mente.

«Sé lo que parece, pero no está muerta. Ni viva, a decir verdad. Se encuentra en un estado intermedio. Latente. A veces la Luna Roja provoca este tipo de reacciones. Necesita poner en suspenso el cuerpo para que tenga lugar el cambio».

—No está muerta... —murmuró, atónito. Lo que sintió entonces estaba más allá del alivio. Era un sentimiento nuevo por completo y ponerle nombre solo habría servido para limitarlo. Miró a Maddie, sin saber si echarse a reír o a llorar—. No está muerta —le anunció—. Es la luna, la Luna Roja. La ha dormido para cambiarla.

—Gracias al cielo —dijo ella. Ni siquiera su voz sonaba igual. Era más ronca y pesada, más parecida a un gruñido que a una voz humana—. Gracias al cielo —repitió. Echó la cabeza hacia atrás y exhaló un suspiro profundo. Luego lo miró fijamente—. Y tú has despertado al fin —dijo—. Estás vivo.

—Eso espero.

Se sentó también en el suelo, con las piernas cruzadas. La chica lobo y él quedaron frente a frente, separados por el cuerpo inerte de Marina, con Lizbeth gruñendo unos pasos más allá. Todo estaba sucediendo demasiado deprisa. La sensación de irrealidad y de pesadilla que lo embargaba era cada vez más agobiante. Se llevó las manos a la cabeza y se frotó las sienes con fuerza, como si con ese simple gesto fuera capaz de detener el flujo del tiempo, de frenar esa caída vertiginosa hacia el futuro.

—Tienes una mano nueva —dijo Maddie. En su voz no había rastro de sorpresa. Hector, por supuesto, no mencionó los cambios que se estaban produciendo en ella.

—Y tú has sacado a Lizbeth de su celda —dijo en cambio.

Madeleine asintió.

—Me voy del torreón y me la llevo conmigo —le explicó con su nueva voz rasgada—. Es lo mejor. Si me encerráis, tarde o temprano encontraré el modo de escapar y cuando eso ocurra intentaré mataros—dijo—. Lo sé. No me preguntes cómo, pero lo sé. Lo más seguro para todos es que me vaya lo más lejos posible.

—¿Puedes controlarla? —Señaló con la cabeza a la loba, que seguía vigilándolo sin dejar de gruñir por lo bajo.

—Ya lo has visto: a duras penas. Pero no creo que tenga problemas con ella. A no ser que nos topemos con Bruno, claro. Entonces la cosa podría complicarse. Lo odia. ¿Sigue arriba?

—Sigue arriba —contestó él y se estremeció al recordar el estado en que lo había dejado—. ¿Y Natalia? ¿Dónde está?

—Fuera. Se marchó en cuanto salió la luna. Dijo que sus sombras la llamaban.

—Sus sombras...

—Siempre tiene alguna rondando cerca. Ya ni se molestan en ocultarse. —Se inclinó hacia delante y bajó la voz—. No está bien, Hector. Natalia no está nada bien. Ten cuidado con ella. —«Y contigo», pensó él al entrever por primera vez sus colmillos afilados—. Es como si esas sombras se le estuvieran metiendo dentro. Volviéndola cada vez más y más oscura... Más... —De pronto cerró los ojos. Un rictus de agonía cruzó su rostro—. Duele —murmuró con un hilo de voz—. El cambio duele.

—Lo sé, lo sé —dijo él. Sentía como si alguien le estuviera despellejando la espalda con un cuchillo al rojo vivo.

Guardaron silencio unos instantes. Maddie miraba al suelo mientras Hector contemplaba a Marina. Parecía una muñeca rota, un juguete abandonado. Resultaba difícil admitir que no estaba realmente muerta. Hector se preguntó qué cambio estaría produciéndose en ella para que la Luna Roja tuviera que sumirla en aquel letargo. Fuera el que fuese, de momento no era perceptible a simple vista, no como los que estaban sufriendo ellos. ¿Sería algo todavía más radical? ¿La Luna Roja la había puesto en suspenso porque Marina no habría soportado la agonía de su metamorfosis? De nuevo recordó la historia de la farera y el náufrago. Se estremeció. A cada segundo que pasaba, sus pensamientos se volvían más y más sombríos.

—Me alegro de verte —le dijo la chica lobo, todavía con la voz afectada por el dolor. Intentó sonreír, pero lo que le ofreció fue una mueca más que una sonrisa—. Me alegro mucho de verte. Estas últimas semanas... Dios... Han sido horribles. La espera ha sido horrible. Casi estaba deseando que llegara este día y todo terminara.

—No digas eso...

—Es la verdad. Para bien o para mal: todo ha terminado. Todo será diferente a partir de ahora. No puede ser de otro modo. —Se enderezó de pronto en el suelo. Hector vio como sus fosas nasales se contraían y distendían con violencia. Había olfateado algo, comprendió. Madeleine se irguió para mirar tras él—. Hector... Santo cielo, tu espalda... Está destrozada —dijo.

Hector suspiró. Ya era hora de enfrentarse a eso. Era un sinsentido retrasarlo más. Se llevó las manos atrás y palpó allí donde el dolor resultaba más intenso. Dos largas heridas verticales se abrían en su carne, encharcada de sangre, justo por debajo de cada omoplato. Los dos tajos discurrían en paralelo hasta llegar casi a la cintura.

—No es nada —dijo, con voz carente de toda emoción. Caía cuesta abajo, su mente y su ser se estaban distanciando cada vez más la una del otro. Ya no era Hector. Era otra cosa, como Maddie, como Bruno. Algo a medio camino entre lo que había sido hasta entonces y lo que estaba destinado a ser—. Me están saliendo alas —admitió al fin. Y decirlo en voz alta tuvo el extraño efecto de tranquilizarlo.

«Me están saliendo alas», repitió para sí.

Esmael contemplaba la Luna Roja agazapado en lo alto de su cúpula, con la lluvia oscureciendo aún más su piel. El fulgor de la luna teñía las nubes de rojo. Hasta los relámpagos caían tiznados por su luz sangrienta. Al oeste, Rocavaragálago daba la bienvenida a su madre; el edificio brillaba cegador, envuelto en un remolino intenso de ascuas rojizas que se proyectaba a tal altura que parecía querer tocar a la propia luna. Rocavarancolia entera olía a magia pura, a magia primordial. Olía a cambio. Los destellos de los vórtices muertos relumbraban en mitad de la tormenta, como pedazos de auroras incrustados en el cielo, como relámpagos congelados en el tiempo y el espacio.

—¿Dónde estás? —preguntó Esmael entre dientes, irguiéndose en la cúpula y mirando a su alrededor—. ¿Dónde te escondes, bastardo?

En algún lugar se ocultaba la criatura que había asesinado a cuatro miembros del Consejo Real, el demiurgo de Rocavarancolia entre ellos. Esmael había tenido la esperanza absurda de que la Luna Roja lo hiciera salir de su escondrijo, pero por el momento no había indicio alguno de que eso fuera a suceder. El Señor de los Asesinos enseñó sus dientes a la noche enrojecida. Lo consumían las ansias de matar. La sangre hervía en sus venas. Al norte, la torre de marfil de Isaías, el vidente ciego, se vino abajo, incapaz de resistir por otro año más la tensión a la que la sometía la salida de la Luna Roja. El edificio, de un blanco deslumbrante, se partió en dos; la mitad superior se desplomó sobre la cicatriz de Arax mientras que la inferior lo hacía sobre uno de los burdeles de dama Espasmo. Esmael gritó en la tormenta y, fuera de sí, lanzó un puñetazo seco al aire.

—¡¿Dónde estás?! —aulló.

Levantó el vuelo y se impulsó en la noche, volando sin rumbo, sumido en sus pensamientos siniestros. La lluvia era tan intensa que a veces tenía la impresión de avanzar a través de un mar de alquitrán. La Luna Roja parecía arder en lo alto del cielo, asediada por los relámpagos y las nubes de tormenta.

El demiurgo había muerto y su cadáver ni siquiera descansaba en el Panteón Real como ordenaba la tradición. Los restos de Denéstor Tul habían sido pasto de los peces. Por si no fuera suficiente, al asesinato a traición del demiurgo había que añadirle ese insulto, esa vejación. ¿Quién estaba detrás de todo aquello? ¿Y qué pretendía? Esmael no tenía respuestas, solo dudas y la certeza absoluta de que algo acechaba en las sombras, algo tan inasible como el viento. ¿Y qué podía hacer? No había rastro alguno que seguir ni modo de dar con el asesino. La magia se había revelado del todo inútil en aquel asunto y sus intentos de hallar alguna pista sobre el idioma del pergamino de Belisario tampoco habían conducido a nada.

Cerró los ojos al mundo que lo rodeaba para abrirlos en el interior del hechizo de vigilancia que había lanzado en la galería subterránea donde se ocultaba Mistral. El cambiante apareció en su mente, sentado en el suelo de la sucia caverna, con las rodillas flexionadas y la cabeza incrustada entre ellas, meciéndose despacio, indiferente a los temblores que amenazaban con derrumbarle el techo encima. No era el único sortilegio que vigilaba a miembros del consejo: había otro en la habitación de dama Sueño, velando por la anciana dormida. Esmael no los había lanzado con intención de protegerlos, por supuesto: dama Sueño y Mistral no eran más que carnaza con la que tentar al asesino, dos miembros del Consejo Real prácticamente indefensos. Pero, por el momento, la presa se negaba a picar el anzuelo y él se sentía cada vez más estúpido y furioso por haberle tendido una trampa tan burda, tan obvia.

Contempló a Mistral. Había perdido la cuenta de las veces que había entrado en aquel hechizo en las últimas horas para espiar al cambiante. La criatura patética que decía no tener nombre se había convertido en el centro de sus obsesiones, en la pieza clave de un destino que se moría por reclamar.

Solo tenía que aferrarlo del cuello y llevarlo ante Huryel. Resultaría sencillo hacerle confesar. Sería regente. El penúltimo paso de su destino glorioso. ¿Y qué le importaba a él la suerte que pudiera correr la cosecha de Denéstor? Huryel, en cumplimiento de las leyes sagradas del reino, le ordenaría ejecutar a los muchachos, sabedores ambos de que ese sería su último cometido como Señor de los Asesinos. De todos ellos solo sobreviviría Darío, y con la Luna Roja en el cielo ya no tenía sentido alguno cuestionarse si valía la pena o no correr el riesgo de dejar el destino del reino en los hombros de un solo niño. En aquellos instantes, Darío se estaba convirtiendo en trasgo, y aunque su transformación no alcanzaría la plenitud hasta después de unas semanas, estaba claro que sobreviviría. Si no le quedaba otro remedio, él se encargaría de velar por su seguridad día y noche. Y podría hacerlo de manera abierta, sin esconderse, porque la salida de la Luna Roja había puesto punto y final al tiempo de la criba. Qué diablos, si se le antojaba podía encerrar a Darío en una mazmorra del castillo hasta que se abrieran en Rocavarancolia los primeros vórtices.

¿Por qué dudaba entonces? ¿Qué le impedía dar el paso que lo convertiría en regente?

—¡Déjate ver! —gritó a la noche. ¿Era aquella presencia oscura la que lo hacía vacilar? ¿El hechicero asesino era el culpable de que no diera de una vez por todas ese paso definitivo?

«Todo esto es absurdo —se dijo—. Mi tiempo ha llegado. ¿Por qué me empeño en retrasarlo?». Se contestó a sí mismo, con la voz maliciosa y burlona con la que tantas veces se había dirigido a Enoch el Polvoriento: «¿Cómo vas a gobernar tú, pobre desdichado, cuando no eres ni siquiera capaz de detener a la criatura que está masacrando el consejo? Ha dejado a Rocavarancolia sin demiurgo y Altabajatorre sin custodio y lo único que haces es lloriquear bajo la lluvia. Eres tan inútil como dama Desgarro. Es duro admitirlo, ¿no es así? Ya va siendo hora de que lo aceptes: no vales para regente. Y menos para rey. Confórmate con ser lo que eres: un asesino».

Voló hasta Rocavaragálago. El torbellino de ascuas que surgía de sus muros lo cegó unos instantes. Aquellas pavesas flotarían durante días por toda Rocavarancolia. Lo llamaban el polen de la luna y servía para acelerar el cambio de la cosecha. Esmael se aferró a la cúspide del pináculo más alto de la catedral y luego trepó a su punta erizada. Allí se agazapó. La piedra que Harex había arrancado a la Luna Roja ardía bajo su cuerpo, pero no había fuego que pudiera compararse a su rabia. Apretó los dientes. Desde donde se encontraba tenía una visión privilegiada de Rocavarancolia. La ciudad parecía en llamas. Las nubes de tormenta lo inundaban todo, algunas tan bajas que los edificios rasgaban sus vientres cuando pasaban sobre ellos. Los relámpagos tatuaban la noche con su caer constante, la abrían en canal una y otra vez, como si de puñaladas se trataran.

Esmael contempló Rocavarancolia.

—Te he servido durante décadas —murmuró—. Ayudé a hacerte grande, aunque luego fui incapaz de impedir tu caída. He acabado con cientos de vidas en tu honor... Y arrasaría mil mundos con tal de que volvieras a ser, aunque solo fuera por un segundo, tan grande como una vez fuiste. Soy tu siervo, Rocavarancolia. Vivo para servirte. —Inclinó la cabeza, atento al menor sonido, al movimiento más leve—. Dame una señal —rogó—. La que sea. Hazme una señal para saber qué camino he de seguir. Muéstrame tu voluntad y yo la cumpliré al momento.

En ese instante preciso una cortina de claridad se abrió a ras de suelo dentro del torbellino de ascuas rojizas que rodeaba Rocavaragálago. Una pequeña silueta se tambaleaba allí abajo, en el centro de aquel claro repentino. No tuvo dificultad para distinguir de quién se trataba. Era Adrian. El muchacho que había pasado a cuchillo a todos los que habían quedado atrapados en el incendio quieto. Caminaba a trompicones, mirando alrededor con el aire de alguien que busca algo importante.

Esmael lo vio aproximarse al foso de lava que rodeaba la catedral. Se acomodó en el pináculo para observarlo mejor, preguntándose si aquel niño sería la señal que le enviaba la ciudad. No se advertía el menor cambio físico en él, continuaba siendo indudablemente humano, al menos en lo que a su aspecto se refería, pero el ángel negro sabía que los cambios más profundos a veces no se reflejaban en el exterior. Adrian salvó los últimos metros que lo separaban del foso y caminó, más inseguro todavía, por las baldosas ennegrecidas que lo bordeaban. Tenía la vista perdida en el río rojo burbujeante que rodeaba Rocavaragálago. De pronto cayó de rodillas, inclinado en dirección al foso. El resplandor de la lava sobre su cuerpo se impuso al fulgor de la luna. Por un momento, Adrian pareció incandescente.

Luego, muy despacio, introdujo la mano derecha en el foso.

Hector salió de la mazmorra con Marina en brazos. Madeleine y Lizbeth iban delante. La loba se había olvidado por completo de él y tiraba frenética de la cadena, deseosa de salir de una vez del torreón. La pelirroja la seguía, encorvada grotescamente. Era evidente que el mero hecho de andar suponía una agonía para ella. Había algo anómalo en su postura y a Hector le costó reconocer de qué se trataba: la anatomía de Maddie ya no estaba hecha para caminar a dos pies, tan solo eso. Ya era más loba que humana. La joven estaba deseando abandonar aquella postura bípeda para poder marchar a cuatro patas.

Hector contempló el rostro lívido de Marina mientras subían las escaleras. No se veía en ella el menor signo de vida. Le resultó imposible no recordar la noche en la que llevó el cuerpo de Rachel al cementerio. Y si el cadáver de su amiga le había parecido liviano en aquel entonces, más todavía le resultaba ahora el de Marina. Tenía la impresión de que podía pasarse la vida entera con ella en brazos sin llegar a cansarse nunca.

«Está vacía —le había dicho la araña monstruosa en la sala de baile, refiriéndose a su amiga muerta—. Lo que importa ya no está. Se ha ido».

«Pero esta vez no —se dijo Hector—. Esta vez lo importante sigue aquí. No importa en qué se convierta. Seguirá siendo ella. Estoy convencido».

Maddie a duras penas conseguía contener los tirones que Lizbeth daba a la cadena. La loba estaba impaciente por salir del torreón. Desde que habían dejado atrás el hechizo de silencio, su nerviosismo había ido en aumento. No era extraño, tras semanas encerrada en aquella mazmorra exigua. Lo quería oler y ver todo y, al mismo tiempo, quería llegar cuanto antes a la puerta. Madeleine también tenía prisa por irse. Sus manos eran cada vez más grandes y toscas, y pronto no podría realizar tareas delicadas, como, por ejemplo, quitarle la cadena a Lizbeth.

Avanzaron entre el caos de la planta baja. Las arañas muertas crujían a su paso. Fuera continuaba la tormenta.

—¿Dónde vais a ir? —preguntó Hector.

—No lo sé. Supongo que a las montañas, pero todavía no lo tengo claro. Me dejaré guiar por mi instinto. Creo que eso es lo que tengo que hacer...

—Bruno encontrará la manera de traeros de vuelta. Estoy seguro.

Maddie guardó silencio unos instantes. Tiró de la cadena de Lizbeth, que gruñía amenazadora en dirección a las escaleras. Debía de haber captado el olor del italiano. La pelirroja suspiró. Pero ya no sonó como un suspiro, fue una especie de gañido animal.

—¿Sabes lo que me da más miedo? —le preguntó, con la vista perdida—. Que si llega ese momento y Bruno encuentra la forma de ayudarnos, yo no quiera regresar. —Sacudió la cabeza—. Es difícil de entender, lo sé. Y todavía es más difícil de explicar. Pero es que... Todo es más intenso ahora. Todo. Los olores, la vida. Tú mismo...

Se acuclilló para palmear el lomo de Lizbeth. Hector vio como sus vértebras se marcaban con nitidez contra su blusa, de hecho, dos de ellas habían desgarrado ya la tela. La loba tiró de la cadena hacia la puerta, después gruñó interrogativamente y Madeleine asintió:

—Ya vamos, cariño, ya vamos. —Miró de nuevo a Hector. Sonreía, pero si había el menor atisbo de alegría en esa sonrisa, él no fue capaz de distinguirlo—. Es cierto, Hector. Todo es más real. Más pleno. Y... me encanta esta sensación... Dios, la adoro... A pesar del dolor, a pesar de que ahora mismo los huesos me duelen tanto que me los arrancaría a mordiscos... A pesar de todo... me siento bien. Me siento completa. Y sé que cuando termine el dolor, cuando el cambio se haya completado, será todavía mejor. Por eso tengo miedo... ¿Y si luego no quiero volver a ser humana?

—Claro que querrás.

—No lo sabes. No puedes estar seguro porque ni yo misma lo estoy. —Hizo una señal en dirección a la puerta—. Tenemos... tenemos que irnos ya.

A continuación dio una fuerte palmada a Lizbeth en un costado y echó a andar, decidida, sin mirar atrás.

—Si me vuelves a ver, ten cuidado, por favor —le advirtió cuando entraban ya en el pasadizo que conducía al exterior—. No sé lo peligrosa que podré llegar a ser. Y bueno... no tengo que decirte nada sobre Lizbeth, ¿verdad?

—No —contestó él—. Ya sabemos lo peligrosa que puede ser ella.

Maddie asintió. Parecía a punto de añadir algo más, pero se limitó a sacudir la cabeza y cerrar el portón a su espalda. Por unos instantes, Hector las escuchó avanzar por el pasaje, luego solo oyó el viento y la tormenta. El joven se quedó a solas entre los muebles volcados y las arañas muertas, con Marina en brazos. No se había sentido tan solo y desamparado en toda su vida. Era como si lo único vivo en el mundo fuera él. Se dirigió a las escaleras después de echar una última mirada a la puerta por donde acababan de salir Madeleine y Lizbeth.

«No te preocupes por tus amigas —escuchó en su mente—. La manada cuida de los suyos. Estarán bien».

—¡¿Que estarán bien?! —preguntó Hector con rabia. Buscó con la mirada al pájaro metálico. Lo encontró encaramado a uno de los pocos armarios que permanecían de pie—. ¡Ninguno de nosotros estará bien nunca! ¡Mira en qué nos habéis convertido! ¡Mira lo que nos habéis hecho!

«Puedes soltar todo el veneno que quieras por esa boquita tuya, querido, pero procura no decir nada que delate que hemos tenido trato antes de hoy. Si es que aprecias tu vida y la vida de tus compañeros en algo, claro».

Hector gruñó.

—Vete de aquí. Déjame en paz. Dile a tu pájaro que se lleve tu ojo al infierno.

«No soy tu enemiga. No me trates como si lo fuera. Solo vengo a prevenirte. La hora de la criba ha llegado a su fin, pero eso no significa que ya no exista peligro. Ni mucho menos. A medida que vuestros cuerpos cambien, ganaréis en confianza. Es inevitable. Ocurre siempre y os ocurrirá a vosotros. Y ya sabes lo que sucede en Rocavarancolia con los que se confían».

Hector no contestó. Siguió su camino hacia las escaleras, sin mirar en ningún momento al pájaro.

«Y otra advertencia —continuó dama Desgarro—, el peligro no solo vendrá de la ciudad, puede llegar de cualquier parte, de los lugares más insospechados. Escúchame bien: puede llegar hasta de tus propios compañeros. Prepárate para lo peor, porque quizá debas tomar decisiones realmente duras en los próximos días».

Se paró en seco. No podía ignorar lo que implicaban esas palabras.

—¿De qué hablas?, ¡¿qué intentas decirme?!

«Lo que trato de decirte, Hector, es que puede que no te quede más alternativa que matar a alguno de tus amigos. Deberás estar preparado para ello. Si es que de verdad quieres sobrevivir».

—¡¿Matarlos?! ¡Nunca estaré preparado para eso! —Se giró a toda velocidad hacia el pájaro—. ¡Qué locura! Nunca les haré daño!, ¡¿me oyes?! ¡Nunca se me ocurriría hacer nada semejante!

«Ojalá no tengas que hacerlo».

Hector negó con la cabeza. Recordó como acababa de saltar sobre Lizbeth, como la golpeó aquella noche aciaga en el salón de baile. De nuevo sintió que las rodillas le temblaban. Se apoyó en la pared para no caer, ignorando el dolor de su espalda y lo que bullía en su interior.

—Éramos niños, poco más que niños... —dijo, con un hilo de voz, la mirada perdida en el rostro pálido de Marina—. ¿Cómo habéis podido hacernos esto?

«Tú lo has dicho. Erais niños. Pero habéis crecido. Para bien o para mal todos lo hacemos».

Daba igual el lugar del castillo donde se hallara, Hurza siempre encontraba el modo de dar con ella. Dama Serena apartó la mirada de la Luna Roja en cuanto la trampilla de la torre se abrió para dejar paso a Ujthan. La tormenta empapó al guerrero al instante, pero no pareció importarle. Se irguió chorreando agua sin apartar la vista de la Luna Roja, luego parpadeó varias veces y miró alrededor, como si hubiera recordado de pronto qué lo había conducido allí. Tardó en percatarse de que dama Serena no estaba en la torre, sino flotando más allá de las almenas, entre los centelleos de los relámpagos y el volar de las ascuas de Rocavaragálago. No hubo necesidad de palabras entre ellos. La aparición de Ujthan solo podía significar una cosa: Hurza requería su presencia.

El castillo parecía más que nunca una ruina abandonada. Los pequeños terremotos provocados por la llegada de la Luna Roja habían desplazado muebles, tirado armaduras, candelabros y adornos, y llenado de polvo pasillos y habitaciones. Ujthan y dama Serena avanzaban por la fortaleza en silencio, sin mirarse siquiera; era evidente que ambos se sentían incómodos en compañía del otro. No era para menos. Habían asesinado a Denéstor Tul, demiurgo de Rocavarancolia y custodio de Altabajatorre. Eran traidores y, aunque estaban lejos del arrepentimiento, al menos tenían dignidad suficiente como para sentirse avergonzados. De poco consuelo les servía saber que el reino era un hervidero de conspiradores.

A dama Serena le había costado asimilar que Mistral, dama Desgarro y el propio Denéstor habían quebrantado las leyes sagradas para ayudar a la cosecha. No conocía lo suficiente a Mistral para saber si entraba dentro de su naturaleza hacer algo semejante, pero nunca lo habría esperado del demiurgo ni de la custodia del Panteón Real. Aun así, los recuerdos que Hurza había robado a Denéstor no dejaban lugar a dudas.

—¡Entreguémoslos al regente! —había pedido dama Ponzoña al enterarse. La noticia la había vuelto loca de alegría—. ¡Huryel los desterrará y sus huesos se pudrirán en el desierto! ¡Sí! ¡Sus calaveras servirán de nidos a mis pequeñuelas! ¡Al desierto con ellos!

—Qué gran idea —dijo con sorna dama Serena. La necedad de la bruja resultaba agotadora—. Así allanaremos el camino a Esmael para que se convierta en regente de Rocavarancolia. Si hay algo que ahora mismo no nos conviene es que el ángel negro sea más poderoso de lo que ya es. Por el bien de nuestra propia conjura debemos mantener la suya en secreto.

La muerte de Denéstor Tul había enloquecido por completo a Esmael. Dama Serena no lo había visto tan fuera de sí desde el final de la guerra y no quería ni imaginarse de lo que sería capaz si se hacía con las Joyas de la Iguana, las reliquias encantadas que heredaban todos aquellos que se ponían a la cabeza del reino, ya fueran reyes o regentes en ausencia de estos.

A ella también le había afectado el asesinato de Denéstor Tul. No su muerte propiamente dicha, sino las circunstancias extraordinarias que la habían acompañado. Hurza no solo le había quitado la vida; le había robado también todo su poder, su misma esencia y hasta el último de sus recuerdos. No podía existir un modo más cruel de asesinar a alguien. Y por si no fuera suficiente con eso, Hurza mantenía el alma de Denéstor confinada dentro de la espada con la que le había dado muerte. Dama Serena se estremecía al pensar en las docenas de espíritus que aullaban desesperados en el interior del arma. El calvario que sufrían, encerrados por toda la eternidad en aquella prisión de cristal, se parecía demasiado al suyo propio como para no intentar interceder por ellos.

—Ten por cierto que los liberaré en cuanto Esmael ya no suponga ningún riesgo —le aseguró Hurza tras escucharla—. Y confío en que no te lo tomes como un favor personal. Era algo que tenía pensado hacer desde un principio. He pasado siglos dentro de un cuerno y, aunque no guardo recuerdos concretos de ese periodo de tiempo, mi alma no salió indemne de tan largo confinamiento.

Las antorchas perpetuas iluminaban con su luz mortecina el camino de la fantasma y el guerrero a través del castillo. No se cruzaron ni con criados ni con miembros de la guardia. Ujthan caminaba delante, a grandes pasos, sombrío y taciturno. A veces, al pasar junto a algún ventanal, se detenía un segundo para mirar fuera. Dama Serena también aprovechaba esos instantes para contemplar la Luna Roja. Había estado admirándola durante horas, desde que su brillo se había hecho evidente en el horizonte. Aquella luna era de una hermosura brutal.

—Hay algo nuevo en el aire —murmuró Ujthan, asomado a una ventana. Era la primera vez que hablaba—. Es como si no fuera la misma luna.

—La ciudad está cambiando. Siempre lo hace con la Luna Roja. Lo sabes.

—No es solo eso. No es solo eso —aseguró. Se apartó de la ventana, con los ojos entrecerrados y una expresión indescifrable en el rostro—. Esta vez hay algo más.

Dama Serena contempló la luna inmensa a través de la ventana. Ujthan tenía razón: en la atmósfera se notaba una vibración nueva, una confluencia de fuerzas como no había sentido en décadas. Nuevos vientos soplaban en Rocavarancolia, y lo que pudieran traer consigo estaba a punto revelarse.

No tardaron mucho en llegar al cortinaje raído que ocultaba la entrada a la sala de la paradoja. Ujthan alargó su mano tatuada hacia la cortina y, nada más tocarla, esta se transformó en la puerta de bronce que ya les era tan familiar. El guerrero la abrió y se hizo a un lado para permitir que la fantasma entrara primero.

Dama Serena había creído que Hurza viajaba en el interior de Ujthan, pero el nigromante se encontraba en la sala, sentado a la cabecera de la mesa. Estaba inclinado sobre un pergamino amarillento en el que escribía a gran velocidad con una pluma enorme. No levantó la cabeza al oírlos entrar. La estancia estaba saturada de magia negra, las energías que se daban cita allí eran estremecedoras. Dama Serena podía verlas, concentradas la mayoría alrededor del propio Hurza; eran tentáculos de negrura sin igual, torbellinos de luz negra que tenían al Comeojos como centro.

El cambio que se había producido en él tras hacerse con la esencia de Denéstor era impresionante. Costaba trabajo reconocer que ese cuerpo había pertenecido alguna vez al anciano Belisario. Hurza había ganado volumen y masa muscular pero, sobre todo, presencia: el hechicero irradiaba ahora una fuerza que poco o nada tenía que ver con la fortaleza física. Sus rasgos se habían afilado todavía más, los ojos, desmesuradamente grandes, despedían ahora un fulgor maléfico que parecía taladrar todo cuanto miraba. El cuerno de la frente había crecido y era ya idéntico en todo detalle al que Belisario había usado para liberar el alma del primer Señor de los Asesinos. De lo que Hurza no había conseguido librarse era del desagradable color pardo de su piel. Al menos, pensó la fantasma, Rorcual había conseguido dejar su huella en la criatura que lo había asesinado, aunque dudaba mucho que eso satisficiera al alquimista en lo más mínimo.

El hijo de Belgadeu también se hallaba en la estancia, de pie, en silencio absoluto. Por su postura parecía haber estado contemplando el cofre que contenía el cuerno de Harex, aunque en aquel momento tenía vuelta la cabeza hacia la puerta. Ni saludó ni lo saludaron. Dama Serena observó a aquella criatura con repugnancia. Llevaba puesta la piel de su creador y, como de costumbre, no se había molestado en colocársela bien. El efecto que provocaba el esqueleto vestido con la piel desollada de Belgadeu era perturbador. Las aberturas de los ojos y la boca no coincidían con sus cuencas vacías ni con su mandíbula, y las oquedades donde una vez habían estado las orejas del nigromante quedaban perdida una en la sien y la otra a un lado de la barbilla. Por lo menos, aquel horror tenía la decencia de llevar encima una capa negra que ocultaba a la vista el resto de su cuerpo.

A dama Serena le bastaba ver qué clase de criaturas había puesto Hurza a su servicio para comprender la locura que había cometido al unirse a él. Al menos en aquel momento no estaban presentes ni Solberino ni dama Ponzoña. Todavía se estremecía al recordar como se había reído el náufrago mientras asesinaban a Denéstor. Hasta aquel día no había sido consciente del verdadero alcance de la locura de Solberino; aquel hombre odiaba la ciudad, la odiaba con una pasión desmedida, fuera de toda lógica; si en sus primeros tiempos en Rocavarancolia había sobrevivido gracias al amor que sentía por la criatura del faro, ahora era ese odio lo que lo mantenía con vida. En cuanto a dama Ponzoña, ya había quedado demostrado que no había límites para su estupidez. Poco después de la muerte de Denéstor, se la había encontrado en un pasillo de la fortaleza y había comenzado a preguntarle detalles sobre lo ocurrido, sin importarle al parecer que pudiera haber o no alguien escuchando. «¿Sangró mucho cuando Hurza le cortó la cabeza?», se había atrevido a preguntar. Dama Serena estuvo tentada de matarla allí mismo.

Sí. Había sido una locura unirse a Hurza. Pero ya no había vuelta atrás. El asesinato del demiurgo había supuesto el punto sin retorno para todos. La única alternativa que les quedaba era seguir adelante.

—Esto solo puede terminar en un baño de sangre —murmuró en una de las reuniones mantenidas en la sala de la paradoja, la primera a la que asistió el hijo de Belgadeu. Ujthan fue el único en escucharla y la miró sorprendido; no por sus palabras, sino por la pesadumbre con que las pronunció. Más sorprendida quedó ella cuando el guerrero se inclinó hacia ella y le replicó con un contundente «por supuesto».

Dama Serena frunció el ceño. La concentración de magia en la sala de la paradoja iba en aumento. Había dado por hecho que se trataba de un efecto producido por la salida de la Luna Roja, pero ahora se daba cuenta de su error. Apartó la mirada del hijo de Belgadeu y prestó atención a Hurza. El hechicero continuaba encorvado sobre la mesa, escribiendo de forma tan enérgica que parecía a punto de rasgar el papel. La fantasma se estremeció al contemplar la fosforescencia turbia que despedía el pergamino. Hurza estaba preparando un sortilegio, y no un sortilegio cualquiera, comprendió: ante ella estaba naciendo magia nueva, algo solo al alcance de los altos hechiceros. No le extrañó que Hurza hubiera elegido ese momento para realizarlo. A la salida de la Luna Roja era cuando el poder de todos los habitantes de Rocavarancolia alcanzaba su cima, su punto álgido.

La pluma echaba chispas mientras se desplazaba sobre el papel. Hurza no dejaba de mascullar para sí, y las pocas palabras que se alcanzaba a oír no tenían significado ni sentido alguno, parecían simples sílabas unidas al azar. De pronto, la pluma se volvió incandescente. Hurza se aferró al borde de la mesa con la mano izquierda mientras continuaba escribiendo con la derecha, aún más rápido que antes. Tenía la frente perlada de sudor y un rictus de verdadero sufrimiento le deformaba el rostro. La luz, tanto de la pluma como del pergamino, se hizo más y más brillante. El tono de voz de Hurza subió un grado. Sus palabras eran igual de ininteligibles que antes, pero ahora despertaban en la mente de dama Serena sensaciones extrañas y desagradables. Era como si estuviese escuchando un idioma que no solo no estaba preparada para entender sino que nunca debería haber sido puesto en palabras: el lenguaje de las tinieblas y lo prohibido, de la tristeza y la nada.

La pluma comenzó a derretirse en la mano del nigromante. Dama Serena la vio fluir entre sus dedos para ser absorbida de inmediato por el papel. Los tentáculos sombríos que habían rodeado a Hurza empezaron a replegarse también. De pronto, con un sonoro ruido de succión, tanto la oscuridad del hechicero como los restos de la pluma desaparecieron tragados por el pergamino. Hurza se echó hacia atrás en la silla.

—Ya está. —Su tono dejaba claro que la tarea que acababa de realizar lo desagradaba profundamente—. Ya está terminado. —Miró al fin a dama Serena. Intentó sonreír pero lo único que mostró su rostro fue una mueca de hastío y cansancio—. Me he permitido la libertad de prepararte un obsequio, mi buena amiga. Se aproxima el final y ahora más que nunca debemos ser prevenidos. Nunca se sabe cuándo una sorpresa de última hora puede arruinar los planes mejor elaborados. Y no dejaré que eso suceda aquí. Este hechizo será una de nuestras salvaguardas contra lo inesperado. —A un gesto de su mano, el pergamino voló hacia dama Serena, girando despacio para quedar encarado a ella—. Habría preferido lanzarlo yo mismo, pero no he encontrado la manera de hacerlo —dijo—. Dada la naturaleza peculiar del sortilegio necesito que sea un fantasma quien lo ejecute. Cuento contigo para ello.

Dama Serena estudió el pergamino con los ojos entrecerrados. El poder que contenía aquel pedazo de papel era abrumador. Emitía un leve resplandor plateado y si prestaba atención podía llegar a oír un murmullo procedente de su interior, como si entre las fibras del pergamino alguien sostuviera una discusión enconada consigo mismo.

Solo encontró dos líneas de texto escritas en la parte superior de la hoja y correspondían a un conjuro de absorción. Cuando lo lanzara, el hechizo que Hurza acababa de preparar se transmitiría de manera directa del pergamino a su mente. Era un modo brusco de aprender magia, pero efectivo. Dama Serena dudó, no le gustaba la idea de meter algo en su cabeza sin saber de qué se trataba con exactitud.

Antes de que pudiera decidirse, Ujthan carraspeó y dio un paso en dirección a la mesa.

—Hurza —comenzó—, si mi presencia aquí no es necesaria, me gustaría marcharme. Tengo que... —Señaló hacia la puerta con urgencia evidente—. Tengo que irme.

Hurza, sin dejar de mirar a dama Serena, asintió con la cabeza mientras hacía un gesto con la mano en dirección a la puerta. El hijo de Belgadeu hizo extensiva a sí mismo la invitación a dejar la sala y en cuanto Ujthan abrió la puerta echó a andar hacia allí. Dama Serena también sentía la llamada de Rocavarancolia, y de no haber sido por el pergamino que flotaba ante ella y la mirada expectante de Hurza, los habría seguido fuera. Algo estaba a punto de suceder en la ciudad en ruinas. No era una premonición, era una certeza absoluta.

—Dudas —dijo el Comeojos una vez que el hijo de Belgadeu cerró la puerta tras él.

—Me gustaría saber de qué sortilegio se trata antes de absorberlo. Solo eso.

—Tu desconfianza me abruma —replicó él—. Memorizar el hechizo no tendrá el menor efecto secundario en ti, te lo aseguro. A excepción, claro está, del pequeño trasvase de poder que he incluido en el mismo para que puedas lanzarlo con éxito.

«Ayudé a matar a Denéstor Tul —se dijo dama Serena, contemplando de reojo el conjuro de absorción—. Ya no hay vuelta atrás».

No tardó ni un segundo en lanzar el hechizo. En cuanto lo hizo, el pergamino que tenía delante comenzó a vibrar. En su superficie fue apareciendo por fin el verdadero sortilegio de Hurza. Intentó descifrar las palabras a medida que afloraban en la hoja en blanco, pero no tenían sentido alguno. De pronto, aquellas palabras extrañas se desprendieron del papel y flotaron en el aire, entre el pergamino y ella, como insectos retorcidos. La hoja brilló de nuevo y un instante después un potente chorro de luz negra pasó del pergamino a la fantasma, arrastrando las palabras flotantes consigo. Dama Serena sintió como el sortilegio penetraba en su interior. Un escalofrío recorrió su ser. Fue como si, por primera vez en siglos, alguien hubiera logrado lo inconcebible: tocarla.

La sensación la maravilló. Por unos instantes, lo que tardó el conjuro en pasar por completo a su interior, se sintió viva de nuevo. Solo por eso ya había merecido la pena asesinar a Denéstor Tul.

Todavía no se había sobrepuesto de la absorción del hechizo cuando se le desvelaron su naturaleza y propósito. Era un hechizo de dominio, el más poderoso que había tenido la oportunidad de conocer en toda su existencia como humana y como fantasma. Pero no solo era el poder de aquel sortilegio lo que la sorprendía, era el modo en el que estaba concebido. Nunca había visto un hechizo elaborado de una manera tan magistral; tan armónico, tan perfecto y preciso en diseño y forma. Era bello y puro, de una sencillez sublime. Era una magia que en nada tenía que ver con la que llevaba siglos practicándose no solo en Rocavarancolia, sino en todos los mundos que conocía.

Se giró al instante hacia Hurza, atónita.

—¿Qué diablos eres tú? —preguntó.

Dama Serena no había esperado que Hurza contestara, pero por el modo maquiavélico en que sonrió, se dio cuenta de que iba a hacerlo.

—¿Te has preguntado alguna vez cómo llegó la magia a la realidad? —le preguntó el Comeojos—. ¿Qué fue lo que hizo que esa turbulencia se colara de pronto en el orden del universo? ¿No has sentido curiosidad por saber cómo se originó todo?

—La magia siempre ha estado presente. Es algo bien sabido. El orden lleva dentro de sí el caos. Cuando la realidad nació con sus normas y leyes, ya contenía en su interior el modo de trastocarlas…

—Eso no es más que filosofía barata, elucubraciones de taberna… De lo que yo te hablo es de hechos incontestables. Hechos probados. Créeme cuanto te digo que hubo un tiempo en el que la magia no existía, dama Serena. Y lo sé porque yo estaba presente cuando la magia irrumpió en la realidad. Yo estaba allí.

Dama Serena tardó unos instantes en reaccionar.

—No, no puede ser… —dijo. Aquello era imposible. Era absurdo—. No puedes ser tan antiguo… Nadie puede… —No sabía si echarse a reír o encolerizarse ante tamaña insensatez. Creía que iba a obtener respuestas y Hurza solo le ofrecía patrañas—. Si piensas que voy a creerme eso aunque solo sea por un… —La expresión de Hurza la hizo vacilar. Contempló su cuerno y luego desvió la vista hacia el cofre donde se encontraba el de Harex. ¿Cuántas veces habían muerto y resucitado?, se preguntó la fantasma, ¿cuántas veces habían vuelto a la vida antes de que aquella goleta encallara ante las costas de Rocavarancolia?—. ¿Vosotros? —se atrevió a preguntar—. ¿Me estás diciendo que vosotros trajisteis la magia?

—No. Nosotros aniquilamos a las criaturas nauseabundas que se atrevieron a hacerlo.

El pájaro metálico abandonó el torreón Margalar con el ojo de dama Desgarro bien sujeto en su pico. Un relámpago descomunal iluminó buena parte del cielo en el mismo instante en que extendió sus alas para tomar una corriente de aire ascendente. El trueno que lo siguió fue ensordecedor.

La comandante de los ejércitos del reino permanecía en silencio, sentada en uno de los bancos de mármol del vestíbulo principal del Panteón Real y atenta a todo lo que ocurría en la ciudad. Había dejado las puertas del mausoleo abiertas y no le importaban ni el viento ni las trombas de agua ocasionales que se colaban por ellas. Ni siquiera había prestado atención a las arañas que habían buscado refugio dentro de sus cicatrices.

La tormenta no concedía tregua. Dama Desgarro sabía el riesgo que corría permitiendo que el pájaro de Denéstor volara entre tanta descarga eléctrica, pero en aquellos instantes la seguridad de su ojo y de la creación del demiurgo le importaban poco. Tenía que ver qué estaba ocurriendo en la ciudad. Desde hacía treinta años las noches de Luna Roja no habían sido más que tristes recordatorios de la gloria perdida y del futuro negro que los aguardaba, pero esta noche era diferente. Al fin había cachorros vivos en la ciudad y eso lo cambiaba todo. Absolutamente todo.

Acababa de dejar a Hector y a Bruno junto a la cama donde habían acostado a Marina, velando aquel sueño que no era sueño. El joven de la chistera estaba hecho un manojo de nervios. Era al que más le estaba afectando el cambio y no era para menos; las barreras que había construido entre sus sentimientos y él a lo largo de toda una vida se habían venido abajo en cuanto asomó la Luna Roja. Y eso, unido a las alteraciones que se estaban produciendo en su cuerpo y en su mente, lo había trastornado por completo. Esperaba que no perdiera la cabeza del todo, sería una lástima para el reino que eso ocurriera.

«Si fuera tú, empezaría a considerar seriamente la opción de centrarlo a bofetadas», le había aconsejado a Hector cuando Bruno rompió a llorar por enésima vez. El muchachito ingrato había soltado un gruñido por toda respuesta; una reacción muy propia de un ángel negro, tuvo que reconocer ella. Le había sorprendido mucho el cambio de Hector; las metamorfosis de los demás habían sido evidentes desde mucho antes de que saliera la Luna Roja, pero la suya fue un misterio para todos hasta esa misma noche.

El pájaro remontó el vuelo y Rocavarancolia se extendió ante la vista de dama Desgarro, entre la lluvia rápida y los relámpagos.

Descubrió a Natalia, rodeada por una multitud de ónyces oscuras y contrahechas, cerca del torreón Margalar. Dama Desgarro todavía no se había acostumbrado a que esas criaturas esquivas se mostraran de forma tan abierta. Hasta hacía pocas semanas, habría sido capaz de contar con los dedos de una mano las ocasiones en las que había conseguido verlas, pero desde el ataque de Roallen su comportamiento había variado sustancialmente. Observó a la chica con cierta preocupación. En aquellos momentos la rodeaban decenas de sombras. Y había muchísimas más dispersas por toda la ciudad. Centenares, tal vez miles. Y aunque eran seres de consistencia frágil, podían provocar serios daños si Natalia les ordenaba atacar Rocavarancolia. La niña bruja estaba sentada en cuclillas, hablando con una sombra más grande de lo normal. La cabeza de la ónyce, un obús plagado de zarcillos y bulbos, se encontraba apenas a unos centímetros del rostro de Natalia.

Hacia el oeste corrían las dos lobas, una todavía a media transformar y la otra atrapada en un cuerpo que jamás alcanzaría la plenitud. Se dirigían a las montañas. Allí, en el patio del castillo, aullaba la manada, ansiosa por acogerlas en sus filas. Madeleine se había desprendido al fin de sus ropas y mostraba su nuevo cuerpo a la tormenta, cubierto por completo de pelo rojo. Apenas quedaba ya nada de humana en ella.

Dama Desgarro la contempló desde las alturas cuando la loba se detuvo sobre una roca para aguardar a su compañera, que era incapaz de seguir su ritmo. Aun a media metamorfosis y con el pelo apelmazado por el aguacero, resultaba evidente que Madeleine iba a convertirse en un ejemplar soberbio. Ya superaba en tamaño a Lizbeth, que a su lado parecía todavía más contrahecha y deforme de lo que era.

Las dos lobas pasaron muy cerca de Rocavaragálago en su camino hacia las montañas. Ambas desviaron la mirada hacia allí al mismo tiempo. Lizbeth desnudó sus colmillos y gruñó, amedrentada por la construcción gigantesca. La colosal catedral roja fulguraba en medio de las embestidas de la tormenta, rodeada de un torbellino enorme de ascuas incandescentes. El viento se deshacía en aullidos desesperados en torno a sus torres.

Una silueta caminaba de regreso a la ciudad por la planicie que rodeaba Rocavaragálago, empequeñecida por la mole del enorme edificio que quedaba a su espalda. Era Adrian. Parecía ausente, sumido en una suerte de trance profundo. Levantó la cabeza hacia las nubes en el instante preciso en que un rayo cayó a tierra, a metros escasos de donde se encontraba. El muchacho se tambaleó por el impacto, pero no llegó a detenerse.

«Lo hemos conseguido —se dijo dama Desgarro. De sus ojos fluyeron detritus y pus negro, lo más parecido a lágrimas que habían vertido en décadas—. Lo hemos conseguido, Denéstor. Hemos hecho lo imposible: hemos salvado Rocavarancolia… Que los dioses nos protejan ahora…».

Fuera del Panteón Real, los muertos seguían hablando.

—Que alguien nos quite de encima estas pesadas losas —murmuró uno enterrado en lo alto de una loma rodeada de estatuas sedentes—. Que alguien coloque ojos en nuestras cuencas vacías. Que nos dejen ver qué pasa, que nos dejen ver qué ocurre.

—¿Lo sentís? —preguntó otro—. ¿Podéis sentirlo? Hasta los gusanos se me estremecen esta noche. ¿Es la Luna Roja?

—Todo es diferente ahora. Todo. Lo noto en los huesos.

—Siempre es diferente. La luna cambia al mundo.

—Pero nunca son la misma luna ni el mismo mundo.

—¿Quieres recuperar tu nombre? ¿Eso es lo que quieres?

El cambiante abrió los ojos, sorprendido por aquella voz inesperada. Miró alrededor, pero en la caverna no había nadie. Había sido un sueño, comprendió, había vuelto a caer en otro de esos duermevelas pesados tan habituales en los últimos tiempos. No era de extrañar. Cada día que pasaba estaba más débil. Había perdido la cuenta del tiempo que llevaba entre tinieblas. Pero ese era su lugar. Ahí era donde debía estar. En la oscuridad. Apartado de todo y de todos.

El mundo volvió a temblar. Casi creyó escuchar el repiqueteo de los esqueletos de la cicatriz de Arax al chocar unos contra otros. Un trueno retumbó en la distancia y en su cabeza sonó como el bramido de un animal herido de muerte. Otro edificio se vino abajo. Era como si allí fuera se estuviese terminando el mundo. Quizá eso mismo era lo que estaba sucediendo. Quizá llegaba el final.

Se preguntó si habrían muerto ya todos los niños. Lo último que sabía de ellos era que Roallen había matado a Ricardo y que Hector agonizaba en el torreón Margalar, envenenado por el mordisco del trasgo. No había tenido más noticias desde hacía tiempo, desde que dama Desgarro había venido a anunciarle que Denéstor Tul había muerto y que, por primera vez en siglos, no había demiurgo alguno en Altabajatorre.

—Es el final, dama Desgarro —le dijo él. La noticia no le había afectado demasiado. ¿Por qué iba a hacerlo? Estaba aguardando el fin del mundo y la muerte de Denéstor no era más que otra señal de que este se aproximaba—. Esto es lo que nos merecemos. Esto es lo que nos hemos ganado.

—No sabes lo que dices, Mistral. Estás loco y te vas a morir aquí, en esta maldita oscuridad. Te vas a morir solo y loco.

—Yo no soy Mistral. No sé quién es Mistral.

El cambiante cerró los ojos mientras el mundo temblaba a su alrededor. Suspiró. No habían pasado más que unos instantes cuando volvió a escuchar aquella voz:

—Puedo decirte tu nombre. Puedo hacerlo.

Abrió los ojos de nuevo, pero esta vez no se topó con la penumbra familiar y mortecina de la galería, esta vez se encontró de frente con la piedra rugosa de Rocavaragálago. Estaba ante la catedral roja, apenas a unos metros del foso de lava que rodeaba el edificio. Rocavaragálago se erguía ante él, inmensa, rotunda y nefasta; sus torretas y contrafuertes salían disparados hacia la noche, como surtidores de sangre que se hubieran solidificado. La Luna Roja brillaba alta en el cielo, pero por su posición y tamaño debía de estar a punto de terminar su ciclo. Hacía frío, un frío terrible que ni siquiera el calor del foso de lava lograba conjurar.

Se miró las manos. Eran pequeñas: las manos de un muchacho. Tardó un instante en reconocerlas. Eran las suyas. Sus manos, las manos del niño que había sido. Se echó a temblar. ¿Qué estaba ocurriendo? ¿Se había vuelto loco al fin?

—Es fácil olvidar tu verdadero nombre, mucho más fácil de lo que nadie puede imaginar, no te martirices —dijo alguien a su espalda. Una mujer, a juzgar por su voz. Mistral no se giró hacia ella. Aquellas manos temblorosas lo tenían hechizado. Se las llevó a la cara. El rostro que palparon también era el suyo. La mujer se colocó a su lado—. Todavía recuerdo el día en que vinimos aquí los cuatro y nos desprendimos de nuestros nombres. —Hizo una pausa larga antes de continuar—: Qué ingenuos fuimos. Con qué facilidad dejamos de lado todo lo que habíamos sido, con qué rapidez renegamos de nuestro pasado para abalanzarnos hacia el futuro.

—Dama Brisa —murmuró. Estaba soñando. Pero era un sueño dulce, preferible un millón de veces a las pesadillas que lo acosaban cada vez que cerraba los ojos.

Por fin la miró. La cambiante mostraba su aspecto de muñeco mal hecho. El caos de cuerdas que le daba forma ni siquiera intentaba simular un cuerpo femenino, no era más que un espantajo tosco. Dama Brisa lo observó con los orificios hoscos que tenía por ojos. Los nudos que formaban sus labios se curvaron hacia arriba en una sonrisa apenada. Luego empezó a cambiar. No hubo una sola cuerda alrededor de su cuerpo que no comenzara a retorcerse y tensarse. Se fusionaban unas a otras a gran velocidad, los nudos se deshacían para anudarse de nuevo en puntos diferentes de su anatomía. Lo que antes parecía cuerda muerta se fue convirtiendo en carne viva. Pronto tuvo delante a una niña morena con un vestido azul oscuro que no era más que su propia piel estirada y coloreada. Era mucho más guapa de lo que recordaba.

La niña sonrió.

—Dama Brisa, sí —dijo—. Ese fue el nombre que escogí. Como tú elegiste Mistral. Fue aquí. Aquí mismo. A la orilla del foso de Rocavaragálago. Lo recuerdo como si fuera ayer.

—¿Y mi nombre? —se apresuró a preguntar él—. ¿Lo recuerdas también?

—Lo recuerdo —le hizo saber—. Y puedo decírtelo si eso es lo que quieres.

—¡No hay nada en este mundo que desee tanto!

Dama Brisa lo miró con profunda tristeza.

—Aunque no puedo dártelo sin más —aseguró—. Me gustaría, créeme, pero no puedo hacerlo. A cambio de tu nombre debo arrancarte una promesa. Hay algo que necesito que hagas. No ahora. No inmediatamente, pero sí en el futuro cercano. Es algo horrible y, a la vez, del todo necesario.

—Lo que sea. Haré lo que sea. Dime mi nombre, por favor.

—Recapacita. Piénsalo bien antes de aceptar.

—No hay nada que pensar. Dime qué quieres que haga y lo haré. Pídeme que me arranque el corazón y me abriré el pecho con mis propias manos para entregártelo.

Dama Brisa negó con la cabeza.

—Aún no puedo decírtelo. Es arriesgado que lo sepas antes de tiempo. Muy arriesgado. Pero debes prometerme que la próxima vez que alguien te visite en sueños y te pida que hagas algo, lo harás, cueste lo que cueste, sea lo que sea. Por horrible y desagradable que te parezca. Promételo y te devolveré tu nombre.

El cambiante asintió con vehemencia.

—Lo prometo. Lo prometo. Lo prometo.

Dama Brisa sonrió. Él recordó como había llevado su cadáver a la cicatriz de Arax y lo había arrojado, sin ceremonia alguna, a las pilas de muertos que anegaban la grieta. Pero allí estaba de nuevo, viva en sus sueños.

Se acercó hasta él, apoyó con dulzura la mano en su hombro y, por fin, al oído, le susurró su nombre.

Adrian contemplaba con deleite maravillado las llamas quietas que envolvían el edificio que marcaba el comienzo del barrio incendiado. Estaba a centímetros escasos de las tres grandes lenguas de fuego que ardían ante el portón de la casa. Aquellas llamas llevaban treinta años allí, ardiendo sin terminar de arder, tan parte de la ciudad ya como las piedras sobre las que se sustentaba. Las ascuas rojas de Rocavaragálago flotaban en el aire y su movimiento en torno al fuego producía la impresión de que el incendio era algo vivo y no inerte.

Esmael lo espiaba desde las sombras de un callejón cercano, con los ojos transformados en dos rendijas atentas. La tormenta siseaba a su alrededor. El mundo estaba hecho de sombra y luz quieta.

De pronto, Adrian hundió la mano derecha en el fuego. Fue un movimiento tan brusco que no pareció premeditado, sino fruto de un impulso repentino. Durante una décima de segundo no ocurrió nada, pero luego el color rojo de las llamas se hizo más y más intenso en torno al punto exacto donde hundía su puño. Adrian dio un grito y, al mismo tiempo, el fuego, con un estallido ensordecedor, regresó a la vida. Empezó a rugir enfebrecido, acelerado, como si quisiera recuperar en unos segundos todo lo que no había podido consumir en treinta años de inmovilidad. Aquella rápida resurrección comenzó a extenderse a las llamas más próximas. El fuego trepó por la fachada de la casa, corrió por el suelo, saltó en el aire...

Adrian retrocedió un paso. Extrajo la mano del fuego para extenderla de nuevo al momento, pero esta vez sin llegar a tocarlo. Las llamas enloquecieron con su gesto. El incendio entero se convirtió en una única ola flamígera que restalló en la tormenta y se abalanzó hacia las manos de Adrian que, eufórico, empezó a gritar a pleno pulmón. Torbellinos llameantes salían por las ventanas y puertas calcinadas, por las grietas de las paredes y el suelo, para unirse a la lengua inmensa de fuego que se precipitaba sobre el joven. La noche estalló en llamas y las mismas manos que las habían devuelto a la vida las absorbieron a velocidad de vértigo. En pocos segundos, el único rastro que quedó del incendio de la casa fue el fuego que envolvía las manos de Adrian. El joven brillaba tanto como los relámpagos del cielo.

Se tambaleó con los antebrazos ardiendo. De su nariz y su boca salían hilachas de humo negro. Adrian alzó las manos incendiadas ante su rostro. Las llamas que lamían su carne eran de un vivo color rojo. Sonrió y su sonrisa, afilada, animal, candente, se llenó de humo. Luego rompió a reír a carcajadas. Su piel brillaba como si todo el fuego del averno se hubiera refugiado en su interior.

Esmael estudió al muchacho con atención. Adrian se había convertido en un piromante, un brujo capaz de dominar el fuego. Las llamas no solo se doblegaban a su voluntad; eran parte de su esencia y, al mismo tiempo, el núcleo de su poder. Aunque resultaba difícil calibrar en aquellos momentos el alcance de sus capacidades, solo con contemplar lo que acababa de hacer, sospechaba que no sería un piromante ordinario.

Fue Arador Sala, el más poderoso de los tres piromantes que participaron en la batalla de Rocavarancolia, quien incendió aquella parte de la ciudad. El brujo había lanzado aquel sortilegio abrasador sobre la vanguardia del ejército rival mientras este se adentraba en aquel laberinto de callejas rumbo a Rocavaragálago. Su plan había sido cerrar el paso al enemigo para que no les quedara más alternativa que avanzar por las zonas mejor defendidas de la ciudad, pero no había podido llevarlo a término. Por una de esas casualidades terribles que tantas veces se dan en la batalla, el hechizo con el que dama Basilisco había petrificado a los que combatían en la plaza cercana alcanzó también a Arador, de forma tan repentina que el brujo no pudo hacer nada por esquivarlo.

Arador Sala se convirtió en piedra a veinte metros de altura y se hizo pedazos al chocar contra el suelo. El incendio debería haber muerto con él, pero de algún modo el hechizo de dama Basilisco interfirió con el del piromante y las llamas, en vez de extinguirse, quedaron en suspenso, atrapando en su interior a todos los que ardían. Esmael recordó los intentos inútiles que hicieron los hechiceros del enemigo por rescatarlos una vez que la batalla terminó. Solo un piromante podía apagar un incendio provocado por uno de los suyos, y todos los piromantes de Rocavarancolia —el único de los dos bandos que contaba con ellos en sus filas— habían muerto en la batalla. Esmael tenía que reconocer que durante los años que siguieron a la derrota había obtenido un placer siniestro al escuchar los alaridos de aquellos desgraciados. Hasta que aquel chico, el mismo que acababa de sofocar uno de los cientos de incendios que asolaban aquella zona de la ciudad, los había matado a todos.

Adrian ni siquiera se inmutó cuando el edificio cuyas llamas había absorbido se derrumbó. Permaneció inmóvil contemplando embelesado la cascada de fuego que cortaba el otro lado de la calle mientras a su izquierda las ruinas se desplomaban como deberían haberlo hecho treinta años antes, entre nubes de ceniza y humo. Luego el muchacho miró más allá, hacia las calles en llamas que se adentraban en el corazón de aquel infierno. Esmael frunció el ceño. Esperaba que no tuviera la maravillosa idea de extinguir por completo el incendio de Arador Sala. Solo el mero hecho de intentarlo acabaría con él. Aunque Adrian ya estuviera capacitado para obrar maravillas, su cuerpo todavía no estaba listo para manejar semejante caudal de poder. Esmael había visto como muchos morían en su primera noche de Luna Roja cuando, borrachos de poder, trataban de llevar a cabo proezas para las que no estaban preparados.

Pero Adrian no tardó en dejar claro que tenía otra idea en mente. Apartó la vista de las llamas y miró hacia el este. Luego echó a andar hacia una bocacalle próxima que descendía en esa dirección, con los brazos envueltos todavía en llamas y el paso inseguro. Esmael se replegó en las sombras cuando pasó junto a él, apenas a un metro de distancia.

El ángel negro sonrió en la oscuridad. Sabía dónde se dirigía.

Bruno se había venido abajo nada más verlo entrar en la habitación con Marina en brazos. El italiano rompió a llorar, histérico, angustiado, echándose la culpa a gritos de que todos los que lo rodeaban acabasen muertos. Hector no había conseguido hacerle entender que no estaba realmente muerta. Bruno se encontraba tan fuera de sí que ni siquiera lo escuchaba. Al final, cuando ya estaba a punto de darse por vencido y liarse a bofetadas con él, como le aconsejaba dama Desgarro, Bruno pareció percibir algo en Marina que hasta entonces había pasado por alto. Se serenó al momento, de esa forma tan brusca y desconcertante con la que ahora pasaba de un estado anímico a otro.

—Espera —dijo mientras se inclinaba ante la joven—, hay algo en ella… Un retazo de vida que no es vida, lo siento, lo noto. Un aliento a flores mustias y polvo… A acuarelas y seda…

Hector consiguió explicarle al fin que no estaba muerta, sino inmersa en algo parecido a un coma profundo. Bruno no le preguntó cómo lo había averiguado, ni siquiera pareció extrañarle que el pájaro metálico los vigilara desde una tronera.

Tras acostar a Marina y examinar con atención su nueva mano durante un rato, Bruno se ofreció a curarle la carnicería que tenía por espalda, pero Hector rehusó. No habría servido de nada. Lo que se ocultaba bajo su carne se limitaría a abrirse camino de nuevo. Ni siquiera le dejó lanzar algún hechizo que mitigara el dolor. Este había disminuido lo bastante como para hacerse tolerable, o quizá, simplemente, había acabado por acostumbrarse a él.

Hector dejó a Marina al cuidado de Bruno y bajó otra vez las escaleras. No paraba de abrir y cerrar su nueva mano; notaba su fuerza, su vigor. Al contemplarla sintió de pronto un arrebato estúpido de euforia y a punto estuvo de poner a prueba su fortaleza golpeando las paredes. En vez de eso, miró su mano izquierda. No se había producido el menor cambio en ella; ni en la mano, ni en el brazo ni en ninguna otra parte de su cuerpo que quedara a la vista. Sacudió la cabeza y se dirigió al portón. La perspectiva de salir de la torre le seguía desagradando, pero tenía que hacerlo. Natalia estaba fuera y tenía que verla, saber que se encontraba bien. Justo cuando se disponía a abrir la puerta, un movimiento furtivo junto a unos barriles caídos lo hizo mirar hacia allí. Por un momento pensó que era otra araña, pero pronto se dio cuenta de su error: era el reloj de Bruno el que correteaba furtivo por el suelo, el reloj que le había regalado su abuelo. Avanzaba a trompicones sirviéndose de sus agujas y de su tapa como si fueran patas y arrastrando su cadena a modo de cola. Estaba vivo, el reloj de Bruno estaba vivo. Hector lo vio desaparecer bajo un montón de platos rotos para aparecer luego al otro lado.

—¿Y a ti qué te ha pasado? —le preguntó.

El reloj, por suerte, no contestó.

Hector se encogió de hombros y abrió la puerta. La tormenta y el viento aguardaban al otro lado del pasadizo. El mundo entero esperaba al otro lado. Y la Luna Roja.

Tomó aliento y se adentró en el pasaje. El suelo estaba encharcado y lleno a rebosar de arañas muertas y piedras arrastradas por el viento. Él continuaba descalzo, vestido tan solo con el calzón negro con el que había despertado. No se le había pasado por la cabeza la idea de vestirse o ponerse botas. Se preguntó qué haría con sus camisas cuando le terminaran de salir las alas; quizá tendría que rasgarles la espalda, o simplemente dejar de llevarlas. El hecho de preguntarse algo tan prosaico en aquel momento lo hizo sonreír. La espalda apenas le dolía ya, pero la opresión que sentía en ella, sobre todo bajo los omoplatos, iba en aumento. Podía notar las alas removiéndose bajo la carne, como si fueran un nuevo par de brazos que estuvieran ansiosos por salir a la luz y desperezarse. Se llevó una mano a la espalda y la retiró empapada de sangre.

Por fin salió del torreón Margalar. La lluvia le saltó encima y un golpe súbito de viento hizo que se tambaleara hacia la izquierda. Al menos no llovían arañas ni nada que se le pareciera; del cielo solo caía agua, tibia y rápida, que pronto lo dejó chorreando. Y no era una sensación desagradable. Había algo primitivo en caminar casi desnudo bajo la tormenta, algo primordial. Alzó la mirada al cielo. Y allí, entre las nubes y la danza parpadeante de los relámpagos, contempló la Luna Roja por primera vez.

Estaba preparado para cualquier cosa, pero no para el hecho de que fuera tan hermosa. Descubrirlo lo dejó sin aliento durante un buen rato. Se veía veinte veces mayor que la luna de la Tierra y el doble de brillante. Hector se sintió ingrávido en su presencia, como si en cualquier momento fuera a desprenderse del suelo y flotar hacia ella. No le extrañó en absoluto que Rocavarancolia la recibiera con terremotos y tempestades. Si la luna terrestre era capaz de provocar las mareas e influir en el comportamiento humano, ¿qué no podría hacer el astro inmenso que flotaba allí arriba?

En la superficie de la Luna Roja se distinguían con toda claridad los cráteres, montañas y valles que conformaban su geografía. Había una gran cordillera en la zona oriental que se enroscaba sobre sí misma como una serpiente gigantesca y, muy cerca de ella, una altiplanicie perfectamente esférica espolvoreada de cráteres. Pero lo que más llamaba la atención de su superficie era, desde luego, el sinfín de cañones y grietas entrecruzadas que atravesaba buena parte de su ecuador. Según los pergaminos que había traducido Ricardo, Harex había arrancado de allí las rocas con las que levantó Rocavaragálago, aunque Hector dudaba que el hechicero hubiera sido el único causante de aquellas marcas.

Tuvo que hacer un esfuerzo considerable para apartar la vista de la Luna Roja. Miró a su alrededor en busca de alguna señal de Natalia o sus criaturas y, aunque los ojos se le iban una y otra vez al cielo, no le costó mucho hallarla. Hacia el sur, muy cerca del torreón, se agitaba una verdadera multitud de sombras; daba la impresión de que en esa parte de la ciudad se había declarado un incendio de negrura vibrante. Hector frunció el ceño al verlas. Eran los mismos seres que habían abarrotado la plaza de las tres torres cuando atacó Roallen, los mismos que habían animado al trasgo a acabar con ellos. Atravesó el puente levadizo y se encaminó hacia allí. El viento cambiaba de dirección a cada segundo, tan pronto lo empujaba promontorio abajo como le obligaba a retroceder. La luz de la Luna Roja y el resplandor de los relámpagos iluminaban su camino.

Las sombras estaban reunidas en una plazoleta rectangular cercada de edificios en ruinas. Había docenas, tanto en el aire como agazapadas en tierra. Sus seudópodos neblinosos y sus cuerpos hechos jirones se agitaban al viento con tal ímpetu que parecían a punto de desgarrarse. La primera línea de espantos se giró hacia él cuando todavía le faltaba un buen trecho para llegar a ellos. Poco después los imitó el resto, tanto los que sobrevolaban la plaza como los que estaban en tierra.

Sus cabezas brutales y oscuras lo contemplaron inexpresivas, en silencio. En cuanto alcanzó el final de la cuesta que conducía a la plaza, se movieron todas a la par, a una velocidad explosiva; la mayoría desapareció de su vista tan deprisa que fue como si nunca hubieran estado allí. No se marcharon lejos. Hector era capaz de oírlas murmurar a su espalda.

Natalia estaba en el centro de la plaza, acuclillada junto a la única sombra que permanecía en tierra. Ambas se encontraban sobre uno de los muchos pedestales sin estatua ni monumento que se repartían por la ciudad. Hector se acercó despacio. Más de una docena de sombras se retorcía todavía sobre la plaza, como banderolas sucias arrastradas por el viento. Una abrió de par en par sus muchas bocas y siseó su nombre, pero él ni siquiera la miró. Natalia no parecía ser consciente de su presencia. Seguía hablando con la criatura siniestra que tenía delante y, aunque Hector no podía escuchar lo que decía, por su postura tensa y la expresión de su rostro se adivinaba que estaba enfadada.

De pronto, el monstruo se alzó sobre un sinfín de extremidades brumosas y miró a Hector desde la cima de la grotesca formación de burbujas que tenía por cabeza. Era, con diferencia, la mayor de todas las sombras que Hector había visto hasta entonces. Los tentáculos que emergían de su espalda se anudaron despacio unos a otros hasta convertirse en un par de alas descomunales. La criatura las desplegó de un golpe, agitó la cabeza de izquierda a derecha y luego salió despedida rumbo a las alturas. Natalia la siguió con la mirada hasta que se perdió de vista entre las nubes de tormenta y luego se giró hacia él. Se miraron bajo la lluvia. El pelo de la joven se había oscurecido hasta más allá del negro.

—Hector —dijo.

—Natalia —contestó él.

—Me alegra ver que estás despierto y vivo. —Hasta su voz había cambiado. Ahora despedía una fuerza y una pasión de las que antes carecía—.

¿Qué te parece? —le preguntó mientras se giraba a medias para contemplar la Luna Roja—. ¿Habías visto alguna vez algo tan hermoso?

—Una vez, hace poco. En sueños. Pero solo fue un segundo. Luego desperté.

Se sentó junto a ella. Natalia dedicó una mirada fugaz a su espalda pero no hizo comentarios. La joven llevaba una camiseta negra sin mangas y una falda del mismo color con los bajos desgarrados. Aquella ropa le sentaba bien; Hector pensó que de algún modo hacía juego con la tormenta y sus sombras. Una de ellas pasó volando sobre sus cabezas, un nubarrón de oscuridad que se impulsaba a través de la lluvia con más de diez pares de alas.

—Dijiste que lo primero que harías sería librarte de ellas —le recordó él.

—He cambiado de opinión —contestó Natalia con una sonrisa burlona—. No les queda más remedio que obedecerme, les guste o no, así que sería una tontería desprenderme de ellas, ¿no crees? —Ahora que estaba frente a la joven, Hector pudo ver que sus rasgos también se habían oscurecido, era como si alguien los hubiera repasado de forma metódica con un pincel negro. Nunca la había visto tan hermosa. En aquella primera noche de Luna Roja, Natalia parecía más real que nunca—. Quieren que te mate, ¿sabes? —le soltó de pronto—. Dicen que me hiciste daño y que debes pagar por ello.

—¿Te hice daño?

—No. Me lo hice yo sola. Pero ya pasó. No te preocupes. No dejaré que te maten, al menos de momento. Intenta no hacerme cambiar de idea.

—Haré lo posible.

La joven sonrió. Alargó el brazo y le acarició su mano humana.

—Al fin salió la Luna Roja, Hector. Y no se ha terminado el mundo ni nada parecido. ¿Por qué teníamos tanto miedo?

—Porque era normal tenerlo. Yo todavía lo tengo. Miedo a lo que nos espera. Miedo a en lo que nos vamos a convertir. —Alzó su mano oscura ante ella. Los cristales diminutos incrustados en su piel resplandecieron a la luz de un relámpago—. Miedo a todo.

—Pues no pareces asustado.

—Lo estoy. Te lo prometo. Que no se me note es otra cosa. ¿Tú no lo estás?

Natalia negó con la cabeza.

—No. Estoy emocionada. Eufórica. Pero no asustada. Por primera vez en toda mi vida me siento bien. Es como si de pronto todo cuadrara. Como si por primera vez todo fuera como debe ser.

—Maddie dijo algo parecido antes de marcharse con Lizbeth. Dijo que le daba miedo no volver a querer ser humana de nuevo.

—La entiendo. La entiendo muy bien. —Soltó una risilla—. Pasaron cerca de aquí las dos. Bueno, lo cierto es que dieron un rodeo para esquivarme. La pongo nerviosa, ¿sabes? Mis sombras y yo ponemos nerviosa a la mujercita loba.

—Está preocupada por ti. Dice que te has vuelto oscura.

—¿Y has venido a comprobar si es cierto?

—No. He venido a ver cómo estabas. Y si dices que estás bien, te creeré.

—Gracias por preocuparte. —Se pasó las manos por el cabello mojado y se lo colocó detrás de las orejas. Luego miró al oeste. Desde la plaza se alcanzaban a distinguir los muros de la prisión donde habían despertado tras la noche de Samhein—. Te di una buena el día en que nos conocimos, ¿te acuerdas?

—¿Cómo lo iba a olvidar? Me dolió la frente durante horas.

—Te lo merecías. Todavía no lo sabía, pero te lo merecías. Eras un quejica insoportable. ¿Te pedí perdón por pegarte?

Hector hizo memoria.

—Creo que sí —dijo, sin estar seguro—. No lo recuerdo bien. Ha pasado mucho tiempo desde entonces.

—Poco más de siete meses. No es tanto tiempo, si lo piensas bien.

—Siete meses pueden ser toda una vida.

—Quién nos lo iba a decir entonces, ¿verdad? Que algún día tú y yo íbamos a estar así, sentados bajo la tormenta, de camino a convertirnos en vete a saber qué... Tú con tu mano nueva y yo con mi ejército de sombras. —El murmullo de estas, que había permanecido en segundo plano tras la lluvia, aumentó de pronto. Natalia se llevó las manos a la cabeza y se masajeó las sienes—. Basta ya... ¿Me oís? Basta de tanta tontería, basta de tanta estupidez. —Alzó la mirada y contempló iracunda a las sombras que revoloteaban sobre la plaza—. ¡He dicho: basta! —exclamó—. ¡No voy a matarlo! ¡Así que callaos de una vez! ¡Que os calléis! —Se hizo el silencio. Natalia bufó enfadada y volvió a mirar a Hector—. Lo siento. Lo siento mucho.

—Vaya. Por lo visto la tienen tomada conmigo…

—¿Contigo? ¡Oh! No, no, no… No se refieren a ti ahora. Quieren que mate a Adrian, o al menos que les deje matarlo a ellos. Llevan toda la noche con lo mismo… Dicen que es nuestra última oportunidad, que luego será imposible hacerlo. Me tienen harta.

Hector recordó lo que dama Desgarro había dicho sobre las decisiones difíciles que le aguardaban. Se preguntó si Adrian sería una de ellas. O si lo sería la muchacha sentada a su lado.

—¿Por qué quieren matarlo?

—No les gusta. No les gusta lo que es ni en lo que se va a convertir. Va a ser un brujo, igual que yo. Adrian será un piromante. Dominará el fuego.

A Hector le vino a la cabeza la imagen de Adrian caminando entre las llamas del barrio incendiado, espada en mano, asesinando a todos los atrapados allí. Luego lo recordó al poco tiempo de llegar a Rocavarancolia, huyendo despavorido ante los murciélagos flamígeros o empalideciendo con la sola mención del fuego. Por un instante estuvo tentado de pedirle a Natalia que hiciera caso a sus sombras y acabara con él.

La joven suspiró. Su rostro quedaba desdibujado bajo el aguacero.

—Maddie tiene razón —dijo—, me estoy volviendo oscura, signifique eso lo que signifique. Creo que forma parte de mi metamorfosis… La Luna Roja ha cambiado a Madeleine por fuera pero a mí me está cambiando por dentro. —Lo miró de reojo—. ¿Te diste cuenta de que hace un rato llovieron arañas? —Él asintió—. Me moría de ganas de hacerme un collar con ellas. ¿A quién se le puede ocurrir semejante majadería?

«A una bruja», pensó Hector, pero tuvo suficiente sentido común como para no decirlo en voz alta.

—¿Y si me vuelvo malvada? —preguntó Natalia. Se acercó repentinamente a él—. ¿Y si pierdo el control y hago cosas de las que pueda arrepentirme?

—Ese es un peligro que corremos todos. En Rocavarancolia, en la Tierra o en cualquier otro lugar. Es algo con lo que debemos aprender a vivir.

Ella sonrió y se le acercó todavía más, casi se abalanzó sobre él. Quedaron el uno junto al otro, con sus cuerpos tan juntos que ni la lluvia podía pasar entre ambos. Hector fue consciente de lo cerca que estaban los labios de Natalia de los suyos. Sentía su aliento en la cara, y era cálido y dulce.

—Pero es que todavía no sabes de lo que soy capaz —susurró Natalia, mirándolo a los ojos—. No puedes ni imaginar qué clase de pensamientos me pasan por la cabeza. No sabes nada de las tinieblas que se agitan en mi interior ni de las fuerzas que retuercen mis entrañas. —Los labios de Natalia relucían bañados en la tormenta. Dibujaron una sonrisa diabólica, llena de lluvia—. La oscuridad se cierne sobre mí, Hector. Si me pierdo en ella, ¿vendrás a buscarme?

—Iría al infierno por ti —dijo con la voz entrecortada.

—Qué detalle —le contestó ella. Soltó una carcajada y se apartó de él con la misma brusquedad con la que se había acercado—. Puede que ese sea el destino que nos aguarda. Ir al infierno. Todos nosotros. Desde el primero al último. Y quizá no sea tan malo como parece.

Una sombra eligió ese momento para aterrizar junto a ella. Era pequeña, del tamaño de un pastor alemán, con decenas de patas y una cabeza que recordaba a la de un delfín. Le susurró algo a Natalia al oído. La joven arrugó el ceño y gruñó por lo bajo. Se quedó pensativa bajo la lluvia un instante y luego miró a Hector.

—Tengo que irme —le anunció con desgana—. Se empeñan en que hay algo que debo ver y tiene que ser ahora. Algo relacionado con Adrian. No me van a dejar en paz hasta que vaya con ellas.

Se levantó del suelo y Hector, tras una breve vacilación, la imitó. Al cambiar de postura sintió dos punzadas brutales en su espalda. Apretó los dientes. El dolor regresó, más fuerte que nunca. El arriba y el abajo se confundieron ante sus ojos y a punto estuvo de caer desplomado. Natalia continuaba hablando, pero él no podía oírla. En su cabeza resonaban tambores de guerra.

—¿Hector?

El dolor era insoportable. Lo que fuera que se ocultaba bajo su carne pugnaba por ganar la libertad y en su lucha parecía querer partirlo en dos. El mundo se convirtió en un borrón de formas y colores. Alargó la mano en busca de apoyo y Natalia le agarró del brazo.

—¡Hector!

La miró aturdido. Parpadeó para centrar la vista y luego retrocedió unos pasos, hasta casi caer del pedestal. El dolor seguía siendo terrible, pero ahora, por lo menos, era capaz de pensar con lucidez. Creyó escuchar la risa de las sombras tras él, aunque bien pudo haber sido producto de su imaginación.

—¿Te encuentras bien? —preguntó ella.

—Es la espalda —alcanzó a murmurar—. Es como si me reventara por dentro...

—¿Quieres que me quede contigo? —quiso saber, preocupada—. Por mí se pueden ir a paseo ellas y lo que quieran enseñarme.

—No hace falta. Vete. Estoy mejor, en serio. Ahora estoy mejor... —mintió. Le costaba trabajo hasta respirar. Sentía la espalda apelmazada, empapada, y sabía que no era solo agua lo que corría por ella. No quería ni imaginarse el aspecto que podía tener—. Llega el momento. Y duele. Duele muchísimo.

Se sentó con cuidado en el pedestal. El dolor se reavivó durante un instante al doblar la espalda. Cerró los ojos y apretó los dientes. ¿Por qué no terminaba todo de una vez?

—Me quedo, no te puedo dejar así —dijo Natalia, e hizo ademán de sentarse junto a él.

—Sí, sí que puedes... —le cortó él mientras con un movimiento brusco de su mano evitaba que se le acercara—. Estaré bien —le aseguró—. Vete con ellas. Vete, por favor... Yo... —Gimió, resopló y luego la miró fijamente. Tuvo que tomar aliento antes de hablar—: Sé lo que va a ocurrir ahora y, si te soy sincero, prefiero estar solo cuando ocurra.

—¿Estás seguro?

—Seguro. Segurísimo. Vete por favor. —Se mordió los labios para no gritar—. Vete...

Natalia lo miró extrañada. Parecía dolida ante su rechazo, pero Hector no tenía fuerzas para seguir explicándose. Luego la joven asintió despacio, le dio la espalda y alzó la vista al cielo. Cuando habló lo hizo en la misma lengua incomprensible que usaban sus criaturas, y en sus labios sonó todavía más horrible.

Al momento varias sombras se desprendieron de las nubes para posarse ante ella. Hector, a pesar del dolor, no pudo evitar levantar la vista. Las sombras se fundieron unas con otras ante su amiga y formaron con sus cuerpos el inicio de una escalera brumosa que pronto se elevó más allá del pedestal. Después de echar un último vistazo a Hector, Natalia empezó a ascender por ella. Sus pies se hundían en los peldaños, como si no fueran del todo sólidos, pero avanzó con la misma seguridad con la que había bajado y subido mil veces la escalera del torreón Margalar. Los escalones que iba dejando atrás se mantenían unos instantes en el aire antes de que las sombras que los formaban se dispersaran, siseando en su lengua oscura; unas se perdían en la noche y otras volaban de regreso a la cabeza cambiante de la escalera. Natalia siempre encontraba un nuevo tramo en el que apoyarse, aunque una décima de segundo antes no hubiera nada más que vacío ante ella. El remolino de sombras comenzó a moverse hacia el sur, con ella siempre en la cúspide, subiendo más y más.

Hector la vio perderse en la oscuridad rojiza de la noche, mientras resoplaba de puro dolor; a duras penas lograba contener las ganas de gritar y retorcerse. Luego, cuando la muchacha no fue más que una sombra entre sombras, despacio, muy despacio, se tumbó de costado en el pedestal y se abrazó a sí mismo bajo la tormenta.

Esmael aterrizó en el tejado plano del templo de los Suicidas Abnegados y se agazapó entre el sinfín de gárgolas cenicientas que poblaban su cornisa, todas con sus sogas bien anudadas al cuello. Desde allí contaba con una vista privilegiada del dragón de Transalarada. La bestia había quedado convertida en piedra a media embestida, con sus fauces abiertas de par en par y la garra disparada hacia delante en dirección a los jinetes que intentaban abatirla con sus lanzas. La piedra resplandecía bajo la lluvia intensa.

Adrian no tardó en aparecer. Esmael lo vio avanzar entre los guerreros y los monstruos de piedra en dirección al dragón. El joven apoyó una mano en el lomo de un caballo encabritado y al momento la piedra se ennegreció bajo su toque. Dejó la marca de su mano humeando en la roca y se aproximó al dragón; caminaba despacio, como si dispusiera de todo el tiempo del mundo, como si, de hecho, toda su existencia anterior no hubiera sido más que el preámbulo de lo que se avecinaba y quisiera saborear con calma esos últimos instantes de vida intrascendente, insignificante.

Esmael no pudo reprimir el impulso de asomarse de nuevo al hechizo de vigilancia que pendía sobre Mistral. Quería ver al cambiante una vez más, comprobar que la puerta que lo conduciría a la regencia continuaba abierta, sucediera lo que sucediese en aquella plaza. El ángel negro frunció el ceño al descubrir que Mistral había abandonado su forma original. Lo que se mecía ahora en la penumbra de la gruta no era un muñeco burdo hecho de cuerdas, sino un niño de unos trece años, de piel broncínea y ojos verdes. Esmael se preguntó cuál sería el propósito de ese cambio, si es que de verdad tenía alguno y no era una nueva vuelta de tuerca en la locura de Mistral. No tuvo tiempo de pensar en ello: Adrian había llegado hasta el dragón.

El muchacho se detuvo a un metro escaso de la criatura. Ambos componían una curiosa estampa bajo la lluvia: los dos inmóviles por completo, aunque la inmovilidad del dragón estuviera cargada de violencia y la del joven de una calma inhumana. Adrian, con las manos envueltas en llamas y la cabeza medio alzada, miraba a los ojos del monstruo, como si pretendiera devolverle a la vida con la única ayuda de su fuerza de voluntad.

Había sido en esa misma plaza donde Rocavarancolia había vivido su último momento de gloria, apenas una semana antes de que los vórtices del norte comenzaran a escupir ejércitos enemigos y todo terminara. Esmael recordaba muy bien aquella tarde. La plaza del Estandarte lucía muy diferente entonces: la cuarta torre, la que habían construido con hielo mágico de Arfes, se elevaba solemne junto a sus hermanas, perfectas todas, sin una sola grieta que mancillara su superficie, y en el aire a gran altura flotaba la quinta torre: la construida con piedra ingrávida; el suelo de la plaza estaba embaldosado con azulejos multicolores y, en su mismo centro, dos minotauros de plata flanqueaban uno de los mayores vórtices de Rocavarancolia. El portal conducía a Almaviva, un mundo feroz poblado por criaturas feroces, híbridos de reptiles y humanoides, que montaban en dragones capaces de escupir hielo. Además, Almaviva aventajaba a Rocavarancolia tanto en hechicería como en ciencia, y en los más de diez siglos que llevaba vinculada al reino, ni un solo rey había cometido la locura de intentar conquistarla. Pero Sardaurlar había jurado no detenerse hasta que el último de los mundos vinculados estuviera bajo su dominio, y cuando le llegó el turno a Almaviva, hacia allí fueron sus ejércitos. La guerra contra los dragones de hielo duró más de dos años y en todo ese tiempo la victoria pareció siempre una utopía imposible. Hasta la última batalla, la que fue, sin duda, la más salvaje y cruenta de todas las que se libraron

durante el reinado de Sardaurlar. Y contra todo pronóstico y esperanza, Rocavarancolia venció.

El regreso fue glorioso. Esmael nunca olvidaría el instante en que
Sardaurlar emergió por el portal, montado en su halcón gigante y
bañado por la luz ambarina del vórtice. El rey, tan exhausto como todos
ellos, desenvainó su espada bajo el cielo de Rocavarancolia, la misma
arma con la que poco después excavaría la tumba de la mayor parte de
los que combatieron aquel día junto a él, y lanzó al aire un grito de victoria y júbilo. La plaza se vino abajo. El nombre de Sardaurlar salía de
millares de gargantas a un tiempo. Esmael estaba a su lado, eufórico tras
la batalla y, por una vez, se dejó llevar y unió su voz al griterío ensordecedor de la multitud que desbordaba la plaza. Nunca antes habían
estado tan cerca de ser derrotados y por eso el sabor de la victoria resultaba aún más dulce. El cielo estaba tomado por dragones, magos y
quimeras. Los trasgos y los muertos revividos de los nigromantes bailaban enfebrecidos; la manada aullaba entre licántropos verdaderos y
hombres escorpión; los gigantes jaleaban a Sardaurlar entrechocando sus
lanzas sobre el lomo de los mamuts acorazados; los guerreros alzaban
sus armas ensangrentadas en su honor; hasta los vampiros sonreían entre
los cuajarones de sombras que los protegían del sol.

Esmael se preguntó cuántas veces había revivido ese momento, cuántas se había torturado al pensar que la mayoría de los que aquel día
celebraban la victoria pronto iban a estar muertos, apilados unos junto a
otros en la fosa común que partiría la ciudad en dos. En Almaviva
habían estado a punto de conocer la derrota; qué ignorantes, qué ingenuos habían sido al creer que tras burlarla allí no habría nada que
pudiera detenerlos. Mientras ellos aclamaban a Sardaurlar, los ejércitos
enemigos se estaban poniendo en marcha. No había sido nada más que
una gran mentira, un espejismo que había llegado a su punto álgido en
esa misma plaza, cuando después de ver la muerte y la destrucción tan
cerca, hasta el último de ellos se creyó inmortal.

Adrian, sin variar un ápice su postura, comenzó a levitar hasta quedar cara a cara con el dragón de piedra. En todo el tiempo que había
permanecido inmóvil, ni un relámpago había hollado las alturas. Era
como si la tormenta también se hubiese detenido a mirar.

Esmael se irguió entre las gárgolas suicidas. No era el único que vigilaba la plaza. Vio a la niña bruja, muy alta en el cielo, sobre una ola de

ónyces oscuras que parecía una nube de tormenta más. Las sombras siseaban sin cesar a su dueña, pero ella no les prestaba atención: solo tenía ojos para Adrian y el dragón. Los hermanos Lexel también flotaban en el aire, uno sobre la torre norte y el otro sobre la torre sur. Sus posturas eran idénticas allí arriba: los brazos cruzados ante el pecho; la cabeza inclinada, hacia la izquierda uno, a la derecha el otro; hasta el aleteo de sus capas parecía simétrico. Dama Araña espiaba desde una esquina arruinada de la torre de hielo, su aspecto resultaba más patético de lo habitual con su levita empapada y el pelaje apelmazado; muy cerca de ella estaba el pájaro metálico de Denéstor Tul, con el ojo de dama Desgarro. El hijo de Belgadeu también se encontraba allí, apenas a unos metros del dragón, tan inmóvil como los combatientes petrificados. Vio a Ujthan, acuclillado en el centro de la plaza, en el punto exacto donde se había abierto el vórtice hacia Almaviva; el guerrero apoyaba expectante una mano en el suelo mojado mientras con la otra se frotaba, una y otra vez un tatuaje situado en su espalda, como si quisiera borrarlo a restregones. Vio también a la arpía dama Moreda posada en un ventanal de la torre norte, con sus alas de buitre plegadas a su espalda; en el hueco del brazo derecho sujetaba la cabeza de Alastor, el traidor, la mezquina rata inmortal que él mismo había decapitado. Descubrió a dama Ponzoña, recubierta de víboras y riéndose entre dientes junto a uno de los árboles de piedra; a Derende, el hechicero negro al que una rémora de Almaviva había dejado sin magia y sin esperanza alguna de recobrarla y que desde el final de la guerra vivía como un ermitaño en el subsuelo; a Solberino, semioculto en las sombras; a Laertes y Medea, los dos brujos malditos… Media Rocavarancolia estaba presente.

Adrian alzó los brazos y comenzó el sortilegio de restauración ante las fauces abiertas del monstruo. Había repetido el hechizo tantas veces que no le hacía falta el libro para lanzarlo. Su voz dejó de ser una voz para convertirse en un crepitar desagradable, en un chisporroteo de palabras que nacían calcinadas en su garganta; la voz de Adrian era la voz de la ceniza, la llama era su palabra y el humo su verbo. Muchos hechiceros habían intentado antes ese mismo sortilegio, y la mayoría habían sido más poderosos de lo que probablemente aquel niño sería jamás, pero ninguno de ellos había sido un brujo del fuego y ahí estribaba la diferencia. La magia y la esencia de los piromantes estaban en conexión con los dragones. El fuego los hermanaba. En el fondo no importaba qué hechizo usara Adrian para traer de vuelta al dragón, lo que de verdad importaba era que el fuego que corriera por sus venas fuese lo bastante poderoso como para que el dragón respondiera.

Mientras observaba a Adrian, recordó las palabras con las que Sardaurlar había homenajeado a los vencedores de Almaviva, ignorantes de lo que se fraguaba en mundos que creían inofensivos, ignorantes de que el fin del imperio estaba a punto de llegar.

—¡Contemplaos! —aulló Sardaurlar desde el lomo de su halcón mientras los señalaba con Arax. Su voz reverberó en la plaza y se impuso a la multitud que coreaba su nombre—. ¡Contemplaos unos a otros! ¡Sois más grandes que vosotros mismos! ¡Sois tan grandes que ni siquiera la historia os puede contener! ¡Miraos, hijos del infierno! ¡Ahora sois leyenda!

El ángel negro resopló, expectante, impaciente, sin apartar la mirada de Adrian y el dragón de piedra.

—Hazlo, niño, hazlo —le animó desde las alturas—. Que el fuego llame al fuego. Que termine la maldición de la piedra quieta. Sácanos de aquí. Sácanos de esta oscuridad, de este triste olvido... Llévanos de regreso a la gloria, de vuelta a la leyenda.

»Despierta al dragón.

El dolor paró. Lo hizo abruptamente, sin aviso previo. En un momento Hector se encontraba en la cima de la agonía más pura y al instante siguiente todo era calma.

Permaneció largo rato inmóvil bajo la lluvia, resollando como una fiera agotada. Aguardaba el retorno del dolor. No creía ni por asomo que aquella tregua fuese a resultar permanente. Pero los minutos transcurrieron, uno tras otro, lentos, tensos, y nada sucedió.

Finalmente decidió que ya había llegado la hora de probar fortuna y moverse. Primero se enderezó despacio en el suelo y, a continuación, más despacio todavía, se dio media vuelta y se sentó. Por primera vez desde que había despertado, no sentía dolor alguno, solo una incomodidad leve en la espada y un escozor vago e impreciso. Aun así, necesitó unos minutos más para serenarse y reunir el valor suficiente para levantarse. En cuanto recuperó la verticalidad se tambaleó hacia atrás, desequilibrado. Era como si el peso de su cuerpo se hubiera redistribuido de una forma nueva por completo. Intentó compensarlo inclinándose hacia delante y a punto estuvo de resbalar en la piedra mojada. Fue entonces cuando las notó agitarse. Se tapó la boca con ambas manos, la oscura cubriendo la humana, como si temiera ponerse a gritar en cualquier momento. Las sentía. Sentía sus alas. Las notaba pegadas a la espalda; colgaban de ella, pesadas, demoledoramente reales, tan parte de su ser como la carne ensangrentada de la que surgían. Se preguntó si sería capaz de moverlas, pero la mera idea de intentarlo le hizo apretar aún con más fuerza las manos contra la boca.

Tenía alas.

Alzó la vista al cielo. Ya no le parecía tan lejano, tan inalcanzable. Apartó las manos de la boca, con los ojos fijos en la danza quebrada de los relámpagos y en la quietud solemne de la Luna Roja. Las dimensiones del mundo habían cambiado. Fronteras que antes había creído inamovibles acababan de saltar hechas pedazos. Dio un paso hacia delante y sus alas lo dieron con él.

Por primera vez en su vida fue consciente de las fuerzas que lo anclaban a la superficie. Pero ahora esa sujeción, ese agarre, no era más que un espejismo. Tenía alas. Podía burlar la fuerza de la gravedad cuando se le antojara. Dio dos pasos al frente, con la vista fija en los dibujos caóticos de los relámpagos en el cielo. Creyó percibir una pauta en ellos, como si no fuera el mero azar lo que les daba forma entre las nubes. Era como si cada relámpago fuese un signo de un lenguaje secreto, una letra de un alfabeto hasta entonces desconocido para él.

«Vuela», le pedía la tormenta.

Todo era movimiento. Acción y reacción. Todo estaba conectado. Como lo estaban los huesos, músculos y tendones de las alas a su espalda. Los puso en marcha. Era lo que tenía que hacer.

«Vuela», le ordenaba la Luna Roja.

Hector se adelantó un paso y se quedó al borde del pedestal. Desplegó las alas de un golpe y ese sonido, vibrante y violento, se impuso en sus oídos al estruendo de la tormenta, al aullar del viento y al rugir lejano de un dragón al despertar.

Después saltó.

CAPÍTULO ADICIONAL:
LUNAS Y CASCADAS

Dama Fiera estaba sentada con las piernas cruzadas en la cúspide del obelisco que presidía la Plaza del Ayer. Desde allí contemplaba la ciudad con aire ausente, ajena a la tormenta que de tan brutal parecía querer borrar el mundo; ajena a la Luna Roja que colapsaba el cielo sobre su cabeza.

De un templo cercano llegaban los cánticos de los devotos de la Herejía Inmaculada, una melodía insana y acelerada tras la que degollarían a dos docenas de esclavos para festejar la llegada de la bendita luna. La ciudad entera era un caos de celebraciones.

Esmael se acercó con un batir rápido de alas a la ángel negro. Intentó aproximarse en silencio, pero cuando todavía le faltaban unos metros para alcanzar el obelisco, dama Fiera se incorporó y lo miró de soslayo, con una sonrisa burlona en los labios.

—Aún te queda mucho por aprender para cogerme desprevenida— le advirtió.

—Creía que estarías en la fiesta del conde Ortan —dijo él. Esmael era joven, todavía estaba lejos el momento en que sería investido como Señor de los Asesinos de Rocavarancolia.

La mujer sacudió la cabeza.

—No estoy de humor para fiestas —gruñó—. Maldita sea la nostalgia y maldita la melancolía. En mal día decidí visitar de nuevo mi tierra natal.

Esmael descendió hasta ella y la estudió detenidamente. La belleza salvaje de la mujer estaba oscurecida por una sombra imprecisa, una suerte de tristeza vaga. Al ángel negro le sorprendió sobremanera ver a dama Fiera dar muestras de debilidad.

—Ah… —murmuró la mujer y soltó una carcajada vibrante que hizo desaparecer aquella perturbación mínima en su rostro—. No he podido remediarlo y me he permitido ser débil durante un momento. Necesitaba ver otra vez la catarata diamantina. Hacía tiempo que no la visitaba. Años. —Volvió la vista hacia él—. Debo haberte hablado alguna vez de ella —dijo y Esmael respondió a sus palabras con un gesto de negación—. Es una de las maravillas de mi mundo: una cascada que se precipita desde un acantilado de diamante y cristal —le explicó—, es un salto de agua portentoso, cae en picado durante más de ochocientos metros, pero no es su altura lo que convierte la cascada en algo prodigioso. Cuando llega el crepúsculo el agua se tiñe con todos los colores del espectro, se llena de luces que bailan y destellan. Es algo majestuoso, indescriptible… no he encontrado nada comparable en ninguno de los planetas en que he estado. —Miró a Esmael a los ojos—. Ya nunca visitas tu mundo, ¿verdad?

El ángel negro negó con la cabeza de nuevo.

—No hay nada allí para mí —contestó con desprecio.

Esmael renegaba de la tierra que lo había visto nacer; de hecho se avergonzaba de ella. Su planeta natal se llamaba Nubla y era un mundo de mansos, de cobardes, una tierra inocua. Su paisaje era una sucesión monótona de praderas y mares siempre en calma; y sus habitantes un reflejo de ese paisaje: un pueblo manso y débil, una caterva de cobardes sin ambición. Cuando Rocavarancolia lo conquistó lo convirtió en un planeta de cría. El potencial de su gente resultó tremendo, lo que contrastaba enormemente con esa naturaleza plácida y servil. Las cosechas de Nubla eran magníficas. Además, su pueblo consideraba casi dioses a los habitantes de Rocavarancolia. Los idolatraban, los adoraban… para ellos no había honor más alto que servir al reino. Daba igual que los esclavizaran o que los usaran como carne de cañón en las guerras que libraban con otros mundos. La noche de Samhein era la más esperada del año porque les daba la oportunidad de formar parte real de Rocavarancolia: de convertirse ellos mismos en dioses.

En los primeros años tras su transformación, Esmael había visitado su mundo en varias ocasiones y con cada una de ellas se había sentido más y más asqueado. Todos lo adoraban del modo desmesurado en el que adoraban cualquier cosa relacionada con Rocavarancolia. Sus padres habían llegado al extremo de construir un pequeño altar en su honor en el cuartucho que había sido su habitación. Ese servilismo había terminado poniéndole enfermo. Después de seis visitas había decidido que no tenía sentido regresar. Había roto todo lazo con su mundo.

—¿No hay nada en él que eches de menos entonces? —le preguntó dama Fiera, curiosa. Como si pretendiera encontrar un reflejo de su propia debilidad en él.

El ángel negro torció el gesto. Recordó por un momento las lunas de Nubla. Había doce en torno al planeta y las noches que coincidían todas en el cielo era algo apoteósico… como si un collar gigantesco de cuentas se hubiera roto en las alturas. Esmael, cuando era niño, podía pasarse horas contemplando el movimiento lento de aquellas lunas en las alturas, ensimismado, perdido en la majestuosidad rotunda de aquel espectáculo que lo dejaba sin aliento. Frunció el ceño. Aquel niño llevaba mucho tiempo muerto.

Nubla era un estercolero. Eso era y eso seguiría siendo siempre, con lunas en el cielo o sin ellas.

—Nada —contestó y sonrió de manera torva—. Nubla dejó de ser mi mundo cuando la Luna Roja me transformó. Pertenezco a Rocavarancolia —aseguró—. En cuerpo y alma.

ESCENA ELIMINADA

El latido de Rocavarancolia se aceleraba. Hasta las mismas nubes, alargadas hilachas grises bajo gigantescos cumulonimbos blancos, parecían desplazarse con más velocidad de la habitual, como si tuvieran prisa por abandonar la ciudad, como si supieran lo que estaba a punto de suceder y se negaran a presenciarlo. El contraste entre el movimiento veloz de aquellas masas de agua en suspensión y la quietud majestuosa del castillo que flotaba en el aire era abrumador.

—No me cansaría de mirarlo nunca —dijo Ricardo—. Es impresionante.

Hector estaba de acuerdo. El castillo era un espectáculo sobrecogedor, aun estando todavía incompleto; flotaba solemne y rotundo en las alturas, a unos cien metros de las calles tortuosas de Rocavarancolia: era un caos de torres y torretas que emergían de tres edificios rectangulares y macizos unidos entre sí mediante puentes curvados.

Había comenzado a aparecer hacía una semana. Primero fueron los tejados puntiagudos de las torres, como cucuruchos de barquillo descomunales invertidos en el aire. Al día siguiente, bajo los tejados cónicos aparecieron las últimas plantas de las torres, de muros de piedra minúscula e irregular, jalonados por pequeñas ventanas que daban la impresión de estar repartidas al azar por su superficie. Poco a poco, día a día, el castillo se había ido completando con más detalles, se habían delineado las arcadas y contrafuertes, las terrazas, la parte superior de la muralla almenada, las banderolas y pendones...

Bruno voló hasta él al tercer día, cuando ya veinte torres completas flotaban en el vacío, tan cerca unas de otras que parecían ramilletes absurdos de piedra colgados del cielo. Desde abajo, lo vieron atravesar los muros y en un primer momento pensaron que se había servido de algún hechizo para conseguirlo. Cuando se reunió con ellos en tierra les dijo que no había sido necesario.

—El castillo es intangible. Una presencia etérea que flota en las alturas —les explicó.

—¿Un castillo fantasma?

El italiano se encogió de hombros.

—Quizá... O puede que vaya ganando en solidez una vez esté completo. O tal vez ni siquiera esté aquí, sino a medio camino entre este lugar y otra parte. No lo sé. Y otra cosa: está habitado. Me he topado con gente mientras lo exploraba. Son humanos, al menos la mayoría.

—¿Te han visto? —le preguntó Hector, preocupado por la posibilidad de que aquel castillo representara una amenaza para ellos.

Bruno miró hacia arriba y la chistera se inclinó peligrosamente sobre su cabeza.

—Me han visto, sí, pero no me han prestado ninguna atención. Sospecho que deben de estar más que acostumbrados a presencias extrañas en su castillo.

Hector y Ricardo estaban sentados en lo alto de un promontorio de roca situado al sudeste de la ciudad, contemplando la fortaleza inacabada; a su espalda se levantaba un enorme pedestal de mármol gris sobre el que no quedaba ni rastro de la estatua o monumento que hubiera sostenido. Desde ese punto en concreto de la ciudad tenían una vista privilegiada del castillo flotante. Tras el almenar paseaban dos guardianes pálidos, con largas lanzas apoyadas en sus hombros; ambos tenían una larga cabellera blanca y vestían la misma armadura ligera, de color hueso.

Los dos jóvenes permanecieron largo rato en silencio, recostados contra las rocas. Ricardo le dio un golpecito en el hombro para llamar su atención.

—Fíjate en los centinelas —dijo mientras se incorporaba.

Los dos vigías pálidos se habían detenido en una curva de las almenas y señalaban hacia el oeste, justo en la dirección en la que se encontraba Rocavaragálago. Aquel día sus muros rojos parecían despedir una bruma escarlata movediza.

—¿Crees que señalan a Rocavaragálago? —preguntó Hector.

—¡Claro! ¡Claro que señalan hacia allí! —Ricardo se giró hacia él, con una sonrisa de oreja a oreja—. No solo ellos están apareciendo ante nosotros poco a poco, ¡nosotros también lo estamos haciendo ante ellos!

Acto seguido se levantó y se encaramó al pedestal que tenían a su espalda. Comenzó a saltar sobre él y hacer grandes aspavientos mientras gritaba en dirección al castillo.

—¡Eh! ¡Aquí! ¡Aquí! —gritaba—. ¡¿Podéis vernos?! ¡Los del castillo! ¿¡Nos veis?!

—¿Crees que es buena idea hacer eso? —le preguntó Hector.

—¿Y si pueden ayudarnos a salir de Rocavarancolia? —dijo.

Hector lo dudaba. Se incorporó y trepó él también al pedestal, aunque en ningún momento se puso a dar voces. Contempló a su amigo con el ceño fruncido, pensando si debía detenerlo o dejar que continuara con aquella locura.

Al mirar hacia el castillo vio que los gritos de Ricardo habían llamado la atención de los dos guardias. Uno de ellos había echado a correr hacia el interior de una torre mientras el otro permanecía en las almenas, mirando hacia ellos, alerta, con la lanza entre las manos.

Pronto hubo un gran revuelo en la muralla. De la torre salieron casi un veintenar de personas, la mayoría, para inquietud de Hector, soldados, armados con arcos, arcabuces y rifles.

Algunos apuntaron en su dirección. Miró de reojo a Ricardo. El rostro de su amigo permanecía expectante. De los recién llegados, dos vestían por entero de negro, y por su postura y el comportamiento de los que los rodeaban quedaba claro que eran los que más autoridad tenían allá. Uno era un hombre musculoso que rondaba la cincuentena, curtido y de rasgos duros, el otro un joven de apenas veinte años. Ambos eran morenos, con el pelo largo y bien cuidado, y a pesar de la distancia, Hector se dio cuenta de que eran familia, quizá padre e hijo.

El más joven lo miraba directamente a él desde las alturas, su mirada era sombría, su porte peligroso. Los dos se contemplaron largo rato, uno en el aire, en las almenas del castillo incompleto, y el otro sobre el pedestal vacío en la ciudad en ruinas. Hector se preguntó cuál sería la historia de aquel joven y qué lo había llevado hasta allí, qué magia o ciencia retorcida era la culpable de que ambos coincidieran en ese instante preciso y en ese preciso lugar.

GLOSARIO DE PERSONAJES

LA COSECHA DE SAMHEIN

Así se denomina al grupo de doce muchachos que Denéstor Tul ha traído desde la Tierra a Rocavarancolia.

HECTOR: es un joven tímido, algo torpe, que intenta siempre estar en segundo plano y no hacerse notar.

NATALIA: una joven arisca, muy activa y propensa a enfadarse. Ve sombras que nadie más puede ver.

RICARDO: es un líder natural, que no tarda en ponerse a la cabeza del grupo. Un muchacho atlético y de carácter noble.

BRUNO: un extraño muchacho, frío y distante. Ha vivido toda su vida prácticamente encerrado. Dicen que atrae la mala suerte.

ADRIAN: el más joven. Un muchacho alocado tan pronto presa del entusiasmo como del pánico. Tiene miedo al fuego. Resulta herido de gravedad al final del primer libro.

MARCO: No es lo que parece. Es Mistral, el cambiante.

MARINA: una hermosa joven de ojos azules. Hector se siente muy atraído por ella. En la Tierra escribía cuentos que son realidad en Rocavarancolia.

ALEX: un joven extrovertido, con un sentido del humor muy peculiar. Se sentía culpable por haber metido a su hermana en esta aventura. Muere al final del primer libro.

MADDIE: hermana de Alex. Una belleza pelirroja, en apariencia frívola y superficial.

LIZBETH: una muchacha con unas extraordinarias dotes de mando. Muy maternal.

RACHEL: de carácter alegre y optimista. Es inmune a la magia no primordial.

DARÍO: no se ha unido al grupo. Al final del primer libro se encuentra con ellos y acaba hiriendo de gravedad a Adrian.

EL CONSEJO REAL

DENÉSTOR TUL: demiurgo de Rocavarancolia y custodio de Altabajatorre. Tiene capacidad para dar vida a la materia inanimada.

DAMA SERENA: una fantasma cuyo mayor deseo es morir.

DAMA DESGARRO: una mujer pálida, plagada de cicatrices. Es la comandante de los ejércitos del reino y la custodia del Panteón Real. Pugna con Esmael para conseguir llegar a ser regente.

ESMAEL: un ángel negro. El Señor de los Asesinos. Es una criatura tan hermosa como cruel. Su mayor deseo es llegar a ser rey de Rocavarancolia.

UJTHAN: un guerrero con el cuerpo cubierto de tatuajes.

BELISARIO: un anciano mago. Va envuelto en un sinfín de vendas. Es encontrado muerto al final de la primera parte.

ENOCH EL POLVORIENTO: un vampiro. Lleva más de treinta años sediento y desesperado. Estuvo a punto de matar a Adrian, pero al final consiguió resistirse.

RORCUAL: el alquimista del reino. Hace años se volvió invisible al cometer un error y desde entonces no ha podido revertir el proceso.

DAMA SUEÑO: una hechicera con extraordinarios poderes. Ve el pasado, el presente y el futuro. Ha predicho que llega el final de Rocavarancolia.

MISTRAL, EL CAMBIANTE: se ha infiltrado en la cosecha tras matar a Marco. Ha prometido a Alexander que cuidará de su hermana.

LOS HERMANOS LEXEL: dos seres extraños que se odian a muerte, perpetuamente enfrentados.

HURYEL: el regente del reino. Agoniza desde hace tiempo. Dama Desgarro y Esmael quieren hacerse con su puesto una vez muera.

DAMA ARAÑA: no pertenece al consejo. Es un arácnido de gran tamaño que actúa casi como sirviente de los demás.

AGRADECIMIENTOS

A los mismos que aparecen en la primera parte, por los mismos motivos y con el mismo deseo: que sigan acompañándome en este viaje; sin vosotros no merecería la pena hacerlo.

Además, a todos los lugares que de un modo u otro han inspirado Rocavarancolia, tanto los verdaderamente existentes como los que son fruto de la imaginación de otros. A Vitoria, que me prestó de nuevo su cementerio; a Santander, que me dejó su faro; a Granada, a la que le bastaron sólo unas horas para hechizarme para toda la vida; a Barcelona, a la que siempre es un placer regresar; a Madrid, porque a pesar del caos, cada vez me sienta mejor; y a Gijón y a su Semana Negra, que es, una vez al año, una verdadera ciudad encantada.

Y a los lugares inexistentes, no solo ciudades, que me han acompañado a lo largo de todos estos años y que, de una manera u otra, también aparecen en Rocavarancolia. A la Tierra Media, porque allí empezó todo de verdad; a Gormenghast; al asteroide B612; al enloquecido Mundodisco; a Fantasía, donde las historias son interminables; a las tierras sangrientas de Poniente; a Hyperion; a Melniboné; a la desconocida Kadath; a las ciudades de Calvino; y a tantos y tantos otros mundos y tierras que me han hecho soñar.

Sobre El Autor

José Antonio Cotrina nació en Vitoria (España) en 1972. Comenzó a publicar relato y novela corta a principios de la década de los 90, pero fue a partir del año 2000 cuando empezó a consolidarse como escritor. Su primera novela larga fue *Las fuentes perdidas* (2003), una obra oscura en la que ya se anticipaba su inclinación a hibridar lo macabro con lo fantástico.

Desde entonces ha publicado historias de fantasía, terror y ciencia ficción para todas las edades. Su obra juvenil más conocida es *El ciclo de la Luna Roja*, además de la posterior *La canción secreta del mundo*. Entre otros muchos premios, tiene un Kelvin por *Las puertas del infinito* (escrito con Víctor Conde). También escribe y publica con Gabriella Campbell (*Crónicas del fin* y otros títulos).

Su obra más reciente es *La deriva* (Ediciones SM) y, cuando no está escribiendo, habla sobre género fantástico en lomaravilloso.com